LE ROUGE
ET LE BLANC

Du même auteur

Romans

Périandre, Robert Laffont, 2022.
Belle-Amie, Les Escales, 2019 ; Pocket, 2020.
La Mésange et l'Ogresse, Plon, 2016 ; Points Seuil, 2017.
Lignes brisées, Héloïse d'Ormesson, 2015.
Jim, Plon, collection Miroir, 2014 ; Le Livre de Poche, 2016.
Au nom du père, du fils et du rock'n'roll, Héloïse d'Ormesson, 2013 ; Le Livre de Poche, 2015.
Dieu surfe au Pays basque, Héloïse d'Ormesson, 2012 ; Le Livre de Poche, 2013.
L'Entrevue de Saint-Cloud, Héloïse d'Ormesson, Prix du Style, 2010 ; Le Livre de Poche sous le titre *Le Rendez-vous manqué de Marie-Antoinette*, 2012.
Un hiver avec Baudelaire, Héloïse d'Ormesson, 2009 ; Le Livre de Poche, 2011.
Le Reniement de Patrick Treboc, JC Lattès, 2007.

Essais

Petit éloge du Charme, François Bourin, 2012.
Mirabeau, le fantôme du Panthéon, Séguier, 2002, cinq essais thématiques et un inédit de Mirabeau brochés en coffret.

Récit

Pour lui, en collaboration avec Peggy Silberling, Stock, 2019 ; Pocket, 2020.

Beaux-livres

Paris by Paris, éditions Assouline, 2024.
La Samaritaine, éditions Assouline, 2020.

Albums jeunesse (sous le pseudonyme d'Arsène Lutin)

Sissi, Auzou, 2012, illustrations Thomas Tessier.
Croc-Blanc, Auzou, 2011, illustrations Antoine Guilloppé.

Harold Cobert

LE ROUGE ET LE BLANC

LES ESCALES
DOMAINE FRANÇAIS

L'auteur a bénéficié pour l'écriture de ce livre du Programme de résidences d'écrivains de la Région Île-de-France.

92, avenue de France
75013 Paris – France
Courriel : contact@lesescales.fr

ISBN : 978-2-36569-850-4
Dépôt légal : mars 2024
Imprimé en France

Couverture : Hokus Pokus Créations
Mise en pages : Nord Compo

L'histoire est une suite de mensonges sur lesquels on est d'accord.

Napoléon Bonaparte

L'attrait pour le système totalitaire, éprouvé inconsciemment par de très nombreux individus, provient d'une certaine peur de la liberté et de la responsabilité – ce qui explique la popularité de tous les régimes autoritaires.

Tzvetan Todorov

Prélude

Les espoirs du crépuscule

Toutes les grandes personnes ont d'abord été des enfants. (Mais peu d'entre elles s'en souviennent.)

Antoine de Saint-Exupéry

La majorité s'engourdit dans le mirage de l'espoir.

Alexandre Soljenitsyne

Le soleil déclinait doucement dans le ciel. Sa luminosité ricochait sur la surface de l'eau en un clapotis de larmes d'or tremblantes. Ses rayons frappaient de leurs reflets cuivrés une demeure laissée à l'abandon, rongée par la végétation et le sel du temps. Du pied de l'un des murs d'enceinte, entaillé de quelques pierres effondrées, montaient des éclats de rire.

Deux jeunes garçons escaladaient cette paroi grumeleuse, aux prises rendues instables par les touffes de mousse glissantes et les veinules de lierre irrégulières. Leur respiration saccadée trahissait une rivalité entêtée derrière leur amusement apparent.

« Gagné ! », s'écria le plus âgé en s'asseyant sur le rebord tant convoité.

« Non, c'est moi ! », hurla son concurrent, installé de l'autre côté de la brèche balafrant la fortification.

Alexeï se tourna vers son frère qui le toisait avec hostilité.

« Ivan, tu sais très bien que je suis arrivé le premier. »

À tout juste 15 ans, Alexeï était habitué à déminer l'impétuosité volcanique de son cadet. Blond, les iris d'un bleu arctique, la peau pâle et les traits typiquement slaves, il avait la physionomie racée et élancée de leur père, Vladimir Piotrovitch Narychkine. Il tenait également de lui un esprit agile, capable d'englober et de relier des questions complexes sans lien manifeste, ainsi qu'un tempérament avenant, souple et conciliant, mais fier, ferme et intraitable lorsqu'on touchait aux principes libéraux ou aux valeurs d'honneur auxquelles il croyait.

« Tu mens, comme tous les capitalistes de ton espèce ! », fulmina Ivan.

Du haut de ses 13 ans, il ne s'en laissait pas conter par son aîné. Brun, les sourcils broussailleux surplombant des yeux noirs, le teint blafard, presque maladif, il tenait plus de leur mère ukrainienne, Ekaterina Viktorovna Narychkine, tant pour le physique que pour le caractère tourmenté. Doté d'une intelligence effervescente et d'une capacité d'abstraction précoce, lecteur insatiable depuis sa plus tendre enfance, il épuisait à la manière d'un acide chaque sujet auquel il s'attaquait jusqu'à ce qu'il l'ait excavé de part en part. D'une nature révoltée, il était farouchement enclin aux idées radicales issues des pensées anarchistes et marxistes, un rebelle à sa classe, en opposition constante au progressisme libéral de son père et de son frère qu'il jugeait « petit bourgeois ».

Alexeï sourit face à l'argument outrageusement politique d'Ivan en la circonstance.

« Le capitalisme n'a rien à voir avec ma victoire, sauf si on considère qu'il est le meilleur des systèmes. »

Ivan ricana entre ses dents.

« Tu as vraiment la morgue de tous ceux que nous voulons détruire. »

Alexeï s'agaça.

« "Nous" ? Parce que tu crois que ton amitié avec Kolya suffit à faire de toi un membre de la classe ouvrière ? »

Ivan s'apprêtait à réagir avec virulence lorsqu'une voix féminine le devança.

« Aliocha, laisse mon frère hors de vos disputes. »

Perchée sur une branche au-dessus d'eux, ils découvrirent avec stupeur Natalia, leur sœur de lait, fille de leur *njanja*[1] adorée dont ils avaient partagé la tendresse et les bontés.

« Et toi, Ivanka, cesse de croire que tu n'es pas le fruit de ta race. Jamais tu ne travailleras à l'usine comme Kolya ou à labourer les champs comme mon père.

— Qu'est-ce que tu en sais ? maugréa Ivan. Lorsque nous aurons fait la révolution et que la société sans classes aura triomphé…

— Arrête un peu avec tes chimères de "Grand Soir" et tes sermons révolutionnaires, le coupa Alexeï, tu es pire qu'un pope ! »

---

1. Nourrice.

Natalia éclata de rire et les entraîna dans son hilarité. Âgée de 14 ans, brune, le teint diaphane hérité de sa mère, le regard vert d'eau pétillant de vivacité et d'espièglerie, elle avait le don de les diviser ou de les réconcilier, c'était selon son humeur. Fille d'Olena Anatolievna Lishenko, la gouvernante d'origine allemande de leurs parents, et d'Anton Petrovitch Lishenko, le métayer géorgien qui gérait les terres de la datcha en leur absence, elle avait été élevée à leurs côtés dans une égalité quasi fraternelle, bénéficiant dans sa prime jeunesse des cours dispensés par les précepteurs d'Alexeï et Ivan où elle avait manifesté de réelles capacités intellectuelles, notamment pour les langues. D'un naturel impétueux et d'une âme passionnée, brûlante comme de la glace, elle était aussi imprévisible dans ses réactions qu'excessive dans ses fureurs et ses attachements.

« De toute façon, reprit-elle, c'est moi qui suis arrivée la première, et plus haut que vous, vous avez donc perdu tous les deux. Par conséquent, je n'embrasserai ni l'un ni l'autre. »

Ils baissèrent la tête avec dépit.

« Et ne profitez pas de votre position d'infériorité, qui est celle que vous méritez, pour loucher sur ma culotte. »

Alexeï et Ivan levèrent les yeux et aperçurent à leur grand enchantement l'éclat du tissu blanc entre les cuisses nues de Natalia. Elle demeura quelques secondes ainsi, à les fixer d'un air narquois et provocant, avant de serrer les jambes et de ramener sa robe sous ses fesses.

« N'en rêvez même pas. »

Les deux garçons échangèrent un coup d'œil goguenard et complice.

« Ce n'est pas la première fois qu'on la voit, ni que tu nous la montres d'ailleurs, répliqua Ivan.

— On t'a même vue sans à maintes reprises, quand on prenait le bain tous les trois », ajouta Alexeï.

Natalia resta un long moment silencieuse, puis répondit :

« Nous étions innocents alors. Nous avons changé. Tout change.

— Sauf Ivanka, il est toujours aussi petit ! », plaisanta Alexeï en esquissant un geste amical que son benjamin contra d'un réflexe brusque.

Natalia soupira, soudainement grave.

« Je suis sérieuse. Le monde que nous avons connu va disparaître.

— Et c'est tant mieux, commenta Alexeï. Il est temps que la société russe entre enfin dans le progrès et la modernité.

— Je suis d'accord avec toi, acquiesça Ivan, il est plus que temps que la révolution fasse voler en éclats toutes ces structures archaïques.

— Ce n'est pas le sens que je donne au progrès et à la modernité, précisa Alexeï.

— Je sais, répondit Ivan, mais c'est le mien.

— Ça suffit tous les deux, les rabroua Natalia, vous gâchez la beauté du lieu et du moment. »

Ils se turent et conservèrent une attitude contemplative.

« Tout cela va me manquer, dit Natalia.

— Tu vas adorer Saint-Pétersbourg, répliqua Alexeï d'un ton rassurant, tout est possible dans cette ville.

— Pas pour elle, trancha Ivan.

— Si, argumenta Alexeï, quand notre père et ses amis auront réussi à faire de la Russie un pays moderne, alors quiconque pourra s'élever par son mérite, quelle que soit son origine.

— Dans votre monde, objecta Ivan, il ne cessera jamais d'y avoir des dominants et des dominés, des exploiteurs et des exploités. Seule la société sans classes permettra d'éradiquer réellement les inégalités liées à la naissance. »

Natalia coupa court à leur querelle en descendant de sa branche.

« Je préfère profiter d'être ici plutôt que de vous écouter vous crêper les idées comme des chipies. On va se baigner ? »

Les deux frères la dévisagèrent avec une expression éberluée.

« C'est que... je... enfin..., bredouilla Ivan en cherchant l'appui de son aîné.

— On n'a pas ce qu'il faut avec nous... », compléta Alexeï.

Natalia les considéra tour à tour.

« Qui vous parle de ça ? »

Alors qu'elle parvenait en bas du mur, elle lança négligemment :

« J'ai toujours aimé nager sans rien. »

Elle s'éloignait d'un pas guilleret quand elle fit subitement volte-face.

« Bien évidemment, le premier dans l'eau aura un baiser. »

Et elle reprit sa marche en sautillant.

Alexeï et Ivan restaient bouche bée tandis qu'elle serpentait avec facétie entre les arbres en direction du rivage. Ils ne s'étaient plus retrouvés nus en sa présence depuis qu'ils avaient commencé leur mue vers l'âge adulte. Cette pudeur n'était pourtant pas dans leur caractère. Ils étaient de vrais Russes, élevés dans le culte du corps naturel et de la force physique, habitués à la nudité collective des douches et des dortoirs du pensionnat ; mais pas avec Natalia, dont les seins saillaient sous l'étoffe de ses robes et dont le sexe devait se dissimuler sous un buisson de poils pubiens légèrement frisés. Ivan était le plus en proie à cette timidité embarrassée, lui dont les transformations anatomiques n'en étaient qu'aux balbutiements en comparaison de la masculinité déjà affirmée de son frère.

Il croisa les prunelles brillantes d'Alexeï et, sans s'être consultés, ils dévalèrent les pierres éboulées les séparant du sol pour courir à toute bride vers la mer Baltique. Dans leur précipitation, ils jetaient à la diable leurs habits dans les broussailles et les futaies. Après avoir dépassé Natalia sans ralentir leur allure effrénée, ils retirèrent leurs derniers sous-vêtements et plongèrent en même temps dans l'onde fraîche.

En émergeant des flots, ils se regardèrent, incapables de se départager de manière certaine. Ils se retournèrent vers la terre ferme à la recherche de Natalia et de son verdict. Celle-ci les observait en riant à gorge déployée de les voir trempés dans leur plus simple appareil au milieu de l'immensité aqueuse. D'un air badin, elle ramassa leurs pantalons et leurs culottes.

Alexeï et Ivan comprirent instantanément quel tour elle était en train de leur jouer. Les mains sur leur sexe, ils essayèrent tant bien que mal de la rejoindre pour l'empêcher de mettre son projet à exécution.

Malheureusement, le temps qu'ils claudiquent ainsi, Natalia avait pris la poudre d'escampette.

*

Le profil altier d'Ekaterina passait de la cuisine au perron, de la salle de réception aux différents salons, précisant là une instruction, corrigeant ici l'agencement d'un bouquet. Élancée, la peau et le teint blanc porcelaine d'où saillait parfois le fin liseré vert pâle de ses veines, les yeux et les cheveux noir d'encre, d'un caractère à fleur de nerf, l'humeur fragile, sans cesse prête à basculer dans une euphorie excessive ou dans une affliction abyssale, elle virevoltait de pièce de pièce, attentive au moindre détail pour les festivités données en l'honneur de l'anniversaire du maître des lieux.

L'événement était d'autant plus solennel que, parmi le prestigieux aréopage d'invités, étaient notamment attendus Serge Witte, ancien ministre des Finances du tsar Alexandre III et inaugurateur de la fonction de Premier ministre sous la nouvelle Constitution instituée par Nicolas II ; le ministre des Affaires étrangères Sergueï Dmitrievitch Sazonov ; son secrétaire particulier Viktor Igorovitch Lvov et son épouse Tatiana Fiodorovna ; le ministre de l'Intérieur Nikolaï Alexeïevitch Maklakov et sa femme Marie Boulgakovna ; les généraux Anton Ivanovitch Dénikine et Piotr Nikolaïevitch Wrangel ; Sir William Scott Nelson, ambassadeur de la Couronne britannique, et Lady Margaret Scott Nelson ; ou encore le riche industriel allemand Siegfried von Metternich. Tout devait donc être plus que parfait, Ekaterina ne supportait pas l'approximation, encore moins l'imperfection.

Pour la suppléer dans cette tâche titanesque, du personnel supplémentaire avait été engagé pour la soirée. En outre, elle pouvait compter sur le soutien indéfectible d'Olena et Anton, les parents de Natalia, la vigueur allemande de l'une et la robustesse géorgienne de l'autre, auxquelles s'ajoutait l'énergie de leur fille et de leur aîné, Kolya, libéré pour l'occasion de ses obligations ouvrières dans l'usine pétersbourgeoise de l'homme du jour.

Alors qu'elle s'affairait telle une abeille au milieu d'une ruche bourdonnante, Ekaterina se figea. Par la fenêtre du petit boudoir lilas, elle avait aperçu Alexeï et Ivan qui, les jambes passées par le col de leur chemise et les manches nouées autour de leur taille, revenaient ainsi fagotés sans pour autant se départir de leur dignité.

À leur vue, Natalia et son frère Kolya ne purent s'empêcher de rire tandis que, affolée, Ekaterina se précipitait à leur rencontre.

« Mon Dieu, mais qu'avez-vous encore fait tous les deux, vous allez attraper la mort ! »

Alexeï la rassura.

« Ce n'est rien, mère, des va-nu-pieds nous ont volé une partie de nos habits alors que nous étions en train de nous baigner. »

Elle s'inquiéta.

« Vous baigner, en cette saison ? Ce n'est pas raisonnable. »

Ivan argumenta.

« Mère, nous sommes fin juin.

— Ce n'est pas une raison. On commence par un bain et on finit au cimetière.

— Nous ne sommes pas en sucre ! », s'indigna Ivan.

Ekaterina les considéra avec tendresse.

« Bon, n'en parlons plus. Dépêchez-vous de vous vêtir décemment, votre père vous attend tous les deux dans la bibliothèque. »

Elle les embrassa rapidement et ils filèrent dans leurs chambres respectives. Vladimir Piotrovitch Narychkine n'aimait pas attendre.

*

Dissimulée au bout d'une longue allée au désordre végétal savamment orchestré, la datcha Narychkine s'imposait par son ampleur et sa luxuriance architecturale. Située à quelques verstes de la mer Baltique, construite en bois sculpté et les façades peintes en bleu roi, son exubérance Art nouveau se fondait dans la nature environnante avec une harmonie raffinée. Asymétrique, alternant balcons et terrasses en péristyles, hautes fenêtres rectangulaires et en ogives, traverses bleu ciel rehaussées de touches pourpres et bow-windows décorés d'arcatures gothiques, elle offrait de multiples ambiances et possibilités de s'isoler du reste de ses habitants ou pour un aparté avec certains visiteurs. L'intérieur déployait la même profusion, dévidant au gré des pièces une atmosphère de style troubadour, disséminant ses nervures, ses rosaces et ses pinacles sur les boiseries et les plafonds. Les murs, vert émeraude dans un salon, jaune poussin ou encore rose poudré dans un autre, exhibaient des tableaux d'inspiration pastorale ou romantique, tandis que des myriades de bibelots et curiosités s'accumulaient sur les consoles et les guéridons. Les étages accueillaient les chambres, salles de jeux des enfants, cabinets de travail, de lecture ou de toilettes, alors que le rez-de-chaussée était dévolu à la vie commune et sociale. La vaste bibliothèque, au cachet anglais malgré son billard français, était réservée aux liqueurs et aux cigares que partageaient les hommes après les longs dîners ; on y parlait affaires, économie, politique ; on commentait les réformes en cours, celles à réaliser, les difficultés posées par une paysannerie archaïque, la naissance d'une classe ouvrière aux velléités révolutionnaires ; on discutait du tsar, de la tsarine, de Raspoutine et de son influence néfaste sur le couple impérial ; on spéculait, en somme, sur le destin incertain de la Sainte Russie.

En fin d'après-midi, Vladimir Piotrovitch Narychkine s'y retirait pour lire la presse ou rédiger son courrier sur le large bureau qui trônait dos à la croisée ouvrant sur les jardins. Sa silhouette à la stature imposante pouvait rester plusieurs heures penchée au-dessus du maroquin recouvrant l'acajou pendant que ses yeux perçants bleu délavé parcouraient un article ou un livre, qu'il écrivait en roulant de ses doigts pâles et effilés sa longue moustache blonde toujours impeccablement taillée. À la tête de plusieurs usines de métallurgie à travers le pays, il fréquentait les hautes sphères du pouvoir, encore plus depuis que la guerre avec le Japon l'avait amené à consacrer une partie de ses productions à l'armement, activité qu'il développait de plus en plus tant l'équilibre de la paix vacillait aux frontières de l'Empire. Son mariage avec Ekaterina, née comtesse de Voronzov, lui avait ouvert les portes de l'aristocratie en étendant ses domaines d'influence. Libéral au sens occidental et philosophique du terme, il œuvrait avec ses alliés à la modernisation de la Russie, dont le retard était préoccupant en comparaison des grandes nations européennes telles que l'Angleterre, la France ou l'Allemagne.

C'était ici qu'il convoquait ses fils lorsqu'il avait à s'entretenir avec eux de sujets importants. Il les recevait assis dans la pénombre du contrejour qui laissait uniquement saillir le bleu glacial et coupant de ses iris, masquant ainsi ses potentielles réactions dont il maîtrisait par ailleurs les moindres expressions et manifestations.

Au moment exact où la pendule sonnait 6 heures du soir, on frappa à la porte.

« Oui ! »

Alexeï et Ivan entrèrent. L'aîné avait revêtu son uniforme de l'Académie militaire de Saint-Pétersbourg alors que le benjamin portait des habits civils de villégiature avec une casquette d'ouvrier. Ils restèrent debout quelques minutes tandis que Vladimir terminait sa lettre en cours. Une fois paraphée, cachetée et scellée, il leva ses pupilles sombres sur sa progéniture.

« Alexeï, viens à mes côtés. »

Il s'exécuta. Vladimir fixa longuement Ivan, qui restait immobile dans une posture qui fleurait le défi.

« Cesse cette provocation ridicule et inutile. »

L'intéressé resta tout d'abord impassible avant de consentir à retirer son couvre-chef et de le glisser sous son bras. Le sourire narquois qui flottait sur ses lèvres arracha un soupir irrité à son père.

« Ivan, je voudrais que tu répondes à cette question : pourquoi mets-tu autant d'énergie à vouloir salir notre nom ?

— Pardonnez-moi, père, je crains de ne pas bien vous comprendre.

— Tu m'as parfaitement compris, au contraire. Maintenant, je t'écoute.

— Je ne vois pas ce qu'il pourrait y avoir d'infamant pour notre nom dans mon attitude. N'est-ce pas le peuple russe qui fait l'honneur de notre Mère Patrie ? »

Alexeï lui adressa un coup d'œil suppliant afin qu'il quitte cette insolence dangereuse. Vladimir posa ses coudes sur le bureau et joignit ses mains à hauteur de son menton.

« As-tu une idée de la raison pour laquelle je vous ai mandés tous les deux ?

— Sauf votre respect, père, je n'ai aucune idée de ce qui motive cette convocation solennelle de votre part. Toutefois, j'imagine qu'elle n'a pas pour objet de débattre des dernières tendances vestimentaires. »

Le regard de Vladimir se fit aussi tranchant que l'acier.

« En effet, Ivan. »

Il détailla son fils avec minutie.

« Je suis tout ouïe, père. »

Le maître des lieux s'appuya contre le dossier de son fauteuil.

« Tu es un jeune homme extrêmement doué, Ivan, et pourtant tu t'évertues à ruiner tous tes talents. Tes prédispositions pour les mathématiques, les sciences et les langues te promettent à un brillant avenir, et cependant tes impertinences répétées risquent de gâcher tous les espoirs que tes professeurs, ta mère et moi plaçons en toi. Aussi ai-je décidé, comme j'en ai déjà parlé à ton frère, que tu quitterais l'Académie militaire impériale à la rentrée prochaine pour aller étudier à l'École des cadets de Saint-Pétersbourg. Leur discipline de fer saura venir à bout de ton mauvais caractère. »

Ivan avait beau afficher un détachement dédaigneux face à cette annonce, les crispations de ses maxillaires trahissaient l'aversion radicale qu'il nourrissait envers l'armée en général et le corps des cadets en particulier. Il parvint néanmoins à donner l'illusion de la placidité et de l'indifférence.

« Si telle est votre volonté, père.

— Telle est effectivement ma volonté. »

Ils restaient face à face. Le silence s'éternisait.

« Est-ce tout, père ? »

Vladimir abattit violemment son poing sur le maroquin et se leva avec fureur.

« Non, ce n'est pas tout ! J'en ai assez de ta défiance envers mon autorité ! J'en ai assez de tes lubies révolutionnaires qui sont indignes de quelqu'un de ta race ! Désormais, je ne veux plus entendre parler dans cette maison d'"aliénation", de "prolétariat" et de toutes ces stupidités anarchistes !

— Communistes, père, et non pas anarchistes.

— Peu importe ! Dorénavant, tous tes livres séditieux seront confisqués et à jamais interdits sous ce toit. Tu vas rentrer dans le rang de gré ou de force, est-ce clair ?

— Très clair, père. »

Vladimir se pencha légèrement en arrière.

« Alexeï, tu veilleras à ce que toutes ces mauvaises lectures disparaissent avant l'arrivée de nos invités, et tu feras de même à notre retour à Saint-Pétersbourg. Et maintenant, laissez-moi. »

Les deux garçons obtempérèrent. Alors qu'ils allaient ouvrir la porte de la bibliothèque, Vladimir les interpella :

« Ivan, je compte sur toi pour te vêtir convenablement et faire honneur à notre nom ce soir. »

Ivan le toisa de loin et, sans un mot, sortit.

*

Dans le hall, Alexeï saisit Ivan par le bras.

« Pourquoi t'obstines-tu à le provoquer ? Tu sais pertinemment que cela ne peut t'apporter que des ennuis !

— Tu savais, tu savais et tu ne m'as rien dit...

— J'ai dit à notre père qu'un tel châtiment ne ferait que renforcer ta colère et tes convictions. Il n'avait rien arrêté avant de nous voir aujourd'hui, mais ton attitude et ton arrogance bornées l'ont convaincu du bien-fondé de sa décision.

— Lâche-moi, lâche-moi sale traître ! »

Il se dégagea avec brutalité de la main d'Alexeï et le dévisagea avec haine.

« Ivan, attends...

— Laisse-moi, tu n'es plus mon frère. »

Il s'engouffra dans les cuisines, passa sans desserrer les dents devant Natalia et Kolya pour disparaître dans le jardin.

« Que se passe-t-il ? », interrogea Natalia.

Alexeï restait muet, incapable d'articuler le moindre mot. Depuis l'étage retentit la voix d'Ekaterina :

« Aliocha, tu veux bien monter s'il te plaît ? »

Il adressa un coup d'œil empli de désarroi à Natalia et à Kolya.

« Ne le laissez pas seul. »

Il s'éclipsa pour se rendre auprès de sa mère. Natalia et son frère échangèrent un regard interloqué. Kolya retira son tablier et partit rejoindre Ivan.

Il le trouva assis sur le rebord du grand bassin, scrutant les profondeurs de l'eau stagnante. Il prit place à côté de lui, roula une cigarette et l'alluma.

« Tu savais que le froid modifiait la trajectoire des poissons ? »

Kolya hocha négativement la tête, amusé par cette question saugrenue.

« Ne te moque pas, c'est absolument vrai. Un ichtyologue de Moscou a publié un article passionnant sur le sujet.

— Un quoi ?

— Un scientifique qui étudie les poissons. Il a démontré que le froid modifiait le tracé de leur déplacement. Regarde : là, nous sommes en été, ils tournent en solitaire dans le même sens en décrivant des cercles, des ellipses plutôt. Si on diminuait la température, on les observerait décrire des boucles plus petites et on les verrait nager par paires ou couples. »

Il resta quelques secondes silencieux, puis reprit, souriant à ses propres pensées :

« On pourrait conjecturer que, si la révolution a un jour lieu chez nous, elle éclatera en hiver, le froid poussant le peuple à serrer ses rangs pour ne former qu'une seule lame de fond unie dans un même objectif. »

Kolya le considéra avec une tendresse fraternelle mêlée d'admiration.

« Tu as toujours eu des idées différentes des autres.

— Je sais, répondit Ivan, c'est idiot cette histoire de poissons ! »

Ils rirent ensemble. Bien que Kolya fût d'extraction populaire et âgé de trois ans de plus qu'Ivan, tous deux s'entendaient comme des frères depuis leur plus tendre enfance. Kolya avait hérité du robuste physique géorgien de son père, le faciès rond et massif, les cheveux bruns et drus aux reflets roux, les yeux marron teintés d'éclats miel, le front court, l'ossature épaisse et imposante. Un an auparavant, il avait débuté en tant que manœuvre dans l'usine Narychkine de Saint-Pétersbourg, travail dont il était fier tant il représentait pour lui, fils de petit paysan, une forme d'élévation sociale lui permettant de côtoyer les progrès du monde moderne et l'univers foisonnant d'une grande ville en pleine transformation.

« Il s'est passé quoi dans la bibliothèque ? demanda-t-il. Alexeï avait l'air très préoccupé dans la cuisine.

— Lui, préoccupé par mon sort ? Je le déteste, ce n'est qu'un sale traître !

— Arrête, Alexeï s'est toujours soucié de toi. Et ce n'est pas parce qu'il s'intéresse moins que toi aux personnes de ma condition que ce n'est pas un type bien. Alexeï est tout sauf un salaud. »

Kolya se tut un instant. Il passa la cigarette à son ami avant d'insister.

« Alors, que s'est-il passé ? »

Ivan inhala une profonde bouffée.

« Mon père m'envoie chez les Cadets pour mater mon sale caractère et confisque tous mes livres qu'il juge “dangereux” pour mon esprit, c'est-à-dire tous ceux qui parlent de notre combat. S'il s'imagine que cela mettra un terme à mon engagement, il se trompe. »

Il soupira.

« Je n'en peux plus, Kolya. Je ne supporte plus la morgue de mon père, sa suffisance de classe et son idéologie libérale. Il voudrait que notre pays devienne une sorte de monarchie constitutionnelle à l'anglaise, mais pas pour le bien commun, non, uniquement pour le sien et ceux de sa caste, afin de gagner plus d'argent sur le dos des travailleurs et avoir plus de pouvoir. Une révolution bourgeoise, à mille lieues de celle à laquelle nous rêvons toi et moi. Alexeï est plus progressiste, sans toutefois pousser l'ambition et le processus jusqu'à la société sans classes. Il s'arrête à un simple changement de mains de la domination, au remplacement d'une élite par une autre. Parfois, je me dis que je ne suis pas né dans la bonne famille. Cela peut te sembler fou, car j'ai tout, et pourtant je ne me sens pas à ma place. Un jour, je m'enfuirai de cette prison dorée et j'irai rejoindre ceux auxquels je me sens réellement appartenir, le peuple de Russie, mes vrais frères. »

Kolya acquiesça. Il vérifia qu'il n'y avait personne alentour et chuchota :

« Je peux te confier un secret ? »

Ivan écrasa la cigarette en fronçant les sourcils comme s'il avait été insulté.

« Évidemment ! »

Kolya se pencha vers lui.

« Je fais partie d'un soviet clandestin ! »

Ivan le fixa, le regard incandescent.

« Alors ça y est, la révolution est en marche ? Raconte, je veux tout savoir !

— Eh bien, on se réunit à plusieurs dans des ateliers ou des chambres, on change de lieu à chaque fois pour éviter d'attirer l'attention de l'Okhrana. Il y a des ouvriers, des étudiants, des professeurs et même des bourgeois.

— Et vous faites quoi ?

— On discute, on réfléchit à comment faire la révolution, je veux dire, comment la faire concrètement. Moi, j'écoute surtout, car je n'ai pas ta culture ni ton éducation et, à les entendre, je commence à me dire que c'est peut-être possible.

— Possible ? C'est certain, c'est le mouvement inexorable de l'Histoire !

— C'est exactement ce que dit Bogdan Dmitriovitch, un professeur de philosophie de l'université, "le mouvement inexorable de l'Histoire". »

Ivan le scrutait avec intensité.

« Tu pourrais m'introduire à vos réunions ?

— Bien sûr, je voulais te le proposer. Mais comment faire maintenant que tu seras chez les Cadets ? »

Ivan plongea dans une profonde et fugitive réflexion, où son esprit envisageait toutes les éventualités à la fois en fonction des différentes hypothèses qu'il élaborait.

« Je me débrouillerai. »

Les deux amis se sourirent avec une complicité fiévreuse.

« Et pas un mot, à personne. »

Ils firent le geste de jurer et crachèrent ensemble dans le bassin.

Ivan avait le feu aux joues. Son cerveau était en ébullition.

« Kolya, j'ai un service à te demander pour ce soir. »

*

Dans la chambre d'Ivan, Alexeï rassemblait les livres bannis par le maître des lieux. Lassé de cette besogne qu'il jugeait stupide et inutile, il les abandonna en désordre sur le secrétaire. Mains sur les hanches, tête baissée, il fit quelques pas soucieux et s'immobilisa devant une croisée. Il ne comprenait pas pourquoi son frère s'acharnait à provoquer leur père d'une manière aussi franche. Il aurait pu continuer d'avoir des idées révolutionnaires sans pour autant s'y draper ostensiblement comme dans un étendard. Alexeï comprenait encore moins pourquoi Ivan s'était entiché à ce point des théories anarchistes et marxistes, non parce que ces pensées étaient hostiles à la classe à laquelle appartenait leur famille, maintes raisons pouvaient expliquer qu'on rejette le milieu dont on est issu, mais parce que leur mise en pratique aboutirait à l'exact contraire des aspirations qui les portaient. Ivan était intelligent, trop peut-être, il aurait dû selon lui percevoir qu'une société sans classes n'était qu'une utopie, que la possibilité de son avènement impliquait la création d'une nouvelle oligarchie qui maintiendrait les masses dans une médiocrité absolue, sinon dans la misère, au prix d'un contrôle drastique des esprits et des individus représentant la négation absolue de toute forme de libération. Comment un garçon aussi brillant que son frère, capable de dérouler avec une rigueur et une aisance stupéfiantes l'ensemble des conséquences d'un système ou d'un phénomène, ne le voyait-il pas ? Quelles raisons avait-il de s'aveugler ou de se laisser aveugler de la sorte ?

Il en était là de ses tergiversations lorsque Ivan entra dans la pièce.

« Ah, je vois que l'exécuteur des basses œuvres de Monsieur Notre Père est déjà à la tâche... »

Il marcha jusqu'à son lit, jeta sa casquette sur l'édredon et s'allongea. Alexeï s'appuya dans l'encadrement de la fenêtre.

« Ça ne m'amuse pas de devoir confisquer tes livres.

— Il fallait y songer avant.

— Avant quoi ?

— Tu aurais dû m'informer des projets de notre père me concernant. »

Alexeï croisa les bras.

« Parce que ça aurait changé quelque chose ? »

Ivan scruta le plafond.

« Non, tu as raison, j'aurais agi de la même façon. »

Alexeï rejoignit le secrétaire, tira la chaise et s'assit avec dépit.

« Je ne te comprends pas.

— Tu ne comprends pas quoi ?

— Pourquoi tu détestes tellement ce que nous sommes ?

— C'est ce que nous représentons que je déteste, pas ce que nous sommes.

— Tu as tort.

— Je ne crois pas, non.

— Si. Parce que de même qu'un ouvrier ou un paysan n'a pas choisi de naître dans la condition qui est la sienne, ni toi ni moi n'avons choisi la nôtre, nous ne sommes donc coupables de rien. »

Ivan s'assit à son tour.

« C'est là où tu trompes. Nous sommes coupables de ne rien faire pour que cela change, et doublement, puisque notre position nous donne le pouvoir d'agir.

— Je ne suis pas d'accord. La modernisation de la Russie à laquelle œuvre notre père et à laquelle j'aspire apportera plus de liberté à ceux qui veulent s'élever par leur travail et leur mérite.

— C'est là où nous ne nous entendrons jamais, toi et moi. Tu veux la liberté, qui favorisera toujours la domination d'un groupe sur un autre ; moi je veux l'égalité, qui abolit à jamais toute forme de domination.

— Ton égalité n'est que la tyrannie du même et la négation des différences naturelles qui existent entre les hommes. Ton idéal est aussi gris qu'une prison.

— Je garde mes convictions et te laisse à tes certitudes.

— Je ne sais pas lequel de nous deux a plus de convictions que de certitudes ; celui qui voudrait que les choses soient telles qu'elles devraient selon lui être ou celui qui essaie de faire avec ce qu'elles sont ?

— Ta deuxième proposition est la définition parfaite de la collaboration avec l'ennemi et de la compromission. »

Alexeï passa sa main sur ses traits crispés. Ivan se leva.

« Natalia m'a dit que mère t'avait appelé tout à l'heure ?

— Oui, elle voulait savoir comment ça s'était passé dans la bibliothèque.

— Elle n'a pas dû être déçue.

— Je lui ai dit que père n'avait pas forcément pris sa décision et qu'elle ferait mieux d'en parler directement avec lui. J'en ai assez qu'elle me demande sans arrêt de me mettre entre vous deux. »

Ivan sourit comme on mord.

« Ta lâcheté te promet la belle et grande carrière dans la diplomatie à laquelle notre père te destine. »

Alexeï se leva également, fatigué par les propos de son frère.

« Tu sais quoi, fais ce que tu veux après tout. Je te laisse tes lectures et tes chimères. Je ne veux pas confisquer des livres.

— Oh, un acte de rébellion ! Méfie-toi, à ce rythme-là, un jour tu seras plus communiste que moi. Au moins tu connaîtras un peu mieux la réalité de l'humanité. »

Alexeï explosa.

« Parce que tu la connais, toi, la réalité de l'humanité ? Tu sais ce que Kolya t'en raconte et ce que tu peux en observer de loin, bien au chaud dans nos voitures, derrière les fenêtres closes de nos maisons, à travers les mots des auteurs que tu lis. La vérité, c'est que tu ignores tout de ce que vivent les petites gens du peuple russe, je veux dire, concrètement ; tu ne sais pas ce que c'est que d'avoir faim ou froid dans ta chair, alors garde tes belles leçons de morale pour toi, elles sont aussi abstraites que ta connaissance de ce qu'éprouvent et veulent ceux dont tu te fais le porte-voix éraillé depuis le confort de ta vie bourgeoise !

— Qu'est-ce que tu connais aux conditions de vie du peuple russe, toi, le futur ambassadeur ? Rien, tu n'y connais rien !

— C'est vrai. À la différence de toi, je ne prétends pas le contraire. Et je ne vis pas dans l'illusion de vouloir ce qui est impossible pour ceux dont je ne sais rien. »

Ivan le poussa violemment en arrière. Alexeï se rattrapa de justesse sur le coin d'une commode.

« Tu vois, dit-il, seuls les tyrans répondent à la contradiction qui les dérange par la violence. Les tyrans ou les enfants gâtés.

— Hors d'ici. »

Alexeï sourit avec une tristesse amère.

« Père a raison, les Cadets te feront beaucoup de bien. »

Il sortit.

*

La pénombre tombait sur la mer Baltique et la datcha Narychkine, linceul noir voilant délicatement les objets, la nature et l'avenir.

Assise à sa coiffeuse, Ekaterina feuilletait les pages d'un album photographique pendant qu'Irena, sa femme de chambre, lui démêlait les cheveux.

La porte s'ouvrit. Dans le reflet du miroir, Ekaterina croisa le visage affectueux de Vladimir. Il avait revêtu un brocart pourpre brodé de fils d'or dont la redingote affichait fièrement la croix de seconde classe de l'ordre impérial russe de Saint-Stanislas.

Il rejoignit sa femme et l'embrassa sur le front.

« Vous êtes très en beauté, madame. »

Irena s'éclipsa.

« Merci mon ami. Vous-même avez fière allure.

— C'est que j'ai à cœur de vous plaire, ma chère. »

Il lui prit la main et la baisa. Ses yeux s'attardèrent sur un cliché d'Ivan. Alors âgé de 7 ans, il était au coin de la cheminée de leur hôtel particulier à Saint-Pétersbourg, plongé dans les *Contes* des frères Grimm. Ses sourcils étaient légèrement froncés, manifestation de sa profonde et habituelle concentration lorsqu'il lisait.

Vladimir tira un fauteuil et s'assit près de son épouse de manière à être face à elle.

« Que regardez-vous donc ? »

Ekaterina effleura la page sur laquelle elle était arrêtée.

« Des souvenirs... »

Elle demeura un instant songeuse, puis laissa échapper une pensée fugitive :

« Il était tellement mignon à cette époque. »

Le maître des lieux soupira.

« Et déjà en train de lire... »

Ekaterina tourna la tête sur le côté comme si, par ce simple mouvement, elle pouvait ouvrir l'espace de son champ de vision sur ce moment évoqué et le contempler en spectatrice émue depuis le présent qui l'en séparait.

« Il a toujours aimé lire. Vous vous souvenez comment nous devions cacher certains ouvrages inappropriés pour éviter qu'il ne les dévore avant l'heure ? »

Vladimir sourit avec un mélange d'attendrissement et de regret.

« Peut-être aurions-nous dû les mettre sous scellés, cela nous aurait évité bien des soucis. »

Ekaterina le considéra avec affection.

« Êtes-vous sûr que les Cadets soient une bonne solution à ses comportements outranciers ? »

Son mari croisa les jambes.

« Oui, ma chère, j'en suis certain. Aussi étrange que cela puisse paraître vu ses facilités pour les sciences et les mathématiques, Ivan a besoin de rigueur et de fermeté. »

Ekaterina referma l'album posé sur ses genoux et caressa la couverture en cuir.

« Pourtant, j'ai entendu parler d'une nouvelle médecine venue d'Autriche. Elle procède d'une guérison par la conversation et la parole. Anastasia Chouvalovia m'en a dit grand bien. Elle m'a notamment rapporté les effets bénéfiques que cette méthode avait sur Sergueï Constantinovitch. Saviez-vous qu'il expérimentait cette technique depuis bientôt quatre années maintenant ? »

Vladimir lissa sa moustache.

« Je l'ignorais tout à fait. »

Elle resta silencieuse avant de demander :

« Ne pensez-vous pas que cela pourrait être une alternative intéressante à la brutalité des Cadets ? »

Vladimir éclata de rire.

« Ma chère, vous êtes bien une femme, et une femme russe ! Je sais que vous avez du mal avec l'idée que l'on rudoie vos petits, et c'est bien normal, la nature de votre sexe vous porte à la douceur et non à la sévérité. Je ne doute pas que ce nouveau traitement soit très prometteur, mais nous avons déjà essayé nombre d'accommodements, restés hélas sans résultat probant. Croyez-moi, la discipline des Cadets est ce qui conviendra le mieux à Ivan. Il est plus que temps que son caractère récalcitrant se heurte à des murs inébranlables. Il y va de son devenir et de l'honneur de notre nom. »

Ekaterina le fixait d'un air impénétrable, puis elle opina, signe qu'elle capitulait à contrecœur et se rangeait à la décision de son époux.

« Ma chère, faites-moi confiance, Ivan ne s'en portera que mieux. »

Elle acquiesça.

« Même si vous ne changerez pas d'avis, pourriez-vous malgré tout penser à ce que je vous ai dit ? »

Vladimir lui prit la main.

« Je vous le promets. »

Il l'embrassa.

« Je vous laisse finir de vous préparer. »

Il se leva et quitta la pièce.

*

Lorsque les convives commencèrent à arriver, en calèches ou en automobiles rutilantes, la datcha Narychkine brillait de tous ses feux. Dans les salons et sur les terrasses, les invités rivalisaient d'élégance et d'excentricités. Les femmes arboraient l'immense spectre des atours russes dans un arc-en-ciel ébouriffant de couleurs : les verts foncés, les bleus profonds et les pourpres sombres côtoyaient les verts clairs, les bleus pâles, les roses tendres et les lilas auxquels s'ajoutaient, par touches disparates et fauvistes, les jaunes éclatants et les rouges sang. Certaines exhibaient les longues et amples manches de leur *letnik*, d'autres la coupe droite de leur *sarafane* dénudant leurs bras, toutes coiffées de la grande auréole de leur *kokochnik*, rond ou pointu, richement brodé d'or, d'argent et serti de pierres précieuses ou de joyaux familiaux ; d'autres encore se pavanaient tête nue dans des toilettes à la dernière mode en provenance de Paris ou de Londres. Les hommes portaient des costumes aux nuances plus sobres mais relevés, çà et là, de fils d'or et de médailles, alternant eux aussi des styles traditionnels de différentes régions et des mises européennes modernes, exception faite des militaires de carrière qui, comme les généraux Dénikine et Wrangel, avaient revêtu leur uniforme d'apparat.

Les serveurs serpentaient parmi cette foule bigarrée flanqués de plateaux garnis de verres de vodka, de champagne et de vin. Les buffets déployaient l'éventail de toutes les saveurs de l'Empire des tsars dans une outrance typiquement slave. Au milieu de cette débauche vestimentaire et culinaire, Vladimir et Ekaterina papillonnaient de groupe en groupe au rythme de l'orchestre, recueillant les hommages et présentant les leurs, discourant avec une légèreté de circonstance des réformes agraires, passant en revue les dernières nouvelles venues d'Europe, raillant à mots couverts teintés de désespoir l'influence délétère de Raspoutine sur la famille impériale et la politique de la Russie, discutant du sort à réserver aux terroristes anarchistes et aux dissidents révolutionnaires, ou échangeant simplement bons mots et saillies désinvoltes avec leurs interlocuteurs.

En sa qualité d'aîné, Alexeï suppléait avec une aisance naturelle ses parents dans cet exercice d'urbanité où, derrière la frivolité des conversations, se nouaient de possibles accords et partenariats financiers, se tissait un réseau d'influence invisible, se décidait en sous-main la destinée du pays.

Une fois en présence du secrétaire particulier du ministre des Affaires étrangères, Viktor Igorovitch Lvov, et de son épouse Tatiana Fiodorovna, tous deux en habits cosaques, Vladimir s'exclama :

« Alexeï, tu connais déjà l'homme qui te servira de père dans les méandres de la diplomatie ? »

Alexeï salua le couple Lvov avec déférence.

« J'ai en effet cette chance, père. Je vous avoue même ma hâte de voir l'été se terminer afin de débuter mon initiation auprès de son Excellence en parallèle de mes études. »

Viktor Igorovitch s'inclina.

« Jeune homme, je me réjouis de vous apprendre quelques ficelles de cette noble tâche. Et pas d'Excellence entre nous, votre père et moi sommes de trop vieux amis pour un tel cérémonial. »

Tatiana Fiodorovna se tourna vers Ekaterina.

« Et où se cache donc la perle que vous nous envoyez comme femme de chambre ?

— Natalia Antonova ? Elle est occupée en cuisine, mais vous pourrez la voir après les danses si vous le souhaitez. »

Elle accepta la proposition d'un sourire. Viktor Igorovitch demanda alors aux Narychkine :

« Et Ivan ? Nous n'avons pas encore eu l'heur de le croiser ce soir ; il n'est pas souffrant au moins ? »

Vladimir croisa les mains dans son dos.

« Nullement. Il est sans doute avec quelques membres du personnel. Il lui arrive de préférer leur compagnie à celle de ses propres parents. »

Tatiana Fiodorovna joua l'offusquée :

« Mon Dieu, un anarchiste en herbe ?

— Pire, communiste ! », répondit Vladimir sur un ton badin pour occulter la vérité affligeante que cette révélation représentait pour lui.

Le quatuor rit à ce trait comme s'il se fût agi d'une simple boutade. Le maître des lieux ajouta :

« Raison pour laquelle il intégrera les Cadets de Saint-Pétersbourg à la rentrée prochaine.

— Voilà qui lui mettra du plomb dans la cervelle, ou du moins de l'ordre dans les idées ! commenta Tatiana Fiodorovna.

— J'ai aperçu le général Dénikine tout à l'heure, surenchérit Viktor Igorovitch, il a fait ses classes à l'École militaire des cadets de Kiev, peut-être devriez-vous le présenter à Ivan ? »

Vladimir acquiesça à cette suggestion.

« Excellente idée ! »

Puis, tandis que la conversation roulait sur les vertus d'une éducation stricte des jeunes gens, il se pencha vers Alexeï et murmura entre ses dents :

« Trouve ton frère et fais en sorte qu'il daigne nous honorer enfin de sa présence. »

Alexeï prit congé et partit en quête d'Ivan. Après avoir parcouru les différents salons et salué les invités qu'il connaissait, certains depuis le berceau, prenant le temps de s'enquérir de chacun, il décida d'explorer l'hypothèse paternelle. Dans son sarcasme, il avait peut-être vu juste.

En cuisine régnait une agitation extrême afin de satisfaire cette société de privilégiés à la hauteur de l'importance qu'ils s'attribuaient. Au milieu des autres serviteurs, Natalia, Kolya, Olena et Anton chargeaient et déchargeaient des victuailles, remplissaient des coupelles de *pelmeni*, de *vareniki*, de bœuf Stroganov, de saumons, salaisons et caviar, préparaient des plats de *pirogi* et de pirojki, des bols de bortsch et de *solianka* afin que personne ne manquât à aucun moment de rien.

Natalia était aux prises avec un sac manifestement trop lourd pour elle. Alexeï se précipita et lui prêta main-forte.

« Merci. »

Ils déposèrent leur cargaison dans la remise.

« Tu sais où est Ivan ?

— Non, pourquoi ?

— Père le demande. »

Kolya entra dans la pièce les bras chargés de légumes.

« Tu tombes bien, lui dit Alexeï, je cherche Ivan, tu ne saurais pas où il se terre par hasard ? »

Le frère de Natalia hocha négativement la tête avec un rictus à peine perceptible avant de se délester de sa charge.

« Kolya, insista Alexeï, si tu sais quelque chose, dis-le moi. Notre père s'impatiente, et vu ses dispositions envers Ivan, si mon frère se livre encore à une de ses provocations, je crains que son sort n'empire.

— Vraiment, Alexeï, je ne sais pas. Je l'ai quitté tout à l'heure près du bassin et je ne l'ai pas recroisé depuis. »

Alexeï resta un instant immobile, les mains sur les hanches et le regard au sol, avant de conclure :

« Au moins j'aurais essayé. Si vous le voyez, pouvez-vous lui dire de se hâter ? »

Natalia et Kolya confirmèrent et Alexeï sortit. Alors qu'il traversait le hall, une main l'agrippa par surprise et l'attira à l'extérieur, sur le perron. Prêt à en découdre, Alexeï fit volte-face en garde de boxe. Face à son attitude belliqueuse, trois jeunes hommes de son âge se retenaient d'éclater de rire.

« James ! »

Vêtu d'un smoking relevé à la mode dandy par un nœud papillon jaune vif à pois rouges, James Scott Nelson, fils de l'ambassadeur anglais à Saint-Pétersbourg, fixait son ami russe d'un air hilare. Polyglotte, maniant une ironie mordante et désinvolte, brun, les traits fins, presque féminins, le corps noueux, l'iris vert perçant, pétillant et vif, James connaissait Alexeï depuis des années grâce aux relations étroites qu'entretenaient leurs parents. Ils partageaient en outre la passion du noble art et de l'escrime qu'ils pratiquaient dans les mêmes clubs d'entraînement pétersbourgeois.

« Andreas ! »

Allemand, héritier du riche industriel Siegfried von Metternich avec lequel Vladimir était lié par de nombreuses affaires et intérêts, il était aussi austère et rigide que James était jovial et souple. Blond, à la limite de l'albinisme, les yeux bleu-gris poudreux donnant à son regard un caractère évanescent et inquiétant d'absence, le visage anguleux, la stature carrée, Andreas avait commencé à fréquenter Alexeï dès le début des multiples accords passés entre les entreprises de leurs pères dix ans auparavant. Accueillis l'un et l'autre de manière régulière dans leurs familles respectives pour des vacances, ils nourrissaient la même foi dans le progrès technique et scientifique, Alexeï étendant cet optimisme à l'humanité dans son ensemble tandis qu'Andreas avait une conception désenchantée de la condition humaine, notamment concernant sa capacité à combiner éthique et liberté.

« Oleg ! »

Camarade de classe d'Alexeï, fils unique du couple Lvov qu'il venait de quitter pour chercher Ivan, Oleg était typiquement slave, pratiquement une caricature du Russe dans toute son exubérance. Grand, imposant, blond, la mâchoire large, l'œil bleu givré, l'intelligence brutale, imprévisible car uniquement mû par ses pulsions qu'il ne réprimait jamais, il portait dans la pointe légèrement dédaigneuse de son menton la suffisance des personnes bien nées et l'arrogance de ceux qui considèrent le monde entier comme leur dû.

« Tout doux, Alexeï, dit James en tournant vers lui les paumes de ses mains en signe d'apaisement, garde ton énergie pour notre *sparring* de demain, tu en auras besoin ! »

— Tu en auras plus besoin que moi, lui rétorqua Alexeï en desserrant les poings et en adoptant une posture plus cordiale. Aurais-tu oublié le résultat de nos derniers rounds ? »

James inclina la tête avec un air narquois de mauvais garçon et prit les autres à parti :

« Vous, les Russes, je n'ai jamais su qui de la fierté ou de l'orgueil l'emportait chez vous !

— Et vous, les Anglais, répliqua Oleg, on ne sait jamais si vous tournez tout en dérision par pudeur ou par vanité.

— Excellente question, Oleg, excellente question, je dirais même : *that is* the *question!* Je crois que nous avons trop de respect pour ce qui est véritablement grave pour le traiter avec sérieux. Une sorte de politesse du désespoir ou d'hommage que l'esprit rendrait à la bêtise. Andreas, qu'en penses-tu ? »

L'intéressé haussa les épaules.

« C'est une question à laquelle je pourrais répondre lorsque nous aurons départagé nos trois nations d'une façon incontestable et définitive.

— Ah, répondit James avec un enjouement canaille, voilà une remarque qui porte le sceau du caractère allemand, car elle ne s'embarrasse pas de la futilité pour aller à l'essentiel. »

À la stupéfaction d'Alexeï, le jeune lord tira de derrière son dos une bouteille de whisky, geste auquel Andreas et Oleg ripostèrent en faisant respectivement apparaître une de schnaps et une de vodka.

« Et maintenant, place au "voshsky" – vodka-schnaps-whisky –, la seule manière décente et humaniste qui soit de ne nous faire la guerre ! », conclut James en les entraînant à l'écart.

Oleg sortit quatre petits verres de ses poches, les donna à ses compères, les remplit de vodka et leva le sien :

« *Za vaché zdarovié!* »

Tous répétèrent en chœur :

« *Za vaché zdarovié!* »

Ils burent d'une traite. Andreas les servit en schnaps.

« *Prost!* »

Ils trinquèrent et firent de même. James toussota.

« C'est pire que de l'alcool pour allumer un feu !

— Nous sommes d'accord que la vodka l'emporte sans conteste ? demanda Alexeï.

— *Ja*, confirma Andreas.

— *So far, yes,* ajouta James. Attendez d'avoir goûté ce chef-d'œuvre... »

Il distribua le nectar brun.

« Gentlemen, chers amis, vous vous apprêtez à déguster le plus anglais des "whiskeys" puisqu'il est irlandais ! Quelle tragédie cependant de gâcher un tel miracle en ne le sirotant pas. C'est toute la différence entre nous, messieurs : vous buvez pour être soûls, nous autres Anglais buvons pour être ivres. *But anyway, cheers!* »

James les observa boire cul-sec, soupira de déplaisir et but à son tour.

« Vodka, décréta Oleg.

— *Da!* confirma Alexeï.

— *Ja* », surenchérit Andreas.

James les toisa en feignant à leur endroit le plus souverain des mépris.

« Vous êtes deux peuples barbares, preuve en est que l'un est francophile et l'autre francophobe. Finalement, mieux vaut la guerre que la cuite, hélas ! »

Ils éclatèrent de rire. En tournant la tête vers l'une des fenêtres ouvrant sur le hall, Alexeï se figea en apercevant Ivan qui s'apprêtait à faire son entrée dans le grand salon. James, qu'Oleg terminait de resservir, remarqua la stupeur de son ami.

« Un problème ? »

Alexeï se précipita à l'intérieur, mais Ivan se mêlait déjà à la fête. Ses trois complices le rejoignirent et s'immobilisèrent eux aussi, sidérés, sur le seuil de la réception.

Ivan déambulait au milieu de cette luxuriante société vêtu en ouvrier de la tête aux pieds – pantalon et veste en toile, bretelles, chemise à col ouvert, casquette, godillots ; il saluait avec une déférence affectée les invités de sa connaissance, qui le considéraient avec un mélange d'étonnement et d'amusement. Sur son passage, malgré certains sourires, suintait sous les chuchotements une impression de gêne et de malaise, impression dont manifestement Ivan se délectait et qui exacerbait son affabilité outrancière.

Andreas donna une tape amicale et fraternelle à Alexeï. Oleg suivait la scène avec une expression goguenarde.

« Si c'est la nouvelle mode vestimentaire à Saint-Pétersbourg, alors c'est une révolution ! ironisa James comme on se protège d'une catastrophe imminente.

— Une révolte stupide qui sera sévèrement réprimée », commenta sobrement Alexeï en cherchant son père parmi le parterre chatoyant de toutes les traditions de la Sainte Russie.

Ses parents étaient en pleine discussion avec le ministre de l'Intérieur, Nikolaï Alexeïevitch Maklakov, sa femme Marie Boulgakovna et le général Anton Ivanovitch Dénikine lorsque Vladimir aperçut Ivan. Son amabilité se gela.

« Qui est ce jeune homme ? demanda le général Dénikine.

— C'est notre fils Ivan », répondit Ekaterina en forçant l'indifférence et la nonchalance du ton pour tenter de dédramatiser la situation.

Le militaire le considéra d'un œil analytique et dit pour tout commentaire :

« Les Cadets sont une excellente idée. »

Vladimir s'inclina vers ses interlocuteurs.

« Si vous voulez bien me pardonner…

— Moi de même », s'excusa également Ekaterina en emboîtant le pas à son mari.

Alors que Vladimir fendait la foule, elle le retint par le bras.

« Le mal est fait, inutile d'y ajouter le scandale d'un esclandre. »

Le maître des lieux se retourna vers elle et lui cracha entre ses dents :

« C'est votre fils, madame, qui fait scandale ! »

Il se dégagea brutalement de la main de son épouse au moment où un messager faisait irruption chez eux :

« L'archiduc François-Ferdinand et la duchesse de Hohenberg ont été assassinés ! »

Un murmure effaré parcourut l'assistance, suivi d'un silence de souffle coupé. Qu'un tel événement se soit produit en Serbie était, en raison des alliances entre les différents pays européens, l'étincelle qui pouvait mettre le feu à une poudrière à retardement dont personne ne pouvait prévoir l'ampleur de la déflagration. À cette annonce, l'espace et le temps s'étaient pétrifiés autour des convives.

Dans les regards fuyants qui s'échangeaient, la stupéfaction le disputait à l'inquiétude.

Le ministre de l'Intérieur rompit cette immobilité statufiée en levant ostensiblement sa vodka :

« Messieurs, en cette heure tragique et dangereuse, le tsar et notre Mère Patrie nous appellent à leurs côtés ! »

Il vida son verre d'un trait et le brisa sur le sol. À grands cris patriotiques, toute l'assemblée l'imita. Une majeure partie des hommes rajustèrent leur veston et prirent le chemin de la sortie de la datcha Narychkine. Vladimir dévisagea Ivan avec une colère ravalée et partit avec les autres hauts dignitaires dont les circonstances réclamaient la présence à Saint-Pétersbourg.

Face à ce mouvement de désertion confuse, Ekaterina offrait sa meilleure figure à ceux qui restaient. Elle fit signe à l'orchestre de reprendre, appela son aîné à son bras et ouvrit le bal sous sa conduite.

Si les résistants aux malheurs qui obscurcissaient l'horizon dansèrent jusqu'au petit matin et burent plus que de raison, il flottait une atmosphère de mort presque solide dans l'air.

Lorsque le point du jour sonna l'heure de se retirer, le désordre ambiant semblait annoncer les tumultes chaotiques qui s'apprêtaient à engloutir le monde et bouleverser radicalement le cours de l'histoire humaine.

Ainsi s'achevait la nuit du 28 au 29 juin 1914, sur une aube crépusculaire.

Première partie

Le tonnerre du Grand Soir

Une idée devient une force lorsqu'elle s'empare des masses.

Karl Marx

Toute classe qui aspire à la domination doit conquérir d'abord le pouvoir politique pour représenter à son tour son intérêt propre comme étant l'intérêt général.

Karl Marx

1

Ekaterina et Ivan prenaient leur petit déjeuner lorsque, les bras chargés de la presse du jour, Alexeï fit une irruption tonitruante :

« Nous sommes en guerre ! »

Ivan se précipita et s'empara de plusieurs journaux.

« La guerre ! », tel était le mot qui revenait en ce 2 août 1914 à la une de tous les quotidiens et dans la majorité des manchettes. L'assassinat de l'archiduc François-Ferdinand et de son épouse à Sarajevo suivi de l'ultimatum lancé le 23 juillet par l'Empire austro-hongrois à la Serbie avait entraîné la Russie à soutenir son allié serbe. À Saint-Pétersbourg, de grandes manifestations de protestation s'étaient rassemblées devant l'ambassade d'Autriche-Hongrie. Le 30 juillet, face à cette flambée patriotique de l'opinion publique, et pour répondre à un conflit devenu désormais inévitable, Nicolas II avait décrété la mobilisation générale. La veille, 1er août 1914, l'Allemagne avait déclaré la guerre au pays des tsars.

Ekaterina reposa sa tasse de thé dans sa soucoupe.

« Comment s'est passé le cours de ce matin ?

— Mère, nous sommes au bord de l'abîme et vous vous souciez de ma leçon d'escrime ! »

Plongé dans un article, Ivan ironisa :

« J'aime quand mon frère s'inquiète plus de l'avenir du monde que de ses loisirs bourgeois... »

Alexeï lui donna une calotte dont la vigueur ne laissait aucun doute sur son refus de plaisanter en une heure aussi grave. Passant instantanément de la surprise à la rage, Ivan froissa le journal qu'il tenait entre les mains et se jeta sur son aîné.

Ekaterina s'interposa.

« Ça suffit tous les deux ! Vous m'entendez, ça suffit ! »

Alertée par le tapage, Olena accourut et lui prêta main-forte. Ekaterina ne décolérait pas :

« Je ne tolérerai pas que mes fils se battent comme de vulgaires chiffonniers, encore moins sous mon toit ! »

Même séparés, les deux belligérants restaient sourds aux injonctions maternelles et poursuivaient les hostilités par l'affrontement rhétorique.

« Tu défends le peuple et tu te réjouis que ses enfants partent mourir sur les lignes de front, quelle piètre communiste tu fais ! hurlait Alexeï.

— C'est votre guerre de capitalistes qui va tuer des innocents, et de tous les peuples ! Les travailleurs, eux, veulent la paix ! criait Ivan.

— La paix ? La révolution dont tu rêves ne peut se faire que dans des mares de sang, et tu me parles de paix ?

— Les guerres sont toujours injustes, pas les révolutions !

— Parce que défendre l'honneur de sa patrie est injuste ?

— Tu confonds l'honneur de la Russie et les intérêts personnels de la poignée d'hommes qui la dirige !

— Tu n'es qu'un traître, Ivan !

— Et toi un sale profiteur de la misère ! »

Ekaterina les gifla tous les deux. Le silence s'abattit sur le champ de bataille jusqu'à ce que la maîtresse de maison découvre Andreas debout sur le seuil de la pièce, son chapeau à la main.

« Pardonnez-moi, bredouilla-t-il avec gêne, je repasserai à un moment plus approprié.

— Non, Andreas, s'empressa-t-elle, tu ne nous déranges pas, au contraire. Ces sales garnements vont me faire le plaisir de revenir immédiatement à une attitude plus raisonnable et plus décente. »

Elle fusilla ses garçons du regard. Ils s'attablèrent avec un air furibond signifiant qu'ils étaient loin d'en avoir terminé. Ekaterina reprit sa place initiale et fit signe à Andreas d'approcher.

« Entre, entre donc. »

Elle saisit la théière.

« Veux-tu une tasse de thé ? »

Andreas restait immobile.

« Cela aurait été avec joie, chère Ekaterina Viktorovna, mais je dois malheureusement me hâter car mon père et moi partons pour l'Allemagne dans quelques heures.

— À la guerre comme à la guerre ! », commenta sarcastiquement Ivan.

Alexeï bondit de sa chaise, prêt à en découdre de nouveau.

« Alexeï ! Ivan ! », s'agaça Ekaterina d'une voix et d'un ton qui ne souffraient ni la contradiction ni la résistance à son autorité.

Alexeï se rassit.

« Je ne voulais cependant pas partir sans vous présenter mes respects, reprit Andreas, ni vous exprimer mes plus sincères regrets pour ce qui arrive à nos deux nations. Adieu donc. »

Il s'inclina avec raideur et sortit. Alexeï se leva et le rejoignit alors qu'il descendait les marches du perron.

« Andreas ! »

Son ami se retourna. Alexeï lui tendit la main. Andreas la prit et la serra avec une vigueur chaleureuse.

« Nous nous reverrons dans des temps plus cléments, dit Alexeï.

— J'espère, répondit Andreas.

— C'est certain. L'Allemagne et la Russie ne peuvent pas rester ennemies pour l'éternité.

— Le Tout-Puissant t'entende, mon ami. Adieu.

— Adieu, mon ami. »

Ils renouvelèrent leur poignée de mains. Tandis qu'il s'éloignait, Andreas se ravisa :

« Alexeï ?

— Oui ?

— Je suis passé chez James avant de venir, il était déjà parti pour Saint-Pétersbourg avec ses parents. Tu voudras bien le saluer de ma part ainsi qu'Oleg ? »

Alexeï confirma de la tête. Andreas opina à son tour et disparut.

Dans la salle à manger, Alexeï prit son frère à partie :

« Très intelligent ce que tu as dit. Tu crois vraiment que, parce qu'Andreas est allemand, il se réjouit de ce qui arrive ?

— Toi qui devais partir chez lui à Berlin la semaine prochaine, répondit Ivan, voilà qui contrarie fortement tes plans petits-bourgeois de villégiature...

— Tu approuves finalement cette guerre, le railla Alexeï, toi, le grand défenseur de la paix des peuples ? Compliments, la constance de tes convictions est admirable. »

Ivan s'apprêtait à rétorquer de manière cinglante lorsque, exaspérée, leur mère lui coupa la parole.

« Allez préparer vos affaires, nous partons d'ici demain. »

Les deux frères la dévisagèrent avec incompréhension.

« Nous rentrons à Saint-Pétersbourg ? », demanda Alexeï.

Ekaterina se leva.

« Vous verrez bien. »

Elle quitta la pièce.

2

Le train fendait l'air frais du matin, laissant flotter derrière lui une longue traînée de fumée grisâtre et vaporeuse. Dehors, le paysage défilait sans que les soufflements rauques de la locomotive ni les grondements métalliques des roues sur les rails ne troublent son impassibilité. D'un côté, un grand lac déployait sa surface lisse et polie par le pâle reflet du ciel ; de l'autre, des rangées d'arbres serrés dévidaient une muraille d'un vert profond abritant une forêt aux allures insondables et mythologiques.

Dans le wagon-restaurant des premières classes, Alexeï et Ivan étaient tous deux plongés dans la presse du jour en attendant leur mère et Anton, qui les accompagnait pour ce voyage dont ils ignoraient toujours la destination. Les hostilités prenaient de l'ampleur. Par le jeu des alliances, et à la suite de la mobilisation générale décrétée en France ainsi qu'au refus de la Belgique de laisser les Allemands utiliser son territoire pour attaquer les Français, l'Allemagne avait déclaré la guerre à ces deux pays. Compte tenu des traités unissant les différentes nations européennes, il ne faisait plus aucun doute que le nombre des belligérants connaîtrait d'autres recrudescences, notamment par l'entrée désormais inévitable du Royaume-Uni dans le conflit.

Les deux frères furent tirés de la torpeur de leur lecture par le rire éclatant de leur mère. En relevant la tête, ils virent s'approcher Ekaterina et Anton, dont les visages resplendissaient de quelque bagatelle échangée avant leur arrivée.

« Bonjour les enfants, bien dormi ?

— Mère, répondit Ivan en refermant le quotidien qu'il lisait, allez-vous enfin nous dire où vous nous emmenez ? »

Ekaterina et Anton s'assirent à côté d'eux.

« Avant toute chose, dit-elle, on embrasse sa mère et on dit bonjour à notre cher Anton qui a la bonté de nous escorter pour assurer notre sécurité. »

Face à l'immobilité revêche de ses deux garçons, Ekaterina insista.

« Allez, allez, exécution ! »

Alexeï et Ivan obtempérèrent sans réelle conviction.

« Et maintenant, mère, insista Ivan, pouvons-nous savoir où nous allons ? »

Un serveur apporta du thé et un petit déjeuner complet à la tablée. Ekaterina tourna son attention vers l'extérieur.

« Comme notre Sainte Russie est belle… n'est-ce pas Anton ? »

Le Géorgien acquiesça de son faciès rond et massif. Dans le rai de soleil puissant qui transperçait la vitre de la fenêtre, ses épais cheveux bruns scintillaient d'éclats roux et ses iris miel se coloraient de teintes de feu.

« Mère, reprit Alexeï, Ivan a raison, voilà deux jours que nous avons quitté la datcha, nous sommes en droit de savoir où ce train nous conduit. »

Ekaterina jeta un coup d'œil rieur à Anton avant de répondre d'un air mutin :

« Vous verrez bien… »

Alexeï et Ivan échangèrent un regard exaspéré et se replongèrent dans leurs feuilles respectives.

« Quelles sont les nouvelles ? », leur demanda Anton.

Ivan lui tendit son journal.

« La guerre. »

Anton le remercia et saisit l'imprimé de ses mains épaisses de travailleur.

Ekaterina servit du thé.

« Là où nous allons, vous oublierez ces désagréments pour vous consacrer à des activités plus essentielles et plus réjouissantes que la simple actualité déprimante du monde. »

Les deux frères se dévisagèrent.

« Que de mystères ! », ironisa Ivan.

Alexeï hoqueta de rire tant la remarque d'Ivan lui semblait aussi juste que la situation lui apparaissait absurde.

« Je vous conseille de bien profiter de cette collation, dit négligemment Ekaterina, car vous allez bientôt vivre dans la grande tradition des starets. »

Alors qu'ils terminaient de se restaurer, le maître d'hôtel vint trouver Ekaterina :

« Nous arriverons en gare de Kem d'ici une demi-heure. »

Il s'éclipsa.

« Bien, dit Ekaterina, il est temps de nous préparer. »

Les yeux d'Alexeï et Ivan se croisèrent dans la même incompréhension.

Ekaterina se leva.

« Allez, ordonna-t-elle à ses fils, hâtez-vous, et pliez correctement vos vêtements. »

De retour dans leur compartiment, Ivan s'étonna :

« En Carélie ? Mais pourquoi diable sommes-nous en Carélie ?

— Aucune idée, rétorqua Alexeï. Va savoir ce que notre fantasque de mère a encore imaginé... »

Ils étouffèrent les ricanements complices et nerveux qui les agitaient et commencèrent à rassembler leurs affaires.

« Peut-être qu'elle nous emmène chez son amie Oksana Nikolaïevna ? s'interrogea Alexeï.

— J'espère que non, s'exclama Ivan, c'est une vieille bigote insupportable !

— La pire qui soit ! Mais je ne pense pas que nous allions chez elle, je crois me souvenir qu'elle habite Petrozavodsk. »

Ivan resta un instant songeur, puis demanda à son frère :

« Tu comprends, toi, pourquoi Anton est avec nous ?

— Tu as entendu notre mère, répondit Alexeï, il est là pour "assurer notre sécurité".

— Notre sécurité ? C'est ridicule ! Qu'avons-nous à craindre de nos camarades russes ? »

Alexeï haussa les épaules en signe d'assentiment.

Lorsqu'ils descendirent de leur wagon, un contingent de soldats en partance pour le front se massait sur le quai d'en face avec une insouciance surprenante, presque de la joie. Sans qu'ils se disent un mot, Alexeï et Ivan furent frappés par la jeunesse de certains d'entre eux. À quelques années près, et s'ils étaient nés d'un côté moins favorisé de la barrière sociale, ils auraient été les premiers à se fondre dans leurs rangs anonymes, prêts à périr au combat d'une balle ennemie ou d'un coup de sabre étranger. Seraient-ils partis, eux, avec une même indifférence vers la possibilité de leur mort prochaine ? Auraient-ils été capables, pour survivre, d'ôter la vie à un autre homme de leur âge dont le seul tort serait d'être né derrière une autre frontière que la leur ?

« Que Dieu les garde », murmura pour lui-même Alexeï.

Ivan, d'habitude si prompt à s'enflammer à la moindre évocation de toute transcendance divine, conserva un silence grave et approbateur.

« Vous venez ? », leur lança leur mère, déjà en route vers la sortie de la modeste gare de Kem avec Anton qui portait ses bagages.

Ils les rejoignirent et les suivirent jusqu'au port, où les attendait un pope. Ekaterina s'inclina avant de s'adresser à ses fils :

« Les enfants, je vous présente le père Igor. Vous allez passer une semaine sous sa direction au monastère Solovetski pendant que je rendrai visite à ma vieille amie Oksana Nikolaïevna. »

Alexeï et Ivan restaient bouche bée.

« Votre père et moi avons pensé que cela vous remettrait les idées en place avant la rentrée, et vous ferait passer l'envie de vous chamailler sans cesse pour des bêtises. »

Elle les embrassa. Ils étaient tellement stupéfaits qu'ils restaient incapables d'articuler le moindre mot ou la moindre objection.

« Adieu mes enfants, profitez bien de cette retraite spirituelle. Je me hâte, le train pour Petrozavodsk part dans moins d'une heure. »

Ils la regardèrent s'éloigner en compagnie d'Anton avant d'embarquer avec le père Igor sur un petit bateau.

Alors qu'ils appareillaient, Ivan se pencha vers son aîné.

« J'ai quelques livres séditieux, comme dirait notre père. Je les ai dissimulés dans mes chemises, je t'en prêterai si tu veux. Nous allons avoir du temps à tuer.

— Et moi, je te prêterai les miens ! », chuchota Alexeï.

Ivan le considéra avec étonnement.

« Tu remontes dans mon estime.

— Et si je te dis que j'ai du tabac ?

— Alors là, mon frère, je te bénis jusqu'à la fin des fins ! »

Ivan passa son bras autour du cou d'Alexeï, qui fit de même.

Au loin, se détachaient les côtes des îles Solovki et les hauts murs du monastère Solovetski coiffé de ses coupoles en forme de bulbes.

3

Natalia chargea sa valise dans la charrette de Dmitri Ivanovitch, l'un des moujiks travaillant sous les ordres de son père, et revint sur le perron de la datcha Narychkine.

« Maman ? »

Son appel résonna sous le porche, ricocha dans le hall et se perdit dans le silence.

« Maman ! Kolya doit déjà être là ! »

Elle entra dans la maison et se mit en quête de sa mère. Elle la trouva assise dans la cuisine.

« Maman, il faut y aller ! »

Olena s'essuya les yeux avec un mouchoir et se leva.

« Je viens, ma petite, je viens.

— Tu pleures ?

— Pleurer ? Non, j'ai juste coupé trop d'oignons. »

Natalia la rejoignit et la regarda avec tendresse.

« Je reviendrai, ce n'est pas comme si je partais à la guerre ! »

Olena sourit entre deux sanglots qu'elle réprimait.

« Je sais, je sais. »

Natalia lui caressa l'épaule.

« Allez, viens, il est l'heure. »

Elle lui prit la main et elles partirent pour la gare où les attendait Kolya.

En arrivant sur le quai, Natalia sauta dans les bras de son frère.

« J'ai tellement hâte, si tu savais ! Comment vont oncle Pavel et tante Valia ?

— Bien, ils vont très bien. Eux aussi ont hâte de te voir. »

Kolya embrassa leur mère.

« Tout va bien à l'usine ? lui demanda-t-elle.
— Oui, maman, tout va bien. Les cadences augmentent de jour en jour, mais ça va, ne t'inquiète pas. »
La locomotive siffla.
« Serrez-moi fort, mes petits. »
Natalia et Kolya l'entourèrent de leurs bras et l'étreignirent de toute leur force.
« Allez ! », dit Natalia en sautillant vers les wagons.
Kolya souleva la valise de sa sœur.
« Tu veilleras bien sur elle, lui cria Olena.
— Promis, maman. Avec moi, elle ne risque rien. »
Ils montèrent dans un compartiment de troisième classe. Ils se penchèrent par la fenêtre et firent de grands gestes d'au revoir à mesure que le convoi s'éloignait. Lorsque la silhouette de leur mère disparut dans le flou du lointain, ils s'assirent.
« Je trouve maman préoccupée, dit Natalia. Elle était encore en train de pleurer dans la cuisine.
— C'est parce que tu quittes le nid maternel pour la grande ville et ses dangers, rien de plus. »
Natalia fit une moue dubitative.
« Je ne sais pas. Elle me semble de plus en plus triste ces derniers temps.
— Elle savait que ton départ approchait. C'est juste dur pour elle de se séparer de ses enfants. Papa va lui remonter le moral.
— Il n'est pas là.
— Ah bon ? Et il est où ?
— Ekaterina est partie rendre visite à l'une de ses amies en Carélie. Comme Vladimir est très occupé en ce moment, papa l'accompagne. Alexeï et Ivan sont avec eux.
— Il y a du monde à la datcha, maman ne sera pas seule. »
Natalia eut un petit sourire narquois.
« Quoi ? Qu'est-ce qui t'amuse ? lui demanda son frère.
— Ivan et Alexeï vont passer une semaine dans un monastère.
— Un monastère ! s'exclama Kolya. Pour quoi faire ?
— Ils n'arrêtaient pas de se disputer, j'ai écouté Ekaterina parler avec Vladimir au téléphone, et ils ont décidé de les envoyer là-bas pendant une semaine, sur une île. »
Kolya s'esclaffa.

« Ivan va être furieux, lui qui déteste tout ce qui touche à la religion ! »

Il considéra sa sœur avec amusement.

« Tu es une petite espionne, toi. »

Natalia lui donna une frappe amicale sur l'épaule.

« Une femme informée vaut deux hommes, au bas mot ! Et je suis toujours bien informée. »

Kolya jeta de rapides coups d'œil autour d'eux et parla à voix basse.

« Est-ce que je peux te confier un secret ?

— Oui ! Tu sais bien que j'adore les secrets. »

Kolya observa encore alentour, puis dit :

« Je fais partie d'un soviet clandestin. On prépare la révolution. »

Natalia le scruta avant de s'appuyer contre le dossier en bois de la banquette.

« Si tu veux, je pourrais voir si tu peux assister à l'une de nos réunions ?

— Je ne sais pas, répondit sèchement Natalia. Je comprends que certains aient envie de faire une révolution, ceux qui ont des patrons ou des maîtres qui les tyrannisent, oui, je les comprends, mais nous, Kolya, les Narychkine nous ont toujours bien traités, on n'a pas à se plaindre de quoi que ce soit.

— C'est un combat plus grand que nous, pour le bien commun.

— Tu parles comme Ivan, le railla Natalia.

— Jamais je ne parlerai comme lui, Ivan est beaucoup trop intelligent.

— Parfois l'intelligence rend absolument stupide.

— Tu n'es pas obligée de venir, sache seulement que tu es la bienvenue. »

Natalia laissa son regard se perdre dans le paysage, puis elle fixa son frère avec des yeux brillants.

« Pour l'instant, je n'ai qu'une semaine de liberté avant de commencer mon travail chez les Lvov, alors je ne veux pas gâcher mon temps avec la révolution ou la guerre. Qu'est-ce que je dois voir en premier à Saint-Pétersbourg ? Où sont les plus jolis garçons de la capitale ? »

Kolya la réprimanda gentiment.

« J'ai promis à maman de veiller sur toi. »

Natalia feignit de s'offusquer.

« Je n'ai pas besoin de chaperon, je suis une vraie Russe ! »

Elle tira un poignard de sa robe et fit mine de le menacer.

« Je sais me défendre toute seule. »

Kolya leva les mains en signe de capitulation et, sans qu'elle s'y attende, il la désarma en un éclair. Ils se dévisagèrent jusqu'à ce que Kolya fasse tournoyer le couteau en l'air pour le rattraper par la lame et le tendre à sa sœur.

« Règle numéro une : ne jamais céder à l'assurance que te donne une arme, sinon tu perds en vigilance. »

Natalia récupéra ce qu'elle s'était laissé bêtement dérober.

« On apprend ça dans tes réunions ?

— On peut. »

Natalia sourit.

« Alors je viendrai peut-être. Uniquement s'il y a de jolis garçons ! »

Ils rirent ensemble.

4

Isolés sur la plus grande île de l'archipel entre les hauts murs du monastère Solovetski, Alexeï et Ivan vivaient dans un temps suspendu, figé dans une époque immémoriale. Lieu d'exil pour les opposants au régime autocratique russe depuis le XVIe siècle, la seule manière de s'évader laissée à leur disposition résidait dans la prière ou l'étude.

Cependant, hors des moments de messes obligatoires, de travaux manuels d'intérêt collectif et de lecture des textes sacrés, Alexeï et Ivan saisissaient le moindre interstice de liberté qui s'offrait à eux, n'hésitant pas à le créer dès que l'opportunité se présentait.

« Alexeï, la voie est libre ! »

Ils se faufilaient dans les cuisines, dérobaient des miches de pain et des harengs salés. Au fond d'un placard, dissimulées entre des plats en terre cuite, ils avaient découvert des réserves honteuses de chocolat.

« Ivan, regarde, le péché de gourmandise n'est pas étranger à nos directeurs de conscience ! »

Pendant les heures dévolues aux traductions grecques et latines, aux commentaires des écrits théologiques et des récits de la vie des saints, ils sortaient de dessous leur veste les livres apportés dans leur valise et s'échappaient dans les pensées politiques dissidentes ou les livres érotiques français subtilisés dans le second rayon de la bibliothèque familiale.

Ils profitaient des corvées de collectes de plantes ou de bois à travers l'île pour partager des cigarettes roulées et débattre de ce qu'ils avaient lu.

« Alors, ce polisson de Mirabeau ? questionnait Alexeï.

— Très intéressant, répondait Ivan en recrachant la fumée âcre de sa bouffée, critiquer le pouvoir monarchique par les comportements sexuels, c'est original.

— Tu vois, je savais que ça te plairait !

— Malgré tout, je n'aime toujours pas Mirabeau.

— Un révolutionnaire de sa trempe devrait pourtant avoir toute ta sympathie.

— Un noble élu du tiers état, un traître à sa classe, tu rigoles ?

— Comme toi !

— Très drôle. Il a trahi la Révolution en conseillant secrètement le roi.

— Il n'a rien trahi, il conseillait Louis XVI à l'époque où la France était encore une monarchie constitutionnelle, donc il ne faisait que son devoir.

— Rendre moral l'immoral, voilà bien un tour de passe-passe de diplomate ! Et toi, Bakounine ?

— Passionnant, mais trop utopique pour moi.

— L'avenir n'est pas une utopie.

— Je ne crois pas réaliste une société sans État, l'homme est trop égoïste pour être suffisamment bon envers son prochain. En fait, tu es un croyant qui s'ignore !

— Salaud, on ne frappe pas en dessous de la raison, c'est déloyal ! »

Ils se chamaillaient et se couraient après.

« Le père Igor, baisse-toi ! murmurait Ivan en tirant son frère par la manche.

— Donne du pain, chuchotait Alexeï, on empeste le tabac à dix verstes ! »

La nuit, ils se glissaient sous les voûtes endormies pour aller chaparder des provisions, uriner dans les encriers des moines, tailler leurs plumes dans le mauvais sens, inverser les volumes sur lesquels travaillaient les copistes. Dans la grande bibliothèque, ils découvrirent des ouvrages licencieux soigneusement cachés derrière une rangée d'incunables à la valeur inestimable. Certaines de leurs gravures explicites retinrent longuement leur attention adolescente.

Le dernier soir, alors qu'ils se livraient à leurs friponneries nocturnes, ils manquèrent de se faire surprendre par un pope et son novice, manifestement mus tous deux par un urgent besoin de confession. Alexeï et Ivan trouvèrent refuge dans les latrines où ils restèrent jusqu'à ce que le danger ait disparu. Les matines approchaient lorsqu'ils allumèrent leur dernière cigarette avant de rejoindre leur cellule et de préparer enfin leurs affaires pour leur retour à la vie civilisée.

« Je suis désolé, Aliocha, dit Ivan.

— Pour quelle raison ?

— Parce que c'est ma faute si on s'est retrouvés ici.

— J'aurais pu moi aussi être plus intelligent le jour où Andreas est venu nous saluer, notre mère aurait été moins excédée. Cela dit, tu pourrais effectivement tourner sept fois ta langue dans ta bouche avant de provoquer la terre entière à tout bout de champ, surtout notre père. Ton costume d'ouvrier le soir de son anniversaire n'était pas vraiment la meilleure idée que tu aies eue.

— Je sais. J'essaie pourtant, même si ça ne se voit pas, j'essaie, je te promets. C'est juste plus fort que moi. C'est pour Andreas que je m'en veux le plus. C'est ton ami, tu tiens à lui, je n'aurais pas dû tenir de tels propos. C'était bêtement gratuit. La situation doit être terrible pour lui car il aime authentiquement la Russie. J'espère pouvoir un jour lui demander pardon. »

Alexeï toisa son frère avec un regard faussement outragé.

« Et à moi, non ? »

Ivan eut un sourire facétieux.

« Toi, c'est différent. Tu es mon grand frère, donc tu as forcément, tort ! »

Alexeï leva les yeux au ciel en rigolant. Puis son expression se fit soudainement grave.

« Je te demande pardon, moi aussi. J'aurais dû te parler de ce que notre père envisageait pour toi. Tu te serais agacé, mais j'aurais pu essayer de te convaincre de changer momentanément d'attitude, et t'éviter peut-être ces maudits Cadets. J'ai surestimé mes capacités. Maintenant, je sais qu'on ne peut bien négocier qu'en discutant avec les deux parties.

— Ça n'aurait rien changé, tu connais ma tête de mule.

— Si je me suis surestimé cette fois-ci, ne sous-estime pas mes talents diplomatiques non plus !

— Je ne te sous-estime pas. Tu seras un grand diplomate. Je le pense sincèrement. »

Ils se dévisagèrent avec une réelle fraternité.

« Je pense que notre père peut revenir sur sa décision d'ici quelques mois si tu te tiens à carreau, dit Alexeï.

— Je n'ai pas peur de la rigueur des Cadets. On ne peut pas se battre pour la révolution sans s'endurcir un peu.

— Pour une fois, tu ne veux pas être plus roseau que chêne ?

— Rassure-toi, je vais suivre tes conseils. Je ne vais pas récidiver. En tout cas, pas tout de suite !

— Tu me le promets ?

— Tu as ma parole. Et puis cela épargnera les nerfs fragiles de notre pauvre mère. »

Entendant sonner l'heure des matines, ils se hâtèrent de regagner leur paillasse et feindre de se réveiller.

Lorsqu'ils accostèrent en début d'après-midi sur le continent, ils aperçurent Ekaterina qui les attendait au bras d'Anton avec un air radieux. Ils ignoraient encore que le conflit dans lequel était engagée la Russie s'était étendu au Royaume-Uni et à l'Autriche-Hongrie, devenant ainsi une guerre mondiale.

5

Quelques jours après l'arrivée de Natalia, Saint-Pétersbourg russifiait son nom d'origine allemande pour s'appeler Petrograd.

Si la cité des tsars tenait ses promesses d'émerveillement architectural avec sa célèbre perspective Nevski, son palais d'Hiver ou sa monumentale cathédrale Saint-Sauveur-sur-le-Sang-Versé, la réalité de la vie prolétarienne en temps de guerre était une source de désenchantement.

Pourtant, il y avait de la chaleur humaine chez l'oncle Pavel et la tante Valia. Ils habitaient un appartement collectif en périphérie de la ville, à proximité de l'usine Narychkine. Chaque famille bénéficiait d'une pièce pour elle et partageait les parties communes avec les autres occupants dans une ambiance bon enfant et solidaire. Tous travaillaient pour Vladimir Piotrovitch Narychkine, qui possédait l'ensemble des bâtiments du faubourg où il logeait la totalité de ses ouvriers dans des conditions salubres et décentes.

Malgré les jolis garçons, Natalia découvrait la rugosité des disparités existentielles propres aux grandes métropoles, ces écarts criants entre les riches et les plus modestes qui se lisaient à même les rues, dans la géographie urbaine et sur les façades des immeubles. Même si elle avait toujours eu conscience de ne pas appartenir à la caste des privilégiés qui dirigent le monde, elle n'avait connu que les frontières perméables de la datcha Narychkine où elle avait bénéficié d'un accès à l'instruction digne d'une fille de la lignée et où elle tutoyait d'égal à égal les véritables héritiers du nom.

Bien que jeune, la guerre accentuait déjà la profondeur du fossé entre les classes. Le coût des allumettes et des produits de première nécessité n'avait cessé d'augmenter, les échauffourées s'étaient multipliées sur les marchés entre des clients et des marchands au point que, avant de s'autodissoudre pour ne pas gêner l'action du gouvernement en cette période martiale, la Douma avait fixé un prix maximum pour la nourriture et prévu un arrêt d'activité de trois mois pour ceux qui ne respecteraient pas cette disposition. Dans l'éventualité de troubles sociaux, et afin de minimiser les exacerbations d'humeur dues à l'ivresse, elle avait également voté des restrictions sur la consommation d'alcool ; rationnement de vodka qui pesait sur le moral des masses et contribuait à la morosité ambiante, elle-même accrue par les afflux de plus en plus nombreux des premiers blessés du front.

Pour les accueillir et les soigner, des dispensaires de fortune ouvraient aux quatre coins de la capitale. Natalia s'était spontanément présentée pour prêter main-forte aux médecins et aux infirmières. Elle s'était retrouvée confrontée à la laideur concrète de la guerre – corps estropiés, jambes amputées et bras arrachés, visages défigurés, mâchoires béantes et broyées, hurlements de douleur et râles de mort, cadavres. Certains soldats étaient à peine plus vieux que son frère, elle ne pouvait s'empêcher de l'imaginer avec épouvante à leur place en train d'agoniser.

L'un d'eux, Mikhaïl Levachovitch, la touchait particulièrement. Âgé de 20 ans, paysan et fils de paysans de l'Oural, il avait dû être beau avec ses cheveux blonds et bouclés comme les blés, sa peau pâle et ses yeux de glace avant d'avoir son profil droit entièrement emporté par une explosion d'obus. Il souffrait également de multiples brûlures et blessures sur le reste de son anatomie meurtrie. Une plaie profonde dans sa cuisse gauche menaçait de s'infecter et nécessitait une attention de tous les instants. Marié, père de deux petites filles, il dictait quotidiennement à Natalia des lettres pour les rassurer sur sa santé.

« Svetlana et Polina, ce sont deux petits anges ? l'interrogea la première fois Natalia.

— *Da.*

— Elles ont quel âge ?

— Un et 3 ans.

— Depuis combien de temps es-tu amoureux d'Ivana ?

— Depuis toujours ! »

Sans jamais se plaindre de ses souffrances ni parler de sa décrépitude physique, il échafaudait dans ses missives mille plans pour améliorer les futures récoltes et offrir aux siens un avenir radieux.

La veille des débuts de Natalia chez les Lvov, l'état de Mikhaïl se dégrada soudainement. Sa cuisse virait au noir, la gangrène avait entamé sa progression sinistre. Si aucune amélioration ne se manifestait d'ici le lendemain, il faudrait amputer.

« J'aurais aimé être là, mais je te promets de passer quand j'aurais terminé mon travail.

— Natalia, tu m'as déjà beaucoup donné, ne fais rien qui pourrait nuire à ta nouvelle situation. C'est une bonne place que tu as trouvée, tu la mérites. Fais ce que tu as à faire. Quand nous nous reverrons, je serai peut-être un peu plus bancal ! »

Natalia lui sourit, l'embrassa sur le font en lui caressant les cheveux avant de lui dire :

« À demain, Mikhaïl. »

Elle demanda à Kolya de passer la chercher après l'usine, elle serait alors libérée de ses obligations et pourrait aisément s'éclipser avant de rentrer dormir dans la chambre que les Lvov lui attribuaient dans leur hôtel particulier de la perspective Nevski.

Mais Tatiana Fiodorovna avait prévu d'autres réjouissances.

« Nous serons une dizaine à dîner ce soir, j'aurai besoin de vous pour servir à table avec le reste du personnel.

— Très bien, madame. »

Alors qu'elle aurait dû se retirer, Natalia restait immobile à tordre légèrement son tablier. Tatiana Fiodorovna releva la tête vers elle.

« Autre chose ?

— Oui, madame...

— Dites, j'écoute.

— Sauf votre respect, je devais me rendre au chevet d'un de nos jeunes soldats dont je me suis occupée au dispensaire. Croyez-vous possible de m'absenter à cet effet un peu avant l'arrivée de vos invités ?

— Enfin, ma petite, vous n'y pensez pas ! Notre ministre sera là, de même que Vladimir Piotrovitch Narychkine, tout doit être parfait. Dites-vous qu'aujourd'hui, la guerre est ici, pas de désertion. »

Lorsqu'elle aperçut Kolya par la fenêtre, elle sortit le prévenir qu'elle était malheureusement retenue à son poste. Son agitation était extrême. Toutefois, elle était résolue à passer auprès de Mikhaïl quelle que soit l'heure à laquelle elle terminerait afin d'honorer sa promesse.

Jamais le temps ne lui sembla s'écouler aussi lentement. Elle regardait avec un dégoût ravalé cette société de nantis qui devisaient sur l'avenir du monde en buvant et mangeant plus que de raison alors que d'autres mouraient de faim dans les rues ou d'une explosion d'obus sur la ligne de front.

Malgré ses efforts pour dissimuler la culpabilité qui la torturait, Vladimir remarqua l'émoi intérieur de Natalia au masque faussement avenant qu'elle s'évertuait à afficher. Profitant d'un aparté pour prendre de ses nouvelles, il s'enquit des raisons de ses tourments. Natalia lui expliqua succinctement la situation.

« Je vais trouver une solution », la rassura Vladimir.

Les agapes terminées, au moment où les convives s'installaient au salon pour prendre les liqueurs, Vladimir prétexta la fatigue d'une harassante journée pour se retirer.

Avant de partir, il demanda à la maîtresse de maison :

« Chère Tatiana Fiodorovna, me permettriez-vous de vous enlever quelques instants Natalia Antonova pour lui montrer notre demeure ? Elle est comme une sœur pour mes fils, ils seront ravis qu'elle puisse parfois leur rendre visite. »

La requête acceptée, Vladimir emmena Natalia avec sa voiture jusqu'au dispensaire.

« Je vous attends, je vous raccompagnerai après. »

Quelqu'un d'autre occupait le lit de Mikhaïl. Terrifiée par ce qu'elle pressentait, elle interrogea l'une des infirmières qu'elle connaissait.

« Tu arrives trop tard, il n'a pas survécu à son amputation. »

6

Malgré la douleur aiguë, Ivan encaissa le coup sans broncher.

« Neuf ! », compta-t-il à haute voix, le regard rivé sur le portrait du tsar accroché au mur en face de lui.

Les mains posées sur le bureau, les jambes écartées et le bassin en arrière, il subissait le châtiment corporel réservé par le règlement aux Cadets coupables d'insubordination. Derrière lui, il entendait gémir le plancher sous les pas lents du colonel Yuri Gagarovitch Kirillov, le directeur de l'institution.

« Ivan Vladimirovitch, depuis bientôt deux mois, vous ne cessez de nous mettre dans l'embarras... »

La large batte en bois siffla lourdement dans l'air avant de s'écraser avec un bruit sourd sur les fesses d'Ivan.

« Dix ! »

Yuri Gagarovitch secoua la tête, éparpillant les gouttes de sueur perlant sur ses joues et son crâne dégarni.

« Je ne vous comprends pas, Ivan Vladimirovitch, vraiment, je ne vous comprends pas... »

Le grincement de ses bottes impeccablement cirées s'éloigna de quelques mètres.

« Vous êtes pourtant un excellent élément... Vos aptitudes pour les mathématiques et les sciences sont réelles, incontestables même... »

Yuri Gagarovitch se servit un verre de vodka et le but d'un trait. Il revint vers Ivan.

« Que vous vous battiez avec Sergueï Ourossovitch, passe encore... »

Il frappa, le visage rougi par l'effort.

« Onze ! »

Le colonel souffla bruyamment.

« Nous sommes des militaires, nous battre est une seconde nature, c'est sain, très sain pour la santé et pour l'habitude... Ce que je ne m'explique pas, c'est votre goût prononcé pour toute cette philosophie... enfin, “philosophie”, un bien grand mot pour de telles immondices... ces conneries socialistes de caniveau... Ça, franchement, je ne me l'explique pas... »

La batte martela derechef sa pénitence.

« Douze. »

Le directeur se redressa et caressa son ventre proéminent.

« Mais le pire, c'est que vous ayez désobéi au lieutenant-caporal Popov lorsqu'il vous a donné l'ordre d'arrêter de proférer des propos séditieux... Et surtout, surtout, dans une escalade verbale digne d'une mutinerie inadmissible, vous avez osé lui dire que nous envoyons nos troupes aux combats dans “des conditions honteuses et déplorables” ! »

Nouveau coup.

« Treize.

— Pourquoi ? »

Un autre.

« Quatorze.

— Pourquoi ? »

Un autre.

« Quinze.

— Je vous ai demandé pourquoi, répondez à la question ! »

Et un autre.

« Seize... grommela Ivan entre ses dents.

— Répondez ! »

Encore un.

« Dix-sept... Parce que... »

Ivan reprit sa respiration.

« Parce que c'est l'exacte vérité... Nos hommes sont tellement bien équipés qu'ils doivent attendre que leurs camarades meurent sous les balles ennemies pour récupérer un fusil et monter à l'assaut... »

Il tenait cette information de journaux dissidents relatant les témoignages édifiants de certains estropiés qui avaient survécu à leurs blessures, vérité que l'Okhrana, la police politique secrète du tsar, occultait d'une main de fer.

« Mensonges ! », hurla Yuri Gagarovitch.

Hors de lui, il arma sa frappe et rossa par trois fois l'insolent de toutes ses forces. Sous la brutalité de la dernière charge, Ivan fléchit sur ses jambes et manqua de s'effondrer à terre.

« Dix-huit... »

Il fournit un effort colossal pour reprendre sa position initiale.

« Dix-neuf... »

Le bas du dos lui brûlait atrocement.

« Vingt ! », réussit-il à scander d'une voix claire et forte.

Le directeur envoya valser sa batte au sol. D'une démarche pesante, il s'affala sur une chaise et vida successivement deux verres de vodka.

« Bon sang, Ivan Vladimirovitch, vous êtes pourtant bien né... Votre père exerce des responsabilités importantes... un homme admirable... vous devriez être aussi patriote que lui, et non un adversaire de notre Sainte Russie qui est attaquée par des hordes de Teutons sauvages... »

Il but directement au goulot.

« Votre père vous a envoyé ici pour que nous vous redressions moralement... J'ai beau être un soldat, saviez-vous que j'ai la violence en horreur ?... Si, si, je vous assure... Imaginez comme j'ai été malheureux pendant toute ma carrière... seulement nous sommes officiers de père en fils dans la famille... Et vous... voyez un peu ce que vous m'obligez à vous infliger... »

Il porta la bouteille de vodka à ses lèvres, mais elle était vide. De rage, il la lança contre un mur où elle se fracassa en mille morceaux. Il se prit la tête entre les mains et sanglota pendant plusieurs minutes avant de se reprendre. Il se leva, alla ouvrir la porte et fit entrer un planton qui attendait à l'extérieur.

« Sergent, mettez-moi cette mauvaise graine au cachot. Au pain sec et à l'eau. Une semaine. Exécution. »

7

En sortant de l'Académie militaire de Petrograd, Alexeï releva le col de son manteau et enfila sa chapka. Un vent gorgé de Sibérie s'engouffrait dans les rues et faisait virevolter les lourds flocons de neige comme autant de lucioles blanches dans les lumières des lampadaires.

Sa sacoche sous le bras, il traversa la chaussée glissante pour se rendre à son rendez-vous avec Viktor Igorovitch Lvov. Malgré les circonstances, le secrétaire du ministre des Affaires étrangères avait mis un point d'honneur à tenir ses engagements envers le fils aîné de son ami Vladimir Piotrovitch Narychkine. S'il ne pouvait en aucun cas le former sur des dossiers diplomatiques, tous désormais classés confidentiels, il entendait utiliser les talents naissants d'Alexeï pour être ses yeux et ses oreilles au sein de la population et de la jeunesse de la capitale. L'adhésion du peuple et son soutien patriotique étaient une clef majeure pour remporter la victoire sur l'ennemi. Ce jour de liesse, que tous avaient imaginé proche, s'éloignait. La guerre s'enterrait dans la durée, à l'image des Français et des Allemands qui s'enfouissaient dans des tranchées pour tenir au mieux leurs positions respectives. Les premières conséquences de l'allongement du conflit se faisaient déjà sentir au sein de la société russe, notamment dans les couches les plus modestes ; conséquences qui, si elles s'aggravaient au-delà d'une certaine limite difficile à évaluer, pourraient s'avérer dangereuses.

Une bourrasque plus forte que les autres fit frissonner Alexeï. Il rajusta les pans de son manteau et hâta le pas alors qu'il s'engageait sur la perspective Nevski. C'était la première fois que Viktor Igorovitch le recevait chez lui dans le cadre de ses travaux.

D'habitude, il le voyait dans son bureau du ministère. La situation et l'enlisement des combats n'autorisaient sans doute plus sa présence en un lieu aussi stratégique.

Arrivé devant l'hôtel particulier des Lvov, il scruta avec un sourire irrépressible les fenêtres éclairées des étages. Natalia était derrière ces murs. Il ne l'avait pas revue depuis leur départ de la datcha pour les îles Solovki. Il rajusta sa mise afin d'apparaître sous son meilleur jour si jamais il la croisait.

Au rez-de-chaussée, Natalia repassait du linge dans la buanderie quand Oleg entra en tenant une chemise.

« Ah, Natalia Antonova, je te cherchais... »

La jeune femme posa le fer et commença à plier la nappe encore tiède.

« Oleg Viktorovitch, que puis-je faire pour vous ? »

L'intéressé referma la porte.

« Je te l'ai déjà dit : pas de cérémonial entre nous ni de vouvoiement. Je t'ai connue plus effrontée lorsque nous nous battions dans la datcha Narychkine avec ces gredins d'Alexeï et Ivan ! »

Pour toute réponse, Natalia continua son ouvrage. Oleg lui tendit sa chemise.

« Tiens, nous allons à l'opéra ce soir, et je veux porter celle-ci. »

Natalia s'attela à la tâche.

« Bien sûr, Oleg Viktorovitch. »

Oleg fit quelques pas nonchalants.

« Tu te plais chez nous, non ?

— Je n'ai pas à me plaindre, c'est une bonne place. »

Oleg se rapprocha d'elle en opinant du chef.

« Une bonne place, oui, c'est vrai. »

Il se colla à elle et posa ses mains sur ses hanches.

« Ta place pourrait être encore plus confortable si tu venais dans mon lit... »

Natalia restait impassible. Le visage niché dans ses cheveux, Oleg releva sa robe, se mit à lui caresser doucement la naissance des cuisses.

« Tu veux bien faire ça pour moi ? Tu verras, je m'occuperai bien de toi... »

Ses doigts s'agitaient sous les jupons de sa servante et cherchaient fébrilement son sexe.

Natalia tira sèchement sur le tablier de son uniforme, se retourna, le gifla et le repoussa avec brutalité.

« Je t'ai déjà dit non, jamais je ne serai à toi ! »

Oleg, surpris par la vigueur du camouflet, recula de quelques mètres en touchant machinalement sa joue. Elle était en feu. Cela l'excitait. Il ouvrit les bras au ciel et éclata de rire.

« Ah, voilà, enfin tu me tutoies ! »

Il s'avança vers elle.

« Une vraie femme russe, j'aime ça... »

Natalia s'empara du fer brûlant et le brandit en direction d'Oleg.

« Oh là, dit-il en s'immobilisant, les mains levées dans un geste pacificateur, tout doux ma jolie, tout doux... »

La sonnette de l'entrée retentit. Aucun d'eux ne bougeait.

« Tu as raison, je te laisse tranquille. Tu viendras à moi de ton plein gré, je n'en aurai que plus de plaisir... »

Oleg sortit après lui avoir envoyé un baiser déposé dans le creux de sa paume.

La sonnette retentit à nouveau. Natalia écrasa avec fureur le fer sur la chemise d'Oleg, le remit sur son socle et rejoignit le hall.

Sur le seuil, le visage d'Alexeï s'illumina.

« Natalia ! »

Il la prit dans ses bras et la serra contre lui. Elle le serra à son tour avec une intensité inhabituelle.

« Aliocha ! »

Lorsqu'ils cessèrent leur étreinte, Alexeï la considéra longuement.

« Tout va bien ?

— Oui », répondit-elle.

Alexeï la connaissait trop pour ne pas lire le mensonge derrière son sourire figé.

« Vraiment ? Tu es heureuse ici ?

— Bien sûr qu'elle est heureuse ! Qu'est-ce que tu crois, c'est une maison honorable ici, à la différence de chez toi ! »

Alexeï leva les yeux par-dessus l'épaule de Natalia et découvrit la silhouette massive d'Oleg. Ils échangèrent une accolade virile.

« Je te manque tellement que tu me poursuis de tes assiduités jusque sous mon toit après une semaine d'internat ? le charria Oleg. Viens donc là mon mignon... »

Il attrapa Alexeï et, goguenard, l'embrassa sur la bouche, à la russe.

« Imbécile ! J'ai rendez-vous avec ton père, lui dit Alexeï.

— Ah oui, la diplomatie... »

Alexeï jeta un coup d'œil à Natalia qui les observait en se tordant les doigts. Il se tourna vers Oleg.

« J'espère que tu te comportes bien avec Natalia. Tu sais qu'elle est comme une sœur pour Ivan et moi ?

— Arrête avec tes histoires d'incestes, tu vas me faire bander ! »

Alexeï sourit à l'humour de régiment d'Oleg. Il détailla de nouveau Natalia. Quelque chose n'allait pas, il le savait.

« Oleg, dit-il, je suis sérieux. Si tu ne te conduis pas bien avec elle ou, pire, si tu lui fais du mal, c'est simple, je te tue. »

Oleg fixa Alexeï dont l'expression traduisait l'absence totale de plaisanterie. Soudain, il éclata d'un rire tonitruant. Alexeï rit également.

« Allez, suis-moi, lui dit Oleg, je vais te conduire à mon père, il est dans son bureau. »

Il passa son bras autour des épaules d'Alexeï et, sous le regard glacial de Natalia, il l'entraîna dans le grand escalier.

8

En arrivant au carrefour, Kolya reconnut immédiatement Ivan à sa casquette rabattue sur son front. Ils se saluèrent sobrement d'un geste du menton et se mirent en route. Les lampadaires s'allumaient, lucioles perchées dans la pénombre montante.

« Ça va ? demanda Kolya. Tu t'es remis de...

— Ça va », trancha Ivan.

Kolya sortit de sa veste un gousset contenant du tabac.

« Ça n'a pas été trop difficile de te libérer ? », interrogea-t-il en roulant une cigarette.

Les mains enfoncées dans ses poches, Ivan hocha négativement la tête.

« Tu as dit quoi à tes parents ?

— Rien, répondit Ivan. Mon père est parti régler un problème de machines dans son usine de Moscou. Avec la guerre, on ne le voit presque jamais.

— Et ta mère ?

— Elle s'est déjà installée à la datcha pour préparer Noël. Alexeï et moi sommes seuls avec les gens du personnel. Enfin, du vendredi au dimanche soir, le reste du temps nous sommes à l'internat. »

Ils s'engagèrent dans une rue plus étroite en direction des docks.

« Où allons-nous ? questionna Ivan.

— Dans un hangar de salaison. Comme il y aura d'abord un vote pour voir si tu peux faire partie de notre soviet, on a choisi un lieu neutre et les membres ne donneront pas leur vrai nom.

— Je comprends. La police du tsar nous traque, il faut être très prudents. Nous serons nombreux ?

— Une dizaine, je pense.

— Il y aura qui ? Je veux dire : quel genre de profession ? »

Kolya passa la cigarette à Ivan.

« Bogdan Dmitriovitch, le professeur de philosophie dont je t'ai parlé.

— Je croyais que je ne devais pas connaître la véritable identité des participants, le coupa Ivan.

— Tu es mon ami, je sais que tu es un fervent défenseur de notre cause. Mais tu as raison, je vais être plus méfiant, même avec toi !

— Qui encore ?

— Majoritairement des ouvriers et des petits commerçants, et un militaire démobilisé. Son bras droit a été amputé.

— Cette guerre est une erreur. La guerre en soi est une erreur.

— Ce n'est pas la position des socialistes.

— Je suis bolchevik, pas socialiste, encore moins menchevik.

— Tu en auras face à toi, des socialistes et des mencheviks. L'un d'eux est très réticent au fait que tu nous rejoignes.

— Pourquoi ? »

Ils arrivèrent sur les docks. Avec la luminosité rasante du crépuscule, les cargos, les containers et les grues dessinaient un agrégat obscur de formes aux reflets métalliques, vision fantastique et inquiétante de l'avenir.

« Tu es le fils de Vladimir Piotrovitch Narychkine, répondit Kolya, il pense que tu es un espion de la bourgeoisie ou, pire, de l'Okhrana ! Pas sûr que tu aies son vote à lui...

— J'aurai les autres. »

Ivan tira une dernière bouffée avec un rictus amusé et jeta le mégot incandescent dans la neige.

« C'est là, dit Kolya. Tu es prêt ?

— Plus que jamais, répondit Ivan.

— Et essaie de rester calme. Certains peuvent être bornés, tous n'ont pas ton intelligence. »

Kolya frappa trois coups rapprochés puis deux espacés sur la tôle. Le bruit sourd d'une barre de fer que l'on retire grogna et la porte s'ouvrit. Un manœuvre d'une vingtaine d'années palpa Ivan pour vérifier qu'il n'était pas armé.

« Bienvenue, camarades ! »

Ils entrèrent et le secret de la clandestinité se referma sur eux. Entre les rayonnages, les membres du soviet étaient assis autour de plusieurs tables accolées en enfilade, sur lesquelles étaient posés des bouteilles de vodka, des verres et deux lampes à pétrole dont les halos de lumière mêlés allongeaient démesurément les ombres et plongeaient le reste du lieu dans les ténèbres. De l'extérieur provenait la rumeur ouatée des sirènes des bateaux et des bruits opaques de cargaisons en train d'être chargées ou déchargées.

Ivan, Kolya et l'individu qui les avait introduits prirent place. Ivan topographia l'assistance. La majorité des hommes avaient entre 20 et 30 ans, effectivement ouvriers et commerçants vu leur accoutrement ; deux femmes étaient également présentes, de toute évidence ouvrières et de la même génération ; le doyen de l'assemblée, autour de la quarantaine, doté d'un léger embonpoint, plus aisé d'après sa veste et son gilet, le crâne rongé par une calvitie symétrique, une fine barbe taillée en pointe, le visage allongé coiffé de petites lunettes cerclées, ne pouvait être que le professeur de philosophie Bogdan Dmitriovitch.

« Trop jeune », jugea d'emblée l'un des participants, un roux aux joues creuses et au physique noueux, qu'Ivan identifia comme celui qui était hostile à sa présence, socialiste selon lui.

« Camarade, la jeunesse est toujours l'avenir des révolutions, rétorqua Ivan.

— Je ne suis pas ton camarade. Sache tout de suite que je suis contre ta venue parmi nous.

— Camarade, temporisa Kolya, je me suis porté garant pour mon ami, je le connais depuis sa naissance, je réponds de lui sur ma vie.

— C'est un bourgeois ! s'énerva l'opposant. Et les bourgeois sont nos ennemis !

— Nos ennemis sont le sectarisme arbitraire et l'intransigeance aveugle, intervint le professeur. Nous ne pouvons pas combattre les privilèges liés à la naissance ou à la fortune acquise sur le dos des travailleurs et revendiquer les privilèges de notre ascendance ou de notre position sociale. »

Les mots de Bogdan Dmitriovitch imposèrent le silence.

« Buvons ! », lança le contradicteur d'Ivan.

On remplit les verres et on porta un toast :

« *Za vaché zdarovié!* »

Ils burent d'une traite.

« Quelle est ton opinion sur la guerre actuelle ? questionna l'adversaire d'Ivan.

— Toute guerre est antirévolutionnaire parce que toujours faite au détriment du peuple.

— Tu n'es pas patriote ?

— Je ne vois pas de raison d'être patriote. Les populations se battent et meurent pour des bénéfices qui ne profitent qu'aux puissants et aux exploiteurs.

— Un bolchevik !

— Oui, et je crois même qu'il serait bon que nous soyons défaits par les Allemands.

— Foutaise ! Tu es pire qu'un bourgeois, tu es un traître !

— Au contraire. La défaite hâterait la maturation du processus révolutionnaire. »

Tous le fixèrent.

« Développe », lui demanda le professeur.

Ivan posa ses coudes sur la table et parla en regardant chacun tour à tour.

« Le prolétariat russe n'est pas encore assez développé pour avoir la conscience de classe nécessaire et suffisante permettant de déboucher sur la révolution. Le retard de notre industrialisation cantonne pour l'instant la Russie au rang d'une nation majoritairement paysanne. Or, une défaite entraînerait un chaos qui agirait à la manière d'un catalyseur chimique et précipiterait la constitution d'une conscience de classe hybride commune aux paysans et aux travailleurs. Ce serait l'étincelle de l'incendie que nous attendons, un incendie qui détruirait à jamais la société de classes. »

Le professeur scrutait Ivan avec intérêt et curiosité.

« C'est la position de Lénine, commenta-t-il.

— En partie, répliqua Ivan.

— Cela reste une hypothèse, pas plus, même si elle est séduisante.

— En effet », admit à contrecœur Ivan.

Son détracteur souriait triomphalement. Le soldat démobilisé et amputé de son bras droit prit la parole.

« Je suis d'accord avec cette hypothèse. Je sais ce que peut coûter la guerre à un homme. Lorsque j'étais au front, nous étions nombreux à nous demander pourquoi nous nous battions, et surtout pour qui nous étions prêts à nous faire tuer. Pour la Russie ? Oui, mais quelle Russie ? Celle de la tsarine teutonne et de son maudit Raspoutine ? Celle de la noblesse et des riches ? Une défaite détruirait le pouvoir du tsar et nous ferait passer d'une domination à une autre, en pire, car étrangère.

— Et ça, dit l'une des deux femmes, le peuple russe ne l'acceptera pas. Il se battra alors pour sa liberté à lui et pour la fin de toute oppression. »

Ivan acquiesça.

« On ne peut pas faire la révolution sans aimer sa patrie ! s'exclama son contempteur en tapant du poing sur la table.

— Tout dépend de quelle patrie on parle, s'interposa l'autre femme. Moi je crois qu'il faut se battre pour la patrie d'après, celle de la société sans classes, pas pour défendre et préserver celle des oppresseurs. »

Un membre du soviet resté jusque-là silencieux, le corps et le visage dans l'ombre, se pencha sur la table et dans la lumière. Il avait une physionomie typiquement slave, la mâchoire carrée, les yeux translucides.

« La vraie question, dit-il à Ivan, c'est pourquoi nous devrions te faire confiance. Qu'est-ce que tu es prêt à donner pour notre combat ?

— Oui, surenchérit le roux réticent, qu'apportes-tu à notre cause ? »

Ivan jeta un coup d'œil à Kolya. Il fulminait d'avoir à se justifier de la sorte.

« Alors, Ivan Vladimirovitch Narychkine ? insista le professeur. Nous t'écoutons... »

Ivan prit une profonde inspiration, puis débita avec un rythme de mitraillette :

« Oui, je suis un Narychkine, le fils d'un capitaliste qui vous exploite et s'enrichit encore plus grâce à la guerre actuelle sur le dos du peuple qui meurt au combat. Que je sois né dans cette famille est une anomalie de la nature que je ne m'explique pas. Mais peu importe mon cas personnel. Mon père fabrique des canons, des obus, des fusils, des balles. Et nous aurons besoin d'armes pour faire la révolution. Kolya travaille dans son usine, il pourra nous en ouvrir les portes. Je vis avec mon père, j'ai accès à son bureau, à ses documents, je peux trouver où partent les convois, ce qu'ils contiennent, combien d'hommes en assurent la sécurité. J'entends ses conversations, des ministres viennent chez nous, je peux savoir ce que le pouvoir nous cache, ce qu'il prévoit, ce qu'il redoute, ses faiblesses et, par conséquent, où et quand frapper. Je suis derrière les lignes ennemies, je peux connaître les plans de nos adversaires, savoir où sont leurs réserves de poudre. Voilà ce que je suis prêt à donner à notre combat, voilà ce que j'apporte à notre cause. Après... »

Il se leva, blême et fébrile.

« Après, si vous préférez perdre votre temps en débats théoriques et querelles de clochers, ne me faites pas perdre le mien, je trouverai où servir plus utilement ailleurs. »

Il tira sa chaise, traversa le hangar, retira la barre fer bloquant la porte et sortit. Dehors, il faisait nuit. Ivan tira un paquet de tabac de sa poche. Il tremblait trop pour réussir à rouler une cigarette.

Il s'éloigna et s'assit sur une caisse en fer face au port. L'horizon chatoyait d'une faible luminosité rouge orangé, couleur d'apocalypse nimbée d'une rumeur sourde. Le froid était réel, griffant à chaque rafale de vent. Pourtant, Ivan ne le sentait pas.

Son calme retrouvé, il réussit à rouler sa cigarette. Il sentit la chaleur âcre de la fumée embraser ses poumons. Il observa cette obscurité bruyante. Des hommes et des femmes travaillaient, ils rompaient leur corps dans des efforts inhumains alors que ceux qui les employaient étaient bien au chaud avec leur épouse, dans les draps de leur maîtresse ou à l'opéra. Ces pensées ravivèrent ses tremblements.

Au bout d'un temps indéterminé, il entendit derrière lui un grincement métallique.

« Ivan ! »

Il reconnut Kolya.

« Viens ! »

Il tira une dernière bouffée et rejoignit son ami. Ils retournèrent à la table. Les verres étaient tous remplis. Ils s'assirent. Celui qui n'avait cessé de l'attaquer se pencha vers lui.

« Tu as du cran, et le tonnerre chevillé à l'âme. »

Il leva son verre.

« Je suis Igor Demidovitch Zimmovitch, sois le bienvenu, camarade ! *Za vaché zdarovié!* »

Tous déclinèrent leur identité et portèrent un toast. Ivan sourit, un sourire émerveillé d'enfant. Il leva sa vodka et la vida à l'unisson avec une rage victorieuse.

9

Ivan adopta une attitude radicalement différente. Il cessa de défier son père ou son frère sur les plans politiques et philosophiques. Dans les conversations, il s'intéressait à la façon dont le tsar et le gouvernement menaient la délicate articulation entre la réalité de la situation de la Russie et la manière de conserver l'adhésion de la population aux mesures imposées par les conflits. Lorsque Alexeï, malgré ses profondes réticences, fut contraint par Vladimir de prêter main-forte aux équipes du ministre de l'Intérieur dans la rédaction d'une littérature de propagande à destination des soldats et des officiers pour galvaniser autant leur sentiment patriotique que leur confiance dans les raisons de leur sacrifice, Ivan défendit ardemment le bien-fondé d'un tel engagement pour la Mère Patrie. Il offrit un profil similaire aux Cadets, se distinguant par ses excellents résultats, brillant par son respect exemplaire des valeurs hiérarchiques, de sorte que, comme Vladimir avait libéré Alexeï du carcan de l'internat au profit de l'externat eu égard à ses nouvelles responsabilités, il bénéficia à son tour du même régime scolaire que son frère.

Grâce à ces changements, Ivan gagna en indépendance et en liberté de mouvement. Profitant de la surcharge d'obligations de son père et de son frère, des absences régulières de sa mère dues à ses séjours prolongés en leur datcha, il put mettre son inépuisable énergie et ses formidables capacités d'organisation au service de ses réelles activités au sein de son soviet clandestin. Là aussi, il atténua ses tendances bolcheviks pour rallier les socialistes et les mencheviks à ses opinions, faire triompher ses idées et gagner en importance chez les partisans, parfois divisés, de leur cause. La confiance renouée avec son père et son frère lui permettait de transmettre à ses camarades des informations de premier ordre sur les mensonges dont le pouvoir abreuvait les masses laborieuses, informations dont la qualité et la véracité asseyaient sa position parmi ses compagnons de lutte. Il mit également à profit sa soumission apparente à la discipline des Cadets pour tisser des relations presque filiales avec le directeur de l'établissement ; liens qu'Ivan entretenait par de fréquentes offrandes de bouteilles de vodka négociées sur le marché noir, et dont les effluves poussaient Yuri Gagarovitch à s'épancher en confidences sur les atrocités des charniers et les incompétences de l'état-major russe.

Fort de tous ces renseignements, Ivan se fit désigner pour mettre en place une meilleure coordination entre les syndicats et les divers comités de Petrograd afin de pallier les défaillances des institutions officielles. S'il étendit ainsi son influence et sa réputation parmi les classes populaires de la capitale, cette expansion de ses actions lui donna l'espace nécessaire pour mettre en pratique sa stratégie d'utiliser les méfaits du capitalisme au profit du combat révolutionnaire. Avec les premiers reculs des forces impériales, l'enlisement et la fossilisation des lignes de front dans la partie occidentale de l'Europe, la Russie se retrouvait isolée du reste de ses alliés. Le rouble perdait de sa valeur, les prix montaient sans cesse et la pénurie des produits de première nécessité s'aggravait selon une logique absurde : à cause d'un réseau ferroviaire précaire et en majorité réservé au transport militaire, les paysans se retrouvaient avec un surplus de récoltes alors que les habitants des villes peinaient à se nourrir à leur faim. En fédérant les différentes entités et les différents relais en présence, et en créant des caisses noires réservées à la corruption des intermédiaires, il bâtit un réseau d'approvisionnement civil pour corriger les déficiences de l'État.

En parallèle, il entreprit de mettre sur pied des moyens pour contrer la désinformation à laquelle participait Alexeï ; désinformation dont il connaissait les rouages et la rhétorique. Affichages sauvages, tracts donnés sous le manteau à la sortie des usines, libelles distribués dans les quartiers modestes et jusque dans les bataillons en partance pour la guerre, il faisait feu de tout bois pour diffuser l'acide de la vérité et favoriser la défiance envers l'autocratie.

Malgré les gages apparents qu'il donnait à la majorité socialiste et menchevik, Ivan ne déviait pas de ses convictions : saper le moral du peuple et des troupes pour précipiter la défaite et l'avènement de la Révolution. Dans cette optique, il anticipait l'obligation future d'armer leurs rangs. À cet effet, il disposait déjà des possibilités offertes par les usines de son père mais, pour ne pas dépendre d'une seule source de rapt potentiel, l'idée de recruter Natalia s'imposa à lui.

« Pourquoi ma sœur ? lui avait demandé Kolya.

— Parce que les alliés nous envoient des armes dissimulées parmi les marchandises des cargos pour tenter de déjouer les attaques des sous-marins allemands. Et comme elle travaille chez le secrétaire particulier du ministre des Affaires étrangères, elle peut sûrement accéder aux détails de ces opérations. Flottes concernées, ports et jours de livraison, entrepôts de stockage, tout ce dont nous aurons bientôt besoin. »

Au début, Natalia s'était montrée réticente à cette proposition. Ses réserves n'étaient pas liées à un quelconque sentiment de peur ou de lâcheté ; elle ne voulait en aucun cas, si jamais elle se faisait prendre, nuire aux Narychkine, qui avaient toujours été bons pour elle et sa famille. Et puis elle avait repensé à Mikhaïl, à son regard si doux malgré ses souffrances ; à l'insensibilité de Tatiana Fiodorovna lorsqu'elle lui avait mendié quelques heures pour se rendre à son chevet ; à Oleg qui, s'il la laissait tranquille depuis l'habile mise en garde d'Alexeï, plus excité qu'il était pour l'heure par la compagnie à bas prix de toutes ces femmes encore saines descendues sur les trottoirs pour nourrir leurs enfants, attendait certainement un meilleur moment pour revenir la presser de ses avances indécentes ; autant d'avanies qui la rendaient solidaire du combat d'Ivan et de Kolya, et qui l'avait décidée à accepter d'espionner Viktor Igorovitch.

Ivan avait également tenté de sonder son père sur le même sujet avant de renoncer pour ne pas éveiller ses soupçons. Il avait même envisagé d'essayer de rallier son frère à leur cause. Car Alexeï doutait : participer à une propagande destinée à envoyer des jeunes gens à la mort la fleur au fusil heurtait ses convictions profondes. À cela s'ajoutait l'euphorie paternelle due à des affaires plus que jamais prospères, mais dont la floraison sur des tombes de milliers d'innocents lui apparaissait absolument obscène. Il tanguait, son cadet le sentait, mais rien n'assurait avec certitude qu'il fût mûr pour basculer. Aussi Ivan avait-il jugé le pari trop périlleux en comparaison de la prudence qu'il devait à ses camarades.

Pour supporter les tiraillements de sa conscience, Alexeï se ménageait des échappatoires illusoires en s'enivrant lors de ses sorties avec James et Oleg ou en s'évadant dans sa correspondance avec Andreas.

Et puis vint ce soir de février 1916 où, en entrant dans le bureau du ministre de l'Intérieur, Alexis Nikolaïevitch Khvostov, Alexeï découvrit son père assis dans l'un des fauteuils.

« L'heure est grave, lui dit-il, assieds-toi. »

Il s'exécuta.

« Alexeï Vladimirovitch, commença le ministre, j'ai ici un rapport de l'Okhrana faisant état de certaines suspicions concernant votre frère.

— Puis-je demander à son Excellence de quelle nature sont ces suspicions ? dit-il en fronçant les sourcils.

— Activités antipatriotiques et terroristes.

— Ivan ? », s'exclama Alexeï.

Vladimir acquiesça d'un air grave.

« Par souci de discrétion concernant votre père et sa réputation, j'ai gelé les investigations. Je voudrais que vous preniez ce dossier en main et nous teniez informés, Vladimir Piotrovitch et moi, dans la plus grande discrétion, bien entendu. »

Alexeï jeta un coup d'œil à son père.

« Si je comprends bien, vous voulez que j'espionne mon propre frère ?

— Exactement. Et si besoin était, raisonnez-le. Personne ici n'aimerait qu'il finisse en Sibérie, encore moins au front. »

10

Natalia briqua le dernier bronze du grand salon et tendit l'oreille. Pas un bruit, la maison était vide.

Elle consulta l'heure à la pendule de la cheminée. Elle avait tout juste le temps d'inspecter les derniers documents de Viktor Igorovitch avant d'apporter le saphir de Tatiana Fiodorovna chez son joaillier et que sa maîtresse ne rentre de chez son coiffeur. Elle s'assura de bien avoir avec elle la bague en question et se dirigea vers le cabinet de travail du maître des lieux.

Elle s'arrêta, vérifia que l'hôtel particulier était calme et silencieux, puis elle se faufila à l'intérieur en refermant doucement derrière elle. Elle rejoignit le bureau, en ouvrit les différents tiroirs, sortit des dossiers et commença à les feuilleter. Jusqu'à présent, elle n'avait rien trouvé susceptible d'aider Ivan et Kolya, mais elle avait surpris quelques jours auparavant une conversation téléphonique durant laquelle Viktor Igorovitch avait évoqué une livraison d'armes en provenance du Royaume-Uni.

Soudain, elle se figea. Des pas montaient l'escalier. Elle resta quelques instants sans respirer, immobile et interdite. Revenant à elle, elle rangea tout à la hâte, se leva, tira un chiffon de son tablier et entreprit d'épousseter les bibelots posés sur les rayons de la bibliothèque. Une démarche lourde se rapprochait. La porte grinça et Oleg apparut.

En apercevant la femme de chambre, il sursauta.

« Natalia ? Que fais-tu là ?

— Je remets un peu d'ordre chez monsieur votre père. »

Oleg la considéra avec perplexité.

« De l'ordre ? Je ne connais personne de plus ordonné que mon père, je ne vois donc pas ce que... et puis c'est Nastasia qui fait le ménage ici d'habitude... »

Il laissa sa phrase en suspens.

« Ah... dit-il en souriant, j'ai compris... Tu es une petite espionne, c'est ça ? Comme ton ami Ivan...

— Ivan ? », s'étonna Natalia.

Oleg se mit à arpenter lentement la pièce de long en large.

« Bien sûr, tu n'es pas au courant... Ton ami Ivan est suspecté d'acte terroriste par l'Okhrana... Et tu sais quoi ? C'est Alexeï, grand défenseur de la veuve et l'orphelin devant l'Éternel, qui est chargé de l'affaire. Amusant, non ? »

Il s'arrêta à quelques centimètres de Natalia.

« Vide tes poches. »

Elle restait pétrifiée, incapable du moindre mouvement. Oleg la saisit brutalement par les poignets et l'envoya valser au sol.

« Vide tes poches ! »

Natalia se releva et déposa tout ce qu'elle avait en sa possession sur un guéridon. Entre une brosse et deux chiffons, brillait la bague de Tatiana Fiodorovna.

« Tiens, tiens, tiens... », s'amusa Oleg.

Il la prit et l'examina longuement.

« Tu vois, je t'ai surestimée... J'oublie parfois que tu es une fille de rien, comme ton frère... Non, tu es trop simple pour être une espionne, tu es une petite voleuse, c'est tout, une vilaine petite voleuse... »

Natalia s'offusqua.

« C'est faux ! Votre mère m'a chargée de l'apporter chez son bijoutier !

— Bien sûr, bien sûr, rétorqua Oleg. Quelle preuve as-tu de ce que tu avances ?

— La pierre est abîmée, Tatiana Fiodorovna veut qu'elle soit retaillée. »

Oleg hocha négativement la tête.

« Je t'ai connue plus convaincante.

— Posez la question à madame votre mère, vous verrez bien que je dis vrai. »

Sous le regard affolé de Natalia, Oleg glissa le joyau dans son veston.

« Pour cela, il faudrait pouvoir produire l'objet de ton crime ; or, je crains que celui-ci ait disparu, preuve que tu es effectivement coupable, preuve que tu n'es qu'une vilaine petite voleuse... »

Les lèvres de Natalia tremblaient.

« Oleg Viktorovitch, je vous en supplie...

— Non, la coupa-t-il, non, tu vas finir en Sibérie avec ton ami Ivan... Pourtant, j'aimerais pouvoir t'aider... J'aimerais, vraiment... »

Natalia baissa la tête, le ventre lacéré par la peur et la colère. Lentement, elle retira son fichu, détacha ses cheveux, dégrafa son corset, s'appuya contre le rebord du bureau et releva ses jupons.

« Pas comme ça », trancha Oleg, les yeux brûlants.

Elle le fixa, perdue.

« Comment alors ? »

Oleg la scrutait avec avidité.

« Demande-moi... »

Elle prit une profonde inspiration.

« Faites-moi l'amour, Oleg Viktorovitch...

— Non ! hurla son tortionnaire avant de radoucir son ton. Je ne suis pas Alexeï, un romantique à la française... Non, demande-moi comme il faut, avec des mots de femme du peuple... »

Après un long silence, Natalia dit, les mâchoires serrées :

« Baise-moi, Oleg. »

Un rictus terrifiant illumina son visage. Il se rua sur elle avec une fureur de bête. Il releva ses jambes et la pénétra sans ménagement. Il sentit une résistance rompre en s'enfonçant en elle. Il comprit qu'elle était vierge et cette révélation décupla son excitation. Il la besogna avec rage, étouffant ses cris et ses sanglots de ses gros doigts, et jouit en elle avec un râle gras et hideux. Il resta allongé sur elle, haletant comme un bœuf, avant de se retirer.

« Nettoie, tu m'as tout salopé avec ton sang. »

Natalia se redressa et attrapa l'un de ses chiffons.

« Non, avec ta bouche. »

Elle s'exécuta.

« C'est bien », dit-il avec satisfaction.

Pendant que Natalia s'arrangeait, il se servit un verre de vodka, le vida, s'en servit un autre, alluma un cigare et s'assit avec importance sur le fauteuil de son père.

« Tu sais ce qui est beau dans ce qui t'arrive ? C'est qu'on se souvient toujours, jusqu'à son dernier souffle, de sa première fois. »

Il recracha un épais nuage de fumée.

« Et maintenant, sors d'ici. »

Elle resta coite, puis réussit à articuler :

« La bague ?

— Ah, oui, la bague... dit négligemment Oleg. Tiens. »

Il la jeta par terre. Natalia la ramassa et sortit.

Quelques jours plus tard, Natalia rejoignait Ivan et Kolya dans une taverne du port.

« Je n'ai rien trouvé, je suis désolée... »

Elle éclata en sanglots.

« Pardon... je n'ai pas réussi... »

Kolya lui prit les mains.

« Ce n'est pas grave, ne te mets pas dans un tel état... »

Ivan ne l'avait jamais vue pleurer, ce n'était pas dans son caractère. Quelque chose clochait.

« Que s'est-il passé ? », demanda-t-il

Les larmes de Natalia redoublèrent. Entre deux hoquets, elle leur raconta ce qui lui était arrivé. Kolya se leva.

« Je vais le tuer !

— Non ! s'exclama Natalia en tremblant. Non, je t'en supplie, ne fais rien... »

Ivan saisit Kolya par le bras et le força à se rasseoir. Natalia se calma.

« Tu ne peux pas y retourner, décréta son frère.

— Si, elle doit y retourner », s'opposa Ivan.

Kolya le toisa et gronda entre ses dents :

« Non, elle n'y retournera pas !

— Kolya, nous devons nous oublier en tant qu'individu, sinon la Révolution est impossible !

— Mais tu es un monstre ! »

Il armait son poing quand Natalia l'arrêta.

« Kolya, non ! »

Il se ravisa.

« Non, Ivan a raison... Il a raison, sinon c'est lui qui gagne... »

Kolya frappa violemment la table. Ivan donna un mouchoir à Natalia.

« Merci », dit-elle.

Elle sécha ses pleurs.

« Vous êtes en danger », lâcha-t-elle.

Ils la dévisagèrent.

« Comment ça, en danger ? », interrogea Kolya.

Natalia leva les yeux sur Ivan.

« L'Okhrana t'a repéré, et c'est Alexeï qui est chargé de te confondre.

— Tu as plus de détails ? la questionna Ivan.

— Non, mais j'en aurai. »

Ivan réfléchit.

« Je sais ce que nous allons montrer à Alexeï. »

Il souriait, d'un sourire terrible.

« Quant à Oleg, ajouta-t-il le regard tourné vers ses pensées avant de le reporter sur Natalia, il paiera pour ce qu'il t'a fait, je te le promets. »

11

Alexeï se détestait d'espionner son propre frère tant il trouvait cela vil. Toutefois, dès que le dégoût de lui-même strangulait trop sa conscience, jusqu'à flirter dangereusement avec la nausée, l'obligation impérieuse d'épargner à son cadet un destin mille fois plus funeste que celui enduré chez les Cadets l'exhortait à continuer ses basses investigations. Au mieux, il apporterait la preuve éclatante de son innocence ; au pire, il pourrait tenter de le ramener dans le droit chemin.

Pendant plusieurs mois, il épia donc les moindres faits et gestes d'Ivan. Il commença par fouiller sa chambre lors de ses absences. Certains tracts, évoquant des distributions d'aliments, ainsi que des dates, des adresses et des noms griffonnés sur des bouts de papier laissés dans les poches de ses vêtements ou les tiroirs de son bureau lui permirent d'établir un calendrier et des itinéraires potentiels. Sous le lit, il découvrit également des liasses suspectes de billets glissées entre les lattes du plancher ; sommes d'argent substantielles qui disparaissaient d'une semaine sur l'autre avant de se renouveler pour s'évanouir de nouveau. D'où provenaient tous ces roubles ? À quoi pouvaient-ils bien servir ? Quelles actions, de toute évidence illégales, servaient-ils à financer ?

Au lieu de suivre Ivan et de prendre le risque d'être repéré – s'il se livrait véritablement à des activités antipatriotiques à visées terroristes, il serait sur ses gardes –, Alexeï se vêtit en prolétaire et se mêla aux gens modestes dans les lieux où son frère se rendait afin de l'observer à distance sans éveiller son attention. Lors de ses filatures, il prit la mesure réelle, physique, du dénuement de la population de Petrograd et, au-delà, de la misère du peuple russe.

La vétusté des transports ferroviaires, réquisitionnés en priorité pour l'effort de guerre, provoquait de graves problèmes d'approvisionnement en denrées alimentaires de première nécessité ; la pénurie ainsi engendrée entraînait une flambée des prix pour des produits qui, en raison des délais d'acheminement, arrivaient avariés sur les étals des commerçants, aggravant la précarité et la rancœur des plus miséreux, dégradant le niveau de vie de ceux qui peinaient à garder la tête hors de la boue, menaçant d'engloutir l'ensemble des masses laborieuses dans la contestation du régime et le rejet du conflit avec les puissances centrales d'Europe. Tout manquait. La nourriture manquait. Le bois manquait. L'alcool, sévèrement prohibé par le pouvoir, manquait plus cruellement encore en interdisant aux premières victimes de ces privations le réconfort et l'oubli momentané de l'ivresse pour supporter la détresse de leur situation. Un jour, Alexeï assista au siège d'une cave à vin prise d'assaut par une foule excédée. Pour éviter les débordements et les pillages qui s'annonçaient, les propriétaires fracassèrent les barriques dont le précieux liquide s'enfuit dans les caniveaux emplis de déchets. Une folie féroce gagna la meute. Hommes, femmes, et même des soldats, se jetèrent à terre pour tenter de récupérer un filet de ce flux éthylique avec leur chapka ; certains buvaient à même la rigole, relégués au rang de bêtes enragées.

Tels étaient les bas-fonds de la société dans lesquels Ivan évoluait secrètement et auxquels sa condition ne l'avait ni préparé ni destiné.

Pourtant, au plus grand étonnement d'Alexeï, son frère connaissait un nombre stupéfiant d'ouvrières et d'ouvriers, il était à tu et à toi avec chacun d'entre eux et, surtout, apprécié de tous comme s'il avait été l'un des leurs. De quelle manière avait-il réussi à nouer de tels liens avec autant de personnes étrangères à son milieu ? Quelle était la nature exacte de ses manigances pour que sa popularité au sein des faubourgs et des docks soit si forte ?

Lorsque Alexeï comprit, il fut médusé. L'argent qu'Ivan collectait auprès des uns pour le redonner à d'autres en échange de caisses au contenu douteux, stockées dans des hangars obscurs où se pressaient ensuite une cohorte de nécessiteux, tout ce trafic clandestin dissimulait en réalité un réseau de solidarités consacré au secours des plus démunis. Alexeï en ressentit une honte insondable et une profonde répugnance pour ses agissements. Avoir surveillé son cadet à son insu alors qu'il ne faisait que porter assistance à ceux qui en avaient tragiquement besoin, restant fidèle au meilleur de ses convictions, tandis que lui se fourvoyait dans les entreprises d'une propagande indigne, le renvoyait à l'abjection de ses propres compromissions. Il était aussi méprisable qu'Ivan était admirable.

Un soir, il se fondit dans la lente procession des indigents venus chercher de quoi survivre. Arrivé devant son frère, qui distribuait avec d'autres les victuailles à disposition, il releva la tête. Le reconnaissant, Ivan se figea, l'air grave.

« Camarade, lui dit Alexeï, aurais-tu une minute à m'accorder ? »

Ils se dévisagèrent. Ivan s'adressa à un homme en train de décharger des cageots de pommes de terre.

« Youri, tu veux bien me remplacer un petit moment ? »

L'intéressé obtempéra. Alexeï et Ivan sortirent. Sans un mot, ils déambulèrent entre les containers en roulant chacun une cigarette. Ivan partagea du feu avec son aîné et ils restèrent muets face à l'activité incessante du port.

« C'est notre père qui t'envoie ? », l'interrogea Ivan.

Alexeï acquiesça.

« L'Okhrana te soupçonne de comploter contre l'ordre public et l'autorité du tsar. Pour t'éviter des ennuis, le ministre de l'Intérieur a bloqué l'enquête, il nous a prévenus et on m'a demandé de...

— M'espionner ? », le coupa Ivan.

Alexeï tira une bouffée de tabac en opinant du chef et en évitant de croiser le regard de son frère.

« Qu'est-ce que tu vas faire ? demanda Ivan.

— Dire la vérité. Qu'ils se trompent sur toute la ligne et que la Russie se porterait bien mieux en ces temps difficiles s'il y avait plus de gens comme toi.

— C'est ce que tu penses ?

— Je n'ai jamais été aussi sincère ni aussi convaincu qu'en cet instant. Ce que tu fais est tout bonnement extraordinaire.

— N'exagérons rien. Je fais ce que j'estime juste pour mon pays et mes compatriotes.

— Vu la période actuelle et qui nous sommes, c'est extraordinaire, crois-moi. »

Ils fumèrent en silence.

« Comment as-tu bâti tout cela ? », questionna Alexeï.

Ivan lui expliqua le cheminement qui l'avait amené à constater l'absurdité d'un manque de vivres criant à Petrograd et d'une surproduction agricole, la manière dont Kolya l'avait épaulé pour coordonner les actions désorganisées des différents comités et syndicats, la façon dont ils avaient constitué des caisses noires pour corrompre les divers intermédiaires.

« C'est brillant, et courageux, commenta Alexeï. Nos dirigeants ne peuvent pas en dire autant d'eux-mêmes. »

Il jeta son mégot rougeoyant dans l'eau crasseuse et scruta la noirceur de l'horizon.

« Je te demande pardon, dit-il. Que pourrais-je faire pour me racheter à tes yeux et vous aider ?

— Tu le fais déjà. Pourquoi crois-tu que j'aie poussé pour que tu t'investisses contre ton gré dans la désinformation gouvernementale ? En mettant l'attention sur toi, j'avais les mains libres pour œuvrer dans l'ombre. Je n'aurais rien réussi à accomplir sans toi. »

Ivan écrasa sa cigarette.

« Je dois y retourner. »

Alexeï le raccompagna.

« Tu peux compter sur moi, dit-il, pour plaider ta cause auprès de notre père, du ministre et des agents du tsar. Moi vivant, personne ne viendra vous empêcher de sauver des vies.

— Je sais. »

Ils se saluèrent avec la réserve nécessaire et Alexeï s'éloigna.

« Aliocha ? », l'interpella Ivan.

Alexeï se retourna.

« Tu es quelqu'un de bon, c'est une vertu rare de nos jours. »

Il observa son aîné disparaître dans la nuit. Son plan avait fonctionné. En déléguant à Kolya la direction de ce qu'il préparait en secret et en attirant Alexeï seulement vers la face honorable de leurs activités pour mieux le leurrer et le manipuler, il avait éteint les suspicions de son frère à son encontre et il en avait fait un allié, presque un allié objectif, d'une partie de leur cause. Il regrettait cependant d'avoir dû le berner de la sorte car, s'il se faisait prendre, le tort qu'il lui causerait serait terrible. Mais l'oubli de soi, de ses sentiments personnels et les sacrifices des personnes aimées n'étaient-ils pas le prix à payer pour qu'adviennent la Révolution et un avenir meilleur pour tous les peuples du monde entier ?

12

Vêtu de couleurs sombres, le petit groupe se fondait dans l'opacité de la nuit. Longeant les murs, une dizaine de formes floues progressaient en rangs serrés, déplaçant les ténèbres environnantes à chacune de leurs avancées.

« Ivan ! », murmura l'un des hommes.

La silhouette marchant en tête de leur colonne s'arrêta et interrogea d'un mouvement de tête celui qui l'avait interpellé.

« Tu es sûr de toi ? », demanda la même voix.

Ivan revint sur ses pas et rassembla ses camarades autour de lui. Il chuchotait.

« Écoutez, je sais que notre mission est déjà accomplie, je comprendrai que certains d'entre vous ne veuillent pas prendre plus de risques. »

Depuis quelques semaines, ils avaient à plusieurs reprises échappé de justesse à l'Okhrana. Bien que toute manifestation populaire fût strictement interdite sous peine d'emprisonnement, de déportation ou d'exécution sommaire, Ivan et son soviet œuvraient à une mobilisation des travailleurs de Petrograd en vue de déclencher une grève générale sans précédent depuis le début de la guerre. Ils avaient distribué des tracts à la sortie des usines, dans les faubourgs, sur les docks, partout où leur exhortation était susceptible de trouver des partisans prêts à passer à l'action par l'inaction. Ils avaient également collé leur appel sur nombre de murs de la capitale, défiant ainsi ouvertement la police politique et renforçant sa vigilance. Ce soir, galvanisé par de nouveaux affichages sauvages, l'idée d'une ultime provocation avait germé dans l'esprit d'Ivan : placarder leur harangue sur la façade du palais d'Hiver, un crachat au visage de la demeure ancestrale des tsars de la Sainte Russie.

« Si vous voulez partir, poursuivit Ivan, partez, mais si vous voulez lancer un avertissement solennel à l'oligarchie qui nous oppresse, alors suivez-moi ! »

La moitié des effectifs détala sans demander son reste. Ivan préférait une poignée d'hommes déterminés qu'une armée versatile susceptible d'être déstabilisée à tout moment par la peur.

« Vous trois, commanda Ivan, par là-bas, Kolya, avec moi. »

Ils prirent position et se mirent à la tâche. Soudain, Ivan et Kolya entendirent des pots rouler au sol et l'écho de godillots qui s'éloignaient en courant. Le temps qu'ils se retournent, une matraque s'abattait sur leur nuque et les plongeait dans l'inconscience.

Alexeï faisait les cent pas devant Vladimir, assis dans un fauteuil. Depuis les bureaux ouvrant sur le couloir où ils attendaient, s'échappaient des bruits sourds de coups et des cris de douleur.

Alexeï s'immobilisa devant son père.

« Comment pouvez-vous laisser faire une chose pareille ? interrogea-t-il d'une voix blanche.

— Tu nous as menti, tu n'es pas en position de me demander des comptes », rétorqua froidement Vladimir sans daigner regarder son aîné.

Un hurlement retentit. Alexeï désigna le dossier que son père tenait dans sa main.

« Vous avez lu le rapport, Ivan aidait *aussi* notre peuple à survivre !

— Ton frère est un traître, un terroriste, il doit payer le prix de ses actes.

— Père, c'est votre fils ! »

Vladimir fixa Alexeï de ses yeux polaires.

« Quel fils ? »

Une porte s'ouvrit. Soutenu par deux agents et suivi du lieutenant Vassili Igorovitch Volkonski, apparut Ivan, le corps mou comme une poupée de chiffon, le visage en sang. Alexeï blêmit.

Une autre porte s'ouvrit. Dans le même état, Kolya en sortit, traîné par trois hommes.

« Kolya ! », s'exclama Ivan.

Son ami passa devant lui sans répondre ni réagir.

« Où l'emmenez-vous ? », brailla Ivan.

Vassili Igorovitch se posta à côté de lui.

« Votre complice va pouvoir expier ses crimes en se sacrifiant enfin pour une noble cause : en première ligne des troupes russes ! »

Secoué de sanglots, Ivan jeta des coups d'œil hagards autour de lui.

« Non... Tout est ma faute, envoyez-moi au front, mais pas lui... pas lui... »

Vladimir se leva, tira une liasse de billets de son veston et la remit à Vassili Igorovitch.

« Merci lieutenant. »

Les deux sbires emmenèrent Ivan, qui tentait vainement de se débattre en vociférant.

Dehors, un jour cadavérique se levait sur Petrograd.

Ekaterina rentra en catastrophe de la datcha Narychkine. Dans le grand salon de leur hôtel particulier de la perspective Nevski, elle pleurait et implorait son mari.

« Je vous en prie, au nom du ciel... Pas la Sibérie... Ne les laissez pas l'envoyer là-bas... »

Dans un sofa, Ivan était recroquevillé sur ses blessures. Alexeï se tenait derrière leur mère tandis que leur père restait debout près de la cheminée dans une attitude inflexible.

« Ma chère, dit-il sur un ton dénué de toute émotion, j'ai été plus que patient avec vous et avec votre fils. Estimez-vous déjà heureuse que j'aie obtenu un délai de vingt-quatre heures afin que vous puissiez lui faire vos adieux. Et puis, rassurez-vous, les révolutionnaires ont la tête dure, il survivra. »

Les sanglots d'Ekaterina redoublèrent. Alexeï s'avança.

« Père, il y a longtemps que je cherche à m'engager pour notre Mère Patrie, je veux dire m'engager réellement, pas avec une plume et du papier ou dans les antichambres des ministères. Laissez-moi partir au front pour racheter les erreurs de mon frère et laver l'honneur de notre nom. »

Ekaterina s'agrippa en gémissant des « Non » étranglés de bête traquée.

« Pas mes petits... hoquetait-elle encore.

— Il suffit ! trancha Vladimir. Le renégat purgera sa peine en Sibérie, les chaînes de la prison et les travaux forcés materont son esprit de rébellion. Toi, Alexeï, puisque tu en as assez des cabinets ministériels, que tu veux t'engager, t'engager vraiment, dès demain tu travailleras avec moi à l'usine, là au moins tu seras utile à nos soldats et à notre Sainte Russie. »

Il toisa sa femme avec froideur.

« Quant à vous, madame, j'entends que vous restiez à Petrograd jusqu'à nouvel ordre pour veiller sur les agissements de votre progéniture restante. Et pour l'heure, de grâce, reprenez-vous. »

Il rajusta sèchement le revers de sa veste et abandonna le charnier familial derrière lui.

Alexeï aida son frère à s'allonger sur son lit et s'assit, la tête entre ses mains.

« Pourquoi, Ivanka ? Pourquoi as-tu fait cela ? demanda-t-il.

— Et toi, Aliocha, pourquoi m'as-tu trahi ? »

Alexeï scruta Ivan.

« Je ne t'ai pas trahi, je n'en ai même pas eu le temps ! J'attendais le meilleur moment pour parler à notre père de tes activités humanitaires, et toi... toi... »

Il n'acheva pas. En se tenant les côtes, Ivan s'assit à son tour avec une grimace de douleur.

« Un mouvement plus grand que nous est désormais en marche, et ni toi, ni notre père, ni l'Okhrana ne pourrez l'arrêter.

— J'aurais pu t'aider, pourquoi m'as-tu menti ? Je ne suis pourtant pas ton ennemi... »

Un sourire, fataliste et triste, fendit le visage tuméfié d'Ivan.

« Je te l'ai dit, Aliocha, tu es quelqu'un de bon, mais tôt ou tard tu seras mon ennemi. Alors autant que ce soit dès maintenant, sinon je n'aurai pas la force de te combattre. »

Incapable d'en supporter davantage, Alexeï se leva.

« Tes chimères révolutionnaires t'ont rendu fou... Je prierai pour toi quand tu seras en Sibérie. »

Il s'apprêtait à franchir le seuil quand Ivan l'apostropha.

« Mes chimères révolutionnaires valent mieux que tes chimères amicales... »

Alexeï se ravisa.

« Que veux-tu dire ? »

Ivan tressauta d'un rire mauvais.

« Demande à ton grand ami Oleg. Demande-lui pour quelle raison il a violé Natalia, tu sais, notre sœur de lait, celle que nous aimons tous les deux, demande donc à ton grand ami comment il l'a piégée pour arriver à ses fins et comment il la force jour après jour à assouvir ses désirs tordus de bourgeois dégénéré… »

Alexeï le considéra avec une affliction infinie.

« Tu délires, Ivanka. »

Ivan se rallongea.

« Demande-lui… Ou mieux : demande à Natalia, et tu verras si je délire… »

Alexeï le regarda longuement.

« Tu seras toujours mon frère. Adieu.

— C'est ça, "adieu"… »

Au bord des larmes, il sortit de la chambre.

13

Le lendemain, lorsque les agents de l'Okhrana vinrent pour emmener le prisonnier, ils trouvèrent sa chambre vide. Ivan s'était enfui. Dans une ultime bravade, il avait griffonné sur un papier ces quelques mots célèbres des jacobins à l'époque de la Terreur : *La liberté ou la mort !*

Après avoir été entendu et disculpé de toute complicité par la police politique, Vladimir Piotrovitch Narychkine reprit le cours normal de ses affaires et de son existence. Sous sa férule, Alexeï le secondait, abandonnant Ekaterina à son lit qu'elle ne quittait quasiment plus, à sa solitude et aux mains du chagrin sans fin dans lequel elle s'abîmait. Chaque jour, elle appelait son aîné à son chevet :

« Aliocha, promets-moi de tout faire pour retrouver Ivanka... Je n'ai plus que toi, je t'en supplie, retrouve-le... »

Avec Kolya parti au front, Alexeï n'avait d'autre possibilité que de s'adresser à Natalia. Si quelqu'un pouvait savoir où se cachait son frère, c'était elle.

Il profita d'un déplacement de son père dans son usine de Moscou pour s'absenter de celle de Petrograd et se poster non loin de chez les Lvov. Quand il aperçut Natalia sortir avec son panier pour se rendre au marché, il la suivit. Au moment où elle bifurquait dans une rue plus petite, il l'aborda.

« Natalia, j'ai besoin de ton aide. »

Elle continuait sa route sans répondre ni se tourner vers lui. Alexeï la saisit par le bras et l'obligea à s'arrêter.

« Natalia, bon sang, parle-moi !

— Lâche-moi. »

Elle se débattit avec férocité. Alexeï la libéra de son emprise et elle reprit sa marche.

« Je suis désolé pour ton frère, dit-il.

— C'est facile d'être désolé.

— Contrairement à ce que tu crois, je ne suis pour rien dans l'arrestation de Kolya et d'Ivan. »

Elle s'immobilisa et lui fit face.

« Ah non ? Alors pourquoi a-t-il été envoyé en première ligne des combats alors qu'Ivan n'écope que de la prison ?

— Mon père a payé la police pour éviter la guerre à mon frère.

— Ça n'explique pas pourquoi ils se sont fait prendre.

— Mais qu'est-ce que tu crois ? Que l'Okhrana n'était pas au courant de ce qu'ils manigançaient ? Qu'elle ne les traquait pas avec l'acharnement qu'elle met contre tous ceux qui menacent le régime ? Je croyais sincèrement qu'Ivan ne cherchait qu'à secourir les plus démunis. Ce n'est pas parce qu'il a réussi à me berner qu'il en a été de même avec les agents du tsar ! »

Elle le dévisagea avec attention, fouillant de ses yeux rougis par la colère le moindre tressaillement synonyme de mensonge dans les traits d'Alexeï.

« Tu penses que j'aurais trahi mon propre frère ? Tu m'imagines une seule seconde capable d'agir de la sorte ? »

Elle le scruta encore avant de convenir :

« Non… Non, tu n'es pas comme ça. »

Alexeï fit quelques pas sur le trottoir pour se calmer.

« Figure-toi que, moi aussi, je trouve ça dégueulasse. Parce que notre père est riche et influent, il épargne le front à mon frère et laisse le tien y aller. Ce genre de privilège me révulse. Comme ce qu'Oleg t'a fait me révulse. »

Natalia le considéra avec stupeur.

« J'ai besoin de toi pour retrouver Ivan, continua Alexeï.

— Qu'est-ce que tu as dit ? le coupa Natalia.

— J'ai besoin de toi pour retrouver Ivan.

— Non, avant. »

Alexeï la fixa, cherchant à son tour la vérité dans les émotions qu'elle tentait de réprimer.

« Alors c'est vrai, pour Oleg ? »

Natalia baissa la tête, la poitrine secouée par les sanglots qu'elle ravalait. Alexeï la prit dans ses bras et la serra contre lui. Elle le serra plus fort.

« Je le ferai payer. Je te promets qu'il paiera pour ce qu'il t'a fait », balbutia-t-il, les pleurs dans la voix.

Natalia le repoussa avec fureur.

« Non, tu ne feras rien !

— Tu as ma parole.

— Je ne veux pas que tu fasses quoi que ce soit. Rien. Tu ne feras rien, tu m'entends ? »

Elle s'éloigna d'une allure déterminée. Alexeï restait immobile, désemparé.

« Natalia ! », cria-t-il.

Elle se ravisa.

« J'ai besoin de cette place, Aliocha, tu comprends ? Je n'ai pas le choix, je ne suis pas de ta condition, je ne l'ai jamais été et ne le serai jamais.

— Je peux t'en trouver une autre. Autant que mes relations servent à quelque chose de bien.

— Je ne suis pas femme à mendier la charité. »

Alexeï la connaissait trop pour ne pas savoir que sa décision était sans appel. Il acquiesça, vaincu.

« Et pour mon frère ? hasarda-t-il.

— J'ai essayé de savoir où il était, lui répondit Natalia, mais il est très protégé, personne ne veut me dire où il se cache, et c'est tant mieux. »

Il encaissa cette fin de non-recevoir.

« Et maintenant, laisse-moi », ordonna-t-elle en s'en allant sous le regard perdu et meurtri d'Alexeï.

Pendant plusieurs semaines, Alexeï s'abrutit de travail pour ne pas penser. Il rendit visite à l'oncle et à la tante de Natalia pour les sonder au sujet d'Ivan. Il interrogea également d'autres employés de l'usine, épia certaines de leurs conversations à leur insu pour essayer de glaner la moindre bribe d'information, aussi maigre soit-elle. Malgré ses efforts, il dut se résoudre à cette terrible vérité : seule la police du tsar pourrait désormais mettre la main sur son frère.

Un après-midi, alors que son esprit délaissait les chiffres pour s'égarer dans les méandres de ses tergiversations, son père entra dans son bureau.

« Ce soir, lui dit-il avec entrain, nous dînons chez les Lvov. James et ses parents seront présents. Tu sais qu'on parle de Viktor Igorovitch pour le poste de ministre des Affaires étrangères ?

— Je l'ignorais, répondit Alexeï. Mère sera-t-elle des nôtres ?

— Non. Elle part demain pour notre datcha et prépare ses malles. Je n'en pouvais plus de son apathie et de ses suppliques. »

Alexeï ne put se concentrer une seule seconde de plus sur les bilans comptables qu'il devait pourtant terminer. Toute son attention était rivée sur l'inéluctable : se retrouver en présence d'Oleg sans céder à la tentation de le confronter.

L'épreuve s'avérait d'autant plus difficile que, vu le nombre conséquent de convives, Natalia servait à table avec les autres membres du personnel.

Alexeï parvint néanmoins à faire bonne figure, rebondissant sur une pique étincelante de son ami James, enchérissant d'un bon mot si la conversation prenait une tournure trop grave et évitant le plus possible toute discussion directe avec Oleg.

Au dessert, cependant, le fils du supposé futur ministre le prit à partie devant l'ensemble des invités :

« Votre ancienne servante, ta sœur de lait, est un vrai joyau, presque aussi précieux que ceux que porte ma mère. Elle est consciencieuse et ne rechigne jamais à la besogne. »

Natalia sentit le danger d'une telle amorce et chercha désespérément les yeux d'Alexeï.

« C'est une jeune femme pleine de qualité, rétorqua l'aîné des Narychkine, mais méfie-toi, c'est une vraie femme russe.

— Qu'entendez-vous par "une vraie femme russe" ? le questionna la maîtresse de maison avec une moue badine.

— Chère Tatiana Fiodorovna, répondit Alexeï, n'êtes-vous pas vous-même l'incarnation de la femme russe par excellence ? Votre miroir vous apportera une réponse beaucoup plus exhaustive et beaucoup plus fidèle à la réalité que je ne saurais le faire. »

Tatiana Fiodorovna sourit à l'habileté du compliment.

— Alexeï Vladimirovitch, dit Viktor Igorovitch, il est vrai que la femme russe est unique en son genre, d'ailleurs le monde entier nous l'envie ! Cependant, nous avons tous notre propre définition de cette créature exceptionnelle et ô combien indomptable. Quelle est donc la vôtre ? »

Alexeï but une gorgée de vin avant de répondre :

— Vous venez de le dire, Viktor Igorovitch, elle est tout d'abord indomptable. Par conséquent, si jamais elle se fait docile, il y a fort à parier que ce ne sera que pour mieux préparer sa vengeance d'un affront qu'elle aura subi. Un viol, par exemple. »

Sur ces derniers mots, il lança un coup d'œil glacial à l'héritier de la maison.

« Tu as quelque chose à me dire ? lui demanda Oleg.

— Pourquoi ? répliqua Alexeï. Tu as quelque chose à te reprocher ? »

Tous les regards convergèrent sur les deux jeunes hommes.

« Oleg, de quoi parle Alexeï Vladimirovitch ? interrogea Tatiana Fiodorovna.

— Je ne sais pas, mère. Aliocha semble détenir des secrets dignes de l'État pour faire autant de mystères ! », répondit Oleg.

James se redressa.

« Les secrets ne valent que pour être partagés avec la bonne société, sinon nous n'aurions plus de scandale dont nous délecter ! »

La tablée rit à ce trait. Puis le silence s'abattit sur l'assistance.

« Alors, insista Viktor Igorovitch, qu'avez-vous donc à nous révéler de croustillant, Alexeï Vladimirovitch ?

— Moi, rien. Mais peut-être que votre fils pourrait nous expliquer pourquoi il a violé Natalia Antonova ?

— Alexeï ! », le réprimanda son père.

Des exclamations de stupeur recouvrirent la récrimination de Vladimir. Natalia fixait Alexeï avec un étrange mélange de colère et d'admiration tandis qu'il se tournait vers Oleg.

« Tu es une ordure », lui dit-il entre ses dents avant de lui jeter le contenu de son verre au visage, acte qui suscita un murmure d'indignation générale.

Alexeï se leva.

« J'attends tes témoins.

— Il suffit ! tempêta Vladimir. Présente immédiatement tes excuses. »

Alexeï le défia avec hargne.

« Des excuses ? Cet être abject viole une femme honnête, une femme que je connais depuis toujours, une femme qui compte pour moi et que j'aime, et je devrais lui présenter des excuses ? Mais pourquoi donc ? Ah oui, parce que Viktor Igorovitch, votre ami, sera très certainement bientôt ministre, qu'il faut le ménager pour vos affaires et vos propres ambitions politiques. Désolé, père, je ne suis pas de la trempe de ceux qui rampent devant le pouvoir. Ne vous en déplaise, je crois ressembler beaucoup plus à mon frère qu'à vous. »

Vladimir se leva à son tour et le gifla. Alexeï ne cilla pas.

« Elle était consentante, dit Oleg avec morgue. Tu sais qu'elle en redemande, en plus ? Que veux-tu, ni Ivan ni toi n'avez su saisir votre chance quand vous en aviez l'occasion. »

— J'attends tes témoins », se contenta de dire Alexeï.

Alors qu'il quittait la table, Viktor Igorovitch l'interpella.

« Il n'y aura pas de duel. On ne se bat pas pour une souillon. »

Alexeï le considéra avec un rictus noir de mépris.

« "Tel père, tel fils", dit le proverbe, n'est-ce pas ? »

Il toisa Oleg.

« Heureusement que ton père est là pour t'éviter l'humiliation d'une déculottée. De toute façon, quand on est assez lâche pour violer une femme, on n'a pas suffisamment de courage pour défendre son honneur d'homme à homme. Et puis, quel honneur pourrais-tu bien avoir à défendre après ce que tu as fait ? »

Il s'inclina pour saluer les autres convives et sortit. Dans l'heure, Natalia était congédiée.

14

Alexeï se retrouva marginalisé au sein de son milieu et de sa propre famille. Seul James continuait de le fréquenter ouvertement et de le régaler de son mauvais esprit inégalable.

« Je suis anglais, disait-il, j'espionne donc tout et tout le monde, toi compris ! »

Pour le punir de son comportement outrageant chez Viktor Igorovitch, son père s'ingénia à l'occuper plus que de raison dans des fonctions subalternes. Il le rétrograda à la gestion des stocks ou encore à la supervision des différents contremaîtres afin de veiller à la bonne marche de la production, l'envoyant régulièrement à Moscou et dans les villes où se situaient ses autres usines pour s'acquitter de tâches similaires.

Cependant, ce châtiment s'avéra une bénédiction. Travailler au plus près des ouvriers lui permit d'approcher physiquement la réalité exacte de ce qu'endurait le peuple russe. Si, au début, il suscita une infinie méfiance, il sut gagner la sympathie de chaque manœuvre et de chaque mécanicien par son humanité. Il arrangeait leurs horaires lorsqu'un imprévu personnel l'exigeait, leur accordait des plages de pause supplémentaires sans perte de productivité grâce à un système de rotations entre les postes, offrait des tournées dans les tavernes clandestines où il était désormais régulièrement convié. Durant son temps libre, il poursuivait son immersion dans les entrailles de la population. Il participait aux collectes du Zemgor, rassemblant des vivres et des équipements pour les plus défavorisés, aidant au relogement des personnes déplacées par les conflits, recueillant et faisant parvenir aux soldats *valenki*, manteaux et masques à gaz.

Grâce à sa pénétration des couches populaires de la société, il tentait de glaner des informations sur son frère. Cependant, autant les langues se déliaient sur n'importe quel autre sujet, autant elles se taisaient à l'évocation de ce nom proscrit. À défaut de l'éclairer sur les activités ou la localisation d'Ivan, le silence protecteur qui l'entourait lui confirmait non seulement qu'il était en vie, mais qu'il était de toute évidence de plus en plus actif dans son engagement pour l'avènement de la Révolution. Même à Moscou, il avait surpris une conversation entre des métallos de la fonderie Narychkine où l'un d'eux parlait avec exaltation de sa rencontre avec Ivan quelques semaines auparavant, preuve que son champ d'action ne se limitait plus à la seule ville de Petrograd.

Cette expansion de l'influence et de la mobilité de son frère le rendait plus insaisissable. Si Alexeï voulait réussir à l'identifier, il ne devait plus simplement le chercher, il devait le comprendre ; comprendre comment il pensait, comprendre les éléments constitutifs de sa pensée, en démêler la logique souterraine pour essayer d'anticiper ses mouvements. Alexeï se plongea alors dans les livres séditieux d'Ivan. La lecture de ces ouvrages l'amena à affiner ses propres convictions. Il fut frappé de constater à quel point l'athéisme du matérialisme propre aux conceptions anarchistes, socialistes et communistes n'opérait qu'une sécularisation de la transcendance religieuse en une immanence tout aussi religieuse, au sens étymologique du terme, remplaçant par exemple la notion de charité chrétienne par celle de solidarité. Ces idées-là rejoignaient les siennes issues de l'humanisme du XVIIIe siècle et le rapprochaient intellectuellement de son cadet et de ses combats. Leur point de rupture, de divergence radicale, tenait au rôle et à l'essence qu'ils accordaient à l'individu. Dans l'idéologie d'Ivan, l'individu n'avait aucune existence propre, il s'effaçait au profit du groupe et se dissolvait dans une entité collective plus grande que lui, ersatz étrangement abstrait du Tout-Puissant des religions du Livre. Dans celle d'Alexeï, les masses n'étaient que la somme d'individualités particulières qui, même additionnées entre elles, ne perdaient jamais leurs particularités intrinsèques, ou uniquement d'une manière partielle et marginale. Pour Alexeï, le mythe de la totalité sous-jacente aux doctrines matérialistes portait en lui un potentiel de tyrannie semblable à la Terreur exercée par Robespierre et le Comité de salut public, où une minorité bien réelle exerçait le pouvoir au nom d'une majorité aussi idéalisée qu'opprimée, Terreur que nombre des penseurs tutélaires d'Ivan érigeaient en modèle.

Si cette bifurcation dans les soubassements intellectuels de son frère permettait à Alexeï de mieux saisir qui ils étaient devenus, elle ne lui permit pas d'en déduire comment dénicher sa trace. Ivan restait introuvable. Et il n'était pas le seul.

Pendant des semaines, il avait cherché Natalia. Le lendemain de son algarade avec Oleg, elle s'était volatilisée. Alexeï s'était de nouveau rendu chez son oncle et sa tante, sans résultat. Pourtant, il savait qu'elle s'était réfugiée ici, elle n'avait pas d'autre endroit où aller. Aussi, dès qu'il pouvait se libérer de ses obligations à l'usine et au Zemgor, se postait-il dans un coin sombre et attendait. Un soir, alors qu'il rentrait à une heure tardive d'une distribution de bois dans le quartier de Vyborg, il se rendit à l'un de ses points de guet. Malgré l'obscurité, il reconnut immédiatement sa silhouette. Soucieux de ne pas la brusquer ni la braquer en lui tombant dessus à la hussarde, il patienta sans sentir le froid jusqu'au matin. Quand elle sortit, il la suivit. Elle le mena à une gargote du port où il l'observa revêtir son tablier de serveuse. Quelques jours plus tard, il s'attablait dans l'établissement.

Au début, Natalia se débrouilla pour ne pas avoir à le servir. Alexeï résolut de ne pas lui forcer la main, il connaissait la fierté revêche de son caractère. Il se contenta de venir régulièrement, alternant déjeuner et dîner, s'asseyant toujours à un endroit différent. Malgré ses ruses topographiques, Natalia continuait de s'arranger pour ne pas être affectée dans son rang. Au fil des mois, cet ostracisme répété se transforma en un jeu d'esquive complice où Alexeï pouvait changer plusieurs fois de place avant de se fixer, arrachant à Natalia des sourires amusés qu'elle s'évertuait à réprimer.

Le 19 décembre 1916, trop absorbé par sa lecture de la presse, Alexeï ne s'aperçut pas qu'il était le dernier client. Deux jours auparavant, Raspoutine avait été assassiné. Repêché le matin même dans la petite Neva, la nouvelle de sa mort avait généré tout au long de la journée des manifestations de joie spontanées. Cet événement suffirait-il à remonter le moral du peuple et à provoquer un regain de ferveur tsariste ? Vu comment la situation du pays continuait de se dégrader, Alexeï en doutait. Les files d'attente devant les commerces de première nécessité ne cessaient de s'allonger, la ration alimentaire des travailleurs non qualifiés avait encore diminué d'un quart, la mortalité infantile augmentait et le nombre de femmes obligées de se prostituer pour gagner à peine de quoi survivre explosait. Les femmes exprimaient d'ailleurs plus ouvertement que les hommes leur colère contre l'inflation, les pénuries, la guerre, les riches, les profiteurs, la famille impériale, le pouvoir autocratique en général. Pour qui savait écouter – et surtout entendre –, leurs voix exténuées étaient le vrai baromètre des sentiments dissidents agitant les couches profondes de la société russe. Une nouvelle année s'annonçait, Alexeï fêterait bientôt ses 18 ans, Natalia ses 17 et Ivan ses 16. Ils n'étaient plus des enfants. Quel rôle joueraient-ils tous dans les décennies à venir, et dans quel monde ?

« On ferme ! »

L'injonction de Natalia le tira des méandres de ses réflexions. Il paya son écot, rassembla ses affaires et sortit.

Il s'éloignait dans les crissements de la neige gelée en fumant une cigarette quand Natalia l'interpella.

« Aliocha ? »

Il se retourna.

« Tu me raccompagnes ? »

D'un geste cérémonieux, il l'invita à le rejoindre et ils se mirent en route. Après plusieurs minutes de silence, Natalia déclara :

« Je sais où est Ivan. »

Alexeï se garda de tout commentaire pour qu'elle poursuive.

« Il va bien. Kolya aussi, il a déserté. »

Il savait l'essentiel. Elle ne lui en dirait pas plus.

« Tu m'en veux encore ? », demanda-t-il.

— Je t'en voudrais toute ma vie, même si je suis plus heureuse aujourd'hui parmi les gens de ma condition. »

Alexeï sourit à cette réponse.

« Je n'ai pas pu régler son compte à Oleg, mais sache qu'il croupit dans un pensionnat au fin fond de l'Oural. »

Une satisfaction fiévreuse brilla dans les yeux de Natalia.

« Tu t'en sors à l'usine ? l'interrogea-t-elle.

— Eh bien, au risque de te surprendre, figure-toi que je suis plus heureux au milieu des ouvriers que parmi ceux de ma condition. »

Ils continuèrent leur marche sans parler jusqu'à ce qu'ils fussent arrivés en bas de chez l'oncle et la tante de Natalia.

« Prends soin toi, Aliocha. »

Ils restaient immobiles l'un en face de l'autre. Natalia s'avança, caressa la joue d'Alexeï et l'embrassa longuement.

« Adieu. »

Elle traversa la chaussée et s'engouffra dans l'immeuble.

Le lendemain, lorsque Alexeï poussa la porte de la gargote du port, Natalia avait disparu.

15

Le 23 février 1917, l'aube se levait sur une impression de retour à la normale dans les rues frigorifiées de Petrograd. Dix jours plus tôt, plusieurs grèves s'étaient déclenchées dans les faubourgs pour culminer, le 20, par de violents incidents liés à un mouvement de panique provoqué par les rumeurs de l'instauration d'un rationnement du pain. Ces débrayages successifs avaient entraîné des retards d'approvisionnements et paralysé de nombreuses usines au point de les obliger, le 21, à fermer leurs portes, reléguant des milliers de travailleurs à l'inactivité. Depuis, un calme relatif, flottant, semblait revenir sur la cité des tsars.

Ce matin du 23 février, Alexeï terminait l'inventaire préoccupant des stocks – si la situation perdurait au-delà de quarante-huit heures, ils devraient eux aussi mettre les fourneaux à l'arrêt – lorsqu'il entendit une clameur se rapprocher. Intrigué, il sortit du bureau de son père, en déplacement à Moscou, au moment où une marée de femmes en furie faisait irruption au milieu des établis et des machines aux cris désespérés de « On veut du pain ! ». Sous leurs injonctions, les ouvriers commencèrent à rejoindre leurs rangs.

Observant depuis la coursive cette hémorragie humaine à laquelle il était inutile de s'opposer, Alexeï remarqua un petit groupe de trois personnes se tenant à l'écart et discutant à voix basse. Il reconnut tout de suite la casquette d'Ivan et, à ses côtés, Natalia et Kolya.

Il dévala quatre à quatre les marches de l'escalier en ferraille, mais la masse compacte des grévistes l'empêcha de les rattraper. Il les regarda s'éloigner et disparaître dans l'anonymat de la foule.

Alexeï épousa le flux grouillant et se retrouva devant la Douma, pris dans une foule encore plus immense, sans cesse nourrie par de nouveaux arrivants, et dont les hurlements vindicatifs – « Vive la République », « À bas la guerre ! », « À bas l'autocratie ! » –, encouragés par la passivité ovationnée du régiment de cosaques en faction devant le palais de Tauride, prenaient une tout autre tournure. Malgré quelques affrontements épars, aucune victime ne fut à déplorer lors de cette journée.

Le soir, empli d'un enthousiasme débordant, Vladimir rentrait en toute hâte.

« Tu te rends compte, Aliocha ? C'est l'occasion rêvée pour les libéraux de prendre enfin le pouvoir, et pour moi de devenir député, peut-être même ministre !

— Père, je ne suis pas certain qu'un régime dirigé par des patrons et des grands propriétaires donnera satisfaction aux revendications de la population.

— Mais bien sûr que si ! Que veut le peuple, sinon la liberté d'entreprendre pour lui-même et de s'enrichir lui aussi par son travail ? Tu parles comme ton frère et dis n'importe quoi. »

Alexeï n'insista pas, laissant son père se perdre dans ses rêves de maroquin, et sortit se mêler aux habitants des faubourgs. Il y régnait une agitation fébrile. Montés sur des caisses ou des barriques, des orateurs haranguaient les passants qui se regroupaient autour d'eux, les exhortant à la grève générale, à mettre fin à la guerre, à prendre les armes et à renverser des siècles d'oppression.

Le lendemain, cette fièvre continua de se répandre dans les usines et les ateliers. Cette fois, les cosaques chargèrent les manifestants, des combats firent rage. Des deux côtés, le sang imprégna la neige, coula sur les pavés et dans les rigoles des caniveaux.

La résistance et la lutte s'organisèrent. Les insurgés saccagèrent des postes de police et s'armèrent pour les batailles à venir. Partout où Alexeï passait, il entendait gronder la fureur qu'avaient patiemment attisée Ivan et ses camarades. Il sentait enfler ce vent de l'Histoire dont son frère avait si souvent prédit le déchaînement malgré le souverain mépris de leur père pour ses théories.

Le 25 février, la grève s'étendit pour devenir totale. Commerçants, conducteurs de tramway, étudiants, la ville entière succombait à la révolte, multipliant les échauffourées, les morts et les cadavres abandonnés à même la chaussée, raidis par le gel.

Au dîner, Alexeï écouta avec consternation son père qui imaginait déjà proclamée cette république à laquelle il aspirait de tout son être depuis tant d'années. Le tsar avait en effet mobilisé les troupes de la garnison pour faire cesser par la force les désordres et les convulsions populaires, décision que Vladimir considérait comme le faux pas décisif susceptible de précipiter la chute du régime.

« C'était l'erreur à ne pas faire ! Les soldats ne supporteront pas longtemps de tirer sur leurs frères, ils les rejoindront, un gouvernement provisoire sera nommé. Alors, et seulement à ce moment-là, les conditions pour régler cette crise seront réunies. »

Dans l'aveuglement de son ambition, il voyait juste. Le 26 février, excités par l'arrestation d'une centaine de révolutionnaires pendant la nuit, les manifestants affluèrent dans le centre de Petrograd. Vers midi, les junkers ouvrirent le feu sur les émeutiers. Tandis que la foule commençait à refluer en enjambant des dizaines et des dizaines de dépouilles ensanglantées, des militaires tournèrent leurs fusils contre une compagnie de la police montée, lançant ainsi l'impulsion d'une mutinerie qui, en moins de vingt-quatre heures, contamina l'ensemble des bataillons de la capitale. Le 27 février, le drapeau rouge flottait sur le palais d'Hiver ; les agitateurs libéraient les prisonniers d'État et de droit commun, engendrant des pillages ; les plus enragés brûlaient le palais de justice, saccageaient les statues et les symboles du régime ; à Moscou, des grèves auxquelles se joignait la garde impériale éclataient ; et, les jours suivants, l'onde de choc ébranlait les autres villes du pays et les campagnes. Une véritable lame de fond déferlait sur la Sainte Russie et faisait voler en éclats les fers immémoriaux de l'autocratie tsariste.

Pendant que son père se frottait les mains de la tournure que prenaient les événements, Alexeï aidait à ramasser les corps dans les rues et passait au crible les listes des personnes décédées afin de s'assurer que ni Ivan, ni Natalia, ni Kolya n'avaient péri dans la violence des assauts. À chaque nom et à chaque visage qui n'étaient pas les leurs, il remerciait en pensée la Providence à défaut de pouvoir hurler son soulagement.

Pour canaliser le mouvement et éviter le chaos, une cinquantaine de militants rassemblant bolcheviks, mencheviks et socialistes révolutionnaires organisèrent dans l'aile gauche du palais de Tauride un comité exécutif provisoire pour procéder à l'élection de députés ouvriers destinés à diriger le soviet de Petrograd. Parmi les élus à cette charge apparaissait le nom d'Ivan Vladimirovitch Narychkine. Parallèlement, dans l'aile droite du même palais, un groupe de députés de la Douma se réunissait pour jeter l'ébauche du pouvoir provisoire tant espéré par Vladimir. De longues et âpres négociations s'engagèrent dans la foulée entre ces deux entités. Le 2 mars, elles aboutirent à un accord. D'ici la convocation d'une Assemblée constituante, le soviet acceptait de reconnaître la légitimité d'un gouvernement de transition à tendance libérale sans socialistes en son sein. En contrepartie, les représentants du Parti constitutionnel démocratique s'engageaient à respecter un vaste programme de réformes garantissant le suffrage universel, la suppression de la police, la reconnaissance des droits du soldat-citoyen, l'octroi des libertés fondamentales et l'amnistie immédiate de tous les prisonniers politiques.

Quelques heures plus tard, depuis son wagon immobilisé au milieu des voies ferrées, Nicolas II abdiquait sous la pression de ses généraux en faveur de son frère, le grand-duc Mikhaïl Alexandrovitch Romanov qui, le lendemain, renonçait lui aussi à la couronne face au mécontentement populaire.

À grand renfort de vodka et de chants patriotiques, Vladimir et ses amis fêtèrent leur victoire jusqu'à l'aube. Ils exultaient. Ainsi libérés des structures archaïques qui entravaient leurs projets, ils allaient enfin pouvoir transformer la Russie en un pays moderne capable de rivaliser avec les grandes puissances européennes. Le soviet de Petrograd ne représentait à leurs yeux qu'un obstacle sans importance dont ils se débarrasseraient d'un simple revers de main au moment opportun.

Seul Alexeï restait en retrait de cette euphorie. Pour lui, la déchéance du tsar était certes un commencement, mais pas nécessairement celui désiré par son père. Vu le jusqu'au-boutisme d'Ivan et de ses camarades, il était convaincu que l'incendie allumé depuis seulement une semaine ne faiblirait pas avant d'avoir tout calciné sur son passage.

Dans les faubourgs, Ivan contemplait le peuple en liesse. Autour de braseros, on buvait, on chantait, on dansait, on s'embrassait. Lui aussi restait à l'écart de l'ivresse générale. Il savait que les riches capitalistes comme son père chercheraient dès demain à contenir leurs revendications dans les limites servant leurs seuls intérêts.

« Ivan, viens avec nous ! », l'appela Natalia.

Il regarda en direction de la perspective Nevski et des beaux quartiers, où Vladimir et sa bande devaient déjà comploter pour tuer dans l'œuf l'éclosion de la république des Soviets et de la société sans classes.

« Ivan ! », insista Natalia, reprise en chœur par des dizaines de travailleurs allègres.

Il scruta un instant le ciel noir d'hiver qui coiffait ce printemps des peuples. « Oui, se disait-il, la dictature du prolétariat est encore loin, les vrais combats sont devant nous. Mais nous gagnerons, l'Histoire est de notre côté. »

Et il rejoignit ses camarades.

16

Assis sur une caisse, Ivan écoutait le plaidoyer d'Igor Demidovitch, le socialiste qui s'était autrefois opposé à son entrée dans leur soviet clandestin.

« Camarades, vociférait-il sous les acclamations, le général Kornilov marchera bientôt sur nous ! »

Toutes les plus sombres prophéties intérieures d'Ivan s'étaient réalisées. Après l'adoption de mesures authentiquement démocratiques – abolition de la peine de mort, amnistie des révolutionnaires en exil, liberté de la presse, de réunion, de conscience, droit de vote des femmes –, le gouvernement provisoire, libéral et capitaliste avait retrouvé sa morgue de classe et rejeté les revendications du soviet de Petrograd concernant la paix immédiate avec l'Allemagne, le retour de la terre aux paysans, la journée de huit heures et la proclamation de la République.

« Et vous savez tous ce que cela veut dire, assénait l'orateur. Ou bien Kornilov libère le tsar, ou bien il instaure une dictature militaire, c'est-à-dire une autocratie mille fois pire que celle que nous avons connue pendant des siècles ! »

Avec l'entrée du vice-président du soviet de Petrograd, Alexandre Fiodorovitch Kerenski, le gouvernement était progressivement passé entre les mains des socialistes. D'abord ministre de la Justice, puis de la Guerre, et enfin ministre-président, Kerenski et les socialistes demeuraient eux aussi convaincus de la nécessité d'honorer les obligations martiales de la Russie vis-à-vis de ses alliés européens et américains, devenus belligérants en avril ; position qui, avec les milliers d'hommes retenus au front, repoussait *sine die* la convocation d'une Assemblée constituante. Soutenus dans cette voie par les mencheviks, ils entendaient continuer de tenir en minorité leurs adversaires bolcheviks. Mais avec le retour de Vladimir Ilitch Oulianov – dit Lénine – et la publication de ses « thèses d'avril », les bolcheviks attisaient habilement les exaspérations populaires en réclamant l'arrêt immédiat des conflits et la signature d'une paix blanche, la confiscation et le partage des terres par les paysans, le contrôle des usines par les ouvriers, soit le refus de tout soutien au gouvernement provisoire et le transfert intégral du pouvoir aux soviets.

« Allons-nous laisser rétrograder l'Histoire ? haranguait Igor Demidovitch sous les exclamations de la foule. Allons-nous accepter de redevenir esclaves ? Non ! »

Avec le ralliement du socialiste démocrate Léon Trotski et en restant fidèles à la radicalité de leur ligne politique proche des aspirations profondes de la population, les bolcheviks avaient gagné de plus en plus de partisans au sein du peuple, au point de représenter un danger pour le gouvernement, fragilisé par la cuisante défaite des troupes en Galicie ; défaite qui avait entraîné de grandes manifestations de protestation contre la poursuite des combats et une répression implacable des bolcheviks, accusés d'être des agents à la solde des Allemands. Escorté personnellement par Josef Staline, Lénine avait dû prendre de nouveau le chemin de l'exil et se réfugier en Finlande ; Trotski avait été arrêté, la *Pravda* interdite ; la milice des Gardes rouges et la majorité des ouvriers avaient été désarmés. Kerenski avait limogé le général en chef de l'armée russe, Alexeï Alexeïevitch Broussilov, responsable de la débâcle en Galicie, pour le remplacer par le général Lavr Gueorguievitch Kornilov qui, aujourd'hui, affichait sa volonté de prendre le pouvoir par la force et d'écraser les soviets dans le sang. Vu la manière barbare avec laquelle il avait mitraillé les déserteurs de ses bataillons et exposé à titre d'exemple leurs cadavres avec des écriteaux autour du cou, la menace était réelle.

« Non, jamais nous n'accepterons d'avoir brisé nos chaînes pour retomber dans les geôles du despotisme ! », fulminait Igor Demidovitch.

Malgré les traques dirigées contre les bolcheviks, Ivan, Natalia et Kolya étaient restés en dépit des périls pour faire triompher les idées de leur parti. Ils étaient de toutes les réunions, de tous les comités, apportant la contradiction à leurs adversaires, défendant et diffusant leurs arguments. Ivan structurait leur stratégie et assurait les duels oratoires dans les débats publics, Kolya se chargeait des discussions à brûle-pourpoint avec les camarades de tout bord et Natalia infiltrait les rassemblements secrets de leurs opposants pour leur permettre de contrecarrer leurs plans, n'hésitant pas à recourir à la séduction tant son corps lui apparaissait étranger depuis ce qu'Oleg lui avait fait subir. La nuit précédente, elle n'avait pas eu besoin d'aller aussi loin avec Igor Demidovitch ; il lui avait suffi de le faire boire pour que, avant de s'écrouler dans ses propres effluves de vodka, il lui dévoile le contenu exact de ce qu'il s'apprêtait à demander devant le soviet de Petrograd.

« C'est pourquoi je vous exhorte, camarades, à soutenir notre camarade Kerenski ! C'est pourquoi je vous exhorte, au nom de notre glorieuse Révolution, à vous battre au côté du gouvernement pour défendre notre liberté ! »

Alors qu'il récoltait une pluie d'ovations, Ivan se leva sur sa caisse.

« Et les armes, camarade ? Entends-tu que nous nous battions sans armes ? »

Le silence se fit. Igor Demidovitch blêmit. Il mesurait exactement les conséquences de ce qu'Ivan insinuait, et qu'il devait absolument éviter.

« Ah, les bolcheviks, toujours les bolcheviks !... ironisa-t-il en prenant l'assistance à partie. Bien sûr qu'ils veulent des armes ! Mais pour quoi faire, je vous le demande ? Pouvons-nous vraiment prendre le risque d'armer des agents à la solde des Allemands ? À cette question, je réponds : non ! »

Sa diatribe ne suscita qu'un maigre filet d'approbations. Grâce à l'acharnement d'Ivan et des autres militants demeurés dans la capitale malgré les dangers qu'ils encouraient, aidés dans leurs actions par les errances et les renoncements du gouvernement provisoire, soutenus par une inflation des prix et des pénuries dramatiques, les bolcheviks étaient maintenant majoritaires, notamment au sein du soviet de Petrograd.

« Camarades, je n'ai pas besoin de vous convaincre de la fausseté du mensonge qui vient d'être proféré. Vous savez tous que les sommes reçues par notre parti sont celles des travailleurs allemands, des travailleurs qui subissent les mêmes privations que nous, des travailleurs qui souffrent comme nous de l'obstination et de l'exploitation de leurs dirigeants, des travailleurs qui, comme nous, veulent la fin de cette guerre fratricide ! »

Ses propos suscitèrent un tonnerre d'applaudissements.

« Camarades, reprit Ivan, que cherche le gouvernement en nous refusant des armes pour combattre le général Kornilov et ses troupes ? Il veut nous envoyer aussi sûrement à la mort que le tsar envoyait nos pères, nos frères et nos fils mourir dans la boue des lignes de front ! Allons-nous accepter cela ? Allons-nous accepter de nous sacrifier encore pour le profit d'une poignée de nantis cupides qui voudraient voir périr notre cause ? Que l'on nous arme, et alors oui, nous nous battrons jusqu'au mépris de notre propre vie pour que triomphe l'espoir que nous avons fait naître ! »

Des « Bravo ! », des « À bas Kerenski ! » et « Des armes ! Des armes ! » explosèrent de toute part. Igor Demidovitch s'apprêtait à rétorquer, mais Natalia le prit de court.

« Notre camarade Ivan a raison ! Je propose qu'une délégation composée de notre camarade Kolya et de notre camarade Ivan ici présents rencontre sur l'heure une délégation du gouvernement pour porter haut et fort nos exigences ! Que ceux qui sont pour lèvent la main ! »

Sous une avalanche de « Hourra ! » enthousiastes, la proposition de Natalia fut adoptée à une écrasante majorité.

Quelques heures plus tard, Ivan et Kolya entraient dans une salle reculée du palais de Tauride où les attendaient les deux émissaires de Kerenski : Alexeï et Vladimir.

L'espace d'un instant, tout se pétrifia. Alexeï reconnaissait avec peine celui qu'il appelait Ivanka un an et demi auparavant. Devant lui se tenait un homme dont le corps et le visage s'étaient endurcis au fil des épreuves, du froid et des combats. La détermination sans faille de son regard, surtout, prouvait à elle seule que ni son père ni lui ne savaient à qui ils avaient désormais affaire.

Ils s'assirent de part et d'autre de la table où étaient disposées quatre chaises. Ivan gardait les mains dans ses poches et affichait une attitude impénétrable.

« Kornilov est en train d'embarquer trois régiments dans des trains pour les envoyer à Petrograd, commença Vladimir, je propose donc, vu l'urgence de la situation, de couper court à tout cérémonial. Voici la liste de ce que le gouvernement consent à vous fournir. »

Il posa une feuille sur la table et la glissa vers ses interlocuteurs. Kolya la parcourut avant de la placer devant Ivan. Après un rapide coup d'œil, il déclara sèchement :

« On ne se bat pas contre des régiments bardés de fusils avec des lances, des sabres, des couteaux ou des fourches. Nous voulons des armes à feu.

— Ivanka, répondit Vladimir avec un rire nerveux, tu comprends bien que cela est impossible. »

Ivan se leva.

« Alors cette conversation est terminée. Vous vous défendrez sans nous, donc sans Petrograd. »

Il s'éloigna.

« Tu te prends pour Petrograd à toi tout seul ? », s'agaça Vladimir.

Ivan se retourna.

« Ma personne ne compte pour rien, mais Petrograd, dont mon camarade et moi portons la voix, est tout. »

Il reprit sa marche en direction de la porte.

« Ivan, attends ! », l'interpella Alexeï.

Il se ravisa.

« Si nous accédons à vos demandes, tu comprendras qu'il nous faut des garanties. »

Vladimir tira son fils par la manche en signe de désapprobation. Alexeï se pencha vers lui.

« Père, murmura-t-il, nous avons besoin de l'appui des bolcheviks. »

Ivan se rassit. Il fixait son frère droit dans les yeux et ignorait souverainement son père.

« Sans nous, attaqua-t-il, vous perdez tout.

— Et sans nous, vous perdez tout, vous aussi, répliqua Alexeï.

— Non, tu te trompes, comme toujours.

— Vraiment ?

— Sans nous, Kornilov prendra la ville. Au mieux, il réinstallera le tsar sur le trône ; au pire, il instaurera une dictature militaire, et vous serez définitivement hors-jeu. Nous, non. Dans les deux cas, la population n'acceptera jamais un nouveau pouvoir autoritaire. Elle se mobilisera contre Kornilov, ses soldats finiront par se mutiner pour passer de notre côté, et nous l'emporterons. En réalité, si vous refusez de nous fournir des armes, vous précipiterez votre chute, qui est inéluctable. Si vous acceptez, vous vous achetez un sursis, et quelques bribes d'espoir. »

Un silence sibérien s'abattit sur la délégation.

« Quelle arrogance ! ricana Vladimir.

— Vous avez une heure, trancha Ivan. Kolya ? »

Ils quittèrent la table des négociations. Alexeï prit son père à partie.

« Il a raison, nous n'avons pas le choix !

— Céder devant ce freluquet prétentieux, jamais !

— Très bien, j'irai moi-même parler à Kerenski, que cela vous plaise ou non. »

Vladimir allait rétorquer mais Alexeï était déjà debout.

« Deux heures », dit-il.

Ivan se figea.

« Donne-moi deux heures. »

Dos à son frère, Ivan resta quelques secondes immobile avant de lever la main en signe d'assentiment. Puis, suivi de Kolya, il sortit.

Deux heures plus tard, Alexeï le retrouvait devant le palais de Tauride.

« Vous aurez vos armes », dit-il.

Le jeune révolutionnaire se contenta d'opiner du chef.

« Ivan, bon sang, parle-moi, je ne suis pas ton ennemi !

— Personnellement, non, tu n'es pas mon ennemi. Objectivement, du point de vue de la Révolution et de la lutte des classes, tu l'es.

— Arrête de me réciter ton catéchisme marxiste comme un automate ! Je suis ton frère, je t'ai cherché partout, notre mère se fait un sang d'encre pour toi.

— Je sais. Comment va-t-elle ?

— Enfin quelque chose nous concernant qui t'intéresse ?

— Comment va-t-elle ?

— Mal, figure-toi. Depuis ta disparition, elle se terre dans notre datcha et dans sa tristesse.

— Elle ne vient plus du tout à Petrograd ?

— Si, parfois. Elle est là en ce moment. Elle a des affaires à régler avec notre père. Tu veux passer la voir ? »

Ivan baissa la tête.

« Impossible.

— Bien sûr, répondit Alexeï, tu as déjà eu du mal à effacer la souillure bourgeoise de tes origines, tu ne veux pas détruire tout ce que tu as construit, ou détruit, je ne sais pas dans quel sens je dois penser le sujet... »

Il soupira.

« Ce que je t'ai dit tout à l'heure est vrai, Aliocha, lui dit Ivan. Vous êtes en sursis. Quittez la Russie pendant qu'il est encore temps. Après, je ne pourrai plus rien pour vous, il sera trop tard. »

Ils se regardèrent longuement.

« Dis à notre mère que je vais bien, reprit Ivan. Adieu, mon frère. »

17

Alexeï referma le journal et laissa son regard se perdre dans la perspective Nevski à travers les fenêtres du salon.

Ivan avait dit vrai. Le coup d'État du général Kornilov n'aurait jamais pu être évité sans les bolcheviks. Grâce au nombre de leurs partisans, les cheminots avaient dévié et bloqué les trains emmenant les bataillons vers la capitale. En parallèle, des émissaires des soviets ouvriers et de la garnison révolutionnaire s'étaient rendus auprès des soldats de la ville et les avaient convaincus de rester fidèles au gouvernement provisoire. Isolées, noyautées de toute part, les forces de Kornilov s'étaient désagrégées, la menace s'était éteinte sans effusion de sang. Et depuis, les bolcheviks étaient armés.

Ivan avait aussi eu raison sur les conséquences de cet événement. Kerenski ne contrôlait plus rien. À l'image du soviet de Petrograd, désormais présidé par Trotski, les bolcheviks dominaient l'ensemble des soviets du pays, tant dans les grandes agglomérations que dans les campagnes. Les moujiks, lassés d'attendre les mesures agraires sans cesse repoussées dans l'expectative brumeuse de la convocation d'une Assemblée constituante, avaient pris leur destin en main. Ils avaient procédé au partage des terres, allant jusqu'à brûler les propriétés des maîtres récalcitrants et à assassiner sauvagement leurs anciens oppresseurs. Lorsque la nouvelle était parvenue sur les lignes de front, les conscrits, majoritairement d'origine paysanne, avaient commencé à déserter pour rentrer dans leur village natal et participer à ce mouvement. Et au-delà, aux frontières de l'Empire, les populations allogènes s'étaient mobilisées lors d'un Congrès des peuples à Kiev, en Ukraine, afin d'obtenir plus d'indépendance. La Sainte Russie millénaire s'effondrait. Ils étaient en sursis.

Alexeï errait dans ses pensées apocalyptiques lorsque Irina lui apporta le courrier. Il égrenait machinalement les enveloppes lorsqu'il lut son nom sur l'une d'elles. Le mot de Natalia était lapidaire :

« Porte de service, ce soir, 9 heures. Que tes parents ne sortent pas. »

Les ruelles des faubourgs crépitaient d'une effervescence fiévreuse. Au milieu d'une trentaine d'hommes et de femmes, Ivan terminait de nettoyer le canon de son fusil et de charger ses revolvers.

« Vous connaissez vos positions ? »

Tous acquiescèrent.

« Camarades, reprit Ivan, le Grand Soir est à nos portes. Hourra ! »

L'escouade populaire reprit en chœur ce cri de la victoire et se dispersa. Natalia rejoignit Ivan et s'assit à côté de lui.

« C'est fait », murmura-t-elle.

Ivan rangea ses pistolets dans les étuis accrochés à sa ceinture.

« Aliocha est une forte tête, dit-il, j'espère qu'il t'écoutera.

— Comment tu te sens ?

— J'attends ce moment depuis si longtemps qu'il me semble irréel… Mais je suis prêt.

— Moi aussi.

— Le Parti espère bien que vous êtes prêts ! », s'exclama une voix derrière eux.

Ils se retournèrent. Une cigarette aux lèvres, le visage long et saillant, le front haut rongé par un début de calvitie perceptible malgré sa casquette, le corps fin flottant dans ses vêtements, un homme les observait de ses petits yeux perçants.

Le reconnaissant, Ivan et Natalia se levèrent.

« Camarade Dzerjinski ! », s'écria Ivan.

Dans les rangs des bolcheviks, Félix Edmoundovitch Dzerjinski était déjà une légende. Fils d'une famille aristocrate polonaise, exclu très tôt de l'école pour activité révolutionnaire, il avait passé la majeure partie de sa vie en prison d'où il n'avait cessé de s'évader.

« Tu es un Narychkine, camarade… dit évasivement Dzerjinski en s'avançant vers eux.

— Je n'ai pas choisi la famille où je suis né, camarade », rétorqua vivement Ivan.

Dzerjinski eut une expression malicieuse.

« Ce n'était pas un reproche, camarade. Je suis moi-même un paria de l'aristocratie, ce qui est une tare bien pire que la tienne ! »

Ivan sourit à ce trait.

« Nous nous ressemblons tous les deux, car nous devons inlassablement prouver la bonne foi – si je puis dire – de notre engagement.

— Un désagrément dérisoire comparé aux souffrances du peuple », commenta Ivan.

Dzerjinski écrasa sa cigarette sous la pointe de sa botte.

« On m'a dit le plus grand bien de toi. »

Il se tourna vers Natalia.

« De toi aussi, camarade Lishenko. »

Il les regarda tour à tour.

« Quand tout sera fini, j'aurai besoin de fidèles bolcheviks de votre trempe. Bonne chance, camarades. *Tout le pouvoir aux soviets* ! »

Ivan et Natalia lui retournèrent leur devise guerrière et Dzerjinski poursuivit sa revue des troupes.

Vladimir et Ekaterina ne voulaient rien entendre.

« Pourquoi diable n'irions-nous pas à l'opéra ? s'étonnait le maître des lieux.

— On m'a fortement déconseillé de sortir ce soir, répondit Alexeï.

— "On" ? Qui est ce "on" ? l'interrogea son père.

— Je ne peux rien dire de plus.

— Aliocha, intervint Ekaterina, arrête donc de t'inquiéter. Il paraît que cette nouvelle mise en scène est prodigieuse. »

Vladimir se pencha vers son fils.

« Pour une fois que ta mère veut sortir, tu ne voudrais pas lui gâcher son plaisir ? Accessoirement, je dois m'entretenir à l'entracte avec le ministre du Commerce et de l'Industrie, je compte bien rentrer tout à l'heure avec de bonnes nouvelles. »

Il lui donna une tape virile sur l'épaule, offrit son bras à sa femme et ils quittèrent leur hôtel particulier.

À 9 heures, Alexeï ouvrit la porte de service et fit entrer Natalia. Il fut surpris de la voir en uniforme, et armée.

« Que se passe-t-il ? lui demanda-t-il.

— C'est pour ce soir, Aliocha.

— De quoi parles-tu ?

— Demain verra l'avènement de la république des Soviets. La Russie que nous avons connue ne sera plus.

— Tu es sûre ?

— C'est déjà en cours. »

Alexeï s'appuya contre le mur.

« Quittez le pays, Aliocha. D'après Ivan, les jours et les semaines à venir s'annoncent périlleux pour ceux de votre classe.

— C'est lui qui t'envoie ?

— Il sait que je suis ici. Mais c'était mon idée. »

Ils se dévisagèrent. D'un même élan, ils s'embrassèrent avec avidité. Natalia fit glisser son pantalon au sol, déboutonna celui d'Alexeï, et ils firent l'amour dans un mouvement de rage désespéré.

Avant de partir, Natalia le fixa longuement. Ses yeux brillaient d'une tendresse triste.

« Adieu, Aliocha. »

Elle rajusta son fusil et disparut.

Alexeï demeura dans l'anxiété jusqu'au retour de ses parents. Ekaterina était enchantée par le spectacle et Vladimir ravi de son aparté avec le ministre.

« Et vous n'avez rien remarqué d'anormal ? les questionnait leur aîné.

— Absolument rien ! martelait sa mère.

— Il y avait bien ces Gardes rouges sur les ponts, nuança son père, et quelques bruits de détonation au loin, rien d'inhabituel en somme depuis que ces sauvages de bolcheviks se pavanent dans nos rues. Si seulement ils pouvaient s'étriper entre eux ! »

La conversation se poursuivit sur ce ton léger de gens du monde de retour d'une soirée à l'opéra, laissant Alexeï plongé dans des affres de perplexité.

Pourtant, cette nuit-là, sans rencontrer de résistance, les forces bolcheviks avaient en effet pris le contrôle de tous les ponts de la ville, de toutes les gares, de la banque nationale, des centrales postales et téléphoniques. Les tirs lointains qu'avaient entendus Vladimir et Ekaterina étaient ceux échangés devant le palais d'Hiver entre les rares formations d'élèves officiers et les révolutionnaires avant la reddition complète, en seulement quelques heures, du gouvernement provisoire et la fuite de Kerenski.

Le lendemain, tandis qu'Ekaterina buvait son thé en s'extasiant encore de la représentation de la veille et que Vladimir savourait de bientôt détenir son maroquin tant convoité, Lénine déclarait sous les acclamations d'une foule exaltée :

« Nous allons maintenant procéder à la construction de l'ordre socialiste ! »

Deuxième partie

Les aurores blêmes

Une guerre civile, produit d'une Révolution et de la contre-révolution qui se dresse contre elle, est d'abord une guerre sociale, et secondairement politique – ceux qui y prennent part veulent savoir pourquoi ils se battent.

Alexandre Jevakhoff

1

La nuit de décembre était glaciale. Malgré la neige gelée et glissante sur la chaussée, Ivan marchait vite, le front barré des préoccupations qui agitaient ses réflexions.

Pourtant, après leur prise du pouvoir en octobre, l'ancien Empire des tsars s'était hissé en quelques semaines à l'avant-garde du progrès : abolition de la peine de mort, de la propriété foncière, partage des terres par les paysans, contrôle ouvrier des usines et de la production, nationalisation des banques, séparation de l'Église orthodoxe de l'État, liberté de la presse, égalité et droit des peuples de Russie à disposer d'eux-mêmes jusqu'à la séparation ou l'indépendance ; autant de mesures qui les avaient propulsés au rang de phare de l'humanité. Mais à l'euphorie de ce Grand Soir, de cette libération mettant fin à des siècles et des siècles d'oppression, avait succédé la réalité des matins blêmes au lendemain d'une nuit d'ivresse.

Ivan rajusta sa chapka, alluma une cigarette et pressa le pas. Natalia et Kolya devaient être arrivés.

Si les forces réactionnaires s'étaient désintégrées sous la puissance de la déflagration d'une telle révolution, elles s'étaient très vite rassemblées en une myriade de groupuscules épars de résistance dont la prolifération dispersait les points de lutte et multipliait les difficultés pour les éradiquer. L'échec de la reconquête de Petrograd par Kerenski et les cosaques du général Krasnov, loin d'éloigner le spectre d'une guerre civile, avait inauguré sa naissance. Des armées blanches avaient commencé à se constituer et à se lever dans différents endroits du jeune territoire soviétique : au Sud avec les généraux Kornilov, Dénikine et Wrangel ; à l'Est avec le général

Koltchak ; à l'Ouest avec le général Boulakh-Balakhovich. Bientôt, des affrontements intestins éclateraient et fracturaient une population déjà exsangue, saignée par la guerre et les privations, alors que les combats contre les Allemands continuaient de faire rage. La nécessité de fermer cette ligne de front se faisait chaque jour plus pressante ; fermeture qui exigeait de renoncer, au moins momentanément, à la possibilité d'une contamination et d'une extension du processus révolutionnaire au reste de l'Europe, comme le souhaitaient Lénine et Trotski. La poursuite de ces hostilités aux côtés des puissances bourgeoises et capitalistes aggravait le dénuement du pays, creusait les pénuries alimentaires et attisait un dangereux mécontentement envers les nouveaux dirigeants au sein des masses. Afin d'atténuer cette exaspération explosive et éviter de se parjurer par la poursuite de la politique de ceux qu'ils avaient destitués, les bolcheviks s'étaient retrouvés contraints de provoquer sans délai l'élection de l'Assemblée constituante sans cesse repoussée par le gouvernement provisoire, prenant ainsi le risque d'être désavoués dans les urnes tant les bénéfices de l'avènement du régime des soviets demeuraient abstraits ou ignorés hors des grandes villes ouvrières. Les résultats de ce scrutin précipité avaient confirmé leurs craintes : bien qu'ils eussent remporté une majorité constante de voix dans les zones urbaines industrialisées, les bolcheviks n'avaient obtenu au total que le quart des sièges des députés. Malgré les alliances passées avec Maria Alexandrovna Spiridonova et l'aile gauche des Socialistes révolutionnaires, l'ouverture de la première session parlementaire s'annonçait plus périlleuse qu'ils ne le redoutaient.

Ivan s'immobilisa devant l'établissement où ils avaient rendez-vous. Dissimulé par l'obscurité, il observa à travers la vitre Natalia et Kolya, attablés autour d'une bouteille de vodka. Il lisait encore sur leurs visages les stigmates de la douleur gravés par la perte de leurs parents, morts pour avoir tenté de défendre la datcha Narychkine contre les pillards qui l'avaient saccagée.

Il écrasa sa cigarette et les rejoignit. Ils s'embrassèrent, trinquèrent et vidèrent leur verre d'un trait.

« Tu sais pourquoi il veut nous voir ? », demanda Kolya.

Ivan haussa les épaules.

« Je suppose qu'il veut nous assigner un rôle précis pour éviter qu'advienne ce que nous avons découvert. »

Kolya se resservit et but de nouveau.

« Ne bois pas trop, lui dit Ivan, nous avons besoin de garder l'esprit clair.

— Un bon tchékiste vaut deux Russes, rien ne saurait altérer son jugement », déclara une voix s'approchant d'eux.

Ils levèrent la tête et découvrirent Dzerjinski, son éternel demi-sourire indéchiffrable aux lèvres.

« Venez, camarades, leur dit-il, nous sommes attendus. »

Ils sortirent et se fondirent dans la nuit.

« Où allons-nous, camarade ? demanda Ivan.

— Préparer l'avenir », répondit Dzerjinski sans interrompre sa marche.

Ivan n'insista pas. Le chef de la Tchéka, la police politique à laquelle ils appartenaient désormais tous les trois, était aussi avare des informations dont il disposait qu'il était secret sur ses véritables intentions.

Lorsqu'ils se retrouvèrent à gravir les marches du palais de Tauride, Ivan, Natalia et Kolya échangèrent des coups d'œil interrogateurs. Ils franchirent plusieurs points de contrôles, où les soldats s'effaçaient sur le passage de Dzerjinski, empruntèrent escaliers et corridors pour arriver à l'entrée d'un long couloir gardé par une dizaine de militaires. Ils fouillèrent Ivan, Natalia et Kolya, leur confisquèrent leurs armes avant de les laisser passer. À mesure qu'ils avançaient, des éclats de discussions animées leur parvenaient de manière confuse, parmi lesquels se détachaient des insultes et des rires. Devant une porte, ils s'arrêtèrent.

« Ils sont un peu nerveux ce soir », leur dit Dzerjinski.

Il posa sa main sur la poignée et considéra longuement ses trois recrues prometteuses ; puis, après avoir ouvert d'un geste sec et précis, il les fit entrer.

2

Alexeï s'immobilisa devant une sortie de service et regarda derrière lui. La ruelle était déserte, il n'avait pas été suivi. Il était bientôt l'heure. Il alluma une cigarette pour tuer l'attente et le froid qui s'engouffrait par bourrasques dans les moindres venelles de la ville.

Même si les bolcheviks voyaient se dresser devant eux des murs successifs de difficultés et de dangers, continuer de lutter lui apparaissait vain ; d'autant plus vain que nul ne pouvait prédire de quel côté basculerait cette révolution. Qu'elle implose prématurément lui semblait impossible. Ses racines plongeaient trop profondément dans l'histoire et le flot de colère ravalée qui la portait était trop fort pour qu'elle s'arrête avant d'avoir tout charrié sur son passage. Des mouvements de révoltes et de grèves similaires éclataient dans nombre de territoires d'Europe, menaçant de les faire chavirer dans la même anarchie incertaine que la Russie. Selon lui, il fallait attendre que, à l'exemple d'autres par le passé, le processus révolutionnaire dévore jusqu'à ses instigateurs et ses propres enfants pour, peut-être, envisager de lui porter un coup fatal. Pour l'heure, fuir la Mère Patrie, l'abandonner à ses convulsions intestines et fratricides se révélait la seule solution raisonnable. Alexeï n'avait pas peur, pas pour lui ; il était inquiet pour ses parents. Sa mère s'enfonçait dans une neurasthénie préoccupante à la suite du saccage de leur datcha qui avait entraîné la mort d'Olena et Anton, au point de ne pratiquement plus quitter son lit. Son père, lui, avait été trop lié au régime tsariste et au gouvernement provisoire pour ne pas se retrouver un jour dans la ligne de mire des bolcheviks ; et depuis que, grâce à un opportunisme assumé, il avait été élu député de l'Assemblée constituante sous la bannière des Socialistes révolutionnaires, ses faits et gestes devaient être plus étroitement surveillés. Quant à le convaincre de prendre, même provisoirement, le chemin de l'exil, Alexeï ne croyait presque plus en cette possibilité maintenant que Vladimir accédait enfin à la réalité tant convoitée de l'arène politique.

La porte s'ouvrit et apparut James. Alexeï vérifia que personne ne le guettait et il s'engouffra dans l'ambassade de Grande-Bretagne.

James l'entraîna dans un dédale de couloirs et d'escaliers vétustes avant de l'introduire dans une petite chambre sous les combles où les attendaient leurs pères respectifs. Aujourd'hui, ce n'étaient plus les bolcheviks qui se réunissaient clandestinement, mais eux, les libéraux, surtout depuis que les chefs du parti Cadet avaient été déclarés « ennemis du peuple », arrêtés et jetés en prison par le nouveau pouvoir en place.

À son arrivée, Vladimir et Sir William Scott Nelson se levèrent pour l'accueillir avec chaleur.

« Mon fils, déclara avec assurance Vladimir, si Dieu le veut, demain sonnera définitivement le glas de tout ce brigandage ! »

Ils s'assirent.

« Je vous trouve bien optimiste, père.

— Pourtant je suis d'un réalisme tragiquement allemand, bien loin de notre lyrisme russe habituel ! »

Sir Scott Nelson et James sourirent à ce trait.

« Tu as l'air contrarié, dit Vladimir à son aîné, quelque chose ne va pas ?

— Rien ne va, père, s'agaça Alexeï, rien ! À part Fiodor Petrovitch Boulgakov, aucun de vos amis chez lesquels vous m'avez envoyé en émissaire ne veut donner ne serait-ce qu'un kopeck de sa fortune pour soutenir et équiper les armées blanches qui se constituent aux quatre coins du pays. Comment voulez-vous que nous puissions espérer un seul instant en une quelconque victoire ?

— Ils vont donner, avec ce qu'il va se passer, ils vont donner, tu peux me croire. Comme je le disais en ton absence à notre bienfaiteur ambassadeur, demain, les bolcheviks et leurs alliés n'obtiendront pas la présidence de l'Assemblée. J'étais encore il y a une heure avec Viktor Mikhaïlovitch Tchernov, et nous sommes assurés de tenir en minorité Maria Alexandrovna Spiridonova et l'aile gauche des Socialistes révolutionnaires. Nous avons refait dix fois les comptes, la majorité nous est acquise. Grâce à elle, nous fixerons l'ordre du jour, abolirons toutes les mesures prises au nom de ces maudits soviets, et nous aurons ainsi ramené le régime dans un giron démocratique que nous tiendrons entre nos mains. À partir de là, nos amis rechigneront moins à investir dans des bataillons qui nous sont favorables afin qu'ils rejoignent la capitale et matent tous ces gibiers de potence ! »

Les yeux d'Alexeï furetèrent à travers la pièce en suivant la courbe invisible de ses réflexions.

« Même si la mesure est implacable d'un point de vue institutionnel, je ne crois pas que les bolcheviks se contenteront de plier devant la légalité. Ils ne sont pas à un coup de force près, et je crains même que vous ne leur fournissiez le prétexte idéal de se débarrasser de cette Assemblée qui, de toute façon, les encombre. »

Lord William Scott Nelson acquiesça.

« Alexeï n'a pas tort, mon cher Vladimir, personne ne peut prévoir comment vont réagir ces bandits. Ce dont nous pouvons être certains, en revanche, c'est qu'ils sont capables de tout.

— Alors quoi, s'emporta Vladimir, on jette les gants et on leur abandonne notre Sainte Russie ?

— Ce n'est pas ce que j'ai dit, temporisa le père de James.

— Vous, non, mais mon fils, c'est ce qu'il cherche !

— Vladimir Piotrovitch, intervint James, si vous me permettez, je crois qu'Alexeï se fait simplement du souci pour vous. Vous êtes un riche industriel, vous avez été proche des ministres du tsar, de Kerenski, des Cadets ; aujourd'hui vous êtes député d'une Assemblée qui s'apprête à provoquer frontalement les bolcheviks, il n'est pas déraisonnable de penser que vous pouvez devenir une cible à abattre. »

Vladimir fixa son fils.

« Tu as quelque chose à ajouter ?

— Vous connaissez ma position, père, je préférerais vous voir quitter la Russie avec ma mère. Vous ne feriez pas preuve de lâcheté en agissant de la sorte, car vous continueriez le combat autrement, en sécurité, et surtout en vie. »

Vladimir se leva et le toisa.

« Un Narychkine ne fuit pas devant la tourmente. »

Il salua leurs hôtes.

« Excellence, James. »

Il marcha vers la porte.

« Vladimir », l'interpella Lord William Scott Nelson.

Il se ravisa.

« Si la situation venait à s'aggraver, commença l'ambassadeur, sachez que la Grande-Bretagne interrompra ses relations diplomatiques avec votre pays et nous devrons rentrer à Londres. Sachez également que je peux vous fournir tous les papiers nécessaires pour venir avec nous. Mon gouvernement sera ravi d'accueillir un homme tel que vous, de même que votre épouse et votre fils. »

Vladimir hocha silencieusement la tête.

« Merci, Excellence, pour votre amitié fidèle. Je vous promets d'y réfléchir si jamais les circonstances l'exigeaient. Mais ce moment ne viendra pas. Il ne viendra pas parce que, demain, nous allons étrangler ce ramassis de racailles et mettre fin à ce chaos qui n'a déjà que trop duré. »

Il s'inclina et sortit. Alexeï regarda ses alliés anglais avec un regard désolé et désemparé.

« Il ne dit plus non, se consola l'ambassadeur.

— Il ne dit pas encore oui non plus, déplora Alexeï. Espérons qu'il ne sera jamais trop tard. »

Alexeï considéra James et son père avec reconnaissance.

« Merci d'avoir essayé. »

3

Dzerjinski referma la porte derrière lui. À travers la brume de tabac baignant la pièce, Ivan, Natalia et Kolya distinguaient les silhouettes de cinq hommes. Deux siégeaient autour d'une table où étaient disposés vodka, verres, cartes et plans ; deux étaient assis plus loin, l'un dans un fauteuil, l'autre dans un sofa ; et le dernier – visage rond, petites lunettes ovales en métal, chevelure touffue et ébouriffée, large moustache et barbichette broussailleuse – marchait avec énergie en parlant à grand renfort de mouvements de bras.

« Les conditions que propose l'Allemagne sont inacceptables ! Voilà pourquoi je continue de dire : ni la paix ni la guerre ! »

L'homme dans le sofa se redressa. Il avait l'œil vif, le crâne dégarni, les sourcils et le bouc fournis.

« Léon, ta théorie de l'agitation permanente a fait ses preuves, nous le savons, mais les faits sont têtus, nous devons signer l'arrêt des combats, quels qu'en soient les termes. Une fois la situation du pays stabilisée, nous aviserons.

— Vladimir, c'est juste une question de temps pour que les travailleurs allemands et, à leur suite, les travailleurs de toute l'Europe nous emboîtent le pas, chassent les capitalistes qui les oppriment et entraînent, de fait, la fin des conflits !

— Le temps n'attend pas. Pour l'heure, l'armistice s'impose.

— Je maintiens que c'est une erreur !

— Seule la passivité est une erreur. »

Il se tourna vers l'homme dans le fauteuil.

« Josef, ton avis ? »

L'intéressé – corps massif, cheveux épais coupés court et rabattus en arrière, figure longue, pommettes hautes et rebondies, moustache taillée et imposante – réprima un sourire.

« Si je le pouvais, j'éventrerais moi-même tous nos adversaires, à commencer par nos ennemis de l'intérieur, quitte à les traquer jusque dans leur lit ou dans leurs chiottes. »

Tous rirent à cette image. L'homme à la calvitie prononcée s'adressa à ceux accoudés sur la table.

« Grigori, Nikolaï ?

— Fin des luttes armées, répondit l'un.

— Refus de tout traité de paix », s'opposa l'autre.

Le partisan de la poursuite des hostilités militaires dans l'attente de l'expansion du processus révolutionnaire se laissa tomber sur la chaise laissée libre aux côtés de Grigori et Nikolaï.

« Enfin un qui n'est pas un traître à la révolution mondiale ! »

Ivan, Natalia et Kolya restaient immobiles, médusés d'être là où ils se trouvaient. Face à eux se tenaient les hommes les plus importants du nouveau gouvernement, le Sovnarkom ou Conseil des commissaires du peuple : Léon Trotski né Lev Davidovitch Bronstein, Vladimir Ilitch Oulianov dit Lénine, Iossif Vissarionovitch Djougachvili surnommé Staline, Grigori Evseïevitch Zinoviev et Nikolaï Ivanovitch Boukharine.

Lénine, qui les avait vu entrer avec le responsable de la police politique nouvellement créée, fixa ses yeux noirs sur Ivan.

« Camarade, quelle est ton opinion sur le sujet ?

— Aucune, camarade Lénine.

— Tu ne penses donc pas ?

— Je veux dire : mon opinion personnelle n'a aucun intérêt en soi. La logique des faits et des événements, elle, impose de juguler en priorité la guerre civile qui s'annonce, sinon nous perdrons sur les deux fronts. »

À son tour, Trotski le prit à partie.

« Tu ne crois pas dans le courage et la fierté du peuple russe pour vaincre tous ses opposants en même temps ?

— Camarade Trotski, les rapports de force relèvent plus de la physique que de la vigueur morale, et ces rapports, après plus de trois années de guerre, ne nous sont pas favorables. »

Lénine se tapa sur la cuisse et tendit la main en direction d'Ivan.

« Tu vois, Léon : *vox populi, vox dei* !

— Attends, rétorqua Trotski, qu'en pensent ses camarades ? Toi, par exemple », dit-il en désignant Kolya d'un coup de menton.

Le jeune homme se redressa.

« Tous les peuples sont à bout de souffle. Il ne manque qu'une étincelle pour qu'ils se mutinent contre les oppresseurs qui les obligent à se battre. »

Trotski toisa Lénine avec un air de triomphe.

« Tu vois !

— Léon, intervint Staline, cette question a été tranchée par le camarade Lénine. Écoutons plutôt ce que nos jeunes camarades ont à nous dire. »

Ivan, Natalia et Kolya interrogèrent Dzerjinski du regard. D'un signe de la tête, il donna la parole à Natalia.

« Camarades, commença-t-elle, les députés s'apprêtent à faire annuler toutes les mesures progressistes prises depuis octobre.

— Rien que ça ! s'écria Lénine. Et comment comptent-ils s'y prendre exactement ? L'État, c'est nous !

— Ils vont élire pour président Viktor Mikhaïlovitch Tchernov, et non Maria Alexandrovna Spiridonova. Les Socialistes révolutionnaires de droite imposeront ainsi leur ordre du jour et l'Assemblée comme unique source du pouvoir légitime. À partir de là, ils détruiront tout ce qui a été accompli. »

Le silence tomba sur l'assistance. La colère et la haine luisaient dans les pupilles des chefs bolcheviks.

« D'où tiens-tu ces informations ? s'enquit Staline.

— Du personnel de certains parlementaires.

— Mais encore ? surenchérit Lénine.

— Avec mes camarades, nous avons développé des liens avec leur femme de chambre ou leur cuisinière.

— Et toutes ont collaboré de leur plein gré ? questionna Trotski.

— La majorité sont des camarades dévouées à notre cause.

— Et pour celles qui ne le sont pas ? », demanda Staline.

Natalia jeta un coup d'œil à Ivan.

« Pour les récalcitrantes, répondit-il, nous leur avons expliqué que nous n'hésiterions pas à trouver les preuves nécessaires pour faire emprisonner leur mari ou leurs parents. Notre camarade Kolya sait être très persuasif. »

Tous le dévisagèrent sans réagir. Soudain, un rire sardonique s'empara de Lénine avant de se répandre aux autres bolcheviks.

« Voilà de bons tchékistes ! commenta Lénine. Il faudra faire une loi dans ce sens. On l'appellera "loi des otages", elle sera très pratique pour obtenir la docilité de nos opposants. »

Il se retourna vers Staline.

« Josef, ton avis ?

— La mort résout tous les problèmes. Pas d'hommes, pas de problèmes.

— Nous ne pouvons pas tous les tuer ! s'exclama Lénine.

— Pourquoi pas ? », répondit Staline.

Après un instant de flottement, tous rirent de plus belle à cette perspective.

« Cette Assemblée était une mauvaise idée, fulmina Trotski. Un parti qui n'aspire pas à prendre le pouvoir ne vaut rien ! Nous allons nous en débarrasser. »

Tous acquiescèrent.

« Félix, dit Lénine, attends nos ordres. »

Il se leva et vint se planter devant les trois jeunes recrues de Dzerjinski.

« L'un d'entre vous a-t-il déjà tué un homme ? »

Seul Kolya leva le bras.

« La mort d'un homme est une tragédie, dit Staline. La mort de millions d'hommes est une statistique. »

Un sourire terrible fendit le visage de Lénine.

« Et les tchékistes sont appelés à devenir les meilleurs statisticiens du monde. »

4

Aux abords du palais de Tauride, se massait dans le calme une foule de manifestants issus de la petite et moyenne bourgeoisie. À l'appel des Socialistes révolutionnaires de droite, sortis majoritaires des urnes, ils venaient soutenir la première réunion de l'Assemblée constituante.

Devant l'édifice, des barrières tenues par des détachements de Gardes rouges et de marins dépêchés par le soviet de Petrograd en interdisaient l'accès.

Chacun était à son poste, prêt à accomplir le plan arrêté par les chefs de la Révolution et mis en œuvre par Dzerjinski. Ivan et Kolya étaient dans les rangs des soldats tandis que Natalia restait sur le seuil de la salle des débats, prête à transmettre les instructions en fonction de l'évolution de la séance.

À 16 heures, Lénine, Trotski et Staline prirent place pour procéder à l'élection du président de l'Assemblée. Conformément à ce que Natalia leur avait révélé la veille, Victor Mikhaïlovitch Tchernov l'emporta sur Maria Alexandrovna Spiridonova par 246 voix contre 151. Les bolcheviks contre-attaquèrent. Iakov Mikhaïlovitch Sverdlov, soutenu par Nikolaï Ivanovitch Boukharine et Grigori Yakovlevitch Sokolnikov, exigea d'ouvrir cette session inaugurale par l'examen de *La Déclaration des droits* contenant toutes les mesures prises par le Conseil des commissaires du peuple à la suite du renversement du gouvernement provisoire de Kerenski.

« Le Comité exécutif central, conclut-il, entend que l'Assemblée constituante, dans la mesure où elle exprime correctement les souhaits du peuple, s'associe ainsi à cette demande et entérine les lois d'octobre dernier votées en faveur des travailleurs par le Sovnarkom. »

Des réactions d'indignation et de protestation éclatèrent avec vigueur sur les bancs adverses contre cette tentative de putsch parlementaire.

« Je ne crois pas, déclara solennellement Tchernov, qu'il revienne à une minorité de dicter sa marche à cette Assemblée ! »

Boukharine se leva :

« Il faut être une canaille de la pire espèce pour oser qualifier de minorité ceux qui occupent la majorité dans tous les soviets du pays ! »

Les bolcheviks et leurs alliés de l'aile gauche des Socialistes révolutionnaires approuvèrent à grand renfort d'applaudissements.

« Cette Assemblée, répliqua Tchernov, a été démocratiquement élue, elle seule représente le pouvoir politique légitime pour statuer et légiférer sur le sort de la Nation ! »

Les huées et les invectives volèrent depuis les sièges des bolcheviks. Lénine adressa un signe de la main à Sokolnikov, qui rejoignit Natalia.

« Maintenant », dit-il.

Natalia s'éclipsa. Elle retrouva Dzerjinski à l'entrée du bâtiment et transmit le message. Le chef de la Tchéka donna un coup de menton en direction d'un de ses agents.

Moïsseï Solomonovitch Ouritski sortit du palais de Tauride et se rendit auprès d'Anatoli Grigorievitch Jelezniakov, le marin anarchiste à la tête des troupes.

Il lui chuchota quelques mots à l'oreille et repartit à son poste.

« En joue ! », ordonna Jelezniakov.

Un flottement d'hésitation passa parmi les Gardes rouges. Les manifestants restaient à une distance raisonnable et ne montraient aucun signe dangereux d'agitation exigeant de donner de la mitraille.

Ivan croisa le regard de Kolya.

« En joue ! », récidiva Jelezniakov d'une voix plus forte.

Kolya obtempéra, progressivement imité par l'ensemble des soldats. Ivan fit de même.

À la vue de la charge qui s'annonçait, la panique s'empara de la foule. Des hurlements précédèrent des mouvements de fuite désordonnés.

« Feu ! », gronda Jelezniakov.

Kolya tira le premier. La détonation de son fusil entraîna une rafale d'autres. Ivan pressa légèrement son doigt sur la gâchette. Dans sa ligne de mire, des femmes, des hommes et des enfants couraient dans une confusion où l'affolement le disputait à la peur.

Ivan prit une profonde inspiration, ferma les yeux, les rouvrit et tira. Il vit un fugitif s'écrouler au sol après avoir levé les bras au ciel sous l'impact de la balle. Il rechargea, tira, rechargea, tira et tira encore dans un nuage de poudre assourdissant.

L'écho sourd des déflagrations et la rumeur stridente des cris de terreur résonnaient dans l'hémicycle, en proie à l'effervescence des insultes et des injures.

« Nous ne céderons pas devant l'intimidation d'une bande de brigands et de crapules ! vociférait Tchernov. L'ordre du jour est adopté, nous allons maintenant poser les bases politiques et constitutionnelles de la nouvelle Russie ! Et pour commencer, je propose d'abolir les lois adoptées en octobre par le Sovnarkom ! »

À cette déclaration, le chaos gagna l'assistance. Derrière Lénine, les bolcheviks et les Socialistes révolutionnaires de gauche se levèrent et quittèrent la salle des débats.

Lénine retrouva Dzerjinski à l'entrée de l'Assemblée.

« Il n'est pas nécessaire de les disperser, dit-il. Laissez-les simplement bavarder aussi longtemps qu'ils le souhaitent, puis rompez. Demain nous ne laisserons plus entrer un seul d'entre eux. »

Il s'éloignait déjà lorsqu'il se ravisa.

« Comment s'en sont sorties nos jeunes recrues ? demanda-t-il.

— Ils ont été de bons tchékistes », répondit Dzerjinski.

Un rictus satisfait entailla le visage de Lénine et il tourna les talons.

Dehors, la nuit était tombée. Les Gardes rouges rassemblaient les quelques dizaines de morts qui jonchaient le sol. Beaucoup s'étaient contentés de tirer en l'air pour ne pas tuer des camarades et des frères.

Kolya rejoignit Ivan.

« Comment tu te sens ?

— Bien. Je me sens bien, ne t'inquiète pas.

— On s'habitue, tu sais.

— Nous avons fait ce qu'il fallait, je n'ai ni regrets ni remords. »

Kolya lui donna une tape amicale et ils se remirent à la tâche. Ivan regarda ses mains : elles tremblaient toujours.

Autour de feux allumés, un siège pacifique commença. Les soldats se réchauffaient auprès des flammes, échangeaient de maigres sardines et des quignons de pain, fumaient, buvaient de la vodka.

À 4 heures du matin, Dzerjinski jugea que leur tolérance avait assez duré. Il envoya Jelezniakov mettre pacifiquement fin aux discussions.

Le marin entra dans la salle où les députés poursuivaient leurs premiers travaux afin de frapper vite et fort. Il s'approcha de Tchernov.

« La garde est fatiguée, lui glissa-t-il. Je vous propose de clôturer la réunion et de laisser tout le monde rentrer à la maison. »

Tchernov acquiesça, soucieux de ne pas se mettre les forces armées à dos. Avec les Socialistes révolutionnaires de droite, ils adoptèrent à la hâte leurs derniers décrets, abrogeant dans la foulée ceux pris un peu plus de deux mois auparavant par les bolcheviks : une loi sur la terre instituant une réforme agraire radicale, une loi transformant la Russie en une république fédérale, fin du contrôle ouvrier sur les usines, un appel aux Alliés de l'Entente pour une paix démocratique, suprématie de la Constituante sur les soviets. Une fois ces mesures votées, ils fixèrent leur séance suivante à 17 heures le lendemain et, vers 5 heures , ils se séparèrent.

Lorsqu'ils revinrent, ils trouvèrent les portes closes. L'Assemblée avait été déclarée dissoute par le Conseil des commissaires du peuple.

5

Vêtus en ouvriers, Alexeï et ses parents arrivèrent séparément à la gare de Petrograd. Ekaterina et Vladimir s'assirent sur un banc en face du quai où se trouvait leur fils. À partir de maintenant, ils ne se connaissaient pas et ne devaient plus s'adresser ni mot ni signe.

Des rafales de vent glaciales s'engouffraient entre les voies, soulevant des flocons de neige qui se mêlaient à ceux du ciel dans des tourbillons cinglants et désordonnés.

Après la dissolution par la force de l'Assemblée constituante, le régime avait définitivement basculé entre les mains du Conseil des commissaires du peuple. Pour asseoir leur légitimité, les bolcheviks avaient convoqué le Congrès des soviets pour procéder à l'élection de ses représentants ; élection où ils avaient obtenu les deux tiers des voix, et donc l'assise nécessaire pour définir un cadre légal favorable à toutes leurs actions, même les plus radicales.

Le train d'Ekaterina et Vladimir siffla dans les lointains avant de s'immobiliser dans des crissements métalliques et des vrombissements de bête à bout de souffle. De là où il était, Alexeï aperçut ses parents prendre place dans un wagon de troisième classe. Alors que la locomotive se mettait en branle en crachant sa vapeur laineuse dans l'air transi d'hiver, ils échangèrent un dernier regard. Dans quelques heures, ils descendraient à Vyborg pour y passer la nuit et, demain, ils rejoindraient la Finlande où, grâce à l'entremise de Lord William Scott Nelson, les attendraient deux agents des services secrets britanniques. Sous leur protection, ils rallieraient ensuite la Suède, puis l'Angleterre.

Alexeï sortit une petite bourse en cuir de son manteau et roula une cigarette. Lorsqu'il aspira la première bouffée, la chaleur âcre du tabac balafra ses poumons en se mêlant au froid qu'il respirait. Il ferma les yeux et recracha lentement la fumée avec un intense sentiment de soulagement. Il avait réussi, sa mère et son père seraient bientôt en sécurité.

Si les circonstances ne s'étaient pas autant dégradées, jamais Vladimir n'aurait accepté de se ranger à l'opinion de son fils et d'abandonner leur Sainte Russie. La situation s'était en effet crispée sur les fronts intérieur et extérieur. Pour faire face à la dissidence de leurs adversaires, les bolcheviks étaient revenus sur nombre de libertés accordées dans l'euphorie de leur triomphe. Le contrôle des usines par les ouvriers avait été suspendu, la presse opposée au gouvernement du Sovnarkom avait été interdite, ses commanditaires traqués et emprisonnés par la Tchéka, dont les prérogatives avaient été étendues et les actions les plus brutales encouragées par le sceau de l'impunité. Devant ce début d'épuration politique qui ne disait pas son nom, Vladimir et les Socialistes révolutionnaires de droite, après avoir continué de se réunir clandestinement au lycée de Gurevich, avaient mis fin à leurs activités ; certains de ces députés avaient tenté de faire encore survivre cet ersatz d'Assemblée constituante à Kiev avant, eux aussi, de renoncer vu les dangers sans cesse croissants qui les menaçaient. Par ailleurs, après presque deux mois d'armistice, les Allemands avaient repris les hostilités, lassés par la manière dont Trotski faisait traîner les négociations. Très vite, les forces ennemies avaient avancé et s'étaient retrouvées à 150 kilomètres de Petrograd. Face à ce péril, auquel s'ajoutait l'exaspération de la population souffrant toujours de la faim et des privations, le pouvoir bolchevik se tenait prêt à se replier à Moscou. Sous la pression d'Alexeï et de Lord William Scott Nelson, Vladimir avait convenu de l'opportunité que représentaient les préparatifs de ce retranchement et la confusion ainsi engendrée, et il s'était enfin laissé convaincre de prendre le chemin de l'exil. Quant à Ekaterina, elle avait cédé à la nécessité impérieuse de leur départ à la seule condition qu'elle pût récupérer certains de ses effets restés à la datcha Narychkine. Afin de résoudre les complications liées à cette lubie proche du caprice, Alexeï avait arrêté qu'ils partiraient chacun de leur côté, ses parents aujourd'hui selon le plan établi, et lui deux jours plus tard, le temps qu'il sacrifie aux doléances maternelles avant de quitter la capitale avec James et son père.

Alexeï fut tiré de ses pensées par l'entrée en gare de son train. Il se hâta de monter à bord, heureux de s'extraire de la froidure mordante du quai où il attendait.

Par la vitre, il observait défiler les maisons, les champs et les forêts. Drapé dans son manteau de neige immaculé, le paysage ne laissait rien transparaître de la désolation dans laquelle s'enfonçait le pays. Les contusions nationales et le basculement de l'histoire restaient invisibles à l'œil nu.

Bercé par les mouvements bringuebalants du convoi et son corps qui se réchauffait, Alexeï s'assoupissait quand trois jeunes Gardes rouges passablement avinés entrèrent avec fracas dans son wagon. Ils parlaient et riaient fort en buvant de la vodka au goulot. Ils s'arrêtèrent à une dizaine de rangées d'Alexeï, au niveau d'un homme d'une quarantaine d'années.

« T'as un beau manteau, lui dit l'un des soldats, trop beau pour être un simple camarade ! »

Ses deux acolytes manifestèrent leur approbation par des grognements et des borborygmes hostiles.

« S'il vous plaît, implora le voyageur d'une voix tremblante, je vais au chevet de ma mère malade. »

Le Garde rouge le fixait avec un rictus patibulaire.

« Ta mère peut crever, sale bourgeois ! »

Il alluma une cigarette, aspira une longue goulée et, sans sommation, l'écrasa d'un geste féroce sur la joue du passager qui hurla de douleur. Excités par son cri et sa souffrance, ils se jetèrent tous sur lui, le tabassèrent avec une fureur inouïe avant de le traîner par terre et de le jeter sans ménagement hors de la rame. Ils étaient hilares et satisfaits de leur forfait. Jurant comme des bêtes, ils changèrent de voiture avec des ricanements graveleux. Telle était la Russie soviétique naissante : elle offrait un exutoire explosif aux frustrations de millions de personnes accumulées depuis des générations et des générations ; un grade ou une fonction dans un organe d'État, aussi insignifiant fût-il, suffisait désormais pour se défouler et exercer n'importe quelle vengeance arbitraire.

Arrivé à destination, Alexeï rejoignit la datcha à pied. Il espérait que ses parents ne croiseraient pas une autre bande de sauvages bolcheviks. Même s'ils portaient des vêtements de prolétaires, la moindre parole de leur part trahirait leur classe et leurs origines sociales. Sa mère l'inquiétait encore plus que son père tant son humeur instable rendait ses réactions imprévisibles, surtout si elle était confrontée à un contexte anxiogène.

Le crépuscule s'annonçait doucement lorsqu'il s'engagea dans la longue allée menant à la demeure qui abritait ses souvenirs heureux du monde d'hier, ceux des vacances et des joies de l'enfance. Un spectacle sinistre l'accueillit. La bâtisse avait été pillée et saccagée du sol au plafond. Nombre de fenêtres avaient été brisées, les murs dépouillés de leurs tableaux et de leurs ornements, les tapisseries arrachées, l'argenterie dévalisée, le mobilier détruit, volé ou brûlé dans les cheminées. Les pillards s'étaient servis par brassées allègres, signant leurs déprédations de bouteilles vides, de verres brisés, d'urine aigre et séchée sur les tapis, d'excréments dont la matière fétide avait parfois été utilisée pour souiller les boiseries avec des « Mort aux bourgeois ! », « Le pouvoir aux soviets ! », « Le peuple t'encule ! », « Vive la Révolution ! ».

L'étage dévidait la continuité de ce spectacle épouvantable. Alexeï gagna les appartements de sa mère et suivit ses instructions. Sous la grande armoire à moitié désossée, il souleva les deux lattes du plancher jouxtant le pied avant droit du meuble. Il glissa sa main dans l'ouverture, fouilla l'excavation dérobée pour en exhumer une dizaine de lettres nouées par un ruban et glissées dans une pochette de cuir à lacets. Cette obstination déraisonnable à récupérer coûte que coûte ces quelques missives le laissait perplexe. Pourquoi se livrer à une telle fantaisie alors que la mort les traquait de toute part ? Et surtout, pourquoi cacher ainsi une correspondance avec son propre mari ? Des innombrables excentricités dont Ekaterina était coutumière, celle-ci paraissait la plus absurde de toutes aux yeux d'Alexeï.

Il était trop tard pour qu'il pût rentrer à Petrograd. Il déambula longuement dans le cimetière de son passé ravagé. La chambre d'Ivan, malgré les livres séditieux qu'elle refermait, avait été particulièrement vandalisée. Alexeï choisit d'élire domicile dans la sienne, parmi les fantômes de ses rêves d'autrefois. Il occulta les vitres cassées, tant pour se protéger du froid que pour dissimuler sa présence. Après avoir déniché quelques sardines en conserve dans la remise de la cuisine, il se réfugia dans l'antre de son insouciance perdue, alluma du feu dans l'âtre avec des bouts de chaises et de tables, s'emmitoufla dans des couvertures et dormit d'un sommeil morcelé jusqu'au matin.

Le lendemain, il erra longtemps dans les ruines de son histoire révolue, revoyant les multiples accrochages et querelles avec son frère, mais aussi leurs bêtises partagées, leurs éclats de rire, leurs jeux joyeux avec Natalia et Kolya, le faste des réceptions incessantes données par leurs parents jusqu'à l'aube balbutiante.

En début de journée, il alla se recueillir sur la tombe d'Olena et Anton, victimes anonymes des convulsions autophages de leur pays, puis il se hâta de rallier la gare et de prendre son train pour Petrograd.

Lorsque, à la nuit tombée, James l'accueillit à l'ambassade de Grande-Bretagne, Alexeï sut au visage de son ami qu'un événement s'était produit.

« Tes parents ont été arrêtés avant de passer la frontière. Nos agents n'ont rien pu faire. Je suis désolé. »

6

Ivan passa sa main sur ses traits tirés, comme si ce geste avait pu en retirer la fatigue accumulée de ces derniers mois. Andreï Dmitriovitch Koulikov, un homme d'une trentaine d'années assis de l'autre côté de la petite table en fer, refusait encore de parler malgré les coups reçus, les supplices subis entre les interrogatoires, le manque de sommeil, la lampe braquée sur son visage qui lui incendiait la rétine depuis bientôt quatre heures. Cette obstination vaniteuse à résister contre l'inéluctable au prix de souffrances physiques intolérables ne cessait d'étonner Ivan. Car son interlocuteur craquerait. Ils finissaient tous par craquer, ou par mourir.

« Camarade Koulikov, dit Ivan d'un ton las en consultant sa montre, je te laisse réfléchir dix minutes. »

Il referma le dossier posé devant lui, se leva et, sans un mot de plus, sortit. Il traversa un couloir sombre, répondant aux saluts que d'autres officiers lui adressaient avec respect sur son passage, avant d'emprunter un escalier de pierre reliant les sous-sols et le rez-de-chaussée de la prison Kresty. Il remonta ensuite un long corridor qui l'amena dans un hall où l'attendait Kolya en compagnie d'une femme et de deux fillettes d'environ 5 et 8 ans.

« Ce sont elles ? », demanda Ivan.

Kolya acquiesça silencieusement.

« Je vous en prie, supplia la mère, ne faites pas de mal à mes filles, elles sont innocentes...

— Il n'y a pas d'âge pour être coupable, rétorqua Ivan, surtout pour les proches d'un traître qui a participé à une tentative d'attentat contre le camarade Lénine. »

D'un mouvement de la tête, il fit signe à Kolya de le suivre avec ses trois captives. Alors qu'ils allaient descendre dans les entrailles de cette ancienne halle aux vins, une voix les interpella.

« Camarades ! »

Ivan et Kolya se retournèrent et découvrirent Natalia qui venaient dans leur direction avec un homme. Ivan s'avança vers eux.

« Vassily Trebokovitch Ermakovanov, si je ne m'abuse ? dit-il.

« Et vous, le fils noir des Narychkine !

— Rouge me semble plus approprié, répliqua Ivan. Cependant je suppose que l'on ne peut pas être à la fois un écrivain aveugle au point d'être un ennemi de la Révolution et un expert chromatique.

— À qui veux-tu que je le confie ? », demanda Natalia.

Ivan fixa Vassily Trebokovitch.

« Tu es droitier, camarade ? »

L'intéressé se contenta de le considérer avec un souverain mépris. Ivan attrapa son poignet droit et inspecta ses doigts. Une petite bosse sur le côté du majeur, au-dessus de l'ongle, confirma son intuition. Il revint à Natalia.

« Le camarade Igor fera parfaitement l'affaire. Qu'il commence par lui couper sa main criminelle ou par lui crever les yeux. Les deux si nécessaire. »

Natalia s'éloigna avec sa prise tandis qu'Ivan, Kolya et leurs trois prisonnières retrouvaient Koulikov. À la vue de son épouse et de ses filles, il blêmit.

Ivan se rassit.

« Camarade Koulikov, dit-il, tu vois que ta famille et toi êtes désormais au complet. Je comptais laisser le camarade Boris, dont tu connais la délicatesse, les interroger. »

À ces mots et à cette perspective, l'épouvante défigura Koulikov. Lentement, il s'écroula sur lui-même.

« Je vais tout vous dire, gémit-il, tout... mais, au nom du ciel, ne leur faites pas de mal... ne leur faites pas de mal... »

Ivan fit un signe du menton à Kolya, qui s'éclipsa avec ses otages.

« Tu viens de prendre la bonne décision, camarade Koulikov. Boris va te détacher et prendre ta déposition par écrit. Un conseil : sois précis et n'omets rien. »

Ivan l'abandonna à sa capitulation, retrouva la surface de ce monde souterrain et se rendit dans son bureau. La pièce était dépouillée de tout ornement superflu. Seul un portrait de Lénine trônait au milieu des étagères en fer qui tapissaient les murs ; rayonnages où étaient alignés des dizaines et des dizaines de dossiers étiquetés et rangés selon un ordre précis combinant le classement alphabétique des prévenus, la nature de leur crime, leur provenance géographique, leur pedigree familial et professionnel complet. Sur une longue table, s'étalaient des plans criblés de notes et de formules mathématiques absconses.

Alors qu'il reprenait le cours de ses réflexions ainsi griffonnées, on frappa.

« *Da!* », répondit Ivan.

La porte s'ouvrit et, suivie de Kolya, Natalia entra. Ils échangèrent de francs sourires satisfaits. Ivan attrapa une bouteille de vodka et des verres. Ils allumèrent des cigarettes, trinquèrent en chœur et burent d'un trait :

« *Za vaché zdarovié!* »

Ivan les resservit.

« Alors, dit-il à Kolya, tu nous quittes pour l'Armée rouge ?

— Bientôt, oui. Le camarade Trotski souhaite que j'intègre les rangs des services de renseignement militaires.

— Et il a raison. À part ta sœur, je ne connais personne de meilleur que toi pour obtenir des informations et dénicher des traîtres. »

Ivan le regarda avec affection.

« Je suis heureux pour toi, même si tu vas cruellement manquer à la grande famille de la Tchéka. Tchékiste un jour…

— … tchékiste toujours ! compléta Kolya.

— Et si jamais tu veux revenir… ajouta Ivan en levant son verre.

— Je sais. »

Ils trinquèrent et burent de nouveau. Kolya se pencha sur les papiers cryptés d'Ivan.

« C'est quoi ?

— Je pense que c'est le “grand œuvre” auquel travaille le camarade Ivan… hasarda Natalia avec un air espiègle.

— En effet, répondit l'intéressé.

— Tu nous en dis plus ? demanda Kolya.

— Non, rétorqua Ivan.

— Pourquoi ? insista son ami.

— Parce que c'est un secret », déclara Ivan avec une expression enjouée d'enfant.

Kolya se tourna vers sa sœur.

« Tu sais, toi ?

— Peut-être... dit évasivement Natalia en se dirigeant vers les fenêtres.

— Personne ne sait, leur confia Ivan. Tout ce que je peux vous dire, c'est que ce sera pire que la mort pour les cafards que nous combattons.

— Alléchant ! commenta Kolya.

— Ce n'est pas encore prêt, ajouta Ivan. Je vous en parlerai dès que je serai sûr de mon fait. Vous serez même les premiers à être au courant. Vous me donnerez votre avis avant que j'aille trouver le camarade Dzerjinski. J'espère que vous serez fiers de moi. »

Kolya reprit une lampée de vodka.

« Nous sommes toujours fiers de toi, pas vrai Natalia ? »

Elle restait muette face à la vitre.

« Quelque chose ne va pas ? l'interrogea Kolya.

— Ivan ? », balbutia-t-elle d'une voix blanche.

Kolya et Ivan la rejoignirent. Tous deux se figèrent. Dans la cour, une dizaine de tchékistes escortaient Dzerjinski et deux nouveaux prisonniers. Ils venaient dans leur direction.

Sous l'impulsion de Kolya, Ivan et Natalia sortirent.

« Camarade, commença Dzerjinski, une patrouille a arrêté ces deux renégats à Vyborg, vraisemblablement en train de fuir vers la Finlande. »

Il suspendit sa marche. Ivan ne se tenait plus qu'à quelques mètres de ses parents. Sa mère tentait de retenir ses pleurs ; son père le toisait du haut des derniers lambeaux de sa dignité.

Dzerjinski dégaina son revolver et le tendit à Ivan.

« L'honneur d'éradiquer cette vermine capitaliste te revient de droit, camarade. »

Une pesanteur cotonneuse tomba sur l'assistance. Les membres tétanisés, Ivan fixait l'arme de Dzerjinski.

« Un tchékiste est un statisticien, camarade Narychkine », insista-t-il.

Natalia jeta un coup d'œil à son frère.

« Laisse-moi m'en charger, camarade Dzerjinski », dit Kolya en s'avançant.

— Non, s'interposa Ivan en prenant le revolver. Non, le camarade Dzerjinski a raison, l'honneur me revient et je dois m'en montrer digne. Tel est le prix de la Révolution. Écartez-vous. »

Tous obtempérèrent. Ivan osa affronter le regard suppliant de sa mère et celui, glacial, de son père.

« Ivan mon petit, je...

— Silence ! », la coupa Ivan.

Les sanglots d'Ekaterina redoublèrent.

« Mon fils, que t'avons-nous fait ? Tu ne peux pas nous... »

Ivan la fit taire en la forçant à s'agenouiller, les mains croisées derrière la tête.

Natalia suivait la scène avec effroi, refoulant les larmes sous ses paupières. Les traits de Kolya étaient creusés par la stupeur. Dzerjinski arborait son habituel rictus indéchiffrable.

Ivan fit face à son père. Ils se dévisagèrent longuement, jusqu'à ce qu'Ivan l'oblige à se mettre à genoux en appuyant fermement sur son épaule et pliant d'autorité sa jambe avec sa botte.

Ivan laissa ses parents derrière lui et s'éloigna de quelques enjambées avant de s'immobiliser. Il ferma les yeux. Les seules images qui envahissaient son esprit étaient des souvenirs heureux, le sourire de sa mère, la douceur et la chaleur de ses étreintes, le rire clair et franc de son père, les polissonneries complices avec son frère. Il se concentra pour revoir l'insouciance et la frivolité égoïstes d'Ekaterina lorsqu'elle les avait laissés avec Alexeï sur ce ponton en face des îles Solovki, la dureté et la froideur de Vladimir quand il lui avait annoncé dans la bibliothèque sa décision de l'envoyer chez les Cadets pour mater son mauvais caractère, la batte du colonel Kirillov et les coups qu'il lui avait assénés en soufflant bruyamment son haleine fétide.

Ivan ne bougeait plus. Dans son dos, il sentait l'attention obscène des autres rivée sur lui. Il prit une profonde inspiration et se retourna. D'un pas déterminé, il se porta à la hauteur de ses parents, tendit son bras et tira une balle dans la nuque de sa mère et une autre dans celle de son père. Les corps d'Ekaterina et de Vladimir s'affalèrent sur le sol blanc dans un bruit sourd et ouaté. Le sang s'écoulait de leur crâne transpercé et teintait lentement la neige d'un rouge rubis.

Les pupilles de Dzerjinski brillaient d'un éclat fiévreux. Il rajusta la veste de son uniforme et scanda :

« Hourra ! »

À sa suite, tous les tchékistes reprirent :

« Hourra ! »

Ivan scrutait sa main avec un air de démence : elle ne tremblait pas. Elle n'avait pas tremblé une seule seconde.

7

L'infirmière redressa les couvertures servant d'oreiller à Alexeï.

« Merci Olga.

— Ça fait plaisir de vous voir enfin rétabli, lui dit la jeune femme.

— Quel jour sommes-nous ?

— Le 7 mai, 1918 évidemment. Le général Dénikine viendra vous voir tout à l'heure. »

Elle passa au chevet d'un grenadier pour lequel se posait la question de l'amputation ou non de sa jambe gauche.

Voilà bientôt trois semaines qu'Alexeï s'était réveillé dans cet hôpital de campagne organisé dans un ancien couvent près du poste de commandement du général Dénikine et de son armée cantonnée dans le Don. Arrivé dans un état d'épuisement et de faiblesse qui avait laissé craindre pour sa vie, il se sentait de nouveau en pleine possession de ses forces et de ses capacités physiques. Après avoir longtemps déliré sous l'effet de la fièvre, il recouvrait également une vision plus claire de ce qu'il avait traversé depuis sa fuite précipitée de Petrograd plus de deux mois auparavant.

Lorsque, le jour de son retour de la datcha Narychkine, James lui avait annoncé l'assassinat de ses parents de la main même d'Ivan, il avait immédiatement résolu de rejoindre les armées blanches pour combattre les bolcheviks. Il avait prétexté devoir récupérer certains effets personnels dans leur hôtel particulier de la perspective Nevski, et il n'était jamais revenu chez son ami d'où leur départ pour Londres était prévu le lendemain.

Il n'avait alors aucune idée du périple chaotique de plus de 1 500 kilomètres dans lequel il se lançait. S'il avait pu rallier Novgorod en train, il s'était ensuite retrouvé contraint de renoncer aux transports ferroviaires dont les convois étaient majoritairement réquisitionnés par l'Armée rouge. Les gares et leurs abords grouillaient de factions à la botte du nouveau pouvoir qui se livraient sans vergogne à toute sorte d'exactions et d'exécutions sommaires. À Tosno, il avait vu des militaires ivres fracasser le crâne d'un contrôleur contre un mur dans une ambiance d'ivresse et de liesse virile.

Dès lors avait commencé pour lui une longue marche périlleuse dans une Russie en proie aux convulsions les plus sauvages. Il avait sillonné des routes et des plaines ravagées par les combats, où des enfants faméliques, le regard cave et éteint, erraient seuls ou en meutes, parfois au milieu de monceaux de cadavres dont ils arrachaient les restes de chair putride pour se nourrir. Il avait traversé des villages fantômes où des femmes égorgées et manifestement violées avaient été abandonnées à l'endroit même de leur calvaire, où des fillettes gisaient mortes avec des sabres profondément enfoncés dans leurs organes génitaux ; d'autres où les maisons avaient été réduites en cendres et les habitants brûlés vifs ; d'autres encore où il s'était fait menacer à coups de fourche et chasser à grand renfort de jets de pierres, tour à tour insulté de « maudit bolchevik » ou de « sale tsariste ». À l'entrée de certaines bourgades, il avait été accueilli par des soldats pendus aux arbres avec des écriteaux en bois accrochés à leur poitrine sur lesquels, avec le sang même des suppliciés, était aussi bien écrit « Mort aux rouges ! » que « Mort aux blancs ! ».

Si la neige lui fournissait de quoi étancher sa soif, le froid avait très vite mordu ses os et la faim tordu ses boyaux. Il avait rongé des racines, rogné des écorces d'arbres, dépecé des oiseaux crus tués avec les revolvers et les fusils dérobés à des macchabées jalonnant ses pérégrinations. Au début, il avait essayé de mendier la charité en frappant à la porte de certaines isbas. À de rares occasions, certains lui avaient sacrifié une écuelle de chou bouilli dans son maigre bouillon avec un quignon de pain rassis et fourni un abri pour la nuit dans le foin des bêtes quand elles étaient vivantes ; mais la majeure partie du temps, il s'était fait refouler *manu militari*, détalant sous les menaces et les injures. Un soir, une veuve dont le mari avait péri au front, mère de trois enfants en bas âge, lui avait offert l'hospitalité. Elle l'avait soûlé avec de la vodka artisanale frelatée et lui avait fait comprendre que sa miséricorde avait un prix, celui de sa jouissance inassouvie. Sa voracité utérine rassasiée, elle l'avait laissé s'assoupir peu avant l'aube. Alerté par son instinct, il s'était réveillé en sursaut, évitant ainsi le couteau qui l'aurait saigné et dépiécé comme un animal pour servir de pâture à sa bienfaitrice et à sa portée. Par la suite, il s'était tenu à l'écart de ses semblables, suivant le tracé lugubre des charniers, dépouillant les corps en décomposition de leurs vêtements et de leurs armes, dépiautant les carcasses de chevaux tombés dans l'enfer des batailles, se réfugiant dans les ruines de hameaux décimés, fouillant les habitations désertées ou calcinées en quête de sardines avariées ou de pommes de terre gelées. Un jour, tandis qu'il se terrait dans les décombres d'une grange, deux bataillons s'étaient croisés à proximité de son refuge ; ils avaient fraternisé et s'étaient séparés sans réaliser que chacun d'eux appartenait au camp adverse ; à moins qu'ils ne l'aient parfaitement su et qu'ils aient tacitement refusé de s'étriper entre frères de la même patrie tant, après plus de quatre années de guerre contre l'Allemagne, ils étaient épuisés de se battre sans plus savoir pour quoi ni pour qui ils combattaient encore. À partir de là, et jusqu'à son réveil fiévreux dans cet hôpital de campagne, seuls subsistaient dans son esprit le souvenir des morsures de l'hiver et la douleur insoutenable des crampes d'estomac.

Le grenadier non loin de son lit se mit à hurler. Il allait être amputé de sa jambe gauche et s'opposait avec virulence à cette mutilation.

Alexeï se leva, enfila sa veste et sa chapka. Dehors, une sentinelle lui donna une cigarette et il s'appuya sur le rebord d'une fenêtre.

Alors qu'il recrachait sa dernière bouffée, une voix d'homme l'interpella :

« Alexeï Vladimirovitch Narychkine, heureux de vous voir sur pied ! »

Il redressa la tête et découvrit le général Dénikine, reconnaissable à son bouc fourni et à ses épaisses moustaches retroussées comme des ailes. Alexeï se mit au garde-à-vous.

« Général !

— Repos, lui dit Dénikine. Sachez que je suis sincèrement désolé pour vos parents. Je tenais votre père en grande estime.

— Merci, général.

— Vous qui avez franchi les lignes ennemies jusqu'ici, pouvez-vous me faire un rapport circonstancié de la situation ?

— Mon général, j'ai vu un pays livré à l'anarchie la plus totale. La population est affamée, malade, en proie à la plus primaire des barbaries. Les paysans luttent à la fois contre les forces bolcheviks et les vôtres. Il faut dire que nombre de villages ont été pillés, saccagés, brûlés, et leurs habitants massacrés, vraisemblablement par les soldats des deux camps. »

Dénikine poussa un soupir de dépit.

« Je sais. Une guerre civile est une guerre d'un type particulier, une guerre où une nation profondément fracturée par des sentiments contradictoires se purge elle-même à travers les pires débordements. Au moins, depuis que ce brigand de Trotski a signé la paix avec les Allemands, nous n'avons plus besoin de ferrailler sur deux fronts à la fois, même s'il en est de même pour nos adversaires.

— Ce qui m'étonne, général, c'est qu'une grande partie des Russes que j'ai croisés rejettent autant l'Armée rouge que les troupes tsaristes.

— Nous ne sommes pas tsaristes, Alexeï Vladimirovitch. »

Alexeï le dévisagea avec perplexité.

« Vous défendez l'ancienne Assemblée constituante alors ?

— Non plus. Avec les autres généraux du Sud et du Nord, nous avons convenu de ne pas faire de politique pour nous concentrer sur l'éradication des soviets. Il reviendra ensuite au peuple de choisir sous quel régime il veut vivre.

— Sauf votre respect, général, je crois qu'une telle indécision nourrit la confusion. Les hommes ont besoin de savoir pour quel monde ils risquent de mourir si on veut espérer les emmener vers la victoire. »

Dénikine sourit à cette remarque.

« Alexeï Vladimirovitch, laissez la stratégie militaire aux militaires, j'ai besoin de vos talents dans d'autres domaines. »

Alexeï encaissa cette fin de non-recevoir.

« Je suis à votre service, général », se contenta-t-il de répondre.

Dénikine tira plusieurs documents de la poche de son manteau.

« Vous avez déjà œuvré avec succès pour le gouvernement en faveur de notre engagement contre l'Allemagne. À ce titre, je voudrais que vous rejoigniez les services de l'Osvag pour travailler à notre propagande antibolchevik. »

Alexeï prit les feuillets que lui tendait Dénikine et les parcourut. Sur l'un, Trotski était caricaturé en vampire au nez crochu dont les lèvres dégoulinaient de sang, avec ce texte : « Les juifs doivent payer pour tout ! Pour les révolutions de Février et d'Octobre, pour le bolchevisme et pour les paysans qui ont enlevé leurs terres aux propriétaires, en un mot : pour tout ! » ; sur un autre, un communiste au même attribut nasal fusillait des cohortes de prêtres, dessin assorti de ces mots : « Tuez les commissaires youpins et toute la racaille russe youpinisante et passez du côté de vos véritables amis, les partisans de Dénikine, les volontaires et les cosaques. » L'ensemble déclinait la même litanie de l'antisémitisme appliquée et associée au bolchevisme.

Alexeï rendit cette littérature à son propriétaire.

« Pardonnez mon outrecuidance, général, mais je ne m'associerai pas à ce discours anti-juif.

— Ah non ? le questionna Dénikine.

— Non. Il est aussi indigne qu'infondé.

— Pourtant Trotski est bien juif !

— Je ne suis pas venu ici au péril de ma vie pour jeter l'opprobre sur les partisans d'une religion que je ne crois coupables de rien et dont beaucoup de ses fidèles nous sont favorables. »

Dénikine se renfrogna.

« Très bien. Alors, pourquoi êtes-vous là ?

— Pour me battre, général.

— Vous battre ? s'exclama Dénikine.

— Oui, général. J'ai étudié à l'Académie militaire de Saint-Pétersbourg.

— Et vous pensez que cela suffit à faire de vous un officier ?

— Je ne demande aucun rang, général. Je veux combattre aux côtés de vos hommes, en première ligne. Après l'exécution de mes parents par la main de mon propre frère, je n'ai plus rien à perdre. »

Le visage fermé, Dénikine replia les tracts de l'Osvag. Soudain, il éclata de rire.

« Vous êtes aussi fougueux que feu votre père, Alexeï Vladimirovitch ! »

Il planta ses yeux noirs dans ceux d'Alexeï.

« Vous voulez vous battre ? Très bien, vous allez vous battre. »

8

Ivan referma le dossier posé devant lui d'un geste sec, se leva, contourna son bureau, s'immobilisa dans l'embrasure d'une fenêtre et alluma une cigarette. Un crépuscule d'été rouge sang tombait sur Moscou. Dans son incandescence brillaient déjà les rousseurs de l'automne.

Le pouvoir bolchevik avait quitté Petrograd pour se retrancher ici afin de s'éloigner de l'avancée des armées blanches et du mécontentement croissant de la population de l'ancienne cité des tsars. Soutenus par les forces alliées contre l'Allemagne, les bataillons contre-révolutionnaires accumulaient les victoires et prenaient chaque jour davantage la nouvelle Russie en tenaille ; progression qui avait justifié l'exécution de Nicolas II et de la famille impériale durant la nuit du 16 au 17 juillet 1918 dans l'entresol de la villa Ipatiev d'Ekaterinbourg où ils étaient retenus prisonniers. Les manifestations dues aux nationalisations de l'ensemble des entreprises, à la faim et au dénuement ainsi que les grèves se multipliaient, nécessitant des répressions aussi brutales qu'implacables. À l'extérieur et à l'intérieur, les ennemis pullulaient comme des insectes et des cafards qu'il fallait coûte que coûte éradiquer avec la plus extrême rigueur.

Ivan se détourna de l'horizon incendié pour rejoindre une table où était dépliée une carte de la ville dont plusieurs points étaient épinglés et reliés entre eux par des lignes incompréhensibles pour le profane. Un attentat contre Lénine se préparait, fomenté par Boris Viktorovitch Savinkov, sous-secrétaire au ministre de la Défense pendant le gouvernement Kerenski et partie prenante dans le putsch avorté du général Kornilov. Natalia et Ivan avaient méthodiquement remonté la chaîne des intermédiaires impliqués dans ce complot pour essayer de découvrir le jour et le lieu où cette tentative d'assassinat devait avoir lieu, de même que la personne missionnée pour cet acte abominable. Malgré la réalité de cette menace, dont ils avaient averti Dzerjinski, Lénine n'entendait pas changer quoi que ce soit à ses actions ou à ses déplacements. Le coup pouvait survenir n'importe quand, le temps pressait.

On frappa à la porte.

« *Da!* », répondit Ivan en écrasant sa cigarette.

Natalia entra.

« Tout est en place, dit-elle.

— On est sûr qu'il y sera ? »

Depuis plusieurs semaines, leurs investigations les avaient menés à un Socialiste révolutionnaire, Grigori Nikitaïovich Volkov, qui connaîtrait l'identité du criminel s'apprêtant à sévir. Marié, père de trois enfants, il avait l'habitude de se rendre le jeudi soir chez une prostituée du nom d'Irena Olenaïovna Vasileva.

« Il vient de quitter son bureau, déclara Natalia. Il est en route et ne se doute de rien.

— Sa femme et ses enfants ? demanda Ivan.

— Au sous-sol. J'ai appréhendé sa femme discrètement tandis qu'elle sortait d'une épicerie, et Sergueï a récupéré ses enfants alors qu'ils rentraient de l'école. »

Ivan sortit une bouteille de vodka et deux verres qu'il remplit.

« On s'en tient au plan. On attend la nuit et qu'il soit détendu. Tu es certaine qu'Irena ne nous trahira pas à la dernière minute ?

— Son fils est avec deux de nos tchékistes. »

Ivan hocha la tête avec satisfaction et invita Natalia à s'asseoir avec lui. Ils trinquèrent et burent d'un trait. Ivan les resservit.

« Des nouvelles de Kolya ?

— Il est avec Trotski dans la région de Kazan pour galvaniser nos troupes. Tu as l'air fatigué.

— Il y a tant à faire. Les blancs nous assaillent de toute part, les paysans refusent les réquisitions et se battent aussi bien contre nous que contre nos ennemis, une partie des masses ouvrières s'opposent à nos décisions parce qu'elles ne comprennent pas toujours la nécessité historique du communisme de guerre et des mesures exceptionnelles qui s'imposent. »

Natalia le fixait avec intensité.

« Qu'est-ce qu'il y a ? l'interrogea Ivan.

— Rien », répondit-elle avec un sourire indéchiffrable.

Elle tendit son verre dans sa direction. Ils trinquèrent et burent de nouveau. Natalia continuait de scruter Ivan.

« Quoi ? s'exclama-t-il en rigolant.

— Tu as changé. Je veux dire : depuis l'époque où nous jouions à cache-cache dans la datcha.

— Heureusement, je n'allais pas rester toute ma vie Ivanka en culotte courte ! »

Le regard de Natalia prit soudain une expression grave.

« Tu penses quelquefois à tes parents ?

— Non.

— Jamais ?

— Si, bien sûr, mais c'est rare. Ils devaient mourir, le cours de l'Histoire l'exigeait.

— Et à Alexeï ?

— Oui, il m'arrive de penser à lui. Dommage qu'il ait choisi le mauvais camp. »

Les yeux de Natalia s'égarèrent à travers la pièce avant de se reposer sur Ivan.

« J'aime me souvenir de notre insouciance et de qui nous étions alors.

— Nous avons eu de bons moments, convint Ivan. Cependant, dans le monde où nous vivions, il vous aurait été impossible, à Kolya et à toi, de vous élever au-dessus de votre naissance et de votre condition. Rien que pour cela, la mort de mes parents était justifiée. On ne peut pas changer le monde si on fait passer ses intérêts ou ses sentiments personnels avant le bien commun. »

Natalia le dévisagea avec des yeux brillants.

« Je t'admire, Ivan.

— Pourtant, je ne fais que mon devoir.

— J'admire tes convictions, si tu préfères.

— Alors tu es tout aussi admirable que moi, puisque nous les partageons.

— Tu doutes parfois ?

— Non. Et toi ?

— Ça m'arrive.

— En quelle circonstance ?

— Lorsque j'ai l'impression d'agir contre les principes pour lesquels nous nous battons au nom de ces mêmes principes.

— La contradiction n'est qu'apparente, seul l'objectif compte, pas les moyens.

— Tu crois vraiment que l'on peut atteindre un idéal par des moyens qui bafouent cet idéal ?

— L'idéal à atteindre relève de la morale et les moyens pour y arriver de la politique. L'essentiel est qu'ils se rejoignent à la fin. »

Ils restèrent quelques instants silencieux dans la pénombre. La nuit était tombée.

« Il est l'heure », dit Ivan en se levant.

Ils quittèrent le palais Bode, siège provisoire de la Tchéka, et se mirent en route. L'air était doux, parsemé de légères et insidieuses pointes de fraîcheur griffant l'épiderme.

Arrivés au pied de l'immeuble d'Irena Olenaïovna Vasileva, ils s'assurèrent que les soldats mobilisés pour l'opération étaient à leur poste et que toutes les issues étaient sous contrôle, toit compris. Ils auraient pu arrêter Grigori Nikitaïovich Volkov chez lui ; mais comme pour sa femme et ses enfants, Ivan avait préféré la discrétion afin d'éviter d'alerter les autres membres du complot qui auraient immanquablement changé leur plan.

Ivan regarda sa montre.

« Allons-y », dit-il.

Ivan dégaina son revolver et, suivi de Natalia et de quatre hommes, il s'engouffra dans le bâtiment. Tout alla très vite. Ils enfoncèrent la porte, surprenant Grigori Nikitaïovich Volkov en plein coït, l'appréhendant sans difficulté malgré ses gesticulations et ses protestations.

« Camarade, lui asséna Ivan, tu es en état d'arrestation pour actes contre-révolutionnaires. Ta famille est entre nos mains, je te conseille de coopérer. »

Grigori Nikitaïovich Volkov lui cracha à la figure.

« Emmenez-le », ordonna Ivan.

Alors que tous quittaient l'appartement, Irena Olenaïovna Vasileva interpella Ivan.

« Mon fils ! Rendez-moi mon fils !

— N'aie crainte, camarade, deux de nos hommes vont te le ramener avant minuit. »

De retour au palais Bode, l'interrogatoire commença. Grigori Nikitaïovich Volkov s'entêtait avec arrogance à ne rien dire.

« Allez au diable, maudits bolcheviks, vous avez trahi la Révolution ! »

Au petit matin, Ivan confia le récalcitrant aux bons soins d'Igor Andreïevich Ramazanov, réputé pour ses méthodes persuasives. En début de soirée, la torture et les interrogatoires successifs n'avaient toujours pas donné de résultat. Le prévenu avait le visage boursouflé et ensanglanté.

« Camarade Igor, dit Ivan, fais venir sa femme.

— Ça ne changera rien, maugréa Grigori Nikitaïovich Volkov, elle et moi sommes prêts à mourir pour sauver la Russie des monstres que vous êtes.

— Les enfants aussi », décréta Ivan à l'attention d'Igor.

Grigori Nikitaïovich Volkov ricana.

« Tu peux nous tuer tous, sale crevard, il est trop tard.

— Nous verrons », conclut Ivan avant de remonter dans son bureau où l'attendait Natalia.

« Alors ? lui demanda-t-elle.

— Toujours rien. »

Il s'assit et offrit une cigarette à Natalia.

« Je crains qu'il ne laisse égorger toute sa famille et lui avec plutôt que de se mettre à table. »

Natalia fit quelques pas.

« Moïsseï Ouritski a été assassiné, dit-elle.

— Quand ?

— Il y a quelques heures. »

De rage, Ivan frappa sur son bureau. Le front barré de réflexions contrariées, il laissa son regard fureter nerveusement par la fenêtre. La nuit recouvrait de nouveau la ville. L'assassinat du chef de la Tchéka de Petrograd rendait les aveux de Grigori Nikitaïovich Volkov plus impérieux que jamais. Soudain, Ivan écarquilla les yeux et se leva d'un bond.

« Où est le camarade Lénine ? s'exclama-t-il en proie à une agitation extrême.

— Que se passe-t-il ? demanda Natalia.

— Il a dit que c'était trop tard, il n'y a pas un instant à perdre ! »

En toute hâte, ils descendirent consulter le registre répertoriant les déplacements prévus des Commissaires du peuple.

« Lénine est à l'usine Michelson, s'écria Ivan, vite ! »

Avec une dizaine d'agents, Ivan et Natalia s'élancèrent. Arrivés sur place, une foule compacte se massait autour de la voiture vers laquelle Lénine se dirigeait sous les acclamations. Armes au poing, scrutant les hommes et les femmes agglutinés les uns contre les autres, ils tentaient de se frayer un chemin.

« Écartez-vous ! criait Ivan. Écartez-vous ! »

Soudain, tandis que Lénine s'apprêtait à monter dans le véhicule, une voix s'éleva.

« Camarade Lénine ! »

Alors que le guide de la Révolution se retournait en souriant, trois coups de feu retentirent. Un mouvement de panique fissura l'attroupement. Au milieu de l'agitation générale, une femme restait immobile avec un revolver au bout de son bras tendu. Ivan se jeta sur elle et la plaqua au sol. Quand il releva la tête, il vit Lénine qui gisait sur les pavés.

9

Alexeï porta le goulot à ses lèvres et but une grande rasade de vodka. Manquant de trébucher, il se ressaisit et se figea avec un air éberlué. Il fronça les sourcils et plissa les yeux pour mieux voir avant de s'avancer lentement. Face à lui se dressait une étonnante statue humaine : deux soldats s'étaient mutuellement embrochés avec leurs sabres et se tenaient encore debout, emmêlés l'un à l'autre. L'un avait eu les oreilles arrachées par les dents de son adversaire tandis que l'autre avait eu le nez dévoré par son ennemi.

Alexeï tourna autour d'eux et les examina avec minutie, essayant de reconstruire dans son esprit le combat qui les avait opposés et la manière dont ils avaient réussi à se mutiler tout en se passant par le fer. L'énigme lui paraissait aussi passionnante qu'insoluble : s'étaient-ils livrés à cet étrange cannibalisme avant ou après s'être réciproquement empalés ? En son for intérieur, Alexeï penchait pour la seconde solution : une dévoration forcenée au seuil du trépas, une lutte à mort jusqu'au dernier souffle. Il lampa une gorgée de vodka qu'il recracha sur cette sculpture de chair putride en éclatant d'un rire frénétique digne d'un accès de démence. Il adressa des grimaces d'enfant à ces deux macchabées sur pied, les poussa d'un coup de botte pour les faire tomber, glissa sur la terre boueuse et s'affala avec eux sans lâcher sa précieuse bouteille. Il rit de plus belle.

Il ne comptait plus le nombre de rouges qu'il avait tués depuis plus d'une année. La première fois qu'il était monté à l'assaut, le commandant de sa section avait harangué ses hommes d'une façon qui ne laissait planer aucune ambiguïté sur l'objectif à atteindre :

« Soyez impitoyables ! Nous ne pouvons pas faire de prisonniers, alors exterminez toute cette vermine bolchevik ! »

Lorsqu'il avait vu ses balles exploser le crâne d'un militaire de l'Armée rouge et senti son sabre transpercer le corps d'un Russe de l'autre camp, il avait éprouvé une sensation fugitive et désagréable de nausée sur laquelle l'enfer des affrontements ne lui avait pas laissé le temps de s'arrêter ou de s'apitoyer. Rester vivant signifiait tuer. Bataille après bataille, l'âme scarifiée par l'assassinat de ses parents de la main de son propre frère, une soif inextinguible de sang avait gagné ses entrailles. Il était toujours le premier à s'élancer, massacrant à tour de bras et de douilles le moindre uniforme communiste avec une rage et une férocité barbares dignes d'une bête traquée. Très vite surnommé « L'Exterminateur », il avait gravi les échelons de son armée sans pour autant renoncer à se battre en première ligne.

Malgré son état d'ivresse avancé et le sol fangeux, Alexeï réussit à se relever. Autour de lui se déroulait une fête macabre. Après avoir assiégé un village où s'était réfugié un bataillon bolchevik, l'heure était à la victoire, au pillage et au défoulement de toutes les pulsions les plus archaïques. Buvant et ricanant devant les abominations qui se déroulaient, il erra entre les habitations et les exactions les plus infâmes. Là, des soldats de son régiment forçaient des moujiks à jouer à un, deux, trois, soleil, fusillant ceux qui bougeaient quand ils devaient être immobiles ; ici, ils incendiaient une maison et poussaient ses anciens occupants à l'intérieur, s'esclaffant de les entendre hurler alors qu'ils s'embrasaient ; là-bas, ils alignaient des habitants pour les mitrailler ; là encore, d'autres violaient à plusieurs des femmes, des fillettes, des hommes et des petits garçons en les insultant avant de leur enfiler des tiges de métal chauffées à blanc dans l'anus ou dans le vagin, de leur crever les yeux, de leur trancher le nez ou les oreilles, de leur entailler la bouche au couteau pour les frapper afin que leurs joues se déchirent sous l'effet de leurs cris de douleur, de leur couper les mains et les pieds à coups de hache, de les étrangler, de les éventrer, de jeter leurs intestins aux chiens pour leur bourrer le ventre de paille, de les achever à la fourche et de pisser ou de déféquer sur leurs dépouilles en chantant des chants patriotiques dans une allégresse ivrogne.

« Hé, “L’Exterminateur” ! », l’interpella un coreligionnaire penché sur une jeune fille qu’il tenait en respect avec le canon de son revolver enfoncé dans son sexe.

Alexeï se retourna.

« Tu veux baiser de la bonne juive communiste ? »

Il tira à plusieurs reprises.

« Fais-toi plaisir, elle est encore chaude ! »

Alexeï déclina en riant, but une généreuse gorgée de vodka et continua sa route en titubant entre les cadavres éparpillés sur le sol.

Ces réjouissances sordides n’étaient pas l’apanage des armées blanches. Combien de fois avait-il découvert les mêmes charniers perpétrés par les soudards de l’Armée rouge ? Combien de paysans et de bourgades s’unissaient pour répondre avec la même sauvagerie aux unités des deux camps, refusant autant le retour de leurs terres aux grands propriétaires d’autrefois que les réquisitions imposées par le Conseil des commissaires du peuple ? La Russie se fracturait de toute part et sombrait dans des ténèbres d’autophagie. L’homme y était encore moins qu’un loup pour l’homme.

Les déambulations d’Alexeï l’emmenèrent sur la place centrale, où trônait une immense cuve de fortune surélevée au-dessus d’un brasier. Sur les côtés grelottaient des hommes, des femmes et des enfants, militaires rouges ou villageois alignés nus au milieu de leurs bourreaux hilares et avinés. Ils attendaient que leurs camarades, leurs frères, leurs pères ou leurs mères aient fini de cuire dans la marmite d’eau bouillante pour les manger ; et s’ils n’obtempéraient pas, ils allaient les rejoindre à leur tour. Cette ultime distraction guerrière était baptisée « la soupe communiste » ou « la soupe aux juifs » car, aussi bien pour les blancs que pour les rouges, leurs adversaires étaient tous juifs ou des suppôts d’un complot visant à une domination juive du monde. Quant aux récalcitrants qui n’accueillaient pas l’une ou l’autre des forces armées en libérateurs providentiels, ils étaient forcément complices de l’ennemi, donc enjuivés, et méritaient par conséquent le même sort.

Alexeï vida sa bouteille, enjamba une femme enceinte dont le ventre béant laissait pendre le fœtus déjà bien formé de son enfant mort, chancela sur quelques mètres et, pleurant toutes les larmes de son humanité saccagée, s'écroula au pied d'une charrette remplie de corps estropiés.

10

Ivan quitta la petite chambre qu'il occupait dans un appartement collectif et prit le chemin de la Loubianka, nouveau siège de la Tchéka. Le printemps s'affirmait et, avec lui, un possible début de renversement du conflit, ou du moins une stabilisation de la situation.

Les régiments de l'Armée rouge ne reculaient plus face aux assauts des bataillons blancs. Si le territoire des soviets se résumait désormais à ce qu'était autrefois le grand-duché de Moscovie, il formait un bloc central cohérent, doté des meilleurs moyens de communication et de transport – les voies ferrées et les ponts étaient systématiquement détruits lors des retraites des divisions communistes afin de ralentir les avancées de leurs adversaires et d'entraver leur coordination. Lénine avait survécu à la tentative d'assassinat de Fanny Kaplan fomenté par les Socialistes révolutionnaires de droite. Atteint par deux balles, l'une à la poitrine et l'autre dans l'épaule, les médecins avaient jugé préférable de ne pas retirer cette dernière qui, logée dans son cou, se trouvait trop proche de la colonne vertébrale pour envisager une opération sans risquer de laisser le président du Conseil des commissaires du peuple paralysé ou mort. Un mois et demi après ce drame qui aurait pu changer le cours de l'Histoire, Lénine était de retour aux affaires, jouissant d'un culte proche du mysticisme tant la population considérait miraculeux qu'il fût encore en vie, signe du caractère quasi divin de sa mission sur terre. En représailles, la « Terreur rouge », inspirée de la Terreur robespierriste, avait été instituée et les pouvoirs de la Tchéka étendus jusqu'à ne presque plus connaître de limites dans leurs capacités de répression. À l'exception du Parti communiste, toutes les autres formations politiques étaient désormais hors la loi, ses dirigeants et ses adhérents traqués, arrêtés, torturés, exécutés sans autre forme de procès. Conformément à la première Constitution soviétique, qui retirait la liberté à quiconque s'opposait au processus révolutionnaire, seuls les organes de presse contrôlés par le Sovnarkom étaient autorisés, les écrivains étaient censurés ou supprimés, les agitateurs de tous bords et de toutes confessions étaient fusillés.

En arrivant place de la Loubianka, Ivan ne put réprimer un sourire. Les prisons et les camps de travail se remplissaient, le moment de présenter son grand projet à Dzerjinski approchait. Il pressa le pas.

Juste avant l'attentat raté contre Lénine, un autre événement avait également manqué faire basculer la marche de l'Histoire. Trotski, qui sillonnait le pays dans un train blindé pour former en urgence des unités de combat et galvaniser leur ardeur, avait failli être fait prisonnier à Sviajsk par le général Vladimir Oskarovitch Kappel. À l'annonce de son approche, et pour pallier l'infériorité de ses moyens militaires, Trotski avait armé tous les habitants de la ville, dont l'expérience guerrière était inexistante. Si le général Kappel avait été averti de la présence d'une telle personnalité et du déséquilibre des forces en sa faveur, il aurait non seulement pu arrêter sans difficulté une figure majeure des bolcheviks, arrestation dont les conséquences sur le moral des troupes du jeune régime soviétique auraient été désastreuses, mais il se serait de surcroît ouvert grand la route de Moscou. Kolya avait alors suggéré d'user de la désinformation, afin de faire croire à l'ennemi en la supériorité numérique des soldats communistes. Après avoir jaugé de l'utilité ou non d'attaquer une cible aussi dérisoire et d'infliger à ses hommes une offensive supplémentaire non vitale, le général Kappel avait finalement passé son chemin.

Ivan s'engouffra dans l'imposant hôtel particulier de style néo-baroque situé au n° 2 de la rue Bolchaïa-Loubianka. Doté d'une prison interne pouvant accueillir entre deux cents et six cents prévenus, ce nouveau siège de la Tchéka permettait de se livrer en toute impunité à tous les interrogatoires, toutes les tortures et toutes les exactions dans une parfaite discrétion.

Ivan fut surpris de trouver la porte de son bureau entrebâillée. Il s'immobilisa un instant : des cliquetis lui parvenaient sur le seuil, preuve que quelqu'un était à l'intérieur. Il s'approcha lentement, entra sans bruit et découvrit, dos à lui, un homme en train d'examiner une bouteille de vodka. Lorsque l'intrus se retourna, le visage d'Ivan s'éclaira d'un large et franc sourire.

« Kolya ! »

Les deux amis se donnèrent une longue et chaleureuse accolade. Kolya attrapa deux verres, les remplit et ils les vidèrent d'un trait.

« Comment va le héros de Sviajsk ? lui demanda Ivan en l'invitant à s'asseoir en face de lui.

— Je ne suis pas un héros.

— Sans toi, Trotski serait tombé entre les mains des blancs.

— Les héros gagnent des batailles, moi j'ai seulement eu une bonne idée. D'ailleurs, sais-tu comment j'ai pensé à la désinformation ? »

Ivan hocha négativement la tête. Kolya les resservit avant de poursuivre.

« Je me suis dit : que ferait Ivan à ma place ?

— Arrête...

— Je te promets ! Je me suis même dit très exactement : quel plan tordu ce brigand imaginerait-il ? »

Ivan joua l'offensé.

« Je n'élabore pas de plans tordus ! »

Kolya eut un demi-sourire dubitatif. Ils trinquèrent et burent.

« Depuis quand es-tu à Moscou ? l'interrogea Ivan.

— Je suis arrivé ce matin. J'ai jeté mon barda chez mon oncle et ma tante, et je suis venu directement ici.

— Tu es là pour combien de temps ?

— J'ai une semaine de permission. L'inactivité ne me va pas, donc si tu as besoin de bras, je serai ravi d'œuvrer à la coopération des services entre l'Armée rouge et la Tchéka.

— Tchékiste un jour...

— ... tchékiste toujours ! »

Kolya voulut remplir le verre d'Ivan, mais celui-ci refusa.

« Comment va ma sœur ?

— Elle va bien, répondit Ivan, très bien même. Natalia est une tchékiste exemplaire et impitoyable. Vu ses dons pour la dissimulation et pour les langues, je suis sûr que, une fois la guerre civile terminée, elle intégrera les sections du renseignement extérieur.

— Ma sœur, espionne ?

— Tu pourrais dîner avec elle sans même la reconnaître ! »

Ils rirent ensemble.

« Et toi ? lui demanda Kolya. Ton projet secret-défense ?

— C'est pour bientôt. J'attends le bon moment pour en parler à Dzerjinski.

— Tu as raison. Le camarade Lénine aurait dû attendre, lui aussi, avant de se précipiter pour signer cette maudite paix de Brest-Litovsk qui a considérablement réduit notre territoire. »

Ivan posa ses coudes sur son bureau.

« Toi, tu as passé trop de temps avec le camarade Trotski. Le camarade Lénine a cédé de l'espace pour gagner du temps. Nous ne pouvions pas continuer de nous battre sur deux fronts à la fois.

— Nous aurions pu défaire les Allemands, notre avancée sur Berlin aurait été l'étincelle qui aurait embrasé les prolétaires de toute l'Europe.

— Je ne le crois pas. Les spartakistes ont été écrasés en Allemagne, Béla Kun affronte de grandes difficultés en Hongrie, les grèves ouvrières sont durement réprimées en France et en Italie. Crois-moi, le camarade Lénine a eu raison de faire ce qu'il a fait. »

Kolya liquida sa vodka et s'appuya contre le dossier de sa chaise.

« Tu es au courant qu'il est très favorable à la proposition de nos anciens alliés concernant une rencontre avec Dénikine et Koltchack afin de négocier un armistice ?

— Oui, rétorqua Ivan, et là encore, il a raison.

— Pourtant, le camarade Trotski ne croit pas en la survie de notre révolution si le mouvement ne s'étend pas aux autres nations, objecta Kolya.

— Le camarade Lénine espère la même chose. Mais les incertitudes de l'espoir ne peuvent pas fonder une action politique digne de ce nom. Le plus urgent, c'est d'assurer l'existence et la pérennité d'un État socialiste.

— Le socialisme dans un seul pays, c'est ça que tu veux ?

— Je veux la Révolution mondiale autant que toi et le camarade Trotski, comme le veut du reste le camarade Lénine. Cependant, je pense qu'il faut procéder par étapes. Réussissons à faire de la Russie le phare social de l'humanité et le monde entier aura ensuite envie de suivre notre exemple. »

Un silence s'installa entre eux. Ivan posa ses mains sur ses avant-bras et se pencha vers son ami.

« Kolya, je peux te donner un conseil ?

— Je t'écoute.

— Je suis ton ami, tu peux parler à cœur ouvert avec moi. Avec d'autres, fais attention à ce que tu dis. Des propos tels que les tiens en conduisent plus d'un en prison. »

Ils se dévisagèrent. On frappa à la porte.

« *Da!* » répondit Ivan.

Un tchékiste entra.

« Camarade Narychkine, Lyov Mikhaïlovitch Bykhov a enfin craché le nom de son commanditaire. »

Sur un signe d'Ivan, il s'approcha et lui remit un petit papier plié.

« Merci, camarade Kovalev. »

Il sortit.

« Quel genre d'affaire ? l'interrogea Kolya.

— Un auteur de libelles appelant à la grève générale. Je soupçonne une manœuvre d'un agent des blancs pour semer le trouble dans nos usines et ralentir notre production d'armes. »

Il déplia le papier et se figea.

« Un problème ? », s'inquiéta Kolya.

Ivan lui tendit le billet. Kolya lut le nom qui y était inscrit. En relevant les yeux, il croisa ceux d'Ivan qui le fixaient avec intensité.

« Juste toi et moi ? dit Ivan.

— Juste toi et moi », répondit Kolya avec un sourire féroce.

Ivan les servit en vodka.

« Pas un mot à ta sœur », décréta-t-il.

Kolya acquiesça. Ils trinquèrent, vidèrent leurs verres d'un trait et les brisèrent sur le sol.

11

Alexeï reposa d'un geste sec une liasse de documents et de dépêches. Malgré la triple conquête de Kharkov, Ekaterinodar et Tsaritsyne par le général Wrangel, en l'honneur duquel un grand banquet se préparait, Alexeï sentait poindre un dangereux fléchissement du rapport de force entre les rouges et les blancs. Si Dénikine ne prenait pas les bonnes décisions, la victoire finale dont se gargarisaient à l'avance les chefs militaires ne resterait qu'un rêve avorté.

Les dissensions et les divisions ne cessaient de se multiplier à la tête de l'état-major. Elles avaient commencé dès les premières heures de la guerre civile entre Dénikine et Krasnov autour de la question de poursuivre ou non le conflit contre l'Allemagne pour honorer les engagements de la Russie vis-à-vis de la Triple Entente. Le premier penchait pour le respect de la parole donnée, notamment au nom de l'aide matérielle que lui permettait d'obtenir une telle posture, alors que le second s'était d'autorité allié avec les légions allemandes. Cette divergence d'opinions avait entraîné des circonvolutions qu'Alexeï jugeait d'une absurdité consommée. Pour disposer des armes des bataillons germaniques, dont il avait cruellement besoin, Dénikine attendait que Krasnov les récupère auprès de soldats ukrainiens afin qu'elles fussent ainsi « dépolluées » de leur ascendance teutonique.

Alexeï se leva et quitta le quartier général pour rejoindre le bâtiment où séjournait Dénikine. Il ne pouvait rester sans rien dire face à la réponse que le général avait faite à la proposition conjointe des Anglais, des Américains et des Français.

La communication entre les différentes armées blanches, réparties sur plusieurs fronts distants parfois de plus d'un millier de kilomètres, posait elle aussi de sérieux problèmes. Les télégrammes envoyés par les troupes de Dénikine transitaient par Paris tandis que les rapports sur la situation à l'Est arrivaient par Londres. Quant aux liaisons régulières par courrier, elles empruntaient les voies maritimes et passaient par Vladivostok, imposant à des informations potentiellement urgentes un trajet d'une dizaine de milliers de kilomètres, de sorte que ces nouvelles parvenaient à destination environ trois mois plus tard, c'est-à-dire complètement obsolètes. Ces handicaps logistiques, ajoutés aux rivalités souvent violentes entre les généraux, n'aidaient pas à la coordination des régiments blancs.

Alexeï marchait d'un pas pressé. Il ne comprenait pas que des hommes expérimentés comme Dénikine, Wrangel ou Krasnov ne fussent pas capables de mettre de côté leurs différends et leurs egos le temps nécessaire à la reprise en main totale du pays et à l'éradication des bolcheviks.

Ce manque d'unité n'était en définitive que le fruit de leur absence de vision commune. Depuis son incorporation dans les rangs de Dénikine, Alexeï restait persuadé que le non-positionnement des blancs sur la nature du système politique qu'ils défendaient gangrenait à tous les niveaux leurs chances de succès. Ce refus de choisir entre un retour au tsarisme, une autocratie militaire, une monarchie ou un régime parlementaire ne générait que confusions et contradictions permanentes. Ce flou entraînait et entretenait la défiance de la population à leur endroit, défiance augmentée par l'incohérence entre la neutralité affichée et les mesures arrêtées. Ils ne se prononçaient pas pour un nouveau tsar, mais décrétaient le maintien des privilèges des grands propriétaires terriens ; ils ne statuaient pas sur le sort réservé aux peuples allogènes, et pourtant ils leur refusaient toute possibilité d'autonomie ou d'indépendance au nom de l'indivisibilité de la Sainte Russie ; dans les deux cas, leur indécision doublée de leurs a priori de classe leur aliénait un précieux soutien populaire, quand elle ne leur créait pas des ennemis supplémentaires. Cette irrésolution les amenait à accepter quiconque voulait se battre à leurs côtés, les condamnant à être la proie des aventuriers les plus dépourvus de scrupules – Alexeï ne comptait plus ceux qui s'étaient enrôlés uniquement pour bénéficier de rations alimentaires et d'armes avant de déserter en pillant tout ce qu'ils pouvaient. La tolérance envers les débordements et les exactions arbitraires ainsi que l'utilisation abusive d'une propagande antisémite achevait d'attiser les hostilités envers les armées blanches, rejet qui accroissait leurs difficultés.

Alexeï traversa la place où l'on montait des tentes pour les festivités du soir. Il pénétra dans un immeuble, gravit quatre à quatre les marches jusqu'au premier étage et demanda à l'aide de camp de l'annoncer.

« Le général Dénikine est encore avec le général Wrangel et vous recevra une fois leur entretien terminé. »

Un peu moins d'une heure plus tard, pendant laquelle Alexeï eut le loisir désagréable d'entendre voler des cris et des insultes de caserne, il entrait.

« Ah, Narychkine ! l'accueillit Dénikine. Que me vaut l'honneur de la visite de celui que tout le monde appelle “L'Exterminateur” ?

— Général, le devoir m'oblige à porter devant vous un profond désaccord.

— À quel propos ?

— Au sujet de votre réponse à la proposition de nos alliés concernant une conférence avec Lénine et Trotski.

— Jamais le général Koltchak et moi-même n'accepterons de négocier quoi que ce soit avec ces brigands !

— Sauf votre respect, général, pourquoi repousser pareille opportunité ? Il me semble pourtant...

— Lieutenant-colonel Narychkine, le coupa Dénikine, vous vous êtes bravement illustré sur nombre de champs de bataille. Cependant, vos faits d'armes ne vous permettent en aucun cas de remettre en cause les résolutions prises par vos supérieurs. »

Alexeï encaissa le camouflet.

« À vos ordres, général. »

Dénikine soupira et s'assit.

« Vous êtes intelligent, Narychkine, trop peut-être pour vous contenter d'être un simple militaire. Comprenez que rencontrer ce ramassis de crevards rouges reviendrait à reconnaître la légitimité de leur pouvoir ; or, ils ne sont que de vulgaires usurpateurs et doivent donc être traités comme tels, c'est-à-dire par le plus absolu des mépris. Et puis pour une fois que le général Wrangel et moi sommes d'accord sur un point... »

Il laissa sa remarque et sa lassitude en suspens.

« Pourquoi pensez-vous que nous devrions nous compromettre avec ces bandits ? demanda Dénikine.

— Général, accepter un tel conciliabule suspendrait momentanément les affrontements. Cette trêve permettrait à nos hommes de souffler, à nos forces de se coordonner autour d'une stratégie commune, de préparer une éventuelle jonction avec les bataillons du général Koltchak, en un mot de gagner du temps afin de nous réorganiser dans l'espace pour marcher ensuite sur Moscou et défaire nos adversaires.

— Croyez-vous que nous n'ayons pas déjà envisagé les possibilités que vous décrivez ?

— Général, je suis convaincu que vous avez étudié toutes les options avant de prendre votre décision.

— Ce que vous oubliez, lieutenant-colonel, c'est que, si ces maudits bolcheviks ont promptement accepté l'idée de s'asseoir avec nous autour d'une table, c'est parce qu'ils sont pris à la gorge. Preuve en est que, suite à notre premier refus, Lénine a renouvelé son intérêt pour la proposition de nos alliés, à laquelle nous avons de nouveau répondu par la négative dans le télégramme que vous avez lu. Les rouges sont affaiblis, nous devons pousser notre avantage et par conséquent ne pas leur laisser un répit qui leur permettrait de se remobiliser.

— Je comprends, général. »

Dénikine détailla longuement Alexeï.

« Malgré tout, je vous promets de reconsidérer la question une dernière fois. »

Comprenant que l'audience touchait à sa fin, Alexeï salua Dénikine.

« Général ! »

Il tourna les talons et sortit.

Le soir, lors du grand banquet donné en l'honneur de Wrangel, galvanisé par l'alcool et l'enthousiasme des troupes, Dénikine annonça martialement sa résolution de se lancer sans attendre à la conquête de Moscou.

12

Dans les sous-sols de la Loubianka, Ivan sortit d'une salle d'interrogatoire. Les cris d'un homme résonnèrent dans le couloir avant de s'estomper une fois la porte refermée. Ivan vérifia l'heure à sa montre, remonta à l'air libre et se hâta de rejoindre l'établissement où il avait rendez-vous.

Natalia et Kolya étaient déjà attablés lorsqu'il arriva. Ivan les embrassa avec chaleur et but avec eux. La conversation était enjouée, heureux qu'ils étaient de se retrouver réunis après presque une année sans avoir pu se voir tous les trois pour le seul plaisir d'être ensemble. Même si l'humeur était à la légèreté et à une certaine forme d'insouciance, Natalia remarqua qu'Ivan et Kloya ne parvenaient pas à se départir d'un demi-sourire trop narquois pour ne pas dissimuler quelque secret la concernant. Lorsque la deuxième bouteille de vodka commandée par Kolya fut posée devant eux, elle leur demanda :

« Je vous trouve bien euphoriques tous les deux alors que les armées blanches n'ont jamais été aussi près de l'emporter. Il y a quelque chose que j'ignore ou que vous me cachez ?

— Pas du tout », répondit Ivan avec le plus de sérieux dont il était capable.

Son regard croisa celui, brillant d'hilarité, de Kolya. À leur raison défendante, ils ne purent se retenir d'éclater d'un rire franc et communicatif.

« Bande de petits cachottiers... s'offusqua faussement Natalia. Allez, affranchissez-moi, moi aussi j'ai envie de rigoler !

— Je ne sais pas si cela t'amusera, dit Ivan en reprenant son souffle.

— Moi, je pense que ça lui plaira ! s'exclama Kolya.

— Bon, vous me dites ou je vais devoir vous torturer pour vous extorquer l'information ? répliqua Natalia.

— D'abord, un toast ! », décréta Kolya.

Il les servit.

« *Za vaché zdarovié!* trinquèrent-il en chœur avant de boire d'une traite.

— Alors ? », les interrogea Natalia.

Les deux complices se dévisagèrent, ne sachant qui devait commencer.

« Ivanka a un cadeau pour toi, déclara Kolya.

— *Nous* avons un cadeau pour toi, corrigea Ivan avec une gêne perceptible d'être ainsi mis en avant.

— Non, insista Kolya, *tu* as un cadeau pour ma sœur, plus qu'un cadeau, une preuve d'amour !

— Imbécile ! se défendit Ivan pour masquer son embarras.

— Arrête, insista Kolya en les resservant, on sait tous que, comme Aliocha, tu es amoureux d'elle depuis toujours ! »

L'évocation d'Alexeï jeta un froid.

« Pardonne-moi, se reprit Kolya, je ne voulais pas... »

Il n'acheva pas. Natalia vida son verre et se leva.

« Vous faites trop de mystères pour moi.

— Excellente idée ! », dit Kolya en emboîtant le pas à sa sœur et emportant la bouteille avec lui.

Ivan observait son ami avec un air déconcerté.

« Tu viens ? lui enjoignit Kolya. On ne parle pas d'un cadeau, on l'offre. »

Ivan acquiesça. Dehors, la fin de journée était douce. Les rayons orangés du soleil d'été enveloppaient délicatement Moscou de leurs éclats d'or.

Alors qu'ils traversaient la place de la Loubianka, Kolya s'étonna :

« Vous vous rendez compte que ça fait pratiquement cinq ans jour pour jour que l'assassinat de Sarajevo a eu lieu ? Quel chemin parcouru entre le monde d'hier et celui d'aujourd'hui ! »

Ivan se pencha vers Natalia.

« Il a trop bu, il devient sentimental...

— Je t'ai entendu, Ivanka ! rétorqua Kolya. Un Russe ne boit jamais assez s'il est vraiment russe ! »

Ils entrèrent dans le siège de la Tchéka et descendirent les escaliers conduisant aux sous-sols. Ils s'arrêtèrent devant une cellule.

« Tu es libre de faire ce que tu veux », dit avec une gravité soudaine Ivan à Natalia.

Il fit signe à un garde de lui donner les clefs du cachot. Les cliquetis du trousseau ricochèrent contre les murs du couloir et la porte s'ouvrit sur un homme attaché à une chaise et amoché par les interrogatoires qu'il avait endurés. Malgré ses traits tuméfiés, Natalia le reconnut immédiatement : Oleg Viktorovitch Lvov. L'expression espiègle qui flottait sur le visage de l'ancienne domestique se mua en une animosité de marbre.

« Kolya et moi t'attendrons ici, ajouta Ivan. Si tu as besoin de nous, frappe trois coups. »

Telle une funambule, Natalia pénétra dans la pièce tandis qu'Ivan refermait derrière elle.

Elle s'immobilisa et observa un long moment cet homme qui l'avait violée en la forçant à le lui demander. Combien de fois avait-elle espéré que, lors d'une arrestation, elle tomberait sur lui ? Combien de fois s'était-elle imaginé lui infliger les pires tourments jusqu'à ce qu'il rende son dernier soupir pour ce qu'il lui avait fait subir ?

Oleg releva la tête et posa un regard vitreux sur elle.

« Ah, grommela-t-il, la pute des Narychkine, forcément... j'aurais dû me douter que tu n'étais pas loin de ton crevard de frère et de ce renégat d'Ivan... »

À pas lents, Natalia se plaça de l'autre côté d'un petit bureau en fer. Son corps était gelé de l'intérieur. Elle contourna la table et se planta devant lui. Elle lui cracha à la figure. Oleg passa sa langue sur ses lèvres pour lécher les éclats de son crachat.

« J'avais presque oublié comme j'aimais ton goût, espèce de petite traînée... », ricana Oleg avec défi.

Elle le gifla.

« Oui, l'encouragea-t-il, fais-toi plaisir, tu sais que j'adore ça. »

Elle le gifla de nouveau, et encore, et encore, jusqu'à ce qu'elle eût mal à la main et qu'un filet de sang s'écoulât de la bouche d'Oleg.

« Continue, lui dit-il, et qu'on en finisse une bonne fois pour toutes... »

Tout en le fixant droit dans les yeux, Natalia déboutonna le pantalon d'Oleg et le baissa à ses chevilles avec son slip.

« Je te manquais, hein... ça te manquait de te faire baiser par un vrai Russe, pas vrai ? »

Imperturbable, Natalia tira un poignard de sa botte et en éprouva le tranchant du bout de ses doigts. Elle saisit le sexe et les testicules de son ancien bourreau et les serra. Oleg ravala ses cris. Natalia serra plus fort, l'amenant à hurler de douleur, une longue plainte éraillée qui lui était si douce à écouter. Lorsqu'elle relâcha brutalement sa prise après un vif mouvement de torsion, Oleg toussa, le corps secoué de soubresauts incontrôlables.

Natalia le contourna et fit quelques pas dans son dos.

« J'ai souvent rêvé de cet instant, où je me voyais te couper la queue et les couilles par palier, doucement, patiemment, pour te les faire bouffer jusqu'à ce que tu t'étouffes... »

Elle revint face lui, entama légèrement sa verge à la racine, quelques millimètres de souffrance aiguë, et s'éloigna de nouveau. Elle entendit l'urine d'Oleg ricocher sporadiquement sur le sol.

« Tu as peur », dit-elle.

Elle s'approcha par-derrière, saisit à pleine main ses cheveux, tira sa tête en arrière et lui mit fermement sa lame sous la gorge.

« Je pourrais te torturer pendant des jours, des semaines, des mois, petits bouts par petits bouts... Ou alors je peux abréger ton calvaire... »

Elle augmenta la pression sur sa glotte.

« Mais pour cela, il faut que tu me le demandes... »

Oleg haletait.

« Allez, demande-moi...

— Tue-moi... murmura-t-il.

— Je n'entends rien...

— Tue-moi ! »

Elle lui entailla lentement la joue. Oleg gémit.

« Tu peux faire beaucoup mieux, dit-elle, mets-y les formes, toi, le grand séducteur de ces dames...

— S'il te plaît...

— Pas assez... »

Elle appuya la pointe de son arme à la commissure de son œil droit.

« Je t'en supplie... geignit-il.

— Encore, tu peux être plus convaincant...

— Je t'en supplie… sanglota-t-il. Par pitié, tue-moi… »

Natalia contempla les pieds d'Oleg pataugeant dans son urine. Il grelottait. Elle le renversa à terre.

« Nettoie, jusqu'à la dernière goutte. Et avec ta bouche… »

Elle le regarda s'exécuter, handicapé par ses mains attachées au dossier de la chaise, jouissant de le voir glisser dans ses propres sécrétions, scrutant la répulsion et le dégoût déformer ses traits. Quand il eut terminé, elle se pencha au-dessus de lui.

« Te tuer serait faire trop d'honneur à l'être abject et misérable que tu es, je veux que tu souffres, et que tu souffres longtemps dans les geôles de ce nouveau monde que tu détestes… »

D'un geste sec et précis, elle lui coupa une moitié d'oreille.

« Adieu, Oleg », dit-elle entre ses dents en le repoussant violemment en avant.

Elle frappa trois coups contre la porte. Ivan ouvrit. Sans un mot, elle passa devant lui et son frère et quitta la Loubianka.

Ivan et Kolya burent jusqu'à tard dans une taverne avant de se séparer.

En entrant dans sa chambre, Ivan ne la vit pas tout de suite dans l'obscurité. Découvrant sa silhouette dans l'embrasure de la fenêtre, en contre-jour de la lumière blafarde du réverbère éclairant la rue, il sursauta et dégaina son revolver. Elle ne bougeait pas. Ivan abaissa son arme. Natalia s'avança vers lui. Elle posa ses mains sur son torse, le caressa, l'embrassa avec une voracité animale, le fit basculer sur le lit et lui fit l'amour avec une rage sœur de la fureur.

Au petit matin, dans la lueur pâle de l'aube, elle lui demanda :

« Tu as dit que ton projet serait pire que la mort ?

— Oui, lui répondit Ivan.

— Alors convaincs Dzerjinski et sers-toi d'Oleg comme cobaye. »

Ils se sourirent et s'embrassèrent avec fièvre.

13

Alexeï vérifia que les lettres de ses parents étaient bien dans la poche intérieure de sa veste. Depuis son périple pour rejoindre les rangs de Dénikine, il les avait toujours gardées sur lui, même au plus profond de l'enfer des batailles.

Jusqu'à l'automne, ils avaient volé de succès en succès, détrompant les analyses d'Alexeï qui l'avaient poussé à défendre la tenue d'une conférence avec Lénine et Trotski en vue de négocier une paix provisoire. Et puis le rapport de force s'était lentement inversé. Au Nord, après avoir pris Gatchina, à seulement 20 kilomètres de Petrograd, le général Ioudenitch avait échoué à s'emparer de l'ancienne cité des tsars. Au Sud, le territoire sous domination blanche avait commencé à se faire grignoter sur ses arrières par des pillards et des déserteurs qui rejoignaient les régiments rouges. Pendant l'hiver, Dénikine et ses hommes avaient connu leurs premiers revers tandis que, à l'Est, l'amiral Koltchak s'était retrouvé contraint de renoncer à son titre de régent suprême des armées antibolcheviks pour abdiquer en faveur de Dénikine afin d'assurer la continuité et la succession du pouvoir. Quant à leurs alliés occidentaux, ils avaient entamé un retrait progressif de leurs troupes et une diminution de leur aide matérielle, leur intervention dans un conflit si lointain après quatre années d'une guerre devenue la plus meurtrière de l'Histoire trouvant de moins en moins de soutien au sein de leurs opinions publiques ainsi que dans les bataillons décimés et épuisés de leurs soldats.

Alexeï boucla son maigre paquetage, le jeta sur son épaule et quitta la salle du dispensaire reconverti en dortoir. Il traversa l'agitation des autres militaires, eux aussi en train de se préparer à lever le camp, et se rendit dans l'unité chargée des transmissions et des communications entre les différentes lignes de front. Il avait un service à demander à Sasha Vladenovitch Knyazev, responsable du courrier et des dépêches à destination des capitales européennes.

Tel un barrage qui se fissure à de multiples endroits mais donne l'illusion de continuer d'arrêter le torrent avant de s'écrouler brutalement, les défaites et les désertions avaient entraîné l'effondrement des blancs. Les rangs des rouges grossissaient jour après jours des transfuges ennemis, accueillis conformément aux directives de Trotski comme des frères revenus dans le droit chemin et le giron bienveillant de la Mère Patrie. Les bras révolutionnaires leur étaient d'autant plus ouverts qu'ils tournaient casaque en apportant avec eux les équipements fraîchement fournis par les Européens, quand ils ne massacraient pas au préalable les officiers aux côtés desquels ils combattaient la veille encore. La rumeur de cet effritement se répandait plus rapidement qu'une épidémie de typhus, engendrant la peur et des hémorragies humaines en cascade. Et aujourd'hui, Dénikine transférait son commandement au baron Wrangel avant d'embarquer pour Constantinople et de prendre le chemin de l'exil.

Le centre des informations était en effervescence, tous pliaient bagage dans une anxiété fiévreuse.

« Sasha ! s'écria Alexeï en apercevant le jeune Ukrainien.

— "L'Exterminateur" ! »

Ils échangèrent une chaleureuse poignée de mains.

« Alors, tu pars avec Wrangel ? demanda Alexeï

— Non, lui répondit Sasha, j'ai obtenu ma démobilisation pour retourner chez mes parents à Odessa. Mon père est gravement malade.

— Je suis désolé.

— J'espère arriver là-bas avant qu'il ne soit trop tard. »

Alexeï lui tendit la pochette de cuir contenant la correspondance de ses parents.

« Sasha, pourrais-tu envoyer ce paquet pour moi ? lui demanda-t-il en lui tendant également une enveloppe où étaient inscrits un nom et une adresse. C'est important. »

Sasha prit le tout et l'examina.

« Oui, je le ferai passer à mon cousin, il l'expédiera depuis la Moldavie.

— Merci. Bonne chance pour ton père.

— Bonne chance à toi aussi, "L'Exterminateur" ! »

Alexeï lui donna une accolade amicale et partit rejoindre les derniers combattants qui se rassemblaient.

Dans un discours pathétique, Dénikine dit adieu à ses hommes en tentant de les galvaniser une dernière fois et il annonça officiellement le passage de son autorité au général Wrangel. Le colonel Fédor Andreïveitch Omarov les conduirait jusqu'à Sébastopol où leur nouveau chef avait établi son état-major.

Après une longue marche, les restes des Forces armées du sud de la Russie bivouaquèrent pour la nuit. Ces troupes ressemblaient plus à des hordes de mendiants qu'à de véritables régiments. Leurs fusils étaient rongés par la rouille ; nombre de soldats marchaient sans botte ou, pour les mieux lotis, avec des tiges tenant des lanières de chiffons en remplacement de leurs semelles ; et les regards de ces pauvres hères traduisaient un égarement et une perte complète du sens de leur existence.

À la nuit tombée, Alexeï se glissa hors du campement, s'enfonça dans une forêt et, à l'aide d'une boussole, prit la direction du nord-est.

Au petit matin, il fit une halte au bord d'un ruisseau pour boire et se rafraîchir. Il retira sa veste et son pantalon, défit son modeste paquetage et revêtit un uniforme de l'Armée rouge.

14

Devant le petit miroir au-dessus de son lavabo, Ivan rajusta le col de son uniforme de tchékiste. Il se redressa et scruta la glace pour vérifier l'effet général de sa personne.

« Attends. »

Dans son dos apparut le reflet de Natalia. Elle le rejoignit, le fit pivoter pour l'avoir face à elle et le détailla avec minutie.

« Voilà, dit-elle en rattachant un bouton défait. Maintenant, tu es parfait. »

Elle l'embrassa en enroulant ses bras autour de sa taille.

« Comment te sens-tu ? lui demanda-t-elle.

— Un peu le trac.

— Ton idée est vissée de bout en bout, tu vas révolutionner la Révolution ! »

Ivan sourit et l'embrassa à son tour.

« Allez, commanda Natalia en lui donnant une tape sur les fesses, ne te mets pas en retard. Le camarade Dzerjinski est pointilleux, et tout particulièrement sur les horaires. »

Alors qu'Ivan ouvrait la porte, Natalia le rattrapa.

« Ton dossier ! dit-elle en lui tendant une serviette en cuir.

— Inutile, j'ai tout dans la tête.

— Toi oui, mais pas le camarade Dzerjinski.

— Tu as raison, admit-il. Je connais tellement le sujet que j'imagine que tout le monde a le même niveau d'information que moi.

— Et pense à respirer par le nez, à faire des pauses dans ton exposé pour ne pas parler avec un débit de mitraillette.

— Promis.

— File », le chassa-t-elle.

Ivan dévala l'escalier et sortit dans le soleil éclatant du printemps. Si la guerre civile n'était pas encore gagnée, ce n'était plus qu'une question de temps. Les armées blanches commandées par le général Wrangel ne comptaient plus que vingt-cinq mille hommes. Une fois remportées les batailles qui faisaient rage contre la Pologne, les troupes soviétiques déferleraient sur la Crimée et réduiraient à néant les dernières forces réactionnaires, désormais à bout de souffle et de ressources. Sans crier victoire trop tôt, il fallait dès aujourd'hui anticiper l'avenir et les problèmes inévitables qui se poseraient bientôt au pays. La période qui venait de s'écouler avait accéléré le processus révolutionnaire. Les nationalisations concernaient presque l'intégralité des activités, des usines de plus de cinq ouvriers aux petits commerces en passant par la culture et l'éducation ; en contrepartie, l'État prenait en charge les services publics, l'électricité, le logement. Ce délicieux avant-goût du paradis communiste se doublait cependant d'une augmentation de la pauvreté et des pénuries, donc des mécontentements, et nécessitait, pour ne pas demeurer qu'un doux rêve d'illuminés, une discipline de fer et une traque implacable de tous ceux qui tenteraient d'attiser les braises de la dissension. Selon Ivan, ils seraient nombreux, et par conséquent dangereux pour l'avènement tant attendu de la société sans classes pour lequel ils se battaient tous ardemment.

Ivan traversa d'un pas pressé la place de la Loubianka et entra dans le siège de la Tchéka. Il gravit les marches jusqu'à l'étage où travaillait Félix Dzerjinski. Il était en avance. À l'heure dite, un officier l'introduisit dans le centre névralgique de la nouvelle Russie.

« Camarade Narychkine ! l'accueillit chaleureusement Dzerjinski en se levant et en lui donnant une accolade virile.

— Camarade ! », s'exclama également Ivan.

Dzerjinski le scruta quelques secondes de ses petits yeux perçants avant d'aller se rasseoir derrière son bureau.

« Comment se porte la camarade Lishenko ? J'ai cru comprendre qu'un rapprochement significatif s'était opéré entre vous...

— Elle se porte bien, camarade.

— Il faudra songer à l'épouser. Tu sais que nous autres bolcheviks sommes très attachés à la morale et à la famille, deux piliers sans lesquels aucun ordre social ne peut exister.

— Nous n'avons pas encore envisagé cette possibilité, notre "rapprochement" est encore jeune.

— Alors penses-y, vraiment. Deux tchékistes comme vous ne pourront que donner d'excellents citoyens à l'État. Et qui sait, peut-être une dynastie de tchékistes ? Au mérite, bien sûr... Et puis, je crois savoir que vous vous connaissez depuis l'enfance ?

— C'est exact, camarade.

— Raison de plus pour ne pas tarder ! Mais je t'embarrasse par mon intrusion dans ta vie privée, prends place et parle-moi de ce dont tu voulais m'entretenir. »

Ivan s'assit sur le fauteuil en face de Dzerjinski. Il ouvrit sa serviette en cuir et en tira un dossier qu'il tendit au chef de la Tchéka.

« Qu'est-ce ? lui demanda Dzerjinski.

— Une synthèse de mon projet, chiffré et planifié sur quinze ans. »

Dzerjinski considéra la liasse des feuillets criblés de caractères, de schémas et de chiffres avant de la déposer devant lui.

« Explique-moi, en substance. »

Ivan prit une profonde inspiration et commença.

« Camarade, notre économie est exsangue, notre monnaie dévaluée, le dénuement et la précarité de notre population n'ont jamais été aussi grands, nos campagnes demeurent plus que jamais des foyers de contestation prêts à s'embraser, et nos prisons ainsi que nos camps de travail sont au bord de l'explosion.

— Camarade, l'interrompit Dzerjinski, nous sortons de deux guerres menées parfois simultanément, dont l'une n'est pas encore terminée, rien de plus normal que ton constat puisque le moment de la reconstruction n'a pas encore débuté.

— Je le sais bien, camarade, et c'est justement parce que nous allons nous heurter à cette situation que je voudrais soumettre au Parti une méthode pour réformer en profondeur notre système pénitentiaire et concentrationnaire. »

Dzerjinski croisa ses mains sur les documents d'Ivan et le fixa avec intensité.

« Trouverais-tu qu'il soit mal administré ?

— Pas mal administré, camarade, sous-exploité. »

Dzerjinski le dévisagea.

« Poursuis, camarade.

— Nos prisonniers sont improductifs, ou du moins peu productifs. Ils mobilisent de l'espace, des moyens humains pour les encadrer, en un mot ils nous coûtent plus que ce qu'ils nous rapportent.

— C'est là le problème de toute organisation carcérale, camarade.

— Il n'est pas de problème qui ne puisse être corrigé. Nos camps de travail peuvent être transformés afin qu'ils aient une utilité économique, sociale et politique. »

Dzerjinski s'appuya contre le dossier de son fauteuil.

« J'écoute avec attention tes solutions, camarade Narychkine.

— Je propose de réorganiser nos structures selon deux grands principes. Le premier est de les rendre d'ici quelques années autonomes, c'est-à-dire qu'elles atteignent un fonctionnement d'autogestion en monopolisant le moins possible d'agents de nos services ou de soldats. Le second est d'affecter la main-d'œuvre gratuite formée par les détenus à des travaux d'intérêt public – abattage d'arbres, découpage de bois, extractions de charbon et de minerais, constructions de routes, de ponts, de chemins de fer –, et ce partout où cela sera nécessaire. Cela permettra notamment de peupler des zones désertées et inexploitées de notre territoire en rééduquant par le travail des hommes qui se sont égarés, avec bien entendu la possibilité de les garder incarcérés aussi longtemps qu'ils représenteront un danger pour l'ordre social. Les bénéfices seront considérables, à tous les niveaux. »

Ivan marqua une pause.

« Tu trouveras le détail circonstancié et chiffré dans les documents que je t'ai remis. »

Dzerjinski restait regard rivé sur Ivan et, à travers lui, sur les perspectives vertigineuses qui s'ouvraient devant lui.

« Et comment fais-tu pour que les prisonniers travaillent suffisamment pour atteindre les résultats qui leur seront fixés ?

— La nourriture.

— La nourriture ?

— Oui, les besoins naturels constituent le meilleur levier de pression sur un être humain. Si nous indexons la ration quotidienne des forçats sur leur rentabilité, ils mettront du cœur à l'ouvrage. Sinon, ils mourront. »

Il se tut un instant.

« C'est là l'autre vertu d'une telle architecture : elle aidera à la régulation de la contestation et des crimes, car personne ne voudra se retrouver emprisonné dans de telles conditions, surtout dans des régions inhospitalières comme la Sibérie centrale ou la Kolyma.

— La peur générée risque de te priver de bras, ce qui vouerait ton dispositif à l'échec.

— L'homme n'est pas moral par nature. Et puis on peut assigner des objectifs dans le cadre de plans définis sur plusieurs années et trouver la main-d'œuvre correspondante. Ce ne sont pas les chefs d'accusation qui nous manqueront. »

Les yeux brillants, Dzerjinski posa ses coudes sur son bureau.

« Quelqu'un d'autre que moi est au courant de ton projet ?

— La camarade Lishenko et son frère. »

Le chef de la Tchéka réfléchit quelques secondes.

« À partir de maintenant, pas un mot, à personne. Je vais lire ton étude en détail et sans doute en parler au camarade Lénine.

— Merci ! dit avec soulagement Ivan.

— Cependant, dit lentement Dzerjinski en caressant la barbe de son menton, il ne sera pas possible de commencer tout de suite à l'échelle que tu ambitionnes. Il faudrait d'abord une sorte de laboratoire pour voir si un tel système est aussi viable que tu le prétends.

— J'y ai pensé, camarade. J'ai le lieu idéal pour créer ce premier camp d'un type nouveau.

— Où ? »

Ivan se leva et alla se placer devant une grande carte de la Russie tendue sur l'un des murs.

« Ici, sur les îles Solovki. Je connais parfaitement l'endroit, les plans du camp et son mode de fonctionnement sont déjà établis. Sa devise : *Par le travail, la liberté !* »

15

Alexeï traversa un pays encore plus décharné que lors de son long périple pour rallier les troupes de Dénikine deux ans auparavant.

Les paysages d'apocalypse et les charniers se succédaient les uns aux autres dans une monotonie funèbre. Partout, le même chapelet de villes et de villages fantômes, pillés, saccagés ou incendiés ; partout les mêmes tableaux d'exécutions massives dont les dépouilles avaient été abandonnées en des tas de chairs putréfiées à même le sol ou dans des fosses hâtivement creusées et laissées à ciel ouvert ; partout, la même litanie de corps mutilés, violés, éventrés, brûlés vifs ; partout, les mêmes silhouettes spectrales d'enfants affamés en quête de charognes à ronger pour ne pas mourir, solitaires ou en meutes, chancelant sur la peau pendante de leurs jambes maigres, le ventre gonflé et harcelé par la faim, le visage fané dans des figures de vieillards prématurés, le regard éteint, creux, comme excavé de leurs yeux.

Alexeï n'était pas seul à sillonner ces routes lugubres. Des bandes de fuyards de tout bord, blancs ou rouges, d'aucun camp, des grappes de paysans ou de villageois, tous en exode de leur existence, erraient, poussés par l'espoir émacié de dénicher quelque victuaille faisandée ou combustible à brûler pour repousser les loups qui rôdaient le ventre tordu par leur appétit inassouvi. Ces pauvres hères vaguaient autour des hameaux et des bourgs, vagabondaient le long des voies ferrées, souvent sabotées par endroits, où s'alignaient des carcasses de locomotives et de wagons désossés, squelettes métalliques rouillés aux allures monstrueuses et terrifiantes.

Alexeï se tenait à l'écart de ses semblables nomades, autant que lui en exil de leur propre humanité. Lui aussi se livrait aux rapines, fouillant de fond en comble les habitations ravagées pour marauder une racine à ingurgiter ou tout objet susceptible de constituer une quelconque monnaie d'échange, détroussant les cadavres de leurs bagues, boucles de ceinturon, kopeks, armes, munitions, tuant quiconque tentait de lui dérober son chétif butin.

À Briansk, il réussit à se faufiler de justesse dans l'un des rares trains encore en circulation. Les passagers s'entassaient avec leurs paquetages, plus serrés que du bétail entre les amoncellements de meubles et de matelas ; ils s'amassaient jusque sur les toits, où s'enchevêtraient blessés et malades. Des conscrits ivres et défaits jouaient des coudes au milieu de ce ramassis de déguenillés, insultant certains, violentant d'autres, forçant de simples prêtres à réciter leurs prières jugées impies par le catéchisme bolchevik avant de les exécuter dans de grands éclats de rire.

Arrivé à Moscou, malgré les affiches grandioses qui exhibaient Lénine dans des postures de sauveur de la Mère Patrie ou vantaient la victoire des travailleurs et des forces communistes sur l'avide bourgeoisie internationale, Alexeï ne trouva que misère et désolation. Les files d'attente s'allongeaient à l'infini devant les magasins d'alimentation ; les rixes se multipliaient pour un croûton de pain rassis ou des pommes de terre pourries ; le marché noir, le trafic et le troc régnaient en maître et tenaient lieu d'économie ; la solidarité universelle censée être consubstantielle au prolétariat était reléguée à l'état de pure chimère. Tel était le monde radieux pour lequel son frère avait exécuté leurs parents.

Grâce à son uniforme de l'Armée rouge et aux papiers d'identité qu'il avait subtilisés lors de ses pérégrinations, Alexeï se greffa à quelques soldats et, à leur suite, trouva refuge dans différentes casernes de cette nouvelle capitale de la Russie désormais soviétique. Il se fit affecter à des missions de sécurité dans diverses patrouilles qui usaient et abusaient de leurs galons pour dépouiller les petites gens selon leur bon vouloir et leurs besoins éthyliques. Anonyme et invisible sous ses habits militaires, il cartographiait la ville, ses points névralgiques, profitaient des beuveries quotidiennes de ses camarades de régiment pour se renseigner sur l'organisation du pouvoir, les lieux de travail, les adresses et les habitudes connues des nouveaux seigneurs de la Nation.

Un matin, alors qu'il passait avec un détachement sur la place de la Loubianka, il vit Ivan sortir de la Tchéka et embrasser Natalia qui l'attendait devant le bâtiment en caressant son ventre légèrement arrondi.

Le jour approchait. Bientôt, il réduirait à néant le monde putride qu'ils avaient contribué à faire advenir. Et personne ne pourrait l'en empêcher.

16

Ivan, Natalia, Kolya ainsi que l'oncle Pavel et la tante Valia s'installèrent dans un vaste appartement collectif que Dzerjinski leur avait fait attribuer pour leurs bons et loyaux services rendus à la Nation.

L'Armée rouge avait gagné, les troupes du général Wrangel étaient en déroute ; la révolte des marins de Kronstadt, durant laquelle Kolya s'était illustré par sa bravoure, avait été sévèrement réprimée ; le camp des îles Solovki, qui accueillait ses premiers pensionnaires, tenait jusqu'à présent les promesses prévues par Ivan ; et Natalia était enceinte.

À l'exception des pénuries extrêmes qui minaient le moral et les conditions de vie de la population, le peuple russe avait fait des enjambées de géant vers le triomphe du communisme et du bien-être social. Les femmes jouissaient d'une stricte égalité avec les hommes en matière de droits, de mariage, de divorce et pouvaient légalement recourir à l'interruption volontaire de grossesse ; pour soulager le beau sexe de l'aliénation des tâches familiales et domestiques, des maternités s'ouvraient, de même que des crèches, des écoles maternelles, des cantines populaires ; l'éducation était désormais laïque, gratuite et obligatoire afin de combattre l'obscurantisme des masses et de les élever dans l'amour du socialisme ; les avant-gardes artistiques étaient encouragées, la créativité fleurissait et était offerte comme autant de bouquets de beauté à tous les citoyens, notamment par l'action de Vassily Kandinsky, directeur de l'Institut de culture artistique, qui ne cessait d'ouvrir des succursales en province pour rendre l'art accessible jusqu'au plus modeste des travailleurs ; et même l'homosexualité était désormais dépénalisée. La Russie soviétique se plaçait plus que jamais à l'avant-poste éclairé de la civilisation.

Cependant, malgré tous ces bienfaits qui ruisselaient en cascade sur l'ancien Empire des tsars, Ivan voyait s'éloigner la réalisation du rêve pour lequel il se battait. Face à une situation économique dramatique, à une productivité inférieure à celle d'avant-guerre, à des réseaux de transports quasiment inutilisables parce qu'en grande partie détruits, et à la famine dont souffrait la population, une pause dans le processus révolutionnaire avait en effet été décrétée. Devant l'échec des contestations populaires en Allemagne, en Finlande et en Hongrie, jamais l'horizon d'une extension de la subversion bolchevik au reste de l'Europe n'avait été aussi lointain. Enfin, les retards d'industrialisation n'autorisaient toujours pas la constitution d'un prolétariat doté d'une conscience de classe suffisante pour permettre le passage au socialisme dans un pays encore majoritairement agraire. En conséquence, Lénine avait mis en place une nouvelle politique économique – la NEP –, dont la philosophie pratique consistait à accélérer le développement des forces productives, et donc de la classe ouvrière, par l'introduction de mesures capitalistes strictement contrôlées par l'État via notamment un retour de la propriété privée et la possibilité de réaliser du profit.

À la différence de Kolya, Ivan voyait dans ces concessions à l'idéologie ennemie une forme de trahison inacceptable, et il n'était pas rare que les deux hommes s'opposent sur cette question :

« Nous avions l'occasion de forcer le destin et l'Histoire, disait Ivan, ce recul risque non pas de consolider nos positions, mais de les affaiblir dangereusement.

— Si les camarades Lénine et Trotski, rétorquait Kolya, qui ont pourtant de fortes divergences sur d'autres sujets, ont tous les deux jugé que cette étape était nécessaire, c'est qu'elle doit l'être.

— Une révolution qui tarde à s'accomplir risque justement de ne pas s'accomplir. Et pour rien au monde je ne veux cela.

— Il me semble au contraire que, en ralentissant afin d'affermir nos bases, nous laissons aux travailleurs du monde en entier la latitude nécessaire pour qu'ils s'organisent et nous suivent ensuite dans un mouvement général que rien ne pourra arrêter.

— Céder du temps pour gagner de l'espace ?

— Exactement.

— Autant j'étais d'accord avec le camarade Lénine quand il a décidé de céder de l'espace pour gagner du temps, et ainsi triompher des armées blanches, autant je ne suis pas sûr que la réciproque de ce principe soit vraie, encore moins certaine.

— Ivanka, je me demande parfois si tu ne crains pas seulement de manquer de chair à travaux pour tes camps !

— Kolya, tu me prêtes des intentions qui ne sont pas et ne seront jamais les miennes. Tu sais bien que je ne me soucie nullement de mon succès personnel, seul m'importe le triomphe de la cause que nous défendons et de l'idéal que nous portons. En plus, tu as tort de penser que j'aurais moins de "chair à travaux" pour mes camps, comme tu dis, car avec le retour du capitalisme, même étroitement supervisé par l'État, les inégalités vont renaître et, avec elles, le désir pour les plus riches d'accroître encore plus leur capital et donc de combattre l'avènement de la société sans classes. Soit autant de traîtres à déporter aux Solovki ! »

Kolya finissait par mettre un terme à leurs désaccords en plaisantant :

« Ivanka, je peux te donner un conseil d'ami ?

— Je t'écoute.

— Fais attention à ce que tu dis. Avec les propos que tu tiens, je pourrai t'envoyer en prison, ou mieux, dans tes Solovki chéries ! »

Ils riaient, trinquaient et passaient à d'autres matières plus réjouissantes, telles que le ventre de Natalia qui s'arrondissait franchement.

Un matin, à l'aube, on tambourina à leur porte. Ivan ouvrit et se trouva face à un officier tchékiste.

« Camarade Narychkine ?

— Lui-même, camarade.

— Le camarade Dzerjinski te demande de toute urgence à la Loubianka.

— Pour quelle raison ?

— Il ne le dira qu'à toi, et à toi seul. »

Ivan s'habilla à la hâte et se rendit sans attendre auprès du chef de la Tchéka.

« Camarade, lui dit Dzerjinski à son arrivée, pardon pour cette convocation matinale, je ne me serais pas permis de te déranger si je n'avais pas jugé ta présence absolument indispensable. Suis-moi. »

Il l'entraîna vers les cellules du sous-sol.

« Hier soir, un cafard a essayé d'attenter à la vie du camarade Lénine.

— Est-il blessé ? s'enquit Ivan avec empressement.

— Rassure-toi, il va bien. Nos hommes ont tout de suite vu briller l'éclat du revolver et sont intervenus avant même que cette vermine ait pu tirer.

— Voilà une excellente nouvelle, camarade. »

Ils empruntèrent l'un des couloirs.

« Cette histoire ne doit pas sortir d'ici, sous aucun prétexte.

— Tu sais pouvoir compter sur mon silence, camarade.

— Entends-moi bien : ni la camarade Lishenko, ni son frère, ni personne ne doit apprendre cette information. Le camarade Lénine montre encore quelques signes de faiblesse liés aux balles de cette crevarde de Fanny Kaplan. Si cette affaire s'ébruitait, elle galvaniserait nos ennemis.

— Entendu, camarade. »

Ils s'arrêtèrent devant un cachot.

« Cette crevure est là, lui dit Dzerjinski. Vu les circonstances, il n'y a que toi qui puisses l'interroger.

— C'est un honneur, camarade. »

Dzerjinski ouvrit la porte. Un homme était attaché à une chaise de la même manière que l'était Oleg lorsque Ivan l'avait livré à Natalia. Malgré les ecchymoses qui boursouflaient son visage, Ivan reconnut instantanément celui qu'il allait devoir briser : son frère, Alexeï.

Troisième partie

Le nouveau monde

Celui qui n'est pas intérieurement préparé à la violence est toujours plus faible que celui qui l'exerce.

Alexandre Soljenitsyne

1

Ivan referma la porte derrière lui. Il tira un paquet de cigarettes de sa poche, en alluma une, recracha la fumée par saccades en détaillant son frère. Alexeï tourna son visage vers lui, le scruta longuement avant de lui adresser un coup de menton moqueur et de reprendre sa position initiale.

À pas lents, Ivan rejoignit le petit bureau en fer et s'assit en face de lui. Ils ne s'étaient pas revus depuis plus de quatre ans. La dernière fois, ils s'étaient séparés devant le palais de Tauride. Ivan avait 16 ans et Alexeï 18. Les hommes qu'ils étaient devenus n'avaient plus rien en commun avec ce qu'ils étaient alors, encore moins avec les enfants insouciants qui jouaient ensemble dans la datcha familiale et ses environs. Le torrent de l'Histoire, avec ses affrontements fratricides et meurtriers, avait creusé le fossé qui les séparait au point de les rendre quasiment étrangers l'un à l'autre.

La lumière du plafond hachait le silence de légers grésillements intermittents. Ivan releva les yeux et croisa ceux emplis de fureur de son aîné.

« Je t'avais dit de quitter la Russie », dit-il en hochant négativement la tête avec réprobation.

Alexeï hoqueta d'un rire amer.

« Quel beau monde tu as construit avec tes “camarades”, persifla-t-il, un monde où des citoyens d'une même nation s'entretuent, où des hommes assassinent leur propre mère et leur propre père d'une balle dans la nuque...

— La situation actuelle n'est que transitoire, rétorqua Ivan en esquivant l'allusion à leurs parents. L'avènement de la société sans classes n'est qu'une question de temps.

— Le temps, ricana Alexeï, le temps de quoi ? De saigner à blanc un pays qui n'a déjà plus une goutte de sang dans les veines ?

— Le temps d'éradiquer les tenants de l'ancien monde et d'élever les générations de demain dans les valeurs de solidarité et de partage. »

Alexeï ricana.

« "Les valeurs de solidarité et de partage" ? Arrête, Ivan, arrête. Tu te soûles de belles paroles et de grands concepts pour occulter la barbarie qui vous caractérise, toi et tous tes semblables.

— C'est pourtant la vérité.

— La vérité, qu'est-ce que tu connais de la vérité ? Je l'ai vue, moi, l'âpre vérité de ton "Grand Soir", pendant près de trois ans, dans les carnages que tes armées si éprises "de solidarité et de partage" ont essaimés dans toute la Russie. »

Ivan écrasa sa cigarette.

« Je ne crois pas que les armées de ton camp aient été plus humanistes que les nôtres, dit-il, du moins pas d'après les rapports que j'ai pu lire.

— Et tu as lu des rapports sur les agissements des soldats communistes ? À la différence de toi, je ne suis pas resté planqué dans un bureau...

— Ce n'est pas parce que je ne me suis pas battu sur les lignes de front que je suis resté planqué dans un bureau, l'interrompit Ivan.

— Je suis entré dans des villages après le passage de ton Armée rouge, poursuivit Alexeï en ignorant la remarque de son frère, et tu sais ce que j'ai trouvé ?

— C'était la guerre.

— J'ai trouvé des charniers innommables, des cadavres de femmes et d'enfants violés à la chaîne, éventrés, laissés à même la boue avec des sabres plantés dans le sexe ou dans le cul, des maisons saccagées, brûlées avec des familles entières à l'intérieur. Qu'est-ce que tu dis pour excuser ça ?

— Encore une fois, c'était la guerre. Même si ce sont les hommes qui la font, il n'en existe pas d'humaine ou de propre.

— En quoi nos parents étaient-ils une menace, pour toi et tes idoles sanguinaires ?

— Et toi, pourquoi as-tu attenté à la vie du camarade Lénine ? As-tu agi seul ou avais-tu des complices ?

— Réponds à ma question, espèce d'ordure ! s'emporta Alexeï. Pourquoi as-tu exécuté nos parents ? »

Ivan soupira, quitta sa chaise et arpenta nerveusement la pièce.

« Parce qu'ils étaient les ennemis de tout ce pour quoi nous luttons. Parce que le communisme élève l'humanité en l'arrachant à la Nature, à la biologie, aux liens du sang. Parce que la société sans classes exige de faire passer sa petite personne et ses sentiments personnels après l'intérêt collectif.

— Ils étaient ton père et ta mère ! »

Ivan frappa de toutes ses forces sur la table métallique, la voix chargée de rage.

« Ils étaient des traîtres ! Des traîtres et des ennemis ! Ils méritaient de mourir ! »

Ils se dévisagèrent.

« Tu penses vraiment ce que tu viens de dire ? demanda Alexeï.

— Tu ne comprends pas que ce que je pense n'a aucune importance ? »

Il se redressa, rajusta sa veste et se rassit.

« Ils seraient morts de toute façon, trancha Ivan, par ma main ou par celle de quelqu'un d'autre.

— Comment as-tu pu ? Quel monstre es-tu devenu ?

— C'est facile pour toi de dire ça, tu as toujours été leur préféré. Le fils parfait qui comblait toutes leurs aspirations. »

Alexeï éclata d'un rire noir.

« Ah, nous y voilà... Ivan le maudit, le mal-aimé, le vilain petit canard de la famille, écrasé par son grand frère soi-disant exemplaire... Notre mère t'a toujours couvé, protégé, choyé, aimé, tu as oublié ?

— Notre mère a été une malheureuse victime collatérale de notre père et de son ambition.

— Dis plutôt de la tienne. Tu sais, tu as beau te donner des airs d'importance avec ton uniforme de criminel, tu restes un petit garçon, un petit garçon colérique et dérangé... »

Ivan le fusilla d'un regard étincelant de haine.

« Maintenant, à toi de répondre à mes questions, exigea-t-il. Pourquoi as-tu tenté d'assassiner le camarade Lénine ? Qui étaient tes complices ?

— Comment va Natalia ? l'interrogea Alexeï. Est-ce que tu brûleras la cervelle de la mère de tes enfants si elle dévie du droit chemin tracé par tes chefs ? »

Ivan fixa son frère avec stupéfaction.

« Je vous ai vus tous les deux, en patrouillant un après-midi devant ce repère d'assassins. Elle t'a dit ?

— Elle m'a dit quoi ?

— Qu'elle était venue me trouver le soir où toi et ta bande avez pris le pouvoir ?

— C'est moi qui lui avais demandé de te prévenir afin que tu convainques nos parents de fuir. A priori, le grand diplomate que tu ne seras jamais a échoué à les persuader. D'une certaine manière, ils sont morts par ta faute.

— Et tu lui avais aussi demandé de coucher avec moi ce jour-là ? »

Ivan le considéra en souriant.

« Ton petit jeu n'a pas de prise sur moi. Je te l'ai dit, mes sentiments ou mes intérêts personnels n'ont aucune importance. Natalia est une femme libre dans un pays qui lui accorde les mêmes droits qu'aux hommes, elle est maîtresse de ses actes et de son destin.

— Bien sûr, la jalousie est liée à la possession, donc un principe bourgeois, tu es au-dessus de ces contingences vulgaires et de ces bassesses archaïques.

— Exactement. Tu vois, tu commences à comprendre.

— Oh, j'ai très bien compris. Toi, tes Lénine, tes Trotski et tous les autres, vous avez remplacé le racisme et les discriminations religieuses par un racisme de classe, et le paradis sur terre, si beau, si pur, si égalitaire que vous vous gargarisez d'édifier n'est en réalité que la substitution d'une domination par une autre. Le peuple que vous prétendez défendre, lui, sera toujours perdant. »

Ivan posa ses coudes sur le bureau et prit sur lui pour garder son calme. Ses mains tremblaient légèrement.

« Laisse-moi te dire ce qui t'attend si tu t'obstines à refuser de répondre aux questions que nous te poserons. Tu seras torturé, longtemps, et si tu parviens à rester en vie, tu seras déporté dans un camp de rééducation à côté duquel la mort et les sévices que tu auras subis ici te sembleront plus doux que les étreintes de feu notre mère.

— Je suis déjà mort, Ivan, je suis mort à l'intérieur depuis que j'ai appris ce que tu as fait à nos parents. »

Ils s'observèrent avec défiance. Sans un mot, Ivan se leva et se dirigea vers la porte.

« Ivan ? », l'interpella Alexeï.

Il se retourna.

« Je t'admirais, Ivan, quand je croyais que tu aidais les petites gens après que notre père t'eut mis à la porte. J'admirais ton courage, tes convictions, ta ferveur, la pureté et l'intensité de ton engagement. Aujourd'hui, je sais que tu n'es qu'un fanatique de la pire espèce. »

Ivan le toisa une dernière fois et sortit. Igor Andreïevich Ramazanov vint à sa rencontre.

« Quels sont tes ordres, camarade Narychkine ?

— Il n'a rien à nous apprendre de plus. C'est un terroriste isolé, un loup solitaire, il a agi seul. Fatigue-le comme il le mérite pour la gravité de son acte, mais fais en sorte qu'il reste en vie. Il sera ensuite transféré à la prison de la Boutyrka où il attendra son châtiment. »

Igor se mit au garde-à-vous en signe d'assentiment.

« Une dernière chose, camarade Ramazanov, ajouta Ivan.

— Oui ?

— Ce prisonnier ne doit apparaître dans aucun registre, il n'a jamais existé. »

2

Pendant une durée impossible à déterminer, Alexeï perdit toute notion du temps et de l'espace.

Dans les entrailles secrètes de la Tchéka, il n'y avait ni jour ni nuit, uniquement une lumière aveuglante ou une obscurité sépulcrale. Durant des heures, des semaines ou des mois, il n'aurait su le dire, on l'enfermait dans des salles aux murs blancs, éclairées au plafond par des ampoules au grésillement incessant et dont la luminosité était si intense que, avec la réverbération environnante, ses yeux le brûlaient atrocement, même fermés, tant sa rétine était imprégnée et continuait de l'être par le halo lumineux persistant à travers ses paupières. À l'inverse, on le cloîtrait dans une cellule noyée dans le noir le plus total, aux parois humides, parfois avec plusieurs détenus auxquels il se heurtait. Nourri de façon aléatoire d'un morceau de pain rassis, étanchant sa soif selon le bon plaisir erratique de ses geôliers, il était contraint de faire ses besoins à même le sol de sorte que, rapidement, il pataugeait dans sa propre urine et ses propres excréments, quand ce n'était pas dans ceux des autres également présents dans le cachot. Durant ces moments de sociabilité aveugle, ils échangeaient sur les sévices qu'ils avaient respectivement subis. L'un avait eu le crâne compressé dans un cercle de fer, celui-ci avait été attaché avant d'être livré à la dévoration des punaises, celui-là avait été plongé dans une baignoire d'acide, celui terré dans l'angle avouait à demi-mot avoir enduré le fameux « marquage secret » consistant à l'intromission d'une baguette incandescente dans l'anus.

Si Alexeï n'avait pas souffert les mêmes supplices, il avait éprouvé les délices des traitements ne laissant pas de stigmates physiques apparents. On l'avait obligé à rester debout jusqu'à ce que les douleurs dans ses genoux, ses chevilles, ses jambes tout entières deviennent intolérables au point de céder, que des gardes le relèvent d'autorité à coups de pied, qu'il lutte et s'effondre encore ; a contrario, on l'avait forcé à rester assis sur un tabouret au milieu d'un corridor avec interdiction de se lever jusqu'à ce que le bas de son dos se transforme en un étau insoutenable lui compressant les lombaires et les vertèbres dans des mâchoires de feu ; et sans jamais pouvoir dormir.

La privation de sommeil était la pierre angulaire de toutes ces douceurs accordées par l'État soviétique, régulièrement entrecoupées d'interrogatoires sans fin, quelquefois à la chaîne avec différents tortionnaires de quelques années ses cadets, avinés et brutaux, qui lui aboyaient les mêmes questions, en boucle, le menaçaient, l'insultaient, le frappaient avec des bâtons en caoutchouc, des sacs de sable, une brique glissée dans une botte en feutre, lui braquaient une lampe éblouissante dans la figure, prolongeant ainsi ses inflammations rétiniennes dues à son isolement dans une pièce à l'éclairage permanent ou rompant douloureusement la cécité imposée par son enfermement dans un puits de ténèbres.

De manière occasionnelle, on lui concédait le confort d'une paillasse râpeuse dans une oubliette en entresol ouverte sur l'extérieur par une meurtrière ; alors c'était le règne des bruits de clefs, de portes, de pas, le royaume des cris de souffrance aiguë ricochant en spirales conte les murs des couloirs, morcelant les périodes d'endormissement en autant de réveils et d'insomnies, transformant ces rares instants de répit en attente torturée et anxieuse des brimades à venir.

Sans qu'il en eût conscience, Alexeï résista plusieurs mois à ce régime carcéral contrôlé exclusivement par la Tchéka et tenu hors de toute juridiction de droit commun. À l'issue d'une série prolongée de châtiments aux séquelles invisibles et d'interrogatoires particulièrement musclés, où il n'avait cessé de répéter la vérité solitaire de sa tentative d'attentat contre Lénine, il perdit connaissance, s'écroulant dans un état d'inanition qu'il avait accueilli comme la certitude rassurante de son trépas.

Il s'était réveillé dans un état de faiblesse extrême, allongé sur un lit d'hôpital, l'esprit en proie à une confusion épouvantable, où s'entremêlaient les souvenirs des charniers de la guerre civile et la mémoire charnelle de ses récents tourments.

Dès qu'il se trouva en état de marcher, il fut transféré dans une prison aux conditions de détention plus classiques. Exceptions faites de certaines auditions sous la férule de jeunes et zélés tchékistes, il jouissait d'une relative forme de quiétude et de tranquillité. Il occupait une cellule individuelle, bénéficiait d'une miche de pain hebdomadaire, d'une bouillie informe de céréales le midi et d'une soupe claire le soir. Cependant, son instinct maintenait sa méfiance en alerte. En effet, au regard des hurlements qu'il entendait la nuit, du brouhaha des allées et venues dans l'enceinte du pénitencier, tant des gardes et des prisonniers que des camions dans la cour, le privilège de pouvoir dormir seul et d'être si peu sollicité pour le divertissement éthylique des matons lui apparaissait annonciateur d'un prochain revers de fortune.

Lors des promenades collectives, il discutait à mots couverts avec des prévenus, trouvait étranges les faveurs dont il bénéficiait et s'interrogeait sur les rumeurs entourant les disparitions régulières de détenus, morts selon certains, déportés dans des lieux pires que l'enfer selon d'autres, sans savoir quel sort lui serait réservé ni quand il s'abattrait sur lui.

3

Encadré par quatre tchékistes, Ivan descendit du train en gare de Kem et alluma une cigarette. Conformément aux ordres de Dzerjinski, il avait gardé un silence absolu au sujet d'Alexeï, même Natalia et Kolya ignoraient tout de son passage dans les sous-sols de la Loubianka et de son incarcération à la prison de la Boutyrka. Son nom n'apparaissait dans aucun registre ni aucun rapport, seul son numéro de détenu, le nombre premier 49757, lui tenait désormais lieu d'identité.

Ivan remonta son col doublé de fourrure. L'hiver saillait sous l'automne agonisant et dans la buée des volutes de fumée qu'il recrachait, de légers flocons dansaient dans le vent et fondaient en s'accrochant aux manteaux ainsi qu'aux visières retroussées des chapkas. Certaines rafales charriaient dans leurs replis des relents aigres qui piquaient les narines.

Marchant d'une foulée rapide, Ivan et son escorte rejoignirent l'embarcadère où, jadis, sa défunte mère chaperonnée par Anton les avait laissés avec son frère aux bons soins du père Igor. Le chef du camp, Alexandre Petrovitch Nogtev, un homme à la stature et à la mâchoire carrées, les attendait.

« Camarade Narychkine, dit-il en se mettant au garde-à-vous, soyez les bienvenus !

— Camarade Nogtev, merci de nous accueillir. J'ai hâte de voir l'avancée des travaux et le fonctionnement concret des différents camps.

— Par ici, camarades. »

À sa suite, Ivan et ses hommes montèrent dans le bateau amarré à quai.

Au loin, d'apparence immuable à cette distance, se détachaient dans le gris cotonneux du ciel l'archipel des îles Solovki et les hauts murs blancs du monastère Solovetski coiffé de ses coupoles en forme de bulbes.

À Moscou, Natalia se préparait pour se rendre à la Loubianka et interroger un suspect potentiellement en lien avec Boris Viktorovitch Savinkov, ce renégat réfugié à l'étranger qui avait fomenté la tentative d'assassinat de Lénine en fournissant notamment le revolver à Fanny Kaplan. Avec l'aide de Kolya, Natalia traquait officieusement sa piste, car elle s'était promis de le retrouver, de l'appréhender et de le traîner dans les entrailles de la Tchéka pour qu'il rendît des comptes et payât pour ses crimes. Au fil de ses investigations, elle avait glané des bribes d'informations éparses qui, croisées entre elles, avaient alerté son attention. Dans plusieurs pays d'Europe, se dessinaient en effet les contours d'une organisation anticommuniste en cours de constitution autour du général Wrangel. Leurs anciens ennemis rassemblaient leurs forces et se structuraient en vue de poursuivre la guerre civile sous d'autres formes ; connaître leurs visées, leurs plans, leurs alliés potentiels sur le sol soviétique s'imposait afin de les contrer et de les mettre hors d'état de nuire.

Natalia sentit ses jambes chanceler. Elle s'appuya sur le rebord d'une commode et respira profondément. À bientôt sept mois de grossesse, elle souffrait depuis plusieurs jours de maux de ventre, d'étourdissements et de malaises aussi soudains que violents. Les médecins l'avaient auscultée avec minutie, diagnostiquant une intense activité du bébé en gestation comme source de ses désagréments et recommandant du repos.

Natalia se redressa, rajusta sa veste, caressa son ventre en souriant avant de passer sa *chouba* noire et de sortir. Une bonne tchékiste ne restait pas allongée pour si peu, surtout quand elle pouvait peut-être localiser la tanière où se terrait ce traître de Savinkov dont elle s'était juré d'avoir la tête.

À peine débarqué sur l'île principale, Ivan entama son inspection au pas de charge. L'air refluait plus fortement qu'à Kem des exhalaisons fétides.

« D'où vient cette odeur ? demanda Ivan.

— Du camp de Kholmogory, sur le continent, répondit Nogtev.

— Et à quoi est-elle due ?

— Aux cadavres qui s'entassent depuis des mois et des mois dans un manoir abandonné, baptisé la "Maison blanche" en raison de la couleur de ses murs. Les corps s'y empilent du sol au plafond, l'atmosphère y est irrespirable. C'est là que se trouvent les dépouilles des marins de Kronstadt. Deux mille d'entre eux ont été fusillés sans interruption pendant plusieurs jours et plusieurs nuits à la suite de leur rébellion. »

Ivan acquiesça de la tête et, d'un coup de menton sec, signifia à Nogtev de poursuivre leur tournée. Ils visitèrent tout d'abord le monastère proprement dit. À l'exception de la structure des bâtiments, le lieu n'avait plus rien de semblable avec celui qu'Ivan avait connu. Le kremlin était à moitié détruit ; la cloche avait été jetée depuis le haut du beffroi et les débris envoyés à Moscou à l'époque des combats contre les armées blanches pour être refondus dans les usines d'armements ; les vitraux avaient été brisés, les icônes fracassées à grands coups de hache ; les chandeliers, les calices, les patènes, les burettes, les osculatoires, les navettes, les encensoirs, les vases d'ablution, les goupillons, les clochettes, les crucifix, tous les objets liturgiques avaient été pillés ; et les livres de la bibliothèque avaient été brûlés jusqu'au dernier pour leur impiété laïque. Ces saccages et leurs stigmates avaient rompu le caractère intemporel qui régnait autrefois derrière ces pierres centenaires, comme s'ils avaient brutalement réintroduit la profondeur et l'usure des siècles.

« Passons aux cachots », décréta Ivan.

Les prisonniers étaient répartis en trois catégories : les membres d'anciens partis politiques désormais interdits, les coupables de crimes contre-révolutionnaires selon les termes de l'article 58 du Code pénal de la Russie soviétique, et les détenus de droit commun, parmi lesquels se trouvaient d'anciens tchékistes condamnés pour corruption, escroquerie ou ivrognerie. Les premiers bénéficiaient des refuges d'ermites éparpillés sur toute l'île et jouissaient de conditions de détention acceptables ; les deux autres étaient parqués dans les églises ou les cellules des moines qui n'avaient pas été détruites.

Ivan scrutait scrupuleusement chaque détail sans faire aucun commentaire. Lorsqu'il voulut rejoindre l'île Popov, où des baraquements construits par les Britanniques durant la guerre civile étaient en cours de reconversion, le soir tombait déjà sur l'archipel et la mer Blanche. Il décida de s'y rendre à la première heure le lendemain, se retira dans la chambre du kremlin que Nogtev lui avait fait aménager et dîna seul en épluchant tous les registres des activités des différents camps. Dans son cerveau, les chiffres s'assemblaient et révélaient les failles qui empêchaient pour l'instant cet ensemble concentrationnaire d'atteindre l'autosuffisance nécessaire à la viabilité du système ; mais, en suivant attentivement la logique implacable de leurs ballets arithmétiques, se révélait également dans les ombres dérobées de leurs sinuosités la solution pour résoudre l'équation les séparant du résultat recherché. La mathématique était implacable : s'il voulait que sa création perdure et prospère, des mesures encore plus drastiques étaient nécessaires.

Une aube laiteuse s'accrochait aux toits de Moscou. Après une nuit ininterrompue d'interrogatoire, Natalia sentait une lourde fatigue tirer ses traits et peser sur son bas-ventre. En face d'elle, Grigori Mironovitch Kuznetsov s'entêtait dans ses dénégations et son refus de lui révéler ce qu'elle voulait savoir. Bien que sévèrement amoché par Igor, et malgré les sévices infligés sous ses yeux à sa femme et à son fils, il résistait toujours.

Natalia passa une main crispée sur son visage exténué. Pousser plus loin les supplices risquait d'entraîner Grigori Mironovitch au-delà du point de rupture physique où il sombrerait dans l'inconscience, voire mourrait ; or il était le fil le plus solide susceptible de la mener jusqu'à ce maudit Savinkov ; si elle le brisait d'une manière irrémédiable, elle perdrait tout.

Elle se mit debout avec lassitude, prit le revolver d'Igor, rejoignit Grigori Mironovitch et resta un long moment face à lui sans bouger. Derrière ses paupières tuméfiées, il la toisa avec un demi-sourire moqueur.

D'un geste brusque, le regard soudainement injecté de haine et de sang, Natalia lui enfourna le canon de son arme dans la bouche et, avec une rage décuplée, elle le tourna avec une vigueur insoutenable, entaillant ses gencives et ébréchant ses dents.

« Tu vas parler, espèce de crevard, où je te brûle la cervelle ! »

Grigori Mironovitch n'avait même plus la force de hurler, seuls ses gémissements étouffés et sa figure hachée de grimaces témoignaient de la souffrance qu'il éprouvait.

« Parle, sale crevard, parle ! », s'acharnait Natalia en proie à une hargne incontrôlable.

Igor s'interposa en posant la main sur son bras. Excédée par cette intervention, Natalia le repoussa brutalement et s'éloigna de quelques pas pour tenter de recouvrer son calme et ses esprits. Igor vint se poster derrière elle.

« Camarade Lishenko, murmura-t-il, si je te laisse continuer, il ne pourra plus jamais parler. »

Natalia se retourna et le fixa avec colère. Elle s'écarta, mit Grigori Mironovitch en joue et tira à plusieurs reprises juste au-dessus de sa tête, criblant le mur d'impacts de balle. Elle jeta le pistolet au sol et quitta la pièce.

Elle remonta au rez-de-chaussée et rallia la salle où des officiers continuaient de passer au crible les affaires saisies dans l'appartement du suspect.

« Du nouveau ? demanda-t-elle en entrant.

— Rien, répondit l'un des tchékistes.

— Cherchez mieux. »

Elle éprouva de violents coups de poignard dans son ventre. Elle se plia sur elle-même en ravalant sa douleur.

« Tout va bien, camarade Lishenko ? s'enquit un autre tchékiste.

— Ce n'est rien, répondit Natalia en s'asseyant, ça va passer... »

Elle respira longuement, prit sur elle pour ne pas laisser transparaître les tourments qui l'assaillaient. Quand elle se sentit mieux, elle se leva, but un grand verre d'eau et rajusta sa mise pour repartir au sous-sol. Alors qu'elle allait sortir, la porte s'ouvrit et Kolya apparut.

« J'ai trouvé ! », s'écria-t-il en lui tendant une liasse de lettres.

Natalia s'en empara et les parcourut sans attendre.

« Elles étaient cachées sous une latte de plancher », ajouta Kolya à bout de souffle.

Natalia redressa la tête avec une expression où brillait une obscure luminosité.

« Et je sais où le trouver... », dit Kolya, anticipant la question de sa sœur.

La nuit régnait encore quand, accompagné de ses hommes et de Nogtev, Ivan débarqua sur l'île Popov. Malgré la pénombre, il constata avec satisfaction que le panneau où était inscrite sa devise surplombait l'entrée du camp : *Par le travail, la liberté !*

Sous les coups de crosse, les « Dépêchez-vous, tas d'insectes ! » et les « Plus vite, bande de chiens galeux ! » des gardes, les prisonniers sortaient de leurs baraquements et s'alignaient uniquement vêtus de leur linge de corps. Dans l'air noir et coupant, Fédor Ivanovitch Eichmans, bras droit de Nogtev, un idolâtre de la discipline militaire au large front et aux oreilles décollées, marchait entre les rangs en prenant son temps et distribuant des volées de bâton selon son inspiration. Lorsqu'un bon quart d'heure se fut écoulé ainsi, il se plaça face à eux.

« Ramassis de chacals, aboya-t-il, faites l'appel à partir de la droite par ordre de numéros ! On se fixe ! *Zdrrrra!*

— *Zdrrrra!* », saluèrent en chœur tous les détenus avant d'égrener la sinistre litanie de leurs matricules.

Après avoir répété l'exercice trois fois pour satisfaire le pointillisme d'Eichmans, ils purent se vêtir et se rendre au réfectoire.

Ivan passa par les cuisines, observant avec attention quelle nourriture était servie et en quelle quantité ; il examina la manière dont étaient répartis les forçats entre ceux affectés à l'abattage des arbres et ceux astreints à l'entretien des équipements ou des bâtiments ; il visita les dortoirs, où stagnait entre les châlits de bois superposés une odeur aigre d'oignons humides mêlée de crasses moites, de sueurs macérées et d'exsudations corporelles putrides.

Cet ensemble concentrationnaire était bâti sur un terrain marécageux et entouré d'une haute clôture de barbelés ponctuée de huit guérites de surveillance, dont une à chaque angle. Cinq routes constituées de planches sur pilotis quadrillaient le lieu ; sur la plus grande, ironiquement baptisée « perspective Nevski », s'embranchaient des chemins de terre auxquels s'ajoutaient des sentiers étroits.

Son inspection terminée, Ivan réunit les différents chefs de section et leurs subalternes directs pour leur livrer ses conclusions ainsi que les nouvelles orientations à suivre.

« Camarades, commença-t-il, vous œuvrez avec ferveur à l'édification et à la protection de la société socialiste. Cependant, un certain nombre de dysfonctionnements vous empêchent encore d'atteindre l'autosuffisance et la rentabilité attendues. Tout d'abord, les groupes de travailleurs ne doivent pas être constitués de façon aléatoire. À partir de maintenant, vous les répartirez entre ceux qui sont aptes à un travail physique lourd, ceux aptes à un travail léger, et les invalides. Cette nouvelle distribution permettra déjà d'améliorer significativement les résultats. Car la défaillance majeure tient aux quotas de production qui ne sont pas respectés, preuve d'un certain laxisme des condamnés dans les tâches qui leur sont assignées, et donc d'une négligence avérée dans votre encadrement. Étant donné qu'on tient les hommes par la faim, dès aujourd'hui, les rations alimentaires seront toutes diminuées d'un tiers, et pour ceux qui ne réaliseront pas leurs objectifs, elles seront divisées de moitié sur cette nouvelle base. Par ailleurs, les jours fériés seront supprimés, et pour ceux correspondant à des fêtes religieuses, cet obscurantisme d'une époque archaïque, la productivité sera doublée. En agissant de la sorte, nous réduirons les coûts de fonctionnement et augmenterons les rendements.

— Camarade Narychkine ? l'interrogea Vladimir Alexandrovitch Vasko, l'adjoint de Nogtev aux questions administratives.

— Oui, camarade ? répondit Ivan en allumant une cigarette.

— Nous risquons d'avoir de nombreux morts, et la perte de main-d'œuvre ainsi entraînée pourrait aggraver les problèmes que ces mesures se proposent de résoudre.

— N'aie crainte, camarade, cette structure ne manquera jamais de bras. Les traîtres se multiplient en effet plus vite que la vermine à travers tout le territoire ; par conséquent le nombre de criminels incarcérés est appelé à croître selon un rythme régulier, voire exponentiel. Et si jamais une pénurie de chair à travaux survenait, les services de la Tchéka vous fourniront toujours ce dont vous aurez besoin. Vous savez bien qu'il suffit de nous donner un homme pour monter un dossier ! »

Tous rirent à cette dernière remarque d'Ivan, qui insinuait également que, eux aussi, pouvaient à tout moment rejoindre les rangs de ceux dont ils avaient la charge.

« Camarades, reprit Ivan en écrasant sa cigarette, il n'y a aucune raison pour que de mauvais citoyens russes bénéficient des bienfaits de l'État soviétique. Au contraire, ils ont besoin d'être redressés moralement pour espérer accéder de nouveau à cette dignité. N'oubliez pas que leur rééducation par le travail demeure votre mission officielle et la fonction première de ce camp à destination spéciale. Quant à la mort, elle est inhérente à leur condition, elle-même due à leurs actes, et ne relève ni plus ni moins que de la statistique. Seuls les plus résistants survivront. En un mot, ils sont ici pour servir leur pays au mépris de leur médiocre existence, soyez donc intraitables et impitoyables, punissez et exécutez sans pitié tout frémissement de contestation ou de révolte. Hourra !

— Hourra ! Hourra ! », répondirent-ils tous en chœur.

Natalia entra dans la salle d'interrogatoire où Igor attendait ses ordres. Derrière elle, Kolya fit irruption et jeta brutalement un jeune homme menotté aux pieds du prévenu. Grigori Mironovitch blêmit.

« Je ne te présente pas Piotr Levovitch Ouroussov », dit Natalia en s'asseyant derrière le petit bureau en fer.

Kolya frappa Piotr Levovitch, sa mâchoire émit un craquement sec étouffant ses gémissements. Grigori Mironovitch tenta de se redresser sur sa chaise comme s'il avait pu s'interposer pour lui venir en aide, mais son corps endolori retomba aussitôt.

« Je comprends mieux, reprit Natalia, pourquoi tu es resté indifférent aux sévices qu'ont subis ta femme et ton fils. »

Kolya donna un grand coup de pied à Piotr Levovitch, dont le cri de détresse ricocha sur les murs de la pièce.

« Peut-être le sale inverti que tu es sera plus réceptif aux souffrances de ton amant ? », ajouta Natalia.

Kolya releva Piotr Levovitch et déchira ses vêtements. Natalia adressa un signe de tête à Igor, qui déballa ses outils de torture.

« Cependant, dit Natalia en rejoignant son frère, j'hésite encore concernant le châtiment à lui infliger... »

Elle saisit avec vigueur le visage défiguré de peur de Piotr Levovitch.

« Lui couper d'abord le nez ? continua-t-elle. Puis la langue ? Lui arracher un œil ? Lui entailler les joues pour agrandir son beau sourire jusqu'aux oreilles ? »

Elle le relâcha et le tourna en direction de Grigori Mironovitch.

« Lui trancher un téton ? poursuivit-elle. Les deux ? Lui sectionner les organes génitaux pour qu'il les mange et s'étouffe avec ? »

Piotr Levovitch tremblait et pleurait sous le regard tétanisé de Grigori Mironovitch.

« Ah, non, se réjouit Natalia, je sais par quoi nous allons ouvrir les festivités… le marquage secret ! »

À ces mots, Kolya plaqua Piotr Levovitch contre la table de façon à offrir la vue de ses fesses écartées à Grigori Mironovitch tandis qu'Igor sortait une baguette de fer pointue pour la chauffer à blanc avec un chalumeau.

« Cela vous rappellera les plaisirs contre nature auxquels vous vous livriez tous les deux », conclut Natalia.

Piotr Levovitch se débattait en hurlant à la mort, fermement maîtrisé par Kolya. Igor prit position et approcha lentement le métal rougeoyant de l'anus de Piotr Levovitch dont les geignements plaintifs étaient entrecoupés de hoquets de sanglots.

Alors qu'Igor allait introduire cette verge métallique brûlante, Grigori Mironovitch s'écria :

« Arrêtez ! Je vous dirai tout ce que vous voulez savoir… je vous dirai tout… »

Quand il eut révélé les dernières informations concernant les récents déplacements de Boris Savinkov, le pays et la ville où il s'était établi ainsi que les différents intermédiaires avec lesquels il travaillait tant sur le territoire soviétique qu'en Europe, Igor pratiqua le marquage anal de Piotr Levovitch qui s'évanouit de douleur.

Sans savoir si son amant était vivant ou mort, Grigori Mironovitch fut conduit par Natalia elle-même à la prison de la Boutyrka où il attendrait son transfert aux îles Solovki.

Tandis qu'elle terminait de signer les formulaires administratifs, ses yeux furent attirés par les prisonniers en train de faire leur promenade dans la cour intérieure. L'un d'eux aimanta son attention. Malgré ses cheveux rasés et ses traits amaigris, elle reconnut tout de suite la physionomie d'Alexeï.

Une sensation de déchirement, plus aiguë que toutes celles qu'elle avait éprouvées, lui poignarda le ventre. Elle se plia sur elle-même, mit instinctivement sa main entre ses jambes, la retira pleine de sang et s'écroula au sol, inanimée.

4

Ivan eut à peine le temps de poser un pied sur le quai de la gare de Moscou qu'un agent de la Tchéka lui remit deux plis, l'un de Kolya l'avertissant de l'hospitalisation de Natalia et l'autre de Dzerjinski le mandant de venir le trouver à la Loubianka dès son arrivée.

« Camarade Narychkine ! l'accueillit chaleureusement le chef de la police politique.

— Camarade Dzerjinski, le salua Ivan.

— Je sais que tu es attendu au chevet de ta femme, aussi serai-je bref. Assieds-toi, je t'en prie, assieds-toi. »

Ivan prit place en face de son supérieur.

« Ton inspection aux Solovki a-t-elle été fructueuse ? lui demanda-t-il.

— Oui, répondit Ivan. J'ai mis en place de nouvelles mesures qui devraient rapidement venir à bout des quelques dysfonctionnements que j'ai constatés.

— Excellent. »

Dzerjinski posa ses coudes sur son bureau, se pencha vers Ivan et parla bas en le fixant de ses yeux perçants.

« Tu sais que le camarade Lénine est diminué depuis l'attentat raté de cette crevarde de Kaplan ? »

Ivan acquiesça.

« Le jour approche, poursuivit Dzerjinski, où le camarade Lénine ne pourra plus continuer à diriger l'État soviétique. S'ouvrira alors une lutte pour sa succession entre les camarades Staline et Trotski, et j'ai besoin de savoir de quel côté ton cœur penchera à ce moment-là.

— Camarade Dzerjinski, déclara Ivan, mes sentiments personnels n'entrent jamais dans mes décisions. Par conséquent, ce sera ma raison qui déterminera mon soutien, en aucun cas mon cœur.

— Je sais, camarade Narychkine.

— Et la raison me pousse sans hésitation à privilégier la position du socialisme dans un seul pays défendu par le camarade Staline plutôt que celle, hasardeuse au regard des circonstances intérieures et extérieures actuelles, de l'agitation permanente du camarade Trotski.

— Parfait, le camarade Staline sera ravi de pouvoir compter sur ta loyauté à nos idéaux, d'autant qu'il suit avec beaucoup d'intérêt ce que tu es en train d'expérimenter aux Solovki. »

Il se leva. Ivan fit de même.

« Je te libère et te rends à ta femme. »

Pour la première fois, Dzerjinski lui serra la main.

« Transmets à la camarade Lishenko tous mes vœux de prompt rétablissement. »

Ivan inclina la tête en signe de remerciement et sortit. Devant l'hôpital, il tomba sur Kolya qui terminait une cigarette au pied du bâtiment.

« Pardon pour mon retard, s'excusa Ivan, le camarade Dzerjinski m'a envoyé chercher à la descente du train. »

Les deux hommes échangèrent une longue accolade.

« Comment va-t-elle ? s'inquiéta Ivan.

— Elle est hors de danger, répondit Kolya en écrasant son mégot, elle se remet doucement. Elle s'est endormie il y a un quart d'heure.

— C'est arrivé quand ?

— Hier. »

Ils se rendirent dans une taverne à proximité afin de laisser Natalia se reposer. Ils commandèrent une bouteille de vodka et burent en fumant.

« Que s'est-il passé exactement ? interrogea Ivan.

— Elle a fait une fausse couche, le bébé avait cessé de vivre dans son ventre. »

Les traits d'Ivan se creusèrent.

« Comment cela s'est-il produit ? »

Kolya lui raconta les douleurs qu'elle ressentait quelques jours avant cet événement, l'interrogatoire de Grigori Mironovitch Kuznetsov et la fatigue accumulée la nuit précédant le drame.

« Elle a évité de peu la mort par empoisonnement du sang, ajouta-t-il. Les médecins ont évoqué l'hypothèse d'une malformation congénitale. »

Ivan encaissa l'information. L'idée de cette anormalité le fit frémir. Kolya le resservit et conclut :

« Ils ont aussi dit que ses fonctions reproductrices étaient intactes et qu'il n'y avait aucune raison que cela se répète lors d'une nouvelle grossesse. Finalement, dis-toi que la nature est bien faite, le fœtus n'était pas viable, son développement s'est arrêté de lui-même. »

Ivan resta un long moment pensif, les yeux dans le vague, puis il leva son verre en direction de son ami.

« Tu as raison, nous sommes russes, il nous en faut plus pour nous abattre. »

Ils trinquèrent.

« Ah, s'exclama Kolya, j'oubliais : juste avant de s'évanouir à la prison de la Boutyrka, Natalia dit avoir vu Alexeï dans la cour avec les autres prisonniers.

— Impossible, trancha Ivan.

— C'est ce qu'elle prétend, en tout cas.

— Alexeï a soit été tué pendant la guerre civile, soit il s'est réfugié à l'étranger. Mais connaissant son tempérament, je l'imagine mal menant dans un autre pays une existence qui lui renverrait l'image d'un lâche.

— Je suis d'accord avec toi. Elle a dû avoir une vision délirante en perdant connaissance. »

Ils discutèrent ensuite de la réussite surprenante de la NEP, qui redonnait un peu de souffle et d'espoir au peuple russe après la terrible famine de l'hiver précédent, même si cette concession au capitalisme recréait déjà une classe de privilégiés contraire à l'idéal communiste.

La bouteille vide, ils retournèrent à l'hôpital. Natalia était réveillée. Kolya embrassa sa sœur et les laissa seuls. Ivan l'embrassa à son tour et la serra dans ses bras.

« Comment tu te sens ? s'enquit-il.

— Comme un charnier vivant ou une fosse commune dont on aurait retiré les cadavres.

— Je suis désolé.

— Au moins je peux reboire de la vodka ! »

Ils rirent.

« Je ne veux pas me morfondre ou m'appesantir. Raconte-moi plutôt les Solovki.

— Les choses se mettent en place. Il y a encore quelques ajustements à effectuer pour que la structure devienne autosuffisante et rentable d'un point de vue économique. Rien de grave cependant, juste un décalage classique entre la théorie et sa mise en pratique.

— Tant mieux. »

Elle resta silencieuse.

« Kolya t'a dit ? l'interrogea-t-elle.

— À quel sujet ?

— Que j'ai cru voir Alexeï.

— Oui, il m'a dit.

— Et tu en penses quoi ?

— Je ne sais pas. Tout est possible. Je vais vérifier dans les registres de la Loubianka et de la Boutyrka. On pourra le faire ensemble si tu veux, quand tu seras rétablie ?

— Même si j'ai certainement été victime d'une hallucination, oui, je veux bien. D'autant que sa présence sur notre sol signifierait forcément quelque chose.

— C'est l'impitoyable tchékiste qui parle ! s'amusa Ivan.

— Tu te doutes bien que je ne compte pas m'éterniser en convalescence ! »

Ils s'embrassèrent.

« Je peux m'allonger avec toi ? lui demanda Ivan.

— Viens », l'invita-t-elle en s'écartant.

Elle lui fit une place et posa sa tête sur son torse.

« Je me demande ce qu'Alexeï est devenu, dit-elle, et s'il est en vie. J'espère qu'il l'est.

— Je l'espère aussi. »

Elle s'endormit contre lui. À travers la fenêtre, Ivan regardait le jour qui commençait à décliner sur Moscou. Il devait trouver une solution pour son frère, et vite.

5

Alexeï dormait sur sa paillasse lorsque la porte s'ouvrit. Un maton se posta sur le seuil et déplia un papier.

« Matricule 49757 ! »

Il se leva.

« Par décision de la commission administrative de déportation auprès du commissariat du peuple aux Affaires intérieures, le matricule 49757 est reconnu coupable de crimes contre l'État, définis par les articles 64 et 66 du Code pénal de la RSFSR. Article 64 : "Organisation d'actes terroristes et collaboration avec l'étranger". Article 66 : "Espionnage au profit de la bourgeoisie internationale". En conséquence, le matricule 49757 est condamné à être déporté pour une durée de quinze ans avec effet immédiat. »

Sans autre forme de procès, Alexeï fut conduit dans la cour intérieure de la prison avec une centaine d'autres détenus. Sous une neige tombant à gros flocons, les injures et les coups distribués pour le plaisir, ils furent escortés dans un air glacial par un détachement militaire jusqu'à la gare de Moscou où, avec plus de trois cents prisonniers venus des différents pénitenciers de la ville, ils se retrouvèrent entassés comme des bestiaux dans un train de marchandises.

Le convoi fit une halte à Petrograd pour charger un peu moins de deux cents nouveaux passagers, puis reprit sa marche funèbre cahotante. Ils voyagèrent debout les uns contre les autres pendant trois jours et trois nuits dans une promiscuité puante où le froid de l'hiver le disputait à la pestilence des excréments et de l'urine qui débordaient de l'unique seau placé à cet effet dans chaque wagon. Afin d'éviter la prolifération des déjections et pour l'agrément sadique des geôliers, les tchékistes ne leur donnèrent rien à boire et les gratifièrent seulement de quelques harengs très salés durant toute la durée du trajet, non sans les insulter au passage et leur donner de la crosse dans les côtes ou dans la tête. Lors d'un ravitaillement en charbon à Petrozavodsk, les gardes les laissèrent sortir quelques minutes afin qu'ils se soulagent et vident le récipient faisant office de latrines.

« Dehors, dare-dare, bande de chacals ! »

Tous en profitèrent pour s'enfourner de grandes poignées de neige dans la bouche et étancher la soif qui leur râpait la gorge.

« À bord, dare-dare, sales crevards ! »

Bien qu'il ne fût que 4 heures de l'après-midi, la locomotive accosta de nuit en gare de Kem. Malgré l'obscurité, Alexeï reconnut cet endroit où sa mère l'avait jadis laissé avec son frère chez les moines du monastère Solovetski, une époque si proche et appartenant cependant à un autre siècle.

« Dehors, dare-dare, espèces de cafards ! En rang quatre par quatre ! »

Dans une cohue lugubre, une foule bigarrée et vêtue de haillons s'aligna selon les ordres donnés. À l'un qui piétinait sur place, un tchékiste ventripotent et à l'œil imbibé de vodka hurla :

« Hé toi là-bas ! T'as quoi à te dandiner comme une fiotte ?

— Camarade chef, répondit l'intéressé, je n'ai pas de souliers, j'ai les pieds gelés...

— Je ne suis pas ton camarade, maudit résidu de couilles ! Tes seuls camarades ici sont les cloportes de ta race !

— Pardon, citoyen chef... »

Le poing du tchékiste s'écrasa lourdement sur sa figure.

« Et arrête de te tortiller, tantouze de merde ! »

Il se tourna vers le reste des déportés et fit claquer le chien de son fusil.

« Et plus nets, les rangs, plus nets ! Un pas de côté sera assimilé à une tentative d'évasion et le coupable exécuté ! Allez, droite, gauche, droite, gauche, demi-tour ! Marche sur place ! Un, deux, trois, quatre... En cadence, tas de vermines ! Stop ! Attention... en avant ! »

La formation s'ébranla au rythme sourd scandé par les pas sur le sol neigeux.

« Et maintenant... on court ! »

La cohorte obtempéra, un désordre grotesque s'empara d'elle, certains s'écartèrent, d'autres tombèrent.

« Stop ! Meute d'insectes incapables, on reforme les rangs dare-dare ! »

Le cirque se poursuivit pendant plus d'une heure, quelques hommes furent fusillés pour indiscipline ; puis, après une traversée dans des bateaux, ils franchirent enfin la lourde et haute grille couleur rouge sang du camp de l'île Popov. Ils furent remis aux responsables de la garde intérieure du lieu. Vêtu d'un long manteau noir, Fédor Ivanovitch Eichmans s'avança d'un pas pour les accueillir.

« Ramassis de raclures, ici, ce n'est pas la République soviétique, mais solovétique ! Vous pouvez oublier tous les droits dont vous jouissiez auparavant, seules nos lois priment. Le règlement est simple : je commande "Debout !", vous vous levez ; je commande "Couché !", vous vous couchez. Sinon, même votre mort sera un enfer ! »

Tous restaient immobiles et silencieux.

« Et maintenant, dit l'un des chefs de compagnie, saluez, *Zdra!*

— *Zdra!* reprirent en chœur tous les détenus.

— Plus fort, tas de crapules ! Je veux qu'on vous entende jusqu'à Vladivostok !

— *Zdraaaaa!*

— Encore, sales punaises ! »

Cet opéra ridicule dura plusieurs dizaines de minutes. Ils furent ensuite emmenés à la visite médicale réglementaire destinée à les répartir entre ceux aptes à un travail physique lourd, ceux aptes à un travail léger, et les invalides. Alexeï se retrouva classé dans la première catégorie. Il n'y avait qu'un seul médecin, ou du moins désigné comme tel, pour tous les forçats. L'examen de chaque nouvel arrivant, doublé de la fouille de leurs affaires et des moindres recoins de leurs vêtements, dura plus de trois heures.

Alors qu'ils attendaient en silence la sortie du dernier prisonnier de l'infirmerie, tous en rangs dans le froid polaire qui les glaçait jusqu'à l'intérieur des os, l'un d'eux se pencha vers Alexeï et murmura pour ne pas être entendu des gardes :

« "L'Exterminateur", c'est toi ? »

Alexeï lui adressa un coup d'œil neutre.

« J'ai combattu dans ton unité avec Dénikine, je m'appelle Viktor Yegorovitch Stroganov.

— Ta gueule, crevard ! », le coupa l'un des tchékistes avant de lui donner un coup de crosse entre les omoplates.

Alexeï l'aida à se relever. Le surveillant le frappa à son tour dans le ventre. Alexeï se plia et recula de quelques pas sans broncher avant de se redresser et de lui faire face.

« Une forte tête ? s'écria le maton. Excellente nouvelle, j'adore leur briser les reins. »

Ils furent interrompus par Eichmans.

« Tas d'immondices !

— *Zdraaa!* saluèrent-ils tel un seul homme.

— L'heure de la bonne soupe des Solovki est passée, poursuivit Eichmans, vous mangerez demain avant d'aller travailler pour la gloire de la République soviétique. *Zdra!*

— *Zdraaa!* », le saluèrent-ils de nouveau.

Les chefs de compagnie rassemblèrent leurs ouailles.

« En rangs fixes, et dare-dare, tas de merdes puantes ! »

Ils durent se compter plusieurs fois à haute voix avant d'être enfin conduits dans le bâtiment où ils dormiraient. Tous étaient aussi exténués que ceux revenus de leur journée de labeur.

Alexeï entra dans un baraquement d'une quarantaine de mètres sur dix, éclairé au centre par une seule lampe à pétrole dont la flamme tremblotait faiblement. Les châlits, répartis sur deux niveaux, étaient disposés le long de murs crevassés laissant s'insinuer la froidure de l'extérieur qui s'engouffrait également par les crevasses de la toiture. Destiné à accueillir entre deux cents et trois cents personnes en fonction des arrivées et des affectations entre les différents camps de l'archipel, il n'y avait pas assez de paillasses pour tout le monde. Alexeï réussit à s'installer sur une couchette en hauteur tandis que d'autres se retrouvèrent obligés de se blottir sous les structures superposées, à même le plancher gelé. L'odeur, mélange de sueurs faisandées, d'aisselles moites, de jus de pieds, d'haleines viciées, d'urine et de pets frelatés, était insoutenable.

Les détenus appartenant à « la pègre », anciens truands et tchékistes condamnés de droit commun, rudoyaient certains nouveaux venus afin de leur signifier d'une manière abrupte que, en l'absence des gardes, ils étaient la loi.

L'un d'eux, Bogdan Igorovitch Andronikov, se planta devant Alexeï.

« Je crois que tu es sur mon lit », dit-il.

Alexeï s'assit et le considéra avec des yeux dénués de toute expression.

« Dégage ! », lui dit Bogdan Igorovitch en l'attrapant par le bras.

Alexeï lui envoya un violent coup de pied à la tête, sauta à terre, se rua sur lui et le matraqua de ses poings. Tous les regardaient. Le chef de la pègre, Makar Lyvovitch Balachkov, un cosaque à la lourde stature, s'approcha avec cinq de ses hommes.

Dans la rixe, Bogdan Igorovitch sortit un couteau, mais Alexeï s'en empara et le pointa en direction des sbires de Makar Lyvovitch qui reculèrent. L'un d'entre eux se pencha vers leur patron et lui glissa à voix basse :

« C'est un ancien blanc, on l'appelait “L'Exterminateur” pendant la guerre civile. »

Un maton entra.

« C'est quoi ce bordel, bande de crevards ! »

Il s'approcha d'Alexeï.

« Donne ça, crevure de merde ! »

Il lui prit l'arme des mains.

« T'es bon pour un rapport. »

Il se tourna vers les autres.

« Extinction des feux, exécution ! »

Tous obtempérèrent. Makar et Alexeï se jaugèrent longuement à distance, puis Makar fit signe à ses subalternes de s'occuper de Bogdan avant de retourner vers son châlit.

Alexeï restait debout, fixant les hommes de main qui relevaient son adversaire. L'un d'eux, auquel manquait une moitié d'oreille, était loin de lui être inconnu : son ancien ami, Oleg Viktorovitch Lvov.

6

Assis à son bureau, Ivan signa un dernier ordre de déportation aux Solovki, s'appuya contre le dossier de son siège, alluma une cigarette et laissa son regard se perdre dans le crépuscule rouge incendie qui embrasait la ville.

Malgré son aide, Natalia n'avait trouvé aucune trace d'Alexeï, ni dans les registres de la Loubianka ni dans ceux de la Boutyrka ; elle en avait conclu à une étrange hallucination liée au malaise qui l'avait assaillie. Elle s'était rétablie avec une rapidité fulgurante. Grâce à ses états de service, à ses découvertes concernant Boris Savinkov et la constitution d'une organisation antibolchevik autour du général Wrangel à travers l'Europe, Dzerjinski l'avait intégrée dans les rangs de l'INO, le service de l'espionnage politique extérieur du Guépéou, nouveau nom de la Tchéka.

Ivan se leva, attrapa une bouteille de vodka et un verre, le remplit et se rassit. Le monde était en pleine mutation, et pas seulement au niveau des mots désignant le réel ou les différents organes de l'État. Une nouvelle ère de leur combat s'ouvrait sans bruit, une période transitoire aux contours flous et mouvants. Un mois après s'être fait opérer pour retirer la balle logée dans son cou depuis l'attentat manqué de Fanny Kaplan, un accident vasculaire cérébral avait laissé Lénine hémiplégique du côté droit. Encore en proie à des difficultés pour s'exprimer, il était en convalescence au manoir de Gorki. Staline, élu quelques mois auparavant à la fonction de secrétaire général du Parti, le tenait régulièrement informé des travaux du Politburo et du Sovnarkom ainsi que de ses avancées dans l'élaboration d'un cadre fédératif élargi destiné à intégrer les républiques socialistes d'Ukraine, de Biélorussie et de Transcaucasie ;

cadre voué à servir un jour de modèle à une fédération mondiale des États socialistes. Dans la brume et l'incertitude entourant l'évolution de la santé de Lénine, se dessinait la montée discrète mais persistante de rivalités intestines entre Staline et Trotski qui, tôt ou tard, menaceraient de fracturer le noyau dur des bolcheviks à l'origine de la Révolution.

La sonnerie stridente du téléphone posé à côté d'une pile de dossiers tira Ivan du méandre de ses réflexions. Il décrocha.

« Camarade Narychkine ?

— Camarade Dzerjinski.

— Pourrais-tu monter ? Un de mes amis souhaiterait s'entretenir avec toi.

— Je viens immédiatement, camarade. »

Ivan écrasa sa cigarette, sortit, monta quatre à quatre les escaliers et se rendit auprès du chef du Guépéou. À son entrée, Dzerjinski l'accueillit avec chaleur en le scrutant de ses petits yeux perçants.

« Ce qui se passe ici ce soir n'a jamais existé, lui dit-il.

— Et moi, camarade, lui répondit Ivan, je ne suis pas là. »

Dzerjinski sourit à ce trait d'esprit. Dans le coin salon se détachait la silhouette massive d'un homme assis dos à eux. Un filet de fumée montait de la pipe qu'il tenait de sa main posée sur l'accoudoir. Lorsqu'il se mit debout et se retourna, Ivan se mit au garde-à-vous.

« Camarade Staline !

— Camarade Narychkine, viens, nous avons à parler. »

Ivan et Dzerjinski le rejoignirent et prirent place autour de la table basse.

« Vodka ? », lui demanda Staline.

Ivan acquiesça de la tête. Staline les servit tous les trois et leva son verre.

« *Za vaché zdarovié!* scanda-t-il.

— *Za vaché zdarovié!* », dirent Dzerjinski et Ivan.

Ils burent d'un trait.

« Camarade, commença Staline, je suis avec beaucoup d'attention ce que tu es en train d'expérimenter aux Solovki. Je place beaucoup d'espoir dans les développements possibles de ce genre de structure et les bénéfices que la Russie soviétique pourrait en retirer dans les années à venir.

— C'est un honneur, camarade Staline, commenta Ivan.

— Je me rappelle la première fois où nous nous sommes croisés dans cette salle du palais de Tauride, continua Staline.

— Moi aussi, camarade.

— Tes amis et toi étiez venus nous avertir des manœuvres tramées par les Socialistes révolutionnaires pour nous neutraliser à l'Assemblée. Une époque bien différente de celle que nous avons récemment traversée, et plus encore de celle qui s'annonce. La camarade Natalia Antonova Lishenko, qui était avec toi ce soir-là, est devenue ta femme à ce que j'ai entendu.

— C'est exact, camarade Staline. Elle travaille désormais dans les services de l'INO. Elle traque la piste de ce traître de Savinkov et surveille d'anciens combattants blancs qui se rassemblent à l'étranger autour du général Wrangel.

— Je sais. Une excellente tchékiste – même si la Tchéka a été rebaptisée il y a peu –, comme toi. En revanche, son frère, Kolya Antonovitch Lishenko... »

Il laissa sa phrase en suspens, vida sa pipe dans le cendrier et la bourra avec du tabac frais. Ivan échangea un coup d'œil avec Dzerjinski.

« Le camarade Kolya est un excellent soldat, dit Ivan.

— Ses états de service ne sont nullement en cause, répliqua calmement Staline, il s'est glorieusement battu pour la Révolution pendant la guerre civile, comme du reste ton frère dans les rangs de nos ennemis. Je crois me souvenir qu'on le surnommait "L'Exterminateur" ! »

Staline alluma tranquillement sa pipe en fixant Ivan de ses yeux en amande légèrement bridés dont la commissure semblait sourire alors même qu'il sondait les réactions de ses interlocuteurs.

« Ce qui me préoccupe, poursuivit-il entre deux bouffées, ce sont ses affinités avec le camarade Trotski.

— C'est un point de désaccord récurrent entre lui et moi, développa Ivan. Le camarade Kolya n'est pas aussi intellectuellement formé que sa sœur, cela le rend parfois impressionnable. Et convenons que le camarade Trotski peut s'avérer impressionnant et convaincant pour un esprit simple.

— Camarade Narychkine, je ne suis pas ici pour faire le procès de ton ami d'enfance, ni celui du camarade Trotski, lui et moi sommes de vieux compagnons de lutte. Cependant, Léon et moi commençons à emprunter des routes divergentes d'un point de vue politique, et j'aimerais t'éviter de vivre ce type de déconvenue douloureuse avec le camarade Lishenko.

— Camarade Staline, ma femme et moi ferons tout ce qui est en notre pouvoir pour le ramener dans le droit chemin.

— Et quel est selon toi "le droit chemin" ? », l'interrogea Staline en lissant son épaisse moustache.

Ivan sortit un paquet de cigarettes et en prit une. D'un coup de menton, Dzerjinski lui fit signe de parler sans détour.

« Camarade Staline, ce que je pense ou mes sentiments personnels n'ont aucune importance, mes décisions ou mes avis obéissent à une scrupuleuse et rationnelle analyse des faits.

— Alors, camarade Narychkine, quelle est ton analyse des faits ? le questionna Staline.

— Notre pays a été reconnu par la Chine, d'autres suivront bientôt car les idées pour lesquelles nous nous battons sont appelées à durer et, sans aucun doute, à triompher sur toute la surface du globe. Cette reconnaissance des autres nations est un préalable nécessaire à toute propagation de notre système hors de nos frontières. L'erreur serait de se précipiter, de poursuivre "l'agitation permanente" défendue par le camarade Trotski parce que l'heure de la Révolution mondiale n'a pas encore sonné. Lorsque nous serons devenus un exemple pour tous les peuples de la planète, quand ils verront l'écart insupportable entre les bienfaits que notre organisation sociale leur permettrait d'acquérir et les injustices irréductibles dont ils souffrent, alors les méthodes du camarade Trotski redeviendront pertinentes pour atteindre notre objectif ultime, la société sans classes pour tous les hommes. »

Staline regarda Dzerjinski avec un sourire indéchiffrable avant de revenir à Ivan.

« Le moment viendra, dit-il, où nous devrons tous choisir entre l'étape raisonnable de l'édification du socialisme dans un seul pays et le rêve hasardeux de la propagation prématurée de notre modèle au reste de l'humanité, et je crois comprendre pouvoir compter sur ta fidélité dans les temps troublés que nous serons amenés à affronter.

— Camarade Staline, le camarade Dzerjinski m'en est témoin, je le lui ai déjà dit, ta position est la raison en marche de l'Histoire, et donc la seule envisageable. »

Staline s'appuya contre le dossier de son fauteuil et tira de profondes bouffées de sa pipe.

« Et si ton ami Kolya finissait par préférer la téméraire aventure que propose Trotski ? lui demanda-t-il.

— Ce ne sera pas le cas, camarade Staline.

— Mais si cela était, que ferais-tu ?

— Je ferai ce que j'ai toujours fait : mon devoir. »

Staline se pencha en avant et posa ses coudes sur ses genoux. Toute jovialité dans la commissure de ses yeux avait disparu.

« Même si ton devoir exigeait des mesures radicales ? insista-t-il.

— Ma main n'a pas tremblé avec mes parents, répondit sans hésiter Ivan en écrasant sa cigarette, elle ne tremble jamais quand les intérêts de notre cause l'exigent. »

Ils se jaugèrent en silence. Staline considéra tour à tour Dzerjinski et Ivan, puis son visage se fendit d'un large sourire.

« Parfait, camarade Narychkine. Félix te transmettra les mesures à prendre dès à présent pour préparer la périlleuse transition que nous allons devoir conduire. À partir d'aujourd'hui, nos ennemis sont partout. »

7

Après son altercation musclée avec Bogdan Igorovitch, Alexeï gagna une certaine tranquillité au sein du camp. Parmi les détenus se trouvaient en effet nombre de soldats venus des armées blanches, soit qui avaient combattu à ses côtés, soit qui connaissaient sa réputation d'« Exterminateur » de rouges. Tous se fédérèrent naturellement autour de sa stature afin d'unir leurs forces et de faire front contre les hommes de la pègre. Et comme, à la suite d'une loi qui avait faussement promis l'amnistie aux anciens adversaires des soviets, d'autres combattants issus des bataillons antibolcheviks se retrouvèrent déportés aux Solovki après s'être naïvement rendus aux autorités dans l'espoir de poursuivre une paisible existence russe, Alexeï se retrouva à la tête d'un véritable escadron aux vertus guerrières dissuasives. D'un commun accord, lui et Makar Lyvovitch signèrent une trêve tacite instituant une coexistence pacifique entre leurs deux blocs, abandonnant le reste des prisonniers à la tyrannie de la racaille et aux conditions de détention extrêmes qui régnaient sur l'archipel.

Jamais monotonie ne fut à la fois aussi morne et aussi peu répétitive tant survivre était une lutte de chaque instant. Deux dictons nés sur ces îles résumaient le sort auquel les condamnés étaient soumis : « Ici, l'hiver dure douze mois, et le reste, c'est l'été », « La seule maladie permettant de récupérer des forces, c'est la mort ». Quelle que soit la saison, le travail commençait tous les matins à 6 heures et se terminait sur le papier du règlement à 7 heures du soir ; en réalité, la durée dévolue aux corvées quotidiennes pouvait s'étendre jusqu'à l'épuisement des troupes selon le bon vouloir, l'humeur et l'imprégnation éthylique des gardes. Les tâches en extérieur, les plus rudes, étaient attribuées aux contre-révolutionnaires de la trempe physique d'Alexeï, jugés aptes à des travaux lourds, tels que l'abattage du bois, parfois avec de la neige jusqu'à la taille par –40 °C, le transport des troncs et des rondins, le chargement et le déchargement de pierres convoyées par bateau, l'entretien des voies ferrées ou encore l'assèchement des marais infestés d'insectes ; celles à l'intérieur des clôtures barbelées – cuisine, nettoyage des latrines et des déjections dans les baraquements, ménage dans les quartiers des geôliers et satisfaction de leurs moindres caprices – étaient confiées à ceux capables de n'accomplir que des travaux légers, besognes réservées en priorité aux truands, qui s'en défaussaient sur les plus faibles, les martyrisant au moindre prétexte afin de se livrer aux pillages et à leurs trafics dont ils partageaient le butin avec une administration pénitentiaire aussi corrompue qu'eux. À l'exception du 1er mai, dimanches et jours de repos n'étaient que de lointains souvenirs, de vagues songes d'une vie dont chacun finissait par douter qu'elle eût réellement existé ; et à l'occasion des grandes fêtes religieuses, comme Pâques ou Noël, le temps de labeur et les rendements exigés étaient augmentés afin de faire haïr ces traditions archaïques relevant de la préhistoire de l'humanité.

Obtenir sa ration de nourriture, la *païka*, obsédait tous les esprits du lever au coucher. Si le quota de production journalier fixé à chaque forçat était atteint, le travailleur émérite se régalait de 800 g d'un pain noir mal cuit avec de la farine gâtée, distribué trois fois par mois, de sorte qu'il se transformait en une boule de pierre immangeable, ainsi que d'une assiette de soupe à la morue moisie pour le déjeuner et d'un bol de bouillie de millet ou de sarrasin au dîner ; sinon, sa pitance se retrouvait amputée de moitié.

Les punitions arbitraires et les humiliations gratuites pleuvaient en permanence sur les épaules de ces pauvres hères, pourtant citoyens du pays le plus libre, le plus avancé et le plus éclairé du monde. Ne pas ôter son bonnet à deux pas d'un garde et le remettre avant de s'en être éloigné de trois offrait un séjour à la « hurlerie », un cachot en bois où les coupables d'une telle avanie étaient jetés en sous-vêtements à n'importe quelle période de l'année ; un « *zdra!* » scandé trop mollement donnait droit à un congé dans la « niche », une petite cave creusée dans la roche, initialement dévolue à la conservation des aliments des moines, où il était impossible de tenir debout ou assis et dont l'exiguïté de l'entrée exigeait de faire passer son occupant à grands coups de lattes dans le dos s'il s'immisçait la tête la première, sur les épaules et le crâne s'il s'y glissait par les pieds ; un regard trop franc ou trop lentement baissé au sol nécessitait une leçon d'humilité dispensée par le bâton Smolenski, taillé dans une forme courbée pour couvrir une plus large zone d'impact, et dont le nom venait du commandant de compagnie qui l'avait inventé ; le simple fait de respirer constituait, en somme, un délit susceptible d'être sévèrement réprimé. Les tire-au-flanc se voyaient gratifiés d'exercices physiques destinés à stimuler leur tonicité et leur motivation. Les chefs de section prisaient particulièrement « le huit », consistant à faire tracer par le fainéant un gigantesque « 8 » dans la neige et à le suivre sans jamais s'arrêter jusqu'à ce que ses camarades aient terminé leur travail ; de même que « le déshabillage » où, en plein hiver, le paresseux était forcé de se dévêtir et de rester la face contre un arbre sur lequel les tortionnaires versaient de l'eau par intermittence afin que le gel soudât le nez du musard à l'écorce du tronc ; ou encore « la balade champêtre » pendant laquelle le cossard, une longue et lourde branche enfilée dans les manches de son manteau, se promenait crucifié en se heurtant sans cesse aux pins jalonnant sa flânerie. Quant aux délits ou actes de défiance caractérisés, outre le rallongement de peine qu'ils entraînaient, ils étaient sanctionnés par un éventail de supplices laissés à la discrétion et à l'inventivité sans fin des offensés, dont les plus courus étaient les bastonnades collectives ou l'offrande du coupable, à genoux et nu sur un rocher, aux attaques voraces de centaines de moustiques des marais.

Quelles que soient leurs séquelles, les rescapés de ces traitements de faveur ainsi que tous les autres détenus évitaient le plus possible de se rendre à l'infirmerie où les soins prodigués aggravaient le mal. Un autre proverbe né sur l'archipel voulait que le seul remède efficace contre toutes les blessures et toutes les maladies se résumât au trépas.

Le soir, après des heures et des heures de labeur, bien que harassés et exténués, ces damnés de l'enfer subissaient encore la torture des saluts et des fouilles à répétition retardant le moment où, dans une atmosphère d'abord polaire qui virait ensuite à l'étuve pestilentielle, ils s'écroulaient sur leur couche au milieu des poux, des miasmes et du scorbut pour sombrer dans un sommeil sans rêve ni trêve.

À ce rythme, Alexeï perdit toute notion concrète du temps. Aujourd'hui ressemblait à hier et demain à aujourd'hui ; les jours, les semaines et les mois se succédaient dans une durée disloquée, résumée à une suite ininterrompue d'instants où l'extinction de la conscience le disputait à l'exténuation physique et dont la mort était le seul horizon de libération.

Un matin, l'arrivée d'une nouvelle fournée de prisonniers brisa cette langueur répétée à l'infini. Parmi ces déportés se trouvait Anastasia Yegorovitch Stroganov, la sœur de Viktor Yegorovitch qui avait combattu sous les ordres d'Alexeï pendant la guerre civile et appartenait à sa garde rapprochée dans ce monde vidé de toute humanité. Sur les îles Solovki, le sort des femmes était encore moins enviable que celui des hommes. Humiliées, violées à l'envi par les chefs de tout grade et par les truands, leurs tortionnaires les classaient en fonction de leur fraîcheur : celles à un rouble, à un demi-rouble, à quinze kopeks. Lorsqu'elles se retrouvaient flétries par les maladies vénériennes ou la syphilis, elles ne jouissaient plus que de quelques bastonnades de défoulement et se retrouvaient abandonnées à leur lente décrépitude.

Anastasia Yegorovitch était une très belle jeune femme – brune, le teint pâle, les yeux bleu délavé, un port de tête altier, un corps gracile – et donc une proie de premier choix pour les autorités du camp et les racailles de la pègre.

Aux regards gluants que lui jetaient les matons et les hommes de Makar, Alexeï savait que ses heures étaient comptées.

8

Boris Viktorovitch Savinkov sortit sur le trottoir et inspira la douceur de la nuit parisienne. *La Closerie des Lilas* était en fête. À l'intérieur, un orchestre de jazz roulait ses rythmes entêtants dont le swing ondulait en vagues vives et chaloupées sur l'asphalte du boulevard. Montparnasse était vraiment le cœur de la révolution artistique mondiale, une révolution sans prison, ni torture ni sang versé. Une jeunesse avide de vivre, de s'amuser et de créer de nouvelles formes d'expression se pressait à ce carrefour où se croisait la quintessence intellectuelle de l'Occident.

Savinkov tira un paquet de cigarettes de sa veste, en alluma une et recracha lentement la fumée en admirant le scintillement des étoiles. Sans ces maudits bolcheviks, la Russie libérale qu'il avait tenté de bâtir avec Kerenski serait aujourd'hui l'épicentre de ce bouillonnement de liberté, le phare avancé de l'humanité. Jusqu'à présent, les actions de son organisation clandestine sur le territoire de l'ancien Empire des tsars ainsi qu'au sein de ses nations frontalières avaient échoué. Pourtant, outre ses activités d'écrivain, lui et ses hommes s'affairaient sans relâche aux quatre coins de l'Europe. Lorsque Moscou avait fait pression sur le maréchal Pilsudski afin qu'il quittât la Pologne d'où il coordonnait des négociations avec les nationalistes ukrainiens, il avait nargué ses adversaires soviétiques en feignant de partir vers Paris pour finalement s'établir en Finlande. L'échec de la révolte des marins de Kronstadt avait momentanément mis fin à ses espoirs d'un soulèvement général contre la république des Soviets dont il aurait pu orienter le cours. Il avait rencontré à Londres le commissaire chargé du commerce extérieur et proche de Lénine, Leonid Borissovitch Krassine, avant de tenter sans succès de l'assassiner en même temps que Gueorgui Vassilievitch Tchitcherine lors de la conférence de Gênes ; il s'était entretenu avec Churchill, avec le Premier ministre Lloyd George, et même avec Mussolini afin de juger de la pertinence défendue par certains exilés d'une alliance avec les forces fascistes pour servir la cause de la diaspora russe désireuse de retrouver sa terre ancestrale débarrassée des communistes ; mais si les grandes puissances européennes et leurs dirigeants l'assuraient de leur soutien, leurs préoccupations communes se cantonnaient à circonscrire la contamination du virus rouge aux frontières soviétiques, non à renverser la bande de brigands qui en avaient pris les rênes au mépris de son propre peuple.

Savinkov écrasa sa cigarette sous la pointe de son soulier verni. L'aube estompait l'obscurité du ciel et distillait des piqûres de fraîcheur humide ; l'heure était venue pour lui de rentrer à Meudon auprès de ses deux enfants et de Vera Glebovna Ouspenska, son épouse avec laquelle il vivait un amour libre comme tous ses amis artistes. Il retourna dans *La Closerie des Lilas* où les festivités battaient la cadence pour récupérer son pardessus. Il salua Picasso, Chagall, Cendrars, but une dernière vodka avec Fitzgerald et Hemingway, serra la main de Giacometti puis il se posta au vestiaire. Alors qu'il récupérait ses affaires, une femme le percuta par inadvertance et renversa son Bloody Mary sur son torse.

« Oh mon Dieu, s'exclama-t-elle, je suis désolée ! »

Les fines lèvres de Savinkov se serrèrent à la vue de sa chemise souillée par l'épais liquide couleur sang. En relevant la tête, il découvrit le visage de la responsable de son déplaisir. Ses yeux vert d'eau rieurs et pétillants de malice désarmèrent son animosité.

« Ce n'est rien, dit-il.

— Permettez-moi de vous offrir un verre pour me faire pardonner, dit-elle en faisant un pas vers lui. Le jour est encore jeune. »

Malgré son français impeccable, Savinkov reconnut le léger relief d'accent qui sous-tendait son phrasé.

« Russe ?

— Ne dit-on pas apatride depuis que Lénine nous a retiré notre citoyenneté ? »

Même si la remarque ne manquait ni de piquant ni d'esprit, la vigilance de Savinkov se mit en alerte. Croiser une compatriote d'une manière a priori aussi inopinée que fortuite n'invitait pas à se réjouir spontanément tant les adversaires éparpillés des bolcheviks déjouaient sans cesse les manœuvres souterraines des agents de l'INO qui tentaient de les supprimer les uns après les autres.

Elle lui tendit la main.

« Ivana.

— Boris, répliqua-t-il en faisant de même.

— Vodka, deux ! lança-t-elle à un serveur passant à proximité.

— Une autre fois, je dois partir », dit Savinkov.

Ivana se mit en travers de son chemin, s'empara de son pardessus et le déposa d'autorité sur une chaise.

« L'honneur russe exige réparation pour le tort que je vous ai causé. Nous trinquons et vous partez. »

Le serveur revenait déjà avec la commande.

« *Za vaché zdarovié!* scanda-t-elle avec une certaine solennité.

— *Za vaché zdarovié!* » dit-il en retour.

Ils burent d'un trait. Boris s'inclina, récupéra ses effets, quitta les lieux et attrapa un taxi sur le boulevard. Pendant le trajet, il fouilla machinalement ses poches et en sortit un petit papier. Il le déplia et lut cette inscription : « Pavlovski. Demain soir, 10 heures, Ritz. I. »

« Dans les mondes parallèles, le hasard n'existe pas », sourit Savinkov en déchirant le message.

À l'heure dite, il s'asseyait au bar du célèbre établissement de la place Vendôme et commandait deux Bloody Mary. Ivana arriva avec un peu de retard, chaussée de talons et vêtue d'une longue robe noire fendue qui laissait deviner le galbe de ses jambes gainées de bas. Si l'œil acéré de Savinkov se délecta du balancement harmonieux de sa silhouette, il restait sur ses gardes.

Ivana l'embrassa comme une maîtresse affranchie embrasse son amant, appuyant suffisamment ses gestes pour que Savinkov sentît l'enveloppe qu'elle glissait dans la poche intérieure de sa veste.

Après avoir bu une gorgée de son cocktail, elle laissa échapper avec nonchalance :

« Avez-vous des projets pour la soirée à venir ?

— Qu'y a-t-il exactement dans ce que vous m'avez remis ?

— Une lettre de Pavlovski.

— Mais encore ?

— Les démocrates libéraux veulent s'allier à vous et à vos hommes pour former un mouvement de plus grande ampleur dont vous prendriez la tête.

— Pourquoi moi ?

— Parce que votre organisation est aujourd'hui la plus puissante d'Europe.

— Il y a aussi le ROVS qui sera bientôt opérationnel autour du général Wrangel.

— Wrangel est monarchiste, des démocrates libéraux ne peuvent raisonnablement pactiser avec lui. Tous les détails de la proposition de Pavlovski sont entre vos mains. Je ne suis que la messagère. »

Savinkov la scrutait. Rien dans les traits d'Ivana ne trahissait la peur ou l'hésitation de la duplicité. Elle le fixait toujours avec la même lueur espiègle au fond des yeux.

« Je vais réfléchir », dit Savinkov.

Ivana termina son verre.

« Tout ce que je sais, c'est que, si vous acceptez, il vous faudra revenir en Russie pour superviser la coordination de nos forces. »

Elle se leva et fit signe au barman.

« Suite 407 », lui dit-elle en désignant leurs consommations.

Elle se tourna vers Savinkov.

« J'avais rendez-vous avec des amis au Dôme. Mais je me sens en proie à une nostalgie soudaine. Je crois que la Mère Patrie me manque. »

Savinkov l'observa s'éloigner en suivant du regard le balancé gracieux de ses hanches. Quand elle eut disparu, il resta à siroter son Bloody Mary en réfléchissant, puis il se leva à son tour et rejoignit le hall de l'hôtel. Au moment de sortir, il s'immobilisa. Un homme russe pouvait-il décemment manquer à son devoir en abandonnant une compatriote en proie au désœuvrement et au mal du pays ?

Arrivant devant la suite 407, il trouva la porte entrouverte. Il entra et découvrit Ivana, en porte-jarretelles et soutien-gorge, à demi allongée dans la méridienne du salon. Une bouteille de vodka et deux verres étaient disposés sur la table basse devant elle.

Elle vint à lui et, sans un mot, le fit basculer sur le sofa, le déshabilla avec voracité et le chevaucha sans autre forme de préliminaire. Elle le posséda toute la nuit, ne lui laissant aucun instant de répit, le gardant en elle ou le prenant en bouche pour maintenir sa vigueur quand il avait joui, le soûlant de vodka et l'étourdissant de stupre, jusqu'à ce qu'il s'écroule exsangue au petit matin dans un sommeil brutal proche de la mort.

Lorsque Savinkov ouvrit les yeux, le soleil était à son zénith. La chambre était déserte, les placards et les tiroirs des commodes vides. Sur le bloc-notes de l'hôtel laissé sur la desserte du vestibule, étaient écrits ces mots : « Les nuits moscovites sont encore plus belles et plus sauvages. »

Quelques semaines plus tard, malgré les réticences de sa femme et de certains de ses compagnons, Savinkov partait pour Varsovie. Après plusieurs jours passés avec des amis, il reçut un message codé d'Ivana lui indiquant la marche à suivre et le point de rendez-vous. Il franchit clandestinement la frontière et se rendit à Minsk.

« Boris Viktorovitch Savinkov, l'accueillit solennellement Ivana, tu es en état d'arrestation pour activités contre-révolutionnaires. »

Des agents de l'INO, dont Pavlovski, encerclèrent Savinkov. Les démocrates libéraux soi-disant désireux de s'unir à son mouvement n'avaient jamais existé, ils avaient été créés de toutes pièces par le Guépéou dans le cadre de l'opération « Syndicat — 2 ».

Quand il eut les mains liées, Ivana, de son vrai prénom Natalia, s'approcha :

« Et maintenant, emmenez ce traître là où il aurait toujours dû se trouver : à la Loubianka. »

9

Le soleil brillait haut dans le ciel. En cette période des « nuits blanches », il ne laissait que peu de place à la nuit et à l'obscurité. La section à pied d'œuvre dans la forêt avait déjà chaud.

Quelque chose n'allait pas, Alexeï le sentait. Depuis les saluts au saut du châlit, une électricité statique imprégnait l'air.

« Plus fort, raclures de couilles !

— *Zdraaa!*

— Plus fort, bande d'eunuques ! Je veux que les murs tremblent, je veux qu'on vous entende jusqu'à Moscou !

— *ZDRAAAAAA!*

— Et maintenant on se compte, tas de cloportes ! À mon commandement... compte ! »

Même s'ils buvaient plus tôt que de coutume, les gardes qui les encadraient ce matin témoignaient d'un niveau d'irascibilité inhabituelle. Une tension similaire habitait les prisonniers, une tension d'où transpirait la peur des réprimandes face à l'irritabilité de ceux qui les surveillaient.

« Tu es un crevard, 7028 ! »

Le numéro en question reçut un violent coup de crosse dans le menton.

« Tu te crois en vacances au bord de la mer Noire, espèce de cafard !

— Non, chef, non ! »

Coup de pied dans le ventre

« Qui es-tu, crevure ?

— Je suis le très misérable et très méprisable cafard n° 7028, chef ! »

Gifle de récompense.

« C'est mieux. Et cesse de rêvasser comme une pute, sinon je t'envoie à la niche ou je te donne en pâture aux moustiques !

— Oui, chef ! À vos ordres, chef ! »

En début d'après-midi, sans doute aidés par l'ivresse qui leur embuait l'esprit, les cerbères décrétèrent que chaque forçat devait abattre et découper deux arbres supplémentaires sous peine d'une balle dans la nuque. Trois ne réussirent pas à atteindre la hausse de production exigée. Après avoir été intégralement défrusqués et longuement bastonnés, ils furent agenouillés pendant plus d'une heure sur les cailloux et libérés de leur sinistre condition.

Pour le retour, Alexeï et ses congénères furent obligés de courir par séries de dix foulées, de reculer de trois, d'avancer de dix, et ainsi de suite, sans jamais s'arrêter. Arrivés au camp, ce fut de nouveau le comptage et les saluts à répétition sous les injures et les bourrades.

« Je n'ai pas entendu, insecte 6355 ! »

Correction du coude dans le visage du coupable.

« On reprend, tas de merdes, de la droite vers la gauche ! À mon commandement... compte ! »

Accéder à leur piteuse pitance du soir exigea qu'ils reformassent vingt fois les rangs, jamais assez nets, qu'ils se comptassent d'autant sous les insultes de plus en plus avinées de leurs geôliers.

« Je veux des lignes parfaites, bande de fils de pute ! »

Une fois ingurgitée l'infecte bouillie des Solovki, ils durent subir les fouilles minutieuses des soldats dont la vision troublée par l'ébriété les obligeait à recommencer sans cesse depuis le début.

« Rebaisse ton froc, bâtard de ta race, ou le Smolenski, c'est dans le fion que tu vas le manger ! »

Pour ceux qui tenaient encore debout vint enfin le seul moment de répit de la journée, le temps de latence avant de rejoindre l'enfer climatique et olfactif des baraquements pour l'extinction générale des feux.

Les plus vaillants restaient dehors, à marcher, à fumer pour ceux qui avaient du tabac et à boire une tasse d'eau chaude crasseuse baptisée du nom ronflant de « thé fleuri de l'archipel ».

Alexeï et Viktor Yegorovitch partageaient une cigarette roulée quand un cri strident retentit du côté du bâtiment réservé aux femmes. Les deux hommes échangèrent un regard interloqué.

« Anastasia ! », s'exclama Viktor.

Lui et Alexeï s'élancèrent, suivis d'autres détenus attirés par le spectacle qui s'annonçait.

Lorsqu'ils arrivèrent, ils découvrirent les truands, debout ou assis sur des bidons, ainsi que certains plantons en train d'encourager leur champion, aux prises avec Anastasia qui résistait de toutes ses forces.

« Vas-y Oleg, montre-lui ce que c'est qu'un vrai Russe ! criait l'un.

— Je termine la bouteille et tu pourras lui fourrer dans le cul à ce sac à foutre ! », hurlait un autre.

Viktor voulut s'avancer pour s'interposer mais Alexeï lui barra le chemin de son bras.

« Il est à moi », décréta-t-il d'un ton qui ne souffrait aucune contradiction.

Il se précipita sur Oleg qui tentait d'arracher le pantalon de la jeune fille et l'envoya valser sur les graviers.

Un silence sibérien tomba sur l'assistance. Matons et crapules se redressèrent. D'un geste de la main, Makar Lyvovitch intima à ses hommes l'ordre de ne pas intervenir tandis qu'Anastasia se réfugiait dans les bras de son frère.

« Debout, grogna entre ses dents Alexeï, debout. »

Oleg, surpris par cette irruption, restait au sol.

« Ça fait longtemps que j'attends cet instant, gronda-t-il en se relevant avec un sourire mauvais.

— Pas autant que moi », répliqua Alexeï en se mettant en garde.

Oleg fit de même et ils commencèrent à décrire un cercle.

« Je vais t'écraser comme une punaise, "L'Exterminateur", et après j'écraserai ton petit toutou et je baiserai sa traînée de sœur. »

Alexeï lui décocha un crochet du droit ; la mâchoire d'Oleg craqua.

« Pas mal pour une fiote de ton espèce...

— Tu vas continuer de couiner comme une truie ou sortir ce que tu n'as pas entre les jambes ?

— Arrête, tu m'excites ! »

Sous les clameurs et les encouragements frénétiques de la foule, Oleg expédia un direct du droit enchaîné avec un crochet du gauche ; Alexeï recula sur le premier, passa en dessous du second et envoya un uppercut puissant dans le plexus de son adversaire.

Oleg se plia en deux, Alexeï l'attrapa par les épaules, percuta ses côtes dorsales avec son genou et reprit sa distance.

Oleg se retourna et se rua sur Alexeï de toute sa masse. Tous deux s'affalèrent. Oleg se mit à califourchon sur son opposant et le frappa au visage. Alexeï réussit à presser ses pouces contre ses globes oculaires. Oleg dut agripper ses poignets pour l'empêcher de lui crever les yeux. Alexeï en profita pour se dégager, se glisser derrière Oleg, enrouler son bras autour de sa gorge et serrer le plus fort qu'il pouvait. Oleg se débattit, essayant de s'extraire de l'étau qui l'étranglait avant de lui asséner un coup de coude libérateur. Alexeï tomba en arrière. Malgré sa respiration coupée, il se jeta sur Oleg, le plaqua face contre terre et, enfonçant un genou dans son dos et l'empoignant par les cheveux, il cogna avec une rage proche de la folie la tête de son ancien ami contre le gravier boueux. Lorsque le choc émit le son d'une coquille d'œuf qui se brise, il arrêta et roula sur le côté, le souffle court. Sous le crâne d'Oleg se répandait une lente tache de sang.

L'assemblée se taisait. Plus personne ne respirait.

« Dans vos baraquements, hurla l'un des chefs, tous ! »

Sous les invectives frelatées des autres geôliers, les prisonniers s'exécutèrent.

Celui qui avait donné l'ordre de dispersion tira brutalement Alexeï par le col.

« Et toi, sale crevard, à la hurlerie ! »

10

Ivan recracha la fumée de sa cigarette avec une lenteur pensive. Le rapport que lui avait transmis Dzerjinski lui apparaissait encore plus accablant à sa relecture. Kolya était en danger.

Ivan se leva brusquement et, d'un pas nerveux, arpenta son bureau de long en large. La mort de Lénine avait ouvert une période de turbulences invisibles aux yeux du profane. Une lutte sans pitié avait débuté entre Staline et Trotski dans les plus hauts sommets des institutions soviétiques. Jour après jour, le Parti se fissurait davantage. Une guerre sourde se déployait, menaçant de fracturer la société russe et de réveiller le spectre d'une guerre civile qui signifierait l'implosion irrémédiable de la Révolution.

Ivan se figea. Le regard dans le vide, il suivait l'enchaînement logique des rapports de force en présence. À chaque fois, le résultat était rigoureusement le même : Trotski serait éliminé, et ses soutiens avec lui. C'était inévitable, et surtout nécessaire.

Ivan tira deux dernières bouffées de tabac, écrasa son mégot dans le cendrier et se remit à faire les cent pas. L'opiniâtreté du camarade Staline à établir le socialisme dans un seul pays portait ses premiers fruits. Après l'Allemagne et la Chine, l'URSS avait été reconnue en tant qu'État par le Royaume-Uni, la France et l'Italie. La stratégie de l'« Homme d'Acier » fonctionnait : la stabilité politique et l'absence affichée de volonté expansionniste offrait des gages rassurants aux grandes puissances, ce n'était donc pas le moment de renouer avec le principe de « l'agitation permanente » de Trotski, car cela fragiliserait, voire détruirait leur position sur la scène internationale par la peur que ce bellicisme idéologique engendrerait. Pour gagner les autres peuples, il fallait d'abord exister aux yeux du monde pour ainsi devenir un modèle à suivre. Comment Kolya ne le voyait-il pas ? Pourquoi s'obstinait-il à rester aveugle et sourd à cette évidence ?

Ivan consulta sa montre. Il était l'heure. Il attrapa son manteau et quitta la Loubianka. La nuit était claire et étoilée. La douceur de l'été présageait un hiver rigoureux. Les mois et les années à venir s'annonçaient tout aussi rudes. Pourtant, à voir la vie qui reprenait dans les rues animées et les lieux de sociabilité, rien ne laissait deviner les troubles que l'URSS s'apprêtait à affronter.

Il arriva le premier dans la taverne et commanda une bouteille de vodka avec trois verres. Il s'en servit un, le vida et alluma une cigarette. La brûlure de l'alcool mêlée à la chaleur âcre de la nicotine lui embrasa la trachée et l'estomac. Il demanda la *Pravda* du jour à la serveuse et parcourut certains articles. En relevant machinalement la tête, il vit entrer Natalia et son frère. Lorsque Kolya l'aperçut, son visage se verrouilla.

« Que fait-il ici ? demanda-t-il à sa sœur.

— Kolya, Ivan est ton ami, il veut t'aider.

— Je n'ai pas besoin de l'aide d'un des petits toutous de Staline et Dzerjinski. »

Il tourna les talons pour partir, mais Natalia le retint.

« Kolya, je t'en prie, reste. »

Kolya la considéra longuement.

« Fais-le pour moi, s'il te plaît. »

Il céda avec un soupir de dépit et ils rejoignirent la table.

« Bonsoir Kolya, lui dit Ivan en éteignant sa cigarette, pardonne-moi pour ce stratagème...

— Tu veux dire ce piège ? », le coupa Kolya.

Il remplit son verre, le but d'un trait et le remplit de nouveau.

« Encore une fois, je te demande pardon. Comme tu refuses tout contact avec moi depuis la dernière fois où nous nous sommes vus en juillet, je n'avais pas d'autre choix pour pouvoir te parler. »

Kolya liquida sa vodka.

« Me parler de quoi ? Il me semble que nous nous sommes tout dit, non ? Ton maître a fait écarter le camarade Trotski du Komintern pour prendre sa place...

— Le camarade Staline n'est pas mon maître, intervint Ivan.

— ... je suis donc désormais un dissident pour ton maître et ses sbires auxquels tu appartiens, poursuivit Kolya, tu vas m'arrêter et me faire déporter aux Solovki si je continue de soutenir le camarade Trotski, je sais déjà tout ça. Qu'est-ce que tu veux me dire de plus ?

— Kolya ! s'énerva Natalia. On veut t'aider, écoute ce qu'Ivan a à te dire.

— M'aider à quoi ? Tout va bien. Je vais très bien. »

Ivan les servit et leva son verre en direction de son ami. Kolya expédia le sien sans trinquer ni avec Ivan ni avec sa sœur avant d'allumer une cigarette.

« Qu'est-ce que tu veux ? demanda-t-il à Ivan. Je t'écoute.

— Éloigne-toi du camarade Trotski. Je ne te dis pas de le renier, juste de prendre tes distances avec lui pour ne pas écoper d'une balle perdue.

— Une balle perdue ? Tu me menaces ?

— Tu te menaces tout seul en soutenant le camarade Trotski.

— Et toi, tu menaces tout ce pour quoi nous nous sommes battus en soutenant un tyran.

— Je soutiens la dictature du prolétariat. »

Kolya prit la bouteille et but au goulot.

« Arrête avec tes grandes phrases, Ivan, Staline est un tyran.

— Pas si fort !

— Pourquoi, tu as peur ? Tu crois qu'il va surgir et me brûler la cervelle ? Staline est un tyran ! », cria-t-il.

Il laissa planer un regard circulaire sur les autres clients de l'établissement, aucun ne réagit à sa provocation.

« Tu vois, reprit-il, ils sont tous d'accord avec moi. »

Ivan prenait sur lui pour contenir les tremblements nerveux qui assaillaient ses mains et le reste de son corps.

« Tu ne comprends pas les enjeux, tu...

— Au contraire, l'interrompit Kolya, je comprends très bien ce qu'il se passe. Et toi aussi. Seulement, tu ne veux pas le voir.

— Très bien, rétorqua Ivan avec irritation en allumant lui aussi une cigarette, qu'est-ce que je ne veux pas voir ? »

Kolya le fixa avec défi.

« Ça t'agace, s'amusa-t-il, qu'on ne soit pas d'accord avec toi, toi dont les raisonnements sont prétendument si pertinents...

— Qu'est-ce que je ne veux pas voir ? »

Kolya se pencha brutalement au-dessus de la table.

« Depuis que ton maître est devenu premier secrétaire du Parti, il utilise sa position pour ne placer aux postes clefs que des gens qui lui sont totalement dévoués. Il est en train d'installer une dictature encore pire que celle que nous avons abattue, et toi, tu ne veux rien voir !

— Tu te trompes. Le camarade Staline prend les seules mesures capables d'assurer la pérennité de notre régime politique. Il est l'unique héritier du camarade Lénine et de sa pensée. »

Kolya éclata d'un rire mauvais, se rejeta en arrière et descendit une grande rasade de vodka.

« Le seul héritier du camarade Lénine, tu es sûr de ça ?

— Ce sont les faits, et ils sont têtus.

— "Ce sont les faits, et ils sont têtus", se moqua Kolya en singeant le ton docte d'Ivan.

— Le camarade Staline, continua Ivan, suit rigoureusement l'esprit de la ligne politique mise en œuvre par le camarade Lénine avec la NEP. Il stabilise et ancre le communisme dans notre pays pour ensuite passer à une économie planifiée, puis à la société sans classes et enfin à la Révolution mondiale.

— Ce n'est pas le sujet.

— L'avenir est toujours le sujet.

— Très bien. Si ton Staline est vraiment l'héritier de Lénine, comment tu expliques qu'il interdise la publication de son "Testament" ; tu sais, les dernières notes qu'il a dictées concernant l'avenir du Parti ? Après tout, il s'agit tout de même du camarade Lénine, l'un des pères, sinon *le* père de la Révolution vu les funérailles grandioses qui lui ont été consacrées.

— Des funérailles où, étrangement, le camarade Trotski était absent.

— Il n'en avait pas été informé.

— Toute l'Union soviétique savait, mais lui non ? Étrange héritier que le camarade Trotski, tu ne trouves pas ? »

Kolya écrasa rageusement sa cigarette.

« Tu ne me réponds pas sur le fait que Staline abuse de son pouvoir pour empêcher la publication des dernières volontés politiques du camarade Lénine.

— Parce que sa femme a conservé par-devers elle ce document pendant plus d'un an, que son authenticité ne peut être attestée car elle a tout à fait pu le modifier selon ses opinions à elle, et que le camarade Lénine n'était pas un tsar qui dicte au Parti quoi faire après sa mort ! »

Ivan écrasa à son tour sa cigarette et s'appuya contre le dossier de sa chaise. Il était livide. Kolya s'octroya une grande gorgée de vodka.

« Tu n'y es pas du tout, dit-il.

— Kolya, intervint Natalia, Ivan a raison !

— Vous n'y êtes pas du tout, tous les deux ! J'ai lu une copie de ce "Testament" que le camarade Trotski a en sa possession, et vous savez ce qu'il contient ? »

Ivan et Natalia le dévisagèrent en silence.

« Je vais vous le dire. Le camarade Lénine y analyse les caractères et les aptitudes des figures majeures du comité central : le camarade Zinoviev, Kamenev, Piatakov, Boukharine et, bien sûr, le "camarade" Staline. Et vous savez ce qu'il écrit sur le "camarade" Staline ? Il écrit qu'il concentre trop de pouvoir entre ses mains et qu'il ne sait pas en user avec suffisamment de prudence. Et ce n'est pas tout : dans un post-scriptum, il ajoute que Staline est trop brutal et propose de le démettre de ses fonctions de premier secrétaire du Parti pour le remplacer par quelqu'un de plus loyal et de moins capricieux. »

D'un air triomphal, Kolya termina la bouteille.

« Une copie ne prouve rien, trancha Ivan.

— Ah oui ? rétorqua Kolya. Le moment venu, nous publierons ce document, et alors nous verrons quel sort sera réservé au "camarade" Staline !

— Ne fais pas ça. Tu signerais ton arrêt de mort.

— Absolument pas.

— Tout le monde dira que c'est un faux.

— Eh bien, nous demanderons à la veuve du camarade Lénine ce qu'elle en pense. Ou mieux : nous demanderons au "camarade" Staline de produire l'original et de nous confronter. »

Ivan posa ses coudes sur la table. Son attitude n'avait plus rien d'amical ou de fraternel.

« Kolya, réfléchis bien à ce que tu vas faire. Certains actes sont irrémédiables.

— C'est tout réfléchi. »

Il se leva et les toisa tour à tour.

« Vous vous êtes bien trouvés tous les deux. »

Il traversa la salle et sortit sans se retourner.

11

Aveuglé par la luminosité du soleil, Alexeï plissa les yeux en sortant de la hurlerie. Bien qu'il fût amaigri et affaibli par les misérables rations dispensées de manière aléatoire pendant son mois d'isolement, l'administration du camp l'envoya rejoindre sa section dans la forêt, l'insultant pour son manque d'énergie et ironisant sur son arrivée en retard au travail.

« 49757, t'as cru que c'était un jour férié, sale crevard ? se moquait l'un.

— Plus vite, espèce de fiotte ! l'invectivait un autre. Tu ne vas pas chouiner comme une pute après tes longues vacances aux frais des soviets ! »

Alexeï prit sur lui pour ne pas leur donner le plaisir de le voir s'effondrer. Les mouvements de ses membres, même endoloris par l'inactivité, diffusèrent dans son corps une chaleur vitale qui lui permit de supporter la lourdeur des tâches à accomplir dans son état.

Certains de ses codétenus lui vinrent en aide en partageant avec lui leur pain distribué tous les dix jours.

« Tiens, "L'Exterminateur", attrape ! »

Alexeï glissa la miche sous sa veste.

« Qu'est-ce que vous foutez, bande de raclures ? les interpella un garde.

— Rien, chef ! » répondit le prisonnier à quelques mètres d'Alexeï.

Le surveillant s'approcha.

« Comment ça, rien, 8504 ? Je t'ai entendu parler, tas de merde !

— Je demandais au 49757 s'il tenait le choc, chef ! »

Il reçut un coup de crosse dans les côtes.

« C'est bien, sale cafard, tu avoues, mais la prochaine fois, tu es bon pour les moustiques ! Et maintenant, au travail, ramassis de cloportes, au travail ! »

Le soir, Alexeï dut subir le cirque des saluts à répétition, des « *zdraaa!* » scandés à l'envi, des comptages continus et des rangs à reformer sans cesse pour engloutir ensuite une ration normale de l'infecte bouillie des Solovki – un festin –, avant de s'écrouler enfin sur la planche dure de son châlit et non sur le sol gelé de la hurlerie.

Progressivement, Alexeï recouvra ses forces et revint à lui-même. Il prit conscience de certains changements qui s'étaient produits pendant son absence : Anastasia Yegorovitch était désormais l'officiel « sac à foutre » du garde Prokhor Sergueïevitch Andronikov et son frère Viktor manquait à l'appel.

« Qu'est-il arrivé à Viktor Yegorovitch ? demanda Alexeï à un camarade de son baraquement.

— Il a tenté de défendre sa sœur quand Andronikov l'a choisie.

— Il a souffert ?

— Quinze jours de niche ont eu raison de lui. Ils l'ont tellement frappé avant et pour le faire entrer à l'intérieur qu'il avait sans doute déjà rendu l'âme quand ils ont refermé la trappe. »

Alexeï constata avec dépit combien Anastasia avait dépéri. La fraîcheur de son teint s'était fanée, elle marchait les épaules rentrées, le regard cloué au sol, les yeux plombés de cernes noirs que la vie elle-même semblait avoir déserté.

Il remarqua également que les racailles de la pègre, s'ils restaient encore à distance, l'observaient de façon insistante et murmuraient dans son dos.

Un soir, dans le temps libre qui leur était imparti après les fouilles réglementaires et le coucher, Makar Lyvovitch vint s'asseoir à côté de lui avec une bouteille de vodka et deux gobelets en ferraille. Il les remplit et lui en tendit un.

« Faut qu'on parle, "L'Exterminateur". »

Alexeï accepta ce verre de la trêve.

« *Za vaché zdarovié!* dit Makar.

— *Za vaché zdarovié!* », répondit Alexeï.

Ils burent. Makar prit une cigarette et lui en offrit une. Ils fumèrent quelques instants en silence.

« Le sang versé appelle du sang en retour, commença Makar. Mes hommes ne comprendraient pas que je laisse impunie la mort de l'un des leurs. C'est une question d'équilibre. »

Alexeï ne répliqua pas.

« Mais je t'aime bien, "L'Exterminateur". Tu as du cran, la peur t'est étrangère. J'ai une place de libre parmi mes gars, tu serais une bonne recrue. »

Alexeï sirota une gorgée de vodka, tira une profonde bouffée de tabac et recracha un épais nuage de fumée mêlée à la vapeur condensée du froid.

« Et tu crois que tes soudards me laisseraient en vie si j'intégrais leurs rangs ?

— Ils font ce que je leur dis, ils savent que j'ai l'oreille de Nogtev et où ils finiront s'ils outrepassent mon autorité. »

Alexeï vida son godet et écrasa sa cigarette.

« Je vais réfléchir », statua-t-il.

Makar le dévisagea avec un air impénétrable. Soudain, il partit d'un immense éclat de rire.

« C'est ce que j'aime chez toi, commenta-t-il, tu en as trop vu, plus rien ne t'effraie. »

Il se leva.

« Je te laisse réfléchir, "L'Exterminateur", mais ne réfléchis pas trop longtemps. »

Alexeï voulut lui rendre son gobelet.

« Garde-le, ça sert toujours aux Solovki. »

Le camp retomba dans la monotonie concentrationnaire. Un *statu quo* tendu régnait entre les barbelés. Les anciens soldats des armées blanches et les sbires de Makar attendaient la décision d'Alexeï, les premiers avec la peur de voir disparaître leur rempart contre les avanies et les prédations de la pègre s'il acceptait, les autres avec l'envie farouche de lui faire la peau si jamais il refusait.

Lorsqu'il jugea avoir suffisamment fait preuve de patience et de bonne volonté, Makar revint trouver Alexeï.

« Alors, "L'Exterminateur", je crois que tu as eu plus de temps qu'il n'en fallait pour réfléchir.

— Oui, et je ne donnerai pas suite à ta proposition. »

Le demi-sourire goguenard affiché crânement par Makar se crispa.

« Comprends-moi bien, précisa Alexeï : je ne me vois pas martyriser ou laisser martyriser des hommes qui ont combattu autrefois à mes côtés, et je me vois encore moins violer ou regarder des femmes se faire violer sans rien faire contre cela. Je ne suis pas taillé dans ce bois vérolé. »

Makar rajusta sa veste.

« Tu sais ce que ça signifie ? demanda-t-il.

— Je sais, répondit Alexeï. Mais la peur m'est étrangère, tu l'as dit toi-même. »

Makar le fixa en hochant la tête puis il tourna les talons.

Les jours et les semaines retrouvèrent leur cycle morose, uniquement rythmé par les arbres à couper, les saluts et les rations quotidiennes. Cependant, tout le monde était sur le qui-vive. Une électricité stagnante flottait dans l'air, pesante comme un orage survolté prêt à déchaîner ses foudres à chaque instant. Makar n'aimait pas la précipitation. La tension de l'attente lui procurait un intense sentiment de puissance dont il aimait prolonger la perspective de la jouissance à venir.

Un matin, en sortant des latrines, Alexeï entendit un craquement dans son dos. Il fit volte-face et plaqua la personne qui se tenait derrière lui contre la porte en bois, la main fermement enserrée autour de sa gorge. Lorsque ses yeux plongèrent dans ceux affolés d'Anastasia, il lâcha instantanément sa prise.

« Excuse-moi, dit Alexeï en reculant d'un pas, j'ai cru que c'était…

— C'est pour bientôt ! », le coupa-t-elle.

Alexeï la considéra avec gravité.

« Comment le sais-tu ? l'interrogea-t-il.

— Makar en a parlé avec Andronikov hier soir pendant que je me rhabillais.

— Et ils ont dit quand ils comptaient agir ?

— Oui : après-demain. »

12

Un crépuscule tendre habillait Moscou lorsque Ivan quitta la Loubianka. Il avait besoin de marcher pour mettre de l'ordre dans ses pensées.

Dzerjinski était mort quelques semaines plus tôt. Il avait été remplacé par Viatcheslav Rudolfovitch Menjinski, un communiste à l'esprit fin et acéré, polyglotte et d'une grande culture. Dans la pratique, son adjoint Guenrikh Grigorievitch Iagoda tenait désormais les rênes de l'Oguépéou. Tchékiste implacable du temps de la guerre civile, d'une fidélité inconditionnelle envers Staline et auparavant directeur du redouté laboratoire des poisons, il n'était pas un homme à la main qui tremble. Avec lui, l'étau se resserrait autour de Trotski et de ses soutiens. L'heure approchait où lui et Natalia devraient convaincre Kolya de prendre le chemin de l'exil s'il voulait éviter la mort ou, pire, les îles Solovki.

Les pas d'Ivan le menèrent sur la place Rouge. Il avait beau en connaître les moindres recoins, un émerveillement intact le saisissait dès qu'il en foulait les pierres centenaires. L'âme de l'éternelle Russie, avec ses contrastes et ses excès permanents, s'incarnait tout entière dans cette exubérance grandiose où les couleurs vives évoquaient à la perfection les sentiments extrêmes et hyperboliques qui caractérisaient le peuple russe.

Il se rendit devant le mausolée de Lénine derrière lequel se dressaient les imposantes murailles de la forteresse du Kremlin. Ivan repensa à sa dernière conversation houleuse avec Kolya. Et si son ami disait vrai au sujet du fameux « Testament de Lénine » ? Si le père de leur glorieuse Révolution se méfiait véritablement de Staline au point de s'être prononcé en faveur de sa destitution du poste de premier secrétaire du Parti, ne faisaient-ils pas tous fausse route ? Les propos de Kolya au sujet de ce document autographe et de la tentation tyrannique de Staline insinuaient dans son esprit le venin du doute et ébréchaient ses certitudes. Et si Kolya avait raison ?

« Camarade Narychkine ? »

Ivan se retourna et découvrit quatre agents de l'Oguépéou.

« Camarades, dit-il en les saluant d'un hochement de tête. Que puis-je pour vous être utiles ?

— Tu es attendu à la Loubianka.

— Pour quelles raisons ?

— Ne nous oblige pas à faire usage de la force.

— Ce ne sera pas nécessaire, je vous suis. »

À peine eut-il franchi le seuil du siège de la police politique qu'il fut jeté sans ménagement ni explication dans une cellule plongée dans une obscurité sépulcrale. Selon le protocole qu'il connaissait à la lettre, on lui avait retiré tout objet pouvant s'avérer dangereux ou susceptible de lui fournir de quelconques repères temporels. S'il ne savait pas pourquoi il se retrouvait ici ni ce qui l'attendait, il était rompu aux techniques d'intimidation et de préparation aux interrogatoires. Il ne lui restait plus qu'à attendre le bon vouloir de ses geôliers.

Au détour du fil associatif de ses réflexions, il se demanda si Natalia avait elle aussi été arrêtée, et si oui, sous quels griefs. Lui-même n'avait pas été informé en bonne et due forme de ce qu'on lui reprochait pour l'emprisonner ainsi. Mais l'ignorance des raisons de l'incarcération et des traitements à venir n'était-elle pas partie intégrante des méthodes pour fatiguer un suspect afin qu'il avoue ses crimes même, et surtout, s'il était innocent ?

Après une durée impossible à quantifier, pendant laquelle il ne put déterminer s'il avait dormi ou simplement somnolé, on l'emmena dans une salle où on lui lia les mains derrière le dossier d'une chaise face un homme plus jeune que lui assis derrière une table en fer, une lampe braquée dans sa figure.

« Nom, prénom, date de naissance », l'interrogea-t-il.

Ivan déclina son identité et répondit à toute une série de questions destinées à le déstabiliser et à le pousser à se contredire jusqu'à ce que son interrogateur lui demande :

« Tu es très proche du camarade Kolya Antonovitch Lishenko, n'est-ce pas camarade Narychkine ?

— Je connais en effet le camarade Lishenko depuis ma naissance et je suis marié à sa sœur. Mais je présume que tu sais déjà tout cela, camarade.

— Une famille de traîtres, des maudits trotskistes, comme toi ! »

Ivan ne cilla pas devant ce genre de changement de ton et d'accusation brutale dont il avait tant usé et usait encore.

« Tu ne veux rien dire ? Pourtant, crois-moi, tu finiras par parler. Reprenons, depuis le début. »

Il eut droit au cachot éclairé en permanence par une ampoule à la luminosité aveuglante, aux bruits stridents, aux réveils intermittents, aux bastonnades qui ne laissent pas de traces. Malgré la fatigue et l'exténuation, il ne se sentait pas en danger. Il connaissait trop ses tortionnaires pour ne pas voir qu'ils retenaient leurs coups et ne donnaient pas toute la mesure de leurs aptitudes. De toute façon, au plus profond de sa conscience, mis à part le doute fugitif qu'il avait éprouvé intérieurement face au mausolée de Lénine, il n'avait rien à se reprocher. Et même si l'innocence ne prémunissait pas contre une condamnation ou la mort, il n'avait pas peur.

On finit par lui bander les yeux et, après lui avoir fait traverser un dédale de couloirs et d'escaliers, on l'installa sur un siège, lui délia les mains et lui rendit l'usage de la vue. Il était dans le bureau de Dzerjinski. Un homme se tenait derrière le secrétaire du défunt chef de la Tchéka. Le haut du crâne dégarni, les sourcils épais et anguleux, portant une petite moustache noire taillée en triangle dans le prolongement de ses narines, il le fixait de son regard sombre, adouci par ses paupières légèrement tombantes et un rictus en accent circonflexe au coin des lèvres.

« Camarade Narychkine, je suis le camarade Guenrikh Grigorievitch Iagoda et je suis très heureux de faire enfin ta connaissance. Vodka ? »

Ivan acquiesça. Iagoda attrapa une bouteille et remplit deux verres. Au moment de trinquer, Ivan observa longuement le liquide que lui avait servi l'ex-superviseur du laboratoire des poisons et qu'il s'apprêtait à ingurgiter.

« Rassure-toi, lui dit Iagoda avec un air amusé, si j'avais dû t'empoisonner, tu serais déjà mort. *Za vaché zdarovié!*

« *Za vaché zdarovié!* », dit Ivan.

Ils trinquèrent et burent d'un trait.

« Cigarette ? proposa Iagoda.

— Avec plaisir, camarade », répondit Ivan.

Iagoda lui donna du feu et s'appuya contre le dossier de son fauteuil.

« Ne m'en veux pas pour ces trois derniers jours, je trouve que c'est une bonne manière de faire connaissance et de jauger qui sont vraiment mes hommes. Et je dois avouer que les éloges de feu le camarade Dzerjinski et ceux du camarade Staline à ton égard sont plus que mérités.

— Merci, camarade.

— Ta femme t'a précédé dans cette "présentation", juste avant son départ pour Belgrade où elle cherche à localiser le général Wrangel et à entrer en contact avec ses complices afin de découvrir ceux qui œuvrent contre nous sur notre sol. Elle est du même bois que toi, une vraie tchékiste à l'ancienne ! »

Ivan sourit à cette remarque.

« J'ai lu sa note sur Hitler et son livre *Mein Kampf*. Je lui ai dit de ne pas perdre trop de temps à investiguer sur ce peintre raté et le groupuscule qui gravite autour de lui. Avec les armées allemandes qui s'entraînent de temps à autre sur notre sol pour contourner le traité de Versailles, il faut rester prudent dans la désignation de nos ennemis.

— La camarade Lishenko a un instinct très sûr. Elle ne te désobéira pas, mais elle continuera de suivre son intuition.

— Une vraie tchékiste, comme je le disais ! »

L'expression de Iagoda se fit soudainement grave.

« Tu avais raison à propos du camarade Kolya Antonovitch Lishenko.

— À quel propos ? questionna Ivan.

— On l'a arrêté hier après-midi alors qu'il s'apprêtait à imprimer clandestinement une prétendue copie du "Testament de Lénine". Tu étais au courant de ses intentions ?

— Oui, j'avais rédigé un rapport à ce sujet et je l'avais transmis au camarade Dzerjinski.

— Exact. Il est dans mon tiroir.

— La camarade Lishenko et moi avons plusieurs fois tenté de le raisonner afin qu'il prenne ses distances avec le camarade Trotski. De toute évidence, nous avons échoué. »

Ivan se tut. Iagoda scrutait chacune de ses réactions.

« Il est à la Loubianka ? demanda Ivan.

« Oui.

— Je voudrais l'interroger.

— Vu vos liens familiaux et l'amitié que tu lui portes, je ne suis pas certain que tu sois le mieux charpenté pour cette tâche. »

Iagoda écrasa sa cigarette. Ivan fit de même.

« Au contraire, argumenta Ivan, mes relations privilégiées avec le camarade Lishenko me permettront de le faire craquer plus facilement qu'un autre. Je connais ses points faibles et ses défenses. Et je suis persuadé qu'il a été manipulé par le camarade Trotski qui sait trop bien jouer de la fascination qu'il peut inspirer.

— Je me méfie de ce qu'on appelle "l'intime conviction", précisément à cause de l'intimité qu'elle implique et qui peut obscurcir le jugement.

— Mes sentiments personnels ne viennent jamais brouiller ma raison ni entraver mon devoir.

— Je sais, camarade Narychkine, tes états de service, notamment avec tes parents, parlent pour toi. »

Les yeux de Iagoda furetèrent à travers la pièce. Il hésitait.

« Camarade, dit Ivan, si je réussis à lui faire avouer qu'il a agi pour le compte du camarade Trotski, le camarade Staline pourra se débarrasser plus rapidement de son opposant le plus encombrant. »

Le regard de Iagoda se fixa sur Ivan avec intensité.

« Et qu'en sera-t-il alors du camarade Lishenko ?

— Il sera condamné pour son crime et aura également une chance de se racheter une fois sa peine purgée. Le camarade Lishenko a donné par le passé pleine satisfaction dans ses fonctions. »

Iagoda pianota nerveusement de ses doigts sur la couverture d'un dossier posé devant lui.

« D'accord, dit-il en se levant, tu as mon autorisation pour l'interroger.

— Merci, camarade », dit Ivan en se levant également.

Iagoda lui mit une main sur l'épaule et le raccompagna vers la porte.

« Une dernière chose, camarade Narychkine…

— Oui, camarade ?

— La camarade Lishenko, ta femme, doit rester dans l'ignorance de la réalité du sort de son frère. Les femmes n'ont pas le même sang-froid que nous, surtout lorsque les liens du sang sont en jeu.

— Si je peux me permettre, camarade, Natalia est un homme pour le caractère, elle est tout à fait apte à entendre la vérité.

— Tu vois, tu viens de l'appeler par son prénom, preuve que nos émotions peuvent nous handicaper dans nos prises de décision. Pense à une version acceptable des faits et soumets-la-moi.

— Compte sur moi, camarade.

— Et avertis-moi de ce que la camarade Lishenko pourra dire ou faire au sujet d'Hitler et de son groupuscule de fanatiques. J'aime garder un œil vigilant sur les agissements de mes agents. »

13

Alexeï descendit sans bruit de son châlit. La symphonie des ronflements, des gargouillements et des flatulences gastriques battait son plein. Il traversa le baraquement sur la pointe des pieds, entrebâilla la porte et se glissa à l'extérieur.

Il serpenta dans les allées ensommeillées. Tous cuvaient dans leurs relents éthyliques. Il rejoignit le bâtiment de l'intendant, dont l'une des pièces était utilisée et aménagée par les gardiens pour abuser des femmes de leur choix, et attendit. Avec la saison des « nuits blanches », l'aube n'était plus loin. Le temps pressait.

Alexeï avait tout d'abord refusé la proposition d'Anastasia lorsqu'elle était venue le trouver deux jours auparavant près des latrines.

« Ils te tueront, lui avait-il dit, je ne peux pas accepter. »

Anastasia lui avait montré les paumes de ses mains, où de petites taches rouges pustuleuses apparaissaient : la syphilis.

« Je suis déjà morte », avait-elle rétorqué.

La lueur de la chandelle tremblota à travers les carreaux des fenêtres. C'était le signal, Alexeï entra. Anastasia l'emmena dans la « chambre » où Prokhor Sergueïevitch Andronikov dormait, affalé en justaucorps crasseux, barbotant dans sa propre ivresse. En silence, Alexeï se plaça derrière lui. D'un geste précis, il attrapa sa tête et lui brisa les cervicales dans un craquement sec. Avec l'aide d'Anastasia, ils enroulèrent le corps dans une couverture et le tassèrent sous le petit lit en bois. Ils disposèrent une autre couverture sur le matelas afin qu'elle tombe jusqu'au sol et dissimule la présence du cadavre. Alexeï revêtit l'uniforme d'Andronikov.

Il s'assura que ses papiers ainsi que de l'argent étaient bien dans le manteau en cuir noir et riva la casquette sur son crâne.

« J'ai vérifié les registres, le train part un peu avant 6 heures », lui précisa Anastasia.

Alexeï la regarda longuement.

« Merci », dit-il.

Anastasia souffla la bougie et il sortit. D'un pas déterminé, le menton rentré, il gagna l'entrée du camp. Une bouteille de vodka à ses côtés, le surveillant préposé au poste de contrôle était assoupi, assis par terre contre un bidon.

Alexeï poursuivit sa marche et franchit d'autorité la ligne de démarcation entre la captivité et la liberté. Alors qu'il accélérait, il entendit grommeler :

« Qui va là ? »

Il s'arrêta.

« C'est moi, Andronikov.

— Tu vas où ?

— Réceptionner une livraison de tabac. »

Les yeux vitreux du garde s'illuminèrent.

« Si je te donne une tige, tu m'en mettras de côté ? implora-t-il.

— T'essaies de me corrompre ? », rétorqua froidement Alexeï.

Les deux hommes se dévisagèrent avant d'éclater d'un rire gras.

« Donne ta tige », dit Alexeï en s'approchant dans la demi-pénombre.

Le soldat s'exécuta.

« Du feu ? », demanda Alexeï

Il lui donna une boîte d'allumettes. Alexeï se tourna pour allumer sa cigarette et préserver sa véritable identité.

« Tu étais avec ta *shlyuka* ? »

Alexeï acquiesça.

« Alors, tu lui as mis le cul en chou-fleur ?

— Elle ne pourra plus s'asseoir pendant un mois ! », répondit Alexeï.

Ils rigolèrent. Alexeï lui rendit les allumettes.

« Nogtev vient nous inspecter aujourd'hui », dit-il.

Son coreligionnaire se redressa et plaqua ses cheveux sur le côté.

« Pas tout de suite, se moqua Alexeï, tu peux pioncer encore un bout. »

Il s'éloigna tandis que le planton s'avachissait de nouveau pour gratter un peu de somnolence amnésique.

Quand le soleil franchit timidement la ligne d'horizon, Alexeï s'engageait sur la voie ferrée irrégulière construite sur un pont de fortune en pilotis menant jusqu'au continent.

Lorsque l'heure du réveil ébranla le camp, l'anarchie ambiante des allées et venues aux latrines, au réfectoire, des saluts et des formations des rangs couvrit l'absence d'Alexeï et la fit passer inaperçue. Au moment du comptage, les premières interrogations retentirent.

« 49757, tu dors ou quoi, sale cloporte de merde ? »

Pas de réponse.

« L'une de vos gueules pourries a vu le 49757 ?

— Il est peut-être encore aux gogues ou à la graille, chef ! répondit un forçat.

— Ou chez le toubib, chef ! dit un autre.

— Et vous attendez quoi, bande de crevards dégénérés ? Allez me le chercher dare-dare ! »

Les sbires de Makar, alertés par cette disparition, se mirent également en chasse d'Alexeï.

« Rien, chef !

— Comment ça, rien, tas d'insectes ?

— Il est nulle part, chef !

— Eh bien, crevures de couilles, retournez-moi toute l'île s'il le faut, mais trouvez-le ! »

Prisonniers et gardes se mirent à la tâche. De baraquement en baraquement, aucune trace d'Alexeï. Soudain, l'un des détenus jaillit en courant du bâtiment de l'intendant.

« Chef ! Venez vite, chef ! »

Sous le lit, il découvrit le corps inanimé d'Andronikov.

« Avertissez Nogtev, maugréa-t-il entre ses dents. Et amenez-moi la *shlyuka* d'Andronikov, immédiatement ! »

Le train de marchandises était déjà à quai. Des ouvriers le chargeaient avec des caisses et des bidons.

Alexeï s'approcha de l'un d'eux.

« Papiers, camarade. »

Devant l'uniforme de l'Oguépéou d'Alexeï, l'homme retira sa casquette et s'exécuta.

« Où va ce train ?

— Petrograd, camarade commandant.

— Quel genre de cargaison transporte-t-il ?

— Majoritairement des pierres et du bois, camarade commandant.

— Et quoi d'autre ?

— De la poudre, je crois, camarade commandant. »

Alexeï le fixa, fouillant son regard avec suspicion, puis il lui rendit ses papiers.

« Tout est en règle.

— Merci, camarade commandant ! »

Il rejoignit les autres manutentionnaires qui se dirigeaient vers les entrepôts. Quand ils furent suffisamment loin, Alexeï entrouvrit la porte d'un wagon et se hissa à l'intérieur.

Une dizaine de minutes plus tard, la locomotive sifflait le départ.

La joue d'Anastasia s'écrasa à quelques centimètres des bottes de Nogtev.

« Je répète ma question : où est-il ?

— Je ne sais pas de quoi tu parles, camarade. »

Nogtev lui donna un grand coup de pied dans le ventre. Anastasia émit un hurlement étouffé.

« Je ne suis pas ton camarade, sale pute ! »

Nouvelle tannée. Anastasia se tordit de douleur.

« Des hommes t'ont vue parler avec le 49757 près des chiottes il y a deux jours. Vous vous êtes dit quoi, putain de limace ? »

Anastasia s'appuya sur son coude droit et le toisa par en dessous.

« Il est trop tard… gémit-elle en souriant.

— Tu as dit quoi, sac à foutre ?

— Tu ne le retrouveras jamais, espèce de salopard… »

Écumant de rage, Nogtev la frappa plusieurs fois au visage. Le nez et la mâchoire d'Anastasia se cassèrent en différents endroits. Nogtev se tourna vers ses hommes.

« Faites-la souffrir longtemps, baisez-la comme une truie, enfoncez-lui un tison brûlant dans sa chatte vérolée et dans son cul pourri, et quand elle vous suppliera de mourir, fourrez-la dans la niche ! »

Il s'écarta de quelques pas et ajouta :

« Télégraphiez à toutes les gares et à toutes les unités de Carélie d'arrêter et de fouiller tous les trains dans un rayon de cent verstes ! »

À chaque crissement des roues sur les rails, Alexeï sentait s'éloigner de lui l'horreur des Solovki. Jamais il n'avait éprouvé aussi intensément ce qu'être libre signifiait. Il avait envie de hurler de bonheur, de chanter, de danser.

Il descendrait avant Petrograd et se rendrait à pied jusqu'à la côte au niveau de l'ancienne datcha familiale et gagnerait la Finlande en bateau.

Tout à sa joie, Alexeï ne remarqua pas tout de suite le ralentissement qu'opérait le convoi. Quand une forte secousse lui fit comprendre qu'ils étaient à l'arrêt, sa vigilance se réveilla.

Des voix retentirent à l'extérieur du wagon. Il s'accroupit entre les caisses et les bidons au moment où la porte coulissante s'ouvrait dans un grincement infernal.

14

Ivan descendit au sous-sol de la Loubianka et consulta le registre des suspects récemment incarcérés. Kolya avait été placé dans le quartier des détenus classés haute sécurité et « travaillé » par Igor depuis son arrestation.

« Je prends le relai avec le camarade Lishenko, dit Ivan à l'homme préposé au contrôle.

— Signe là, camarade. »

Ivan apposa son paraphe sur la feuille d'émargement. Le geôlier décrocha un téléphone.

« Je préviens le garde. »

Ivan acquiesça et s'engagea dans les longs couloirs conduisant à la zone la plus sécurisée du bâtiment.

Devant la cellule, il échangea un signe de tête avec le planton en faction. Le soldat détacha le trousseau de clefs pendu à sa ceinture et lui ouvrit. Ivan éprouva un serrement glacial dans sa poitrine en découvrant Kolya devant ce petit bureau en fer, attaché à une chaise, les mains liées derrière le dossier, le visage tuméfié et ensanglanté comme il l'avait vu chez tant d'autres prisonniers avant lui. Il entra et la porte se referma.

Kolya posa sur lui ses yeux boursouflés et violacés par les coups, le gratifia d'un rictus moqueur en ricanant avant de reporter son regard dans le vague et le vide.

« Je savais que tu viendrais, dit-il. La tentation était trop forte pour que tu y résistes. »

Ivan restait à observer la déchéance de son ami avec un sentiment cauchemardesque d'irréalité. Comment avaient-ils pu en arriver là ? Comment pouvaient-ils se retrouver dans une situation aussi délirante ?

« Allez, lui intima Kolya, obéis à la volonté de ton maître et fais ce pour quoi tu es ici. »

Ivan traversa la pièce et s'assit en face de son ami d'enfance.

« Tu ne m'éclaires pas de tes lumières ? lui demanda Kolya en désignant la lampe posée sur la table.

— Pourquoi as-tu fait ça ? l'interrogea Ivan.

— Tu sais très bien pourquoi, on en a parlé cent fois.

— Tu peux encore éviter le pire.

— Le pire est déjà là, sauf si tu m'annonces que Staline est mort.

— Le camarade Trotski a commandité l'impression illégale du "Testament de Lénine". Il t'a manipulé, tu étais aveuglé. Aujourd'hui, tu te rends compte de ton erreur, tu te repens de ton crime et tu es décidé à te racheter en avouant toute la vérité sur les intentions et les machinations contre-révolutionnaires du camarade Trotski. »

Kolya hoqueta de rire.

« Tu entends ce que tu dis ? Le camarade Trotski, un contre-révolutionnaire ?

— C'est la seule solution. »

Kolya le fixa avec défi.

« Et après, quoi ? s'agaça-t-il. Tu m'enverras dans tes îles Solovki pour me "rééduquer" et, dans quinze ou vingt ans, si je survis, j'aurais le droit d'aller cultiver un petit bout de terre aride et gelée au fin fond de la Sibérie, c'est ça ?

— Tu purgeras ta peine ici, à Moscou, dans une prison où tes conditions de détention seront décentes, j'y veillerai. Ensuite, tu seras effectivement exilé dans l'est du pays, mais tu seras en vie. »

Kolya le toisa.

« J'ai agi seul, déclara-t-il. Le camarade Trotski n'était pas au courant.

— C'est faux.

— C'est vrai. Et je vais même te dire mieux : le camarade Trotski ne veut pas que ce document soit rendu public, et tu sais pourquoi ? Parce qu'il ne veut pas voir la Révolution dévorer ses propres enfants.

— Alors pourquoi as-tu agi de la sorte ?

— Parce qu'il fallait faire quelque chose ! Parce que Staline est en train d'installer une tyrannie pire que celle que nous avons abattue.

— Non ! hurla Ivan en frappant du poing sur le bureau et en se levant. Le camarade Staline dirige le Parti et le Parti n'a jamais tort ! »

Il fit quelques pas pour se calmer.

« Tu vas mourir, Kolya, tu vas mourir dans d'atroces souffrances… »

Il s'appuya contre un mur. Il grelottait.

« Je ne veux pas t'envoyer à la mort… »

Sa voix se brisa.

« Je ne le peux pas, c'est au-dessus de mes forces… »

Kolya le considéra avec douceur.

« Il est trop tard, Ivanka.

— Non…

— Tu le sais, tu es trop intelligent pour cela. »

Ivan mit les mains sur ses tempes.

« C'est impossible, murmura-t-il d'une voix ébréchée. Avoue, gagne du temps…

— Du temps, pour quoi faire ? Franchement, regarde ce que nous sommes devenus. »

Ivan releva la tête. Devant lui, il revoyait Kolya à l'époque où ils jouaient ensemble à la datcha familiale. Lui revint en mémoire ce souvenir détestable où, après une journée passée à s'amuser sur la plage avec Alexeï et Natalia, ils étaient rentrés l'âme enjouée et avaient trouvé sa mère en train de prendre le thé avec des amis. Ils étaient tous les quatre affamés d'avoir trop couru, d'être trop montés aux arbres, de s'être trop aspergés d'eau de mer, d'avoir trop ri. Kolya et Natalia auraient très bien pu rester pour se restaurer avec eux, mais Ekaterina n'avait pas jugé cela convenable et les avait renvoyés à l'office. Ils n'étaient pourtant que des enfants, insouciants des codes et des rangs, en quoi leur présence était-elle réellement inconvenante ? En voyant ses amis, sa sœur de lait et son frère de cœur, relégués à l'écart comme des chiens, il avait éprouvé un sentiment d'injustice insupportable, une colère sourde, une rage métaphysique envers ces privilèges auxquels n'avait droit aucun homme, et il s'était juré de détruire ce monde où des enfants ne pouvaient pas partager un simple goûter malgré la profonde amitié qui les liait, simplement parce qu'ils n'étaient pas nés du même côté de la barrière sociale.

Ivan se redressa et alla s'asseoir sur le rebord de la table en fer. Ses lèvres étaient livides.

« Nous avons fait un rêve, Ivanka, juste un rêve. Tu vois bien que le monde que nous bâtissons n'a rien à voir avec celui que nous avons espéré.

— C'est le moment négatif de la dialectique historique, d'où sa violence, qui est nécessaire. Après viendront le dépassement et l'avènement de la société sans classes pour laquelle nous nous sommes tant battus.

— Je ne crois plus en la dialectique. On ne peut pas construire une société fraternelle en condamnant des innocents à la mort, expéditive ou lente.

— Est-on jamais complètement innocent ?

— Qu'une femme de ménage ait posé son chiffon sur un buste de Lénine pour se recoiffer ne justifie pas cinq années dans tes îles Solovki ou une balle dans la tête. C'est cela que nous faisons, Ivanka, nous inventons des crimes pour terroriser le peuple, l'épurer et l'asservir. Et je ne vois pas d'autre nom pour ça que la tyrannie.

— Tais-toi », balbutia Ivan dans un souffle douloureux.

Il croisa les bras.

« Tu sais, je crois vraiment que nous finirons par édifier le monde dont nous avons rêvé. »

Il regarda autour de lui et ajouta :

« Un jour, notre pays n'aura plus besoin de tout cela. »

— Je te souhaite d'avoir raison, Ivanka, sinon tu auras aidé à l'un des plus grands massacres de l'histoire. »

Ils restèrent un long moment silencieux.

« Avoue, Kolya.

— Non, Ivanka.

— Je t'en conjure, avoue que le camarade Trotski t'a forcé à faire ce que tu as fait.

— Je ne peux pas avouer ce qui est faux. J'ai réellement agi seul, et de ma propre initiative.

— Qu'est-ce que cela change ?

— Tout. Je ne pourrai pas vivre avec ce reniement de plus sur la conscience. »

Ivan soupira.

« Les Solovki sont pires que la mort. T'imaginer là-bas me tue.

— Il y a une autre solution. »

Ivan le dévisagea.

« Détache-moi », lui dit Kolya.

Ivan le fixa avec effroi.

« Non, tu ne peux pas... »

Il n'acheva pas.

« Je te le demande comme une faveur, insista Kolya, même si tu détestes les privilèges autant que moi. »

Ivan était tétanisé. Tout son être tremblait.

« S'il te plaît, laisse-moi mourir debout, en homme et en Russe... »

Ivan se mordait les lèvres. Il peinait à réprimer les larmes qui lui montaient aux yeux. D'un coup, comme propulsé contre sa propre volonté, il sauta au sol, s'accroupit derrière Kolya, lui délia les mains et recula de plusieurs pas avant de s'immobiliser. Kolya massa un instant ses poignets lacérés, se leva, se retourna et fit face à Ivan.

« Tu sais quoi écrire dans ton rapport. »

Ivan acquiesça.

« Dis à ma sœur que j'ai été condamné à l'exil, que j'ai tenté de tuer ceux qui m'escortaient et qu'ils m'ont brûlé la cervelle. »

Ivan dégaina son revolver.

« Dis-lui aussi que je l'aime. »

Les pleurs roulaient malgré lui sur les joues d'Ivan.

« Adieu, mon frère. »

Ivan essaya de braquer son arme sur lui, mais son bras retombait.

« Fais-le. »

Ivan ne réussissait pas à bouger.

« Je vais t'aider », dit Kolya.

Il souleva brusquement la chaise ; Ivan tira. Le garde en faction devant la porte entra au moment où Kolya s'écroulait au sol.

Les traits défigurés par la souffrance et la tristesse, Ivan avança en hurlant vers le cadavre de Kolya et vida son barillet dans son corps inerte.

Il resta figé, avec un air de dément, le regard rivé sur son ami mort, puis il jeta violemment son pistolet contre le mur et sortit de la cellule.

15

À travers les interstices entre les caisses et les bidons, Alexeï vit se profiler un soldat portant comme lui l'uniforme de l'Oguépéou. Tout un bataillon devait être à l'extérieur pour passer chaque voiture au peigne fin, le trouver, le ramener au camp ou le tuer. Il était coincé.

Il se redressa en bougonnant.

« Rien, y'a rien de rien ici ! »

L'homme monté à bord le mit en joue avec son Mosin-Nagant.

« Bouge pas !

— Tout doux, camarade, temporisa Alexeï en levant les bras au ciel.

— Bouge pas, je te dis ! T'es qui ?

— Bah, je traque le crevard, comme toi ! J'étais là avant toi, c'est tout...

— Te paie pas ma tronche ! s'énerva l'autre en rajustant sa crosse contre son épaule.

— Je vois pas que ce que je foutrais là sinon...

— Alors pourquoi la porte était fermée ?

— Bien sûr qu'elle était fermée !

— Comment ça, "bien sûr" ? », bredouilla le factionnaire surpris par une telle réponse.

Alexeï rigola.

« Pour pas qu'il s'enfuie si jamais il est là ! »

Il partit dans un fou rire qui contamina le militaire.

« Malin, dit-il en baissant son fusil, malin...

— Hé... commenta Alexeï en tapotant son front avec son index.

— Bon, conclut son coreligionnaire, je vais inspecter ailleurs puisque t'es déjà là. Je vais essayer de me mettre avec Andreï après, il a de la vodka, ça tuera le temps jusqu'à Petrograd !

— Bonne idée ! s'exclama Alexeï.

— On se voit à Petrograd ? C'est la première fois que je vais dans une grande ville !

— Oui, à Petrograd ! »

Ils échangèrent un salut et son visiteur sortit. Alexeï poussa un soupir de soulagement et se mit à réfléchir. Il se pencha à l'extérieur pour avoir une meilleure compréhension de la situation. Devant chaque wagon se tenait un garde, debout ou assis sur le marchepied. En tournant la tête vers l'arrière de la rame, Alexeï vit le commandant remonter les voies en interrogeant ses subalternes sur le résultat de leur fouille. Lorsqu'il arriva à son niveau, il demanda à Alexeï :

« Rien à signaler ?

— Rien à signaler, commandant ! »

Le chef s'éloigna de deux pas et se ravisa.

« Où est ton arme ? »

Alexeï regarda autour de lui.

« J'ai dû la laisser sur une caisse.

— Retrouve-la avant notre arrivée, sinon pas de filles et pas de vodka !

— Oui, commandant ! »

Et il poursuivit sa revue. Alexeï l'observa s'éloigner et monter dans la locomotive.

Le train siffla, les portes claquèrent les unes après les autres dans des grondements métalliques. Quand presque toutes furent fermées, Alexeï descendit, coulissa la sienne de l'extérieur, se glissa entre les rails et s'allongea les mains sur la tête. Le convoi s'ébranla et prit de la vitesse. Alexeï attendit qu'il eût disparu pour se relever et rejoindre l'anonymat de la forêt avoisinante.

Pour aller au plus court, il coupa vers l'ouest en direction de la Finlande. Il retrouva ses réflexes de la guerre civile. Il évita les villes et les routes, voyageant parfois dans la charrette d'un koulak, chapardant la nuit dans les granges des fermes ou des isbas, dormant dans les futaies grâce au climat plus clément de l'été. Au cours de ses rares échanges avec des moujiks, il apprit avec stupéfaction qu'il vivait en 1926 et qu'il avait passé plus de quatre ans dans l'enfer des îles Solovki. Cette révélation le plongea dans un état d'abattement proche de l'hébétude. Il erra comme un spectre le long des sentiers et des ruisseaux avant de se rendre compte, presque par inadvertance, qu'il foulait le sol finlandais.

À Joensuu, il convertit les roubles dérobés à Andronikov en markkaa et rallia Helsinki par le réseau ferré. Là-bas, il se rendit à l'ambassade de Grande-Bretagne, demanda l'asile politique et implora les fonctionnaires qui l'écoutaient de prévenir Sir William Scott Nelson, ancien ambassadeur du Royaume-Uni à Saint-Pétersbourg, de sa présence en ces murs. S'il bénéficia de toute l'attention qu'il méritait, l'absence d'un quelconque papier réglementaire en sa possession, son allure dépenaillée et le caractère rocambolesque, presque dément, de son récit obligèrent ses interlocuteurs à l'enfermer dans une pièce du sous-sol le temps de se renseigner plus avant auprès de leur ministère de tutelle.

En comparaison des Solovki, cette captivité s'apparentait pour Alexeï à un séjour dans le plus luxueux des palaces. Il dormait dans des draps propres, avait accès à une baignoire ainsi qu'à des sanitaires décents et, surtout, il mangeait à sa faim en se délectant de mets qui lui semblaient tout droit descendus de l'Olympe.

Une dizaine de jours plus tard, des agents des services secrets de Sa Majesté, le roi George V, arrivèrent à Helsinki. Ils interrogèrent longuement Alexeï. Derrière leurs questions, il reconnaissait l'esprit et l'humour mordant de son ami James qui avait dû leur fournir les informations nécessaires pour s'assurer de la réalité de son identité ainsi que la photographie où ils posaient ensemble dans la datcha familiale avec Andreas et Oleg, mais avec laquelle il demeurait difficile de faire correspondre l'adolescent juvénile du cliché avec le jeune homme marqué d'aujourd'hui.

Lorsque tous les éléments eurent été vérifiés et recoupés avec toute la minutie que la prudence exigeait afin de ne pas laisser entrer un espion soviétique sur le sol britannique, les deux serviteurs de la Couronne embarquèrent avec Alexeï sur un bateau pour l'Angleterre.

Arrivé à Londres, où il s'imaginait pouvoir enfin renouer avec une vie normale, il fut conduit directement dans les bureaux du Secret Intelligence Service et jeté sans ménagement dans un cachot humide.

Quatrième partie

Les hommes nouveaux

L'idéologie, c'est ce qui pense à votre place.

Jean-François Revel

La pensée idéologique est toujours contre quelqu'un. Elle est toujours un instrument de violence.

Francesco Alberoni

1

Après toutes ses années d'incarcération et de tortures, les méthodes britanniques de pression psychologique et physique apparurent à Alexeï dignes d'une promenade de santé en comparaison des prisons soviétiques et des Solovki. Pourtant, les agents ne lui accordaient aucun répit.

« Avoue que tu es envoyé par l'Oguépéou !

— Je ne sais même pas ce qu'est l'Oguépéou.

— Bien sûr ! Tu es un sale communiste et tu ne sais pas ce qu'est l'Oguépéou ? »

Suivaient deux jours de cachot, où la combinaison de lumière éblouissante et de bruits intermittents cherchait à l'épuiser en morcelant son sommeil, avant la reprise des mêmes questions et des mêmes accusations pour le pousser à se contredire.

« Qui sont tes complices de l'Oguépéou opérant sur notre sol ?

— Encore une fois, je ne sais pas ce qu'est l'Oguépéou, je ne vois donc pas comment je pourrais être en lien avec qui que ce soit appartenant à cette organisation.

— Ah, tu vois, tu t'es trahi, tu sais qu'il s'agit d'une organisation ! Avoue que tu es un espion bolchevik !

— Il suffit de vous écouter pour comprendre que vous parlez des services secrets de la nouvelle Russie.

— Si tu espères nous avoir en jouant sur les mots, tu nous sous-estimes.

— Parce que je joue sur les mots ?

— La Russie n'existe plus, elle a cédé la place à l'URSS. Tu n'es qu'un rouge essayant de se faire passer pour un blanc !

— Je ne savais pas que mon pays avait été rebaptisé ainsi.

— T'es un petit malin, toi, pas vrai ? Très bien, reprenons : nom, prénom, âge... »

Alexeï n'avait rien à se reprocher de ce qu'ils insinuaient à son sujet, aussi encaissait-il placidement ces brimades insignifiantes comme l'ultime épreuve précédant son retour concret et complet à la liberté. Seul l'affectait ce qu'il comprenait de son traitement : de toute évidence, sa Mère Patrie représentait désormais une menace pour le Royaume-Uni, et sans doute pour l'ensemble des grandes puissances occidentales.

Un après-midi, alors qu'il était allongé sur le lit en ferraille de sa cellule, la porte s'ouvrit. Dans l'encadrement, une silhouette coiffée d'un chapeau melon se découpait en contre-jour dans la luminosité blafarde du couloir.

« Je ne te propose pas un sparring. Dans ton état, ce serait quelque peu déloyal », dit l'homme sur le seuil, dont les pointes d'accent typiques de la belle société londonienne résonnaient d'une manière familière dans les souvenirs lointains du rescapé de la Révolution russe.

Alexeï s'assit sur son matelas et plissa les yeux.

« James ! », s'écria-t-il en se levant.

Les deux hommes se serrèrent dans les bras l'un de l'autre et échangèrent une longue accolade virile.

« Pardonne-nous cet accueil déplorable, même les nations libres sont dirigées en sous-main par des fonctionnaires vulgaires et procéduriers. Je te promets qu'à partir de maintenant tu n'auras plus qu'à souffrir les conventions barbares de l'hospitalité anglaise. »

Alexeï sourit à l'esprit toujours aussi acerbe de son ami.

« Ils ne t'ont pas trop... demanda James sans achever sa phrase.

— Rassure-toi, j'ai connu bien pire », répondit Alexeï.

James entraîna Alexeï vers la sortie.

« Tu me raconteras tout le moment venu. Pour l'heure, il faut impérativement résoudre le problème de ta mine atroce si tu veux espérer m'accompagner un soir à mon club. »

James installa Alexeï dans l'hôtel particulier familial situé non loin de Manchester Square. Entouré d'un luxe suranné dont il avait perdu l'habitude et la mémoire, tout ce qu'il avait enduré ces dernières années s'abattit sur sa conscience et le plongea dans un accablement proche de l'anéantissement. Les premiers mois, il eut du mal à supporter la literie délicieusement moelleuse de ses appartements – elle lui évoquait le confort capitonné du cercueil et de la mort –, au point qu'il n'était pas rare de le retrouver au petit matin enroulé dans une couverture à même le plancher. Malgré les cauchemars qui agitaient son sommeil et le réveillaient dans des hurlements d'horreur, son esprit et son corps s'acclimatèrent lentement à cette existence qu'il avait jadis connue et qu'il croyait à jamais disparue, enterrée avec les cadavres de ses parents. Il commença à sortir dans la capitale britannique, avec James ou en compagnie de son père Lord William et de sa femme Lady Margaret. Le contraste entre la Russie de son enfance, celle des soviets et le Londres de 1927 lui donnait l'impression d'avoir enjambé le temps de plusieurs siècles en avant. Les automobiles avaient remplacé les chevaux et leurs attelages, une agitation insouciante courait dans les rues, les enseignes des pubs et des théâtres illuminaient les nuits de mille feux, invitations étincelantes aux plaisirs frivoles et à la fête. Sous le patronage de James, Alexeï renoua par paliers avec la sociabilité, participant aux dîners mondains donnés chez ses parents, à des réunions dans son club des anciens élèves de Cambridge. Il combla les blancs de l'histoire du monde dont il avait été absent tout en participant activement à sa marche. Il découvrit la place de plus en plus prépondérante que prenaient les États-Unis dans le nouvel ordre international ; il constata la poussée de forces politiques extrêmes dans la majorité des pays européens : à gauche avec les syndicats et les partis socialistes, à droite avec les partis nationalistes et le fascisme italien de Benito Mussolini, tous fleurissant sur le fumier commun de la misère et de la rancœur essaimées par la Grande Guerre.

Lorsque Alexeï sembla suffisamment revenu de son enfer intérieur, James lui demanda de regarder une dernière fois en arrière avant de refermer le soupirail de son passé douloureux.

« Je sais que ce ne sera pas facile pour toi, et cependant si tu pouvais décrire en détail ce que tu as vécu dans les geôles de la Loubianka, en prison et sur les îles Solovki, tu nous permettrais de mieux comprendre la réalité de la Russie soviétique et de lutter plus efficacement contre les risques d'une contamination communiste de l'Europe. Même nos meilleurs agents sur le terrain ne réussissent qu'à glaner des informations parcellaires dont on ne sait si elles sont vraies ou fausses.

— Je ne suis pas sûr d'en être capable, lui répondit Alexeï. Je te promets d'y réfléchir.

— Je comprends. »

James consulta sa montre à gousset.

« Change-toi, ce soir je t'emmène écouter du jazz dans l'*underground* divinement canaille de Londres. »

Les semaines suivantes, malgré ses efforts pour tenir loin de ses pensées la requête de James, des images de ce qu'il avait subi ne cessèrent de venir se superposer sur son présent, au point de l'occulter parfois entièrement. Il réalisa qu'écrire avec précision ce qu'il avait traversé lui permettrait peut-être d'enfermer ses fantômes derrière les barreaux du langage, et il se mit à la tâche.

À mesure qu'il relatait les événements avec la sécheresse d'un procès-verbal, il fut surpris de ressentir un sentiment d'irréalité devant les faits qu'il consignait alors qu'il les avait soufferts dans les moindres replis de sa chair. Il lui apparut également à quel point un devoir impérieux les obligeait à combattre de toutes leurs forces une telle idéologie mortifère pour la dignité de l'humanité.

« Tiens, dit-il à James en lui tendant les feuillets criblés de mots, je crois que c'est circonstancié et concis à la fois.

— Alexeï, c'est là un document d'une valeur inestimable, je vais le transmettre sans attendre à mes supérieurs, ils en aviseront ensuite qui de droit au gouvernement.

— James, à mon tour de demander quelque chose.

— Bien sûr, je t'écoute.

— Une fois que vous aurez étudié ce rapport de la situation en Russie, je souhaiterais le publier. Le monde doit savoir à quoi mène réellement le communisme.

— Compte sur moi pour porter ta requête. »

Un mois plus tard, Winston Churchill dînait à la table de Lord et Lady Scott Nelson et régalait les convives de ses bons mots légendaires concernant la vie politique britannique. Lorsque brandy et whisky furent servis, il fixa sur Alexeï ses yeux rieurs dont la malice ne parvenait pas à éclipser le tragique métaphysique qui les habitait.

« Cher Alexeï, commença-t-il, vous permettez que je vous appelle Alexeï ? »

L'intéressé acquiesça.

« Au nom de la Grande-Bretagne et de toutes les démocraties, je tenais à vous remercier pour le récit particulièrement clair et fouillé que vous nous avez remis. Il prouve avec éclat que le vice inhérent au capitalisme consiste en une inégale répartition des richesses tandis que la vertu inhérente au socialisme consiste en une égale répartition de la misère. »

Tous rirent à ce trait.

« Plus sérieusement, dit-il, au-delà de l'excessivité consubstantielle à l'âme russe, on ne peut qu'être horrifié devant la manière dont ces abominables fanatiques persécutent leur propre peuple. C'est un miracle que vous soyez sorti vivant de leur prétendu camp de "rééducation par le travail".

— Merci, Sir. James vous a-t-il fait part de mon souhait de publier ce texte ? »

Churchill tira une bouffée de son cigare.

« En effet, et je dois vous avouer que je préférerais vous voir renoncer à ce projet. »

Alexeï échangea un regard avec James et se redressa.

« Ne pensez-vous pas, argumenta-t-il, que de telles informations doivent être portées à la connaissance du plus grand nombre ?

— Nous serions au début de la décennie, je vous aurais répondu oui. Mais plus aujourd'hui.

— Je ne comprends pas, insista Alexeï avec un certain agacement, vous voulez à tout prix éviter que le communisme ne contamine l'Europe, et vous refusez de révéler sa nature dangereuse et criminelle au reste du monde ?

— Cher Alexeï, j'entends votre irritation, elle est légitime, surtout après ce que vous avez traversé. Cependant, il ne suffit pas de tendre un épouvantail aux hommes pour les dissuader de dévaster les cultures d'un champ. Parfois, cela produit même l'effet inverse par tentation de la transgression. Et si jamais les rapaces se rendent compte de la supercherie, leurs ravages sont décuplés.

— Mais tout ce que vous avez lu est vrai ! », s'énerva Alexeï.

James temporisa.

« Ce que le chancelier de l'Échiquier essaie de te dire, c'est que les forces socialistes crieront au mensonge et cela ne fera que renforcer leurs partisans. »

Alexeï les considéra tour à tour.

« Très bien, que proposez-vous pour neutraliser ce fléau qui menace d'infliger à votre pays ce que le mien a enduré et endure encore ?

— Plutôt que de vouloir effrayer et éloigner par la répulsion, répondit Churchill, nous devons séduire et attirer par l'adhésion. Et puis, de ce que j'en sais, avec l'éviction de Trotski, Staline entend pour l'instant se consacrer à l'édification du socialisme sur son seul territoire. À nous de juguler par des moyens démocratiques et civilisés ceux qui, chez nous, pourraient être tentés par une aventure similaire en améliorant encore les conditions de vie de nos concitoyens pour éviter que le virus rouge ne se répande par les artères de la misère dans l'ensemble du corps social. C'est ce qu'a fait Benito Mussolini en Italie, raison pour laquelle je l'ai soutenu publiquement lors de ma visite à Rome.

— Vous oubliez Louis-Sébastien Mercier, objecta Alexeï.

— Vous faites allusion à sa célèbre formule : “Les extrêmes se touchent” ? l'interrogea Churchill.

— Exactement. Je vois dans le fascisme et le communisme les deux faces d'une même médaille. Chacun d'eux mène à un pouvoir dictatorial qui s'exerce contre les peuples et leurs libertés fondamentales.

— Concernant Mussolini, que j'ai rencontré en personne, je maintiens mes propos, d'autant plus que le Duce est un fervent anticommuniste. En revanche, concernant le groupuscule qui s'agite autour d'Adolf Hitler en Allemagne, je rejoins volontiers Mercier et vous. Selon moi, son antisémitisme et son obsession de la race constituent les pendants exacts du chauvinisme grand-russe de Staline et de sa haine de la bourgeoisie.

— Pourtant, intervint Lord Scott Nelson, Hitler et ses quelques fidèles n'ont obtenu qu'un peu plus de 6 % des voix aux élections de 1924, et il est vraisemblable que, avec le retour de la prospérité en Allemagne, ils subissent un sérieux recul lors du prochain scrutin.

— Permettez-moi d'être méfiant, mon cher Lord, Lénine et sa bande d'illuminés n'étaient qu'une minorité en comparaison des mencheviks, et néanmoins ils l'ont emporté. »

Churchill revint à Alexeï.

« Comme vous ne pourrez pas blesser les bolcheviks dans l'opinion internationale en publiant votre texte, d'autant qu'il est en notre possession, j'ai une proposition à vous faire.

— Sir, si je le décidais, je pourrais vous égorger et récupérer ce qui m'appartient. J'ai tué suffisamment d'hommes dans les rangs des bolcheviks pour ne pas être à un près. »

L'attaque brutale d'Alexeï statufia l'assistance. Churchill but une gorgée de whisky et tira sur son cigare sans détourner ses yeux de ceux d'Alexeï.

« N'étant pas votre ennemi, dit-il avec flegme, vous n'en ferez rien, n'est-ce pas ? »

Alexeï continuait de le dévisager sous les regards médusés des autres convives.

« Quelle est votre proposition ? finit-il par dire.

— Vous êtes russe et antibolchevik, développa Churchill, vous parlez parfaitement anglais, allemand et français, une mission secrète à Berlin avec pour objectif de barrer la route à Hitler et au communisme serait une manière utile d'œuvrer au retour de la Russie que vous vouliez voir advenir avant la Révolution.

— Un homme comme toi dans nos services, ajouta James, serait un atout considérable pour les combats que nous devons mener hors du champ diplomatique afin de maintenir la paix. »

Alexeï vida son verre de brandy et alluma une cigarette.

« Ce que j'ai écrit aura été mon dernier fait d'armes. Je suis fatigué de lutter. Cette guerre m'a déjà trop coûté, elle n'est plus la mienne. »

Tous s'observèrent autour de la table.

« Je vous comprends, déclara Churchill en faisant signe aux domestiques de le resservir en whisky. Et qu'allez-vous faire du temps qui vous est désormais offert ?

— Mon père et ma mère m'ont laissé assez d'argent pour ne pas me soucier du lendemain. Je vais donc vivre.

— Et vous avez bien raison ! tonna Churchill. Si j'avais votre âge, je ferais de même. L'épargne est définitivement une bonne chose, surtout si vos parents l'ont faite pour vous ! »

Il porta un toast à la santé d'Alexeï et la soirée reprit un tour léger, notamment au sujet des derniers potins concernant la famille royale.

En partant, Churchill serra chaleureusement la main d'Alexeï.

« Si jamais vous changez d'avis, vous savez où me trouver.

— Vous aussi. »

Churchill lui donna une tape amicale sur l'épaule, coiffa son chapeau et sortit.

2

Natalia marchait au milieu des passants affairés. Les cheveux coupés en un carré plongeant sous un chapeau cloche, drapée dans un long manteau en fourrure, elle ressemblait à n'importe quelle bourgeoise vaquant à ses occupations frivoles de fin d'après-midi en vue d'une nuit à danser dans les cabarets de la ville. Ida Henkel pour les autorités allemandes, elle dissimulait également son identité sous celle d'Ivana, son nom de code au sein des services secrets soviétiques et pour Cromwell, l'agent double de la Couronne qu'elle rejoignait de son pas faussement nonchalant au *Romanisches Café* où se retrouvaient les artistes de gauche en vogue.

Aux visiteurs étrangers inattentifs, Berlin offrait un visage apaisé. Entrée à la Société des Nations deux ans auparavant, l'Allemagne se relevait de la Grande Guerre et affichait une respectabilité retrouvée sur la scène internationale. Même ses relations avec la France, l'ennemie ancestrale, connaissaient une détente cordiale grâce aux liens diplomatiques teintés d'amitié qu'entretenaient les ministres des Affaires étrangères des deux pays, Gustav Stresemann et Aristide Briand. Pourtant, à y regarder de plus près, cet équilibre restait précaire. La prospérité économique qui ruisselait sur l'ancien Empire germanique reposait sur les prêts bancaires américains permettant à la république de Weimar de payer les réparations dues aux anciens alliés de 14-18, sommes avec lesquelles les vainqueurs s'acquittaient de leurs dettes contractées auprès des États-Unis pendant le conflit. Un monde et une paix à crédit, où des créances remboursaient d'autres créances. Quant à la stabilité politique, elle s'avérait tout aussi fragile. Les gouvernements successifs s'appuyaient sur des coalitions tellement larges, s'étendant des populistes de droite aux socialistes, qu'elles menaçaient de se fissurer à la moindre difficulté. Et surtout, derrière le clinquant des robes charleston, le champagne qui pétillait de rires insouciants jusqu'à l'aube, grondait la rancœur d'une jeunesse qui n'oubliait ni l'humiliation du diktat de Versailles ni la misère terrible du début de la décennie.

À quelques rues de son lieu de rendez-vous, Natalia s'arrêta devant une librairie. Dans la vitrine trônait le *Mein Kampf* d'Hitler. N'ayant obtenu qu'un peu plus de 2 % des voix aux dernières élections, le parti nazi encaissait un cuisant revers de fortune. Malgré ce reflux, Natalia redoutait que la mystique de la nation et de la race défendue par ces fanatiques ne trouvât un écho puissant dans ce peuple encore suturé si venait à se rompre un jour le fil ténu sur lequel tous avançaient comme des funambules aux yeux bandés.

Cromwell était déjà attablé quand elle entra dans le *Romanisches Café*. Elle s'assit à ses côtés et commanda du champagne.

« Frau Henkel, la salua-t-il dans un allemand parfait.

— Herr Mayer », lui retourna-t-elle.

Ils trinquèrent en silence. Natalia se contenta de tremper ses lèvres dans sa coupe.

« Wrangel ? demanda-t-elle.

— Bruxelles. »

Il fit glisser un petit papier plié entre les verres.

« Adresse personnelle. Horaires et habitudes. »

Natalia récupéra le document et le rangea discrètement dans son sac à main.

« Parfait, dit-elle. Nos agents sur place vont monter l'opération. Qui lui succédera ?

— D'après nos informations, Koutepov.

— Je préviens nos hommes à Paris afin qu'ils se tiennent prêts. Le ROVS doit être décapité jusqu'à ce que sa tête cesse de repousser. »

Cromwell but une gorgée de ces fines bulles parfaitement glacées.

« On dit que l'expulsion de Trotski est imminente ? questionna-t-il.

— Imminente, je ne sais pas. Inévitable, oui, c'est certain. Je te ferai savoir le moment venu afin que les Britanniques puissent le surveiller. »

Cromwell sortit un paquet de cigarettes et en offrit une à Natalia.

« Et notre autre affaire ? demanda-t-elle.

— Je cherche encore le bon interlocuteur au sein des services secrets de la Couronne. »

Ils fumèrent un instant en silence. Dehors, une section de SA bouscula un groupe de syndicalistes avant de les molester. Des membres de l'organisation paramilitaire nazie rôdaient de plus en plus souvent en meutes à proximité du *Romanisches Café* pour provoquer des affrontements de rue avec leurs adversaires socialistes.

« Ton pays est toujours plus préoccupé par le péril communiste et le regain de puissance française que par le danger représenté par Hitler et ses fidèles ?

— Oui, répondit Cromwell. Seul Churchill s'inquiète de ce que ce groupuscule pourrait devenir.

— Et il a raison. Autant Mussolini semble capable de raison, autant Hitler ne le sera jamais. Il suffit de lire son vomi bilieux pour comprendre que, si jamais il prend le pouvoir, il mettra l'Europe à feu et à sang. »

Elle écrasa sa cigarette.

« La suite par le canal habituel. »

Cromwell acquiesça. Natalia quitta l'établissement tandis que les SA abandonnaient les syndicalistes à terre dans l'indifférence générale.

De retour à Moscou, Iagoda la convoqua pour entendre son rapport. Alors qu'elle ouvrait la porte pour partir, il la retint encore quelques instants.

« Camarade Lishenko, tu ne m'as rien dit de notre autre affaire avec Cromwell.

— C'est parce qu'il n'y a rien de concret pour l'instant, camarade.

— C'est-à-dire ?

— Il cherche encore le bon appui dans les services britanniques pour donner à mon prétendu retournement toutes les chances d'aboutir. »

Iagoda la fixait en plissant ses paupières légèrement tombantes.

« J'ai appris que le Parti national-socialiste d'Hitler a été défait aux dernières élections, dit-il.

— C'est en effet le cas, camarade. »

Il la scruta avec attention.

« Mais tu penses qu'il constitue toujours une menace, n'est-ce pas ?

— C'est exact, camarade. »

Iagoda se leva, contourna son bureau et se posta tout près de Natalia.

« Camarade Lishenko, tu n'ignores pas que nous avons des accords industriels et militaires avec l'Allemagne, soit sanctionnés par des traités internationaux, soit officieux. Le camarade Staline s'apprête à faire passer notre pays d'une économie aux fondements capitalistes à une économie planifiée, et il entend que nous concentrions nos efforts sur trois fronts. Résister aux attaques sournoises de la France et de l'Angleterre qui craignent la contamination communiste de leur peuple, anéantir le ROVS et neutraliser les ennemis qui œuvrent sur notre sol afin qu'ils ne sabotent pas les transformations que nous sommes sur le point d'engager.

— Je comprends, camarade. »

Iagoda joignit les mains derrière son dos.

« Tu es un excellent élément, camarade Lishenko, j'aurais beaucoup de peine à te voir dégradée pour t'être obstinée dans la poursuite d'une conviction personnelle, qui n'a pas sa place dans la société collective que nous construisons. Aussi ai-je pris la décision de te promouvoir à un échelon supérieur. Jusqu'à nouvel ordre, tu superviseras depuis Moscou les actions de certains de nos agents à l'étranger. Cela te préservera de ton opiniâtreté et te laissera plus de temps avec ton mari. Le camarade Staline accorde une grande importance à la famille traditionnelle en tant qu'élément structurant de l'ordre social. Je sais que tu as déjà souffert d'une grossesse malheureuse, mais peut-être le moment est-il propice pour donner à l'Union soviétique un nouveau citoyen aussi remarquablement dévoué à notre Mère Patrie que ses parents ? »

Natalia comprit la mise à l'épreuve et à l'écart dont elle faisait l'objet. Elle se mit au garde-à-vous. Ses lèvres étaient livides.

« Camarade, je prends cette promotion comme une formidable occasion de servir encore mieux notre cause et attends déjà avec hâte le jour où tu me reverras sur le terrain pour faire triompher nos idéaux. »

Iagoda hocha la tête avec un rictus satisfait et Natalia sortit de la pièce.

Elle dévala les marches de la Loubianka et se rendit dans un café dans une rue adjacente. Des contractions lui lacéraient le ventre, elle se retenait de grimacer de douleur.

Elle commanda une vodka et s'enferma dans les toilettes. Elle savait ce qui lui arrivait. Ses règles s'étaient arrêtées un peu plus de deux mois auparavant. Elle avait préféré attendre d'être certaine que tout se déroulait sans encombre avant d'en parler à Ivan.

Des contractions lui poignardèrent le ventre, elle déploya des efforts surhumains pour ne pas hurler. Elle sentait le sang chaud s'écouler dans la cuvette avec de petits caillots spongieux.

Lorsque son supplice prit fin, elle tira la chasse en évitant de regarder, se passa de l'eau sur le visage et rejoignit la table où était posé son verre. Elle le but d'un trait. Elle ne serait pas mère cette fois non plus ; peut-être ne le serait-elle jamais. Elle fit signe à la serveuse.

« La bouteille, camarade. »

3

Dans le bureau mis à sa disposition dans la kommandantur des Solovki, Ivan étudiait les excellents résultats des camps répartis sur les différentes îles de l'archipel. Il avait vérifié les calculs plusieurs fois, tous étaient justes : non seulement l'autosuffisance était atteinte, mais l'ensemble du système était excédentaire et dégageait des bénéfices.

Quand les premiers chiffres positifs étaient apparus dans les rapports hebdomadaires, il avait longuement cherché les raisons de cette amélioration fulgurante. Lorsqu'il avait découvert l'ajustement des rations mis en place par Naftali Aronovitch Frenkel, un détenu qui s'était élevé au rang de chef de ce complexe concentrationnaire, il avait instantanément compris où il avait commis une erreur. Dans le modèle initial, la *païka*, ses variations en fonction du travail accompli et des punitions, était la même pour tous les prisonniers. Le coup de génie de Frenkel avait été d'affecter un coefficient décroissant aux quantités de nourriture quotidiennes des forçats selon qu'ils étaient aptes à un travail physique lourd, à des tâches légères ou encore invalides. De cette manière, avec une population carcérale en constante augmentation, les économies s'étaient multipliées à un rythme exponentiel, elles-mêmes stimulées par ce principe de proportionnalité ainsi affiné puisque cela poussait les condamnés à travailler plus pour se maintenir dans la catégorie des mieux nourris. Frenkel avait appliqué cette rationalité à tous les domaines d'activité de la structure, sanctionnant le moindre gâchis des ressources exploitées et des outils utilisés par des châtiments exemplaires et des diminutions alimentaires drastiques.

Ivan s'appuya contre le dossier de son siège et alluma une cigarette avec un sourire enfantin. Kolya n'était pas mort en vain. Sous la conduite énergique et impartiale du camarade Staline, ils marchaient désormais concrètement vers la société sans classes. Le Parti avait été épuré de ces éléments nuisibles – Kamenev, Zinoviev, Boukharine ; Trotski, qu'il maudissait pour avoir embrigadé Kolya et causé sa perte, serait bientôt exilé ; et la Révolution cessait enfin son infâme compromission avec le capitalisme en abandonnant la NEP pour adopter une économie planifiée par l'État. Oui, Kolya n'était pas mort en vain, le rêve qu'ils avaient fait ensemble n'était pas qu'une simple chimère, il se concrétisait, bientôt il serait une réalité aussi tangible que la rotation de la Terre autour du Soleil.

Ivan écrasa sa cigarette. Natalia constituait la seule zone d'obscurité dans cet horizon de plus en plus dégagé. Depuis sa sanction déguisée en promotion pour son obstination à alerter sur les dangers représentés par Hitler et ses fidèles, elle ne décolérait pas.

« J'ai lu *Mein Kampf*, j'ai vu comment les milices nazies se comportent en Allemagne, et je te dis que, si Hitler accède au pouvoir, il mettra l'Europe et notre pays à feu et à sang !

— Je comprends ta déception et ta frustration, temporisait Ivan, mais le Parti a décidé de...

— Non, Ivanka, tu ne comprends pas ! Il ne s'agit pas de moi, de ma déception ou de je ne sais quelle frustration que je pourrais éprouver, il s'agit de notre avenir, de l'avenir de tout ce pour quoi nous nous battons. Hitler a écrit noir sur blanc ce qu'il fera une fois chancelier. Phase une, il rétablira la souveraineté et la puissance militaire de l'Allemagne au mépris du traité de Versailles. Phase deux, il agrandira son territoire grâce au rattachement de l'Autriche et des Sudètes de Tchécoslovaquie. Phase trois, il entamera, je cite, une « explication définitive avec la France », c'est-à-dire la guerre. Phase quatre, il se lancera dans ce qu'il appelle « la conquête par la race supérieure d'un espace vital » à l'Est, en d'autres termes, la guerre avec nous. Phases cinq et six, l'affrontement avec l'Angleterre pour la domination en Afrique et enfin avec les États-Unis pour l'hégémonie mondiale.

— Ce que tu me décris là ressemble plus aux visions d'un dément qu'à un plan pensé par un être raisonnable.

— Qu'est-ce que tu en sais, Ivanka, qu'est-ce que tu en sais ? Tu ne crois pas qu'il fallait être dément pour imaginer renverser le tsar et établir une société communiste ?

— Natalia, je t'en conjure, ne dis pas des choses comme ça. Jamais.

— Je parle comme je veux ! Je n'y peux rien, moi, si vous restez tous aveugles à la vérité qui arrive ! »

Et elle quittait la pièce avant de se calmer. Vu son tempérament volcanique, Ivan redoutait que de tels propos lui échappent hors de leur chambre à coucher. Un récent arrêté du camarade Staline recommandait une plus grande utilisation des camps ; la commission Ianson, dont il faisait partie, avait été chargée par le Politburo de réfléchir sur les modalités d'extension du modèle des Solovki à l'ensemble de l'Union soviétique ; ces différentes mesures annonçaient entre leurs lignes une purge prochaine de toute la société russe et l'élimination de toute velléité de dissidence vis-à-vis de la ligne fixée par le Parti. Le grand moment négatif de la dialectique s'ouvrait avant d'aboutir aux jours radieux tant espérés. La moindre suspicion de sédition équivaudrait à la mort. Après Kolya, Ivan ne pourrait supporter que Natalia subisse le même sort.

On frappa à la porte.

« Oui ! »

Naftali Aronovitch Frenkel entra. De stature moyenne, son large nez et l'épaisseur de ses traits burinés exprimaient la brutalité de son caractère.

« Camarade Narychkine, dit-il, c'est pour moi un honneur de te rencontrer.

— Honneur partagé, camarade Frenkel. »

D'un geste, Ivan l'invita à prendre place en face de lui.

« Vodka ? proposa-t-il.

— Avec joie, camarade ! », répondit Frenkel en retirant sa casquette avant de s'asseoir.

Ils trinquèrent et vidèrent leurs verres.

« Comment s'est passée la visite des troupes de l'Abwehr ? interrogea Ivan.

— Admirablement. Les plus enthousiastes étaient les soldats membres du Parti nazi, ils ne tarissaient plus d'éloges devant l'innovation et l'ingéniosité dont nous avons fait preuve. »

Ivan les resservit.

« Camarade Frenkel, dit-il, tu as accompli un travail remarquable.

— Moins que toi, camarade Narychkine. C'est toi qui as pensé une telle organisation, je n'ai fait que lui apporter les ajustements nécessaires pour qu'elle atteigne la rentabilité attendue. Ce qui m'a tout de même valu les félicitations du camarade Staline en personne !

— Et ce n'est que justice. Tu es l'incarnation parfaite de la mission humaniste d'un tel dispositif : un détenu de droit commun, ancien contrebandier, qui devient le chef du camp où il purgeait sa peine, un homme qui s'amende et s'élève, voilà un parcours exemplaire digne de figurer dans les manuels d'Histoire.

— À tes côtés, camarade Narychkine, car si tu n'avais pas créé les Solovki, jamais je ne serai devenu ce que je suis aujourd'hui, un homme nouveau. Cigarette ? »

Ivan accepta.

« Je suis ici pour deux raisons, dit-il en recrachant lentement la fumée de sa première bouffée. Je voulais te remercier de vive voix pour l'amélioration décisive que tu as apportée à ce nouveau système d'incarcération. Ensuite, je voulais discuter avec toi de la venue de notre grand écrivain national, Alekseï Maksimovitch Pechkov, plus connu sous le nom de Maxim Gorki.

— Il a finalement accepté ?

— Nos agents savent se montrer persuasifs. »

Ils échangèrent un regard et un sourire entendus.

« Je présume qu'il doit voir nos installations sous leur meilleur jour ?

— Exactement, camarade Frenkel, exactement. D'autant que cette année est particulière : le camarade Staline fêtera son cinquantième anniversaire et il veut mettre à profit cette occasion pour célébrer les réussites héroïques de notre Révolution, dont cette structure concentrationnaire que nous servons et que Gorki doit encenser dans un article. Pour mener à bien cette entreprise, j'ai préparé un plan et je te propose que nous l'étudions ensemble.

— Je suis ton homme, camarade ! », déclara fièrement Frenkel en liquidant sa vodka avant de se resservir.

Ivan développa les aménagements qu'il avait envisagés pour donner à Gorki une image glorieuse du dispositif. À la fin de son exposé, Frenkel déclara :

« Vu le temps qu'il nous reste avant sa visite, j'ai une solution plus simple et plus radicale.

— Je t'écoute, camarade.

— Personnellement, je ferai nettoyer de nuit les baraquements et les latrines par les détenus, après leur journée de travail, pour ensuite les entasser tous dans le camp le plus à l'est de l'archipel. Il suffira de faire venir quelques bataillons de soldats des villes voisines, de les habiller en prisonniers, de tenir Gorki loin de là où seront les véritables forçats pour qu'il ne voie que des hommes bien portants et heureux de leur sort, et le tour sera joué. »

Ivan dévisagea Frenkel alors qu'il descendait sa vodka avec un air d'autosatisfaction manifeste. Le pragmatisme de ses méthodes était d'une efficacité redoutable. Cependant, il disait beaucoup trop « je » et « moi », preuve de la haute opinion qu'il avait de lui-même et de l'ambition personnelle qui était nécessairement la sienne, pour être un vrai communiste uniquement dévoué à l'édification de la société sans classes. Il lui faudrait veiller à le maintenir à des postes opérationnels de maître d'œuvre s'il ne voulait pas qu'un jour il cherche à avoir sa peau.

« Camarade Frenkel, une fois de plus, tu as trouvé les bons ajustements pour atteindre nos objectifs. Trinquons ! »

Ivan remplit leur verre.

« *Za vaché zdarovié!* dit-il

— *Za vaché zdarovié!* », répondit Frenkel.

Ils burent.

« Et n'oublie pas le nouveau panneau à afficher à l'entrée : "D'une main de fer, nous conduisons l'humanité vers le bonheur." Le camarade Staline tient particulièrement à ce que l'aspect humaniste de rééducation des citoyens soit mis en avant.

— Ce sera fait, camarade Narychkine. »

Frenkel se leva et coiffa sa casquette. Ivan se leva à son tour. Alors qu'ils cessaient leur poignée de main, Ivan lui demanda :

« Une dernière chose : pourrais-tu te renseigner sur l'un de nos pensionnaires ?

— Bien sûr, lequel ?

— Le matricule 49757.

— Un problème avec ce crevard en particulier ?

— Aucun. Il a tué beaucoup de nos camarades pendant la guerre civile et j'aimerais savoir si ce "crevard", comme tu dis, est toujours en vie.

— S'il l'est, j'abrégerai ses souffrances !

— Ce ne sera pas nécessaire, camarade, car le libérer de sa médiocre existence serait lui faire trop d'honneur. Avec tout le sang de nos frères qu'il a sur les mains, il mérite l'enfer. Et les Solovki ne sont-elles pas pires que l'enfer pour les ennemis de l'Union soviétique ? »

Frenkel le dévisagea avec un air terrible et éclata d'un rire tonitruant auquel Ivan se joignit.

« Je savais que nous étions de la même trempe tous les deux ! », s'exclama Frenkel avant de sortir.

Ivan resta quelques instants sans bouger, puis il fit quelques pas en allumant une cigarette avant de s'immobiliser devant la fenêtre. Il vit Frenkel passer en dessous. Cet homme n'était qu'un truand, un ambitieux de la pire espèce, un parasite qui se servait de la Révolution au lieu de la servir, mais que l'on pouvait exploiter pour les besoins d'un combat plus grand que lui tant que durait son utilité.

4

Nanti de la fortune de ses parents, Alexeï tourna le dos aux convulsions souterraines de l'humanité. Il remercia James et ses parents pour leur aide inestimable, s'installa à l'hôtel et s'abandonna aux flots de nouveautés, de réjouissances et de plaisirs charriés par la modernité.

Apatride, sans plus aucune attache ni racine, il était citoyen de nulle part. L'Europe libre était son terrain de jeu ; Londres, Paris, Rome, Madrid se résumaient à des suites de palaces, des clubs bruyants et enfumés, des nuits blanches de fêtes et d'ivresses étincelantes, des peaux et des visages de femmes anonymes.

Le Vieux Continent le lassa rapidement. Partout, l'actualité sinistre et les grondements d'un monde au bord du gouffre le rattrapaient : dans les cris racoleurs des vendeurs de journaux, les informations diffusées à la radio, les œuvres des artistes, les conversations nocturnes. Et surtout, il croisait trop de Russes en exil de leur Mère Patrie et d'eux-mêmes, dont certaines fréquentations ou connaissances mondaines et lointaines, autant de plaies dans son présent permanent qui le plongeaient dans les souvenirs d'un pays désormais disparu et une existence révolue dont il voulait réduire la mémoire jusqu'à l'amnésie.

Il embarqua pour l'Amérique. Il découvrit le cinéma, les gratte-ciel et les Indiens dansant au-dessus du vide pour défier toujours plus haut Dieu et les lois de la gravité, les *speakeasies* et les soirées dans des villas délirantes où la belle société délurée noyait l'hypocrisie de la Prohibition dans des flots de champagne en dansant le charleston. Pour la première fois, il éprouvait cette sensation délicieuse que tout était possible pour celui qui le voulait, peu importait le point de départ de sa condition ; il ressentait physiquement l'idée même de liberté qu'il avait jadis espérée pour la Russie. L'Eldorado dont il avait rêvé en lisant Adam Smith existait, démenti cinglant jeté à la face mensongère du communisme puisque, ici, l'homme, égoïste par nature et uniquement mû par son amour-propre, concourait à l'intérêt général en ne poursuivant que son seul intérêt particulier. Si un idéal méritait que l'on se batte pour lui, c'était celui-ci.

Aussi, Alexeï se jeta-t-il corps et âme dans son tourbillon illusoire où chaque soir était « Le Grand Soir », où aucun instant ne se survivait à lui-même ; sans entendre, derrière les beats de jazz endiablés sur lesquels il frétillait jusqu'à l'aube, les crépitements des bûchers sommaires du Ku Klux Klan ; sans sentir, au fond de chaque verre qui rendait sa fuite et son naufrage intérieur plus doux, le goût du sang, l'odeur de la poudre et l'argent poisseux des fusillades de rue ; sans voir, sous les strass et les paillettes, la gangrène d'une spéculation financière qui s'apprêtait à jeter des populations entières dans la misère et la guerre.

5

Natalia alluma une cigarette et reposa avec exaspération le rapport concernant Alexandre Pavlovitch Koutepov, le nouveau chef du ROVS depuis l'empoisonnement réussi de Wrangel, au sommet de la pile de documents qui s'accumulaient sur son bureau. Elle n'arrivait plus à se concentrer. Elle ne supportait plus d'être cantonnée à la synthèse d'informations remontées par leurs agents de l'étranger, à la validation de l'organisation de leurs opérations et à l'arrestation de quelques artistes refusant de mettre leurs créations au service de la propagande louant la réussite socialiste et l'avènement de « l'homme nouveau ».

« Peut-on vraiment parler de réussite et d'homme nouveau ? », se demandait-elle parfois. Le passage à la société communiste se heurtait sans cesse à la résistance d'individus privilégiant leurs intérêts personnels au bien commun. Les koulaks, ces paysans enrichis grâce à la NEP, séquestraient les récoltes pour s'opposer aux réquisitions exigées par le camarade Staline dans le cadre de la mise en place du premier plan quinquennal, entravant la transition d'une économie aux fondements capitalistes à une économie planifiée par l'État, affamant le peuple russe pour augmenter le prix de leur production à leur seul profit. Leur individualisme forcené générait des grèves et des révoltes sur tout le territoire et réveillait le spectre sinistre de la guerre civile. Ajoutée à la crise financière qui saignait et déstabilisait le reste du monde, leur attitude égoïste mettait en péril la compétitivité des exportations soviétiques déjà entamée par la frilosité croissante de leurs partenaires et dont dépendaient les investissements nécessaires au développement de leur industrie.

« Et quand bien même notre réussite s'avérerait totale, combien de temps pourrons-nous la protéger d'une guerre pire que la précédente ? », s'interrogeait également Natalia. L'écroulement de la bourse américaine avait entraîné ceux des cours européens, les États-Unis avaient interrompu leurs prêts permettant les remboursements des différentes dettes issues de la Grande Guerre, une misère généralisée qu'aucun gouvernement occidental ne parvenait à endiguer s'était répandue et continuait de se répandre. Cette pauvreté qui jetait des pans entiers de population à la rue et dans l'infortune, loin de sensibiliser ces malheureux à l'idéal communiste du « Grand Soir », les poussait au repli identitaire ardemment prôné par les nationalistes les plus extrêmes. Si l'Angleterre et la France résistaient pour l'instant aux secousses des tentations fascistes malgré les grèves et les contestations qui éclataient tels des obus au cœur de leur corps social, l'Allemagne, elle, s'engageait sur la pente dangereuse que Natalia avait prédite à maintes reprises sans être jamais ni écoutée ni entendue. Aux dernières élections, Hitler et ses fanatiques nazis avaient réalisé une poussée phénoménale, passant de douze députés élus au Reichstag à cent sept, s'affirmant ainsi comme la force politique montante, sinon majeure du pays, apte dans tous les cas à déstabiliser son équilibre et à faire vaciller son destin. Pourtant, rien n'était joué. Natalia restait persuadée qu'il était encore possible de faire pencher les masses du bon côté de l'Histoire ; elle était même convaincue que jamais l'heure n'avait été aussi propice à l'expansion et à l'extension de la Révolution soviétique au reste de l'humanité.

Lorsqu'elle s'en était ouverte à Ivan quelques jours auparavant, sa réaction avait été sans appel.

« Mais tu es folle ! Tu réalises ce que tu risques avec de tels propos ? Tu vas te retrouver accusés de "trotskisme", de sabotage et de crime contre-révolutionnaire, c'est ça que tu veux ?

— Peut-être que Trotski avait raison.

— Tais-toi, Natalia, tais-toi !

— Et s'il avait tort, j'irais rejoindre mon frère. Je le saluerais de ta part, si toutefois son "trotskisme" ne heurte pas trop tes convictions. »

Ivan l'avait dévisagée, les larmes aux yeux, livide et le corps tremblant de tous ses membres, avant de quitter l'appartement jusqu'au lendemain. À son retour, elle s'était platement excusée d'avoir rouvert ainsi la blessure de la mort de Kolya ; elle était tellement habituée à enfoncer des poignards chauffés à blanc dans les plaies psychologiques des traîtres pour leur arracher leurs aveux qu'elle finissait par blesser l'un des seuls hommes qui avait toujours voulu son bien.

« Promets-moi de faire attention aux idées que tu profères, je t'en supplie. Je ne supporterai pas de te perdre. Après Kolya, je... »

Il avait éclaté en sanglots. Elle l'avait longuement consolé et bercé dans ses bras ; il s'était endormi aussi paisiblement que le bébé qu'ils ne parvenaient pas à avoir.

Natalia écrasa sa cigarette, quitta son bureau et monta jusque devant celui de Iagoda. Le garde en faction lui signifia qu'elle ne pouvait pas le déranger et qu'il lui ferait part de sa demande. Natalia redescendit en maudissant intérieurement la bureaucratisation autrefois dénoncée par Trotski qui vérolait de plus en plus les services et le régime. À l'époque de Dzerjinski, les rapports hiérarchiques étaient plus simples et les procédures plus expéditives.

Quelques semaines plus tard, Iagoda la recevait enfin.

« Pardonne-moi de t'avoir fait attendre si longtemps, camarade Lishenko. Les obstacles à éliminer pour le bon déroulement du premier plan quinquennal requièrent en ce moment une vigilance de tous les instants. »

Il l'invita à s'installer et ils prirent place.

« Je n'ai pas eu l'occasion de te féliciter pour l'élimination de ce parasite de Wrangel. Une opération menée de main de maître, vraiment.

— Merci, camarade.

— J'ai été particulièrement sensible que tu préconises ma méthode de prédilection pour le supprimer. Les poisons sont l'une des armes les plus anciennes qui soient et pourtant la plus civilisée. »

Il alluma une cigarette.

« Alors, camarade Lishenko, pourquoi voulais-tu me voir ?

— J'aimerais retourner sur le terrain, camarade.

— Tu es déjà sur le terrain, ici ! Et puis, regarde, tu as bien fait des miracles avec Wrangel, et ce depuis Moscou.

— Néanmoins, camarade, malgré nos efforts, Koutepov a mis par deux fois en échec les tentatives d'enlèvement de nos agents.

— Monte une nouvelle opération en t'appuyant sur du poison, tu obtiendras peut-être de meilleurs résultats ? »

Iagoda tira une bouffée de tabac en la fixant de ses yeux pernicieux.

« Une femme aurait sans doute plus de succès », insista Natalia.

Iagoda recracha lentement la fumée en la suivant du regard avant de le reporter sur Natalia.

« Une femme comme toi, je suppose ?

— Ou moi en personne. J'ai déjà agi en France, je connais bien Paris et j'ai de solides contacts là-bas.

— Insinuerais-tu que nos hommes basés en France sont incompétents ou qu'aucun autre de nos agents de sexe féminin ne serait assez qualifié pour cette mission ? »

Ils se jaugèrent longuement.

« Non, camarade », répondit Natalia.

Iagoda écrasa sa cigarette.

« Par conséquent, camarade Lishenko, tu sais ce qu'il te reste à faire… »

Il prit un dossier et l'ouvrit. Natalia se leva, le salua et se dirigea vers la porte. Alors qu'elle allait sortir :

« Camarade Lishenko ? »

Elle se retourna.

« À la réflexion, tu as peut-être raison. D'autant plus qu'il serait de toute évidence judicieux de reprendre un contact plus rapproché avec Cromwell pour l'affaire qui nous intéresse. Mais attention, l'Allemagne reste un partenaire privilégié. Dans le contexte économique actuel, nous avons tout intérêt à ce que les Anglais réussissent à faire alléger les réparations dues à la France qui pèsent sur ce pauvre peuple allemand. Suis-je assez clair, camarade Lishenko ?

— Limpide, camarade. »

Elle posa sa main sur la poignée.

« Une dernière chose, camarade Lishenko. »

Natalia se ravisa.

« Je veux Koutepov mort ou vif. Le camarade Staline tient beaucoup à avoir sa tête pour trophée. Si tu réussis, Berlin et Londres redeviendront tes territoires de prédilection. Si tu échoues ou si tu dévies encore de la ligne fixée par le Parti, en revanche… »

6

Derrière la baie vitrée du penthouse, Alexeï observait un jour blafard se lever sur New York. Dans le salon de réception, l'orchestre dévidait des swings endiablés sur lesquels se trémoussaient encore une cinquantaine de noctambules agités.

« Alex ! »

Il se retourna vers Suzie, « Sue », la belle blonde plantureuse, fille d'un industriel millionnaire, qui l'avait emmené à cette *party*. Elle tendait vers lui un jéroboam de Dom Pérignon qu'elle n'arrivait manifestement pas à ouvrir. Il la rejoignit et fit sauter le bouchon sous les acclamations enthousiastes du parterre. Titubante, Sue l'embrassa à pleine bouche.

« Une dernière coupe et je te kidnappe chez moi ! »

Elle fit apparaître un petit sachet de cocaïne de son décolleté, sépara l'amas de poudre blanche en lignes courbées d'ivresse, en sniffa une par narine avec un billet de cent dollars qu'elle donna ensuite à Alexeï. Il fit de même tandis qu'elle buvait une grande gorgée de bulles avant de le gratifier d'un baiser pétillant.

Collés l'un contre l'autre, Alexeï et Sue sortirent de l'immeuble, chancelants tel un radeau à la dérive et dérapant à chaque pas sur la neige gelée des trottoirs.

Au coin d'une avenue, ils manquèrent de s'affaler dans le caniveau. Ils se rétablirent de justesse et, hilares, burent tour à tour au goulot de la bouteille de champagne avec laquelle ils étaient partis. Alexeï tourna machinalement la tête et se figea. Sur la chaussée, un vieil homme tirait un cheval borgne auquel était attelée une carriole remplie de meubles ébréchés et de ferraille rouillée ramassés au gré des rues. Alexeï regarda autour d'eux et découvrit soudain une file de miséreux, hommes, femmes, enfants qui se pressaient dans le vent et le froid à l'entrée d'une soupe populaire dont la devanture demeurait désespérément fermée.

« *Niet,* murmura-t-il d'une voix étranglée, *niet...*

— Qu'est-ce que tu dis ? lui demanda Sue en ricanant. Tu parles communiste maintenant ? »

Un étau glacé enserrait la poitrine d'Alexeï. Il cligna des paupières pour chasser les visions d'horreur qui l'assaillaient et se superposaient à la réalité sordide déployée devant ses yeux : chevaux morts dévorés par les vers, amas de cadavres pourrissant, dépouilles d'hommes énucléés, au nez coupé, corps de femmes éventrées, le sexe embroché par un sabre, un agrégat d'images atroces surgies de ses souvenirs de la guerre civile et des Solovki.

Sue héla un taxi qui passait à proximité.

« Alex, tu viens ? », cria-t-elle en tenant la portière ouverte.

Alexeï la dévisagea avec une expression de dément, le souffle court, se retourna et disparut en glissant sur le sol dans une ruelle.

Arrivé au Waldorf Astoria, il demanda de faire monter un petit déjeuner dans sa suite avec la presse du jour, toutes les éditions, de tous les pays.

Pendant des semaines, il resta cloîtré dans ses appartements, à lire les journaux et à écouter la radio. Il ne répondait à aucun coup de téléphone ni aux visites de Sue, venue à maintes reprises frapper à sa porte pour tenter de le sortir de son silence et de sa torpeur.

Le sens tragique de la sourde tectonique des plaques à l'œuvre sous les bouleversements de l'ordre international lui apparaissait dans toute son ampleur : la crise financière, la misère féconde aux rancœurs extrêmes et aux déchirements sanglants des peuples, en Europe, en Russie, et jusqu'ici, aux États-Unis. Plus aucun pays n'était à l'abri de la contagion soviétique ou fasciste. Un monde de guerres, de charniers et de camps, où l'homme redevient un loup pour l'homme. Il ne pouvait rester spectateur passif de ces catastrophes à venir.

Il rassembla quelques affaires dans une valise, régla sa note et embarqua sur un bateau pour le Vieux Continent.

À Londres, il se rendit sans attendre chez Lord et Lady Scott Nelson. Ni eux ni James n'étaient présents. Il laissa un message et prit une suite à l'hôtel Savoy où il dépiauta tous les quotidiens de Grande-Bretagne à sa disposition.

À 7 heures, la réception l'avertit par téléphone que Sir James Scott Nelson l'attendait au fumoir.

« Alexeï ! », s'exclama-t-il en se levant pour l'accueillir.

Ils échangèrent une chaleureuse accolade.

« L'air fétide de Londres te manquait donc à ce point, vieille canaille ? Ou peut-être était-ce mon esprit délicieusement superficiel que tu pleurais seul dans ton lit ? »

Ils s'assirent. James lui servit un whisky et lui offrit un havane.

« C'est d'accord, dit Alexeï.

— D'accord pour quoi ? Ah, je sais : tu as enfin compris que, toi aussi, tu aimais les hommes. Mais je ne suis pas intéressé, tu n'es pas mon type, *sorry* ! rétorqua James avec son pince-sans-rire très anglais.

— Si la proposition de Churchill tient toujours, reprit Alexeï, je suis d'accord. »

L'expression espiègle de James s'effaça de ses traits.

« Je lui en parle demain, à l'aube.

— Merci. »

L'œil de James frisa de nouveau.

« Néanmoins, dit-il avec un sérieux trop affecté pour être vrai, j'ai une condition, et elle n'est pas négociable.

— Je t'écoute.

— Pour l'heure, aucune allusion, de quelque manière que ce soit, à l'état déplorable du monde. Cela me gâcherait le dîner et me donnerait des aigreurs d'estomac fort inélégantes pour mon rendez-vous clandestin de cette nuit. »

Ils rirent et Alexeï raconta à James l'Amérique et New York.

Le lendemain, Churchill appuyait de toute son influence l'incorporation d'Alexeï au sein des services secrets britanniques.

« J'ai cru qu'il allait avaler son cigare de joie ! », s'esclaffa James en lui annonçant la nouvelle.

Pendant plusieurs mois, Alexeï subit un entraînement intense : combat rapproché, armes, techniques de dissimulation et d'intimidation psychologique, émissions radio, codage, décryptage. Si sa vie dissolue de ces trois dernières années l'avait quelque peu ramolli physiquement, le combattant qui avait survécu à la guerre civile russe et aux îles Solovki ne fut pas long à se réveiller.

Un soir, alors qu'ils investissaient la bibliothèque de l'hôtel particulier familial pour prendre un brandy, James leva son verre en direction d'Alexeï.

« Demain, nous partons chez le diable : Berlin ! »

Arrivé dans la capitale allemande, James lui demanda tout d'abord d'observer. Cromwell, leur permanent sur place, ne rentrerait de Munich que quelques jours plus tard.

« Un bon agent s'imprègne du lieu où il se trouve pour se fondre dans la masse et devenir invisible », lui dit James.

Les deux serviteurs de la Couronne parcoururent la ville, les cafés, les tavernes, les musées, lisant les journaux, scrutant la vie, écoutant la radio, épiant les conversations autour d'eux pour prendre le pouls réel du pays et de sa population. Les milices nazies, reconnaissables à leurs uniformes noirs et à la croix gammée de leurs brassards, sillonnaient les rues et brutalisaient tous les juifs et tous les faibles qu'ils croisaient. Les murs étaient placardés d'affiches du Parti national-socialiste aux slogans chocs : « Les travailleurs se sont réveillés et votent pour le Parti national-socialiste ! », « Nous prenons le destin de la nation dans notre main, Hitler président du Reich ! », « Nous sommes en train de construire la nouvelle Allemagne ! », « Mort et faim sous les communistes, travail et pain avec les nazis, choisissez Hitler liste 1 ! », « Dites assez maintenant, votez Hitler ! », « Femmes ! Sauvez les familles allemandes, votez Hitler ! ». Et à voir la fierté avec laquelle les gens arpentaient les trottoirs, la manière dont ils se tenaient droits au comptoir des auberges, Alexeï sentait qu'il avait face à lui un peuple qui redressait la tête et qui, tôt ou tard, serait prêt à en découdre, quel que soit le prix à payer.

Un matin, alors qu'il retrouvait James au point de rendez-vous convenu la veille – ne jamais rester ensemble ni plus de quarante-huit heures au même endroit était la règle –, son ami lui fit signe de le suivre.

« Tu vas aujourd'hui commencer l'évaluation d'un suppôt de l'Oguépéou qu'un de nos hommes a retourné.

— Pourquoi l'évaluer si l'un des nôtres l'a déjà sondé ?

— *The famous double check, my friend,* car notre agent pourrait très bien avoir été lui-même retourné et être une taupe dont la mission serait d'introduire d'autres taupes afin de nous abreuver de fausses informations. »

James lui glissa un petit papier dans la main.

« Prends à droite au prochain carrefour et rejoins-moi à cette adresse dans une vingtaine de minutes. Tu passeras par la porte de service. »

James continua sa route tandis qu'Alexeï bifurquait. À l'heure dite, il entrait dans une petite maison. Un dossier sous le bras, James le guida jusqu'au sous-sol.

« Pourquoi moi ? lui demanda Alexeï. Tu es bien plus aguerri que moi.

— Tu es russe, tu as subi leurs interrogatoires, tu as été enfermé dans leurs prisons, dans leurs camps de rééducation, tu connais leurs méthodes, tu sauras mieux que nous déceler si on te ment ou pas. »

Ils arrivèrent devant une porte.

« Et puis, ajouta James en lui donnant le dossier, personne dans nos services n'est plus qualifié que toi pour évaluer cette potentielle recrue. »

Il tourna la poignée et ouvrit. Alexeï plissa les yeux à cause de l'obscurité qui régnait dans cette pièce où le plafonnier éclairait seulement une petite table avec deux chaises. Une femme, dont le visage restait dans l'ombre, était assise sur l'une d'elles. Quand elle s'avança dans le halo lumineux, Alexeï crut à une hallucination. Malgré les années passées, aucun doute n'était possible : face à lui se tenait Natalia.

7

Ivan tourna à l'angle de la rue et s'engagea dans l'avenue. Les mots de Frenkel résonnaient encore dans sa tête :

« Camarade Narychkine, je me suis renseigné sur le matricule 49757, il n'a pas survécu à un séjour prolongé à la hurlerie. J'ai pensé que tu serais heureux d'apprendre qu'il est mort dans d'atroces souffrances. »

S'il avait pensé avec un sentiment d'étrangeté : « Je suis le dernier des Narychkine », il n'avait pas commenté plus avant. Un détail dans l'attitude de Frenkel avait néanmoins éveillé son attention. Il lui avait annoncé le décès de son frère avec un air moins assuré et moins crâne qu'à l'habitude. Même s'il se faisait sans doute des idées, il vérifierait à l'occasion la véracité de cette information. Pour le moment, d'autres matières plus urgentes occupaient son esprit.

Ivan s'immobilisa devant l'entrée de l'hôtel et consulta sa montre. Il était à l'heure. Il entra dans le hall, demanda à la réception de prévenir de son arrivée, s'assit dans un canapé et alluma une cigarette.

L'idée de rencontrer Lavrenti Pavlovitch Beria le rendait nerveux. Après avoir réprimé dans le sang les velléités d'indépendance des nationalistes géorgiens, Beria était devenu l'un des proches les plus intimes de Staline, le seul que la fille du « Petit Père des Peuples » appelât « oncle Lara ». Décoré de l'Étoile rouge, chef de l'Oguépéou en Géorgie, il était réputé pour sa cruauté sans limite, son sens de l'organisation et sa fidélité indéfectible au chef du Parti qui disait de lui : « Il résout les problèmes là où le Politburo se contente de gratter du papier. » De passage à Moscou, il avait fait connaître à Ivan son souhait de le rencontrer sans en préciser la raison ni spécifier la nature de ce dont il voulait s'entretenir avec lui. « Nous devons anticiper l'avenir », s'était-il contenté de déclarer.

Lorsque Ivan entendit se rapprocher l'écho de bottes martelant le sol, il écrasa sa cigarette et se leva.

« Camarade Narychkine ! »

Beria marcha vers lui d'un pas martial et lui donna une accolade énergique. Grand, bien portant, le crâne rongé par une calvitie précoce, les traits réguliers, de petites lunettes rondes sans branche posées sur l'arête de son nez, des yeux noirs au regard vif, il dégageait le calme trompeur des hommes rompus à brimer leur brutalité pour mieux la laisser exploser dans sa manifestation la plus féroce quand les circonstances le réclamaient.

« Camarade Beria, très honoré de faire enfin ta connaissance.

— Moi de même, camarade, moi de même. Josef – pardon, le camarade Staline – ne tarit pas d'éloges à ton égard, comme au sujet du camarade Frenkel d'ailleurs. »

Il l'entraîna à sa suite.

« Viens, des Russes qui se respectent ne discutent pas du destin de la Révolution le gosier sec ! »

Ils rejoignirent le bar dont la salle était entièrement vide. Seule une table où trônaient une bouteille de vodka et deux verres était éclairée.

« J'avais envie que nous ne soyons pas dérangés. »

Il lui donna une tape amicale dans le dos et l'invita à s'asseoir.

« Avant toute chose, dit-il en les servant, un toast à la réussite des Solovki. »

Il leva son verre. Ivan fit de même.

« *Za vaché zdarovié!* », dirent-ils en chœur.

Ils burent d'un trait.

« D'après toi, commença-t-il, quel serait l'intérêt d'étendre ce modèle de camp à l'ensemble de l'URSS ?

— En premier lieu, répondit Ivan, l'étendre à l'ensemble de l'URSS n'aurait aucun sens.

— Notre pays est beaucoup trop vaste, en effet !

— Exactement. En revanche, l'implanter dans autant de zones stratégiques que nécessaire afin de répondre à des objectifs précis et définis pour fonctionner en synergie avec ceux des plans quinquennaux, tel serait l'intérêt pratique majeur d'une telle extension. »

Beria le scrutait avec minutie. Il sortit un paquet de cigarettes et lui en offrit une.

« Et quels seraient ces objectifs ?

— D'après l'analyse de notre situation et du cap fixé par le camarade Staline, trois semblent se dégager : réaliser de grands travaux d'industrialisation avec une main-d'œuvre à bas coût, exploiter nos ressources naturelles d'une manière optimale et peupler les régions désertées de notre territoire. »

Beria tira une profonde bouffée de tabac.

« Tu me parles d'objectifs officiels au service d'intérêts officiels, dit-il. Quels seraient les autres ?

— Tous se résument à un seul.

— Lequel ?

— Épurer la société soviétique des parasites et des traîtres qui entravent l'avènement de la société sans classes tout en les contraignant à participer activement à son édification. »

Beria remplit de nouveau leurs verres et tendit le sien en direction d'Ivan.

« Le camarade Staline m'avait bien dit que tu avais une compréhension exhaustive des enjeux qui sont les nôtres. »

Ivan imita Beria et ils liquidèrent leur vodka.

« Et toi, camarade Narychkine, que recherches-tu ?

— L'accomplissement de ce pour quoi nous nous battons depuis plus de dix ans.

— Certes, mais pour toi. Qu'attends-tu du triomphe du communisme, *pour toi* ?

— Je n'attends rien pour moi, camarade.

— Vraiment ?

— Oui.

— Pourtant, tous les hommes veulent quelque chose en particulier. Certains veulent le pouvoir, d'autres l'argent, d'autres encore les honneurs ou les femmes, et toi, tu ne veux rien pour toi-même ?

— Non, camarade. »

Beria écrasa sa cigarette et s'appuya contre le dossier de son fauteuil.

« J'ai du mal à te croire, dit-il. Aucun homme ne désire rien. »

Ivan écrasa sa cigarette à son tour.

« Je ne désire pas rien, camarade. Simplement, je ne désire rien pour moi seul.

— Et si je te disais que, pour orchestrer l'expansion du système concentrationnaire des Solovki en un vaste réseau de goulags, le camarade Staline hésite entre toi et Frenkel ?

— Le camarade Staline saura sans aucun doute affecter chacun de nous à la place où il sera le plus efficace pour servir l'intérêt général. »

Beria laissa son regard errer dans la pièce comme s'il cherchait le meilleur moyen de contourner les défenses de son interlocuteur.

« Je sais que tu es un communiste de grande valeur, camarade Narychkine. Je sais que ta main n'a pas tremblé quand tu as dû exécuter tes parents, je sais que ta résolution a été tout aussi ferme avec ton ami Kolya Antonovitch Lishenko, même si les conditions de sa mort mériteraient d'être mieux éclaircies ; et cependant, comment pourrais-je me fier à un homme dont je ne comprends pas les motivations ? »

Ils se dévisagèrent. Ivan croisa les mains sur ses genoux.

« Le camarade Lishenko était un excellent tchékiste et un grand soldat avant qu'il ne se fasse embrigader par le camarade Trotski, commença Ivan. Lui et moi avons fait un rêve quand nous étions enfants, le rêve d'un monde où tous les hommes seraient enfin égaux. C'est ce rêve que je poursuis et que je poursuivrai, quels que soient les sacrifices à accomplir, afin qu'il ne soit pas mort en vain.

— Ah, s'exclama Beria en les resservant avec un large sourire, maintenant je sais ce qui te motive : tu es un idéaliste, presque un romantique ! »

Il vida son verre.

« Tu sais, reprit-il, le camarade Trotski aussi était un idéaliste, et même un rêveur avec sa lubie de "la Révolution permanente", et par certains aspects, le camarade Lénine l'était également ; le camarade Staline, lui, est un pragmatique. Il faut des rêves pour déclencher une révolution, il faut du réalisme pour la faire advenir dans le temps et l'espace. »

Un sourire échappa à Ivan.

« J'ai dit quelque chose de drôle ? lui demanda Beria.

— La veille de la première et dernière séance de l'Assemblée constituante, lui répondit Ivan, le camarade Dzerjinski nous a emmenés, ma femme, le camarade Lishenko et moi, au palais de Tauride. Nous avions découvert les machinations que tramaient les Socialistes révolutionnaires pour revenir sur nos acquis et prendre le contrôle du gouvernement aux dépens des bolcheviks. Ce soir-là, étaient entre autres présents le camarade Lénine, le camarade Trotski et le camarade Staline. »

Il prit son verre.

« Le camarade Staline nous a dit une phrase que je n'ai jamais oubliée. Il nous a dit : “La mort d'un homme est une tragédie. La mort d'un million d'hommes est une statistique”. Depuis, mon idéal romantique est uniquement statistique. »

Il but son verre et le reposa sur la table. Beria le fixa longuement avant d'éclater d'un rire tonitruant, de les resservir et de porter un toast.

« *Za vaché zdarovié,* camarade ! dit-il en riant encore.

— *Za vaché zdarovié,* camarade ! »

8

La porte se referma sur Alexeï. Il s'avança jusqu'à la table, s'assit, déposa le dossier et l'ouvrit. Il feuilleta quelques pages et le referma aussitôt. Natalia l'observait sans ciller.

« Je suis heureuse que tu sois en vie, dit-elle.

— Comment peux-tu défendre un régime qui tyrannise et massacre sa population ? lui demanda sans préambule Alexeï.

— Pourquoi crois-tu que je suis ici ? »

Alexeï la scruta, fouillant ses traits pour y déceler le moindre tressaillement trahissant un signe de nervosité ou de dissimulation. Elle était parfaitement impassible. Seule la fixité de son regard témoignait de sa stupeur de le voir face à elle.

« Je ne te crois pas, répondit Alexeï. Tu as participé armes à la main à la prise du pouvoir des bolcheviks, tu as des enfants avec un homme qui a exécuté ses propres parents et enfermé son propre frère dans un lieu où l'on retire aux détenus jusqu'au dernier lambeau de leur humanité, et tu voudrais nous faire croire que tu n'es pas toi aussi une fanatique et que tu veux aujourd'hui changer de camp ? »

Natalia sourit.

« J'avais oublié à quel point vous vous ressemblez, Ivan et toi, dans votre manière implacable d'argumenter. »

Elle se tut un instant et croisa les jambes.

« Je ne savais pas que tu avais été emprisonné aux Solovki, ni qu'Ivan t'avait envoyé là-bas.

— Parce qu'il ne t'a rien dit ? »

Natalia hocha négativement la tête. Au rictus de douleur imperceptible qui lui échappa, Alexeï sut qu'elle ne mentait pas.

« La confiance règne en Union soviétique, ironisa-t-il.

— Il devait avoir des ordres.

— Mon frère est devenu très discipliné pour quelqu'un qui l'était si peu.

— Il lui a fallu cette discipline pour créer les Solovki. »

Alexeï encaissa l'information.

« Nous n'avons pas d'enfants, poursuivit Natalia, nous n'arrivons pas à en avoir. J'ai même cru te voir dans la cour de la Boutyrka le jour où j'ai perdu le premier, juste avant de m'évanouir. »

Alexeï la considéra longuement.

« Je suis désolé », dit-il.

Ils restèrent silencieux.

« Tu as été incarcéré à la Boutyrka ? demanda Natalia.

— J'ai été torturé dans tellement de cachots que je ne saurais dire par où je suis passé avant d'échouer aux Solovki. »

Natalia poussa un soupir empli de tristesse.

« Je suis désolée, dit-elle. Pour tes parents, pour toi. Pour tout. »

Alexeï traquait chacune de ses réactions. Soudain, il prit le dossier, se leva et se dirigea vers la porte.

« Alexeï, attends ! », l'interpella Natalia.

Il se ravisa. Elle se leva à son tour et se porta à sa hauteur. Elle se tenait tout près, presque contre lui.

« Pas ici », lui murmura-t-elle à l'oreille.

Alexeï sentit qu'elle glissait quelque chose dans la poche intérieure de sa veste. Natalia tourna légèrement son visage et planta ses yeux dans les siens. Ils restèrent ainsi un temps indéterminé, à sentir leurs souffles s'emmêler dans les quelques centimètres d'air libre qui les séparaient. Alexeï s'écarta et quitta la pièce.

Il s'engagea dans l'escalier menant au rez-de-chaussée de la maison. Il entendit une porte se refermer derrière lui, quelqu'un lui emboîter le pas jusque dans le petit jardin où il sortit respirer.

« Je pensais que c'était une bonne idée, lui dit James en s'approchant, de toute évidence je me suis trompé. Je vais prendre la suite. »

Alexeï mit la main dans la poche intérieure de sa veste et en retira une carte où figuraient le nom et l'adresse d'une taverne. Il la tendit à James.

« C'est elle qui te l'a donnée ? »

Alexeï acquiesça.

« Parfait, commenta James, je mets une équipe sur le coup.

— Non, rétorqua Alexeï. Elle le saura immédiatement, je dois y aller seul.

— Tu es sûr ?

— Tu as tout entendu, tu connais ses états de service, c'est la meilleure solution. »

James réfléchit avec un air perplexe en faisant tourner le bristol entre ses doigts.

« D'accord. Cromwell et moi, on prend le relai ici, et toi tu agis *off the book*. Mais promets-moi de ne jamais baisser la garde. Je connais en effet son pedigree, notamment concernant les agents du ROVS qu'elle a enlevés et ramenés dans les sous-sols de la Loubianka pour leur loger une balle dans la nuque. »

Le soir, Alexeï s'asseyait au bar de la taverne *Die Gesungfable – Le Chantefable* –, commandait une bière et allumait une cigarette. Après avoir bu une première gorgée, il remarqua qu'un petit papier dépassait de son repose-verre. Il s'en empara et le déplia discrètement. Y étaient inscrits l'angle de deux rues et le chiffre 27. Il termina sa chope, régla sa consommation et se fondit dans la nuit berlinoise.

Il consulta un plan de la ville et alla se poster au croisement indiqué. Les numéros des habitations ne coïncidaient pas avec celui écrit sur le message. Une silhouette de femme arriva sur le trottoir d'en face, s'immobilisa dans sa direction puis reprit sa marche.

Alexeï la suivit. Quand il la vit s'engouffrer dans un hôtel, il attendit quelques minutes, puis il entra à son tour, salua le réceptionniste de la tête et monta au deuxième étage. Arrivé devant la chambre 27, il s'arrêta, tendit l'oreille pour écouter les bruits qui filtraient dans le couloir. Il frappa. La poignée s'abaissa, la porte s'entrouvrit et il se faufila à l'intérieur. Natalia le plaqua contre le mur, l'embrassa avec rage ; ils chancelèrent jusqu'au lit et se prirent d'une manière désordonnée.

Lorsque leurs peaux furent rassasiées, Natalia posa sa tête sur le torse d'Alexeï.

« Les hommes de James sont dehors ? lui demanda-t-elle.

— Et les tiens ? », la questionna Alexeï.

Natalia se leva, attrapa un paquet de cigarettes dans son sac à main, s'assit sur le bord du matelas et en offrit une à Alexeï.

« Aliocha, je comprends que tu ne me fasses pas confiance », dit-elle en recrachant sa première bouffée.

Qu'elle l'appelle par son diminutif, comme à l'époque insouciante de leur enfance, porta la vigilance d'Alexeï à son niveau maximal.

« Ivan et moi ne parlons pas de ce que nous faisons pour l'Oguépéou, pas dans le détail en tout cas. C'est inhérent à nos fonctions et aux ordres qui sont les nôtres.

— Il ne vous reste pas grand-chose à vous dire alors, railla Alexeï.

— Nous parlons peu, c'est vrai. Ivan n'a jamais été très bavard de toute façon. C'est ce que j'aime chez lui, ses silences. Ils sont pleins et n'insinuent jamais de gêne entre nous. Sa raideur et sa gaucherie me touchent. La pureté de son engagement et son abnégation aussi.

— "La pureté de son engagement et son abnégation" ? Il envoie des dizaines de milliers d'hommes et de femmes à la mort et tu prétends qu'il a les mains propres ?

— Ce que nous essayons d'accomplir ne peut advenir sans du sang et des larmes, beaucoup de larmes. »

Son regard s'abîma dans le vide.

« Je vous ai toujours aimés tous les deux. Pour des raisons différentes, pas de la même manière, et pourtant je vous ai toujours aimés tous les deux. Parfois, je rêve de revenir au temps de la datcha, tout était plus simple. »

Elle tira une profonde bouffée de tabac.

« C'est pour cela que tu veux trahir ton camp, pour revenir au monde d'avant la Révolution ? »

Elle écrasa son mégot.

« Non. »

Alexeï se redressa.

« Natalia, tu as voyagé, tu as vu comment vivent les autres peuples, tu n'as pas envie de cette existence-là, pour la Russie, pour toi ?

— Un monde où l'argent remplace les privilèges et donne l'illusion que quiconque peut s'extraire de la condition héritée de sa naissance ? Non, ce n'est pas ce à quoi j'aspire.

— Parce que tu crois qu'une société qui condamne des milliers d'innocents à l'enfer sous le prétexte mensonger de leur offrir le paradis sur terre vaut mieux que les autres ?

— Je crois surtout que la société idéale n'existe pas. »

Alexeï éteignit sa cigarette.

« Alors qu'est-ce que tu veux ? Pourquoi voudrais-tu trahir un modèle que tu défends ?

— Je n'aime pas forcément ce qu'est aujourd'hui la Russie, cependant j'ai foi en ce qu'elle peut devenir demain. Et surtout j'aime mon pays. Je suis et resterai russe avant tout. Jusqu'à la mort. »

Alexeï s'assit à côté d'elle.

« C'est là où je ne te comprends pas. Je ne comprends pas pourquoi tu souhaites coopérer avec nous alors que cela peut te coûter la vie.

— Parce que, au-delà de ce qui nous oppose, nous devons faire face à un ennemi commun qui menace nos deux camps et dont personne n'a vraiment pris la mesure.

— Hitler est dangereux, mais pas au point de représenter un péril imminent.

— Tu te trompes. Tu as lu *Mein Kampf* ?

— Non.

— Lis-le. »

Elle se ferma.

« Qu'est-ce qui m'assure que tu ne veux pas simplement infiltrer nos services pour déstabiliser l'équilibre des démocraties européennes au nom de votre maudite révolution ? », lui demanda Alexeï.

Natalia s'énerva.

« Rien ne peut te l'assurer, c'est le propre des agents doubles, on ne sait jamais vraiment quel côté ils servent. La seule chose dont tu peux être certain c'est que, en travaillant avec moi, nous échangerons des informations qui satisferont nos dirigeants, et nous en collecterons d'autres qui leur ouvriront enfin les yeux sur l'Apocalypse qui s'annonce. »

Les larmes affleuraient sous ses paupières. Alexeï connaissait le talent de manipulation des femmes dans la simulation des sentiments, et tout particulièrement celui de Natalia, et cependant elle lui apparaissait réellement bouleversée par les cataclysmes qu'elle semblait entrevoir. Il la prit dans ses bras. Elle tremblait. Il l'embrassa, ils basculèrent sur l'édredon et firent l'amour toute la nuit.

Le lendemain, Alexeï partit juste avant l'aube. Natalia dormait encore. Il retrouva James et Cromwell au *Romanisches Café*. Il leur fit un rapport circonstancié des événements sans rien éluder.

« Quels sont les risques pour nous ? lui demanda James.

— Les mêmes risques qu'avec n'importe quel agent double.

— Les avantages ?

— Tant que nous l'aiderons à rassembler les informations qu'elle cherche sur Hitler, elle constituera une bonne source. »

James échangea un regard avec Cromwell.

« Je vais en parler avec nos supérieurs », dit-il.

Quelques jours plus tard, Alexeï le retrouvait dans une allée du parc Großer Tiergarten à proximité de l'île Rousseau.

« Nous avons le feu vert. Cromwell est relevé de ses fonctions et rentre à Londres. Tu seras le référent de Natalia, alias Ivana dans nos services. Un appartement sera mis à ta disposition d'ici la fin de la semaine. Tu t'appelles désormais William Chesterfield, tu rédigeras des articles en tant que reporter du *Times* dépêché à Berlin pour couvrir l'actualité culturelle. De cette manière, tu pourras infiltrer la bonne société, repérer les autres agents soviétiques, t'enquérir de leurs actions et surveiller la progression des idées nazies. Le ministère des Affaires étrangères partage de plus en plus les craintes de Churchill au sujet d'Hitler et veut être tenu informé au plus près de l'évolution de la situation politique allemande. Tu me fourniras tes rapports directement par le canal chiffré, je reviendrai régulièrement ici et, au moindre besoin, tu sais comment contacter nos autres hommes sur place. Bonne chance, mon ami. Sois prudent. »

Ils se séparèrent. En revenant vers l'agitation de la ville, des images fugitives de ses étreintes avec Natalia assaillaient l'esprit d'Alexeï. La lueur qui avait brillé dans ses yeux lorsqu'il lui avait appris la mort d'Oleg et la sauvagerie sensuelle que cette révélation avait engendrée restaient gravées dans sa chair.

À l'angle d'une rue, Alexeï s'arrêta devant une librairie dont la vitrine était remplie d'exemplaires de *Mein Kampf*.

Il se procura les deux tomes, rentra à son hôtel et se plongea dans leur lecture.

9

Accompagné de Frenkel, Ivan inspectait la première écluse du canal reliant la mer Blanche à la mer Baltique. Staline avait rajouté ce projet titanesque à la moitié du premier plan quinquennal, exigeant qu'il fût accompli en seulement vingt mois. Ivan, qui dirigeait désormais la section statistiques et répartition des prisonniers pour l'ensemble des camps formant le Goulag, avait fortement appuyé la nomination de Frenkel à la tête de ce chantier pharaonique. La position géographique de l'archipel des Solovki et ses énergiques capacités d'organisation pratiques le désignaient en effet comme le maître d'œuvre idéal pour triompher d'un tel défi.

« Beau travail, camarade Frenkel », dit Ivan avec une admiration réelle.

Pour nourrir ce gouffre insatiable de main-d'œuvre, Ivan avait dû fixer des quotas élevés de personnes à arrêter et à déporter, ouvrant ainsi la nouvelle ère souhaitée par le camarade Staline d'une épuration à grande échelle de la société russe des parasites, des saboteurs et des traîtres qui entravaient l'avènement de la société sans classes. L'industrialisation du pays étant encore loin d'être atteinte, les *zeks* avaient dû se contenter d'outils rudimentaires pour accomplir cette tâche d'envergure nationale et philosophique, incarnation vivante de la *perekovka* – la réhabilitation des criminels par les vertus du travail. Hachettes à bois, pelles, pics avaient servi en lieu et place des marteaux-piqueurs afin de permettre une démonstration vivante et vibrante du caractère éducatif de l'entreprise. Pour galvaniser au plus haut le moral des travailleurs, Frenkel avait appliqué sa méthode éprouvée d'indexation de la ration quotidienne de nourriture sur l'atteinte des objectifs journaliers et instauré une compétition féroce entre les forçats pour les motiver à surpasser toujours plus leurs capacités. Si beaucoup étaient morts sous l'effort et les conditions climatiques extrêmes – au-delà de –30 °C en hiver –, Frenkel avait pu compter sur le soutien sans faille d'Ivan pour ravitailler sans cesse ce cimetière à ciel ouvert avide de chair vaillante et de sang frais.

Et aujourd'hui, avec seulement un mois de retard sur les délais consentis par le camarade Staline, le résultat était là : 227 kilomètres de voie fluviale, dont 39 creusés à travers la roche, ponctués de cinq barrages et dix-neuf écluses, s'écoulaient de la mer Blanche à Saint-Pétersbourg, en empruntant plusieurs lacs et affluents.

Ivan s'agenouilla pour admirer la surface de l'eau aussi polie qu'un miroir.

« Quelle est la profondeur, camarade Frenkel ?

— 3,5 mètres, camarade Narychkine. »

Frenkel avait répondu avec un très léger tremblement dans la voix. Ivan se releva et se tourna vers lui.

« Voilà qui va malheureusement limiter l'accès aux cargos dont le tonnage dépasse un certain niveau. Une explication ?

— Camarade, creuser plus profond aurait retardé les travaux et repoussé d'autant la date d'inauguration arrêtée par le camarade Staline. »

Ivan s'approcha de Frenkel.

« Camarade, tu as accompli l'impossible, mais tu te doutes bien que je ne vais pas pouvoir occulter cet élément dans mon rapport.

— Je comprends, camarade. »

Ivan soupira.

« Fais en sorte que le bateau choisi pour la venue du camarade Staline ne révèle pas ce "détail". »

— Oui, camarade ! »

Ivan lui donna une tape amicale sur l'épaule, termina son inspection et partit prendre son train.

En s'asseyant dans son compartiment, il se félicita d'avoir su écouter les conseils insidieux de Beria au sujet de Frenkel. Lui confier la réalisation d'un tel ouvrage avait flatté autant son ego qu'engagé sa responsabilité. À ce titre, tout manquement ou défaillance lui serait directement imputé.

Pendant le trajet, Ivan admira le paysage de son pays qui entamait une phase décisive de sa mue. La pause dans la collectivisation des terres que le camarade Staline avait accordée touchait à sa fin ; en imputant aux koulaks la dernière famine qui avait meurtri la population, il préparait les conditions favorables à leur éradication définitive. Pour le reste, le « Petit Père des Peuples » pressait le cours de l'Histoire d'une main d'acier. Il broyait enfin les derniers résidus des libéralités de la NEP pour hâter l'édification concrète du communisme. Les syndicats étaient désormais exclus des discussions sur les normes de travail, l'avortement était de nouveau interdit, le divorce freiné, l'homosexualité punie. Une purge de l'armée et du Parti débutait. Une réécriture de l'histoire prolétarienne était également à l'œuvre afin d'élever les jeunes citoyens soviétiques dans le culte de leur glorieuse révolution et de celui qui les guidait vers le paradis terrestre. « L'homme nouveau » était en marche. Pour la première fois depuis longtemps, Ivan se sentait heureux. Kolya n'était pas mort en vain, bientôt le rêve qu'ils avaient fait ensemble deviendrait réalité.

À Moscou, un autre bonheur l'attendait. Quand il rentra chez lui, il trouva Natalia en train de caresser doucement les cheveux de leur petit Sergueï endormi dans son lit.

Oui, même si Natalia repartait bientôt pour Berlin, Ivan ne s'était pas senti aussi heureux depuis les années où résonnait le rire si fort et si franc de Kolya.

10

Le serveur se pencha pour prendre la commande.

« *Kaffee, bitte.*

— *Sofort, mein Herr.* »

Assis en terrasse, Alexeï alluma une cigarette, ouvrit un journal et parcourut les nouvelles du jour.

Mois après mois, il avait vu se concrétiser les craintes de Natalia. Devenu chancelier et Führer, Hitler détenait désormais les pleins pouvoirs. Le parti nazi était la seule formation politique autorisée et faisait corps avec l'État. Les libertés de presse et d'association étaient supprimées, les livres dangereux brûlés sur les places publiques dans de grands autodafés. Les lois de Nuremberg privaient les juifs allemands de leur nationalité, les reléguant au rang d'étrangers et de parias : interdiction de tout mariage et de toute relation sexuelle avec des citoyens de sang aryen afin de préserver la pureté de la race et de la nation, interdiction d'employer des domestiques d'ascendance germanique et d'arborer les couleurs du Reich. Le service militaire obligatoire était rétabli, la Wehrmacht occupait la Rhénanie, autant de violations du traité de Versailles accomplies dans l'apathie des anciens alliés et de popularité gagnée pour Hitler dans le cœur à nouveau empli de fierté de son peuple.

Le serveur déposa la tasse sur la table.

« *Kaffee, mein Herr.*

— *Danke.*

— *Bitte.* »

Alexeï referma son quotidien, écrasa sa cigarette et observa les allées et venues des passants sur la place. Natalia avait raison, tout était sous leurs yeux, écrit noir sur blanc dans *Mein Kampf.* Malgré l'interruption de ses activités à Berlin pendant presque deux ans, elle avait continué de leur fournir de précieuses informations sur les positions parfois troubles et sinueuses de l'URSS dans le jeu diplomatique européen. Si Staline poursuivait l'entretien de rapports cordiaux avec le régime nazi dans le cadre des relations économiques entre leurs deux pays, il cherchait également à constituer un front antifasciste avec les vainqueurs de la Grande Guerre. Aujourd'hui, nul ne pouvait prédire de quel côté pencherait le maître du Kremlin, la situation était plus instable que jamais.

Alexeï commanda un autre café et regarda sa montre. Encore dix minutes. Vu sa ponctualité légendaire, si son rendez-vous n'était pas là à l'heure dite, il aurait échoué. James, Natalia et lui devraient se mettre en quête d'un autre intermédiaire susceptible de les renseigner sur les intentions secrètes d'Hitler et les futures actions du Reich afin de tenter de réveiller les dirigeants des démocraties de leur léthargie complaisante envers l'Allemagne et d'ouvrir les yeux de Staline sur la réalité de la menace représentée par le Führer pour la république des Soviets.

Durant ces cinq dernières années, Alexeï s'était parfaitement fondu dans la vie culturelle et mondaine berlinoise. Il était de toutes les avant-premières, de tous les vernissages, de toutes les projections. Pour ancrer sa couverture journalistique et s'assurer ses entrées dans la belle société majoritairement dévouée aux idées nazies, il s'était astreint à mettre à l'honneur dans ses articles du *Times* les artistes engagés dans la propagande nationale-socialiste. Il avait longuement interviewé Albert Speer, l'architecte en chef d'Hitler, Leni Riefenstahl, sa réalisatrice attitrée, le peintre Karl Truppe, le compositeur Carl Orff, l'écrivain Heinz Steguweit, l'actrice Magda Schneider ou encore le sculpteur Karl Diebitsch. Grâce à ses chroniques élogieuses et à son allemand jugé « impeccablement pur pour un Anglais », il était régulièrement invité à des dîners et des soirées privées où, aux détours des conversations, il glanait des bribes d'informations auprès des officiers SS et des nantis du régime venus pour l'occasion, qu'il tentait ensuite d'assembler pour en dégager des lignes de forces souterraines.

Un soir, après la première du *Tannhaüser* au Deutsches Opernhaus, lors d'une réception que Hitler et Goebbels honoraient de leur présence, Alexeï reconnut le père de son ancien ami

Andreas, le riche industriel Siegfried von Metternich, aux côtés du guide suprême de l'Allemagne et de son ministre de la Propagande. Soucieux de ne pas être reconnu, il s'était éclipsé des réjouissances et avait rapporté l'événement à James et Natalia.

« *Bloody hell!* s'était exclamé James. Andreas, comment n'y ai-je pas pensé plus tôt ! Son père est l'un des plus fervents soutiens du Führer.

— Penses-tu qu'il soit un nazi convaincu ou qu'au contraire il puisse nous aider ? avait demandé Natalia.

— Il n'y a qu'une seule manière de le savoir », avait répondu Alexeï.

Les semaines suivantes, il s'était posté près des ateliers berlinois de l'usine von Metternich et avait pris Andreas en filature. La première fois qu'Alexeï l'avait aperçu arborant le brassard à la croix gammée, il n'avait pas voulu le croire. Andreas ne pouvait pas adhérer en conscience à cette idéologie guerrière et mortifère. Cela ne correspondait pas au jeune homme qu'il avait connu du temps des jours heureux à la datcha Narychkine ou lors de ses séjours d'été dans la famille de son ami. Alexeï n'eut aucun mal à établir l'agenda type d'Andreas tant celui-ci menait une vie réglée avec une rigueur métronomique digne du philosophe Emmanuel Kant : même itinéraire chaque jour, coiffeur tous les jeudis, même taverne pour le déjeuner.

« La place est-elle libre, *mein Herr* ? »

Attablé devant une *Kartoffelsalat*, une *Weißwurst* et une chope de bière, Andreas avait levé un regard neutre de son journal avant d'écarquiller les yeux de stupeur.

« *Vielen Dank* », avait enchaîné Alexeï en posant d'autorité son assiette de *Wiener Schnitzel* et en s'asseyant face à lui sans lui laisser le temps de répondre.

Il lui avait tendu la main.

« William Chesterfield, correspondant culturel du *Times*, enchanté. »

Andreas l'avait salué machinalement, incapable d'articuler le moindre son. Au bout de quelques minutes, il avait chuchoté :

« C'est toi, Alexeï ?

— Où peut-on se voir ?

— Qu'est-ce que tu veux ?

— Pas ici. »

Alexeï avait tiré un stylo de sa veste et parlé plus fort.

« Je peux vous emprunter votre journal ? *Danke schön.* »

Il avait fait mine de le parcourir avant d'inscrire à la hâte une adresse entre deux articles, de replier soigneusement les feuilles du quotidien et de le rendre à Andreas. Chacun avait terminé son repas et Alexeï était parti en premier.

À 7 heures du soir, Andreas le retrouvait dans un café à l'écart du centre de la ville.

« Qu'est-ce que tu fais à Berlin ? avait-il demandé sans préambule avec un air verrouillé. Tu es russe, tu ne peux pas être correspondant pour le *Times.* Alors ?

— C'est une longue histoire. Disons que je m'intéresse de près aux intentions d'Hitler et que tu peux m'aider à connaître ce que d'autres ne peuvent pas savoir.

— Impossible.

— Andreas, tu ne peux pas être un nazi. Pas toi.

— Le national-socialisme est l'avenir de l'Allemagne, et du monde.

— Andreas, ne me récite pas ton catéchisme, tu ne risques rien avec moi.

— Tu n'as aucune idée des enjeux de ce qui se prépare ici. C'est trop dangereux pour ma famille.

— Je comprends. Buvons juste un verre ensemble et ensuite tu n'entendras plus parler de moi. »

Alexeï avait commandé deux bières et deux schnaps.

« La question de départager l'Allemagne, l'Angleterre et la Russie de manière éthylique ne se pose plus, avait dit Alexeï en brandissant son verre, *der Schnaps gewinnt, Prost !* »

Andreas avait trinqué en souriant à ce souvenir commun du « voshsky » et, l'espace de quelques secondes, son visage avait recouvré l'expression enjouée qu'il lui arrivait d'afficher autrefois.

« Comment as-tu survécu ? », avait-il demandé.

Alexeï lui avait raconté en substance la guerre civile, les Solovki, son évasion, son entrée dans les services secrets britanniques ainsi que ses retrouvailles avec James et Natalia.

« Soyez très prudents, lui avait dit Andreas, Hitler n'est qu'au début de ce qu'il ambitionne d'accomplir.

— *Mein Kampf* ?

— Tout est dans *Mein Kampf.* »

Ils avaient bu une gorgée de bière.

« Andreas, dis-moi que tu ne cautionnes pas les délires du fou furieux qui vous dirige. Je ne peux pas croire que tu sois nazi.

— Mon père est un nazi pur et dur, convaincu jusqu'au plus profond de son être. Je travaille avec lui, je suis membre du Parti, mais je ne suis pas comme lui. Je ne veux pas voir l'Europe sombrer dans un chaos et des ténèbres pires que ceux de la dernière guerre.

— Alors aide-nous ! Même si nous ne réussissons pas, nous aurons essayé. »

Andreas était resté un long moment silencieux.

« Laisse-moi réfléchir. »

Alexeï avait acquiescé.

« Tu peux me joindre à la rédaction du *Times.* »

Andreas s'était levé pour partir.

« J'oubliais, s'était-il ravisé en sortant une pochette de cuir à lacets de son manteau. Les lettres que tu m'avais confiées. »

Alexeï avait récupéré les précieuses missives de ses parents.

« Je suis désolé pour eux, et pour ton frère. »

Après plusieurs mois d'attente, Alexeï avait trouvé une enveloppe sur son bureau. Andreas lui donnait rendez-vous en terrasse du café où il l'attendait aujourd'hui. De la décision de son ami dépendait leur capacité à pouvoir enfin ouvrir les yeux des dirigeants européens et du maître du Kremlin, et peut-être sauvegarder la paix.

À l'heure dite, Andreas se tenait debout devant sa table.

« Assieds-toi, lui dit Alexeï avec empressement en tirant la chaise qui jouxtait la sienne. *Kaffee ?* »

Il s'apprêtait à faire signe au serveur quand Andreas déclara sèchement :

« Je ne peux pas t'aider. Ne cherche plus jamais à me contacter. »

Sans rien ajouter de plus, il tourna les talons et disparut dans la foule des passants affairés.

11

Ivan cligna des yeux sous l'effet aveuglant de la lumière. Il sentait encore les impacts des coups reçus dans son corps endolori et sa chair tuméfiée.

« Camarade Narychkine, quelle joie de te revoir ! À l'avenir, ne nous privons plus d'un tel plaisir. »

Un soir, alors qu'il rentrait chez lui, quatre individus avaient surgi dans son dos. Ils lui avaient passé une cagoule sur la tête, l'avaient bastonné et balancé dans le coffre d'une voiture. Il avait tout d'abord cru à un guet-apens organisé par des agents du ROVS ou des espions à la solde de leurs ennemis de l'étranger ; quand il avait été jeté dans un cachot obscur, il avait compris qu'il était désormais détenu dans les sous-sols de la Loubianka. Sous quels chefs d'accusation ? Pour quels crimes ? À l'heure des grands procès destinés à épurer radicalement et définitivement le Parti de toute la vieille garde bolchevik, il savait ces questions vaines. Depuis l'assassinat de Kirov et l'absorption de l'Oguépéou par le NKVD, la police politique s'embarrassait encore moins qu'auparavant de procédures inutiles. Lui qui profitait chaque jour de ces formalités simplifiées pour nourrir la voracité exponentielle du Goulag et des chantiers titanesques du pays le savait mieux que quiconque.

Cette voix lui disait quelque chose, mais le bourdonnement incessant à l'intérieur de son crâne l'empêchait de l'identifier clairement. Malgré les coquards qui appesantissaient ses paupières boursouflées et l'intense luminosité qui lui brûlait la rétine, il s'infligea un effort oculaire terrible pour essayer de distinguer la personne se tenant derrière le petit bureau en fer où il avait l'habitude de siéger.

« Es-tu enfin prêt à parler, camarade Narychkine, ou préfères-tu goûter à la douceur légendaire du camarade Igor et à ses caresses tout aussi légendaires ? »

La lampe pivota et éclaira par en dessous l'identité de l'homme assis en face de lui : Nikolaï Ivanovitch Iejov, successeur de Iagoda depuis que celui-ci avait été démis de ses fonctions et emprisonné en attendant d'être jugé pour trahison. Les cheveux bruns et épais toujours bien rabattus en arrière, les sourcils nettement dessinés, les traits réguliers et le regard perçant, celui qu'on surnommait « le nabot sanguinaire » à cause de sa petite taille – 1,52 mètre – dépassait en cruauté tous ses prédécesseurs. Sadique, amateur d'orgies avec des secrétaires des deux sexes, il prenait un plaisir extrême à torturer les accusés les plus célèbres ou à la renommée établie au sein de la sécurité intérieure et extérieure de l'Union soviétique. Par sa position dans l'administration du Goulag et son rôle dans la création des Solovki, Ivan constituait pour lui une prise de choix.

« Je te répète donc la question qu'on t'a maintes fois posée ces dernières semaines : es-tu prêt à avouer comment le crevard Iagoda t'a obligé à liquider le cafard Kolya Antonovitch Lishenko dans le but de supprimer un témoin qui aurait pu révéler le crime de trotskisme dont il était coupable ? »

À l'évocation du nom du Kolya, Ivan retrouva toute son acuité intellectuelle. Les raisons occultes de son arrestation lui revinrent brutalement à l'esprit. L'approche du procès public de Iagoda exigeait que des preuves de sa culpabilité fussent créées afin d'exposer à l'opinion russe toute sa monstruosité et d'exhiber au reste du monde que, si l'URSS frappait durement ses ennemis, elle agissait dans le respect et la défense sans faille des droits humains fondamentaux. En fouillant dans le passé de l'accusé était ressortie l'affaire de la mort de Kolya, dont Beria avait évoqué avec Ivan les conditions qui « mériteraient d'être mieux éclaircies ».

« Je te rappelle les faits, camarade Narychkine. À la suite de ton interrogatoire du saboteur Lishenko, le camarade Andronikov, alerté par un coup de feu, est entré dans la pièce et a vu le parasite trotskiste s'affaler sur le sol en tenant la chaise avec laquelle il te menaçait après s'être sournoisement libéré de ses liens. Voilà pour la version officielle consignée dans les archives secrètes de nos services à la demande de l'autre saboteur trotskiste qui nous intéresse, l'infâme Iagoda. »

Il braqua de nouveau la lampe sur Ivan. Ensuite, il se leva et se dirigea lentement vers lui en faisant claquer le talon de ses bottes sur le sol à chacun de ses pas.

« Mais toi et moi, nous savons que tout cela n'a rien à voir avec la vérité de ce qu'il s'est réellement passé… »

Il se baissa et attrapa violemment le visage d'Ivan dans sa petite main noueuse.

« … n'est-ce pas, camarade Narychkine ? »

Il serra de toutes ses forces les mâchoires et les joues d'Ivan avant de les relâcher d'un geste brusque et de reprendre ses déambulations dans les ténèbres environnantes.

« Laisse-moi te redire ce qui est vraiment arrivé ce jour-là. L'infâme Iagoda t'a tendu un piège. Il t'a demandé de liquider l'abjecte trotskiste Lishenko en maquillant son meurtre en un acte de légitime défense de ta part afin de se protéger des révélations concernant son trotskisme que le traître Lishenko n'aurait pas manqué de faire sous la férule de ton interrogatoire. »

Iejov s'immobilisa derrière Ivan.

« C'est cela qui s'est produit, camarade Narychkine, et j'en veux pour preuve que, conformément à la déposition du camarade Andronikov, lorsque tu as tiré, tu étais à la même place où je me tiens présentement alors que tu aurais dû être de l'autre côté, dans l'axe du bureau où j'étais assis, car si tu t'étais effectivement tenu ici, tu aurais vu le parasite Lishenko défaire ses liens, tu aurais eu le temps de l'en empêcher ou d'appeler en renfort le camarade Andronikov qui montait la garde à l'extérieur. »

Au même rythme que précédemment, Iejov retourna s'asseoir.

« Tu es un excellent élément, camarade Narychkine, ton intégrité n'est pas en cause. Tu as juste été manipulé par celui dont tu ne faisais qu'exécuter les ordres, l'infâme Iagoda ! »

Iejov baissa la lampe, soulageant l'iris carbonisé d'Ivan.

« Tes aveux sont déjà rédigés, tu n'as plus qu'à les signer. »

Ivan tremblait. Ce que Iejov exigeait de lui était au-dessus de ses forces. Que Staline veuille se débarrasser de Iagoda lui importait peu, mais que la mort de Kolya soit instrumentalisée pour servir les desseins du « Petit Père des Peuples », alors que son frère d'âme l'avait combattu jusqu'au sacrifice de sa propre vie, était pour lui une trahison intolérable de sa mémoire.

« Ton épouse est très belle, camarade Narychkine, tu peux m'en croire, je m'y connais en matière de femmes. Dommage, cependant, qu'elle ait agi par le passé de façon dissidente par rapport au cap fixé par le camarade Staline, notre guide à tous. Ce médiocre autrichien valait-il la disgrâce qu'elle a subie et qu'elle pourrait encore subir si elle venait à récidiver ? Toi et moi serons d'accord, je pense, pour dire que cet agité n'en valait pas et n'en vaut toujours pas la peine. Et votre fils, le petit Sergueï, quel enfant adorable ! Et promis sans aucun doute à un grand et brillant avenir ! Enfin, si ses parents restent en vie en continuant d'agir pour le bien de leur pays... »

Ivan ferma les yeux et prit sur lui pour contenir les convulsions gelées qui tétanisaient son corps de l'intérieur.

« Alors, camarade Narychkine, que décides-tu ? Protéger inutilement un traître ou accomplir ton devoir en aidant la justice de notre Mère Patrie ? »

Une bile amère remontait de l'estomac d'Ivan et l'étranglait. Il revoyait Kolya s'écrouler au sol dans une sale semblable à celle-ci ; l'image de ce souvenir se répétait en boucle dans son esprit avec le visage de Kolya qui prenait tour à tour celui de Natalia, de Sergueï et le sien.

Il regarda son tortionnaire et hocha la tête.

« À la bonne heure ! »

Iejov claqua des doigts ; quelqu'un se pencha dans le dos d'Ivan, lui délia les mains et poussa sa chaise jusqu'à la petite table en fer. Iejov glissa une feuille criblée de mots devant Ivan et posa un stylo décapuchonné à côté.

« Le camarade Staline sera heureux de savoir qu'il peut compter sur ta fidélité indéfectible. Signe. »

Ivan fixait le procès-verbal dont les lignes ondulaient dans les larmes qu'il se forçait à ravaler ; il prit le stylo et signa avec le sentiment douloureux qu'il tuait Kolya une deuxième fois.

12

Alexeï quitta à la hâte son bureau et déposa des messages codés à destination de James et de Natalia aux différents endroits dévolus aux communications prioritaires. La matinée était encore jeune, ils seraient prévenus à temps.

La chaleur de l'été était déjà écrasante. Sur le chemin du retour, Alexeï s'arrêta à la terrasse d'un café, commanda une orangeade et se plongea dans la presse du jour. Les rues n'avaient jamais été aussi agitées par la présence de soldats et de convois de la Wehrmacht. L'air était aussi électrique qu'avant un orage ou lors d'une veillée d'armes.

Après avoir apporté avec Mussolini une aide militaire conjointe au général Franco et signé avec l'Italie le pacte anti-Komintern consacrant « l'Axe Rome-Berlin » auquel s'était allié le Japon, Hitler n'avait outrepassé aucun accord diplomatique ni bafoué aucun traité international pendant près d'une année. En réalité, ce calme n'avait été qu'un leurre, car les industries d'armements germaniques avaient fonctionné à plein régime. Désormais, Hitler bousculait les calendriers. Il avait proclamé d'autorité le rattachement de l'Autriche à l'Allemagne et l'avait fait ratifier par un plébiscite écrasant de 97 % de « oui ». Son regard s'était ensuite tourné vers les trois millions d'Allemands de l'ouest de la Tchécoslovaquie, les Sudètes, région dont il avait réclamé l'annexion par le Reich avant de revoir ses prétentions à la hausse en exigeant l'accélération de ce processus ainsi que la réintégration du sud de la Slovaquie à la Hongrie et de Teschen à la Pologne. Le Premier ministre du Royaume-Uni, Neville Chamberlain, était alors sorti de sa réserve et de sa doctrine d'apaisement ; il avait mêlé sa voix à celle de son homologue français, Édouard Daladier, pour exprimer une vive protestation commune envers l'appétit dévorant d'Hitler ; ensemble, ils avaient provoqué en urgence une rencontre à Munich ; conférence à l'issue de laquelle le Führer leur avait assuré que sa soif de territoires était rassasiée et, en guise de sa bonne foi, il leur avait concédé un délai concernant le ralliement effectif des Sudètes au Reich : initialement prévu pour le 1er octobre, le chancelier avait accepté dans un élan de magnanimité qu'il s'étalât du 1er au 10 octobre.

Alexeï reposa les quotidiens sur la table avec un agacement désabusé. Aujourd'hui, le résultat de l'apathie complaisante et craintive des grandes puissances européennes envers les provocations victorieuses d'Hitler s'affichait à la une de tous les journaux : Staline, vraisemblablement lassé de ne trouver aucun écho à ses propositions pour constituer un front antifasciste, venait de signer un pacte de non-agression avec l'Allemagne, laissant ainsi Hitler serein sur son flanc est. D'autant plus serein que, d'après les rumeurs circulant entre les agents des différents pays, cet accord aurait été assorti d'un protocole secret établissant des zones d'influence en Europe orientale ainsi qu'un partage de la Pologne. Car telle était la dernière revendication en date de celui qui, à Munich, avait pourtant promis de ne plus jamais formuler de doléances territoriales : le Führer éructait pour récupérer la bande de terre menant jusqu'à la mer Baltique et à la cité-État de Dantzig, ville peuplée majoritairement d'Allemands injustement séparés de leur nation originelle suite à la création de la IIe République de Pologne instituée par le traité de Versailles. Si Hitler osait franchir ce Rubicon-là, le système d'alliances mis en place au début de la précédente décennie par la France avec la Roumanie, la Yougoslavie, la Tchécoslovaquie et la Pologne entraînerait une déclaration de guerre entre les deux ennemis héréditaires ; l'« explication définitive avec la France » que planifiait noir sur blanc le futur Führer dans *Mein Kampf*.

Le reste de la journée, accablé par la touffeur et la rumeur sourde des bruits de bottes à travers Berlin, Alexeï eut du mal à se concentrer sur son article relatant la nouvelle création de *La Valkyrie* de Wagner au Staatsoper Unter den Linden.

À 10 heures du soir, il retrouvait James et Natalia dans une taverne de l'ouest de la ville où les attendait Andreas.

« Avec ce revirement, te voilà une intime des nazis ! », persifla James en saluant Natalia.

Une fois leurs chopes de bière apportées par le serveur, Andreas aborda le sujet qui l'avait conduit à les réunir.

« Tout d'abord, je vous demande pardon de ne pas vous avoir aidés plus tôt, trahir sa propre famille est une décision presque impossible à prendre. Avez-vous déjà entendu parler d'Alfred Helmut Naujocks ?

— C'est un proche collaborateur de Reinhard Heydrich, le chef du service de sécurité et de la police SS, répondit Natalia. Une pure ordure. »

James siffla d'admiration.

« Je devrais peut-être penser à passer chez les Soviets, ils sont mieux renseignés que nous !

— Avant-hier, poursuivit Andreas, j'ai surpris une conversation entre mes parents. Ils parlaient de Naujocks et d'une opération nommée « Himmler ». Je n'ai pas réussi à tout entendre si ce n'est que cela concernait la Pologne.

Il se tut un instant.

« Et ce matin, reprit-il, j'ai appris que Naujocks et Himmler dîneraient chez nous pour mettre au point les derniers préparatifs de cette opération. »

Ils se regardèrent.

« Quand cela doit-il avoir lieu ? l'interrogea Natalia.

— Demain », répondit Andreas.

James se rejeta en arrière.

« *Fuck!* C'est trop tôt ! »

Tous se taisaient.

« J'ai peut-être une idée, dit Andreas.

— Laquelle ? interrogea Alexeï.

— Je pourrais demander à Ulrike de se faire porter pâle. C'est elle qui sert à table lorsque nous recevons des invités de marque en petit comité. »

Ils dévisagèrent Andreas.

« Et ? l'interrogea James.

— Je pourrais embaucher Natalia au pied levé. Elle assisterait ainsi à toutes les conversations.

— Impossible, trancha James.

— Non ! s'opposa vigoureusement Natalia. J'ai déjà été employée de maison chez les Lvov, je connais ce genre de tâche, je parle parfaitement allemand, c'est notre seule chance !

— On ne peut pas mettre cette Ulrike dans la confidence, argumenta James. On ne sait pas qui elle est, ce qu'elle pense du régime nazi, si elle y adhère ou si elle le condamne.

— Très bien, rétorqua Natalia, alors faisons en sorte qu'elle soit vraiment dans l'incapacité d'assurer ses fonctions. »

Andreas fronça les sourcils.

« Comment ? l'interrogea-t-il.

— Elle peut trébucher, expliqua-t-elle, et se casser une jambe ou un bras… »

Andreas baissa la tête et resta un moment silencieux.

« J'aime beaucoup Ulrike, dit-il, mais je comprends la nécessité de faire en sorte qu'elle ne puisse véritablement pas venir travailler. Si vous m'assurez que vous ne forcerez pas plus que nécessaire, je suis d'accord. »

Il les observa tour à tour. Natalia et Alexeï acquiescèrent. James se pencha au-dessus de la table.

« Cela ne résout pas l'autre problème.

— Quel autre problème ? », s'enquit Natalia.

James se tourna vers elle.

« Tu oublies que ton pays est désormais allié avec Hitler. Si jamais tes supérieurs l'apprenaient, tu serais coupable de haute trahison, et tu sais quel est le sort des traîtres en URSS.

— Je prends le risque.

— Non ! s'agaça James. Tu es trop importante pour nos services, Londres n'acceptera jamais de jouer à la roulette russe avec un agent comme toi.

— Je suis russe, ce type de roulette ne m'effraie pas.

— Très drôle ! », conclut James en s'appuyant contre le dossier de sa chaise.

Plus personne ne parlait.

« Elle a raison, dit Alexeï, c'est la seule solution. Les parents d'Andreas me connaissent, toi aussi James. Il n'y a que Natalia qui puisse accomplir pareille mission. »

James se passa nerveusement la main dans les cheveux.

« Mais ça implique que, nous aussi, on agisse *off the book.*

— Très bien, rétorqua Alexeï, roulette russe pour tout le monde ! »

Sa remarque fit sourire son ami anglais.

« James, insista Natalia, nous n'avons pas d'autre choix. »

Tous le fixaient.

« D'accord, céda-t-il, d'accord. Après tout, puisqu'il n'est de bonne compagnie qui ne se quitte, autant mourir avec vous. »

Il leva sa chope.

« *Prost!* », dit-il.

Ils trinquèrent ensemble.

Le lendemain soir, chacun était à son poste lorsque Heinrich Himmler, Reichführer-SS, et Alfred Helmut Naujocks pénétrèrent dans la salle à manger des von Metternich. Natalia avait revêtu la tenue du personnel et l'identité de Gretel Graf, la cousine germaine d'Ulrike venue remplacer sa parente malheureusement handicapée par une fracture du fémur. James l'avait équipée d'un prototype d'émetteur radio encore expérimental, de sorte que lui et Alexeï pussent suivre la conversation et le bon déroulement des événements depuis la voiture dans laquelle ils planquaient quelques maisons plus haut.

Himmler était d'humeur joviale ; ses yeux frisaient en permanence sous ses lunettes rondes sans branches. Quant à Naujocks, malgré son regard cerné, il affichait également un esprit gai, léger et prompt à la plaisanterie.

Jusqu'au dessert, ils n'échangèrent que des propos mondains concernant tel opéra, telle exposition ou tel dernier ragot à la mode. Emporté par son propre verbe dans le récit d'une anecdote concernant Goering, Himmler heurta de plein fouet l'assiette que Natalia était en train de débarrasser et qui tomba sur son pantalon en le souillant de ses résidus de crème fouettée.

« *Scheisse! Schmutzige Hündin!* », hurla-t-il en se levant brutalement.

Autour de la table comme dans l'habitacle où se trouvaient James et Alexeï, tout se trouva suspendu. Le visage qu'Himmler offrait à Natalia n'avait plus rien d'aimable ou d'enjoué lorsque, soudain, ses traits se détendirent en un large sourire.

« Pardonnez mon emportement, Fräulein… *Wie heißen Sie sich?*

— Gretel, Herr Himmler.

— Gretel ! s'exclama le Reichfhürer-SS en prenant les autres convives à témoin. Quel beau prénom, un prénom bien allemand ! Et de quelle région êtes-vous ?

— Bavière, Herr Himmler.

— La Bavière, la région préférée de notre Führer, magnifique ! »

Naujocks suivait la scène avec un rictus amusé.

« Et où avez-vous déniché cette charmante personne ? demanda Himmler à l'assemblée.

— Gretel remplace notre servante habituelle, répondit Andreas, Ulrike, qui est souffrante. Gretel est sa cousine.

« Sa cousine, bien sûr ! C'est vous qui l'avez reçue pour contrôler ses références ?

— *Jawhol*, Herr Himmler », confirma Andreas.

Il se retourna vers Natalia et s'avança lentement vers elle.

« Gretel… Gretel… répétait-il comme s'il cherchait à se remémorer quelque chose. Ou devrais-je dire Frau Ida Henkel… »

Natalia reculait. De l'autre côté de l'émetteur, James et Alexeï étaient tétanisés.

« *Nein, nein, nein!* cria Himmler en secouant la tête. Ivana, mes hommes vous connaissent sous le nom russe d'Ivana, mais moi… »

Natalia s'immobilisa, dos contre un mur. Himmler déchira violemment son décolleté, découvrant le transmetteur radio dissimulé dans son soutien-gorge.

« … je vous connais sous le nom de Natalia Antonova Lishenko, agente au service du NKVD… »

Natalia était livide, Andreas se tenait raide sur sa chaise. Himmler arracha le mouchard et l'observa longuement.

« Heureusement pour vous que nos deux pays sont aujourd'hui alliés, notamment dans notre détestation commune du juif… sinon, comment aurais-je eu le plaisir de pouvoir vous rencontrer ? Gardes ! »

Il laissa tomber le prototype au sol et l'écrasa sous sa botte tandis que trois SS ceinturaient Natalia. Himmler regarda le père d'Andreas.

« Mon cher Siegfried, verriez-vous un inconvénient à ce que votre fils conduise une poignée de mes hommes chez la "cousine" de cette espionne afin que nous lui posions quelques questions ?

— Au contraire, je suis certain qu'Andreas aura à cœur de vous aider à tirer cette affaire au clair. N'est-ce pas Andreas ?

— Bien sûr, père. »

Il se leva.

« Herr Himmler, je suis à votre disposition. »

L'intéressé prit un air enchanté.

« Voilà l'attitude d'un véritable Allemand ! »

Il claqua des doigts et d'autres SS encadrèrent Andreas.

« Vous connaissez les ordres », commanda Himmler.

Depuis leur vigie, James et Alexeï virent les cerbères d'Himmler traîner Natalia à l'extérieur, suivis d'Andreas entouré par quatre autres SS. Sous leurs yeux effarés se déroulait le pire de tous leurs cauchemars. Natalia fut jetée sans ménagement à l'arrière d'un camion militaire stationné devant la maison des von Metternich tandis qu'Andreas montait dans une voiture avec son escorte.

13

Quand le calme fut revenu devant la maison des von Metternich, James fit doucement marche arrière et tourna dans une rue perpendiculaire. Alexeï était blême.

« Alexeï... Alexeï... »

Il restait les yeux écarquillés dans le vide, incapable de prononcer la moindre parole.

« Alexeï ! », le secoua James.

Il revint à lui et regarda son ami.

« Écoute-moi, je sais que c'est difficile, mais nous devons rester mobilisés. »

Alexeï acquiesça d'un geste évasif.

« Alexeï, je ne plaisante pas. Himmler savait, il savait pourquoi Natalia était là, il savait qu'elle travaillait pour le NKVD, et surtout il connaissait son vrai nom, il savait qui elle était ! Tu comprends ce que ça veut dire ? »

Alexeï hocha négativement la tête. Son esprit n'arrivait pas à relier d'une manière logique les phrases que James lui disait.

« Soit des agents soviétiques avaient découvert ce que nous préparions et ils ont prévenu les nazis puisqu'ils sont maintenant alliés, soit il y a une taupe dans nos services, allemande ou russe. Dans les deux cas, nous sommes en danger. Nous devons quitter l'Allemagne sur-le-champ. »

Il emprunta une série de ruelles pour éviter les grands axes et déposa Alexeï à une centaine de mètres de ses bureaux.

« Tu te souviens de la procédure d'évacuation d'urgence ?

— Oui, réussit enfin à articuler Alexeï d'une voix blanche.

— Ça va aller ? »

Alexeï opina. James se pencha au-dessus de lui et ouvrit la portière.

« On se retrouve à Rotterdam. Sois prudent. »

Alexeï s'extirpa de l'habitacle et James disparut dans la chaleur de la nuit berlinoise.

La voiture conduisant Andreas se gara devant un petit immeuble des faubourgs de la ville. Encadré de quatre SS, il sortit de la berline et les guida à l'intérieur. Ils gravirent énergiquement les marches grinçantes de l'escalier jusqu'au troisième étage. Arrivé devant un appartement, le SS en chef frappa contre la porte.

« *Frau Graf, Waffen SS, öffnen Sie die Tür!* »

Personne ne répondit. Il frappa plus fort.

« *Waffen SS, sofort die Tür öffnen!* »

Face à l'absence d'obtempération, il recula et signifia aux autres d'enfoncer l'obstacle.

Ils obéirent, le chambranle craqua, la serrure céda et ils entrèrent. Au milieu de la pièce, Ulrike Graf, la jambe droite prise dans une attelle, gisait sur le sol, morte.

Natalia ne cessait de se cogner contre la tôle ondulée sur laquelle elle était allongée, ligotée et la tête enserrée dans une cagoule opaque. Elle ne savait pas où ils l'emmenaient, depuis combien de temps ils roulaient ni combien de fois elle avait été changée de véhicule. Autour d'elle, plus personne ne parlait, seuls le ronronnement du moteur et les grincements du châssis hachaient le silence.

Après plusieurs jours à être ainsi ballottée dans des cahotements qui meurtrissaient sournoisement son corps, elle fut extraite du camion, conduite à l'intérieur d'un bâtiment, descendue dans ses sous-sols, introduite dans une pièce et assise sur une chaise les mains attachées derrière le dossier.

Elle resta là pendant une durée indéterminée et finit par s'assoupir dans un demi-sommeil peuplé d'images cauchemardesques, où le visage d'Himmler se mêlait indistinctement à ceux des traîtres qu'elle avait abattus, d'Alexeï, d'Ivan et de Kolya, dont les crânes explosaient, transpercés par des balles tirées à bout portant.

Soudain, on lui retira brutalement sa cagoule. Elle cligna des yeux sous l'effet de la lumière aveuglante braquée sur elle.

« Camarade Lishenko, dit une voix inconnue derrière un petit bureau en fer, bienvenue chez toi ! »

Alexeï se changea rapidement, enfourna à la hâte quelques vêtements et des affaires de toilettes dans une valise pour donner le change en cas de contrôle, prit son deuxième jeu de papiers d'identité où il était secrétaire à l'ambassade berlinoise du Royaume-Uni et quitta son appartement.

Sur le palier, il se ravisa, revint sur ses pas, glissa les lettres de ses parents dans son pardessus et se rendit directement à la gare centrale.

Arrivé à la frontière hollandaise, les SS stationnés au poste-frontière lui demandèrent d'ouvrir son bagage et procédèrent à une fouille scrupuleuse de ses effets.

« Quelles sont ces lettres ? lui demanda d'un air suspicieux l'un des SS en exhibant les pages manuscrites de leur pochette en cuir. Du russe ? Qu'est-ce qu'un diplomate anglais fait avec des lettres écrites en russe ?

— Ce sont les lettres d'un célèbre écrivain pétersbourgeois à la femme qu'il aimait. Je suis collectionneur à mes heures perdues. »

Le soldat le scruta avec un air de défiance.

« Vous parlez très bien allemand pour un Anglais. Où avez-vous appris notre langue ?

— Mon père était allemand. Il est mort au front pendant la Grande Guerre avant d'avoir eu le temps d'épouser ma mère. »

Le SS fixait Alexeï en tapotant son passeport contre la paume de sa main. Puis il le rendit à Alexeï et se tint bien droit.

« Honneur aux héros morts pour la patrie ! »

Il claqua ses talons et fit le salut nazi.

« *Heil Hitler!* scanda-t-il.

— *Heil Hitler!* », répondit Alexeï en levant le bras.

Il referma son paquetage et foula le sol de la Hollande. Une fois à Rotterdam, il rejoignit James dans la taverne du port où James l'attendait.

Ivan descendit dans les sous-sols de la Loubianka et inscrivit son nom dans le registre. Lorsqu'il voulut s'engager dans les couloirs, trois gardes lui barrèrent le chemin.

« Nous avons des ordres, camarade Narychkine.

— Je veux simplement savoir de quoi elle est accusée, dit Ivan en contenant difficilement les tressaillements de ses mains.

— Tu n'es pas autorisé à en savoir davantage.

— Très bien. »

Ivan tourna les talons et monta les marches quatre à quatre pour aller trouver Beria. Il avait été nommé par Staline au poste de Iejov, emprisonné avant d'être à son tour jugé pour trahison.

Ivan ne laissa pas le temps aux sentinelles en faction de lui interdire l'entrée du bureau du chef du NKVD.

À son irruption, Beria se leva et fit signe aux soldats de ne pas intervenir.

« De quoi est-elle accusée ? demanda Ivan.

— Du calme, camarade Narychkine, asseyons-nous et discutons tranquillement. »

Ils prirent place.

« Je n'imaginais pas te voir un jour perdre ton sang-froid, commença Beria. Cela dit, c'est tout naturel, qui ne le perdrait pas dans ta situation ?

— Pourquoi est-elle torturée ?

— La camarade Lishenko a failli créer un incident diplomatique majeur qui aurait pu nous conduire à la guerre avec l'Allemagne, nation avec laquelle nous sommes dorénavant alliés.

— Il doit y avoir une explication. Je veux la voir.

— Impossible, camarade Narychkine. Tu connais la procédure pour ceux qui osent aller contre la ligne fixée par le camarade Staline. »

Ivan tremblait.

« Elle va mourir ? bredouilla-t-il.

— Le camarade Staline a ses plans. Et nul ne sait si se séparer de la camarade Lishenko en fait partie. »

Ivan voulut rétorquer mais aucun son ne réussissait à franchir sa gorge.

« Camarade Narychkine, le camarade Staline n'a pas plus confiance en Hitler que la camarade Lishenko. Il gagne du temps pour que nous soyons militairement prêts le moment venu. Nous devons tous redoubler d'efforts. »

Il se tut un instant.

« Chaque jour qui passe donne de plus en plus raison à ta femme, camarade Narychkine. Il faut juste qu'elle tienne. »

À contrecœur, Ivan acquiesça.

« Et d'ici là, conclut Beria, au travail. Nous avons une armée à équiper ! »

Natalia eut le souffle sectionné par le coup de poing dans son ventre. Elle toussa à s'en étouffer avant de recouvrer une respiration normale.

« Je répète ma question : pourquoi t'es-tu livrée à des actes d'espionnage contre nos alliés allemands ?

— Je te le redis, répondit Natalia, je n'étais pas au courant de cet accord signé entre nos deux pays. »

Une gifle fit craquer sa mâchoire. Elle sentit le goût ferreux du sang couler dans sa bouche. Elle cracha par terre.

« Le monde entier était au courant, c'était en première page de tous les journaux, surtout allemands, et toi, tu ne savais pas ?

— Je sais des choses que vous tous refusez de voir et dont nous paierons bientôt le prix fort ! »

L'agent qui l'interrogeait éclata de rire.

« Parce que tu crois que nous ignorons ce que prépare le nabot autrichien ? »

Il l'attrapa par les joues et serra.

« Penses-tu vraiment que le camarade Staline laisse le hasard décider du cours de l'Histoire ? »

Il la relâcha et rejeta sa tête en arrière.

« Reprenons. Igor ! »

Alexeï et James accostèrent à Londres dans la nuit du 1er septembre 1939.

La veille, l'Allemagne avait lancé un ultimatum à la Pologne pour qu'un émissaire fût dépêché à Berlin afin de résoudre la question de Dantzig.

James installa Alexeï dans une chambre de la maison familiale. Tous deux avaient besoin de repos.

Parallèlement à l'ultimatum allemand, Naujocks déguisa six membres du SD, le service de renseignement et de maintien de l'ordre de la SS, et douze prisonniers en Polonais.

Alexeï prit un long bain. Il revoyait Natalia et Andreas se faire embarquer par les sbires d'Himmler. Où étaient-ils ? Étaient-ils seulement encore en vie ?

Les hommes de Naujocks prirent faussement d'assaut l'émetteur de la station de radio de la Gliwice situé en territoire germanique, à quelques encablures de la frontière avec la Pologne, et diffusèrent sur les ondes un message en polonais appelant leurs frères minoritaires de Silésie à se soulever et à renverser par les armes le chancelier Adolf Hitler.

En rangeant ses affaires, Alexeï prit dans ses mains la pochette en cuir à lacets contenant la correspondance de ses parents. Alors que l'aube pâlissait dans le ciel, il s'assit dans un fauteuil et commença à la parcourir. Plus il avançait dans sa lecture, moins il comprenait. Leur mère n'écrivait pas à leur père, et ce n'était pas non plus leur père qui écrivait à leur mère. Quelque chose lui échappait. En arrivant en bas de l'une des lettres, tout s'éclaira ; ce qu'il comprit le stupéfia.

« Regarde ! cria James en entrant en trombes dans sa chambre et en lui lançant l'édition du *Times*, Hitler est en train d'envahir la Pologne ! »

Deux jours plus tard, conformément aux traités d'assistance et d'alliances, l'Angleterre et la France déclaraient la guerre à l'Allemagne.

Cinquième partie

La grande guerre patriotique

La guerre est la continuation de la politique par d'autres moyens.

Carl von Clausewitz

Une armée sans agents secrets est exactement comme un homme sans yeux ni oreilles.

Sun Tzu

1

Ivan sortit de la Loubianka. Il contempla le ciel scintillant d'hiver, alluma une cigarette, remonta le col de son manteau, rajusta sa chapka et s'éloigna dans le froid qui s'engouffrait par rafales tranchantes dans les artères de la ville.

La stratégie du camarade Staline vis-à-vis de la voracité territoriale d'Hitler révélait sa logique politique en s'incarnant dans la réalité géographique et historique. Conformément au protocole secret du Pacte germano-soviétique, tandis que le Führer déployait ses troupes dans la partie occidentale de la Pologne ainsi que vers le Danemark et la Norvège afin de contrôler la route du fer, les bataillons soviétiques avançaient sur le flanc polonais oriental et sur la frontière finlandaise pour tenir le plus éloignées possible les forces militaires nazies de la terre russe. Conserver la mainmise sur l'entrée du golfe de Finlande permettait également de repousser le spectre d'un blocus allemand, de maîtriser le trafic maritime d'Helsinki, de tenir Léningrad hors de portée des tirs ennemis, d'assurer la poursuite de la marche vers l'avènement de la société socialiste et son extension future au reste du monde, comme le souhaitait Kolya.

Ivan jeta son mégot, consulta l'heure à sa montre et tourna dans une rue adjacente. Les conquêtes de l'Armée rouge généraient des afflux massifs de prisonniers à acheminer et à répartir dans les différents camps formant la toile tentaculaire du Goulag. Malgré cette surcharge d'activité, Ivan s'absentait tous les soirs de son bureau le temps de dîner avec son fils et de le coucher après lui avoir lu une histoire. Il prenait très à cœur son rôle et ses devoirs de père, s'évertuant à ne ressembler en rien au sien, dans aucun de ses agissements. Il se sentait d'autant plus investi dans ses responsabilités paternelles que Natalia, par ses fonctions dévorantes au service de la Mère Patrie, avait été peu présente auprès de leur petit Sergueï. Même si l'oncle Pavel et la tante Valia prodiguaient à leur enfant une présence familiale quotidienne équilibrante et rassurante, il estimait que rien ne saurait remplacer l'attention de ses parents ; encore moins depuis que Natalia, toujours en convalescence après les interrogatoires poussés qu'elle avait subis, peinait à sortir de sa torpeur tant sa mise à pied liée à son insubordination la plongeait dans une neurasthénie délétère. Les rares échanges qu'il réussissait à avoir avec elle viraient invariablement à l'affrontement.

« Hitler avance tranquillement ses pions, disait-elle entre deux gorgées de vodka, il prépare l'invasion de notre pays, et toi tu trouves ça formidable ?

— Je ne dis pas ça, se défendait Ivan, je dis juste que le camarade Staline gagne du temps et de l'espace pour préserver les acquis de notre Révolution.

— Il ne préserve rien du tout, tu m'entends, rien ! Hitler n'a qu'une parole, celle de son *Mein Kampf*. Quand il en aura fini avec la France, il enclenchera l'étape suivante de son plan : la conquête de l'espace vital pour la race supérieure à l'Est.

— Raison pour laquelle le camarade Staline accroît notre territoire, pour garder les régiments de la Wehrmacht à distance et mettre notre armée en ordre de marche.

— Notre armée, quelle armée ? Les purges de ton camarade Staline ont décapité la majorité de nos généraux, il n'y a plus de têtes pour conduire nos hommes au combat ! »

La conversation continuait de s'envenimer jusqu'à ce que Natalia s'écroule ivre dans les draps chiffonnés de leur lit conjugal. Ivan avait beau lui enjoindre de se ressaisir, pour elle, pour leur fils, pour eux, rien n'y faisait, elle s'enfonçait chaque jour plus profondément dans son propre abattement. Au moins, ce soir, il était porteur d'une bonne nouvelle.

En entrant dans leur appartement, il trouva Sergueï et l'oncle Pavel en train de jouer aux soldats de plomb sur le tapis du salon alors que la tante Valia retirait la marmite du feu.

« Papa ! », s'écria son fils en se ruant sur lui.

Ivan s'accroupit pour serrer son corps chaud contre le sien.

« Tu es tout froid ! s'exclama Sergueï en reculant.

— Les Russes n'ont jamais froid, mon grand, c'est ce qui fait de nous un peuple invincible depuis des siècles. »

En réponse, son fils passa ses petits bras autour de son cou et se colla à lui pour prouver qu'il était un vrai Russe.

« À table ! », les appela la tante Valia.

Ivan quitta son manteau, ôta sa chapka et tous prirent place.

« Elle vient pas avec nous maman ? », demanda Sergueï.

Ivan tourna la tête en direction de la tante Valia.

« Pas ce soir, répondit-elle, elle est fatiguée. »

Ivan ne commenta pas et entama le bouillon brûlant. L'oncle Pavel voulut lui servir un verre de vodka qu'il refusa.

« J'ai encore beaucoup de travail, je dois garder l'esprit clair.

— Papa, tu as emprisonné beaucoup d'ennemis de la Révolution aujourd'hui ?

— Pas assez, c'est pour cela que je retourne à la Loubianka tout à l'heure, pour continuer de protéger notre Mère Patrie des traîtres et des saboteurs qui lui veulent du mal.

— Tu seras là pour m'emmener à l'école demain ?

— Comme chaque matin, mon grand. Je serai toujours là quand tu auras besoin de moi. Et maintenant, mange la bonne soupe de tante Valia avant qu'elle ne refroidisse. »

Le dîner terminé, Ivan envoya Sergueï se brosser les dents pendant qu'il débarrassait avec la tante Valia et l'oncle Pavel.

« Alors ? lui demandèrent-ils en chuchotant.

— Le camarade Beria a enfin accepté. Natalia va être réintégrée. Elle sera d'abord soumise à une période de probation et cantonnée à des tâches administratives, mais elle va de nouveau être en activité. Après, tout dépendra d'elle. »

L'oncle Pavel et la tante Valia poussèrent un soupir de soulagement.

« Comment est-elle ? », demanda Ivan.

Sergueï sortit de la salle de bains et les interrompit. Aux mines de l'oncle Pavel et de la tante Valia, Ivan n'eut pas besoin qu'ils formulent leur réponse.

« Et maintenant, au lit ! », commanda Ivan en entraînant son fils dans sa chambre.

Lorsque Sergueï se fut glissé sous les couvertures, Ivan attrapa le recueil de contes populaires russes, l'ouvrit et s'assit sur le rebord du matelas.

« Prêt pour la suite ? questionna-t-il.

— C'est quand qu'elle ira mieux maman ? »

Ivan caressa la joue de son fils.

« Bientôt, mon grand, très bientôt, je te le promets. »

Ils se sourirent.

« Tu as appris quoi à l'école cet après-midi ?

— On a appris comment le camarade Staline et le camarade Lénine ont vaincu les méchants Socialistes révolutionnaires au palais de Tauride.

— Vraiment ? »

Sergueï hocha plusieurs fois la tête.

« Tu sais que ta mère, ton oncle Kolya et moi étions là-bas lorsque cela s'est passé ?

— Ah oui ?

— C'est même nous qui avons averti les camarades Lénine et Staline de ce que tramaient leurs opposants. »

Sergueï le dévisageait avec de grands yeux étincelant d'admiration.

« Raconte ! demanda-t-il.

— Ce sera ton histoire du soir alors ?

Son fils acquiesça, le regard fixe et attentif. Ivan referma le livre et lui détailla comment ils avaient démasqué les manœuvres de leurs adversaires et la manière dont les chefs de la Révolution avaient triomphé.

« Plus tard, lui dit Sergueï, je veux être un héros, comme toi !

— Je ne suis pas un héros. C'est le peuple russe qui est un héros pour avoir brisé ses chaînes et montré à l'humanité qu'un monde meilleur est possible, pas des individus en particulier.

— Je veux quand même être comme toi plus tard !

— Tchékiste un jour…

— … tchékiste toujours ! », compléta Sergueï.

Ivan lui passa la main dans les cheveux, l'embrassa et se leva.

« Bonne nuit, mon grand, fais de beaux rêves. »

Sergueï se coucha sur le côté tandis qu'Ivan éteignait la lumière avant de sortir en refermant doucement la porte.

Il se glissa ensuite dans la chambre parentale. Natalia dormait à moitié affalée sur le lit, son bras droit pendant à l'extérieur. Il ramassa la bouteille de vodka juchée à côté de sa main ouverte, remonta le drap sur ses épaules et déposa un baiser sur son front.

« Je t'aime », murmura-t-il.

Il la laissa à ses rêves, rejoignit le salon, enfila son manteau et sa chapka et repartit à la Loubianka.

2

Une bruine poisseuse tombait sur Birmingham lorsque James gara sa voiture sur le parking de l'université. Le gris anthracite du ciel d'été laissait saillir le vert profond des pelouses et le rouge des briques de l'imposant édifice coiffé de plusieurs coupoles métalliques. Le temps paraissait figé, loin des affrontements meurtriers qui incendiaient le continent. Après une période de latence où les troupes d'Hitler avaient uniquement déferlé sur l'est et le nord de l'Europe, les nazis avaient réalisé une progression éclair vers l'Ouest qui s'était soldée par la capitulation de la Belgique, des Pays-Bas, du Luxembourg et de la France, laissant ainsi l'Angleterre seule face aux hordes germaniques. Nommé Premier ministre, Winston Churchill avait coordonné l'évacuation des soldats britanniques de Dunkerque et luttait désormais pied à pied contre l'envahisseur, ses bombardements incessants et ses velléités de débarquement.

Chacun flanqué d'un parapluie, James et Alexeï descendirent de la Bentley. En croisant un groupe de jeunes étudiants, James s'exclama :

« Quel tort de ne jamais avoir fait la sortie des écoles ! »

Ils entrèrent dans le majestueux bâtiment. Une semaine auparavant, Churchill les avait convoqués à Downing Street pour leur confier une mission de la plus haute importance.

« Gentlemen, les avait-il accueillis en se servant un whisky, merci d'être venus si vite, je n'en peux plus des fonctionnaires du gouvernement : ils ne cessent de faire des objections là où les difficultés en font assez d'elles-mêmes ! »

Ils avaient pris place en face de lui.

« Ne dites rien à ma femme pour le whisky que je cache ici, elle me ferait la guerre et j'en ai déjà bien assez avec Hitler ! »

Il avait tiré de profondes bouffées de son cigare.

« Entendez-vous quelque chose à l'atome et à la... »

Il avait consulté des notes sur un papier.

« ... la fission de l'uranium ? »

Alexeï et James avaient signifié qu'ils ne connaissaient pas vraiment le sujet.

« Alors c'est parfait ! s'était réjoui le Premier ministre. Je préfère deux agents de terrain agiles à des gratte-papier fossilisés dans leur pointillisme et dont les rapports censés me simplifier les enjeux de théories complexes les rendent encore plus incompréhensibles.

— Que devons-nous chercher exactement ? avait demandé Alexeï.

— Il y a bientôt un an, Albert Einstein a écrit au président Roosevelt pour l'alerter sur les potentialités militaires des récentes découvertes concernant l'atome. De ce que j'en ai compris, elles permettraient d'envisager la création d'armes nouvelles à la puissance absolument inégalée et inégalable. La mauvaise nouvelle, c'est que la plus grande avancée dans ce domaine a été réalisée par deux physiciens allemands, je vous laisse imaginer la catastrophe si Hitler disposait d'un tel atout dans son arsenal. La bonne nouvelle, c'est que ces deux physiciens ont quitté l'Allemagne après la prise du pouvoir par le Führer et qu'ils poursuivent leurs travaux à l'université de Birmingham, votre prochaine destination. »

Après s'être présentés à l'accueil, une dame sans âge les conduisit dans un amphithéâtre où les attendaient les professeurs Otto Frisch et Rudolf Peierls. Tous les deux juifs, le premier était né à Vienne et le second à Berlin ; ils s'étaient rencontrés au gré de leurs parcours universitaires et avaient réalisé une percée décisive dans le champ de la physique nucléaire.

Ils se serrèrent la main.

« Gentlemen, déclara James en préambule, vous êtes aujourd'hui confrontés à l'équation la plus difficile de votre carrière : nous faire comprendre le principe de la fusion atomique et ses applications en termes d'armement.

— Vous voulez dire la fission, corrigea Peierls, la fusion est la réaction inverse de ce sur quoi nous travaillons.

— *Oh, indeed!* s'écria James. Pardonnez-moi, j'ai toujours été plus attiré par la fusion des corps que par leur scission... »

Les deux hommes de sciences les invitèrent à prendre place dans les gradins tandis qu'ils montaient sur l'estrade. Peierls fit un signe de tête à Frisch et ils commencèrent.

« Au préalable, un rappel de vos cours de physique s'impose, dit Frisch en dessinant au tableau un cercle dans lequel il inscrivit des p^+ ainsi que des n et autour duquel il plaça des e^- en quantité rigoureusement équivalente aux p^+.

— *Oh my God*, gémit James, je me souviens que je ne comprenais déjà rien à cette physique-là !

— Ce n'est pourtant pas très compliqué, rétorqua Frisch avec un sourire amusé. La matière – tout ce qui nous entoure, et même vous – est composée d'atomes. »

Il désigna la sphère qu'il avait tracée.

« Un atome est lui-même composé d'un noyau et de plusieurs particules dont certaines sont chargées en électricité, expliqua-t-il en pointant les lettres correspondantes : les protons, chargés positivement, les neutrons, neutres comme leur nom l'indique, et les électrons, chargés négativement. Le nombre d'électrons est égal au nombre de protons, de sorte que l'atome est électriquement neutre. Est-ce que ça va jusqu'ici ? »

Alexeï et James opinèrent du chef.

« En 1938, poursuivit Peierls, en Allemagne, Otto Hahn, continuant ses travaux entrepris avec Lise Meitner, découvre avec son assistant la fragmentation de l'uranium en deux noyaux plus légers, phénomène qu'on appelle la fission.

— En substance, intervint James, il s'agit juste d'un atome que l'on casse en deux ?

— Exactement, confirma Peierls.

— Et quels en sont les effets ? demanda Alexeï.

— En se scindant en deux, répondit Frisch, l'atome libère plusieurs neutrons et surtout la plus grande quantité d'énergie jamais observée.

— Je suppose que c'est cette énergie qui est susceptible de créer des armes d'un type nouveau ? interrogea Alexeï.

— Des armes, acquiesça Peierls, mais aussi de quoi alimenter des foyers civils en électricité ou des réacteurs de sous-marin. Le problème, c'est que ce type de réaction ne peut être créée que par l'homme et que, pour ne pas représenter de dangers excessifs, elle doit être contrôlée.

— Et comment faites-vous pour la provoquer tout en conservant la mainmise sur elle ? questionna James.

— Pour faire simple, commença Frisch, on choisit un matériau fissible, c'est-à-dire contenant des atomes lourds comme l'uranium 235, et on le bombarde de neutrons pour le rendre instable et l'alourdir jusqu'à ce qu'il se fissure en deux atomes plus légers afin de retrouver séparément un état stable.

— Otto vous le disait précédemment, compléta Peierls, cette cassure libère une grande quantité d'énergie et des neutrons qui peuvent aller percuter d'autres atomes d'uranium, les briser en deux, et ainsi de suite, c'est ce que l'on appelle une réaction en chaîne.

— L'enjeu, reprit Frisch, c'est de créer cette réaction en chaîne sans en perdre la maîtrise afin qu'elle ne s'emballe ni ne s'arrête, les neutrons dégagés pendant la fission pouvant être absorbés par des impuretés ou s'égarer sans percuter d'autres atomes.

— Ah, s'amusa James, des neutrons égarés qu'il faut ramener dans le droit chemin de la fission, voilà qui me parle ! »

Tous sourirent à ce trait.

« Se pose alors la question de la masse critique, dit Frisch.

— *What a pity*, déplora James, moi qui me voyais déjà courir à travers champs après de petits neutrons en perdition...

— Vous parlez de la quantité de matière nécessaire pour déclencher un tel processus ? demanda Alexeï.

— Absolument », répondit Frisch.

James siffla d'admiration.

« Je vois que tu as plus écouté en cours que moi ! »

Il se tourna vers les deux physiciens.

« Si je résume, grâce à ce procédé, on peut produire une grande quantité d'énergie susceptible d'alimenter des lampes, des turbines, des réacteurs, et vraisemblablement de créer une bombe à la puissance monstrueuse ?

— Oui, admit avec gravité Peierls, une bombe capable de raser de la carte Londres ou une ville équivalente en une seule explosion. »

Le silence s'abattit sur l'amphithéâtre. Tous mesuraient l'ampleur du cataclysme si jamais l'Allemagne nazie réussissait à se doter d'un tel potentiel de destruction.

Alexeï et James remercièrent les deux chercheurs pour leurs lumières et reprirent la route de Londres où ils firent au Premier ministre un rapport circonstancié. Lorsqu'ils eurent terminé, Churchill sortit sa bouteille de whisky et remplit son verre presque à ras bord. Après avoir bu une longue gorgée, il déclara :

« Gentlemen, merci pour la clarté de vos explications. Je vous demande de constituer une cellule dévolue à l'évaluation de tous les scientifiques travaillant sur ces sujets au Royaume-Uni ainsi que de centraliser toutes les informations relatives aux recherches de cette nature en Allemagne et en URSS. Aucun progrès réalisé sur le sol britannique ne doit profiter aux nazis ou aux bolcheviks, et toute percée des uns ou des autres doit être récupérée afin que nous ayons toujours une longueur d'avance pour les prendre de vitesse. Jamais une telle arme ne doit tomber entre les mains d'Hitler ou de Staline. L'avenir de la guerre et du monde en dépend. »

3

Natalia retira la feuille de la machine à écrire et déposa son rapport sur les trente-sept autres qu'elle avait rédigés depuis son arrivée. Un bon citoyen soviétique écrivait aux services du NKVD pour révéler que son épicier vendait une partie de ses pommes de terre au marché noir pour s'enrichir de quelques kopeks, soit un crime digne de la sûreté d'État.

Elle laissa errer son regard par la fenêtre. Dehors, les arbres ployaient sous la neige et le givre dans des attitudes spectrales. La nuit avait déjà englouti la ville. Une nouvelle journée semblable aux précédentes s'achevait sans bruit. Tout était calme et désœuvré.

Pourtant, à l'Ouest, l'Europe était à feu et à sang. En Pologne, plus de vingt mille personnes jugées hostiles au communisme avaient été exécutées dans les forêts de Katyń par les agents du NKVD et des dizaines de milliers d'autres emprisonnées dans l'un des complexes concentrationnaires du Goulag. Malgré une résistance héroïque des soldats finlandais, l'Armée rouge avait annexé sans pitié l'isthme de Carélie ainsi que la Lituanie, la Lettonie, l'Estonie, avant d'arracher la Bessarabie et la Bucovine à la Roumanie ; annexions suivies d'autant de déportations dans les camps de travail à l'est de l'Oural avides de main-d'œuvre fraîche. Du côté allemand, les troupes s'étaient emparées de la plus grande partie de la Pologne, des Pays-Bas, de la Suède, du Danemark, de la Norvège, de la Tchécoslovaquie, de la France, et elles avaient pilonné sans relâche l'Angleterre sans avoir pour l'instant réussi à la faire capituler. Si Staline continuait de croire que le pacte passé avec Hitler et l'espace récemment conquis protégerait l'URSS de l'insatiable voracité territoriale des nazis, l'heure approchait où le

Führer tournerait son regard d'aigle vers Moscou, comme il l'avait planifié noir sur blanc dans *Mein Kampf*. La question n'était pas de savoir si cela arriverait, mais quand cela se produirait. L'« Orchestre rouge », un groupe de bolcheviks allemands, les avait à plusieurs reprises alertés dans ce sens. Quelques mois auparavant, ils avaient intercepté un ordre de déploiement des bataillons germaniques en direction de l'URSS ; et pas plus tard qu'aujourd'hui, Natalia avait synthétisé un de leurs courriers chiffrés stipulant que le haut commandement de la Wehrmacht avait demandé de collecter et d'analyser toutes les cartes à disposition au sujet de l'industrie russe. Quelque chose se préparait. Hitler bousculait et hâtait son plan initial, il l'adaptait à la réalité mouvante des théâtres d'opérations. L'affrontement avec l'Angleterre était à l'origine prévu après la conquête de l'espace vital à l'Est et devait débuter par des combats en Afrique contre les colonies de l'Empire britannique. L'entrée en guerre simultanée de la France et du Royaume-Uni avait d'emblée chamboulé son calendrier, donc la confrontation avec l'URSS pouvait elle aussi survenir plus tôt que prévu, avant que ne soient fermées les lignes de front sur le flanc ouest. Cette éventualité était d'autant plus probable que, galvanisé par la célérité de ses victoires, le Führer devait se considérer comme l'incarnation vivante de l'Esprit hégélien, le moteur invincible de la dialectique historique. Malgré tous ces signaux diffus, cette électricité statique saturant l'air, présage d'un déchaînement prochain de la foudre, Staline s'obstinait à ne pas voir l'évidence dans un aveuglement digne de celui qui avait présidé à la conférence de Munich. Pour lui, toutes ces informations relevaient de tentatives d'intoxication et de diversion des pays capitalistes destinées à le pousser à faire volte-face contre Hitler, et il avait même menacé de dissoudre les services secrets soviétiques s'ils continuaient à l'alarmer avec de telles chimères.

Natalia contempla avec dépit la pile de feuillets criblés des mots qu'elle avait écrits depuis la matinée, parmi lesquels se trouvait son compte rendu de la dernière note codée de l'« Orchestre rouge ». Elle savait mieux que quiconque ce qu'il en coûtait de défier la volonté et les ordres de Staline, alors elle se contentait d'observer la tempête obscurcir un peu plus chaque jour le ciel de l'avenir. Autour d'elle, les autres fonctionnaires présents dans le bureau où elle travaillait commençaient à s'en aller. Pour eux, la Révolution s'accomplissait à des horaires ouvrables. Elle n'avait pas envie de rentrer chez elle. Elle se sentait de plus en plus étrangère à sa vie avec Ivan, dont la cécité proche de la foi vis-à-vis de Staline l'insupportait. Ce sentiment était encore plus aigu avec Sergueï. Absente la majeure partie de sa petite enfance, elle n'avait pas créé avec lui ce lien invisible et indéfectible, archaïque et mystérieux, dont parlent toutes les mères, et plus le temps passait, moins elle réussissait à nouer les fils distendus de cette filiation. Elle n'avait qu'un désir, qu'une seule obsession : repartir en Allemagne pour combattre les nazis qui, tôt ou tard, se rangeraient dans le camp de leurs ennemis. L'urgence était d'autant plus réelle qu'un nouveau danger affleurait dans les messages que Natalia répertoriait, un danger susceptible de bouleverser la face du monde et de réduire à néant tout ce pour quoi ils s'étaient battus pendant plus de deux décennies.

« On fait du zèle, camarade Lishenko ? »

La remarque de Piotr Levovitch Komakine, son supérieur hiérarchique, suscita l'hilarité de ceux encore présents ou en train de partir.

« J'ai encore quelques documents à traiter, camarade Komakine. Servir le camarade Staline ne souffre aucun retard. »

Piotr Levovitch immobilisa sa silhouette adipeuse face à Natalia et la fixa derrière ses petites lunettes dont les branches s'enfonçaient dans la graisse de ses tempes.

« Ton dévouement t'honore, camarade Lishenko, je ferai un bon rapport te concernant. »

Pour toute réponse, Natalia se contenta d'afficher un sourire de circonstance et se replongea dans des dépêches supposées en souffrance.

Quand elle se retrouva enfin seule, elle resta penchée sur sa lecture jusqu'à ce qu'elle fût certaine que plus personne ne reviendrait d'une manière inopinée. Elle se leva et rejoignit le secrétaire de Piotr Levovitch. Elle récupéra la clef qu'il dissimulait dans une édition du *Capital* de Marx aux pages creusées à cet effet, déverrouilla le dernier tiroir du bas et en extirpa un dossier qu'elle rapporta à son poste de travail. Elle observa autour d'elle, scruta les bruits en provenance des couloirs et ouvrit les rabats en carton.

Le premier jour où elle avait réintégré le NKVD dans ses nouvelles fonctions administratives et subalternes, elle était tombée sur une correspondance cryptée signalant la création au Royaume-Uni d'une commission nommée MAUD, chargée d'étudier le problème de l'uranium et la création d'un nouveau type de bombe à la puissance redoutable. Lorsque, conformément au protocole, elle avait voulu transmettre un procès verbal prioritaire à ses supérieurs responsables de la section britannique, Piotr Levovitch l'avait interceptée en lui précisant que les informations relatives à cette matière relevaient de sa compétence, et de sa compétence uniquement, avant d'ajouter que le camarade Staline ne voulait sous aucun prétexte entendre parler de ce sujet, qu'il considérait également comme une tentative de diversion de la part des puissances occidentales. L'instinct tchékiste de Natalia s'était instantanément réveillé et elle avait commencé à creuser cette question en profondeur. Pour en comprendre rapidement les enjeux, elle avait pris contact avec Gueorgui Nikolaïevitch Fliorov, spécialiste de la physique nucléaire, qui lui avait expliqué les potentialités de la fission de l'uranium et confirmé le caractère primordial des recherches de cette nature.

« Vous avez raison de vous intéresser à ces avancées scientifiques-là, avait conclu Fliorov. Depuis que Hitler a déclaré la guerre au reste de l'Europe, plus aucune publication n'a eu lieu sur d'éventuelles nouvelles découvertes liées à l'atome, dans aucun pays, preuve par le silence qu'une compétition et une course contre la montre se sont engagées pour maîtriser ce type de réaction en chaîne et ses applications d'un point de vue militaire.

— Vous devriez écrire au camarade Staline pour attirer son attention sur ce problème, lui avait dit Natalia. Il y va de la survie de l'URSS et de la Révolution.

— Vu ce que vous m'avez dit des sentiments nourris par le camarade Staline envers cette discipline, la probabilité de finir au Goulag me semble trop élevée.

— Je comprends. Réfléchissez malgré tout. Si l'Allemagne ou les Occidentaux se dotaient d'une telle arme avant nous, ceux qui auront donné l'alerte seront les premiers récompensés pour leur patriotisme.

— Je ne sais pas, camarade Lishenko. Franchement, je ne sais pas.

— Si jamais vous vous décidiez à agir, faites parvenir votre lettre à la Loubianka sous un pli adressé directement à mon nom, je me chargerai du reste. »

En parcourant les éléments du dossier de Piotr Levovitch, Natalia se disait que tout concordait. Les armées nazies avaient conquis la Tchécoslovaquie et exploitaient ses mines d'uranium, les plus importantes du continent. Avant la défaite de la France, les physiciens nucléaires hexagonaux avaient transféré tous les résultats de leurs travaux sur l'atome ainsi que leur stock d'eau lourde en Angleterre, afin qu'ils n'échouent pas entre les mains des Allemands ; l'eau lourde, élément nécessaire et indispensable à la modération d'une réaction en chaîne, et dont la plus grande usine de production se trouvait en Norvège, elle aussi tombée sous la domination du Führer. Un événement majeur se tramait dans les coulisses obscures de l'Histoire et, une fois de plus, Staline ne voulait rien voir.

Elle referma la chemise en carton et la remit à sa place initiale en prenant bien soin de ne laisser aucune trace de son intrusion. Elle rassembla ses affaires, quitta son bureau, descendit au sous-sol et, après avoir salué le garde en faction devant l'entrée et signé le registre, elle pénétra dans la salle des archives pour y déposer sa note de synthèse de la dernière dépêche envoyée par l'« Orchestre rouge ». Elle avait suffisamment alerté des risques d'attaque du territoire russe par Hitler et payé son insubordination au « Petit Père des Peuples » d'un lourd tribut dans sa chair pour ne pas se condamner elle-même à la déportation ou à une balle dans la nuque.

Elle serpenta dans le labyrinthe d'étagères où s'accumulaient les vérités inavouables de l'URSS et de la Révolution bolchevik avant de glisser son compte rendu dans le classeur dédié. Alors qu'elle allait revenir sur ses pas pour sortir, elle s'arrêta un instant devant la porte derrière laquelle étaient conservés les documents les plus sensibles du régime soviétique, tous frappés « secret défense ». Pensant à sa vie de « famille » qu'elle retrouverait en rentrant chez elle, l'idée la percuta. Comme Ivan lui avait menti au sujet d'Alexeï, était-il possible qu'il lui ait également menti au sujet de Kolya ? Quelque chose l'avait toujours dérangée dans le récit de sa disparition. Pour elle, son frère aurait préféré mourir pour ses convictions que de prendre lâchement le chemin de l'exil. Si la réponse existait, elle était nécessairement là. En tant que chef de service, Piotr Levovitch avait accès à cette zone sécurisée. Pour y entrer, elle devait réussir à se procurer sa clef.

4

Ivan se pencha vers le miroir, vérifia la propreté de ses dents et lissa ses sourcils. En ce 1er mai 1941, il se devait d'être impeccable pour le grand défilé qui se déroulerait sur la place Rouge en présence de dignitaires nazis. Il s'arrêta quelques instants sur le début de calvitie rongeant ses tempes, grimaça, puis il quitta la salle de bains et se dirigea vers le salon.

« Tout le monde est prêt ? »

À sa question, l'oncle Pavel, la tante Valia et le petit Sergueï se levèrent comme un seul homme.

« Où est Natalia ? », demanda-t-il.

Le regard de la tante Valia s'arrêta sur la porte de la chambre. Le visage d'Ivan se crispa. D'un pas nerveux, il entra dans la pièce. Natalia était encore au lit.

« Qu'est-ce que tu fais ? Nous allons être en retard ! grinça-t-il entre ses mâchoires serrées.

— Je ne me sens pas bien, je vais rester ici. »

Ivan plissa les paupières avec un agacement perceptible.

« Tu ne te sens pas bien ou tu ne veux pas venir ?

— Quelle importance ? », rétorqua-t-elle.

Les mains d'Ivan commençaient à trembler.

« La présence de généraux allemands te dérange, dit-il avec un débit heurté, tu restes fixée sur ton obsession qu'ils vont nous attaquer parce que *Mein Kampf*, et cætera ; c'est ça ? »

Pour toute réponse, Natalia lui tourna le flanc.

« Très bien, reprit Ivan au bord d'exploser, fais ce que tu veux, tu me fatigues. »

Il rejoignit les autres et, à sa suite, ils sortirent de l'appartement.

À peine étaient-ils partis que Natalia bondissait et se postait discrètement à la fenêtre. Alors qu'ils s'éloignaient rapidement dans la rue, Sergueï leva les yeux dans sa direction avant de baisser la tête au sol. La voie était libre.

Natalia retira sa chemise de nuit, passa à la hâte son uniforme et se glissa dans la cage d'escalier.

Ivan prit place dans les tribunes des officiels avec son fils, l'oncle Pavel et la tante Valia. Face à eux, en dessous des portraits géants de Lénine et de Staline qui ondoyaient dans la douce brise du printemps, la place Rouge était noire de monde. Aucun Moscovite ne manquait à l'appel. Des citoyens de toute l'URSS avaient fait le déplacement pour assister à ces festivités grandioses en l'honneur des travailleurs du monde entier, de la Révolution et de son chef suprême, le camarade Staline, le « Petit Père des Peuples ». Trotski n'était bien évidemment pas évoqué. Son nom avait été retiré de tous les manuels scolaires, de tous les livres d'histoire, de tous les monuments ; même sa présence sur les photographies où il apparaissait avait été effacée. Il n'avait tout simplement jamais existé. Seuls Lénine et Staline étaient les vrais héros de la grande et glorieuse Révolution russe.

Les hommes, les femmes et les enfants portaient beau pour ce jour de liesse où l'URSS exhibait à l'humanité son triomphe socialiste. De loin, la foule ondulait de milliers de bouquets de fleurs, de drapeaux, de banderoles et de photos des visages des deux dieux de la Nation.

Lorsque Staline apparut, une immense clameur emplie d'une infinie ferveur retentit jusqu'au ciel. Si Ivan mesurait l'ampleur de ce qu'il leur restait à accomplir pour faire advenir la société sans classes, les larmes lui nouèrent la gorge. Devant cette manifestation de joie pure et cette communion fraternelle, il savait que Kolya n'était pas mort en vain ; grâce au camarade Staline, le rêve qu'ils avaient fait ensemble quand ils étaient encore en culottes courtes était plus que jamais à portée de main.

Il enroula son bras autour des épaules de son fils, lui sourit, et la célébration débuta.

Par sécurité, Natalia se coula dans les ombres des petites ruelles jusqu'à la Loubianka. La ville était déserte, comme si elle avait été décimée par une épidémie foudroyante. Seuls le brouhaha sourd des cris et les arpèges des musiques provenant des abords du Kremlin témoignaient que la vie sur terre n'avait pas disparu.

Elle s'engouffra dans le siège de la police politique par une entrée réservée à la sortie des poubelles. La veille, elle avait reculé de quelques millimètres le pêne demi-tour de la serrure afin que la porte ne puisse se refermer totalement et qu'elle ait juste à la pousser pour s'infiltrer dans le bâtiment.

Une fois à l'intérieur, elle écouta le silence. D'après les registres qu'elle avait consultés, elle savait que les effectifs de surveillance avaient été réduits à un garde pour deux étages en raison des cérémonies en cours sur la place Rouge.

Elle monta par les escaliers de service jusqu'au palier où elle travaillait. Après s'être assurée qu'aucun soldat ne patrouillait dans le couloir, elle rallia son bureau. L'endroit où Piotr Levovitch cachait sa clef ouvrant la pièce des documents classés « secret défense » n'avait pas été difficile à trouver tant ce petit fonctionnaire était dépourvu d'ingéniosité et d'imagination. En partant la dernière le soir depuis plusieurs mois, elle avait eu le temps d'inspecter son secrétaire de fond en comble. Dans l'un des tiroirs, elle avait découvert une tabatière gravée à l'effigie de Staline. En la secouant, elle avait perçu un petit bruit métallique cliqueter dans un double fond. Elle avait profité de rapports à classer pour vérifier que la clef correspondait et l'avait remise à sa place.

Maintenant qu'elle l'avait en main, il ne lui restait plus qu'à s'introduire dans la salle des archives, et donc à déjouer la vigilance de la sentinelle qui en sécurisait en permanence l'accès.

Ivan se tourna vers son fils, ébloui par la procession solennelle des travailleurs et des militaires. À son grand étonnement, Sergueï reconnaissait sans aucune erreur les différents corps d'armée – infanterie, cavalerie, artillerie, marine – et il était même capable d'énumérer avec précision la majorité des engins qui paradaient : char T-26, T-35, T-60, KV-1 ; automitrailleuse BA-6 ou BA-10 ; canon antichar M1937, ZiS-2, F-22 ; et même certains avions comme le LaGG-3 ou encore le Yak-7 ; preuve de son intérêt et de sa détermination précoce à servir son pays. Ivan l'observait avec fierté égrener de sa petite voix les noms de ces armements destinés à garantir la sécurité de leur Mère Patrie.

Il remarqua également que Sergueï n'était pas le seul à regarder avec un intérêt particulier cette exhibition des forces soviétiques. Derrière leurs sourires de circonstance et leur bonne humeur de propagande, les officiers nazis invités pour l'événement scrutaient en effet chaque équipement, chaque blindé, chaque missile avec minutie, comme s'ils avaient jaugé qui de l'Allemagne ou de l'URSS l'emporterait sur l'autre en cas d'affrontement direct.

Natalia détacha délicatement la grille du conduit d'aération par lequel elle s'était faufilée et se laissa tomber sans bruit sur le sol de la salle des archives, à l'opposé de celle renfermant les documents convoités. En étudiant les plans de l'immeuble, elle avait repéré que, en empruntant cette voie depuis les toilettes de l'aile Est du rez-de-chaussée, elle pouvait rejoindre son objectif sans passer devant le garde en faction ni au-dessus de sa tête.

Elle attendit quelques instants, immobile, afin de s'assurer que sa présence n'avait pas alerté la sentinelle de l'entrée, puis elle traversa silencieusement les murs de rayonnages remplis de caisses et de dossiers.

Alors qu'elle s'approchait de son but et s'apprêtait à sortir la clef dérobée à Piotr Levovitch, la porte principale s'ouvrit.

L'instinct tchékiste d'Ivan était sur le qui-vive. Et si Natalia avait eu raison, depuis le début. Et si Hitler avait réussi à engourdir la vigilance de Staline en signant avec lui un pacte qu'il n'entendait nullement respecter, utilisant cette alliance factice pour obtenir un maximum d'informations sur les équipements et les ressources soviétiques afin de mieux les combattre le moment venu. Pourquoi n'y avait-il pas pensé plus tôt ? Pourquoi personne à part Natalia ne semblait avoir envisagé cette éventualité ?

Natalia eut juste le temps de se tapir dans une rangée obscure tandis que le planton refermait derrière lui. Il resta un moment sans bouger, fouillant du regard l'espace sombre autour de lui. Il rajusta la bandoulière de son fusil et entama sa ronde en s'éloignant dans la direction opposée.

Natalia poussa un soupir intérieur de soulagement. Lentement, elle emboîta le pas au Cerbère du lieu et, alors qu'il bifurquait au bout d'une allée après l'avoir inspectée, elle se glissa sous une étagère.

La voix de Sergueï tira Ivan de ses pensées.

« Il manque des choses », dit-il.

Ivan se pencha vers lui.

« Qu'as-tu dit, mon grand ?

— Il manque des armes. »

Ivan fronça les sourcils.

« Des armes, quelles armes ? demanda-t-il.

— On n'a pas vu le T-34 ni Katioucha. »

Ivan observa plus attentivement les chars et les lance-missiles qui s'éloignaient sur la place Rouge : les chars T-34 et les « orgues de Staline » étaient effectivement absents du défilé.

Quand la sentinelle fut partie, Natalia quitta sa cachette, prit la clef de Piotr Levovitch, entrebâilla la porte des archives secrètes et s'insinua à l'intérieur. La salle était encore plus vaste que la précédente. Les documents étaient classés par année et par sujet. Elle consulta d'abord les registres d'admission à la prison de la Boutyrka pour y chercher une trace du passage d'Alexeï, puis ceux des prisonniers passés à la Loubianka dans cette même période ; certaines pages avaient été arrachées ; rien. Elle fit de même pour Kolya ; là encore, rien ; des feuillets répertoriant les détenus et les agents qui les avaient interrogés avaient été soigneusement déchirés.

Elle baissa la tête avec un désagréable sentiment d'amertume : rien, elle ne trouverait rien.

Soudain, à l'instant où la foule applaudissait à tout rompre les vols des avions dans le ciel moscovite, le visage d'Ivan s'éclaira d'un vaste sourire de soulagement. Il comprenait. Il comprenait pourquoi les chars T-34 et les « orgues de Staline » n'avaient pas été exposés au public : parce que c'étaient leurs meilleurs atouts, que les Occidentaux ignoraient tout de leur existence et que, en raison de la présence de la délégation allemande, le camarade Staline, dans son immense sagesse politique, avait préféré les dissimuler à des alliés dont, en excellent stratège, il se méfiait.

Il prit Sergueï dans ses bras, le souleva du sol et l'embrassa en riant.

Natalia écarquilla les yeux. Elle serpenta parmi les rayonnages jusqu'à celui de l'année 1938, passa son index sur un alignement de classeurs cartonnés, en retira un, l'ouvrit, le feuilleta et s'arrêta sur un procès-verbal signé de la main de Iejov et d'Ivan. Elle le parcourut avec une attention redoublée. Ivan lui avait menti sur la mort de son frère, il l'avait tué sur ordre de Iagoda en maquillant son exécution en action de légitime défense.

5

Alexeï but une gorgée de thé, écrasa sa cigarette et jeta un regard anxieux à la pendule de la salle à manger. Depuis que James et lui avaient été réaffectés au contre-espionnage, et plus précisément à la surveillance des physiciens susceptibles de renseigner l'Allemagne ou l'URSS sur les recherches relatives à la fission de l'uranium, il avait emménagé dans une maison anglaise typique près de Hyde Park.

Lorsqu'il entendit retentir la sonnette caractéristique du vélo du livreur de journaux, il se leva sans attendre et rejoignit le vestibule pour récupérer la presse sur le pas de sa porte. Quelques jours auparavant, la guerre et l'Histoire avaient pris un tournant inattendu. Dans la nuit du 22 juin 1941, à 3 heures du matin, Hitler avait déclenché l'« opération Barbarossa », entraînant l'invasion de l'URSS. Les forces déployées par le Führer étaient colossales – cinq millions et demi de soldats répartis en 153 divisions, 3 500 chars, 2 800 avions. Bénéficiant de l'effet de surprise, les troupes nazies s'enfonçaient à vitesse de panzer dans l'ancien Empire des tsars. Malgré la détestation qu'il nourrissait pour le régime soviétique, Alexeï ne pouvait s'empêcher d'éprouver une douleur infinie pour ses frères russes en pensant aux souffrances qu'ils allaient endurer. Il se souvenait de la boucherie du précédent conflit contre l'Allemagne et des massacres inhumains perpétrés pendant la guerre civile, dont certaines images insoutenables – femmes enceintes éventrées, fillettes violées et achevées d'un sabre enfoncé dans la vulve, cadavres énucléés, langues arrachées, oreilles et nez coupés – affleuraient de nouveau à sa conscience. Natalia avait eu raison, elle et Andreas avaient payé de leur vie sa lucidité ; et s'ils étaient encore vivants, combien de temps survivraient-ils s'ils étaient incarcérés dans l'un des camps de concentration allemands qui, d'après ce que les services secrets de la Couronne en savaient, n'avaient rien à envier aux îles Solovki ?

Alexeï ramassa les quotidiens. Il eut presque un haut-le-cœur en découvrant les gros titres en une : les États-Unis étendaient leur prêt de matériels militaires à l'URSS. En d'autres termes, Anglais et Soviétiques étaient désormais alliés. Même si Alexeï comprenait parfaitement la réalité et la nécessité objectives d'une telle coalition pour tenter d'arrêter la fureur d'Hitler, l'idée de collaborer avec une idéologie et un système politique qui avaient mutilé et continuaient de mutiler son propre peuple lui était insupportable.

Alexeï ne prit pas la peine de lire les articles correspondant aux manchettes des premières pages. Il s'habilla à la hâte et sauta dans un taxi pour aller au siège du MI5. James était déjà en train de ranger des dossiers dans des cartons quand il arriva.

« Je sais, lui dit-il en voyant sa mine déconfite, tu es à la fois furieux et désemparé. »

Alexeï s'appuya contre le rebord d'un bureau et alluma une cigarette.

« Nous voilà donc main dans la main avec Staline…

— Ne dramatise pas non plus, faire front et marcher côte à côte ne signifie pas entretenir des relations aussi intimes ! »

Alexeï sourit au mauvais esprit proverbial de son ami.

« J'aimerais bien discuter avec Churchill pour savoir ce qu'il en pense.

— Excellente idée ! Rends-lui donc une petite visite de courtoisie à Downing Street, exception faite d'un léger désaccord de voisinage avec un fou dangereux, il n'a pas grand-chose à faire en ce moment. »

Alexeï sourit de nouveau en imaginant la scène.

« Comment on procède désormais ? demanda-t-il.

— À quel niveau ?

— On partage nos informations avec les communistes ?

— Oui, et non. Pas toutes en tout cas, uniquement celles concernant les nazis. Nous entrons dans une zone grise. Nous opérons toujours en zone grise. Avec la guerre, la palette est simplement plus large, et plus floue.

— Et si on coince un agent du NKVD sur le sol britannique, on l'arrête ou on prend le risque qu'il obtienne des renseignements compromettants, notamment sur la bombe ?

— Disons qu'on reste très gentlemen avec lui, mais on le garde à l'œil, surtout s'il approche un des scientifiques qu'on surveille. Finalement, si tu y réfléchis bien, c'est une bonne chose qu'on soit alliés avec les Soviets.

— Parce qu'il suffira de les suivre pour identifier leurs sources et les agents qu'ils ont retournés ?

— Exactement. Et puis, à tout prendre, je préfère Staline à Hitler. »

Alexeï écrasa sa cigarette.

« Non, tu ne peux pas préférer l'un à l'autre. Ils sont pareils. Leurs idéologies respectives ont plus de points communs que de différences. Si elles ne se manifestent pas de la même manière, leurs conséquences sont en grande partie les mêmes.

— Je ne suis pas d'accord. Hitler épingle des étoiles jaunes sur le torse des juifs, il les déporte dans des camps de "travail" qui sont en réalité des camps de tortures et de mort. Et je ne parle même pas des rumeurs remontées par nos hommes selon lesquelles il envisagerait une "solution finale", c'est-à-dire l'extermination totale de tous les juifs d'Europe.

— Staline ne fait pas mieux, les bolcheviks dans leur ensemble ne font pas mieux. Ils déportent tous les "ennemis de classe", dont la définition est tellement variable qu'ils peuvent arrêter qui ils veulent en fonction de leur humeur, et ils les emprisonnent dans des camps qui n'ont pas à rougir devant leurs contrefaçons nazies, j'en sais quelque chose. Quant aux juifs, les Russes n'ont pas systématisé leur haine envers eux, mais de ce que j'ai vu des deux côtés pendant la guerre civile, chez les blancs comme chez les rouges, l'antisémitisme est loin d'être l'apanage des Allemands, crois-moi ! »

Sans s'en apercevoir Alexeï s'était redressé et avait haussé le ton.

« Pardonne-moi, lui dit James, j'ai une vision lointaine et occidentale de la Russie soviétique, toi, tu en as éprouvé les horreurs dans ta chair. »

James prit une cigarette et en offrit une à Alexeï.

« Aliocha, je comprends les sentiments contradictoires et mêlés qui t'agitent, vraiment. Dis-toi que ce n'est que momentané et, cyniquement, maintenant que les Soviétiques sont embarqués dans cette guerre, ils en ressortiront affaiblis, ce qui pourra peut-être nous donner l'avantage sur eux. Si nous gagnons, bien entendu. »

Tous deux restèrent silencieux à imaginer une Europe et un monde sur lequel flotterait le drapeau à la croix gammée.

« Entre Satan et Belzébuth, dit James, l'Histoire nous a poussés vers Satan. Et franchement, de toi à moi, je préfère Satan à Belzébuth. »

Alexeï le dévisagea avec perplexité.

« Pourquoi ?

— Belzébuth est le Seigneur des mouches, et je déteste les mouches, je déteste tous les insectes qui volent d'ailleurs, leur pollution sonore est inesthétique à mon ouïe raffinée. Satan, lui, est un ange déchu, et j'ai toujours aimé les anges dépravés ! »

Ils rirent ensemble à ce trait.

« Allez, trancha James, on termine de remballer tous nos chercheurs en neutrons égarés même si on ne les quitte pas totalement des yeux. Fini de jouer les journalistes, à nous les coquins de Français gravitant autour de leur petit général rebelle, les filatures et les courses-poursuites au cul des espions allemands dans le Londres interlope ! »

Il sortit avec son carton tandis qu'Alexeï commençait à rassembler certains de ses dossiers. En les classant, il retomba sur celui d'un certain Klaus Fuchs, un physicien de la Friedrich-Wilhelms-Universität réfugié en Grande-Bretagne après l'accession du Führer au poste de chancelier. Alexeï se souvenait qu'il n'avait pas eu le temps de l'interroger parce qu'il avait été brièvement incarcéré à cause de sa nationalité quand la guerre avait éclaté. En parcourant de nouveau son pedigree, il se rappela pourquoi il l'avait placé dans son viseur : il avait fui l'Allemagne nazie pour échapper aux menaces de mort qui pesaient sur lui à cause de son appartenance au PC allemand et de son militantisme actif. Alexeï se méfiait de ce genre de profil, les repentis d'une idéologie comme le communisme n'existaient pas. James avait tort, Alexeï allait secrètement conserver sa casquette de journaliste pour sonder ce Klaus Fuchs. Même s'ils étaient désormais alliés avec l'URSS, l'injonction de Churchill au sujet des recherches autour de la fission nucléaire restait plus que jamais d'actualité : « Jamais une telle arme ne doit tomber entre les mains d'Hitler ou de Staline. »

6

Une miche de pain soigneusement dissimulée sous son manteau, Ivan rentrait chez lui au petit matin après une nouvelle nuit blanche à la Loubianka.

Dans les rues moscovites, la sidération et la peur étaient palpables dans l'air. Depuis une dizaine de jours, entre deux raids aériens ennemis, tous les non-combattants élevaient des barricades, creusaient à la pioche ou avec leurs mains des fossés antichars et des tranchées. Les Allemands avaient progressé à une vitesse fulgurante sur trois fronts simultanés. Minsk et Smolensk étaient tombées pendant l'été, Leningrad était assiégée depuis plus d'un mois, Kiev et l'Ukraine n'avaient pas résisté au rouleau compresseur des panzers, accueillant même les nazis comme des libérateurs.

« Les traîtres ! », pensa en son for intérieur Ivan en serrant les mâchoires.

Et maintenant, les divisions du Reich fonçaient droit sur Moscou. Pour les retarder, le général Joukov avait envoyé les jeunes cadets de l'Académie militaire de Podolsk leur barrer le chemin. Afin de donner à ces jeunes recrues le courage nécessaire pour faire face aux soldats aguerris de la Wehrmacht, des agents du NKVD avaient été diligentés pour fusiller tous ceux qui refuseraient de monter à l'assaut. Vaincre ou mourir.

Ivan alluma une cigarette. En recrachant la fumée, il remarqua qu'elle s'épaississait de la condensation liée aux premiers froids. Il fallait tenir. Bientôt viendrait la saison de la *raspoutitsa*, la fonte des premières neiges, qui transformait à chaque automne les routes en de véritables rivières de boue ; puis, enfin, le terrible hiver russe, cet hiver implacable qui avait déjà eu raison de Napoléon et de sa

Grande Armée, l'atout militaire naturel de la Russie depuis la nuit des temps.

Mais pour l'heure, les forces allemandes avançaient toujours. Ils avaient franchi la ligne Mojaïsk, située à seulement une soixantaine de verstes de la capitale soviétique. Les ambassadeurs et les journalistes étrangers avaient été pressés d'évacuer la ville vers l'est pour rejoindre Kuibyshev, située à quelques centaines de kilomètres sur la Volga où, par ordre du camarade Staline, s'étaient déjà réfugiés nombre de membres du gouvernement et du Parti. La panique gagnait la population. Des habitants commençaient à fuir au milieu des pillages. Les installations stratégiques qui ne pourraient pas être déplacées étaient une à une minées pour qu'elles ne renforcent pas l'arsenal nazi si elles venaient à tomber entre les crochets de leur croix gammée.

Ivan écrasa sa cigarette, rentra dans son immeuble et grimpa les marches de l'escalier.

Désormais, la question de l'évacuation générale se posait. Depuis plusieurs jours, trois avions se tenaient en permanence prêts à décoller et un train spécial attendait également le camarade Staline en gare de Kazan. Cette nuit, Ivan et d'autres cadres clefs du NKVD avaient été convoqués par Beria : Staline quitterait le Kremlin ce matin pour la sauvegarde de la Mère Patrie ; à eux de coordonner la résistance et les sabotages une fois la bataille perdue.

Ivan ouvrit la porte de l'appartement en exhibant la miche de pain. Tout le monde était déjà debout et attablé pour le petit déjeuner. Sergueï se jeta dans ses bras en demandant :

« C'est vrai que le camarade Staline est un lâche et qu'il va nous abandonner ? »

Les traits d'Ivan se figèrent.

« Pas du tout, mon grand. Le camarade Staline ne nous abandonnera jamais. Qui dit des choses comme ça ?

— Moi », répondit Natalia en reposant sa tasse de thé fumant.

Ivan échangea un regard avec la tante Valia et l'oncle Pavel qui entraînèrent Sergueï dans sa chambre.

« Tu mens à ton fils pour préserver sa foi dans la Révolution ? », ironisa Natalia.

Ivan retira son manteau et s'approcha.

« Tu es folle de lui dire des choses comme ça !

— Pourquoi ? Ce n'est pas vrai peut-être ?

— Absolument pas. »

Natalia se leva.

« Ah oui ? Moi aussi, je travaille pour le NKVD, je te rappelle. Oh, certes, pas à un poste aussi important que toi, mais je contribue encore à l'effort collectif, et dans un service où transitent toutes les informations. Tu crois vraiment que j'ignore pour le train et les avions ? Tu penses que je ne comprends pas pourquoi tu es resté toute la nuit à la Loubianka ? »

Ivan s'assit, alluma une cigarette et posa son paquet devant lui. Natalia lui en prit une. Ivan se frotta les yeux et le visage.

« Le camarade Staline ne partira pas. J'en suis convaincu.

— Bien sûr que si, il partira. »

Ils fumèrent quelques instants en silence. Natalia attrapa une tasse et servit du thé à Ivan.

« Merci. »

Il but une gorgée.

« Tout cela ne serait pas arrivé si on m'avait écoutée, dit Natalia en hochant négativement la tête.

— Mais arrête avec ça, bon sang ! hurla Ivan en frappant du poing sur la table.

— C'est pourtant la stricte vérité ! s'énerva Natalia.

— Arrête, Natalia, arrête ! Tu avais tout compris avant tout le monde, tout était dans *Mein Kampf*, tu as alerté la terre entière, personne ne t'a écoutée, on sait, c'est bon, passe à autre chose !

— Et ce sera pareil avec la fission de l'uranium et la bombe sur laquelle toutes les nations du monde travaillent sauf nous, tu verras. »

Ivan bondit de sa chaise, excédé.

« Pourquoi, Natalia, pourquoi ?

— Pourquoi quoi ?

— Pourquoi faut-il que tu t'acharnes à aller systématiquement à l'encontre des décisions du camarade Staline ? Franchement, pourquoi ? Tu cherches quoi ? Je ne comprends pas, sincèrement, je ne te comprends pas.

— Parce que le camarade Staline se trompe ! Comment veux-tu qu'il mène notre pays à la société sans classes si, à chaque fois, il s'obstine dans l'erreur ? Ça ne m'étonne pas qu'il ait décidé de fuir, les lâches ont toujours peur de la vérité. »

Ivan écrasa rageusement sa cigarette.

« Ça suffit ! cria-t-il. Ça suffit, tu m'entends ? Ne redis jamais des choses comme ça, jamais, et encore moins à notre fils !

— Je te savais parfois aveuglé par ton idéalisme, mais je ne te connaissais pas servile au point de refuser la réalité des faits qui, comme le disait le camarade Lénine, sont foutrement têtus !

— Natalia, tenta de temporiser Ivan en baissant d'un ton, tu sais ce qu'il t'en coûtera si on apprenait que tu traites le camarade Staline de lâche ?

— Je le sais mieux que personne, figure-toi.

— Et Sergueï, tu y as pensé ? Tu as pensé à ce qui pourrait lui arriver si de tels propos venaient à lui échapper en public ? Il subirait le même sort que Kolya, et ça, *ça*, je ne le permettrais pas, tu m'entends ? »

Natalia le poignarda du regard.

« Ne parle pas de mon frère, pas toi. »

Ivan allait rétorquer lorsqu'on frappa à la porte. Ils se toisèrent. L'hostilité froide de Natalia ne retombait pas. On frappa de nouveau. Ivan se calma, ouvrit et se retrouva face à un agent du NKVD.

« Camarade Narychkine !

— Camarade ! Que se passe-t-il ?

— Le camarade Staline est au Kremlin. Tu es attendu pour préparer l'application de la loi martiale qui va être décrétée. Moscou ne tombera pas !

— Je viens, camarade. Donne-moi le temps de rassembler mes affaires. »

Le messager le salua et descendit les escaliers. Sans un mot, Ivan passa son manteau. La tante Valia, l'oncle Pavel et Sergueï revinrent de la chambre.

« Le camarade Staline va se battre ? », demanda Sergueï.

Ivan s'accroupit à sa hauteur.

« Oui, nous allons tous nous battre. Un vrai Russe ne fuit jamais devant l'ennemi. »

Il se redressa et, avant de sortir, fixa Natalia.

« Et personne n'est plus un vrai Russe que le camarade Staline. »

7

Alexeï se gara à deux rues de son lieu de rendez-vous. Il alluma une cigarette et fuma le temps de vérifier qu'il n'avait pas été suivi.

En parallèle de ses activités de surveillance pour le MI5, il s'était livré pendant plusieurs mois à une filature minutieuse de Klaus Fuchs afin de connaître ses habitudes dans leurs moindres détails au cas où l'un d'eux trahirait une quelconque duplicité de sa part. Jusqu'à présent, le physicien restait au-dessus de tout soupçon. Il menait une existence de chercheur et d'universitaire absolument banale. Il faisait en outre montre d'une réelle joie de vivre dans un pays libre et démocratique, sortant régulièrement au pub avec des amis ou des confrères de l'université, flirtant avec des femmes, affichant un véritable intérêt et un plaisir authentique pour la danse dans les clubs de jazz. Malgré son incarcération au commencement de la guerre, pour avoir commis le seul crime d'être né allemand, la manière dont il avait repris le cours de sa vie depuis sa libération démontrait qu'il ne nourrissait aucune rancœur envers sa patrie d'adoption ; au contraire, puisqu'il avait entamé une procédure de naturalisation afin d'obtenir la nationalité britannique. Pourtant, son engagement dans les rangs du Parti communiste allemand au début des années 1930 continuait d'alerter l'instinct d'Alexeï. D'autant plus que, en fouillant dans son passé germanique, il avait découvert un élément préoccupant : bien que Fuchs eût réchappé à une arrestation en ratant le départ d'une manifestation de protestation contre l'incendie du Reichstag, arrestation qui lui aurait valu la prison, une déportation ou une balle dans la tête, il était resté cinq mois supplémentaires à Berlin pour poursuivre ses études alors qu'il était recherché par les milices nazies, avant de s'exiler à

Paris, puis à Édimbourg. Pour Alexeï, cette période durant laquelle il avait sciemment bravé la mort témoignait de la puissance de ses convictions, attitude analogue à l'idéalisme proche du fanatisme qu'il avait vu à l'œuvre chez Ivan.

Alexeï écrasa sa cigarette. Aucune ombre suspecte n'avait bougé dans la nuit environnante. Il sortit de sa voiture et s'éloigna d'un pas rapide.

L'Histoire était à un tournant fragile et décisif. Moscou avait tenu. Les armées russes avaient repoussé les panzers de la Wehrmacht et continuaient de faire refluer l'ennemi. Le Japon avait bombardé par surprise la base américaine de Pearl Harbor, entraînant les États-Unis dans le conflit contre le Troisième Reich et le transformant en guerre mondiale. Les événements aboutissaient à une situation inédite : l'alliance du phare du capitalisme et du chantre du communisme. Cette union contre nature rendait les frontières des services secrets dangereusement poreuses, surtout depuis que les Britanniques et les Américains avaient lancé leurs programmes respectifs de recherche nucléaire, Tube Alloys et le projet Manhattan, dont ils partageaient les informations et les avancées. Vu les enjeux que représentait la possibilité de créer une bombe capable de raser une ville entière en une seule déflagration, Alexeï était convaincu que les Soviétiques étaient déjà à la manœuvre pour se doter eux aussi d'une telle arme.

Il entra dans le pub, bondé à cette heure. Il détailla la foule insouciante et aperçut Klaus Fuchs qui lui faisait signe depuis la table où il était assis. Alexeï le rejoignit, lui serra la main et prit place en face de lui. Les cheveux coiffés en arrière, légèrement sur le côté, de petites lunettes rondes, le scientifique avait un regard doux et une physionomie avenante.

« Merci encore, monsieur Fuchs, d'accepter de répondre à quelques questions pour mon interview.

— De rien, monsieur Chesterfield. Il est rare que la presse grand public s'intéresse à ce type de sujet, surtout en ce moment.

— Pourquoi “surtout en ce moment” ?

— L'interview a déjà démarré ? s'amusa Fuchs devant la rapidité de la question d'Alexeï.

— Pardonnez-moi, déformation professionnelle ! Pinte ? »

Fuchs approuva.

« Blonde, brune, russe ? demanda Alexeï.

— Russe ? Vous voulez dire “rousse” ?

— Oui, bien sûr, rousse et non russe !

— Brune. »

Alexeï commanda deux Guinness et ils trinquèrent.

« Tout d'abord, dit Alexeï en buvant une première gorgée, je tiens à vous dire à quel point j'ai honte que mon pays vous ait emprisonné au seul titre que vous êtes d'origine allemande. Ce n'est pas ma conception de la démocratie.

— Nous sommes en guerre, monsieur Chesterfield, et qui plus est contre ma patrie natale. Par sécurité, il était normal de jauger si j'étais ou non un espion à la solde du Führer. Et puis, qu'est-ce que huit mois à l'échelle d'une vie ?

— J'ai étudié votre parcours, et j'ai noté que vous aviez été membre du SPD puis, après sa dissolution par Hitler, du KPD. Êtes-vous encore communiste, monsieur Fuchs ? »

Le chercheur s'adossa contre la banquette et croisa ses avant-bras devant son verre.

« Je croyais que nous devions parler de mes travaux ? dit-il en se retranchant derrière un sourire et une décontraction de façade.

— J'essaie simplement de retracer quelques éléments de votre biographie pour donner un peu de chair à mon article. »

Fuchs le sonda un instant de ses yeux vifs avant de se détendre et de se pencher vers lui.

« Je suis plus pacifiste que communiste, parce que je crois en une science universelle et sans murs, uniquement dévouée au progrès de l'humanité. Et il est vrai que l'idéal de fraternité du communisme me semble à cet égard plus proche de mes convictions.

— “Semble” ? Vous êtes donc toujours communiste ? »

Fuchs se referma imperceptiblement.

« Excusez-moi, dit Alexeï, j'ai tendance à trop insister, surtout lorsque je partage l'avis de mon interlocuteur. »

Le physicien le fixa avec un air hésitant. Alexeï sortit le passeport intérieur qu'il avait dérobé à Prokhor Sergueïevitch lors de son évasion des Solovki et le fit glisser sur la table. Fuchs l'examina. Son visage s'illumina.

« Alors c'est vous ? »

Alexeï hocha affirmativement la tête.

« Depuis mon premier contact avec vos services lors de ma détention, je me demandais à quel moment vous me solliciteriez enfin.

— Je devais d'abord m'assurer de votre fiabilité. Je vous ai donc observé pendant plusieurs mois.

— Je comprends. De quoi avez-vous besoin ?

— La bombe, où en sont les Occidentaux ?

— Ils accélèrent. Comme vous le savez, je travaille sur ce projet avec les professeurs Peierls et Frisch pour le ministère de la Défense. Nous échangeons régulièrement avec les Américains et il est possible que nos deux programmes de recherche fusionnent. Et nous, où en sommes-nous ?

— Je ne saurais vous donner les détails techniques, mais nous sommes en retard.

— Je vous transmettrai tout ce que je pourrai. Il est vital que l'URSS se dote d'une arme de cette envergure. Il serait en effet terrible qu'un seul pays l'ait en sa possession. Surtout les États-Unis.

— Ils sont pourtant nos alliés.

— Le temps que la guerre durera. Et après ? Croyez-vous qu'ils en feront un usage pacifique pour instituer la paix dans le monde ? Avec une bombe de cette puissance, capable d'éradiquer de la carte des villes entières, ils abuseront de leur pouvoir pour asseoir leur empire sur la planète. Le capitalisme vise à sa propre hégémonie, il est le Léviathan de Hobbes, où le fort triomphe toujours du faible, où l'homme est toujours un loup pour l'homme. Regardez leurs lois raciales et la manière dont il traite les Noirs, cela ne vous rappelle pas les lois de Nuremberg ?

— Ne craignez-vous pas que la tentation soit la même pour l'URSS ? Après tout, le camarade Staline n'est pas éternel ; qui sait qui lui succédera ?

— Vous avez raison. Toutefois, si les deux pays disposent de ce nouvel arsenal, alors il ne constituera plus un levier de domination, mais de dissuasion, et par conséquent une garantie de paix et non de guerre. »

La pertinence de l'argument troubla Alexeï.

« Et l'Allemagne ? questionna-t-il.

— L'Allemagne est un vrai problème. Suite aux avancées d'Otto Hahn et Fritz Strassmann, les nazis ont lancé dès avril 1939 le « projet Uranium ». Avec l'annexion de la Norvège, ils disposent du plus important stock d'eau lourde en Europe, élément indispensable pour stabiliser une réaction en chaîne, et donc élaborer une bombe atomique. »

Ils restèrent un instant silencieux face aux perspectives tragiques que cette réalité dessinait dans l'avenir.

« L'eau lourde, reprit Fuchs, voilà la clef. Si nous ou les Occidentaux réussissions à entraver la production de l'usine de Vemork, cela handicaperait très sérieusement le Reich et le Führer.

— C'est une information importante. Je vais la transmettre dès demain à mes supérieurs. Je suis rappelé à Moscou, où je remettrai mon rapport vous concernant. Un autre agent prendra contact avec vous pour la suite des opérations. »

Il termina sa bière et s'apprêta à partir.

« Attendez », lui dit Fuchs en levant la main en direction de la serveuse.

Alexeï se ravisa. Fuchs commanda deux vodkas.

« Moscou a tenu, camarade ! », chuchota-t-il.

Il leva son verre.

« *Za vaché zdarovié!* », dit-il à voix basse.

Alexeï leva le sien.

« *Za vaché zdarovié!* »

Ils burent à la russe et Alexeï s'éclipsa. Il tenait son cheval de Troie. Grâce à Fuchs, il remonterait la filière soviétique liée à la fission de l'uranium et contrarierait ses plans. Lui vivant, jamais l'URSS n'aurait une telle bombe.

8

Assise au bar, Natalia attendait en sirotant une vodka. Autour d'elle, les clients commençaient à partir pour rentrer chez eux. La personne qu'elle cherchait à voir avait ses habitudes dans ce restaurant ; elle s'y rendait pour être tranquille et seule. L'établissement, accessible et modeste, dispensait une excellente cuisine traditionnelle géorgienne : brochettes de viande grillée, champignons au four, raviolis fourrés à la viande épicée ou aux légumes et, la spécialité du chef, le *khatchapuri,* ce pain chaud garni de fromage et d'œuf.

Natalia alluma une cigarette. Elle avait profité de sa position administrative et de la clef de Piotr Levovitch ouvrant les archives secrètes pour parcourir les dossiers des agents qui l'intéressaient. Tous en avaient un qui leur était personnellement consacré. Celui d'Ivan était en majeure partie très élogieux, le NKVD le considérait comme un patriote de belle valeur, aux convictions stables et authentiques. Le sien, en revanche, après les comptes rendus dithyrambiques de ses débuts sous Félix Dzerjinski, offrait des appréciations en dents de scie, surtout à la fin des années 1930 : « Élément de première catégorie mais incontrôlable », indiquaient les appréciations qui avaient précédé sa disgrâce. Les récents commentaires à son sujet étaient plus positifs. Avec ce qu'elle s'apprêtait à faire, elle serait soit déportée, soit réintégrée dans la plénitude de ses fonctions.

Natalia aperçut dans le miroir surplombant les rangées de bouteilles le reflet de Beria qui entrait et prenait place à une table à l'écart des autres. Elle écrasa sa cigarette, commanda une autre vodka et attendit que la tête pensante de la sécurité intérieure ait terminé de dîner. Les hommes sont toujours plus réceptifs le ventre plein.

Elle quitta son tabouret et, sans s'annoncer ni demander son avis, elle s'assit d'autorité face à celui qui exerçait un droit de vie et de mort quasi absolu sur l'ensemble du peuple soviétique.

« Bonsoir, camarade », dit-elle.

Beria leva sur elle ses yeux noirs au regard vif et rajusta ses petites lunettes rondes dépourvues de branches sur l'arête de son nez. Il ne paraissait pas surpris ni décontenancé par sa présence dans son repaire.

« Camarade Lishenko ! »

Il fit un signe entendu en direction du personnel.

« Quel plaisir ! s'exclama-t-il. Je pensais justement à toi. Comment ne pas t'avoir à l'esprit en ce moment, vu les dernières notes de ta main qui me sont parvenues ? »

Une jeune femme déposa une bouteille de vodka et deux verres. Beria sortit un paquet de cigarettes, en offrit une à Natalia, en prit une à son tour et les servit.

« Le courrier du professeur Fliorov adressé au camarade Staline à propos duquel tu m'as averti est très intéressant. Malheureusement, tu te doutes bien que, à mon grand regret, je ne peux en aucune façon lui en faire part.

— Je crois, au contraire, que tu vas lui en parler, et d'une manière pressante. »

La pupille de Beria se rétracta. Malgré son demi-sourire placide teinté de nonchalance, la tension des traits de son visage n'exprimait plus rien de courtois ou d'aimable.

« Camarade Lishenko, tu as été l'une de nos meilleures recrues, et tu as sans aucun doute la capacité de le redevenir un jour tant tes qualités sont indéniables. Ce que je ne comprends pas, c'est pourquoi tu sembles mettre un point d'honneur, voire d'orgueil, à vouloir contrarier le camarade Staline ? Hier *Mein Kampf*, aujourd'hui une hypothétique bombe d'un genre nouveau ? Serais-tu atteinte du syndrome de Barbe-Bleue ?

— Je ne le pense pas, camarade, sauf si, bien évidemment, tu considères le camarade Staline digne d'être comparé à Barbe-Bleue, ou toi. »

Les lèvres de Beria se crispèrent.

« Réponds à ma question, camarade Lishenko. »

Natalia écrasa sa cigarette.

« Tu te méprends sur mes intentions, camarade. Je ne fais que mon devoir envers la Mère Patrie.

— Vraiment ? Explique-moi donc en quoi aller contre les décisions du camarade Staline pourrait revenir à accomplir son devoir… »

Natalia vida son verre et le remplit de nouveau.

« J'avais raison pour Hitler et l'attaque de l'URSS par les nazis, et je crains d'avoir raison une fois de plus.

— Ah oui ?

— J'ai constitué un dossier complet des renseignements transmis à ce sujet par nos hommes en Allemagne, en France, en Angleterre et aux États-Unis.

— Et pourquoi n'est-il pas encore sur mon bureau ?

— Tu veux dire dans ta poubelle, camarade ?

— Ne dépasse pas les bornes de ma patience, camarade Lishenko. Je pourrais te faire exécuter dans l'heure pour ce genre de paroles.

— Nous sommes dans un cadre privé, cette conversation n'a jamais eu lieu.

— Crois-tu un instant que les personnes ici présentes refuseront de témoigner de l'existence et de la substance de notre petit tête-à-tête ?

— Nous sommes dans un pays libre et démocratique, camarade, et même le plus libre et le plus démocratique du monde d'après la lettre de notre Constitution de 1936. Toi et moi sommes *aussi* des citoyens comme les autres. Rien n'interdit à une citoyenne de s'entretenir avec un autre citoyen dans un restaurant, surtout lorsqu'il s'agit de la défense de notre glorieuse Révolution, à moins bien sûr que les privilèges de l'époque impériale n'aient été rétablis et que je n'en sois pas informée, ce qui n'est pas le cas, tu en conviendras volontiers, je crois. »

Ils s'envisagèrent.

« Ce que tu ne comprends pas, camarade, c'est que je m'inquiète pour toi », reprit Natalia.

Beria l'observa encore quelques secondes, puis il éclata d'un rire terrifiant.

« Tu t'inquiètes pour moi ? dit-il en liquidant sa vodka et en se resservant.

— Bien sûr, car je ne voudrais surtout pas que l'URSS se retrouve privée d'un serviteur de ta qualité. »

Beria la fixa avec une expression éberluée.

« Comment ? l'interrogea-t-il.

— Je repensais ces derniers temps à Iagoda et Iejov, tes prédécesseurs, et à la manière dont chacun d'eux avait fini. »

Elle laissa son développement en suspens.

« Tu me menaces ? demanda Beria.

— Je ne me permettrai jamais de te menacer, camarade. Je me disais juste que, si jamais l'Allemagne et les États-Unis, ou pire, que ces deux pays réussissaient à percer les secrets de la matière permettant de créer une bombe capable de raser une ville aussi grande que Moscou en une seule explosion, ce serait une catastrophe qui signerait la fin de la Révolution et la mort de l'URSS. Une catastrophe d'autant plus terrible et regrettable qu'elle aurait pu être aisément évitée en mettant nos meilleurs physiciens à pied d'œuvre grâce, notamment, aux rapports circonstanciés que certains de nos agents de l'étranger ne cessent de nous envoyer concernant les avancées occidentales sur la fission de l'uranium ainsi qu'aux documents que leur fournissent les sources qu'ils ont déjà activées au sein de leur programme de recherche. En revanche, si quelqu'un se saisissait à temps de cette question pour permettre à l'URSS de se doter avant le reste du monde d'une telle arme, il deviendrait certainement le plus grand Héros que l'histoire des peuples libres ait jamais connu, exceptions faites des camarades Lénine et Staline, évidemment. »

Beria la scruta longuement d'un air impénétrable avant de se fendre avec franchise d'un large sourire amusé.

« Tu n'abandonnes jamais, camarade Lishenko...

— Jamais quand il s'agit de l'avenir et de la sauvegarde de mon pays. »

Les yeux de Beria furetèrent rapidement dans l'espace alentour.

« Je suppose que tu as déjà des modalités d'action précises à me proposer ? dit-il.

— J'ai même une équipe à te soumettre. »

Beria s'accouda sur la table et se pencha vers elle.

« Et où iras-tu ? Les États-Unis ?

— Londres, et puis Berlin. Tu n'ignores pas que Hitler et *Mein Kampf* sont une véritable obsession chez moi. »

Beria ricana.

« Laisse-moi réfléchir, conclut-il.

— Réfléchis bien, camarade, et vite, car le temps joue contre toi. »

Elle remplit son verre, le vida d'un trait, se leva et se dirigea vers la porte de l'établissement.

« Camarade Lishenko ? », l'interpella Beria.

Natalia se ravisa.

« Viens demain dans mon bureau avec tous tes éléments. Nous discuterons de ton équipe. »

Natalia acquiesça d'un hochement sec de la tête, tourna les talons et sortit.

9

Alexeï observa Fuchs rentrer tranquillement chez lui. Ce soir, il avait dîné chez Rudolf Peierls et son épouse en compagnie d'Otto Frisch avec lesquels il entretenait des relations personnelles régulières hors des laboratoires où ils officiaient ensemble. Pour le reste, Alexeï n'avait rien découvert de plus depuis qu'ils s'étaient rencontrés durant l'hiver au pub. Le physicien continuait de mener la même vie à la lettre, faite de sorties avec des collègues, des amis, des étudiants, de flirts plus ou moins poussés avec des femmes de son âge. Et, de ce qu'Alexeï avait pu consigner dans le temps qu'il avait pu consacrer à sa surveillance hors de ses missions avec James, Klaus Fuchs n'avait pas encore été contacté par un agent du NKVD ni remis un quelconque document aux services secrets soviétiques. Mais, connaissant l'habileté des Russes en la matière et ne pouvant malheureusement pas filer le scientifique plus qu'il ne le faisait déjà sans attirer les soupçons de ses homologues du MI5, la mélodie du doute ne cessait de lui ronger inlassablement le cerveau. Elle le réveillait la nuit tant il lui était inconcevable qu'un monstre comme Staline dispose un jour d'une arme susceptible de lui permettre d'infliger au reste du monde les mêmes atrocités qu'il avait subies et que le peuple de son enfance subissait toujours.

Il alluma une cigarette, démarra et roula vers Hyde Park. La guerre connaissait un moment de flottement. Sur le front de l'Est, les Russes regagnaient petit à petit du terrain au prix de pertes humaines considérables. Sur le front de l'Ouest, les États-Unis réarmaient fortement dans le cadre du Victory Program et soutenaient avec vigueur l'effort militaire sur le continent européen grâce aux livraisons de matériels tactiques réalisées par leurs liberty ships qu'ils construisaient plus vite que les sous-marins nazis ne les coulaient. Cependant, avec un adversaire de l'envergure d'Hitler et les foules de fanatiques qui le suivaient aveuglément, la victoire demeurait très incertaine pour chacun des deux camps.

En arrivant devant sa maison, Alexeï remarqua que deux fenêtres étaient éclairées. Il ne se souvenait pas d'avoir laissé les lampes allumées ce matin même si le ciel était noir et qu'il tombait des cordes anglaises.

Il poursuivit sa route, tourna à l'angle et se gara quelques rues plus loin. Il vérifia que son browning était bien chargé et descendit de sa voiture.

Il revint à pas prudents vers son domicile, écoutant la nuit et ses bruits, scrutant à travers l'obscurité projetée des lampadaires tout signe de présence hostile.

Le quartier était désert. Il sortit son revolver, gravit lentement la volée de marches de son perron, constata que la porte n'avait pas été forcée et entra.

Il sécurisa l'espace alentour, traversa le vestibule et se glissa telle une ombre rampante dans le salon. Dos à lui, quelqu'un était assis dans le fauteuil face à la cheminée. Son bras dépassait de l'accoudoir et sa main tenait un cigare éteint. Sur le guéridon à proximité, trônaient une bouteille emplie d'un alcool brun et un verre à moitié plein de la même liqueur.

« Je me demandais quand est-ce que vous reviendriez enfin pour savoir si ce type de fumée vous incommodait. »

Prononçant ses paroles, Winston Churchill se leva et se retrouva face à Alexeï qui, pistolet encore au poing, l'observait avec un air médusé.

« Ce n'est pas à vous que je vais apprendre que nos agents savent s'introduire chez n'importe qui sans laisser de trace. Je peux ? », demanda le Premier ministre de Grande-Bretagne en agitant son havane.

Alexeï, incapable de prononcer le moindre mot, acquiesça de la tête.

« Merci. Penser m'est un exercice trop douloureux si je ne fume pas ! »

Il se baissa légèrement et attrapa son nectar ambré.

« Je vous dois des excuses, cher Alexeï. Je suis venu avec mes propres munitions éthyliques en pensant que, en bon Russe, vous n'aviez que de la vodka de barbare à disposition, et j'ai découvert votre incroyable collection de whiskies irlandais ! Compliments. »

Il vida son malt et se resservit. Portant son regard sur son hôte, il se figea.

« À moins que vous ne souffriez d'une soudaine paralysie brachiale, il serait sans doute plus raisonnable de pointer ce que vous braquez sur moi dans une autre direction, si ce n'est de le ranger, ne croyez-vous pas ?

— Euh, bredouilla Alexeï en reprenant ses esprits et en joignant le geste à la parole, oui, bien sûr, pardonnez-moi... »

Alexeï restait statufié sur place.

« Même si je ne suis pas le maître de maison, oserais-je vous inviter à partager ma compagnie ? », proposa Churchill.

Churchill pivota son club et Alexeï s'installa en vis-à-vis dans le divan.

« Vous n'imaginez pas à quel point je suis ravi d'être chez vous ! s'exclama le chef du gouvernement britannique. Comme si nos divergences avec l'Allemagne ne suffisaient pas, ma femme me mène une véritable guerre de tranchées domestique pour que je boive moins... Pourtant, j'ai retiré plus de choses de l'alcool que l'alcool ne m'en a retiré. Parfois, je me demande si je ne suis pas marié à une espionne américaine du temps de la Prohibition ! »

Il but une gorgée et ronronna d'aise.

« Et très franchement, poursuivit-il, je préfère essuyer les foudres de votre mécontentement que les siennes. »

Il fixa Alexeï.

« Vous devez cesser votre filature de Klaus Fuchs.

— Avec tout le respect que je vous dois, permettez-moi d'être en désaccord avec votre décision. Fuchs m'a lui-même révélé qu'il était une source du NKVD et qu'il était prêt à renseigner l'URSS sur l'état de nos recherches concernant la fission de l'uranium.

— Il est encore communiste ?

— Il se définit comme pacifiste. Pour lui, il est primordial que les États-Unis ne soient pas les seuls à posséder une arme d'une telle puissance. »

Churchill tira longuement sur son cigare en plissant les yeux.

« Au risque de vous surprendre, je trouve que son raisonnement n'est pas dénué de pertinence.

— Mais Staline est un bourreau et un fou sanguinaire, on ne peut le laisser se doter d'un armement de cette nature ! »

Churchill poussa un profond soupir.

« Je comprends votre réaction, mon cher Alexeï, car je sais ce que vous avez enduré aux Solovki et ce qu'endure le peuple russe dans les goulags. Cependant, nous ne pouvons pas nous battre sur tous les fronts à la fois, encore moins contre un pays qui est aujourd'hui notre allié. Vous savez, ce que Hitler inflige aux juifs et, si jamais il gagne la guerre, ce qu'il infligera au reste du monde, est peut-être encore pire que ce que vous avez souffert. La priorité, c'est de l'anéantir. Cela dit, je me méfie aussi des Américains et de leurs tendances expansionnistes. Nous discutons en ce moment avec eux des modalités pour intégrer Tube Alloys au projet Manhattan, et je sens bien que, une fois qu'ils nous auront absorbés, ils garderont pour eux les fruits de nos découvertes communes. Par conséquent, permettre aux Soviétiques d'avancer de leur côté dans cette course contre la montre ne me semble pas totalement incohérent, car il serait encore pire que les nazis réussissent avant eux ou nous. Ce serait la fin de la civilisation et de l'humanité. »

Alexeï alluma une cigarette et recracha nerveusement la fumée.

« Vous préférez donc laisser Staline menacer la planète avec un tel arsenal ?

— Je n'ai pas dit cela. J'ai deux priorités. La première, vaincre Hitler. La seconde, acquérir cette redoutable bombe pour la Grande-Bretagne afin de contrecarrer les velléités impérialistes yankees en cas de victoire. Et pour cela, les informations que nos agents pourront retirer des travaux russes nous seront précieuses. »

Alexeï secoua négativement la tête en signe de désapprobation.

« Vous jouez avec le feu, dit-il.

— On ne fait pas de politique sans parier ni prendre des risques. Et pour moi, le danger immédiat et prioritaire se nomme Hitler. »

Alexeï s'appuya contre le dossier du sofa et laissa son regard errer à travers la pièce.

« Rassurez-vous, reprit Churchill, quand nous aurons gagné la guerre, ce que j'espère avec ardeur, Staline et les communistes redeviendront ma préoccupation principale. Je n'envisage pas vraiment de voir la faucille et le marteau flotter un jour sur Westminster ou Buckingham Palace. »

Alexeï le dévisagea.

« Et Fuchs ?

— Cromwell gardera un œil sur lui. »

Alexeï écrasa sa cigarette avec agacement.

« En somme, vous me débarquez ?

— Oui, répondit Churchill avec un rictus amusé. Mais pas de la manière dont vous l'imaginez. »

Alexeï le considéra avec un air interrogateur.

« J'ai une autre mission pour vous, à Berlin : surveiller et entraver les recherches nucléaires nazies.

— Pourquoi moi ?

— Parce qu'une de vos vieilles connaissances a repris contact avec nos services et qu'il a en outre le bon goût d'avoir sous sa responsabilité l'acheminement du matériel nécessaire aux travaux allemands consacrés à la fission de l'uranium : Herr Andreas von Metternich.

— Andreas est en vie ? », s'écria Alexeï avec un enthousiasme mêlé de surprise et de soulagement.

Churchill opina du chef.

« Et je ne doute pas, ajouta Churchill avec malice, que vous ne trouviez dans la capitale teutonne quelque agent soviétique auquel, malgré mes recommandations, vous aurez plaisir à faire des croche-pieds en passant, comme ça, discrètement… »

Ils sourirent.

« Merci », dit Alexeï.

Churchill termina son verre.

« Quelle tragédie, mon cher Alexeï, de devoir vous quitter pour retrouver mon Cerbère éthylique de femme ! »

Il se leva.

« Vous ne lui direz jamais que je l'appelle ainsi, n'est-ce pas ? »

Alexeï confirma. Churchill lui donna une tape amicale sur l'épaule.

« James partira avec vous avant de rejoindre nos "amis" américains pour commencer à travailler avec eux sur une possible intervention militaire en France. »

Alexeï le raccompagna. Sur le pas de la porte, Churchill se ravisa :

« J'oubliais : vous n'avez pas de contre-indication médicale concernant les sauts en parachute nocturnes ? »

10

Arrivé à la Loubianka, Ivan fut surpris de découvrir un pli cacheté sans autre mention que son diminutif, « Ivanka », inscrit en caractères d'imprimerie sur l'enveloppe. En l'ouvrant, il fut encore plus étonné de trouver un mot manuscrit de Natalia lui donnant rendez-vous pour dîner le soir même en tête-à-tête, « en amoureux » écrivait-elle, dans l'un des restaurants les plus courus de la capitale.

Depuis que, menées de main de maître par le général Joukov, les troupes soviétiques avaient repoussé les bataillons nazis parvenus à seulement 25 kilomètres de Moscou, Natalia avait recouvré un comportement et des propos cohérents. Leurs heurts politiques s'étaient également aplanis et leur vie familiale avait repris un cours paisible où, malgré les affrontements qui faisaient toujours rage sur leur sol, s'invitaient de surcroît des instants de complicité et de rires partagés. Dans ce contexte conjugal pacifié, la perspective de se retrouver pour le seul plaisir de passer quelques heures ensemble, joie simple devenue rare ces dernières années, le ravissait. Aussi se plongea-t-il l'esprit léger dans les tâches quotidiennes harassantes qui l'attendaient.

Avant l'invasion de l'URSS par les divisons allemandes, il avait dû organiser la déportation de centaines de milliers de personnes issues des nouveaux territoires conquis dans le cadre du Pacte germano-soviétique et qui étaient considérées comme hostiles au régime soviétique, portant ainsi les effectifs du Goulag à un niveau jamais atteint jusqu'alors et nécessitant de réduire la surface habitable attribuée à chaque prisonnier de 1,5 m^2 à 70 cm^2. Avec l'entrée en guerre forcée de son pays, il avait dû libérer des dizaines et des dizaines de milliers de détenus de droit commun pour les envoyer sur les différents fronts et, dans un mouvement migratoire contraire, incarcérer des dizaines et des dizaines de milliers d'individus suspectés collectivement de diversion, d'espionnage et de collaboration avec l'ennemi. Ce conflit participait d'un nouveau moment négatif de la dialectique historique. Malgré sa violence et les millions de citoyens sacrifiés sur l'autel de la défense de la patrie, il avait la vertu, dans son dépassement à venir, d'accélérer le cours de l'Histoire, le passage à la société sans classes et l'expansion au reste du monde du socialisme tout en épurant la population russe des éléments nuisibles à son organisation sociale fraternelle.

Happé par la gestion de ces flux humains, préoccupé par les récentes avancées des forces allemandes en direction de Stalingrad, il ne vit pas la nuit tomber, manquant de partir trop tard et de ne pas avoir le temps de passer embrasser son fils avant de rejoindre Natalia.

Avant d'éteindre la lumière, Sergueï lui demanda :

« Papa ?

— Oui, mon grand ?

— Tu crois que je pourrai bientôt me battre ?

— D'abord, tu dois continuer de bien travailler à l'école pour entrer au GRU où tu apprendras tout ce qu'il faut savoir pour lutter efficacement contre nos ennemis.

— C'est quand, le GRU ?

— D'ici une petite année, je pense. »

— C'est loin...

— Ça va venir vite, je te promets. »

Ivan l'embrassa sur le front.

« Papa ?

— Oui ?

— Je suis content que maman aille mieux et que vous ne vous disputiez plus. »

Ivan lui passa la main dans les cheveux en souriant.

— Moi aussi, mon grand, moi aussi. Et maintenant, fais de beaux rêves. »

Ivan remonta la couverture sous le menton de son fils et partit retrouver Natalia.

En entrant dans l'établissement, il ne la trouva pas immédiatement ; puis, la reconnaissant, il traversa la salle, lui donna un baiser et s'assit en face d'elle.

« Tu es magnifique en blonde, s'exclama-t-il, et ce carré plongeant te va à ravir. Une envie de changement ?

— C'est pour ma nouvelle mission, je pars demain. »

Ivan resta une fraction de seconde interdit avant de se réjouir.

« Félicitations. »

Une serveuse leur apporta une bouteille de vodka. Ivan les servit et leva son verre.

« Je suis heureux que tu retrouves enfin la place que tu mérites, même si tu vas beaucoup nous manquer, et tout particulièrement à moi. »

Ils trinquèrent, burent d'un trait et passèrent commande.

« Alors, demanda Ivan, on fête ton retour dans le grand jeu de la diplomatie parallèle ?

— Pas seulement.

— Quoi d'autre ?

— D'après toi ? »

Ivan réfléchit.

« Ta nouvelle coupe de cheveux ?

— Tu es bête.

— Éclaire-moi, je ne vois pas.

— Tu n'as pas remarqué quel jour nous sommes ? »

Les yeux d'Ivan furetèrent dans le vide.

« Je sais qu'on est en août, en août 1942 pour être précis, mais le jour… attends… Le 20 ?

— Presque, répondit Natalia avec un air amusé et charmeur. Nous sommes le 21 août.

— Je travaille trop, je ne sais même plus quel jour on est ! Et qu'y a-t-il de spécial aujourd'hui ?

— C'est pourtant une date importante. »

Ivan la regarda, attendant la suite.

« L'anniversaire de la mort de Trotski ! Voilà deux ans qu'un de nos agents mexicains lui a planté un piolet dans l'arrière de son sale crâne de traître. Une date mémorable. »

Ivan acquiesça tandis que la serveuse déposait leurs plats.

« J'aurais tellement aimé être celle qui a débarrassé l'humanité de cette crevure, seulement à l'époque je récupérai encore de mes mois de torture pour avoir tenté d'empêcher Naujocks d'entraîner l'Europe dans la guerre.

— Il y a d'autres personnes que tu aurais aimé supprimer ou aimerais supprimer ?

— Des wagons !

— Arrête…

— Oleg, Dénikine, Hitler, Himmler, Staline… »

Ivan manqua de s'étouffer.

« Natalia ! la réprimanda-t-il.

— Je plaisante, Ivan, je plaisante. Rassure-toi, je suis revenue à des idées plus raisonnables. Tu imagines bien que le camarade Beria ne m'aurait pas réintégrée dans mes fonctions sinon. »

Ivan approuva. Ils demeurèrent un instant silencieux à déguster leur dîner.

« Ah, dit soudainement Natalia, j'aimerais aussi beaucoup être celle qui logera une balle dans la nuque de l'homme qui a exécuté mon frère. »

L'évocation de Kolya et la formulation employée par Natalia éveillèrent la vigilance d'Ivan.

« Il est mort parce qu'il a tenté de se débarrasser des soldats qui l'escortaient jusqu'à la frontière turque.

— C'est vrai, tu m'avais raconté.

— L'homme qui l'a tué n'a fait que sauver sa peau, ajouta Ivan. Je n'ai aucune envie de le défendre, et cependant, si je suis honnête, je suis forcé d'admettre qu'il n'avait pas le choix. »

Natalia les resservit en vodka.

« On est certain que ça s'est passé comme ça ?

— C'est ce que disaient les rapports. Et je ne vois pas pourquoi nous ne les croirions pas.

— Peut-être parce que, d'après ce que j'ai pu lire dans les archives, les événements ne se sont pas tout à fait déroulés de cette façon. »

Ils se dévisagèrent. Natalia liquida son verre, le remplit de nouveau et adressa un large sourire à Ivan.

« Et si tu me disais la vérité ? »

Ivan rangea ses couverts dans son assiette.

« Qu'est-ce que tu as lu dans les archives ?

— Des choses... »

Ivan s'agaça.

« Arrête, Natalia, qu'est-ce que tu as lu ?

— Tu n'es pas en position d'exiger quoi que ce soit. Et puis pour une fois, je préférerais entendre la vérité de ta propre bouche. Si du moins tu as le courage de me la dire. »

Ivan se rejeta en arrière. Il était livide.

« Très bien. »

Il alluma une cigarette. Il revoyait Kolya, les traits tuméfiés et les mains liées derrière le dossier de sa chaise.

« Quand Kolya a été arrêté, j'ai obtenu l'autorisation de l'interroger. Il était accusé d'avoir voulu imprimer illégalement le "Testament de Lénine". Pour moi, il était inconcevable qu'il ait agi de son propre chef, il avait forcément été manipulé par cet illuminé de Trotski. Je l'ai imploré de faire des aveux dans ce sens. De cette manière, il aurait fait quelques mois de prison et aurait rapidement été libéré pour avoir aidé à confondre ce traître de Trotski. Il aurait été exilé dans l'est du pays, mais il serait resté en vie... »

Les pleurs affleuraient sous les paupières d'Ivan et lui nouaient la gorge.

« Il a refusé ma proposition, catégoriquement, affirmant que ce maudit Trotski n'en savait rien et qu'il avait agi seul pour décrédibiliser le camarade Staline dans l'opinion. S'il maintenait ses propos, il était bon pour les îles Solovki. Je savais ce qui l'attendait sur cet archipel, l'idée de le savoir là-bas et la perspective de ce qu'il allait endurer m'étaient insoutenables. C'est là qu'il m'a demandé de pouvoir mourir debout, en homme russe. Il m'a dit quoi raconter pour te préserver et me préserver, je l'ai détaché, il a simulé une agression contre moi, et j'ai tiré. »

Ivan déglutit difficilement et ravala ses sanglots. Les larmes coulaient malgré lui sur ses joues. L'image de Kolya s'affalant mort sur le sol était figée dans son cerveau.

« Voilà, dit-il en écrasant sa cigarette, tu connais la vérité. »

Natalia le fixait avec une expression impénétrable.

« Ce n'est pourtant pas ce qui est écrit dans le procès-verbal de ton interrogatoire avec Iejov. »

Ivan comprit ce qu'elle avait découvert.

« Cette ordure de Iejov voulait offrir la tête du camarade Iagoda à Staline pour sauver la sienne, alors il a menacé de s'en prendre à toi et à Sergueï pour me forcer à signer, ce que j'ai fait. »

Ivan regarda Natalia. Elle le scrutait toujours de son air indéchiffrable.

« Pourquoi tu ne m'as rien dit ?

— J'ai obéi aux ordres.

— Aux ordres ?

— Iagoda m'avait ordonné de m'en tenir à la version officielle. »

Natalia explosa d'une colère froide.

« Tu as obéi aux ordres ? Quels ordres t'interdisaient de me dire la vérité, à moi, ta femme, la mère de ton fils ? Tu avais peur de quoi ? Que je devienne folle et que j'aille brûler la cervelle de Iagoda ? Que je te tue, toi ? Kolya était mon frère, Ivan, tu entends, mon frère ! Et puis, tu crois que j'aurais été incapable de comprendre ? Je t'ai vu avec tes parents, je sais les sacrifices qu'exige de nous la Révolution, j'aurais compris, j'aurais accepté, je n'en aurais pas parlé, à personne, mais ne pas me le dire à moi, quels ordres pouvaient justifier cela ? Quel être abject es-tu devenu pour ne pas me faire confiance, pour préférer obéir à des directives hiérarchiques plutôt qu'à l'intégrité qui t'oblige envers ta femme ? Tu sais, je ne connais qu'une catégorie d'hommes qui suivent aussi aveuglément les ordres de leur chef, les nazis ! Ce n'est sans doute pas pour rien si nous avons été leurs alliés. »

Elle se leva.

« Natalia, dit Ivan, ne pars pas, je t'en prie. »

Il lui saisit la main.

« Natalia, insista Ivan, je te demande mille fois pardon, si tu savais comme je m'en veux, il n'y a pas un jour où je ne pense pas à Kolya et où le remords de t'avoir menti ne me met pas à la torture. Il est parfois impossible d'articuler la morale individuelle et l'intérêt collectif. »

Natalia se dégagea d'un geste sec et méprisant.

« Je suis ta femme, Ivan, et il s'agissait de mon frère, pas de philosophie ou de politique. »

Ivan agrippa son bras.

« Dis-moi où tu vas, par pitié. J'ai besoin de savoir. »

Natalia se pencha vers lui :

« Impossible, lui asséna-t-elle entre ses dents, j'ai des ordres. Tu comprends bien ce que c'est, toi, les ordres ! »

Elle le repoussa et quitta le restaurant sans se retourner.

11

Alexeï s'engouffra dans une ruelle, vérifia qu'il n'était pas suivi et reprit sa marche.

La nuit berlinoise scintillait d'une étrange ambiance de fête. Les arpèges des orchestres, les chants, les accents des rires mêlés aux tintements des verres ou des coupes de champagne s'échappaient des tavernes et des cabarets ; ils tourbillonnaient dans les rues et diffusaient un parfum d'insouciance vivifié par les riches toilettes des nantis nazis qui déambulaient en quête d'étourdissement, d'ivresse et de frivolité. Seuls les claquements cadencés des bottes des nombreuses patrouilles, les points de contrôle militaires disséminés à travers la ville et les sirènes retentissant lors des raids aériens britanniques rappelaient que les combats faisaient rage aux quatre coins de l'Europe.

Alexeï arriva sur une place où James flânait faussement autour d'une fontaine. Ils se retrouvèrent à un croisement.

« Hâtons-nous si nous ne voulons pas le rater », dit le Britannique.

Ils s'éclipsèrent et pressèrent leur foulée. Comme chaque soir, Andreas quitterait bientôt le siège social des usines von Metternich après y avoir apporté le registre détaillé des transports et l'état des stocks du jour. Son père avait en effet mis une partie de ses activités à disposition du Reich pour assurer la centralisation et la livraison du matériel nécessaire aux différents centres de recherche dévolus à la fission de l'uranium. Après le fiasco du dîner avec Himmler et Naujocks, il avait cantonné son fils dans des fonctions administratives et logistiques qu'il jugeait subalternes afin de punir la négligence dont il avait fait preuve, lui fournissant ainsi un point d'observation imprenable sur les avancées allemandes en matière de nucléaire.

« Le voilà », murmura James en voyant Andreas venir en sens inverse sur le trottoir.

En s'écartant pour le laisser passer, Alexeï percuta son épaule et fit tomber sa serviette.

« *Entschuldigung* », s'excusa-t-il en se baissant pour ramasser le porte-documents de son ami.

En se redressant, Andreas reconnut le visage d'Alexeï, se tourna vers James et, sans un mot, reprit son chemin et emprunta ostensiblement la première bifurcation.

Les deux agents du MI6 lui emboîtèrent le pas. Andreas les attendait, raide et immobile, sur l'asphalte. James s'apprêtait à parler quand Andreas lui décocha un puissant coup de poing l'envoyant à terre.

« Moi aussi je suis content de te revoir », gémit James en massant sa mâchoire endolorie.

Andreas regarda Alexeï.

« Pas ici. Demain, par le canal habituel. »

Il rajusta son pardessus et disparut. Alexeï aida James à se relever.

« Pourquoi ? lui demanda-t-il.

« Tu connais Andreas, c'est sa manière à lui de me dire que je lui ai manqué. »

Le lendemain, par le réseau des boîtes aux lettres mortes, Andreas leur fixa rendez-vous dans une gargote des faubourgs.

L'établissement était bondé lorsqu'ils entrèrent. Les clients massés les uns contre les autres buvaient de grandes chopes de bière et clamaient des chants patriotiques nazis dans une atmosphère de camaraderie virile. En les apercevant, Andreas leur fit signe de le rejoindre à sa table.

« Vous en avez mis du temps ! », s'exclama-t-il en avançant vers eux les bras grands ouverts.

James recula instinctivement.

« Viens là, imbécile ! », lui dit Andreas en le gratifiant d'une accolade énergique avant de faire de même avec Alexeï.

Ils s'assirent.

« Natalia n'est pas avec vous ? », leur demanda-t-il.

Alexeï hocha négativement la tête.

« Je vois, commenta Andreas. Espérons qu'elle aille bien. »

Il agita la main en direction de la serveuse.

« Pourquoi ? le questionna James en désignant le bas de son visage.

— Pour Ulrike. Je l'aimais beaucoup. »

James comprit.

« C'était pour te protéger, se défendit James.

— Je sais, rétorqua Andreas, et je n'aurais pas eu l'air aussi innocent si j'avais été au courant. »

Une jeune femme avec un tablier leur apporta trois bocks.

« De quoi parlez-vous ? intervint Alexeï.

— Tu te souviens d'Ulrike, la domestique que Natalia remplaçait le soir où Himmler et Naujocks dînaient chez mes parents ? »

Alexeï acquiesça.

« James devait l'aider à trébucher de quelques marches dans son escalier pour qu'elle ne puisse pas assurer son service et que Natalia prenne sa place, seulement il est allé plus loin. Je l'ai trouvée morte quand les hommes d'Himmler m'ont conduit de force chez elle. »

Alexeï regarda son compère anglais.

« Je n'avais pas le choix, argumenta James. C'était la seule manière d'assurer une porte de sortie à Andreas si jamais les choses tournaient mal. »

Andreas opina du chef.

« Vous êtes là pour la bombe, je suppose ? », les interrogea-t-il.

Alexeï et James confirmèrent.

« Comme vous le savez, commença Andreas, je gère la majeure partie de l'acheminement en matériel pour les travaux de nos physiciens. Sachez tout d'abord que les recherches du Reich en la matière sont étrangement mal coordonnées. »

Alexeï et James le fixèrent avec étonnement.

« Je vous assure, poursuivit Andreas. Les chefs nazis se tirent sans cesse dans les pattes pour définir quel chantier doit être traité en priorité. Ils sont tous à couteaux tirés entre les dignitaires du Parti, les membres du gouvernement, les militaires, les SS. Les uns veulent privilégier la production de nouveaux missiles, les autres la création de nouveaux réacteurs pour les avions, d'autres encore l'amélioration des turbines des sous-marins. Himmler est sans doute celui qui prend le plus au sérieux la question de l'élaboration d'une bombe nucléaire, mais il est très accaparé par les rendements qu'exige de lui le Führer concernant l'extermination massive des juifs. »

Andreas marqua une pause, avant de dire d'une voix blanche :

« Ces barbares les rassemblent dans de grandes douches collectives pour les gazer avec du monoxyde de carbone ou du Zyklon B, et ils brûlent ensuite leurs cadavres dans de gigantesques fours crématoires. J'ai honte pour mon pays et pour mon peuple, jamais cette tache indélébile ne pourra être effacée de notre conscience. »

Il s'interrompit de nouveau.

« Les éléments qui favorisent également le retard de nos scientifiques, reprit-il, tiennent à l'éparpillement des laboratoires entre Leipzig, Heidelberg, Hambourg et Munich ainsi qu'à la mauvaise communication des résultats entre les différentes équipes de chercheurs qui travaillent plus séparément qu'ensemble. Comme beaucoup d'entre eux sont pacifistes, je les soupçonne de ne rien faire sciemment pour améliorer leur coopération, et je ne peux que leur donner raison tant il faut à tout prix éviter qu'un fou furieux comme Hitler ne se dote d'une telle arme. Enfin, l'une des raisons majeures de cette désorganisation provient du fait que les avancées dans ce domaine ont été l'apanage de savants juifs, ce qui entache gravement cette science aux yeux du Führer et nourrit sa crainte de retrouver son arsenal militaire "enjuivé".

— Excellente nouvelle pour nous, commenta James.

— Oui, rétorqua Andreas. Cela dit, les physiciens du Reich progressent malgré tout, et ils semblent même intensifier leurs efforts, du moins si j'en juge par l'accroissement récent de l'importation d'eau lourde en provenance de Norvège.

— Klaus Fuchs m'avait alerté sur le sujet de l'eau lourde, rappela Alexeï en s'adressant à James.

— Oui, tu m'en avais parlé. »

James se pencha vers Andreas.

« Tu pourrais nous faire entrer dans vos centres afin qu'on sabote les stocks ?

— Je crois que je viens d'embaucher mes deux nouveaux chauffeurs de camions ! », répondit Andreas en brandissant sa chope.

Ils trinquèrent et burent chacun une grande gorgée de houblon.

« Ce qui serait plus efficace encore, réfléchit Andreas, ce serait de détruire les lignes de production norvégiennes. Cela paralyserait complètement les essais en cours. »

Ils se dévisagèrent.

« Je vais transmettre cette proposition en urgence à nos services, je suis certain que Churchill sera d'avis de monter une opération dans ce sens.

— Et pendant ce temps, nous, on commence à mettre du sable dans leurs rouages », conclut Alexeï.

Ils vidèrent leurs verres de concert et Andreas recommanda une tournée agrémentée de trois schnaps.

Le jour suivant, James transmettait à ses supérieurs les informations récoltées ainsi que l'idée d'Andreas de s'attaquer à l'usine hydroélectrique de Vemork et ils passèrent à l'action.

Alexeï et James livrèrent plusieurs citernes d'oxyde de deutérium sur les différents sites dédiés aux expériences sur la fission de l'uranium. En chemin, soit ils ajoutaient des substances chimiques incolores neutralisant les propriétés de l'eau lourde, soit ils remplaçaient le précieux liquide par de l'eau normale. Andreas ne tarda à voir les commandes de ce modérateur augmenter et les rapports de dysfonctionnements se multiplier, preuve que leur stratégie d'entrave fonctionnait. Alexeï et James en profitaient pour établir un relevé topographique des lieux qu'ils achalandaient – niveau de sécurité, nombre de gardes, types d'activités –, envoyaient les éléments à Londres, attendant fébrilement le verdict de l'intervention du commando britannique qui avait été diligentée sur le sol norvégien.

Un soir où ils se retrouvaient avec Andreas pour fêter l'explosion de vapeur dans le réacteur nucléaire de Leipzig et l'incendie des installations qu'elle avait entraîné, James arriva avec une mine décomposée.

« Nos hommes ont échoué, déclara-t-il, un planeur s'est écrasé contre une montagne et l'autre est tombé entre les mains des Allemands, tout l'équipage a été fusillé. »

12

Dans un parc, assis sur un banc en compagnie de la tante Valia, Ivan observait avec attendrissement Sergueï jouer à la guerre avec d'autres camarades de son âge. Son énergie lui rappelait celle de Kolya lorsque, enfants, ils s'amusaient ensemble à la datcha familiale.

L'hiver russe touchait à sa fin. Sous le froid persistant perçaient déjà, par petites touches disparates, les premières douceurs du printemps. La ronde des saisons marchait à l'unisson des jours meilleurs qui s'annonçaient, un irrésistible parfum d'espoir flottait dans l'air et imprégnait les esprits. Les forces soviétiques avaient remporté le siège de Stalingrad après des mois et des mois d'affrontements acharnés, se battant rue après rue contre les suppôts de la Wehrmacht, parfois jusque dans les étages d'une même maison. Ils avaient arraché la victoire au terme d'une lutte épique qui ferait encore date dans mille ans pour avoir décimé plus d'un million de braves patriotes et presque autant de cafards nazis. Sur les autres fronts, les « orgues de Staline » alliés aux chars T-34 tenaient tête aux panzers et repoussaient lentement les lignes de démarcation vers l'Ouest. Ce début de reconquête de leur territoire impliquait des déportations massives vers les camps du Goulag. Des dizaines et des dizaines de milliers de soldats allemands prenaient la direction de l'est de l'Oural pour contribuer à la poursuite de leur glorieuse Révolution, autant de nouveaux détenus auxquels s'ajoutaient les traîtres de l'Armée rouge qui avaient cédé à la lâcheté de se rendre plutôt que de ferrailler jusqu'à la mort, mais aussi les citoyens qui avaient trahi en préférant survivre sous l'occupation de l'envahisseur que de sacrifier leur vie pour leur pays.

Soudain, des bruits de bottes retentirent, les grilles se retrouvèrent encerclées par un bataillon militaire. Ivan se redressa et regarda autour d'eux lorsqu'il vit s'approcher Beria, entouré de quatre agents du NKVD.

« Camarade », dit-il en s'inclinant légèrement à l'attention de la tante Valia, qui lui retourna son salut avant de s'éclipser auprès de Sergueï et des autres enfants.

« Quelle belle journée, camarade Narychkine ! s'exclama Beria en s'asseyant à côté d'Ivan.

Il alluma une cigarette et en offrit une à son subordonné.

« C'est ton fils ? demanda-t-il en désignant un garçon bardé de bouts de bois.

— Oui, camarade.

— À quoi jouent-ils, ces petits garnements ?

— Ils refont la bataille de Moscou.

— Oh, passionnant ! M'autoriserais-tu à échanger quelques mots avec ta descendance ? J'ai toujours aimé discuter avec les futurs défenseurs de notre Mère Patrie.

— Bien sûr, camarade », répondit Ivan en faisant signe à son fils de les rejoindre.

Le jeune garçon accourut vers eux

« Bonjour, camarade ! le salua Beria. Sergueï, c'est bien ça ?

— Oui, camarade Beria ! répondit-il en se mettant au garde-à-vous.

— Repos camarade, lui dit Beria avec un rictus amusé, repos. Tu sais donc qui je suis ? Je suis flatté.

— Quel citoyen digne de ce nom ne connaît pas le camarade Beria ?

— Je suis doublement flatté par ton compliment. Quel âge as-tu ?

— Onze ans, camarade.

— Onze ans ! Tu es donc bientôt en âge de faire tes classes.

— J'attends cela avec impatience, camarade.

— Il fera sa prochaine rentrée à l'école militaire, intervint Ivan, pour ensuite se préparer à passer les épreuves du GRU. »

Beria siffla d'admiration.

« Le service de renseignement de l'Armée rouge, un futur héros de la Nation, je suis impressionné. Mais dis-moi un peu, vous jouez à la bataille de Moscou ?

— Oui, camarade.

— Et dans quel camp es-tu ?

— Celui du général Joukov, camarade !

— Bien sûr, un futur agent du GRU comme toi ne pouvait pas être du côté des Boches ! »

Il le scruta avec attention.

« Tu as les yeux de ta mère et le regard de ton père, je suis certain que tu as pris le meilleur de leurs deux caractères.

— Merci, camarade. Quand je serai grand, j'espère être un aussi bon patriote que mes parents.

— Et tu le seras, camarade, tu le seras. Je suivrai ta carrière avec beaucoup d'intérêt.

— Merci, camarade ! dit Sergueï en se mettant de nouveau au garde-à-vous.

— Tchékiste un jour… lança Beria.

— … tchékiste toujours ! compléta Sergueï.

Il jeta un coup d'œil à son père, qui lui adressa un hochement de tête et un sourire approbateurs, puis il repartit vaincre les nazis.

« Il est adorable, dit Beria en le suivant des yeux derrière ses lunettes. Et il t'admire. C'est important d'admirer son père quand on est un garçon. »

Il s'appuya contre le banc.

« Il faudra malgré tout fusiller ceux qui osent tenir le rôle des Allemands ainsi que leurs parents », déclara-t-il.

Ivan le dévisagea.

« Je plaisante, camarade ! », s'esclaffa Beria devant l'expression d'Ivan, qui rit à son tour.

Le chef du NKVD observa un instant les enfants en plein assaut.

« Un dossier sur les parents suffira, statua-t-il.

— Ce sera fait, camarade. »

Beria écrasa sa cigarette avec la pointe de sa botte.

« Prépare-toi à partir bientôt au front », dit-il.

Il se tourna vers Ivan.

« J'ai en effet besoin de toi auprès de nos hommes lorsque nous marcherons vers Berlin, et ce pour deux raisons. La première, pour que tu évalues les camps de concentration nazis – capacité d'accueil, sécurité des sites, proximité de zones géographiques exploitables – et que tu jauges s'ils sont adaptables en camps soviétiques, cela nous évitera de conséquentes déportations au-delà de l'Oural et d'en construire de nouveaux. La seconde, pour encadrer nos agents afin qu'ils soient sans pitié avec ceux de nos soldats qui pourraient traîner des pieds face à l'ennemi, car il est impératif que nous prenions Berlin avant les Occidentaux. Le camarade Staline tient absolument à récupérer le cadavre d'Hitler et à être le seul vainqueur de ce roquet autrichien.

— Tu peux compter sur moi, camarade.

— Je sais, et le camarade Staline le sait également, c'est pour cela qu'il t'a choisi pour cette mission de la plus haute importance.

— J'ai d'ailleurs déjà commencé à réfléchir à ces possibles reconversions d'après les éléments que nous ont fait parvenir certains de nos hommes sur place. Mais voir les lieux est absolument indispensable.

— Par ailleurs, la camarade Lishenko va bien, les dernières dépêches qu'elle nous a fait parvenir sont bonnes.

— Merci, camarade, de m'en avoir informé.

— C'est tout naturel. Même si l'intérêt collectif passe avant nos préoccupations personnelles, se soucier de ses proches, et qui plus est de sa femme, n'est pas un crime. Du moins, pas encore ! »

Beria donna une tape amicale à Ivan et se leva. Il rajusta son manteau en fixant attentivement Sergueï et ses partenaires de jeu.

« Ton fils sera une excellente recrue pour le GRU, il a de qui tenir. »

Il s'éloigna de quelques pas et se ravisa.

« Attention malgré tout à ce que cela ne ressemble pas trop à une dynastie de tchékistes digne de l'aristocratie tsariste ! »

Il partit d'un rire tonitruant et quitta le parc.

13

Natalia sortit à la station Piccadilly Circus. Elle remonta Brewer Street et serpenta dans les petites rues en direction de Soho Square. Le quartier grouillait de grappes de noctambules en quête de divertissement et d'encanaillement moral. La longue file du public s'étirant devant le Windmill Theatre, célèbre pour ses tableaux vivants de femmes s'exhibant nues sur scène, immobiles pour contourner la censure, ainsi que les nombreuses enseignes scintillantes des maisons closes témoignaient de cet engouement malgré la menace constante des bombardements et de la mort.

Arrivée à l'angle de Frith Street et de Bateman Street, elle s'immobilisa sur le trottoir en face du pub *The Dog and Duck*. Une légère bruine commençait à tomber. Staline semblait avoir enfin pris conscience de l'importance des travaux sur l'atome et la fission de l'uranium en amorçant un programme de développement dédié à la création d'une nouvelle bombe. Cependant, les moyens alloués à ces recherches restaient limités en comparaison de ceux dispensés dans d'autres secteurs stratégiques, preuve que le chef de la Révolution ne prenait pas encore complètement au sérieux la menace d'une telle arme de destruction. Les propos de Beria avant son départ lui avaient amèrement confirmé cet état d'esprit fluctuant du « Petit Père des Peuples » : « Si l'Histoire te donne tort, tu en subiras seule les conséquences. »

Natalia scruta les fenêtres éclairées de l'établissement. Elle le reconnut immédiatement, assis contre la vitre devant sa pinte à peine entamée et plongé dans le livre convenu comme signe de reconnaissance.

Elle entra, se faufila à travers la foule compacte et rejoignit Klaus Fuchs.

« *Le Meilleur des mondes,* excellente lecture », dit-elle.

Il leva la tête vers elle, sourit et l'invita à s'asseoir.

« Vous voulez boire quelque chose ? lui demanda-t-il.

— Rien, merci. Nous ne devons pas nous attarder. »

Elle retira son chapeau et son manteau.

« Vous avez les documents ? », questionna-t-elle.

Klaus posa sa main sur l'exemplaire du *Times* à côté de son verre et le glissa légèrement vers Natalia.

« Expliquez-moi d'abord, dit-elle.

— Une percée majeure a été réalisée par les Américains.

— Laquelle ?

— Jusqu'à présent, tous les scientifiques utilisaient l'eau lourde pour tenter de maîtriser la réaction en chaîne. Vous savez ce qu'est une réaction en chaîne ?

— En se scindant en deux, le noyau d'uranium libère des neutrons qui fracturent d'autres noyaux d'uranium, et ainsi de suite.

— Exactement. Pour s'assurer du bon déroulement de ce processus et éviter qu'il ne s'emballe ou ne s'interrompe en cours de route, les neutrons doivent être ralentis afin qu'ils aient plus de chance, si je puis de dire, de percuter un autre noyau d'uranium et d'entretenir le phénomène ainsi déclenché. Et pour cela, on utilise de l'eau lourde. En décembre dernier, Enrico Fermi a réussi à contrôler d'une manière complète la première réaction en chaîne de l'histoire en remplaçant l'eau lourde par du graphite. Par conséquent, la création d'une bombe basée sur ce procédé nucléaire n'est plus aujourd'hui une hypothèse, mais juste une question d'années ou de mois. »

Il s'interrompit un instant.

« Tout est là, dit-il en désignant l'édition du *Times.* »

Natalia contempla le journal avec des yeux brillants.

« Grâce à vous, Klaus, l'URSS va gagner un temps précieux. »

Klaus la fixa avec une expression enjouée.

« Et ce n'est pas tout. Figurez-vous que je pars à la base américaine de Los Alamos dans quelques semaines pour participer au projet Manhattan ! Je pourrai donc vous transmettre les informations les plus récentes sur les avancées des Occidentaux.

— Je préviendrai dans les plus brefs délais nos agents outre-Atlantique pour qu'ils se tiennent prêts à entrer en contact avec vous.

— Dites bien à vos supérieurs à quel point ces informations sont vitales pour la stabilité diplomatique et la paix dans le monde. Si seuls les Américains se retrouvaient dotés d'une bombe de cette puissance, ce serait presque aussi catastrophique que si Hitler l'obtenait en premier. Avec les progrès actuels et leurs applications à venir dans le domaine militaire, l'avenir de l'humanité réside essentiellement dans une sorte d'équilibre de la terreur. »

Natalia acquiesça.

« Vodka ? », proposa-t-elle.

Fuchs accepta. Natalia se rendit au bar et revint avec deux verres. Fuchs tendit le sien dans sa direction.

« À Stalingrad, prélude de nos futures victoires et de *la* victoire !

— *Cheers* », lui rétorqua Natalia.

Ils burent d'une traite.

« Autre chose ? », s'enquit Natalia.

Fuchs réfléchit rapidement, le regard sautant entre des points invisibles de l'espace et de sa pensée.

« Non. »

Il sirota une gorgée de bière.

« Ah si, s'exclama-t-il. Il y a plus d'un an maintenant, j'avais reçu la visite d'un de vos hommes travaillant sous la couverture d'un journaliste du *Times*. »

Natalia le dévisagea. Tous ses sens étaient en alerte.

« Et ? l'encouragea-t-elle à poursuivre.

— Je l'avais trouvé très sympathique et je me demandais si vous saviez comment il allait.

— Vous souvenez-vous du nom qu'il vous avait donné ? »

Fuchs chercha dans ses souvenirs.

« Il s'appelait... Comment c'était déjà ?... Je me souviens de m'être fait la réflexion que c'était aussi une marque de cigarettes... Chesterfield ! C'est ça, William Chesterfield. »

Natalia resta impassible.

« L'une de nos meilleures recrues, commenta-t-elle. Que lui aviez-vous dit lors de votre rencontre ?

— Je lui avais fait un état des lieux de nos recherches à date. Et je lui avais aussi conseillé de suivre le chemin de l'eau lourde pour contrecarrer les travaux du Reich.

— L'agent Chesterfield va bien, il est justement parti à Berlin à la suite de vos conseils. »

Fuchs opina du chef d'un air satisfait. Natalia remit son manteau et son chapeau, prit le *Times* sous son bras et se leva.

« Restez vigilant, monsieur Fuchs, et tenez-vous prêt une fois aux États-Unis.

— Comptez sur moi », lui répondit-il.

Natalia le salua et quitta le pub. En s'éloignant dans les rues, elle repensa aux dernières paroles du scientifique. Avec la destruction quelques mois auparavant de plusieurs parties vitales de l'usine de Vemork par des Norvégiens parachutés et formés par les services secrets britanniques, il ne faisait aucun doute que le prétendu journaliste nommé William Chesterfield était en réalité Alexeï. Cela impliquait que le MI5 et le MI6 connaissaient le double jeu du physicien. Elle avertirait de toute urgence ses homologues sur le sol américain afin qu'ils redoublent de prudence et activent d'autres sources au sein du projet Manhattan au cas où Fuchs se fasse démasquer et arrêter.

Elle tourna à Shaftesbury Avenue et s'engouffra dans le métro alors que retentissaient les sirènes annonçant l'imminence d'un bombardement.

14

Alexeï termina de boutonner sa chemise et coiffa sa casquette d'ouvrier. Il vérifia la crédibilité de son accoutrement dans le miroir en pied posé contre le mur, enfila son blouson, ferma à double tour la porte de la nouvelle petite chambre où il venait de s'installer et s'engouffra dans l'escalier. Il appliquait à la lettre les méthodes que lui avait enseignées James, aux États-Unis pour l'élaboration du plan de débarquement américain en France, et déménageait tous les dix jours ou dès qu'il en ressentait la nécessité pour sa sécurité.

Ce soir, Werner Heisenberg se rendait dans sa taverne favorite, terrain idéal pour tenter une première approche du directeur de l'Institut de physique Kaiser-Wilhelm et, plus récemment, du programme atomique allemand. Lorsque, avec l'aide d'Andreas, Alexeï avait creusé son profil, il lui était apparu comme une source potentielle de premier ordre. Heisenberg n'avait en effet pas toujours été bien en cour avec le régime nazi. Après l'avènement d'Hitler au rang de chancelier, les autorités l'avaient régulièrement convoqué et inquiété en raison de ses accointances avec Albert Einstein. Il avait été publiquement accusé par le *Schwarze Korps*, le journal des SS, de « faire de la physique juive », d'être « le juif blanc de la science », et certains avaient même appelé à son « élimination » pure et simple. Il avait fallu que sa mère s'ouvre de ses difficultés auprès de celle de Heinrich Himmler, avec laquelle elle entretenait des liens étroits d'amitié, pour qu'une enquête soit diligentée et que le Reichsfürer-SS en personne écrive à Reinhard Heydrich, général de la police nazie, afin que cessent les persécutions à son encontre. Réhabilité à la condition qu'il ne parle plus de « physique juive » et n'évoque plus jamais le nom honni d'Einstein, il avait cependant été écarté des premières équipes de recherche consacrées à la fission de l'uranium. Sa nomination à la tête de ce dont il avait été initialement exclu pouvait signifier soit que le Reich était sur le point de se doter de la bombe tant redoutée, soit que les scientifiques nazis pataugeaient dans les flux gazeux et flous des mystères de la matière. Obtenir un tel renseignement et, peut-être, retourner un homme de l'envergure d'Heisenberg, revêtait donc un caractère capital. D'autant plus capital que la centrale hydroélectrique norvégienne de Vemork avait repris ses activités et produisait de nouveau de l'eau lourde.

Alors qu'Alexeï allait quitter une avenue animée pour bifurquer dans une ruelle, il se retourna et scruta avec attention la foule des passants. Depuis plusieurs semaines, il se sentait parfois observé avec insistance sans parvenir à en identifier l'origine. Là encore, son inspection visuelle se borna à l'observation attentive d'hommes et de femmes qui vaquaient simplement à leurs occupations. Il reprit sa route.

Grâce à son emploi de chauffeur pour Andreas, couverture parfaite pour ses réelles activités, il était aux premières loges pour s'enquérir de la progression des travaux allemands sur l'uranium et les entraver en sabotant une partie du matériel livré par ses soins ; de surcroît, son ami et complice lui fournissait des documents statistiques lui permettant de croiser de multiples informations et d'envoyer à Londres des notes fournies et circonstanciées sur la situation nucléaire nazie. En parallèle, il fréquentait assidûment les lieux de sociabilité de la ville, partageant des tournées avec des SS, des soldats ou de simples citoyens et recueillant les confidences qu'il leur extorquait à leur insu. Si le Reich et ses alliés de l'Axe tenaient bon face à la résistance et aux avancées des Soviétiques, le moral parmi les troupes de la Wehrmacht et au sein de la population montraient des signes de vacillement. Les rumeurs concernant les colères homériques du Führer ainsi que la dégradation de son état mental se manifestaient, l'alcool aidant, d'une manière de plus en plus ouverte et de plus en plus persistante. De leur côté, les forces occidentales, soutenues activement par la formidable puissance logistique américaine, reprenaient l'offensive et, petit à petit, l'avantage, notamment sur le continent africain. Le vent de l'Histoire tournait et commençait à souffler sur les premières braises d'une possible défaite de la race aryenne, et Alexeï comptait bien prévenir autant qu'il le pouvait toute bourrasque contraire.

Heisenberg était déjà là quand il entra dans la taverne. Il était assis à une grande table où s'alignaient les chopes et les schnaps. L'endroit mélangeait toutes les couches sociales d'origine germanique pure dans une atmosphère simple et conviviale. Alexeï nota la présence de cinq SS et de trois officiers de la Gestapo qui, s'ils se mêlaient joyeusement à la faune des buveurs, gardaient un œil suspicieux sur l'ensemble des clients de l'établissement.

Alexeï commanda un bock et entama la discussion avec un groupe d'ouvriers et de commerçants accoudés au bar. De temps à autre, la désagréable impression d'être épié par quelqu'un l'amenait à vérifier derrière son épaule ou par-dessus celles de ses interlocuteurs, mais il ne surprenait jamais une paire d'yeux qui l'eût fixé d'une façon ostensible.

Au fil de la soirée et de l'ivresse grandissante, on entonna avec ferveur des chants patriotiques et on dansa sur des airs de chansons populaires. Lorsque Alexeï vit Heisenberg tituber légèrement à travers la foule en direction du comptoir, il se faufila vers lui et feignit de le percuter par erreur, renversant sur la chemise du physicien une bonne partie de son verre.

« *Entschuldigung, mein Herr!* » s'exclama-t-il, horrifié par l'accident.

« Ce n'est pas grave, ça ne tache pas, lui rétorqua Heisenberg.

— Peut-être, lui dit Alexeï, il n'empêche que vous voilà trempé.

— Ça ira, je vous dis, ne vous inquiétez pas.

— Laissez-moi au moins vous offrir à boire.

— Ce n'est pas la peine, je vous assure.

— J'insiste ! Vous ne pouvez pas refuser de trinquer avec moi à la bonne santé de notre Führer ! »

Le professeur sourit, piégé.

« En effet, admit-il, présenté de cette manière, je ne peux pas refuser.

— À la bonne heure ! »

Alexeï héla la serveuse qui leur apporta deux *Maße* et deux schnaps.

« *Prost!* lança Alexeï.

— *Prost!* suivit Heisenberg.

Ils liquidèrent leur alcool de fruits distillés.

« Que faites-vous dans la vie, *mein Herr* ? demanda Alexeï.

— Je suis physicien.

— *Mein Gott,* quelqu'un qui a fait de vraies études !

— Et vous ?

— Je travaille pour les usines von Metternich, je livre notamment du matériel à l'Institut Kaiser-Wilhelm pour des expériences top secrètes. »

Il se pencha vers lui et adopta le ton de la confidence.

« Il paraît que c'est pour la création d'une arme nouvelle, une bombe ou quelque chose du genre, qui pourrait nous faire gagner la guerre en une seule explosion. On dit même que ce serait pour bientôt !

— J'aimerais tellement que vous ayez raison...

— Parce que vous croyez que nous n'allons pas y arriver, nous, la race supérieure ?

— Si, bien sûr, la question est : "quand ?". Pour l'instant, nous sommes encore très loin du résultat.

— Qu'en savez-vous ?

— C'est moi qui dirige ce programme de recherche.

— Vous... bredouilla Alexeï en feignant la surprise.

— Pas plus tard que la semaine dernière, nous avons essuyé un nouvel échec pour maintenir une réaction en chaîne.

— *Mein Gott,* continua Alexeï comme s'il ne prêtait aucune attention aux informations déterminantes qu'il venait d'entendre, vous êtes le célèbre professeur Heisenberg ! »

L'intéressé inclina légèrement la tête, flatté d'être ainsi reconnu.

« Je vous admire, *mein Herr,* être resté en Allemagne après tout ce que l'on vous a fait. À votre place, je ne sais pas si j'en aurais eu la force...

— Que voulez-vous dire ? interrogea Heisenberg le regard soudainement perçant.

— Eh bien, je me souviens des articles dans le *Schwarze Korps* où l'on vous insultait de "traître" et de "juif blanc". Moi, ça m'aurait donné envie de virer communiste ! Peut-être que vous l'êtes d'ailleurs ? Ou pacifiste ? »

Heisenberg le dévisagea avec fureur et le saisit violemment par le col.

« Qu'avez-vous dit ? écumait-il. Je suis un fidèle serviteur du Reich et du Führer, pas un sale communiste !

— Du calme, oh ! Je plaisantais ! », se défendit Alexeï.

Leurs cris et leur empoignade alertèrent les SS, qui les séparèrent avant de contrôler leurs papiers. En découvrant l'identité d'Heisenberg, le soldat se mit au garde-à-vous. Un silence abyssal s'était abattu sur la taverne.

« Pourquoi, vermine, avoir agressé un éminent scientifique du Reich ? aboya-t-il sur Alexeï.

— C'est un malentendu, *Herr Kommandant*, un simple malentendu ! Ma blague était sans doute de mauvais goût, *Herr Professor*...

— *Ruhe!* vociféra le chef SS. Tu vas partir sur le front de l'Est, ça te fera passer l'envie de faire des blagues !

— Commandant, intervint Heisenberg, je me suis emporté, ce monsieur a raison, il s'agit juste d'un malentendu. »

Le SS les fixa tour à tour, puis il fit signe à ses sbires de clore l'incident et ils s'éloignèrent.

Alexeï s'approcha d'Heisenberg.

« Encore désolé, *Herr Professor*, pour votre chemise, et pour... »

Ils se séparèrent et s'en retournèrent à leurs fréquentations initiales.

Alexeï attendit d'avoir terminé sa bière pour ne pas attirer davantage l'attention puis il quitta l'établissement. Il avait ses réponses. S'il n'était vraisemblablement pas possible de retourner Heisenberg, l'essentiel était que les nazis fussent en retard, incapables de créer une réaction en chaîne auto-entretenue dans un avenir proche. Les Alliés avaient de l'avance, et Alexeï entendait bien contribuer de toutes ses forces à ce qu'ils la conservent.

De retour dans son immeuble, il monta les marches quatre à quatre jusqu'au premier étage pour retrouver enfin la quiétude de sa chambre. En entrant, son instinct et sa vigilance s'éveillèrent brutalement. Quelqu'un était venu pendant son absence, il en avait l'intuition et la certitude. Pourtant, rien ne semblait avoir bougé ni avoir été déplacé. Il vérifia les documents dissimulés sous une latte du plancher derrière sa table de chevet, aucun ne manquait, quand il remarqua que, si la fenêtre était en apparence fermée, la poignée était tournée dans le mauvais sens. Il se souvenait parfaitement de l'avoir laissée dans la bonne position avant de partir rejoindre Heisenberg. Il ouvrit la croisée et scruta l'obscurité extérieure avec une attention de fauve. Quelqu'un était venu et avait fouillé ses affaires. Quelqu'un s'était introduit ici en son absence et s'était éclipsé par la croisée en l'entendant arriver. Quelqu'un le suivait et l'épiait. Ce ne pouvait pas être les nazis : s'ils l'avaient repéré, il serait déjà mort. Ce ne pouvait être que les Soviétiques et, par conséquent, eux aussi s'intéressaient de près aux avancées des travaux sur la fission de l'uranium. Maintenant qu'il était averti, il allait pouvoir s'amuser, comme le lui avait dit Churchill, à leur faire de légers croche-pieds et les induire en erreur.

Il se claquemura pour la nuit et se leva tôt le lendemain matin. En prenant bien garde de brouiller son itinéraire, il fit la tournée des boîtes aux lettres mortes. Dans l'une d'elles l'attendait un message. Il retourna chez lui et le décoda. Il n'en crut pas ses yeux :

« Ivana a été repérée à Londres. Elle est désormais à Berlin. »

Natalia était en vie. Et elle était après lui, après la bombe.

15

Le camion emmenant Ivan cahotait sur les rails qui se séparaient en trois lignes distinctes. Le ciel déployait un gris cendreux uniforme et sordide. Une forte odeur de brûlé mêlée à une puanteur de chairs malades imprégnait l'air qu'il respirait.

Le convoi s'immobilisa. Les sentinelles montées à ses côtés dans la benne du véhicule basculèrent le panneau arrière et Ivan mit pied à terre. Deux autres militaires descendirent un fauteuil roulant où, bien emmitouflé dans une *chouba* élimée, était assis un garçon très amaigri d'une douzaine d'années.

« À partir d'ici, nous poursuivrons seuls avec Józef. »

Il se tourna vers l'intéressé et se baissa.

« Tu es toujours d'accord pour venir avec moi ? »

Józef confirma avec une expression apeurée. Ivan lui sourit avec douceur.

« Il ne t'arrivera rien, lui dit-il. Tu ne risques rien avec moi, je te le promets. »

Il passa derrière lui et, prenant soin d'atténuer autant qu'il le pouvait les secousses engendrées par les rotations des roues sur le sol caillouteux et neigeux, ils s'éloignèrent au milieu des dizaines et dizaines de rangées de baraquements en bois regroupés en de grands ensembles rectangulaires, séparés les uns des autres par de hautes clôtures de barbelés électrifiés et parsemées de miradors. Des cadavres d'hommes, de femmes, d'enfants et de nourrissons aux corps décharnés gisaient à même la boue gelée, soit emportés par le froid et la faim, soit sommairement exécutés par les nazis dans leur fuite précipitée. Parmi eux titubaient des silhouettes fantomatiques au regard déserté de toute humanité et dont l'excavation des yeux dévorait le visage. Ces spectres ambulants charriaient dans leurs sillons désordonnés des effluves putrides ; ils flottaient dans des haillons, des uniformes rayés, des manteaux ou des couvertures jetés à même la peau nue de leurs membres squelettiques, ombres égarées dans les ténèbres, errant sans but entre la vie et la mort, livrées à leur solitude métaphysique ou soutenues par des soldats de l'Armée rouge tentant de les rassembler pour les conduire là où leur seraient dispensés les premiers soins.

« Alors, Józef, tu me racontes ? », demanda Ivan.

Avant de quitter les lieux, les Allemands avaient fusillé le plus de détenus possible, détruit un maximum d'archives et d'infrastructures pour tenter d'effacer la nature et la réalité des activités qui s'étaient déroulées ici. Józef aidait Ivan à remplir les blancs de cette histoire innommable, même s'il imaginait aisément les sévices qui avaient été infligés dans le secret de ces grillages.

« Ici, c'étaient les hommes, commença-t-il d'un filet de voix, là les femmes… moi, j'étais là-bas…

– Tu me montres ? », l'interrogea Ivan.

Józef hocha négativement la tête, ses traits émaciés encore plus tirés par la terreur.

« N'aie pas peur, mon grand, lui dit Ivan, je comprends, personne ne te forcera. »

Il fit signe à un sous-lieutenant qui accourut.

« Camarade, reste avec ce jeune homme pendant que j'inspecte cette baraque. »

Il se pencha vers Józef.

« Je reviens tout de suite. L'officier que tu vois va veiller sur toi pendant mon absence. Il est comme moi, tu n'as rien à craindre de lui. »

Il lui passa délicatement la main dans les cheveux et se dirigea vers le dortoir. En poussant la porte, il découvrit des allées de châlits où se terraient encore des prisonniers, immobiles et hagards, en compagnie d'autres, décédés sur leur couche ou en rampant sur le plancher dans une tentative désespérée de s'extraire de cet enfer. Des relents d'excréments, d'urine, d'angoisse et d'effroi saturaient le remugle stagnant entre ces murs.

Ivan retourna auprès de Józef et ils reprirent leur route en direction de la partie supérieure de ce vaste aménagement. Là, se trouvaient des constructions, en briques cette fois, à l'intérieur desquelles Ivan découvrit des entassements de sacs contenant des kilos et des kilos de cheveux, des tas de pantalons, de chemises, de robes, de justaucorps, de chaussures, de lunettes et d'accessoires en tout genre empilés sans ordre et, dans une autre bâtisse, des établis où s'alignaient des pinces et des mâchoires dont certaines dents avaient été minutieusement arrachées.

« Ils nous prenaient tous les bijoux, les montres et les dents en or expliqua Józef.

— Et ces vêtements, pourquoi sont-ils là ?

— Ils nous faisaient déshabiller avant de nous conduire aux douches. Mais c'étaient des douches sans eau.

— Et il y avait quoi à la place ?

— Du gaz. Ils nous gazaient et brûlaient les corps dans des fours. »

À l'extérieur, guidé par les yeux de Józef, Ivan reconstruisit mentalement les cheminées et les « douches » dont les bourreaux du Reich n'avaient laissé que les ruines afin d'enfouir leurs crimes sous les geôles de l'amnésie collective et de l'oubli universel.

« Tous les jours, ils nous passaient en revue, raconta Józef. Quand ils mettaient une petite croix en face de ton nom, ça voulait dire que tu passerais bientôt à la douche. »

Ivan restait le souffle coupé. Ses conjectures effectuées au camp de Majdanek se confirmaient d'une manière implacable. Il se souvenait parfaitement de cette délégation militaire allemande venue plus de dix ans auparavant visiter les Solovki, et des officiers d'obédience nazie qui, aux dires de Frenkel, s'étaient montrés impressionnés par l'ingéniosité d'une telle organisation carcérale. Hitler et ses disciples s'étaient inspirés de ce qu'il avait imaginé pour créer le plus impitoyable des systèmes d'extermination de tous les temps.

Ivan ramena Józef dans une autre zone de ces installations, constituée de petites maisons où les forces soviétiques avaient évacué plus d'une centaine de petits jumeaux.

« C'étaient les enfants du docteur Mengele, pour ses expériences », expliqua Józef.

Sa voix s'amenuisait, il était fatigué. Ivan le raccompagna à l'entrée de ce laboratoire contre nature à ciel ouvert et le confia à des femmes venues des villages environnants pour participer à la prise en charge des survivants. Ivan s'accroupit devant Józef et lui prit les mains.

« Je te remercie du fond du cœur, Józef, pour l'aide que tu as bien voulu m'apporter. Tu as été un garçon très courageux, le plus courageux que j'aie rencontré de toute ma vie. »

Józef sourit en baissant les yeux.

« C'est vrai, affirma Ivan, je te promets. J'ai un fils du même âge que toi, tu sais, et j'espère qu'il deviendra aussi courageux que toi en grandissant.

— Il s'appelle comment ?

— Sergueï.

— Tu crois que je pourrais jouer avec lui un jour ?

— Bien sûr, tout est possible à présent. Tu vas désormais vivre en URSS, le pays le plus libre du monde. »

Józef le fixa avec une reconnaissance infinie.

« Maintenant, lui dit Ivan, je dois continuer avec mes hommes pour aller libérer d'autres enfants à qui les Allemands ont fait du mal. Des gens très gentils vont s'occuper de toi. Et je te fais confiance pour te rétablir le mieux et le plus rapidement possible. Comme ça, quand tout cela ne sera plus qu'un mauvais souvenir, tu pourras jouer avec Sergueï. D'accord ? »

Józef opina du chef, les lèvres tremblantes. Au prix d'un effort considérable, il se redressa dans son fauteuil, prit Ivan dans ses bras et le serra de toutes les faibles forces qui lui restaient.

« Merci, Józef, lui dit Ivan d'un ton voilé, merci. Je ne t'oublierai jamais. »

Il regarda ce garçon qui aurait pu être son fils disparaître en compagnie de deux vieilles dames venues de Zaborze.

« Camarade ? », l'interpella un soldat au garde-à-vous.

— Qu'y a-t-il, camarade ?

— Quels sont tes ordres ? Devons-nous procéder comme à Majdanek ? »

Ivan réfléchit un instant. Quelques mois auparavant, après avoir inspecté une structure similaire de moindre envergure, il avait ordonné sa reconversion en camp d'incarcération et de transit pour leurs opposants polonais avant de les déporter dans ceux du Goulag.

« Non, décréta Ivan, tout doit rester en l'état. Fais venir nos journalistes et installe les équipes de la Croix-Rouge dans ces bâtiments.

— Bien, camarade ! »

Ivan se retourna une dernière fois. En levant la tête, il découvrit l'inscription enserrée dans la grille du portail, presque mot pour mot identique à celle de sa devise pour les Solovki :

« *Arbeit macht frei* »

Oui, les nazis avaient détourné son invention de son but originel de rééducation sociale et morale. Ils avaient perverti un instrument destiné à construire une société nouvelle et façonner un homme nouveau en une gigantesque machine uniquement vouée à la destruction et à l'extermination. Le monde devait savoir pour comprendre à quel point les Soviétiques n'avaient rien de commun avec ces barbares, et combien les goulags ne relevaient en rien de ces camps de la mort.

Ivan rejoignit un camion, monta à l'arrière et quitta le complexe concentrationnaire d'Auschwitz-Birkenau pour se rendre sur les lignes les plus avancées de l'Armée rouge. Il était crucial que les forces soviétiques entrent les premières dans Berlin et rapportent au camarade Staline la dépouille du Führer.

16

Alexeï retira sa tenue de chauffeur et enfila ses habits de ville. Il s'arrêta dans une taverne avec d'autres manutentionnaires des usines von Metternich, discuta avec eux autour de quelques chopes, les questionnant discrètement pour glaner d'éventuelles nouvelles informations, puis il rentra chez lui se rafraîchir avant de retrouver Andreas.

La débâcle de l'Allemagne approchait. Les Américains avaient débarqué avec succès en Normandie, notamment grâce au concours de la Résistance française qui avait induit l'ennemi en erreur, laissant entendre que l'opération se déroulerait sur les côtes du Pas-de-Calais afin de faire passer les manœuvres normandes pour une tentative de diversion et d'éviter une mobilisation trop rapide des troupes de la Wehrmacht. La population de Paris avait libéré elle-même sa ville, et les Alliés avançaient désormais vers l'est pour prendre Berlin en tenaille avec les bataillons soviétiques qui frapperaient bientôt aux portes de la ville. Si la guerre semblait toucher à sa fin, la course à la bombe basée sur la fission de l'uranium, elle, s'intensifiait. Un peu plus d'un mois auparavant, Alexeï avait intercepté des rumeurs concernant un essai nucléaire nazi à proximité du camp de concentration d'Ohrdruf, à la double fin de tester le bon fonctionnement de l'arme et d'en étudier les effets sur les prisonniers exposés aux radiations. Cependant, Alexeï n'avait trouvé aucune preuve formelle du déroulement d'une telle expérimentation. Si elle avait réellement eu lieu, elle s'était nécessairement soldée par un échec ou un résultat non concluant car, dans le cas contraire, Hitler en aurait fait usage pour reprendre l'avantage sur ses adversaires. Dans l'ombre des différentes lignes de front, la lutte pour l'obtention de cette force de frappe continuait.

Alexeï se rafraîchit rapidement dans son lavabo, s'habilla et partit rejoindre Andreas dans un café du centre. Les premiers bombardements russes grondaient dans les lointains, la panique commençait à gagner les esprits et de nombreux habitants quittaient la capitale du Reich ou s'apprêtaient à fuir.

Andreas était attablé en terrasse avec un bock lorsqu'il arriva, sa serviette en cuir posée bien en évidence sur une chaise à côté de lui. Les deux amis se saluèrent et Alexeï s'assit.

« Tout est là ? », demanda-t-il.

Son complice opina du chef.

« Que vas-tu faire ? l'interrogea Alexeï.

— L'Allemagne est mon pays.

— Andreas, ton père est un haut dignitaire nazi, tu travailles pour lui, tu es toi aussi membre du Parti à la croix gammée, tu es en danger, tu dois partir.

— *Nein* », rétorqua lapidairement son allié germanique.

Alexeï prit sur lui pour contenir son exaspération.

« J'ai combattu Hitler et ses fanatiques en collaborant avec vous, développa Andreas, je ne risque rien. »

Alexeï capitula et alluma une cigarette.

« Comme tu veux, Andreas, comme tu veux. On en a déjà parlé dix fois, mais tu es tellement...

— Allemand ? », le coupa son ami.

Alexeï ne put s'empêcher de sourire à cette saillie.

« Tu rentres quand à Londres ? le questionna Andreas.

— Bientôt. J'ai reçu un message précisant de me tenir prêt. »

Andreas termina sa bière.

« Tu crois que ça va marcher ?

— On verra bien, répondit Alexeï. Promets-moi d'être prudent.

— Tu as ma parole. »

Andreas se leva.

« Je ne te prends pas dans mes bras, dit-il, mais le cœur y est.

— Merci pour ton aide et tout ce que tu as fait. Nous nous reverrons après la libération, dans un monde à nouveau libre. »

Andreas inclina la tête en signe d'assentiment et partit. Alexeï termina tranquillement sa cigarette, regarda autour de lui en l'écrasant, puis s'en alla à son tour avec la serviette laissée par Andreas.

De retour chez lui, il rangea la sacoche dans sa cachette au pied de la table de chevet, attendit la tombée de la nuit, laissa la poignée de la fenêtre tournée en position d'ouverture et sortit. Il serpenta dans son quartier, revint dans la ruelle sur laquelle donnait son logis, s'assura qu'elle était déserte, escalada rapidement le long de la gouttière, se glissa dans sa chambre et, après avoir refermé la croisée, se cacha dans le cabinet de toilette. Une demi-heure plus tard, des cliquetis résonnaient dans sa serrure et la porte s'ouvrait.

Le plancher grinça et Alexeï entendit la personne de l'autre côté de la cloison soulever la latte sous laquelle il dissimulait ses informations.

« Je suis heureux que tu sois en vie, Natalia », dit-il en apparaissant.

L'agent russe sursauta.

« Très joli, tes cheveux, poursuivit-il. Tu sais, tu aurais pu venir me trouver directement. Techniquement, à l'heure qu'il est, nous sommes encore alliés. »

Il s'avança vers elle. Natalia tira un poignard de sa botte et le pointa dans sa direction.

« D'accord, dit-il en s'immobilisant les bras en l'air, je vois. La guerre n'est même pas terminée que celle de nos services reprend déjà. Dis-moi, entre nous, tu n'as jamais cessé de servir l'URSS ?

— Pourquoi le porte-documents d'Andreas est-il vide ?

— Parce qu'il l'a toujours été.

— Où as-tu mis ce qu'il contenait ?

— Je te l'ai dit, il n'y a jamais rien eu à l'intérieur. C'était un piège pour t'attirer ici. »

Lentement, Alexeï s'assit sur le bord du lit.

« Je veux la bombe pour mon pays ! », s'énerva Natalia.

Alexeï resta quelques secondes impassible quand, sans lui laisser le temps de réagir, il bondit sur elle, la désarma et la projeta face contre le matelas.

Elle se retourna sur le dos et, bien qu'elle fût à sa merci, elle le toisa.

« Jamais, lui dit Alexeï, tu m'entends, jamais je ne laisserai un malade comme Staline avoir cette bombe ! Il est encore plus fou et plus dangereux que Hitler !

— Alexeï, calme-toi, ce n'est pas la question.

— Si, c'est la question ! Il a massacré son peuple et vous tient tous enchaînés à des chimères ! »

Il lança le couteau à côté d'elle. Elle s'en empara immédiatement.

« Tu vas faire quoi maintenant, lui demanda Alexeï sur un ton moqueur, me tuer pour une sacoche vide ? »

Ils se défièrent du regard.

« Comment peux-tu défendre les intérêts d'un bourreau sanguinaire comme lui ? », s'interrogea à voix haute Alexeï.

Natalia jeta un coup d'œil à son poignard avant de le rengainer et de se redresser.

« Je ne défends pas les intérêts de Staline, mais ceux du peuple russe. Et il est vital pour lui et pour le monde que les États-Unis ne soient pas les seuls à posséder une arme de cette puissance démesurée, sinon ils rayeront la Russie de la carte et réduiront l'humanité en esclavage. C'est la seule manière de faire d'un engin de destruction massive un instrument de paix et de dissuasion par la terreur. »

À ces mots, Alexeï éclata de rire et fit quelques pas dans la pièce.

« J'ai déjà entendu ça quelque part. C'est Klaus Fuchs qui vous renseigne ? C'est pour le voir que tu étais à Londres avant de venir à Berlin ? »

Natalia ne répondit rien.

« Oui, commenta Alexeï, Fuchs est l'une de vos taupes, un sale pacifiste aux tendances communistes qui ne connaît rien à la réalité des horreurs perpétrées par les bolcheviks ! »

Natalia se leva.

« Alexeï, tu peux haïr Staline, je ne le porte pas plus que toi dans mon cœur, crois-moi, seulement comment peux-tu vouloir l'annihilation de tes frères russes, ton peuple ? »

Alexeï sourit dans le vide.

« Suis-je encore russe, Natalia ? Suis-je encore russe ?

— Ton fils l'est », trancha-t-elle.

Alexeï la considéra avec un air aussi interdit que stupéfait.

« Qu'est-ce que c'est encore que cette mauvaise ruse de fond de tiroir ?

— Ce n'est pas une ruse, Alexeï, c'est la vérité. »

Elle se tut un instant.

« Tu as un fils, il a 13 ans et s'appelle Sergueï. »

Alexeï ricana.

« Désolé, je refuse d'endosser la progéniture de mon bâtard de frère.

— Je t'assure que cet enfant est de toi. Je suis tombée enceinte quand nous nous sommes revus ici et que tu m'as évaluée. C'est pour cette raison que j'ai dû m'absenter de Berlin pendant presque deux ans. »

Alexeï demeura un long moment pensif.

« Comment était ta grossesse ? »

Natalia l'observa avec une expression interloquée.

« Pourquoi tu me demandes ça ?

— Réponds, c'est important. Comment s'est-elle déroulée en comparaison de tes fausses couches ?

— Tout s'est très bien passé, rien à voir avec les précédentes.

— Alors je suis peut-être vraiment le père de ton fils. »

Natalia le fixa avec attention.

« Pourquoi tu dis ça ?

— Parce qu'Ivan n'est pas mon frère. Ou plutôt, il est à la fois mon frère et le tien. Il est le fils illégitime que ma mère a eu avec ton père. »

Natalia le dévisagea, estomaquée.

« Je ne te crois pas.

— Pourtant, comme toi, je te dis la stricte vérité. Tout est dans les lettres qu'ils se sont secrètement écrites durant des années. Elles sont chez moi, à Londres. »

Un silence de fer tomba entre eux. Natalia restait sans bouger, oscillant sur son propre corps. Alexeï enfila son manteau.

« Prends tout ce que tu veux, il n'y a rien que tu ne saches déjà de toute façon. »

Il marcha jusqu'à la porte. Sur le seuil, il se ravisa. Natalia n'avait toujours pas bougé. Il la regarda une dernière fois, et sortit.

17

Natalia arriva à la base arrière de l'Armée rouge. Si l'Allemagne nazie convulsait encore, derniers soubresauts avant la mort, les Soviétiques étaient désormais maîtres de Berlin.

« Camarade Lishenko, je viens aux ordres.

— Par ici, camarade. »

Le planton l'emmena auprès du général Joukov.

« Camarade Lishenko ! s'exclama Joukov en interrompant l'étude d'une carte et lui donnant une accolade slave, merci d'être venue aussi vite. »

Il sortit une bouteille de vodka et remplit deux verres.

« Buvons à notre glorieuse victoire ! dit-il. *Za vaché zdarovié!*

— *Za vaché zdarovié!* », scanda-t-elle en retour.

Ils burent d'un trait. Un militaire apporta une dépêche au général. Il la parcourut rapidement.

« Aucune pitié, fusillez-les tous », trancha-t-il.

Il revint à Natalia.

« Camarade, ta mission est désormais double. Un, débusquer le plus possible de physiciens nucléaires allemands pour les ramener de gré ou de force à Moscou et récupérer tous leurs travaux sur la bombe ainsi que leur matériel. Deux, retrouver Hitler ou son cadavre, le camarade Staline veut s'assurer qu'il n'est plus de ce monde et le garder auprès de lui comme trophée. Mon aide de camp, le camarade Youri Antonovitch, va te conduire au centre de contrôle du SMERSH et du NKVD. »

Natalia se mit au garde-à-vous et fut guidée jusqu'à une tente. Elle entra et découvrit Ivan, debout à côté d'une table où étaient éparpillées des feuilles criblées de notes.

Ils restèrent un long moment à s'observer. Ivan se porta à sa hauteur et s'immobilisa face à elle. Lentement, il l'entoura de ses bras tremblants. Natalia demeurait impassible, le corps raidi par les mots d'Alexeï qui résonnaient encore dans son esprit.

« Tu m'as tellement manqué », murmura Ivan en la serrant contre lui.

Natalia ferma les yeux et l'enlaça à son tour.

Alexeï terminait de taper ses derniers rapports lorsque James entra.

« Les nazis ont capitulé, s'écria-t-il, la guerre est finie ! »

Les deux hommes échangèrent une chaleureuse embrassade.

« Où en sont nos troupes ? demanda Alexeï.

— Cantonnées à l'ouest de l'Elbe.

— Elles ne foncent pas sur Berlin ?

— Tu oublies les accords de Yalta, cette partie de l'Allemagne tombe sous le giron de l'URSS. »

Alexeï prit soudain un air préoccupé.

« Alors les Soviétiques sont tout seuls là-bas ?

— Oui, et je leur laisse sans aucun regret cette ville, et même le pays tout entier, je n'en peux plus de la *Wurst* et du schnaps teutoniques ! »

Alexeï se laissa tomber sur sa chaise.

« C'est une catastrophe, commenta-t-il.

— Non, c'est politique. Tu me diras que la politique relève bien souvent de la catastrophe ! »

Alexeï alluma une cigarette et souffla la fumée avec dépit. James s'appuya contre le rebord de son bureau.

« C'est Natalia, c'est ça ?

— Elle, les services du NKVD, du SMERSH, ils vont faire main basse sur toutes les recherches allemandes liées à la fission de l'uranium. »

James le considéra avec amusement.

« Tu ne veux vraiment pas que les Soviets aient la bombe, ironisa-t-il.

— Pas toi ?

— Je ne sais pas. On leur cache bien depuis le début ce que nos scientifiques trafiquent à Los Alamos, alors qu'ils sont pourtant nos alliés. C'est de bonne guerre, si je puis dire.

— Enfin James, tu imagines un instant ce qu'il adviendrait si Staline disposait d'une telle arme ?

— Staline est un fou dangereux, je te l'accorde bien volontiers. Cependant, je t'avoue n'être parfois pas loin de penser comme Natalia. En tout cas, d'après ce que tu m'as raconté de votre dernière entrevue. »

Alexeï le fixa avec une expression horrifiée. Les lèvres de James se fendirent d'un large sourire de mauvais garçon.

« Mais non, je plaisante, espèce d'ours des steppes ! », rigola-t-il.

Alexeï se détendit.

« Allez, viens, lui dit James en attrapant son pardessus, l'heure est à la fête ! »

Natalia et Ivan se faufilèrent dans les jardins de la chancellerie. À proximité d'un trou creusé dans la terre, des agents du SMERSH entouraient deux cadavres humains calcinés ainsi que ceux d'un chien et d'un chiot.

« Le soldat qui les a découverts ? », demanda Natalia.

Le chef de section hocha négativement la tête, signe qu'il avait été éliminé.

« Très bien, commenta Ivan. Emportez-les. »

Quelques jours plus tard, l'assistante du dentiste du Führer confirma avec l'aide de Fritz Echtmann qu'il s'agissait bien de la dépouille d'Hitler et, par conséquent, de celle d'Eva Braun.

« Mettez les restes en lieu sûr, ordonna Ivan, je prends le crâne et la mâchoire pour les rapporter en main propre au camarade Staline. »

Assis dans un cinéma à côté de James, Alexeï regardait avec des yeux mortifiés les premières images filmées lors des bombardements des villes japonaises de Hiroshima et Nagasaki.

En sortant dans la nuit londonienne, il demeura de longues minutes incapable de prononcer le moindre mot.

« Quand on vient de voir quelque chose comme ça, dit James, il n'y a plus qu'une chose à faire. »

Alexeï tourna vers lui un visage criblé de questions métaphysiques invisibles et muettes.

« Faire la tournée des pubs jusqu'à extinction de la conscience par noyade », statua James.

Ivan passa embrasser son fils, qui s'apprêtait à entamer sa deuxième année à l'école militaire, puis il regagna son bureau de la Loubianka.

Les six cent mille Tchétchènes et les deux cent cinquante mille Tatars de Crimée, transportés en seulement six jours comme il l'avait ordonné depuis les lignes de front, avaient bien été absorbés par l'ensemble des structures du Goulag. De nombreuses autres déportations étaient à prévoir, et donc à organiser, pour achever leur glorieuse Révolution et atteindre enfin la société sans classes dont Kolya et lui avaient tant rêvé.

Natalia vérifia que les derniers physiciens nucléaires allemands appréhendés avaient bien été chargés dans les camions en partance pour Moscou. Avec l'entrée des forces alliées dans Berlin un peu plus d'un mois auparavant et son partage en quatre zones attribuées à chacun des vainqueurs, une lutte souterraine féroce avait opposé Soviétiques et Américains pour le rapt des scientifiques germaniques et la récupération de leur matériel expérimental. Les deux bombes larguées sur Hiroshima et Nagasaki confirmaient cruellement à Natalia la nécessité absolue et l'urgence vitale pour l'URSS de se doter d'une telle arme de destruction et de dissuasion. Une nouvelle guerre s'ouvrait dans les marges obscures et silencieuses de la victoire.

Satisfaite, elle donna le signal du départ. En inspectant d'autres grappes de prisonniers qui attendaient eux aussi de monter dans des convois, mais à destination du Goulag, Natalia reconnut soudain Andreas.

« Camarade ! salua-t-elle le factionnaire chargé de ces détenus.

— Camarade Lishenko ! », la salua-t-il en retour.

Natalia désigna Andreas.

« Cet homme est l'un de nos plus précieux informateurs, il n'a rien à faire ici.

— C'est un nazi, j'ai besoin d'un ordre pour le libérer, camarade. »

Natalia s'approcha lentement de lui et se pencha à quelques centimètres de son visage.

« Tu viens juste d'en recevoir un, camarade. Exécution ! »

Il obtempéra. Natalia prit Andreas par le bras, lui arracha son brassard le marquant de la croix gammée et l'entraîna à sa suite.

« Reste caché pendant quelque temps, lui dit-elle, les fins de guerre sont souvent pires que leurs commencements. »

Installé dans sa voiture, Alexeï alluma une cigarette et observa Fuchs retrouver des amis dans un pub. Depuis son retour de Los Alamos quelques semaines avant les bombardements qui avaient à jamais changé le cours de l'Histoire, le scientifique avait repris le même rythme de vie qu'auparavant.

Les images de Hiroshima et de Nagasaki obsédaient Alexeï jusque dans ses cauchemars. Au-delà de l'horreur même de l'événement, il était effaré par les raisons réelles qui avaient poussé les Américains à déchaîner les enfers sur les populations civiles de ces deux villes nippones alors même que s'annonçait la reddition inéluctable de ce pays. Soucieux de l'avancée des bataillons soviétiques contre les troupes japonaises en Mandchourie, et craignant que l'URSS n'asseye sa domination sur l'Empire du Soleil levant à leurs dépens, les enfants de l'Oncle Sam avaient considéré cette opération comme le moyen idéal d'arrêter la progression des Russes, d'expérimenter à échelle humaine l'efficacité de ce nouvel arsenal et d'accomplir ainsi une démonstration de force à valeur d'avertissement pour le reste du monde.

Alexeï jeta son mégot par la fenêtre et mit le contact. Natalia et Fuchs avaient raison, les États-Unis ne pouvaient pas être la seule Nation dotée d'une telle arme sans devenir une menace pour l'humanité.

Sixième partie

Les grandes désillusions

On ne mesure pas la puissance d'une idéologie aux seules réponses qu'elle est capable de donner, mais aussi aux questions qu'elle parvient à étouffer.

Günther Anders

1

Alexeï escalada la palissade et sauta dans le jardinet au gazon impeccablement entretenu d'une petite maison de la banlieue d'Oxford. Accroupi dans l'obscurité, adossé contre les planches de bois, il écouta les rumeurs environnantes du soir. Le chien des voisins était rentré, tout était calme. Il serpenta parmi les taches d'ombre, crocheta la serrure du cellier, entra et rejoignit le vestibule de l'habitation. Son occupant travaillait tard ce jour-là de la semaine.

Churchill avait tenu parole. Dès la reddition de l'Allemagne nazie, l'URSS et la lutte contre le communisme étaient redevenues la première de ses priorités. Anticipant la séquestration des informations relatives à l'élaboration de la bombe atomique par les Américains et désireux d'équiper son pays d'un tel arsenal pour qu'il puisse imposer sa partition dans le nouveau concert émergeant des nations, il avait convoqué Alexeï et James pour les charger d'une mission.

« Gentlemen, leur avait-il dit entre deux bouffées de cigare, si la guerre avec Hitler est terminée, celle contre les Soviets reprend, pour peu qu'elle se soit d'ailleurs jamais arrêtée. Les rouges veulent leur *Little Boy* et leur *Fat Man* ? Eh bien, nous aussi ! Par conséquent, surveillance de tous les physiciens nucléaires sur notre sol pour contrer les agents de Staline et surtout identifier les éléments importants qui leur sont transmis afin que nos scientifiques se focalisent sur ces questions-là. *Gentlemen, long live the King!* »

Bien que non réélu à la tête du gouvernement britannique, sa directive perdurait sous l'égide du Premier ministre travailliste Clement Attlee, et ce au plus grand plaisir de James :

« Ah, voici revenu le temps béni des petits neutrons égarés et des sorties d'école ! »

Alexeï effectua un rapide état des lieux. L'intérieur était meublé avec un goût simple et fonctionnel. Aucun document sensible ni aucune arme ne traînaient dans les tiroirs ou n'étaient dissimulés sous une pile de vêtements. Il s'assit dans un fauteuil club du salon et attendit.

Le monde n'était pas seulement sorti détruit des affrontements dont il avait été le théâtre sanglant, mais profondément bouleversé. La découverte des camps de concentration nazis avait fait l'effet d'un Hiroshima métaphysique dans les opinions publiques internationales, creusant un cratère radioactif dans les consciences et plaçant le destin de l'Allemagne, foyer incendiaire des deux guerres les plus meurtrières de l'Histoire en moins d'un demi-siècle, au cœur des enjeux géostratégiques. La nécessité impérieuse de sa dénazification, de même que celle de l'Europe tout entière, obsédait avec la même intensité les esprits occidentaux et soviétiques, tous soucieux de couper définitivement les racines de cette idéologie mortifère et d'éradiquer la moindre possibilité de sa résurgence. Cependant, l'union sacrée qui avait prévalu le temps des combats s'était fissurée dès le lendemain de la victoire. L'URSS, forte de son écrasant tribut humain payé sur les champs de bataille et de ses frontières étendues grâce à l'annexion des pays libérés par l'Armée rouge, luttait pied à pied pour réduire l'ancien Empire germanique en un État essentiellement agricole et protéger ainsi son nouveau territoire d'une quelconque velléité belliciste venue des terres teutoniques. À l'inverse, sous l'égide des États-Unis, les puissances européennes s'inquiétaient de ne reproduire ni les erreurs du « diktat de Versailles » ni les rancœurs belliqueuses qu'il avait engendrées, et prônaient le rétablissement d'une nation allemande prospère comme seule garantie de paix sur le continent. Dans les replis secrets de leurs préoccupations, se déployaient leurs craintes de voir le communisme s'épanouir sur le terrain fécond de la pauvreté et contaminer ainsi peu à peu, à la manière d'un cancer sournois, les démocraties du monde libre ; appréhensions d'autant plus vives que des grèves ouvrières avaient violemment agité la France et l'Italie, faisant redouter les crépitements avant-coureurs d'une révolution fille du bolchevisme telle qu'elle grésillait en Grèce, en Chine ou encore en Indochine. Pour, selon le mot du président Truman, « endiguer » ces menaces d'expansion aux couleurs de la faucille et du marteau, les Américains avaient adopté le plan du général George Marshall et mis en œuvre une politique similaire à celle des années 1920 : ils aidaient au financement de la reconstruction des pays qui le demandaient à condition d'établir entre eux des relations commerciales privilégiées. En réponse à ces prémices à peine voilée de la constitution d'un bloc capitaliste jugé impérialiste, l'URSS et ses nouvelles républiques satellites s'étaient regroupées en un camp autoproclamé pacifiste par Andreï Aleksandrovitch Jdanov dans le cadre du Kominform, une organisation centralisant et cordonnant leurs différentes activités dans une direction commune. Cette tectonique des plaques géopolitiques, amorce d'une bipolarisation progressive du monde, avait conduit Churchill à parler d'un « rideau de fer » qui s'abattait sur l'Europe ; rideau derrière lequel Berlin incarnait le point de convergences de toutes les tensions naissantes.

Alexeï entendit résonner des pas sur les marches du perron, suivis de cliquetis de clefs dans une poche de pantalon. Il se leva et, sans un bruit, se glissa derrière le mur proche de l'entrée.

Divisée comme l'Allemagne en quatre zones réparties entre les vainqueurs, Berlin représentait une excroissance de ces mouvements souterrains et de leurs crispations en gestation. Les États-Unis avaient fusionné leur périmètre avec ceux du Royaume-Uni et de la France, de sorte que la ville représentait une enclave occidentale cernée par les Soviétiques à l'intérieur de laquelle se faisaient physiquement face deux idéologies sous-tendant deux visions antagonistes de la démocratie et de l'humanité. Afin de renforcer leur unité, les alliés avaient forgé une monnaie commune pour leurs secteurs unifiés, le Deutsch Mark, prolégomènes à la création d'un État constitué. En représailles à ces manœuvres insidieuses, Staline avait institué un blocus de l'ancienne capitale du Reich, alors toujours en cours.

La porte s'ouvrit et une silhouette s'avança dans le vestibule. Alors qu'elle passait devant l'embrasure donnant sur le salon, Alexeï surgit dans son dos, la ceintura par le cou en maintenant fermement la main sur sa bouche.

« Si vous ne criez pas, je ne vous ferai aucun mal », murmura-t-il entre ses dents.

L'homme continuait de se débattre et de gémir. Alexeï assura sa prise avec plus de fermeté.

« C'est inutile. »

Le propriétaire des murs renonça.

« Si vous criez, ce sera pour la dernière fois de votre vie. Hocher la tête si vous avez bien compris et si vous acceptez de coopérer. »

Devant son approbation, Alexeï le relâcha. Après l'avoir fixé d'un air apeuré, Klaus Fuchs le dévisagea avec stupeur.

« Vous... », bredouilla-t-il.

Il voulut presser l'interrupteur du plafonnier mais Alexeï l'en empêcha.

« Non, ordonna-t-il. Approchez-vous de la fenêtre et regardez de l'autre côté de la rue. »

Il entraîna le chercheur par le bras.

« Vous voyez la voiture garée à l'angle avec deux personnes à l'intérieur ? »

Fuchs confirma.

« Ce sont deux agents du contre-espionnage britannique, ils vous surveillent jour et nuit. »

Le physicien resta interdit avant de balbutier :

« Je... enfin... pourquoi ?

— Les Américains ont réussi à casser les codes de transmission soviétiques. Ils ont commencé à transcrire certaines communications émises pendant la guerre où votre nom apparaît au sujet du projet Manhattan. »

Fuchs se tourna vers lui.

« Qui êtes-vous ? Pour qui travaillez-vous ?

— Attendez, chaque chose en son temps. Allumez d'abord les lumières de votre chambre et tirez les rideaux. »

Alexeï l'accompagna à l'étage. En redescendant, le scientifique but un verre d'eau dans la cuisine et ils s'assirent l'un en face de l'autre dans le clair-obscur du living-room.

« Je travaille pour les services secrets de la Couronne. Je suis ici pour vous aider à transmettre vos informations concernant la création de la bombe aux Russes.

— Personne ne m'a prévenu, répliqua Fuchs en massant sa nuque endolorie.

— Et c'est normal, parce que personne n'est au courant de ma présence ici.

— Je ne comprends pas.

— Il se trouve que je connais très bien votre référente à Moscou, Ivana. Pour tout vous avouer, nous avons été élevés ensemble en Russie. Avant et pendant la guerre, nous avons été amenés à collaborer malgré l'opposition de nos deux camps. »

Il marqua une pause.

« Jusqu'aux bombardements de Hiroshima et de Nagasaki, j'étais convaincu que l'URSS ne devait jamais disposer d'une telle arme de destruction. Depuis, je sais qu'Ivana et vous avez raison de vouloir un équilibre de la force atomique entre les grandes nations pour préserver la paix. Je me suis débrouillé pour être le seul chargé de votre surveillance afin que vous puissiez continuer de vous rendre chaque jeudi soir au *Dog and Duck* pour livrer aux Soviétiques des éléments susceptibles de faire avancer leurs recherches. Maintenant que les Américains vous ont identifié sans savoir encore de quoi il retourne exactement, leurs services de renseignement et les nôtres vous filent en permanence. Voilà pourquoi, à l'avenir, je vous propose de jouer les intermédiaires pour vos documents. »

Malgré la pénombre, Fuchs l'observait avec un scepticisme manifeste.

« Pourquoi vous ferais-je confiance ?

— Parce que je suis votre seule chance de succès et votre unique moyen d'éviter la prison. Du moins pour le moment, tout dépendra de ce que les transcriptions révéleront sur vous et votre implication dans des activités d'espionnage.

— L'URSS était notre alliée à l'époque du projet Manhattan, c'était du partage de savoirs.

— Vu la situation actuelle, je ne suis pas certain qu'un juge l'entende de cette oreille, encore moins si vous vous faites prendre en flagrant délit d'intelligence avec l'ennemi.

— Ce sont les États-Unis l'ennemi. Ils préparent l'asservissement prochain de l'Europe grâce à leur plan Marshall qui transformera des hommes libres en de vulgaires consommateurs avides de confort et de loisirs abrutissants ; l'URSS, elle, prépare l'affranchissement et la libération de millions d'hommes de leur condition.

— Monsieur Fuchs, je n'ai ni le loisir ni l'envie de débattre avec vous des prétendues vertus du système soviétique sur lequel vous vous leurrez de bout en bout...

— Absolument pas, le coupa le physicien.

— Parce que vous croyez réellement que les goulags affranchissent et libèrent des millions d'hommes de leur condition ? s'agaça Alexeï.

— Les goulags sont une invention de la propagande capitaliste. »

Alexeï bondit hors de son fauteuil et serra ses doigts autour de la gorge du scientifique.

« Écoutez-moi très attentivement, monsieur Fuchs, vous ne savez rien de ce que vous avancez, vous m'entendez, rien ! J'ai passé presque quatre années de ma vie dans le premier de ces camps, créé par mon propre frère figurez-vous, et je peux vous affirmer que leur perversité n'a rien à envier aux camps d'extermination nazis ! »

Fuchs manifestait des difficultés à respirer, Alexeï le libéra de son emprise avant de se rasseoir.

« Je vous crois, susurra l'homme de science d'une voix rauque. Même si je n'ai pas tout compris, je vous crois.

— Comment ça, vous n'avez pas tout compris ?

— Vous avez prononcé certaines phrases en russe, mais j'ai bien saisi que vous aviez été emprisonné dans ces camps. »

Alexeï le laissa reprendre son souffle et ses esprits.

« Comment voulez-vous procéder ? demanda Fuchs.

— Je vais créer un réseau de boîtes aux lettres mortes entre votre domicile et votre lieu de travail par lequel nous communiquerons dans un ordre défini à l'avance. Arrivés à la dernière, nous repartirons en sens inverse. Chaque mercredi, vous y laisserez les éléments à transmettre, et moi, je les dissimulerai le lendemain dans la chasse d'eau des toilettes d'un pub, une fois dans le dernier WC chez les hommes, une fois chez les femmes. Je glisserai avec vos informations l'adresse d'un autre pub pour la semaine suivante, et ainsi de suite. C'est clair ? »

Fuchs acquiesça.

« Maintenant, donnez-moi ce que vous avez subtilisé pour demain, je m'occuperai moi-même de la livraison au *Dog and Duck*.

— Comment allez-vous faire, vous ne savez pas à quoi ressemble mon contact ? Même moi je l'ignore car il change d'une fois sur l'autre.

— Un Anglais assis en train de lire *Le Manifeste du Parti communiste* attirera suffisamment l'attention pour que la personne concernée trouve le moyen de se manifester sans se dévoiler complètement. »

Fuchs approuva et lui remit un petit appareil photo de type Minox.

« Je ne savais pas que les Soviétiques en avaient d'aussi sophistiqués, il faudra que j'en avise mes supérieurs. »

Fuchs le considéra avec effarement.

« Je plaisante, rassurez-vous. »

Alexeï récupéra la pellicule.

« Attendez que je sois dans votre jardin pour quitter votre chambre et allumer les lumières de votre maison. Vous vous êtes assez reposé pour ceux qui guettent vos moindres faits et gestes de l'autre côté de la rue. »

Le lendemain, il patienta plus de deux heures au *Dog and Duck* sans être abordé par quiconque ni remarquer un signe entendu de qui que ce soit.

Il retourna chez lui agité d'un flot incessant d'interrogations. Alors qu'il pendait machinalement sa veste à la patère de l'entrée, il eut à peine le temps de percevoir un frôlement dans son dos qu'il s'effondrait inanimé sur le sol.

2

Ivan prit place avec un intense sentiment de fierté sous les ors de l'ancienne salle d'armes impériale de l'Académie militaire de l'état-major général, la plus prestigieuse institution de formation des officiers de l'Armée rouge. Assis au premier rang, Sergueï attendait parmi ceux qui achevaient leurs classes avec succès et s'apprêtaient à recevoir leur affectation.

L'espoir d'un avenir radieux illuminait de nouveau l'horizon. Depuis la fin de la guerre, le camarade Staline avait amplifié le processus de transformation de l'URSS et entraînait au pas de charge leur nation vers l'avènement imminent de la société sans classes. Les camps du Goulag ne cessaient de se remplir de saboteurs et de parasites à rééduquer en les mettant à contribution pour l'édification de l'ordre socialiste : les intellectuels et les artistes séditieux, les ouvriers fainéants qui ne remplissaient pas leurs quotas hebdomadaires de production, les soldats et les civils qui avaient survécu dans les zones occupées par l'ennemi ou qui avaient été en contact avec les Occidentaux, aucun n'échappait à la déportation au-delà de l'Oural. En parallèle de cette épuration intérieure, le camarade Staline entreprenait la première étape d'expansion du communisme au reste de l'humanité. L'Albanie, la Bulgarie, la Hongrie, la Pologne, la Roumanie, la Tchécoslovaquie et l'Allemagne de l'Est, toutes libérées de l'infâme joug nazi par les forces soviétiques, vivaient désormais selon la Constitution la plus progressiste jamais instituée. Elles suivaient les mêmes plans quinquennaux ainsi que les mêmes calendriers de collectivisation des exploitations agricoles arrêtés par Moscou et formaient aux avant-postes de leur territoire un glacis protecteur contre les potentielles agressions fascistes ou capitalistes de leurs anciens alliés. Des mouvements contestataires naissaient sur les ruines de l'Europe dévastée par les conflits, mais également en Chine, en Corée, en Indochine, et même en Amérique du Sud. Le camarade Staline avait su prendre le temps d'enraciner profondément le socialisme dans la toundra russe pour que ses branches s'épanouissent ensuite dans l'espace ; et aujourd'hui, la glorieuse Révolution mondiale tant souhaitée par Kolya était en marche. « L'Homme d'Acier » avait réduit à néant les quelques opposants tchèques, envoyant un message dissuasif à quiconque serait tenté de nourrir des velléités dissidentes. Seul le traître Tito avait réussi à défier son autorité et à exfiltrer son pays du monde qu'ils bâtissaient au profit des travailleurs ; nul doute que le « Petit Père des Peuples » effacerait bientôt cette tache de l'Histoire et reléguerait ce rebelle yougoslave dans les geôles de l'oubli éternel.

À l'entrée des généraux instructeurs, les élèves-officiers se mirent au garde-à-vous. Ils furent invités à s'aligner sur la majestueuse estrade recouverte d'un épais drap rouge et la cérémonie commença.

Ivan regardait son fils de bientôt 17 ans avec une admiration mêlée de nostalgie. Grand, sculpté par ses entraînements incessants, les cheveux noirs, les yeux vert d'eau de sa mère, il portait dans ses traits racés la trace de sa filiation biologique avec son grand-père Narychkine. Ivan se souvenait encore des jours où il soulevait sans effort son corps potelé et fragile dans les airs, ses premières enjambées chancelantes où il s'accrochait à sa main noueuse pour ne pas tomber, son rire cristallin et sa petite voix aiguë quand il criait « Papa ! » en se jetant dans ses bras le soir, sa manière d'enrouler ses doigts dans le coin de son drap pour s'endormir ; désormais se tenait devant lui un homme digne et droit, prêt à donner jusqu'à la dernière goutte de son sang pour leur idéal commun. Ivan se réjouissait que, par-delà les années, leur complicité soit demeurée si intacte. L'un de leurs grands jeux depuis l'enfance de Sergueï était de tester la pureté de leurs convictions et de leur engagement communiste.

« Papa, si jamais tu découvrais que j'avais trahi la Révolution, pas grand-chose, juste un petit peu, que ferais-tu ? lui avait demandé Sergueï alors à peine âgé de 9 ans.

— Comme quoi ? Il me faut un exemple concret pour pouvoir juger de la sentence à appliquer.

— Je ne sais pas... Disons... que je ne me serais pas découvert tout de suite devant le tombeau du camarade Lénine ? »

Ivan avait fait mine de réfléchir très sérieusement.

« Eh bien, avait-il répondu en feignant d'ignorer la bonne réponse, je te retirerais discrètement ta chapka et je ne dirais rien à personne ?

— Perdu ! D'après la loi, ne pas dénoncer un traître fait de toi un traître.

— Tu me livrerais aux autorités alors ? »

Sergueï l'avait dévisagé puis, prenant brutalement conscience de ce qu'impliquerait pareil acte de délation, il avait lentement baissé les yeux.

« Il faudrait, mais... Je ne suis pas un bon patriote... avait-il sangloté.

— Bien sûr que si, l'avait rassuré Ivan en le serrant contre lui. Et tu sais pourquoi ? »

Sergueï avait hoché négativement la tête.

« Parce que ton hypothèse de départ est fausse : un aussi bon patriote que toi n'oublierait pas de se découvrir devant le mausolée du camarade Lénine, donc la question ne pourra jamais se poser. »

Le tour de Sergueï arriva. Il reçut son diplôme en dernier, distingué par une mention d'excellence décernée à l'unanimité. Il était affecté au corps du GRU responsable de la coordination du renseignement et des opérations spéciales en Tchécoslovaquie. Les nouveaux officiers de l'URSS se mirent au garde-à-vous et, accompagnés de l'orchestre de l'Académie ainsi que d'une assistance debout en l'honneur des futurs héros de la Mère Patrie, tous chantèrent avec ferveur l'hymne national soviétique avant de se retrouver autour d'un buffet.

Ivan rejoignit Sergueï et l'embrassa avec toute la force et toute la retenue qui seyaient à la situation.

« Je suis si fier de toi, mon grand. Aucun père au monde ne peut être aussi fier de son fils que moi.

— Merci, papa. »

Sergueï désigna un groupe de sa promotion.

« On va dans une taverne avec des camarades, tu veux te joindre à nous ? demanda-t-il.

— Je préfère vous laisser entre vous, répondit Ivan. Vous serez mieux sans ton vieux père dans les pattes.

— Tu n'es pas vieux, même si tu atteins bientôt le demi-siècle et appartiens donc à l'époque tsariste ! »

Ils rirent.

« Merci d'avoir été là, lui dit Sergueï.

— En bon vieillard tsariste, je n'aurai pas manqué ton couronnement pour un empire ! »

Ils rirent de nouveau.

« Amusez-vous bien », dit Ivan.

Il passa affectueusement la main sur les cheveux de son fils comme lorsqu'il était enfant et s'éloigna pour partir.

« Papa ? »

Ivan se ravisa.

« Tu n'oublies rien ? »

Ivan revint sur ses pas.

« Que veux-tu, c'est le demi-siècle qui s'abat sur moi ! »

Ils montèrent sur l'estrade et se placèrent sous les portraits des camarades Lénine et Staline pour la photographie rituelle.

« Ça fera un beau souvenir pour ta mère, dit Ivan. Elle aurait tellement aimé être là.

— Peut-on avoir des souvenirs sans vivre les moments qui les constituent ? », dit Sergueï en enroulant son bras autour des épaules de son père.

Ivan se tourna vers lui.

« C'est toi qui m'as éduqué dans le matérialisme dialectique », lui dit Sergueï avec un clin d'œil et un demi-sourire complices.

L'instant immortalisé, Ivan embrassa encore son fils puis retourna à la Loubianka. Il vérifia une liste d'ouvriers qualifiés en partance pour le Borlag, le nouveau camp dédié à l'extraction de l'uranium de « la gorge de marbre » qu'il avait mis sur pied sur ordre de Beria, et donna son aval pour leur départ immédiat. Là aussi, le camarade Staline prenait le cours de l'Histoire au collet. L'Institut panrusse de recherche scientifique en physique expérimentale rassemblait les meilleurs physiciens des républiques soviétiques, le réacteur nucléaire F-1 tournait à pleines turbines et le complexe nucléaire de Maïak était enfin opérationnel. Bientôt, l'URSS aurait la bombe.

En rentrant chez lui, Ivan fit un détour par la place Rouge et resta un long moment auprès du mausolée du camarade Lénine. La relève patriotique était assurée. Avec des hommes comme Sergueï, des hommes nouveaux, le triomphe de la Révolution était inéluctable. Pour la première fois depuis bien longtemps, il se sentait pleinement heureux.

3

En reprenant connaissance, Alexeï sentit tout d'abord la douleur sur sa nuque et sous son crâne. Il feignit d'être toujours inconscient pour scruter l'espace environnant avec ses autres sens. Il était assis dans sa cuisine, les poignets attachés derrière le dossier de sa chaise. Aucune odeur ni aucun bruit ne trahissaient la présence de son agresseur, encore moins son identité. Il ouvrit les yeux et les plissa aussitôt sous l'effet aveuglant de la lumière braquée sur lui. « Russe », pensa-t-il.

Lorsque sa vue se fut acclimatée, il parvint à distinguer une silhouette de femme derrière la lampe pointée sur lui.

« Natalia, j'ai subi des mois et des mois ce genre d'interrogatoire. Si tu veux des réponses rapides, éteins. »

L'ombre qu'il percevait à l'autre extrémité de la table demeurait immobile.

« Tu sais, dit Alexeï, j'ai toute la nuit. En revanche, toi…

— Où sont les documents de Fuchs ?

— Éteins, et je te dirai tout ce que tu veux savoir.

— Où sont-ils ? cria Natalia.

— Tu vas faire quoi, rugit Alexeï, me torturer comme à la Loubianka ? »

Bien qu'il ne pût discerner ses traits, il sentait qu'elle le fixait avec fureur.

« Regarde où on en est arrivé, dit-il avec dépit. D'autant que je ne suis pas ton ennemi, pas cette fois-ci. Au contraire. »

Natalia ne réagit pas. Le contour obscur de son corps bougea et elle éteignit.

« Merci.

— Où ? insista Natalia.

— Ma veste dans l'entrée, poche extérieure droite. »

Natalia le considéra avec une expression incrédule.

« Je ne vais pas m'enfuir par le jardin », ironisa Alexeï en faisant claquer les pieds de sa chaise contre le sol.

Après quelques secondes d'hésitation, Natalia s'éclipsa et revint avec un briquet. Elle le tint ostensiblement en l'air et attendit.

« Dessous, la vis arrière. »

Elle dégaina son poignard de sa botte et, après avoir découvert une petite cavité circulaire, retira le film finement enroulé sur lui-même.

« Tout y est, commenta Alexeï avant d'ajouter : cette mise en scène est-elle vraiment nécessaire ? »

Ils se dévisagèrent. Natalia se posta dans son dos, trancha ses liens et reprit place en face de lui.

« Fuchs est sous surveillance permanente, expliqua Alexeï. Les Américains ont cassé vos codes de transmission utilisés pendant la guerre, son nom est apparu dans certaines transcriptions de vos communications chiffrées, ce n'est plus qu'une question de temps avant qu'ils ne trouvent des preuves suffisantes pour l'arrêter. J'ai mis au point avec lui un système pour que ses renseignements continuent de vous parvenir tant qu'il n'est pas en prison. D'ici là, espérons que la Russie réussisse.

— L'URSS.

— Changer un nom ne modifie ni la réalité d'un pays ni la nature d'un peuple. Et la Russie sera toujours russe avant d'être soviétique. »

Il se leva.

« Je prends juste à boire. »

Il ouvrit le congélateur, sortit une bouteille de vodka, attrapa deux verres, les remplit et posa celui de Natalia à proximité d'elle. Il se rassit.

« *Za vaché zdarovié!* », scanda-t-il.

Il but d'un trait. Natalia fit de même sans prononcer un mot.

« Ça te va bien aussi, les cheveux roux, dit Alexeï. Blonde en Allemagne, rousse en Angleterre… un peu cliché mais efficace pour se fondre dans la masse.

— Qu'est-ce qui t'a poussé à changer d'avis ? l'interrogea Natalia.

— Oh, trois fois rien. Je me suis réveillé un beau matin, j'ai vu les conséquences de Hiroshima et de Nagasaki et je me suis dit : tiens, ce serait tellement bien si les États-Unis bombardaient d'autres peuples innocents, à commencer par le mien. »

Il tira des cigarettes de la poche de son pantalon et les fit glisser sur la table. Natalia en alluma une et lui retourna le paquet de la même manière avec le briquet. Alexeï en prit une à son tour et expira lentement la fumée.

« Je croyais que tu n'étais plus russe ? lui dit Natalia.

— Il faut croire que si, rétorqua Alexeï en s'emparant de la vodka avant de se resservir. Pour autant, je ne suis pas soviétique.

— Alors pour quelles raisons trahis-tu ta patrie d'adoption ?

— Est-ce vraiment trahir que de tenter de prévenir un autre désastre nucléaire ? »

Ils restèrent un instant silencieux. Natalia tendit son verre dans sa direction. Alexeï saisit la bouteille, s'installa à côté d'elle et accéda à sa requête.

« Qu'est-ce que tu vas faire ? la questionna-t-il.

— À propos de quoi ?

— Quand la Russie – pardon, l'URSS – aura la bombe ?

— Je ferai ce que j'ai toujours fait. »

Alexeï liquida sa vodka.

« Tu ne doutes jamais ? Tu ne t'es pas dit un jour : pourquoi vouloir donner à tout prix une telle arme à un monstre comme Staline ?

— Tu sais bien pourquoi. Et puis je ne la veux pas pour Staline, je la veux pour mon peuple.

— Sur ce sujet, nous sommes d'accord, la preuve. Mais pour le reste ? Pas une seule fois tu ne t'es demandé : est-ce que je ne me suis pas trompée de combat ? »

Natalia but d'un trait.

« Tu as les lettres ? »

Alexeï la fixa.

« Tu veux, vraiment ? »

Natalia confirma de la tête. Alexeï monta dans sa chambre et redescendit avec la pochette de cuir à lacets.

« Je serai au salon. »

Il s'eclipsa et patienta dans un Chesterfield. Quand elle eut fini, Natalia le rejoignit. Une aube pâle et grise perlait sur les carreaux des fenêtres.

« Tu ne peux pas rester là-bas », lui dit Alexeï.

Natalia restait pétrifiée, de fines larmes coulaient malgré elle sur ses joues livides.

« Natalia, même si la dialectique marxiste exige de dépasser les données premières de la Nature, Ivan reste ton demi-frère. »

Son corps oscillait imperceptiblement sur son axe, elle se cognait à l'intérieur d'elle-même, l'œil fixe et vide.

Alexeï se leva et la prit dans ses bras. Elle s'agrippa à lui avec une rage gorgée de désespoir en ravalant ses sanglots.

« J'ai assez d'argent pour vivre à deux jusqu'à la fin de nos jours. Et même à trois. »

Ils restèrent un long moment enlacés. Natalia s'arracha à son étreinte et fit quelques pas désœuvrés dans la pièce.

« Passer à l'Ouest et renier mon pays ? balbutia-t-elle la voix étranglée par des éclats de larmes.

— Passer à l'Ouest et vivre. Je ne te parle pas d'être heureux, nous autres Russes en sommes incapables, mais vivre. Essayer en tout cas. »

Natalia contemplait la fine bruine troubler les lignes des façades et de la rue en dégoulinant sur les vitres.

« Comment ferais-je sans la neige ?

— Il neige dans beaucoup d'autres endroits du monde. »

Natalia se tordait les mains.

« Je ne sais pas, Aliocha, je ne sais plus. »

Alexeï l'observa dans le contre-jour de ce matin triste.

« Je vais faire du thé, tu en voudras ?

— *Da, spassiva.* »

Alexeï se dirigea vers la cuisine.

« Les Anglais font un thé russe qui n'a rien de russe… »

Alors qu'il versait l'eau chaude dans la théière, un cliquètement attira son attention. Il reposa la casserole et gagna le vestibule. Natalia était partie.

4

Face au miroir, Natalia se pencha au-dessus du lavabo et appliqua du rouge sur ses lèvres. Elle lisait l'érosion des années dans les ridules qui creusaient un éventail de stries fines à la commissure de ses yeux, plus accentuées lorsqu'elle souriait, et qui en craquelaient çà et là le contour telle une terre de plus en plus aride. La peau de son visage s'affaissait légèrement et perdait en élasticité, à l'image de son corps tout entier. À bientôt 50 ans, et bien qu'elle se sentît en pleine possession de ses capacités physiques et intellectuelles, elle éprouvait l'étrange sensation d'évoluer dans un sas transitoire reliant deux périodes temporelles aux mouvements existentiels contraires, l'un ascendant, l'autre descendant, comme si elle se fût tenue sur la cime escarpée d'une montagne d'où elle pouvait apercevoir simultanément la face ensoleillée de ce qu'elle avait été et celle ombragée dans laquelle elle s'enfonçait.

Elle se redressa, fit bouffer ses longs cheveux qu'elle avait conservés roux pour l'occasion, épousseta son uniforme, vérifia l'effet de sa personne dans son reflet et quitta les toilettes de la Loubianka. Sur son passage, les gardes se mettaient au garde-à-vous avec des gestes à la limite de la grandiloquence.

En sortant du bâtiment, elle traversa la grande place illuminée et s'engouffra d'un pas rapide dans les rues alentour. Plongée dans la nuit moscovite et drapée dans son manteau blanc d'hiver, la capitale de l'URSS offrait peu de différences avec les villes occidentales qu'elle connaissait. Les chaussées étaient larges et dégagées, les façades des immeubles, malgré quelques-unes à la tessiture terne tirant sur l'anthracite, égrenaient un chatoyant contraste de couleurs vives et pastel synonyme de prospérité. Qui pouvait se douter que, de l'autre côté de ces murs, des hommes et des femmes peinaient à se nourrir correctement tant la production des biens de consommation de première nécessité continuait d'être sacrifiée au profit d'une industrie lourde et militaire massive ? Pendant combien de décennies le peuple russe allait-il encore devoir supporter ces privations pour voir enfin se lever l'aube chantante que le « Grand Soir » leur avait promise ?

Natalia arriva sur la place Rouge. Devant l'arc-en-ciel de la cathédrale Saint-Basile-le-Bienheureux coiffée de ses bulbes bicolores sculptés, l'harmonie rougeoyante du Musée historique d'État et la majestuosité diaphane du Kremlin surplombé par les dorures de sa toiture vert d'eau, elle éprouva un sentiment de solennité écrasante où se déployaient la force et la profondeur grandioses du passé de la Russie d'avant l'ère soviétique. Au milieu de ces édifices défiant fièrement le cours inexorable du temps, le mausolée de Lénine, avec sa structure rectangulaire anguleuse, faisait figure d'épiphénomène verruqueux et de scorie infectieuse de l'histoire des hommes.

Natalia se présenta à l'entrée du Kremlin, où les sentinelles la gratifièrent également de saluts emphatiques. Tandis qu'on l'escortait à l'intérieur de cet ancien palais des tsars, à chaque salle qu'elle traversait et chaque escalier qu'elle gravissait, elle fut de nouveau saisie par la richesse et la somptuosité des siècles révolus.

On l'arrêta devant une porte à la marqueterie délicatement ouvragée. Les battants s'ouvrirent et elle entra sous des applaudissements qui, bien que fournis et pleins d'une vive ferveur, se perdaient avec une timidité manifeste dans l'immensité et le faste de la pièce. Un prestigieux parterre de dignitaires du Parti et de membres du gouvernement était rassemblé en son honneur : Molotov, Malenkov, Jdanov, Mikoïan, Vorochilov, Andreïev, Khrouchtchev, Kaganovitch, Boulganine, Beria, Krouglov, Abakounov, Ignatiev. Parmi eux se tenaient Ivan et Sergueï ainsi que l'oncle Pavel et la tante Valia, vêtus en grande pompe pour l'événement. Au centre, affichant le masque d'une physionomie joviale et détendue, se dressait Staline. Accompagné de Beria, le « Petit Père des Peuples » l'accueillit en personne et lui donna la première accolade chaleureuse d'une longue série. Tous se regroupèrent en demi-cercle autour d'eux, et la cérémonie débuta.

« Chers camarades, commença Beria, c'est un grand jour que celui qui nous réunit en cet instant pour honorer notre camarade Natalia Antonova Lishenko. »

Natalia regardait cette assistance qui aurait fait trembler d'admiration et d'effroi n'importe quel citoyen soviétique avec une étonnante impression d'étrangeté et d'absence à elle-même. Elle se voyait écouter, telle une automate, les lauriers qui lui étaient tressés et qui lui semblaient décernés à quelqu'un d'autre qu'elle.

« Il est impossible de dresser ici la liste exhaustive des faits d'armes héroïques de notre camarade Lishenko ici présente. D'abord parce que, après plus de trente années de dévouement au service de notre glorieuse Révolution, ils sont trop nombreux. Ensuite parce que, eu égard à leur nature relevant de la sécurité de l'État, il m'est impossible de vous les dévoiler sans vous condamner immédiatement à la déportation ou au peloton d'exécution ! »

Les invités rirent de bon cœur à ce trait d'esprit tchékiste.

« Exception faite bien évidemment, ajouta Beria, de notre camarade Staline, qui les connaît tous. »

L'attention de Natalia s'arrêta sur Ivan et Sergueï qui la considéraient avec des yeux émerveillés et emplis de fierté. Sanglé dans son uniforme de l'Armée rouge, son fils lui renvoyait l'image d'un être dont elle ne savait en définitive que peu de choses tant ses absences liées à ses fonctions l'avaient conduite à ignorer jusqu'à l'enfant qu'il avait été. Elle fouillait dans ses traits le moindre détail susceptible de trahir la réalité de son ascendance paternelle, mais elle constatait que les seuls éléments saillants relevant de sa filiation inavouable rappelaient la physionomie de son grand-père, Vladimir Piotrovitch Narychkine, et ne pouvaient en aucun cas être directement attribués à Alexeï qui en portaient lui aussi l'empreinte.

« Au cours de ses nombreuses interventions en terres hostiles, notre camarade Lishenko a, au péril de sa vie, fortement contribué à défendre notre Mère Patrie, lui permettant ainsi de poursuivre sereinement ses transformations vers son accomplissement socialiste et l'avènement de la société sans classes. »

En détaillant le visage d'Ivan, elle retrouvait également les traces de la lignée Narychkine, maternelles cette fois. Cependant, la légère calvitie qui rongeait ses tempes ainsi que la manière dont son corps et ses membres s'étaient densifiés au fil des années témoignaient, pour qui se souvenait de la stature d'Anton, du lien secret et coupable unissant son époux à son père. Cette évidence serrait l'estomac de Natalia et lui donnait par reflux de légers haut-le-cœur. Comment allait-elle réussir à continuer de vivre avec cet homme maintenant qu'elle connaissait la réalité poisseuse de leur intimité contre nature et qu'elle n'aurait probablement plus l'échappatoire de ses missions à l'étranger pour la sauver du partage routinier d'un quotidien auquel ni l'un ni l'autre n'était habitué ?

« Pourtant, ce n'est pas pour rendre hommage au long et illustre palmarès de notre camarade Lishenko que je m'adresse à vous aujourd'hui, mais afin de lui témoigner l'infinie reconnaissance de la patrie tout entière pour son rôle décisif et ses actions récentes de renseignement qui ont permis à notre pays de devenir une puissance nucléaire capable de défier désormais jusqu'à notre plus grand ennemi, suppôt de l'impérialisme capitaliste et bourgeois par excellence, les États-Unis d'Amérique ! »

Les applaudissements retentirent avec exaltation. En effet, quelques semaines auparavant dans les steppes du Kazakhstan, l'URSS avait procédé avec succès à l'explosion de *Premier Éclair*, une bombe atomique d'une puissance de 22 kilotonnes signant l'entrée de l'ancien Empire des tsars dans l'ère de la course aux armements avec les Américains.

Staline s'avança vers Natalia. Un silence total se fit.

« Camarade Lishenko, au nom de notre glorieuse Révolution, j'ai l'honneur de te décorer de l'ordre de l'Étoile rouge et de t'élever ainsi au rang des héros de la nation soviétique et de tous les peuples libres du monde. »

Il accrocha l'insigne au revers de l'uniforme de Natalia et l'embrassa avec chaleur.

« Tu m'as offert le plus beau cadeau possible pour mes 70 ans », lui glissa Staline en la tenant fermement par les épaules.

Les applaudissements éclatèrent de nouveau avec une ardeur redoublée. Staline leva la main pour exiger le calme.

« Chers camarades, la contribution de notre camarade Lishenko à l'édification du socialisme mondial est un exemple pour nous tous, même si nous n'oublions pas les insubordinations dont elle a pu se rendre coupable dans sa jeunesse tumultueuse. »

L'assemblée rit.

« Considérant qu'il serait un crime de priver la lutte pour la liberté qui est la nôtre d'un serviteur aussi précieux, j'annonce nommer notre camarade Lishenko responsable de la coordination avec Moscou de l'ensemble des services de renseignement de nos Républiques sœurs d'Europe de l'Est. Hourra ! »

Tous scandèrent à plusieurs reprises des « Hourra ! » tonitruants avant d'applaudir à tout rompre.

Natalia balaya des yeux la foule présente en souriant. Elle repartirait bientôt, souvent, longtemps. Elle était sauvée.

5

Ivan referma un dossier et alluma une cigarette avec un air préoccupé. Pourtant, les événements poursuivaient leur marche vers l'achèvement de la Révolution socialiste. Si le camarade Staline avait dû céder face aux pressions américaines pour évacuer les forces soviétiques d'Iran et lever le blocus de Berlin, la réussite de leur bombe atomique redéfinissait avantageusement la position de l'URSS sur la scène géopolitique internationale. Sur le front intérieur, les agitateurs dissidents des républiques démocratiques d'Europe de l'Est avaient été jugés dans le cadre de grands procès publics avant d'être exécutés pour l'exemple, et les tentatives de soulèvement des détenus du camp de la Kolyma avaient été réprimées avec une fermeté tchékiste. De prime abord, donc, le matérialisme historique continuait d'accomplir son travail dialectique d'élévation de l'humanité. Et cependant, Ivan ne pouvait s'empêcher de sentir d'étranges mouvements souterrains dont le sens lui échappait. Beria avait été promu à la coordination des services liés à la Sûreté de l'État et distingué par le titre symbolique de vice-Premier ministre ; mais il avait également été démis de la direction générale du MVD, successeur du NKVD, qui avait été transféré au Kominform dirigé par Molotov ; Krouglov avait pris les rênes des Affaires étrangères et Ignatiev celles du ministère de la Sécurité d'État. Ces changements en apparence glorieux pour Beria avaient pour conséquences réelles son éloignement du centre de décision du pouvoir et de ses leviers d'action effectifs. D'une manière insidieuse, un remaniement en profondeur de l'appareil étatique communiste était en cours.

Ivan regarda sa montre, écrasa sa cigarette et se leva pour rejoindre Sergueï, en permission quelques jours à Moscou. Seul son fils était capable de le faire s'absenter de la Loubianka le temps d'un déjeuner d'ordre personnel.

Alors qu'il allait enfiler sa *chouba*, on frappa à la porte.

« Entrez ! »

Un garde le salua.

« Camarade Narychkine, le camarade Ignatiev te demande dans son bureau.

— Je viens camarade. »

Son manteau sous le bras, il se rendit auprès de Semion Denissovitch Ignatiev. Par son ascension, ce fils de moujik au physique massif et au caractère faussement bonhomme incarnait à la perfection l'abolition de la malédiction de la naissance accomplie par leur glorieuse Révolution.

« Camarade Narychkine, l'accueillit-il, je t'en prie, prends place. »

Ivan s'assit en face de lui.

« Merci camarade, commença Ignatiev, d'être venu malgré le rendez-vous que tu as avec ton fils. Sois rassuré, je ne serai pas long. »

Ivan le considéra avec surprise.

« Ah, expliqua Ignatiev en souriant, quel ministre de la Sécurité serais-je si j'ignorais les secrets de mes propres agents ? »

Ivan lui sourit en retour.

« Je t'écoute, camarade, lui dit Ivan.

— Tu n'ignores pas que l'alliance d'Israël avec les États-Unis a laissé une saveur amère au camarade Staline. Comment pourrait-il en être autrement, lui qui a tant œuvré pour la création de cet État destiné aux juifs et soutenu leurs revendications contre les protestations véhémentes des tribus palestiniennes ?

— Je suis au courant de ce malheureux revirement, et je comprends les sentiments du camarade Staline à ce sujet.

— Je n'en attendais pas moins de toi, camarade Narychkine. Cela étant, le camarade Staline respecte le principe d'autodétermination des peuples et, par conséquent, la décision souveraine des Israéliens, même si elle constitue une profonde blessure dans son grand cœur de défenseur des nations libres. Ce qui le préoccupe, en revanche, c'est le "cosmopolitisme" potentiel des juifs de notre pays à la suite de ce retournement de situation. Pour prévenir toute hémorragie au sein de notre population et toute tentation d'acte délictueux de la part d'agitateurs juifs à la solde des puissances capitalistes, le camarade Staline a décidé de leur demander de choisir clairement entre leur judéité et leur citoyenneté soviétique. Tous ceux qui ne feront pas le choix que nous attendons d'eux devront être déportés ou exécutés. »

Face à cette nouvelle directive, l'image de Józef le serrant contre lui de ses bras si faibles et amaigris au camp d'Auschwitz-Birkenau surgit dans la conscience d'Ivan.

« Un problème, camarade Narychkine ? », lui demanda Ignatiev devant son absence de réaction.

Ivan cligna des yeux.

« Camarade, ces mesures ne risquent-elles pas d'aboutir au contraire de l'effet recherché ? Le peuple juif a payé un lourd tribut à la barbarie nazie, des méthodes plus douces pour nous assurer de leur fidélité à nos idéaux ne seraient-elles pas plus judicieuses ? »

Ignatiev posa les avant-bras sur son bureau.

« Camarade Narychkine, remettrais-tu en doute la pertinence des avis du camarade Staline ? »

Ivan se redressa.

« Aucunement, camarade.

— Bien, j'avais craint un instant le contraire. »

Il fixa longuement Ivan.

« Autre chose, camarade Narychkine. Tu n'ignores pas que de nombreux médecins des membres du Politburo sont juifs. Au regard de ce que nous venons d'évoquer, il serait bienvenu de les surveiller de près et de tenir à jour un dossier circonstancié les concernant. Tu seras d'accord avec moi qu'il serait extrêmement fâcheux que l'un d'eux attente à la vie de l'un des membres du Parti ? »

Ivan acquiesça.

« Le camarade Beria les avait déjà minutieusement passés au crible, dit-il, mais je reprendrai leur surveillance avec une attention particulière.

— Le camarade Beria... commenta Ignatiev avec un geste évasif et un demi-sourire méprisant. Savais-tu que sa mère était femme de ménage chez de riches propriétaires juifs avant la Révolution et qu'il serait peut-être le fruit d'un adultère ancillaire, et donc lui-même juif ?

— Je l'ignorais, camarade.

— Raison de plus pour redoubler de vigilance, car qui peut aujourd'hui nous garantir la fiabilité réelle de ces médecins s'ils ont été nommés à leur fonction par l'un des leurs ? »

Ivan sortit de la Loubianka avec un désagréable goût de cendre froide au fond de la gorge. Il ne comprenait pas le tournant antisémite que le camarade Staline semblait décidé à donner à la Révolution. S'engager dans de nouveaux massacres de ce peuple après ceux perpétrés par les nazis lui apparaissait comme une grave erreur de jugement sur le plan éthique et historique. Avec ce qu'il avait découvert à Auschwitz et le souvenir de Józef qui restait si profondément gravé dans sa mémoire, il refusait d'être l'artisan de telles atrocités.

Il retrouva Sergueï dans le restaurant où ils avaient rendez-vous. La joie de voir son fils et d'écouter le récit de ses premiers pas en Hongrie en tant qu'officier du GRU lui fit brièvement oublier les questions et les doutes qui l'assaillaient.

« J'ai rarement vu des filles aussi belles qu'à Budapest ! », s'enthousiasmait Sergueï.

Ivan repensait à sa conversation avec Ignatiev et à Józef.

« Papa, tu m'écoutes ? », lui demanda Sergueï.

Ivan se ressaisit.

« Oui, mon grand, bien sûr que je t'écoute, les filles de Budapest...

— Papa, qu'est-ce qu'il y a ? Tu as l'air préoccupé.

— Ce n'est rien, mon grand, ce n'est rien. Juste quelque chose qui... »

Il n'acheva pas.

« Je peux t'aider ? lui proposa son fils.

— Non, répondit Ivan, ou plutôt si, se reprit-il aussitôt. Je ne peux pas entrer dans les détails du problème car le sujet relève de la sûreté de l'État. Disons que, avec la réaffectation de certains de nos cadres dirigeants, j'ai pour la première fois l'impression que de mauvaises décisions pourraient être prises.

— Perdu ! s'exclama Sergueï reprenant avec un air facétieux leur jeu d'autrefois.

— Tu penses que je me trompe et qu'il faut me dénoncer ? l'interrogea Ivan avec une expression complice pour masquer la réalité de son tourment intérieur.

— Non, il n'y a pas meilleur citoyen soviétique que toi. Cependant, faire confiance au Parti n'exclut pas l'usage de son libre arbitre, à condition, bien sûr, de l'exercer à son profit et non à ses dépens. Laisse le temps aux événements de déployer leurs conséquences, et tu en comprendras alors la logique dialectique que tu ne perçois pas encore. Ça arrive même aux meilleurs, la preuve ! »

Ivan sourit à son fils.

« Tu as raison. Je dois être fatigué, lui répondit-il en passant sa main sur les cheveux de Sergueï comme lorsqu'il était enfant. Donc, les filles… »

Ivan s'abandonna à la jovialité communicative de son fils pour ne pas gâcher les minutes précieuses passées avec lui ni entailler la foi dans la Révolution qu'il lui avait inculquée.

Mais sur le chemin qui le ramenait à la Loubianka, il continuait de se débattre contre lui-même. Il avait beau envisager la question sous tous ses angles, il se heurtait sans cesse à une antinomie insoluble. Même si le Parti avait toujours raison, il ne laisserait pas se mettre en place un nouveau génocide juif, dût-il payer le prix fort pour son insubordination.

6

Natalia raccompagna Markus Wolf jusqu'à la porte du bureau mis à sa disposition. Ils échangèrent une poignée de main sobre et se séparèrent.

Natalia déambula dans la pièce. D'ici quelques années, cet agent ferait un excellent directeur de l'Hauptverwaltung Aufklärung, les services de renseignement extérieurs est-allemands. Né dans une famille d'intellectuels juifs – père médecin et romancier, frère cinéaste – qui avait fui l'Allemagne après l'accession d'Hitler au pouvoir, il avait successivement vécu en Suisse, en France et en URSS avant de revenir à la Libération sur son sol natal sous l'uniforme de l'Armée rouge. Bel homme, racé et cultivé, les traits étonnamment slaves pour un Allemand, il concevait ses activités comme un art de la dissimulation et de l'escamotage, privilégiant la manipulation psychologique à la puissance technologique. Son idée maîtresse tenait en une déclinaison subtile du système classique des « hirondelles » soviétiques, ces espionnes qui couchaient avec leur cible pour leur soutirer des documents confidentiels sous l'oreiller ou les faire chanter *post-coïtum*, mais au masculin : les « Roméo ». Pour lui, dans un contexte de méfiance généralisée entre l'Est et l'Ouest, les hommes politiques, les ambassadeurs, les diplomates, les industriels et autres Occidentaux susceptibles de détenir des informations d'importance s'avéraient de plus en plus difficiles à atteindre directement ; en revanche, leurs secrétaires ou leurs assistantes, si elles étaient célibataires et âgées de plus de 25 ans, constituaient par leur désespoir affectif des proies faciles à tromper et à influencer. Wolf préconisait même de pousser le jeu de dupes jusqu'au mariage et aux enfants, afin de les inféoder plus profondément à celui qui abusait de leur sentimentalisme naïf. L'originalité et l'efficacité de la démarche tenaient à ce que la source finisse par « épouser » l'amour de sa vie en même temps que sa cause, et donc qu'elle collabore de son plein gré et non sous une quelconque contrainte. « Une méthode douce et civilisée », avait conclu Markus Wolf avec un sourire enjôleur.

Natalia s'immobilisa devant une fenêtre et le vit sortir sur le trottoir en dessous d'elle. Elle l'observa s'éloigner de son pas chaloupé, retourna s'asseoir, mit son dossier de côté et en ouvrit un autre. Son regard se figea et elle l'écarta avec un geste de dégoût. Elle en ouvrit un nouveau qu'elle évinça de la même façon ainsi que le suivant. Elle parcourut brièvement la pile qui lui restait à viser. Son visage se ferma. Elle décrocha le téléphone et appela la Loubianka.

« Camarade Lishenko à l'appareil, matricule 7748UK529A, nom de code Ivana.

— Que puis-je pour toi, camarade ?

— J'ai besoin que tu vérifies dans nos archives les antécédents politiques de trois de nos agents berlinois.

— Je t'écoute.

— Siegfried Müller, Jörgen Bauer, Ludwig Becker.

— Autre chose, camarade ?

— Non, merci camarade. Si la confirmation vaut pour ces trois-là, alors elle vaut pour le reste.

— Très bien, camarade, tu auras les éléments dans l'heure. »

Elle raccrocha. Elle ne pouvait pas croire que son pays autorisait de tels agissements. Elle attrapa un carton et, en attendant le retour de Moscou, elle se plongea dans les fiches descriptives des agents du Bundesnachrichtendienst, les services des renseignements extérieurs ouest-allemands, leurs adversaires. En parcourant l'une d'elles, elle ne put s'empêcher de sourire : Andreas von Metternich.

Passé l'amusement de la surprise, elle redevint grave. Qu'Andreas se retrouvât aujourd'hui face à elle résumait mieux que tous les rapports la position géostratégique clef qu'occupait Berlin dans la lutte entre le communisme et le capitalisme. Désormais divisée en deux États constitués distincts, la RFA pour l'Ouest et la RDA pour l'Est, chacun doté de leur monnaie propre, l'ancienne capitale du Reich s'était transformée en un territoire à hauts risques pour le devenir de l'URSS. Les habitants pouvant en effet circuler d'une zone d'influence à l'autre, d'une société à l'autre, presque d'une civilisation à l'autre en seulement quelques stations de métro, la ville représentait un point de fuite pour quiconque désirait quitter la sphère soviétique. Cette porosité préoccupait d'autant plus le Kremlin que des dizaines et des dizaines de milliers d'Allemands de la RDA, séduits par le mode vie occidental et ses perspectives d'aisance bourgeoise, avaient déjà émigré en RFA, que l'hémorragie ne cessait de croître et commençait à s'étendre aux ressortissants des républiques de l'Est auxquels il suffisait de venir ici pour changer de camp sans être inquiétés. Mais pouvait-on les blâmer de vouloir vivre différemment ? Pouvait-on réellement les condamner d'aspirer à plus de confort et moins de privations ? Et surtout, avait-on le droit de leur imposer un modèle d'organisation sociale qu'ils n'avaient pas choisi ?

Natalia tourna la tête et fixa la carte de l'Europe accrochée à sa droite sur le mur. Avant d'arriver à Berlin, elle s'était rendue dans chacun des pays frères de l'URSS. Que ce soit en Albanie, en Bulgarie, en Hongrie, en Pologne, en Roumanie, en Tchécoslovaquie, le constat s'était partout imposé à elle d'une manière implacable : mêmes plans quinquennaux privilégiant la production industrielle lourde aux dépens des biens de consommation de première nécessité et entraînant les mêmes pénuries, même collectivisation forcée des terres et mêmes réquisitions des denrées agricoles engendrant les mêmes famines, même verticalité du Parti, même propagande de l'avènement du bonheur universel, même répression des dissidents et des citoyens, mêmes populations terrorisées. Depuis plus de vingt ans, la même politique produisait les mêmes effets, contraires à ceux qu'elle prétendait accomplir. Et si Alexeï avait raison ? Et si elle s'était trompée de combat ? Et si leur « glorieuse Révolution » n'était qu'une chimère, un horizon inatteignable par essence puisque, plus on avance dans sa direction, plus il s'éloigne ? Pire : et si elle avait simplement contribué à remplacer une domination par une autre encore plus funeste que la précédente pour le genre humain, où l'espoir d'une société sans classes et d'un monde meilleur n'était qu'un nouvel « opium du peuple » aussi mensonger et illusoire que les arrière-mondes paradisiaques promis par les religions ?

Le téléphone sonna.

« Identification, camarade.

— Camarade Lishenko, matricule 7748UK529A, nom de code Ivana.

— Voici les informations que tu avais demandées. »

Natalia écouta attentivement, remercia son interlocuteur et raccrocha. Ce qu'elle ne voulait pas croire se trouvait bel et bien confirmé : l'URSS, sa Mère Patrie, avait autorisé le recrutement d'anciens nazis de la Wehrmacht, de l'Abwehr, de la Gestapo et de la Waffen-SS dans les rangs des services secrets est-allemands.

Elle resta un long moment interdite, immobile, les yeux dans le vide. Revenant brusquement à elle, elle prit le dossier de Wolf et le mit au sommet de la pile des personnes à retenir pour diriger l'Hauptverwaltung Aufklärung. Au regard de ses origines juives, elle entendait bien obtenir sa nomination afin d'éradiquer cette reconversion des criminels nazis qui ne méritaient rien d'autre qu'une balle dans la nuque.

7

Alexeï vérifia qu'il n'avait rien oublié et boucla sa valise. Il regarda une dernière fois par les baies vitrées, enfila son manteau, descendit s'acquitter de son séjour à la réception, demanda un taxi pour l'aéroport et quitta le Waldorf Astoria.

Quelques mois après avoir revêtu ses habits de Premier ministre, Churchill l'avait mandé à Downing Street.

« Mon cher Alexeï, lui avait-il dit en se servant un whisky entre deux bouffées de cigare, j'en ai assez que nous pataugions comme des *French frogs* dans les méandres gazeux de l'atome – je me suis toujours méfié de tout ce qui était gazeux, à commencer par l'eau. J'ai donc pensé à vous pour tenter une approche tactique de Robert Oppenheimer, le responsable historique du projet Manhattan. Il a été plus ou moins communiste par le passé, ou du moins pacifiste ; vous êtes russe, cela peut servir au besoin. Trouvez-le, amadouez-le, soudoyez-le, soûlez-le à la vodka, mais qu'il vous donne des éléments utiles pour que nous ayons enfin cette *goddamn bomb* ! »

Alexeï n'était pas revenu à New York depuis la crise de 1929. Pris dans les bouchons à Time Square, il constatait une fois encore à quel point la ville et l'Amérique s'étaient transformées à une vitesse stupéfiante en à peine plus de vingt ans. À chaque coin de rue se déployait fièrement l'émergence d'une société de consommation et de loisirs vendue comme l'incarnation terrestre de l'Eldorado, éden que seuls le libéralisme et le capitalisme de l'Oncle Sam étaient capables d'offrir au reste de l'humanité. La possession et l'usage des voitures s'étaient démocratisés, de même que ceux du téléphone, du réfrigérateur et des robots ménagers ; le cinéma hollywoodien vantait les vertus du « rêve américain » et contribuait, comme la musique et la littérature, à diffuser outre-Atlantique les valeurs consuméristes de l'*American way of life* à grand renfort d'exportations de cigarettes de cow-boy, de chewing-gums, de blue-jeans et de crédits généralisés. Derrière cette façade publicitaire sur papier glacé, souriante et accueillante, ce pays de tous les possibles, ouvert à quiconque voulait s'élever au-dessus de sa propre condition par sa volonté, s'enrichir par son travail et contribuer ainsi à renforcer le mythique *Land of opportunity*, avait engagé une guerre intérieure draconienne contre tout risque de contamination des esprits par le virus rougeoyant du marxisme. Les époux Rosenberg, mis en cause dans les fuites du projet Manhattan au profit des Soviétiques et de l'acquisition de leur bombe atomique, avaient été condamnés à mort ; le sénateur McCarthy menait depuis maintenant plusieurs années une véritable croisade contre l'idéologie communiste par le biais de vastes enquêtes publiques traquant fonctionnaires fédéraux, scientifiques, cinéastes, artistes, et même militaires, tous suspectés d'être atteints de cette déviance morale et, par conséquent, de trahir outrageusement la sacro-sainte nation qui leur offrait pourtant en abondance le lait et le miel.

Dans ce contexte de paranoïa aiguë, encore plus prégnant dans l'univers du nucléaire après les arrestations de Klaus Fuchs, du physicien Theodore Hall et du machiniste David Greengrass, chacun confondu et emprisonné pour intelligence avec l'URSS à la suite des transcriptions des communications russes relatives au projet Manhattan, approcher Robert Oppenheimer avait exigé d'Alexeï souplesse et patience. Afin de ne pas alerter la vigilance de la CIA, le nouvel organisme de renseignement extérieur en lieu et place de l'ancien OSS coupable de ne pas avoir réussi à prévenir l'attaque de Pearl Harbor, il avait repris le calepin et le stylo de William Chesterfield. Grâce à ce subterfuge, il avait fini par décrocher une interview avec l'homme de science le plus écouté et le plus surveillé des États-Unis.

« Je n'aime pas évoquer ce que j'ai fait. Vous êtes anglais. Parfois, je suis meurtri par la honte. Vous avez de la chance », avait marmonné Oppenheimer en s'asseyant en face de lui dans le café où ils avaient rendez-vous.

Alexeï l'avait dévisagé avec un air interloqué. Après quelques questions anodines en guise de préambule, il s'était rendu compte que, non content d'être agité d'une multitude de tics nerveux, Oppenheimer parlait avec un débit saccadé et s'exprimait avec des phrases disjointes qui se succédaient de manière désordonnée, comme si son cerveau, les formulant simultanément, les avait propulsées ensemble sans se soucier de leur enchaînement logique. Lorsque Alexeï avait évoqué la rétention d'informations des Américains vis-à-vis de leurs alliés britanniques, le chercheur s'était cabré avec agacement, formulant ses propos d'une façon encore plus heurtée.

« Le secret défense. Churchill voulait. Qu'ils se débrouillent entre eux. Vous comprenez ? Eisenhower, non. »

La fibre anglaise ne fonctionnant pas, il avait tenté la russe. Après avoir pris soin de préciser qu'il était acquis à la cause pacifiste, il avait amorcé son approche en évoquant le récent succès de la bombe à hydrogène américaine à laquelle travaillaient également les Soviétiques.

« Le monde a plus qu'il n'en faut pour se détruire. Je n'aurais pas dû. Les Soviets ont déjà l'autre. Pour l'hydrogène. Je me dis que j'ai du sang sur les mains. Qu'ils se démerdent ! »

L'entretien avait tourné court. Alexeï avait averti Churchill par les canaux de correspondances codées. La réponse du Premier ministre de la Couronne l'avait rassuré sur les conséquences liées à l'échec cuisant qu'il venait d'essuyer : « Belle percée du soleil ici. Prolongez. Observez. Notez. Testez le whisky canadien. »

Alexeï descendit du taxi et entra dans le hall de l'aéroport. Il se sentait étrangement soulagé de quitter les États-Unis. La fascination que l'Amérique et son idéologie sous-jacente exerçaient jadis sur lui se lézardait. Dans son souvenir, la liberté qui régnait sur le sol américain ne se limitait pas à penser ce qu'il était permis de penser et ne se réduisait pas à la capacité de consommer ; jamais il n'aurait imaginé que ce système s'abaisserait un jour à utiliser des méthodes d'intimidation similaires dans l'esprit à celles employées dans les années 1930 lors des grands procès de Moscou pour intimer l'ordre à ses citoyens de rester dans le droit chemin sous peine de sanction et d'opprobre, ni que les artistes se trouveraient insidieusement contraints de se mettre au service d'un impérialisme culturel à visées économiques valant propagande idéologique. Mais que savait-il en réalité de ce pays ? Qu'en avait-il vu à l'époque où il y avait vécu, à l'exception des fêtes de la belle société new-yorkaise où le champagne coulait à flots et la cocaïne blanchissait des nuits illuminées des scintillements des robes en strass des *flappers* ? Peut-être s'était-il lui aussi trompé de combat ; et si Natalia et lui s'étaient fourvoyés dans des promesses mensongères et des espoirs illusoires, pour quoi valait-il réellement la peine de se battre ?

Avant de passer les contrôles, il remarqua un attroupement bruyant autour d'un kiosque à journaux. Il s'approcha. Face aux gros titres qui s'affichaient en une, le séisme de la nouvelle reprise en gros caractères par toutes les unes le sidéra :

« *Staline is dead!* »

8

Une bouteille de vodka presque vide à la main, Ivan arriva en titubant sur la place Rouge. Il la termina en une gorgée, la jeta derrière lui dans un fracas de verre brisé, en tira une pleine de la poche de son manteau, l'ouvrit et descendit une grande rasade.

« Tous des traîtres ! », marmonna-t-il en manquant tomber en arrière et se rattrapant de justesse.

Après la mort soudaine et tragique du camarade Staline, une guerre larvée pour la succession du « Petit Père des Peuples » s'était déclarée entre les enfants nés de la Révolution. Beria, l'inflexible Beria, le redoutable et redouté Beria s'était mué en un farouche partisan de la clémence, interrompant brutalement la formidable avancée qui était en marche et les faisant reculer de vingt ans en à peine deux mois alors même qu'ils touchaient au but tant désiré, que la société sans classes apparaissait enfin à l'horizon. L'infâme parjure avait suspendu tous les grands travaux engagés par le camarade Staline, accordé une amnistie à plus d'un million de saboteurs et de cafards encore en rééducation dans les camps du Goulag, placé cet ensemble concentrationnaire d'utilité publique et morale sous le contrôle du ministère de la Justice et osé blasphémer en récusant sa prétendue rentabilité économique. Le seul point honorable de ce laxisme honteux passible a minima d'une balle dans la nuque tenait à l'abandon des persécutions mises en œuvre contre les médecins juifs des dignitaires de l'État soviétique et, au-delà, contre les juifs de l'URSS en général.

« Traître quand même ! », maugréa Ivan en portant le goulot à ses lèvres et liquidant une généreuse goulée.

Heureusement, Beria avait rapidement été arrêté, emprisonné et exécuté comme il le méritait.

Ivan chancela en glissant sur les pavés irréguliers de la chaussée et s'assit à même le sol face au mausolée du camarade Lénine où reposait désormais pour l'éternité la dépouille du camarade Staline.

L'exécution de Beria n'avait cependant pas réenclenché la rotation du processus révolutionnaire dans le bon sens de l'Histoire. Au contraire, le Parti avait souhaité renouer avec une direction plus collégiale, et donc moins efficace et moins radicale ; il avait continué de desserrer l'étau répressif pourtant indispensable pour purger le corps social de ses parasites et accélérer l'avènement du socialisme sur terre. Mais ces bandits et ces judas, loin de s'amender et de revenir à la saine raison du matérialisme dialectique, avaient poussé leur folie destructrice jusqu'au reniement d'une partie de l'œuvre magistrale accomplie par le camarade Staline. Au XXe Congrès du PCUS, Khrouchtchev s'était livré à un réquisitoire en règle contre leur ancien *Vojd*, leur guide au milieu des tempêtes et de la barbarie nazie, dénonçant son culte de la personnalité, son caractère irascible, ses déportations massives d'honnêtes communistes et même son incapacité à préparer la grande guerre patriotique alors qu'il les avait menés à la victoire.

« Des traîtres, des traîtres, des traîtres !!! », bougonna Ivan en tétant son flacon sous les regards effarés et fuyants des passants.

Et ensuite, bien que cette séance du Congrès se fût tenue à huis clos avec interdiction de laisser filtrer quoi que soit du discours indigne de Khrouchtchev, des copies, certainement vendues par des ennemis de l'intérieur, étaient parvenues entre les mains des puissances impérialistes et capitalistes qui s'étaient empressées de les publier, vouant l'URSS aux gémonies de leurs risées, discréditant le modèle de perfection qu'ils incarnaient pour les peuples du monde entier et condamnant pour des décennies toute perspective d'expansion de leur glorieuse Révolution au reste de l'humanité pour laquelle Kolya et lui avaient tant sacrifié.

« Tous des traîtres, des traîtres en liberté, partout... », sanglota Ivan en se recroquevillant en position fœtale à même le bitume.

« Camarade Narychkine ? », retentit une voix au-dessus de lui.

Ivan leva des yeux vitreux et brouillés de larmes en direction de cette suite de mots et de sons formant une question.

« Qui le demande ?
— Camarade Milioukov, KGB.
— KGB, NKVD, MVD, je suis perdu dans tous ces nouveaux noms, maugréa Ivan. En même temps, avec mon attente de réaffectation, je ne sais plus du tout où on en est... »

Il tenta de se redresser sans y parvenir.

« J'ai un fils, ânonna-t-il, engagé comme toi pour la défense de notre Mère Patrie. Sergueï Ivanovitch Narychkine, officier du GRU ! »

Milioukov et les deux autres gardes qui l'accompagnaient l'aidèrent à se remettre sur pied. Vu son état d'ébriété avancé, Milioukov adressa un discret coup de menton à l'un d'eux qui s'éclipsa. Ivan se tourna vers celui qui restait avec Milioukov.

« Et toi, camarade, demanda-t-il, qui es-tu ?
— Camarade Netchaïev.
— Netchaïev, formidable, Netchaïev ! »

Ivan essaya de boire mais le goulot atterrit sur sa joue.

« Camarade Narychkine, c'est la troisième fois cette semaine que nous t'appréhendons ici en état d'ivresse.
— Ah bon ? Déjà ?
— Oui, camarade.
— C'est curieux, je ne m'en souviens pas du tout... Et c'étaient vous les autres fois, Milioukov et Netchaïev ?
— Nous-mêmes, camarade.
— Et on s'était parlé ? »

Milioukov opina du chef.

« Bizarre, je ne me souviens de rien... Pourtant, Milioukov et Netchaïev, ça ne s'oublie pas... Je vous ai dit où était mon fils ?
— En mission spéciale à Budapest.
— Je vous l'avais dit ? Il est formidable, vous savez, mon fils... comme vous, un défenseur de notre Mère Patrie !
— Camarade, le coupa Milioukov, nous allons devoir te raccompagner chez toi.
— D'accord, se rendit Ivan en écartant les bras, d'accord, mais avant, vous buvez avec moi !
— Camarade Narychkine, il est tard et tu as assez bu.
— Si vous êtes de bons et vrais patriotes, vous ne pouvez pas refuser un toast à la santé du camarade Lénine », argumenta-t-il en lui tendant la bouteille.

Milioukov jeta un coup d'œil dépité à Netchaïev, prit la vodka, but et la lui passa.

— C'est bien, c'est mieux, commenta Ivan. Et maintenant, un toast au camarade Staline ! »

Les deux sentinelles burent de nouveau.

« À moi », décréta Ivan en récupérant sa propriété éthylique et en se désaltérant. Et maintenant, ajouta-t-il, on va tous les trois à la maison, place de la Loubianka, pour trinquer à la santé du camarade Dzerjinski !

— *Niet* », trancha Milioukov.

Ivan grommela dans sa barbe et, sous un flot de phrases décousues racontant la prise du pouvoir par les bolcheviks, les deux agents le raccompagnèrent jusque devant sa porte. Ils frappèrent et se mirent au garde-à-vous quand Natalia leur ouvrit. Ivan la bouscula et fonça s'effondrer sur le lit conjugal en se cognant contre tous les meubles en travers de son chemin.

« Merci, camarades, de m'avoir fait prévenir. Tenez, il y a ce qu'il faut pour que vous continuiez à veiller sur lui pendant mon absence, dit-elle en leur tendant une généreuse liasse de roubles. Je compte sur votre discrétion. »

Milioukov et Netchaïev confirmèrent d'un hochement de tête, la saluèrent et disparurent.

Natalia se posta sur le seuil de la chambre et observa Ivan qui ronflait, le cadre renfermant la photo de lui et Sergueï à la cérémonie de l'Académie militaire serré contre sa poitrine.

Elle éteignit les lumières et repartit à la Loubianka.

9

À Trafalgar Square, Alexeï attendait devant la colonne Nelson en parcourant les pages du *Times*.

Les deux blocs continuaient de se structurer dans l'hypothèse d'un affrontement. Les Occidentaux s'étaient regroupés militairement au sein de l'OTAN entraînant, avec l'incorporation de la RFA, la remilitarisation de l'Allemagne de l'Ouest tandis que les Soviétiques avaient rassemblé autour d'eux les républiques socialistes d'Europe de l'Est dans le cadre du pacte de Varsovie prévoyant entre ses membres une coopération et une assistance armée en cas de conflit. Avec la possession de la bombe atomique et de la bombe à hydrogène par ces deux pôles antagonistes, l'équilibre fragile du monde et de la paix était plus que jamais inflammable.

En parallèle, certains États refusaient de se positionner dans un camp ou dans l'autre. Instauré par l'Égyptien Nasser, ce nouveau courant politique avait réuni lors d'une conférence à Bandung vingt-neuf pays d'Afrique, du Moyen-Orient et d'Asie, dont la Chine, qui commençait à prendre ses distances avec l'URSS depuis les critiques de l'ère stalinienne émises par Khrouchtchev. Ce mouvement de non-alignement ouvrait la voie à toutes les tentatives de séduction, de tractation, de pression et d'intimidation entre ces nations et les deux géants ennemis pour la domination du globe.

Un klaxon retentit à plusieurs reprises. Alexeï releva la tête et vit James lui faire de grands signes depuis la fenêtre ouverte d'un taxi. Il le rejoignit et monta dans le véhicule.

« Alors, lui demanda Alexeï, l'Asie ?

— Une horreur absolue ! Franchement je ne comprends pas pourquoi on se bat pour garder ces colonies dans le Commonwealth.

On devrait les laisser aux Soviets, ils fonderaient comme de la neige et ne seraient plus qu'une petite flaque inoffensive. Trop chaud, trop humide, et Dieu sait pourtant que j'aime l'humidité ! Et toi, les Yankees ?

— Un fiasco intégral. Je n'ai rien pu soutirer à Oppenheimer. Mais cela ne nous a pas empêchés de réussir à avoir la bombe.

— Pas de frictions avec la CIA ?

— Aucune, je suis complètement passé sous leur radar. De toi à moi, je trouve les Américains un peu épais.

— Oh, tu deviens encore plus british que moi ! Ou soviétique, peut-être ? »

Arrivé dans le comté de Kent, le *cab* s'arrêta devant un manoir.

« Attendez-nous ici, dit James au chauffeur, c'est Westminster qui régale ! »

Ils descendirent. Un domestique les accueillit et les introduisit dans la bibliothèque. James en inspecta les rayons.

« Oh, *Ma conversion ou le Libertin de qualité* de Mirabeau... Je ne savais pas notre *warlord* amateur de littérature polissonne, surtout française !

— Il y a tant de choses que vous ignorez, mon cher James. »

Les deux amis se retournèrent et découvrirent Churchill, assis en robe de chambre dans un fauteuil roulant poussé par son majordome.

« Notamment, poursuivit Churchill, que la meilleure littérature du second rayon est française. Quoi de plus normal, ils sont toujours en deuxième position, derrière nous. »

Il tapota la main de son serviteur.

« Merci Edward. »

L'intéressé s'inclina et s'éclipsa. À peine la porte refermée, Churchill se leva énergiquement.

« Depuis mon accident vasculaire cérébral, ma Cerbère d'épouse m'impose cet instrument de torture, ce qui est totalement absurde si on considère le nombre d'escaliers de cette maison.

— Vous avez... balbutia James, l'index sur sa tempe.

— Oui, secret d'État, et l'une des raisons de ma démission des fonctions de Premier ministre. C'était cela ou le divorce. Heureusement, j'ai réussi à négocier avec mon Staline conjugal de rester député. »

Il se pencha en avant et chuchota.

« Vous l'avez ? »

James sortit une flasque de whisky de sa veste et la donna à Churchill.

« Ma femme ne vous a pas fouillé à votre insu ? l'interrogea-t-il en tirant un cigare et un briquet dissimulés sous sa robe de chambre.

— Non. »

Churchill entrouvrit la fenêtre et alluma son havane.

« C'est parce qu'elle sait qu'elle n'a aucune chance avec vous. Et vous, mon cher Alexeï ?

— Non plus.

— Ah ! C'est curieux. Preuve que nous vieillissons tous, moi un peu plus vite que les autres. »

Il goûta le whisky.

« Hum, ronronna-t-il d'aise, Dieu existe. Écossais ? »

James acquiesça.

« *God bless the Union Jack!* s'exclama Churchill en buvant de nouveau avant de dire de but en blanc : Cromwell est mort. Il a été assassiné. »

Les deux visiteurs le dévisagèrent.

« Quand ? demanda Alexeï.

— Hier soir. Le tueur a tenté de maquiller son acte en suicide, mais on a retrouvé des documents prouvant qu'il renseignait les Soviétiques. Le KGB s'en sera débarrassé.

— C'était donc lui, la taupe qui creusait des galeries souterraines dans nos secrets ? interrogea James.

— Oui, et non, répondit Churchill. »

Alexeï et James échangèrent un coup d'œil interloqué.

« En croisant avec les transcriptions des communications soviétiques à l'époque du projet Manhattan, expliqua Churchill, il est ressorti que Cromwell œuvrait sous les ordres d'un autre agent du KGB infiltré dans nos services.

— Une nouvelle taupe ! s'écria James.

— Pas nouvelle, plus ancienne, car c'est de toute évidence elle qui a retourné Cromwell. Je dis elle parce qu'il s'agit vraisemblablement d'une femme : "Kesabel". »

James hocha la tête.

« Le deuxième ange qui a suivi Lucifer dans sa chute, développa-t-il. Il a majoritairement emprunté l'apparence d'une femme pour inciter les hommes au péché de chair. »

Churchill le fixa d'un air amusé.

« Vous, vous avez fréquenté Lord Heartwood à Cambridge !

— Oui, confirma James avec étonnement. Je suivais avec quelques camarades ses cours consacrés à la démonologie dans la littérature anglaise du Moyen Âge. Comment...

— Heartwood et moi étions en classe ensemble à Harrow, précisa Churchill, il était déjà très versé dans le spiritualisme, l'occultisme, l'ésotérisme, et même un peu de marxisme ! Remarquez, il n'avait pas totalement tort d'associer toutes ces chimères, car les empires du futur seront spirituels. Il suffit de regarder les pays de Bandung pour voir que la religion croît toujours sur le fumier de la pauvreté, matérielle ou d'esprit, comme le communisme. "L'Homme pauvre a un Dieu riche" !

— Feuerbach, dit Alexeï.

— L'un des inspirateurs de Marx », compléta James.

Churchill les considéra tour à tour.

« Compliments, leur dit-il en terminant sa flasque.

— Connaître son ennemi pour mieux le combattre, ajouta James.

— Sachant qu'on est parfois son pire ennemi, dit Churchill en désignant son cigare avant de se reprendre : non, c'est ma femme mon pire ennemi ! »

Ils rirent.

« Quant à vous, reprit-il, votre ennemie se nomme désormais "Kesabel". Trouvez-la-moi avant qu'elle n'ait défiguré tous les jardins de Grande-Bretagne. »

Churchill les raccompagna.

« Et souvenez-vous, les futurs empires seront spirituels, vous verrez », leur dit-il en les saluant chaleureusement avec un sourire goguenard.

Dans le taxi qui les ramenait à Londres, James se lamentait :

« Toutes ces histoires me rappellent la campagne spongieuse de mes grands-parents. Je préférais les petits neutrons égarés, et même la *Wurst* allemande à ces maudites taupes ! »

10

Le camion roula dans un trou d'obus, Natalia se retint à la balustrade de la benne où elle était assise avec d'autres agents du KGB. Un jour cru baignait les rues de Budapest, dont les chaussées, les trottoirs et les immeubles avaient été éventrés par les bombardements aériens, les pilonnages des chars et les combats au sol. Autant de scènes de guerre qui rappelaient à Natalia ce qu'elle avait pu voir en plus extrême à Berlin après l'entrée des troupes de l'URSS dans la ville.

Depuis les condamnations de Staline par Khrouchtchev et la réconciliation amorcée avec l'ancien dissident yougoslave Tito, une série de soulèvements secouait les républiques socialistes. Quelques mois plus tôt, les ouvriers polonais de Poznań avaient déclenché une grève suivie d'une grande manifestation insurrectionnelle. La rébellion avait violemment dégénéré en affrontements entre les émeutiers et les détachements militaires avant d'être sévèrement réprimée avec le soutien des forces soviétiques. Quinze jours auparavant, à Budapest, une agitation similaire était née de diverses contestations étudiantes. Après un relatif retour au calme, le Politburo, soucieux d'honorer le pacte de Varsovie qui garantissait le respect de l'indépendance et la souveraineté des États alliés, avait décidé de ne pas dépêcher de bataillons afin d'éviter toute ingérence dans la conduite des affaires intérieures de la Hongrie. Mais lorsque Imre Nagy, le Premier ministre favorable aux revendications des insurgés, avait déclaré publiquement auprès de l'ONU la neutralité de son pays et son retrait du pacte de Varsovie dans l'espoir d'obtenir l'aide des grandes puissances occidentales, Moscou avait décrété l'envoi immédiat de contingents de l'Armée rouge avec pour mission de briser cette tentative de sécession qui menaçait d'engendrer d'autres mouvements de cette nature dans les républiques sœurs, d'aboutir à un affaiblissement dramatique de l'URSS et à une désagrégation progressive du glacis protecteur construit à l'issue de la défaite d'Hitler.

Le véhicule s'arrêta et, encadrée de ses hommes, Natalia descendit. L'ambassade de Yougoslavie était en état de siège. Toutes les voies d'accès étaient bouclées sur un large périmètre. Au milieu des gravats gisaient à même l'asphalte des corps ensanglantés ou déchiquetés.

« Conduisez-moi au poste de commandement », ordonna Natalia.

En arrivant sur place, elle se présenta à un jeune officier qui se mit au garde-à-vous :

« Je suis la camarade Lishenko, de Moscou. Qui est chargé de cette opération ? »

— Moi, camarade. »

Natalia se retourna et se retrouva face à Sergueï. À son tour, son fils se mit au garde-à-vous pour la saluer.

« Repos, camarade », lui dit Natalia.

Sergueï s'exécuta.

« Quelle est la situation ? lui demanda-t-elle.

— Nagy s'est placé sous protection yougoslave avec sa femme et quelques-uns de ses fidèles. Le camarade Kádár s'est entretenu avec lui, il exige un sauf-conduit comme condition préalable de sa reddition. »

En écoutant son débit rapide et précipité, net et concis, elle crut entendre Ivan à l'époque où ils se battaient pour la prise du palais de Tauride et l'accession au pouvoir des bolcheviks.

« Quels sont tes ordres, camarade ? l'interrogea Sergueï.

— Le Kremlin a d'autres projets concernant Nagy. Il doit être déporté et emprisonné en Roumanie avant de revenir à Budapest lorsque les événements seront stabilisés et sous contrôle pour y être jugé.

— Nous donnons donc l'assaut ? »

Là encore, Natalia reconnut l'impétuosité nerveuse d'Ivan.

« Le Politburo et le KGB sont partisans d'une méthode en apparence plus diplomatique afin d'éviter que des journalistes ennemis ne diffusent une mauvaise image de notre pays. Assurons Nagy et ses complices de leur sécurité afin qu'ils sortent de leur retraite. Le GRU et le KGB l'escorteront conjointement en dehors de la ville où nous l'arrêterons en bonne et due forme.

— À tes ordres, camarade. »

Sergueï s'adressa à un groupe d'officiers.

« Boris, Yegor ! »

Ils s'approchèrent.

« Le drapeau blanc, dit-il en retirant ses armes, gardez bien nos positions pendant que je serai à l'intérieur. »

Natalia l'observa s'avancer en arborant l'oriflamme de la trêve tachée de la terre des récents combats et disparaître dans le bâtiment.

Une heure plus tard, Sergueï ressortait avec Nagy et l'intégralité des personnes qui l'accompagnaient. Natalia se dirigea vers lui.

« Camarade Nagy, je suis la camarade Lishenko du KGB. »

Elle désigna Sergueï et son unité.

« Nous allons vous conduire à notre base arrière où nous négocierons ensemble les termes de ta capitulation. »

Escortés par Sergueï et ses hommes, Nagy et ses soutiens montèrent dans un camion tandis que Natalia prenait place dans celui qui l'avait amenée jusqu'ici.

Par l'ouverture de la bâche recouvrant la benne, Natalia contempla le paysage de désolation et de mort. Elle avait cru un instant qu'un retour à une direction collégiale du Parti les ferait renouer avec les premières heures de la Révolution, que la détente amorcée par Khrouchtchev améliorerait les conditions de vie des différents peuples socialistes et leur conférerait plus d'autonomie afin qu'ils accomplissent leur transformation en adaptant la doxa communiste à la réalité de leurs pays respectifs, à leurs habitants et à leur histoire. Elle s'était trompée. Le desserrement de l'étau soviétique n'était qu'une posture mensongère et une stratégie de mots, Moscou continuait d'imposer sa volonté et son organisation partout où sa présence faisait loi. Même les attaques virulentes formulées par Khrouchtchev lors du XXe Congrès du PCUS à l'encontre de Staline n'avaient été qu'une outrance verbale destinée à amadouer les Occidentaux ; car pourquoi ne pas avoir fait remonter ces critiques au-delà de l'année 1934, sinon pour dédouaner la nouvelle génération de dignitaires qui occupaient désormais les postes clefs de l'État et charger la culpabilité des compagnons de Staline encore présents afin de s'en débarrasser plus facilement ? Rien ne changerait, l'horizon ne cesserait jamais de reculer ni les masses de souffrir au seul profit d'une poignée d'apparatchiks prétendant œuvrer pour le bien du plus grand nombre.

Alors qu'ils roulaient en rase campagne, le convoi transportant le Premier ministre hongrois et Sergueï s'arrêta sur le bas-côté. Natalia somma le chauffeur de faire demi-tour. En descendant, les cris l'alertèrent instantanément. Elle se précipita et découvrit Imre Nagy à genoux, les mains sur la tête, le revolver de Sergueï, debout derrière lui, braqué sur sa nuque.

« Que fais-tu camarade ? cria-t-elle.

— Je débarrasse notre Mère Patrie d'un traître qui a voulu la détruire ! lui répondit Sergueï sans quitter des yeux le canon de son Nagant.

« Rengaine ton arme, camarade, immédiatement ! »

Les agents du KGB mirent Sergueï en joue. Natalia leur fit signe de baisser leurs mitraillettes. Le regard exorbité, Sergueï restait en position pour brûler la cervelle de sa cible.

« C'est un ordre, camarade Narychkine ! »

Sergueï pressait son doigt sur la gâchette quand, d'un geste brusque, il dégagea son bras, tira à plusieurs reprises dans le vide et s'éloigna d'un pas rageur.

« Chargez les prisonniers, commanda Natalia, le camarade Nagy et sa femme montent avec moi. »

Elle rejoignit Sergueï.

« Qu'est-ce qui t'a pris ? »

Sergueï la toisa. Ses mains tremblaient.

« Tu sais très bien que, quelle que soit l'issue de leur procès, ils seront exécutés jusqu'au dernier, pourquoi attendre ?

— Parce que ce sont les directives du Politburo. Y désobéir constituerait un crime.

— Quel crime y a-t-il à accélérer le cours de l'Histoire et de la Révolution, surtout quand des coupables essaient de s'échapper ? »

Il se détourna de Natalia.

« Mon père, lui, n'aurait pas hésité à éliminer ces parasites », dit-il.

Natalia le fixa longuement.

« Nous ne sommes plus sous Staline, Sergueï, et pour autant, défier le Parti demeure toujours aussi dangereux. J'en sais quelque chose, crois-moi. Je te le dis en tant que supérieure hiérarchique directe, mais aussi en tant que mère. Fais attention à tes agissements. »

Sergueï eut un rictus sarcastique et méprisant. Il lui fit face.

« Message reçu, *camarade* Lishenko. Ce genre d'erreur ne se reproduira plus. »

Il se mit au garde-à-vous d'une manière exagérée et rallia son unité.

À la frontière roumaine, Sergueï et les autres militaires du GRU quittèrent leur véhicule pour le laisser aux membres du KGB qui, à partir de ce point précis, prenaient en charge la suite des opérations. Sergueï disparut dans le baraquement du poste de contrôle frontalier sans adresser un coup d'œil à sa mère ni daigner venir la saluer.

Sur la route de Belgrade, Natalia demeura longtemps pensive. Si le sang d'Alexeï coulait dans les veines de Sergueï, l'esprit d'Ivan irriguait son caractère. Malgré la biologie, Ivan était vraiment son père, et Sergueï son fils. Elle n'avait plus rien à faire avec eux, ni en URSS.

11

Alexeï regardait le paysage. Une uniformité morose et un sentiment de grisaille permanent se dégageaient des modestes habitations accolées les unes aux autres, construites selon la même architecture et flanquées des mêmes petits mètres carrés de jardin dévolus à la culture d'un potager exigu. Face à cette répétition de l'identique d'où transpirait le dénuement quotidien et général de toute une population, Alexeï se rappela cette saillie étincelante de Churchill la première fois qu'il l'avait rencontré chez James et ses parents : « Le vice inhérent au capitalisme consiste en une inégale répartition des richesses tandis que la vertu inhérente au socialisme consiste en une égale répartition de la misère. » En souriant au souvenir du bon mot de l'ancien Premier ministre britannique, sa vision se focalisa sur son reflet dans la vitre ; ses rides lui apparaissaient plus creusées en surimpression du panorama désœuvré à travers lequel roulait le train l'emmenant vers sa dernière mission. À maintenant 60 ans, ses convictions s'étaient encore plus érodées que sa peau commençait à se flétrir. Le temps était venu pour lui de se retirer loin du tumulte d'une humanité pour laquelle il n'entrevoyait plus d'issue heureuse.

« *Ladies and Gentlemen, our train will be arriving in Berlin shortly, its last stop. We hope you enjoyed your journey with us and wish you a pleasant stay in Berlin.* Mesdames et Messieurs, notre train entrera bientôt en gare de Berlin, son terminus. Nous espérons que vous avez fait bon voyage en notre compagnie et vous souhaitons un agréable séjour à Berlin. »

Réveillé par cette annonce, James s'étira et bâilla dans le siège qu'il occupait en face d'Alexeï.

« Le décorum était tellement réjouissant que dormir était la seule solution raisonnable, déclara-t-il avant d'ajouter : au moins, tu as une idée plus précise de ce à quoi ressemble la Russie sous le joug dépressif de l'Union soviétique. »

En sortant de la gare, ils furent saisis par le contraste entre les bourgades qu'ils avaient traversées et la modernité qui s'étalait sous leurs yeux. Alexeï avait l'impression de se retrouver au milieu d'une étrange synthèse entre le patrimoine historique mêlé d'urbanisme contemporain des capitales européennes et la jeunesse de l'opulence américaine. Une vie chatoyante grouillait de toute part, débordait des terrasses, allait et venait dans des magasins aux vitrines rayonnantes de produits dernier cri et de vêtements à la dernière mode.

« Je crois, s'enthousiasma James, que le grand retour de la *Wurst* teutonne s'annonce en fanfare ! »

Une fois dissipés ces premiers instants de surprise devant un tel « miracle » économique accompli en seulement quinze ans, la position géopolitique et géostratégique clef de cette cité leur apparut dans toute la force de sa matérialité. Des chars et des patrouilles sillonnaient les rues et, plus ils s'approchaient des différents check points permettant de passer sans contrôle d'un monde à l'autre, presque d'une civilisation à son antonyme idéologique, plus la présence de militaires armés était dense. Elle l'était d'autant plus que Khrouchtchev, fort de son accession au poste de premier secrétaire du Parti, avait lancé un ultimatum aux puissances capitalistes afin de régler définitivement l'épineuse question de Berlin. Il avait proposé à ses adversaires d'abroger son statut quadripartite pour la transformer en une ville démilitarisée, dotée d'un gouvernement propre et indépendant des deux blocs mais qui aurait conservé des relations commerciales privilégiées avec l'URSS. Les Occidentaux avaient massivement rejeté une telle offre, tant l'inégalité des termes de l'échange était outrageuse et outrageante. Depuis plus d'un an et demi, malgré des efforts diplomatiques intenses déployés par ces belligérants larvés, entrecoupés par des rodomontades de Khrouchtchev où il brandissait la menace nucléaire avant de souffler l'apaisement, aucun compromis acceptable n'avait encore été trouvé. Même la dernière rencontre entre Eisenhower et son homologue soviétique à Camp David, si elle avait eu le mérite d'atténuer les dernières tensions en date, n'avait pas entrouvert la moindre brèche susceptible d'aboutir au préambule d'un accord. Un nouveau sommet entre les grands dirigeants concernés s'ouvrirait dans un mois à Paris ; l'ancienne capitale du Reich constituant l'enjeu de toutes les négociations et de toutes les attentions, le MI6 y avait dépêché Alexeï et James pour recueillir le plus d'informations exploitables des deux côtés du rideau de fer. L'autre volet de leur mission tenait en sept lettres : « Kesabel ». James avait intercepté une communication du KGB spécifiant qu'elle était ici, à Berlin.

Lorsqu'ils eurent déposé leurs affaires dans leurs hôtels respectifs, Alexeï et James se retrouvèrent et prirent le U-Bahn pour rejoindre leur contact des services de renseignement ouest-allemand, un certain « Voshsky », qui les attendait à l'Est pour qu'ils se familiarisent sans tarder avec le territoire ennemi.

À la sortie du métro, James s'exclama :

« Ça ne doit pas être la fête de la *Wurst* tous les soirs ici ! »

Aucun signalement de leur référent ne leur ayant été communiqué, ils cherchèrent dans la foule du café où ils avaient rendez-vous un élément distinctif qu'il aurait arboré afin d'être identifié.

« James, dit soudain Alexeï, soit je suis en proie à une sénilité soudaine, soit c'est Andreas qui est assis là-bas. »

Ils s'approchèrent et tombèrent dans les bras de leur frère d'armes.

« Qu'est-ce que tu fais là ? lui demandèrent en chœur James et Alexeï.

— Je pensais que vous auriez saisi l'allusion.

— Quelle allusion ? demanda James.

— Voshsky : "vodka-schnaps-whisky", la seule manière décente et humaniste qui soit de nous faire la guerre, le soir où nous avions essayé de départager nos trois pays dans la datcha des parents d'Alexeï. »

Les deux serviteurs de la Couronne restaient bouche bée.

« Alors c'est toi qui… que nous… », bredouilla le Russe.

Andreas confirma de la tête.

« Donc tu es enfin devenu officiellement un officieux ! », se réjouit James.

— Exactement, répondit Andreas. Mes états de service avec vous ont joué en ma faveur.

— Et tes parents ? », s'enquit Alexeï.

Andreas hocha négativement la tête. Ils commandèrent trois chopes de bière assorties du schnaps de rigueur. Après avoir bu le petit verre d'alcool de fruit distillé, Andreas leur fit un état des lieux de la situation.

« Plusieurs éléments nous laissent penser que quelque chose se prépare. Certains de nos agents infiltrés dans les services est-allemands nous ont rapporté des manœuvres récentes de bataillons de l'Armée rouge au niveau de notre frontière avec la Pologne. Soldats, chars, lance-roquettes, rien ne manque à l'appel. Il n'y aurait pas bientôt cette conférence à Paris, on conclurait aux préparatifs actifs d'une guerre.

— Khrouchtchev montre les muscles en vue du sommet, commenta Alexeï, preuve qu'il est nerveux.

— Et il a de quoi l'être : presque deux millions d'Allemands de la zone soviétique sont partis à l'Ouest en dix ans. Berlin est la passoire de l'Europe, tous ceux qui veulent fuir la dictature des Soviets ont juste à venir ici et à prendre le métro. Si l'hémorragie continue, tout le système communiste pourrait à terme s'effondrer.

— Autre chose ? demanda James.

— Sur les agissements de l'URSS concernant Berlin, rien pour l'instant.

— Et pour Kesabel ? questionna Alexeï.

— Rien non plus. Nul doute cependant que plus la rencontre entre Eisenhower et Khrouchtchev approchera, plus des bribes transpireront.

— Il nous faudrait plus que des bribes, se désola James.

— Markus Wolf est un adversaire très coriace. Précis, organisé et vicieux, précisa Andreas.

— J'adore ! s'écria James.

— D'ailleurs, à ce sujet, c'est ceinture obligatoire.

— Ceinture, s'exclama James, avec les nuits que je devine à l'Ouest ? Hors de question !

— Les "Roméo" de Wolf sont partout, je te déconseille de céder aux avances d'un seul beau Berlinois.

— "Roméo, Roméo, pourquoi es-tu Roméo ?", cita le Britannique.

— James, je suis sérieux. Les agents de Wolf sont redoutables. Et ses "Juliette" le sont tout autant, ajouta Andreas à l'attention de son ami pétersbourgeois.

— J'ai passé l'âge, rétorqua Alexeï.

— Sauf quand elle s'appelle Natalia, ironisa James. Mais c'est une Anna Karénine, pas une Juliette.

— Imbécile ! le rabroua Alexeï en rigolant.

— J'ai des informations sur Natalia », les coupa Andreas.

Alexeï et James l'interrogèrent du regard.

« Elle a pris contact avec moi par l'intermédiaire d'une de mes taupes dans les services de Wolf. Elle m'a demandé mon aide pour passer à l'Ouest. »

12

Ivan posa son rasoir sur le rebord du lavabo, s'aspergea d'eau froide et appliqua un peu d'alcool sur la peau tirée de ses joues. La brûlure lui enflamma le visage avant de se muer en une intense sensation de fraîcheur et de propreté. L'avancée de la calvitie qui rongeait ses tempes semblait se stabiliser. Il coiffa en arrière ses cheveux grisonnants parsemés d'éclats blancs et quitta la salle de bains pour s'habiller.

À la suite de la mort de Staline et de la nomination du camarade Khrouchtchev au poste de premier secrétaire du Parti malgré son innommable trahison envers l'héritage du « Petit Père des Peuples », il avait cru en un inexorable effondrement de l'idéal socialiste et de ses fondamentaux. Après avoir été saigné de ses effectifs vitaux par des amnisties aussi pléthoriques que déraisonnables et rebaptisé « colonie de redressement par le travail », l'ensemble pénitentiaire du Goulag avait été purement et simplement dissous, entraînant la disparition définitive des services dont il avait eu la charge pendant tant d'années. Placés sous la direction du ministère de la Justice, ces camps étaient devenus des centres de détention courants de plus en plus décorrélés de l'activité économique du pays. L'hérésie avait même été poussée jusqu'à permettre aux coupables d'avoir un procès équitable et droit à l'assistance d'un avocat, et donc d'échapper parfois à la peine qu'ils méritaient pour leurs crimes. Et puis, lorsqu'il avait été recruté par la 5e section du comité de surveillance du KGB et qu'il avait découvert le sens caché des décisions du Parti et du cours de l'Histoire, il avait compris.

Ivan vérifia les plis de son uniforme, épousseta ses épaules de quelques poussières résiduelles et sortit de son appartement. La matinée était belle. Le bleu du ciel était net et franc, l'air de ce printemps encore vif de la vigueur de l'hiver.

Les temps avaient changé. L'URSS luttait sur plusieurs fronts simultanés exigeant un redéploiement de ses priorités. Le combat contre le capitalisme et l'impérialisme américain ne se limitait plus à la simple production d'armes nouvelles grâce aux progrès de la recherche nucléaire pour la domination du monde terrestre mais s'étendait dorénavant à l'espace, *terra incognita* à conquérir et source infinie d'informations pour le renseignement tactique ; guerre sans affrontement physique direct, dont l'Union soviétique avait remporté les batailles préliminaires avec l'envoi du premier satellite jamais créé par l'humanité, *Spoutnik 1*, et la première mise en orbite d'un être vivant, la chienne Laïka, dans la capsule *Spoutnik 2*. Les perspectives de pouvoir un jour étendre le processus révolutionnaire à d'autres galaxies, d'autres formes de vie et d'autres civilisations étaient vertigineuses et nécessitaient toujours plus de travailleurs qualifiés qu'il eût été dommageable d'emprisonner. De même, depuis l'insurrection de Budapest et la rupture de la Chine avec Moscou à la suite de divergences doctrinaires, l'occupation des territoires à risques pour prévenir toute fissure de l'édifice communiste réclamait elle aussi un nombre croissant d'hommes. La traque des ennemis intérieurs, leur condamnation légitime, leur rééducation et leur éradication ne disparaissaient pas pour autant des tâches à accomplir, elles s'organisaient simplement selon des modalités différentes dont il œuvrait désormais à accroître l'efficacité.

Ivan franchit les contrôles de sécurité et entra dans la prison de la Boutyrka. Une partie de ses bâtiments avait été reconvertie en « hôpital psychiatrique spécial » et accueillait les dissidents représentant un danger pour le régime du fait de leurs activités antisoviétiques destinées à saper les bases socialistes de la Révolution et à promouvoir les valeurs aliénantes de la propagande occidentale. Ils y étaient incarcérés et soignés selon des méthodes drastiques pour les schizophrénies torpides, latentes, larvées, lentes ou encore stagnantes dont ils souffraient et qui les avaient poussés malgré eux à perpétrer leurs actes criminels. Afin de donner à leur cure le plus de chance d'aboutir, et aux patients l'espoir réel de guérir du mal qui les torturait à leur corps défendant, les doses de neuroleptiques étaient quotidiennement adaptées en fonction de l'état général de chaque malade. Une infraction au règlement, un mot tendancieux du point de vue de la doxa marxiste-léniniste ou un regard ambigu envers un membre du personnel médical entraînait un renforcement des traitements dans le but prophylactique d'enrayer toute résurgence aggravante du virus mental qui gangrénait leur esprit et d'éradiquer à terme les racines psychiques viciées responsables de ces symptômes déviants. Pour les plus récalcitrants, des châtiments plus classiques venaient au besoin compléter cette approche moderne, tels les coups de trique, l'attachement aux barreaux du lit pendant plusieurs jours sans possibilité de se soulager dans les lieux d'aisance, ou encore la correction dite de l'« enroulement » où le rebelle, après avoir été ligoté dans un drap trempé d'eau glacée, était placé près d'un radiateur brûlant afin que, en séchant, le linge se resserre et l'enserre jusqu'à la limite de l'étouffement. Une nouvelle thérapie de choc, basée sur des injections massives d'insuline provocant des comas susceptibles de durer plusieurs semaines, était en cours d'expérimentation.

Ivan salua sobrement une infirmière et s'engagea dans l'escalier pour rejoindre le dernier étage du bâtiment, réservé à la direction générale de l'hôpital.

Lorsqu'il avait pris ses fonctions, l'idée d'avoir médicalisé la lutte contre la sédition politique en substituant aux contraintes physiques des moyens de coercition chimiques lui était apparue judicieuse, astucieuse même, car parfaitement en phase avec l'évolution des conditions historiques. En effet, face à une opinion internationale de plus en plus désinformée par la propagande impérialiste occidentale, offrir une image attrayante du système soviétique aux yeux des peuples à convertir aux vertus de leur modèle d'organisation sociale était plus que jamais déterminant pour l'extension du socialisme au profit du genre humain tout entier. Cet enjeu s'avérait d'autant plus crucial que, à cause des libérations outrancières des *zeks* des camps du Goulag, ces anciens détenus osaient parfois se livrer à un étalage plaintif des injustices qu'ils avaient soi-disant subies, surtout s'ils réussissaient à passer à l'Ouest, omettant bien opportunément la réalité des forfaits qu'ils avaient commis et qui les avaient conduits au-delà de l'Oural ou sur les terres gelées de Sibérie.

Cependant, quelques mois après son arrivée à la prison de la Boutyrka, Ivan avait rapidement identifié des défauts structurels nuisant à l'efficacité de l'entreprise et qu'il s'était empressé de corriger. Dans l'objectif d'augmenter les probabilités de guérison des malades, il avait instauré l'interdiction d'interner deux condamnés politiques dans un même dortoir collectif, afin que leurs psychoses respectives ne puissent se nourrir l'une l'autre, pour les placer dans un environnement uniquement composé d'idiots congénitaux, de benêts, d'obsessionnels compulsifs, de violeurs multirécidivistes et autres personnes atteintes d'affections cérébrales incurables. Il avait également recyclé certains procédés des Solovki ayant fait leurs preuves, comme l'indexation de la ration journalière de nourriture sur le bon comportement et la bonne volonté coopérative des patients. Ses mesures avaient été chaleureusement accueillies par l'institution hospitalière et la 5e section du comité de surveillance du KGB à laquelle il appartenait.

Ivan s'engagea d'un pas affirmé dans un long couloir. Depuis son retour dans les organes de la Sécurité intérieure au service d'une activité essentielle, il reprenait foi dans leur combat et dans la direction choisie par le Parti. Même si l'approbation de sa nomination ressemblait plus à un passe-droit digne de l'époque arriérée du tsarisme, Ivan ne remercierait jamais assez Natalia d'avoir ainsi redonné du sens à son existence grâce au poids de son Étoile rouge. Il se sentait de nouveau utile à l'édification du socialisme, et la fierté qu'il lisait dans les yeux de son fils, si heureux de le voir encore partie prenante de leur glorieuse Révolution, le galvanisait. Peut-être ne verrait-il pas de son vivant l'avènement de la société sans classes pour laquelle Kolya avait sacrifié jusqu'à sa propre vie, mais il était convaincu que Sergueï, lui, en serait l'heureux témoin.

En entrant dans son bureau, il ne remarqua pas tout de suite la grande enveloppe déposée par sa secrétaire parmi la pile des circulaires à traiter. Son nom y était inscrit en toutes lettres, elle lui était donc bien adressée. Il s'assit et la fit tournoyer entre ses mains avant de la décacheter. Il en retira un dossier cartonné. Il le posa devant lui et en écarta le battant de la couverture. Une feuille blanche assortie d'une citation de Lénine faisait office de préambule :

« La confiance n'exclut pas le contrôle. »

Plus bas, une signature manuscrite indiquait l'identité du mystérieux expéditeur : Kesabel.

Ivan resta un moment songeur, puis il se plongea dans la lecture des documents qui lui étaient destinés.

13

Alexeï retrouva James et Andreas qui l'attendaient sur un banc du jardin des Tuileries. Les quatre dirigeants des puissances présidant au destin de l'Allemagne et de Berlin étaient réunis à Paris dans le cadre de pourparlers destinés notamment à trouver enfin une solution au statut de l'ancienne capitale du Reich. Natalia accompagnait les équipes du KGB chargées d'assurer la sécurité de la délégation soviétique.

« Alors ? demanda Alexeï.

— Ça s'annonce mal », répondit Andreas.

Une quinzaine de jours auparavant, un incident s'était invité dans le ciel déjà nuageux des relations Est-Ouest. La NASA avait en effet publié un communiqué faisant état de la disparition d'un avion de reconnaissance U-2 au nord de la Turquie due à la perte de conscience de son pilote alors que le système de guidage automatique était enclenché. Khrouchtchev avait répondu à cette déclaration lors d'une conférence de presse où il avait annoncé qu'un appareil américain espion avait été abattu au-dessus du territoire de l'URSS en vertu de la violation caractérisée de son espace aérien. Washington s'était empressé de réagir au travers d'un article précisant qu'il s'agissait d'un engin de recherche météorologique, que Francis Gary Powers, son capitaine, avait averti sur une fréquence d'urgence rencontrer des problèmes d'alimentation en oxygène, cause vraisemblable de son évanouissement supposé et de la déviation involontaire de sa trajectoire initiale, mais qu'aucune action de renseignement illégale n'avait jamais présidé à ce vol. En gage de leur bonne foi, tous les U-2 de leur flotte avaient été rappelés pour subir une révision approfondie. Cependant, une semaine avant l'ouverture du présent sommet, Khrouchtchev avait convoqué une nouvelle conférence de presse où il avait lancé une véritable bombe nucléaire diplomatique : « Je dois vous dire un secret, avait-il confessé de manière liminaire. Quand j'ai fait mon premier rapport, j'ai délibérément choisi de ne pas dire que le pilote était en vie et bien portant... Maintenant, regardez le nombre de choses idiotes que les Américains ont dites. » Il s'était livré à une atomisation en règle des versions fallacieuses de la Maison-Blanche, exhibant des photographies prises durant cette mission des sites de missiles balistiques intercontinentaux de Sverdlovsk, du complexe militaire de Maïak, ainsi que le pack de survie de Powers constitué de 7 500 roubles, de bijoux féminins et d'un dollar en argent modifié contenant du poison. En conséquence, devant un tel flagrant délit de mensonge et d'espionnage d'un État souverain, le premier secrétaire du PCUS exigeait un *mea culpa* d'Eisenhower en personne.

« Que se passe-t-il ? interrogea Alexeï.

— Les Soviétiques sont extrêmement nerveux, car les Américains refusent toujours de s'excuser. Il est impossible d'espérer franchir le seuil de l'hôtel où est descendue leur délégation. »

Alexeï encaissa l'information.

« Et de ton côté ? questionna-t-il en se tournant vers James.

— Dans le contexte actuel, le MI6 et la CIA seraient plutôt ravis de pouvoir s'enorgueillir d'une transfuge comme Natalia. Haute gradée du KGB, décorée de l'Étoile rouge pour sa contribution à l'obtention de la bombe atomique de l'URSS, elle ferait belle figure sur leur tableau de chasse et contribuerait à redorer leur blason. *But...*

— Quoi encore ? s'agaça Alexeï.

— Ils veulent des garanties.

— Lesquelles ?

— Vu le palmarès de notre amie, ils s'interrogent sur l'authenticité de son désir à trahir une nation qu'elle a servie et sert encore avec tant de dévouement. Ils réclament donc des preuves de sa future loyauté, à savoir qu'elle nous livre au préalable des documents d'importance permettant d'effacer dans l'opinion internationale le fiasco de l'U-2.

— Je vois, dit Alexeï. Ils veulent s'assurer qu'elle ne les mène pas en bateau en lui interdisant tout retour en arrière.

— Exactement », confirma James.

Alexeï fit quelques pas. Les graviers crissèrent sous ses souliers.

« Si je comprends bien, dit-il, le MI6 et la CIA nous aideront à l'exfiltrer sous ces seules conditions et nous ne pouvons pas entrer en contact avec elle pour savoir si ce qu'on lui demande est possible ?

— *Indeed*, répondit James.

— *Richtig* », approuva Andreas.

Alexeï baissa la tête.

« On est foutus.

— Pour cette fois-ci, nuança James. Nous aurons d'autres occasions.

— Qu'est-ce qu'on en sait ? rétorqua Alexeï. Rien, on n'en sait rien. »

Il regarda l'autre rive de la Seine. Natalia était juste là, et il ne pouvait pas l'atteindre.

« J'y vais, dit Andreas en se levant.

Alexeï et James le dévisagèrent.

— Je suis un agent ouest-allemand, débita-t-il d'une traite, la question de Berlin concerne mon pays au premier chef, j'ai une proposition informelle de mon gouvernement à faire aux Soviétiques, j'utilise les réseaux parallèles de communication, je viens donc m'entretenir avec la camarade Lishenko en marge de la rencontre officielle pour qu'elle transmette ensuite les doléances de la RFA à la délégation de l'URSS. Simple, mais ça peut marcher. »

Ses deux amis restaient bouche bée.

« Sans passer d'abord par la direction centrale du KGB, commenta James, aucune chance.

— Au contraire, argumenta Alexeï, au pire il se fait refouler, au mieux il peut obtenir la réponse de Natalia concernant les exigences de nos services.

— Et éventuellement une bonne correction russe avec un incident diplomatique à la clef, sans parler de la suspicion qu'on attirera sur Natalia. À part ça, c'est le plan parfait !

— Bon sang, James, qu'est-ce que tu veux ? Dans quel camp es-tu ? s'énerva Alexeï.

— Dans le camp de ceux qui refusent de porter préjudice à notre amie si on échoue !

— Ma décision est prise, trancha Andreas. Que vous m'aidiez ou non, moi, j'y vais. »

James se rejeta en arrière et s'appuya contre le dossier du banc.

« Alors ? », lui demanda Alexeï.

Il soupira

« *All right, all right* », répondit-il en singeant un accent américain à couper au couteau.

Il se leva à son tour et enroula son bras autour des épaules d'Andreas.

« C'est moi qui vais te préparer. Tu verras, tous ceux qui ont essayé sont revenus ventre à terre ! »

Deux heures plus tard, Andreas se tenait devant l'hôtel où séjournaient les Soviétiques.

« Andreas von Metternich, dit-il à un homme du KGB qui lui barrait la route, agent du Bundesnachrichtendienst. Je viens voir la camarade Natalia Antonova Lishenko. »

Il patienta.

« *Niet*, lui dit le Cerbère russe en revenant.

— Je ne crois pas, insista Andreas en parlant de plus en plus fort. Je suis porteur d'une proposition de mon gouvernement à délivrer exclusivement à la camarade Lishenko afin qu'elle la transmette ensuite au camarade Khrouchtchev. Par conséquent, je vous somme de me laisser passer ! »

Devant l'esclandre qu'attentait Andreas, le chef de la section responsable de la sécurité du lieu, Yegor Viktorovitch Ouroussov, s'interposa après s'être présenté.

« Herr von Metternich, lui dit-il dans un allemand impeccable, nous n'avons aucune trace de votre venue enregistrée à la direction générale de nos services. De plus, la camarade Lishenko est sur le site de la conférence. Il est donc impossible pour vous de la voir.

— Faites-la appeler, j'ai déjà expliqué à votre subordonné que j'étais porteur d'une proposition de mon gouvernement qui peut infléchir le résultat des négociations en cours.

— Avec tout le respect que je vous dois, Herr von Metternich, je suis au regret de persévérer dans mon refus. Que votre direction contacte la nôtre et ensuite nous aviserons. »

Bien que Yegor Viktorovitch le dépassât d'une bonne encolure, Andreas s'approcha à quelques centimètres de lui.

« Écoutez-moi, Yegor Viktorovitch Ouroussov, KGB, écoutez-moi bien, sachez que j'ai travaillé main dans la main avec la camarade Lishenko pendant la guerre, à Berlin, notamment pour obtenir des renseignements sur LA bombe. Alors, je peux vous assurer que, le jour où elle apprendra que vous ne l'avez pas prévenue de ma présence – et elle l'apprendra, croyez-moi, nous entretenons des contacts réguliers lors de ses passages à Berlin –, ce jour-là, Yegor Viktorovitch Ouroussov, KGB, je n'aimerais pas être à votre place, surtout lorsqu'elle aura informé le camarade Khrouchtchev des propositions primordiales pour l'issue de ce sommet que mon pays avait à lui faire. *Auf wiedersehen.* »

Il tourna sèchement les talons et descendit les quelques marches du perron d'un pas germanique. Alors qu'il allait traverser la rue :

« Herr von Metternich ! »

Andreas respira intérieurement et fit volte-face. D'un mouvement de la tête, Yegor Viktorovitch l'invita à revenir. Il l'installa au bar avec deux agents et s'éclipsa. Après une demi-heure d'attente, Andreas vit Natalia traverser le hall et disparaître dans l'ascenseur. Il patienta encore une vingtaine de minutes et Yegor Viktorovitch le conduisit devant la porte d'une suite. Il le fouilla avec une minutie extrême et le laissa entrer.

« Camarade Lishenko », la salua-t-il en s'avançant.

Natalia mit son index devant ses lèvres en balayant l'espace des yeux pour avertir Andreas que la chambre était truffée de micros.

« Herr von Metternich, lui dit-elle, vous avez donc une offre de votre gouvernement à communiquer au mien ?

— C'est exact, camarade Lishenko, répondit-il en déboutonnant sa chemise.

— Au nom de l'URSS, je vous écoute.

— Camarade Lishenko, je sais que votre pays veut voir Berlin redevenir une ville libre, politiquement indépendante de l'Est et de l'Ouest, et notre chancelier, Herr Konrad Adenauer, y est plus que favorable. »

Il releva son justaucorps.

« Le camarade Khrouchtchev sera très heureux de l'apprendre. »

Natalia s'approcha. Des mots étaient inscrits sur le torse d'Andreas.

« Le seul point litigieux dans le projet du camarade Khrouchtchev tient à l'indexation de cette liberté et de cette indépendance à l'établissement de liens commerciaux privilégiés avec l'Union soviétique. »

Sous le téton droit d'Andreas était écrit « Berlin », le lieu de l'exfiltration ; sous le gauche, « garanties ? », soit des documents de première importance à livrer préalablement aux Occidentaux.

« Herr Von Metternich, en quoi cette requête du camarade Khrouchtchev vous pose-t-elle problème ? L'URSS ne sera-t-elle pas un partenaire économique de choix pour la nouvelle Allemagne ? »

Natalia regarda plus attentivement le nombril d'Andreas : il avait été utilisé comme un œil dans un petit dessin enfantin représentant la tête d'un bonhomme signé « James ».

« Camarade Lishenko, "privilégiés" veut-il dire "exclusifs" ?

Natalia sortit un tube de rouge à lèvres de sa poche et en retira le capuchon.

« Quelle différence, Herr von Metternich ? L'exclusivité n'est-elle pas un privilège et un privilège n'est-il pas toujours exclusif ? »

Tout en parlant, elle traça une croix à côté de « Berlin », un trait ondulé en dessous de l'autre inscription et rangea son bâtonnet tandis qu'Andreas se rhabillait rapidement.

« Certes, camarade Lishenko, pour autant...

— Camarade Lishenko ! les interrompit Yegor Viktorovitch faisant brutalement irruption dans la pièce.

— Que se passe-t-il, camarade ?

— Le camarade Khrouchtchev vient de claquer la porte des négociations. Il rentre à Moscou ! »

Sans un mot, Natalia lui emboîta le pas et quitta l'hôtel de la délégation soviétique.

14

Seule au milieu des archives secrètes, Natalia sortit un classeur d'une étagère, l'ouvrit et prit quelques clichés avec son appareil miniature. Elle rangea les documents, serpenta parmi les rayonnages, s'arrêta, retira le couvercle d'une boîte cartonnée, s'empara d'une chemise, photographia certaines pages et remit tout en place. Elle resta immobile, scrutant les bruits autour d'elle et au-delà. Le silence n'était rompu que par l'écoulement de l'eau dans les tuyaux et le souffle étouffé de la ventilation. Elle déboutonna son uniforme et dissimula son Minox dans son soutien-gorge, juste en dessous de là où elle épinglait son Étoile rouge sur sa veste. Elle rajusta sa tenue et quitta la salle sécurisée.

Au contrôle, le garde la fouilla et elle remonta au rez-de-chaussée de la Loubianka. Tout le monde allait et venait dans les couloirs et les escaliers avec un empressement inhabituel.

De retour à l'étage où se trouvait sa direction, l'agitation était encore plus fiévreuse.

« Que se passe-t-il ? demanda-t-elle à Grigori Popovitch, son homologue en Asie du Sud-Est.

— Le camarade Khrouchtchev ferme Berlin !

— Quand ?

— Dimanche, tout sera bouclé ! »

Il s'éclipsa. Natalia poussa la porte de son bureau, s'assit et alluma une cigarette. Jeudi soir. Dehors, il faisait nuit. Une fois l'ancienne capitale du Reich sanctuarisée côté soviétique, il lui serait presque impossible de se rendre à l'Ouest sans un protocole d'autorisations hiérarchisé à l'extrême pour prévenir toute défection. Elle fuma en silence, les yeux dans le vide. Lorsque le filtre lui brûla les lèvres, elle écrasa son mégot et sortit trouver Alexandre Nikolaïevitch Chelepine, le chef du KGB.

« Camarade Lishenko », l'accueillit-il avec sa circonspection habituelle.

Âgé d'une quarantaine d'années, cet élégant lettré à la stature robuste et au sommet du crâne géométriquement dégarni était un apparatchik consciencieux, fin et précis, à l'esprit sarcastique, avare de ses émotions et impénétrable dans ses intentions.

« Que puis-je faire pour toi ? lui demanda-t-il en l'invitant à prendre place en face de lui.

— Berlin, camarade.

— Oui, les Occidentaux vont être surpris, irrités sans doute. Cependant, comme le statut de la RFA ne sera pas remis en cause, ils s'habitueront.

— Il faut que je sois là-bas. »

Chelepine la fixa.

« Ah oui ? Et en quoi ta présence serait-elle nécessaire ?

— Pour appréhender tous les agents doubles. Dès qu'ils comprendront ce qui arrive, ils fuiront avec tous les renseignements qu'ils nous ont dérobés. »

Chelepine s'appuya délicatement contre le dossier de son siège.

« Le camarade Wolf a très certainement envisagé cette possibilité et paré à son éventualité, ne penses-tu pas ?

— Certainement, camarade. Mais il va aussi choisir les membres de ses services qui resteront à l'Ouest. Il me semble que le KGB devrait superviser directement une telle démarche. »

Chelepine laissa son regard errer à travers la pièce, une légère moue pensive rétrécissant sa bouche.

« En effet, dit-il lentement, une telle opération ne peut s'effectuer que sous le contrôle étroit du KGB. Quand partirais-tu ?

— Ce soir.

— Si vite ?

— Ou demain. Nous n'avons que trois jours, camarade. »

Chelepine eut un rictus amusé.

« À voir ton empressement, on pourrait croire que tu veux passer à l'Ouest pendant qu'il en est encore temps ! »

Il hoqueta de rire. Natalia sourit. Son expression se figea soudain dans une gravité vengeresse.

« J'ai beaucoup donné à cette ville, camarade, Je veux être là quand elle ne sera plus qu'un souvenir pour ses occupants nazis ! »

Chelepine l'observa d'un air interdit, puis il ricana avec franchise.

« "Ses occupants nazis" ! »

Natalia rit avec lui.

« Très drôle, camarade Lishenko, vraiment. »

Il recouvra son impassibilité.

« Descends aux équipements, ton ordre de mission t'attendra directement à l'aéroport. »

Natalia récupéra une petite mallette contenant son matériel et quitta la Loubianka. Elle s'arrêta dans un café et s'isola dans les toilettes. Elle retira l'un des Minox de son trousseau et le remplaça par celui dissimulé dans son soutien-gorge. Avant d'arriver chez elle, elle se débarrassa de l'appareil vierge dans une bouche d'égout.

En entrant, elle trouva Ivan assis dans le canapé du salon en train de feuilleter un album photos.

« Tu es au courant ? lui demanda-t-elle en se débarrassant de ses affaires.

— *Znayu, znayu* », rétorqua-t-il d'une voix évasive.

Il tendit l'album dans sa direction. Natalia s'approcha. Ivan lui montrait une photographie de Sergueï enfant sur des patins à glace.

« Je l'avais emmené à Tchistye, dit-il avec une pointe de nostalgie. L'hiver était particulièrement froid cette année-là, l'étang était bien gelé. »

Il secoua doucement la tête.

« Il ne voulait jamais rentrer. Il aurait pu devenir un grand joueur de hockey ! »

Il leva des yeux interrogateurs vers Natalia.

« Sans doute, dit-elle. Je n'ai pas assez patiné avec lui pour savoir. »

Ivan contempla de nouveau le cliché de Sergueï.

« Il était vraiment doué. »

Il referma l'album et se tourna vers Natalia.

« Donc, ça y est, on ferme Berlin ? »

Natalia se redressa et se dirigea vers leur chambre.

« Oui, dit-elle. Enfin. »

Ivan acquiesça silencieusement. Natalia attrapa une petite valise et la déposa sur le lit.

« Tu repars déjà ? s'enquit Ivan.

— Oui, lui répondit Natalia en glissant quelques vêtements dans son bagage.

— Berlin ? »

Natalia haussa les épaules.

« Bien sûr, commenta Ivan, tu ne peux rien me dire, mais où aller sinon à Berlin ? »

Il se leva et s'étira.

« C'est ton équipement ? », l'interrogea-t-il en désignant la mallette.

Natalia confirma.

« Je peux ? », demanda Ivan.

Natalia accepta. Ivan l'ouvrit et détailla un à un les Minox.

« L'un des appareils est plein », dit-il.

Natalia le rejoignit.

« Ah bon ? »

Ivan le lui donna.

« Ils ont dû oublier de le vider et de développer le film, expliqua-t-elle. Je le confierai à l'un de nos hommes une fois à l'aéroport, il le rapportera à la Loubianka.

— Je peux m'en charger si tu veux ? »

Leurs regards se croisèrent.

« Non, dit Natalia en glissant le Minox dans la poche de sa veste, il faut bien apprendre aux jeunes recrues qu'il n'y a pas de petit devoir lorsqu'on est au service d'une grande cause. »

Le visage d'Ivan se fendit d'une pointe de déception.

« Dommage. Je ne vais plus aussi souvent à la "maison" qu'avant, ça m'aurait rappelé de bons souvenirs. »

Natalia boucla son paquetage.

« Tu as le temps de manger quelque chose ?

— Non, mon avion part dans moins d'une heure.

— Une vodka ? »

Natalia accepta.

« Tchékiste un jour... scanda Ivan en tendant son verre.

— ... tchékiste toujours ! », répliqua Natalia.

Ils trinquèrent, burent et échangèrent un sourire. Ivan la prit dans ses bras et la serra contre lui.

« Je n'oublierai jamais ce que tu as fait, dit-il. Tu m'as redonné ma raison d'être. »

Ils cessèrent leur étreinte. Natalia hocha la tête, prit ses affaires et quitta l'appartement.

15

Attablés dans un café, Alexeï et Andreas attendaient sans rien dire autour d'une orangeade. Dehors, la ville et la vie suivaient leur cours nonchalant ou affairé. C'était un vendredi d'août comme les autres, ensoleillé et chaud, prémices de réjouissances nocturnes et de repos matinal. Personne ne semblait troublé par les contrôles de moins en moins aléatoires et de plus en plus pointilleux qu'opéraient depuis vingt-quatre heures les Soviétiques aux points de passage situés sur leur zone ainsi qu'aux bouches de métro est-allemandes.

Après la conférence avortée de Paris, James s'était rendu à Londres pour tenter de négocier des conditions plus souples avec les dirigeants du MI6. Grâce à ses relations familiales et au soutien de Churchill, il avait obtenu un « *We'll see when the time comes* ». Avec la précipitation des événements, il s'était absenté pour appeler la direction générale des services et savoir s'ils pouvaient compter sur leur soutien logistique.

Quand Alexeï le vit revenir dans l'établissement, il sut.

« C'est non ? »

Le visage fermé et dépité, James confirma. Alexeï se rejeta en arrière, les yeux fermés, le poing serré contre ses lèvres, se retenant de frapper la table et de hurler tandis qu'Andreas s'adossait lentement contre la banquette.

« Ils ne veulent vraiment rien entendre ? interrogea Alexeï.

— *Nothing, nichts, niet,* soupira James.

— Même avec ce qu'elle nous a dit avoir en sa possession ? », insista Alexeï.

Andreas avait été averti par Goethe, son agent le mieux infiltré chez Wolf, de l'arrivée soudaine de Natalia, de même que de la fermeture des frontières entre les deux Allemagne arrêtée pour la nuit de samedi à dimanche. Natalia et lui s'étaient parlé par l'intermédiaire de rendez-vous téléphoniques à heure fixe, elle dans une cabine de l'Est, Andreas dans une de l'Ouest. Natalia avait pu lui détailler les éléments qu'elle avait rapportés avec elle : le dernier état des lieux du stock de missiles balistiques intercontinentaux gardés à Sverdlovsk et les plans complets du complexe militaire de Maïak, où figurait notamment la puissance des réacteurs nucléaires permettant d'estimer avec précision la quantité de plutonium produite et celle des armes correspondante ; soit des renseignements encore plus fournis et circonstanciés que ceux non récupérés par les Américains à la suite du fiasco de leur avion U-2. Elle lui avait également précisé que pratiquement plus aucun Berlinois de l'Est ne pouvait quitter la RDA et qu'il lui était donc difficilement envisageable de leur remettre ou de leur faire parvenir par un intermédiaire ces documents *avant* d'être définitivement passée à l'Ouest.

À l'issue de cette conversation, Andreas avait proposé à ses deux complices une solution pour contourner cette difficulté liée à la restitution préalable du Minox de Natalia.

« Goethe utilise souvent ce qu'on appelle ici une "rue frontière". »

Carte à l'appui, il leur avait expliqué que, dans certains quartiers, les édifices situés d'un côté de la chaussée étaient en RFA et ceux d'en face en RDA. Sa taupe utilisait régulièrement cette faille urbaine et géographique pour transmettre ses informations en les déposant simplement sur le rebord d'une fenêtre.

« Comment fait-il pour s'introduire chez des inconnus ? l'avait interrogé James.

— Sa sœur habite dans l'un de ces immeubles, au rez-de-chaussée », lui avait répondu Andreas.

Alexeï s'était penché au-dessus de la table :

« Ça se tente, avait-il commenté.

— Désolé de jouer encore les oiseaux de mauvais augure, intervient James, mais les rouges bouclent demain soir dans la nuit, le temps que les gros bonnets de la CIA et du MI6 développent les photos, attestent leur authenticité, débattent de leur importance, et cætera, et cætera, les Soviets auront déjà bâti un mur de 10 mètres de haut encerclant toute la ville.

— Alors faisons sortir Natalia par cette “rue frontière” ? avait proposé Alexeï.

— Elle m’a dit que Wolf ne la lâchait pas d’une semelle, avait rétorqué Andreas. Deux de ses sbires la suivent en permanence, deux autres campent nuit et jour devant son hôtel. Vu son grade et son pedigree, je comprends qu’aucun membre des services est-allemands n’ait envie de répondre de sa défection dans les sous-sols de la Loubianka. »

James s’était alors absenté pour essayer de convaincre une dernière fois ses supérieurs britanniques et américains.

L’Anglais posa ses coudes sur ses genoux.

« Même avec ce qu’elle a en sa possession, répondit-il à Alexeï, ni le MI6 ni la CIA ne feront quoi que ce soit. En tout cas pas sans avoir tout vu au préalable, ce qui nous ramène à la case départ. »

Le silence s’abattit sur la table.

« On n’a pas le choix, il faut agir *off the book*, dit soudain James, juste nous trois. »

Ses deux compères le regardèrent.

« Andreas, enchaîna James, pour quand pourrais-tu obtenir des faux papiers, deux jeux ouest-allemands et un jeu est-allemand ? Et aussi une voiture en territoire ruscof ? »

Andreas jeta un coup d’œil à sa montre. Il était 19 heures.

« Demain matin. »

James leur exposa son plan, Andreas contacta Goethe pour lui communiquer les premières instructions et ils entrèrent en action.

Le lendemain, Andreas récupéra ce que James lui avait demandé. L’un des préposés à l’état-civil était un ancien comptable des usines de son père, et il tenait à ce que son passé de nazi chevronné demeure dans les limbes de l’oubli. Pour la pièce d’identité de Natalia, ils mirent à contribution une amie d’enfance d’Andreas, ravie de poser pour eux et dont le portrait miniature faisait illusion. Tandis qu’Andreas informait par téléphone Natalia du déroulé des opérations à venir et de la coiffure qu’elle devait adopter pour ressembler à sa nouvelle photographie, Alexeï se rendit dans la rue frontière et échangea subrepticement une enveloppe contre un trousseau de clefs.

Lorsque le soir embrasa la ville, ils se retrouvèrent en face de la porte de Brandebourg. L'augmentation des troupes soviétiques présentes au point de passage témoignait de ce qui se préparait.

« *Well,* leur dit James vêtu dans le style ouvrier, si jamais je ne revenais pas, sachez que vous avez été de fabuleux *partners in crime.* Malgré toutes les horreurs qu'on a traversées, je n'ai jamais autant ri qu'avec vous. »

Alexeï et Andreas l'observèrent traverser la place. Quand il eut franchi sans encombre les deux checkpoints grâce à son patronyme est-allemand, ils s'installèrent dans la voiture d'Andreas et attendirent.

De l'autre côté, James rejoignit le croisement où Goethe avait laissé le véhicule après avoir changé les plaques minéralogiques de Berlin-Est par d'autres de Berlin-Ouest et dont Alexeï avait récupéré les clefs. Il monta à l'intérieur, vérifia que les deux passeports ouest-allemands étaient bien dans la boîte à gants et démarra.

Il roula longtemps afin de s'assurer qu'il n'était pas suivi, puis il se gara dans la ruelle convenue à quelques pâtés de maisons de l'hôtel de Natalia. Il consulta sa montre : il était 20 h 13. Le rendez-vous était prévu aux alentours de 22 heures. Si Natalia n'était pas là à 22 h 30, il devrait partir. La nuit commençait à tomber.

Natalia leva les yeux et avisa la pendule dans le bureau de Markus Wolf. Elle affichait 21 heures passées de quelques minutes.

« *Wunderbar!* s'exclama Wolf. Je crois qu'on arrive enfin au bout. Qu'en penses-tu, camarade ?

— Oui, cette fois, nous avons bel et bien terminé », confirma Natalia en retenant ostensiblement un bâillement.

Wolf la fixait, un étrange rictus flottant sur les lèvres.

« Quoi donc, camarade ? l'interrogea Natalia.

— Je me demandais si tu avais des projets pour ce soir. Nous aurions pu dîner ensemble et jouir ensuite du spectacle de la transformation de Berlin ?

— C'est très aimable à toi, camarade, mais je suis épuisée. Et puis, je n'aime pas les gravats des villes en chantier. Cela me rappelle trop de scènes de guerre auxquelles j'ai assisté.

— Pourtant je pensais que tu voulais absolument voir ce moment historique ?

— J'irai aux différentes postes-frontières demain, lorsque les barbelés seront déployés. »

Wolf acquiesça.

« Me ferais-tu l'honneur de partager une vodka avec moi avant de rentrer te reposer ?

— Certainement, camarade. »

Profitant de l'obscurité, James descendit, ouvrit le coffre, retira sa veste en jean, la troqua contre celle des affaires déposées par Goethe, échangea sa casquette à carreaux pour une noire à la visière en cuir et noua une cravate sombre autour de son cou.

Il remonta dans l'habitacle, baissa la vitre, alluma une cigarette et tapota nerveusement de ses doigts sur le volant.

Il était 21 h 26.

Wolf les resservit.

« Que feras-tu quand tout sera fini ? la questionna-t-il. Je veux dire : quand tu arrêteras ?

— Je ne sais pas si les gens de notre espèce sont capables d'arrêter un jour.

— Mourir sur scène, comme Molière ?

— Peut-être », répondit Natalia en souriant.

Ils trinquèrent et burent à la russe. Wolf s'apprêtait à remplir de nouveau leurs verres mais Natalia posa sa main sur le sien. Wolf reboucha la bouteille.

« Tu es toujours trop éreintée pour un dîner suivi d'une visite au clair de lune dans le nouveau Berlin ? demanda-t-il d'un ton qu'il savait enjôleur.

— Demain, camarade. D'ici là, je reconsidérerai ta proposition », répliqua-t-elle en inclinant savamment la tête.

Wolf opina du chef avec élégance.

« Mes hommes vont te raccompagner. »

Il était 21 h 37.

Alexeï écrasa nerveusement sa cigarette. Le cendrier d'Andreas était plein.

« C'est parti », dit-il en regardant sa montre.

Dans sa chambre, Natalia se déshabilla à la hâte avant de glisser la pellicule de son Minox dans son soutien-gorge, d'enfiler une robe, des gants du soir, des boucles d'oreilles, un collier de perles et de ramener ses cheveux en un chignon serré. Pour plus de crédibilité, Andreas lui avait attribué l'identité d'une femme de la haute société ouest-allemande connue de son département parce qu'elle se rendait chaque samedi soir à Berlin-Est pour dîner avec sa mère qui refusait de quitter la maison où elle avait mis au monde ses sept enfants.

Quand elle fut prête, elle s'assura que le couloir était vide et, une paire de talons à la main, elle se glissa jusqu'à l'escalier de service.

Alerté par des phares dans le rétroviseur, James s'allongea sur le siège passager. Il resta dans cette position plusieurs minutes. Lorsqu'il se rassit, tout était de nouveau calme et silencieux.

Il était 22 h 23.

Natalia traversa un corridor et tira une porte ouvrant sur l'arrière de l'établissement. Elle passa la tête à l'extérieur et, apercevant l'un des deux agents de Wolf en train de marcher en fumant à l'angle de la rue, elle se baissa.

Elle profita de ce qu'il se retourne pour observer à son insu une femme qui se déshabillait devant sa fenêtre allumée pour se faufiler jusqu'à une voiture derrière laquelle elle s'accroupit.

James sortit, alluma une cigarette. Il guetta le moindre écho de pas qui se seraient rapprochés, mais il n'entendit que le silence.

Il était 22 h 36.

En chemise de nuit, la femme tira les rideaux et la lumière s'éteignit. L'homme resta quelques instants immobile, puis il repartit vers l'entrée de l'hôtel.

Quand Natalia entendit une portière claquer, elle se redressa et s'éclipsa dans la direction opposée.

James jeta son mégot dans le caniveau, laissa les clefs dans la boîte à gants, récupéra les passeports et serpenta au milieu des ombres. Alors qu'il allait s'engager dans une rue adjacente, il regarda une dernière fois derrière lui et distingua la silhouette de Natalia.

Il s'empressa de la rejoindre.

« Tout va bien ? », lui demanda-t-il en posant ses mains sur ses épaules.

Natalia hocha affirmativement la tête. Elle était essoufflée.

« Le carrosse pour la liberté de Madame est avancé ! », lui dit-il en l'entraînant à sa suite.

Natalia monta à l'intérieur et chaussa ses talons tandis que James enfilait des gants en cuir. Il lui remit son passeport, démarra et roula vers la porte de Brandebourg.

« Tu es venue dîner avec ta mère comme tous les samedis soir, expliqua James. Elle n'a jamais voulu quitter la maison où elle a donné naissance à ses sept enfants. Elle s'appelle Hildegarde von Wurtemberg et habite 71 Siegfriedstraße, ton père est mort pendant la guerre.

— Hildegarde von Wurtemberg… 71 Siegfriedstraße… », répéta plusieurs fois à voix basse Natalia.

Plus ils se rapprochaient de leur destination finale, plus ils croisaient des camions et des escouades armées de pelles, de pioches, de planches, de piquets, de rouleaux de fil de fer barbelé. La fermeture définitive de Berlin-Est débutait.

Dans l'avenue conduisant à la porte de Brandebourg, ils passèrent un premier contrôle militaire, puis un deuxième de police et ils arrivèrent enfin au checkpoint est-allemand.

De l'autre côté de la place, Andreas se racla la gorge.

« Les voilà », dit-il.

Alexeï plissa les paupières et les aperçut.

Un soldat fit signe à James et Natalia de baisser leur vitre.

« *Ausweis, bitte.* »

Il récupéra leurs passeports, les parcourut avec minutie avant de pointer tour à tour une lampe-torche sur eux afin de vérifier la correspondance entre leur visage et leur photo d'identité.

« Descendez, s'il vous plaît, dit-il en reculant d'un pas.

— Un problème ? s'enquit James.

— *Aussteigen, sofort!* »

Ils obtempérèrent.

En voyant Natalia et James sortir, Alexeï dit d'une voix anxieuse :

« Que se passe-t-il ?

— Rien, le rassura Andreas, c'est juste un *Arschloch* qui fait du zèle. »

Les mains d'Alexeï étaient moites.

Le planton continuait de braquer sur eux sa lumière aveuglante.

« Que faisiez-vous en RDA ce soir ? demanda-t-il à Natalia.

— Je rendais visite à ma mère pour le dîner, comme tous les samedis soir, répondit-elle d'un ton légèrement las de femme du monde.

— Et vous ?

— Je suis le chauffeur de Madame », rétorqua James.

Le militaire fit quelques pas.

« Ce n'est pas un véhicule très adapté à votre... *classe*. Une explication ?

— Oh, développa James, c'est très simple : la Rolls est au garage, un problème de carburateur, nous avons donc pris ma modeste charrette. Tenez, regardez... »

James ouvrit le coffre et exhiba sa veste et son autre casquette.

« Ce sont mes habits, quand je ne travaille pas évidemment. »

La sentinelle le toisa et, d'un coup de menton sec, lui fit signe de refermer. Il se posta devant Natalia et sortit un calepin.

« Comment s'appelle votre mère ?

— Hildegarde von Wurtemberg.

— Adresse ?

— 71 Siegfriedstraße.

— *Warten Sie.* »

Il regagna sa guérite et décrocha le téléphone.

Alexeï alluma une cigarette et recracha nerveusement la fumée. Andreas posa sa main sur son épaule.

« Ils vont y arriver, ils y sont presque. »

Le factionnaire les rejoignit.

« Il y a bien une Hildegarde von Wurtemberg… 71 Siegfriedstraße, vous pouvez passer. »

James le remercia de la tête. Alors qu'ils s'apprêtaient à monter :

« *Ein Moment, bitte.* »

Il retourna dans son poste de garde et revint avec leurs papiers d'identité.

« *Ihre Pässe.* »

Ils récupérèrent leurs passeports et rentrèrent dans l'habitacle. James démarra et avança doucement. Au moment où ils allaient franchir la frontière, deux voitures leur barrèrent la route.

Alexeï cessa de respirer. Ses doigts enserrèrent la poignée mais Andreas l'agrippa par le bras.

« C'est trop tard. »

Alexeï le dévisagea avec une expression décomposée.

Markus Wolf et deux agents est-allemands sortirent du premier véhicule et invitèrent James et Natalia à descendre.

« Camarade Lishenko, je croyais que tu n'aimais pas… Comment dis-tu déjà ?… Ah, oui : "les gravats des villes en chantier" ? »

Natalia ne répondit rien. La portière de l'autre voiture s'entrebâilla et, suivi de trois hommes du KGB, apparut Ivan.

Il s'avança vers Natalia, s'arrêta à quelques centimètres d'elle et la considéra longuement. Soudain, d'un geste brusque, il déchira son corsage. Il retira la pellicule de son soutien-gorge et la tendit à Wolf.

Alexeï mit lentement le pied sur la chaussée, l'air médusé, et fit quelques pas hésitants, presque chancelants, vers la porte de Brandebourg.

Andreas marcha jusqu'à lui et se tint à ses côtés.

« *Sheiße* », dit-il.

Wolf se posta devant James. Un grand sourire fendit sa physionomie grave et il embrassa le Britannique. James lui rendit son accolade.

« Bienvenue, camarade Kesabel ! s'exclama Wolf.

— Merci, camarade ! répondit James.
— Viens, une nouvelle vie te tend les bras. »
Ses agents chargèrent Natalia dans leur véhicule tandis qu'Ivan revenait vers l'autre avec ses hommes. Avant de monter, il regarda au-delà de la porte de Brandebourg. Ses yeux s'arrêtèrent sur deux silhouettes qui l'observaient entre les ombres projetées des lampadaires.

Alexeï le fixait, les lèvres blêmes et tremblantes. Il crut deviner un rictus sur le visage de son frère.

Ivan se détourna et disparut à l'intérieur de la berline.

Alexeï et Andreas entendirent les portières claquer. Le convoi fit demi-tour et s'évanouit dans la nuit soviétique.

Épitaphes

L'aube des regrets

L'une des leçons que l'on peut tirer du siècle dernier est que toutes les utopies finissent par établir leur propre goulag.

Vladimir Boukovski

Celui qui ne connaît pas l'histoire est condamné à la revivre.

Karl Marx

Alexeï et Andreas se garèrent devant l'hôtel où James séjournait sous son dernier nom d'emprunt et se précipitèrent à l'intérieur. Andreas exhiba sa carte des services secrets.

« Bundesnachrichtendienst, dit-il, nous avons besoin d'accéder à la chambre d'Arthur Goring. »

La réceptionniste consulta son registre avec des gestes paniqués.

« *Sofort!* », s'énerva Andreas.

La jeune femme attrapa la clef et la lui donna.

Alexeï et Andreas s'engouffrèrent dans l'escalier et gravirent les marches quatre à quatre jusqu'au troisième étage. Devant la chambre 307, Andreas arrêta Alexeï.

« Il a peut-être piégé la porte. »

*

Les berlines transportant Natalia, Ivan et James arrivèrent sur le tarmac d'un aéroport militaire où vrombissait un Tupolev de l'armée soviétique. Les agents de l'Hauptverwaltung Aufklärung sortirent Natalia et la remirent aux hommes du KGB. Tandis qu'ils l'emmenaient vers l'appareil, Ivan rejoignit Wolf.

« J'attends ton rapport, dit-il, rédigé dans le sens que nous avons convenu.

— Il te sera envoyé par télex à la première heure demain ainsi qu'au camarade Chelepine. »

Ils se saluèrent et Ivan monta dans l'avion.

*

Alexeï posa la main sur la poignée et entra. La pièce était rangée comme si personne ne l'avait occupée : couvertures et draps bordés au carré, placards, tiroirs et salle de bains vides. James avait simplement abandonné son passeport britannique sur le petit bureau. Alexeï l'ouvrit et observa la photographie de celui qu'il croyait son ami.

« Kesabel était juste à côté de nous, dit-il, et nous n'avons rien vu. »

Alexeï glissa dans sa poche la dernière trace témoignant de la présence de James entre ces murs et se posta devant la fenêtre. Dehors, la ville étincelait d'insouciance alors qu'elle se réveillerait profondément défigurée le lendemain matin. Andreas s'assit sur le bord du lit.

« Je suis désolé. »

Ils restèrent de longues minutes sans bouger ni prononcer la moindre parole. Ils inspectèrent une dernière fois les lieux sans rien trouver de plus et ils quittèrent l'établissement.

Tandis qu'ils montaient dans la voiture d'Andreas, des hommes des services ouest-allemands, du MI6 et de la CIA les encerclèrent.

*

James délaissa son siège et, flanqué d'une vodka, s'installa en face de Natalia, encadrée par deux molosses et les poignets menottés.

« Belles bêtes », dit-il en prenant place.

Natalia lui adressa un regard de mépris et détourna la tête.

« J'ai une aversion viscérale pour le gazon anglais, la pluie filasse londonienne, les clubs aristocratiques et leur morgue de classe, commença James. Tu te demandes sans doute comment et pourquoi tu n'as jamais rien su ? Quand Cromwell m'a averti que tu entrais dans le jeu des faux agents doubles, ce qui est un pléonasme car on trahit forcément plus un camp que l'autre, j'ai averti Moscou des risques que cela faisait courir à mon réseau. Je te connaissais d'avant la Révolution, Alexeï avait intégré nos rangs, tu appartenais au NKVD, toutes les mauvaises conditions étaient réunies pour que s'écroule ce que nous bâtissions patiemment dans l'ombre. »

Il but une gorgée.

« Mais vu ton instabilité, le Kremlin a jugé utile que je te surveille. Mon dossier a été retiré de tous les circuits existants pour ne passer qu'entre les mains de Iagoda, Iejov, Beria. Eux seuls savaient. Et le camarade Staline, bien entendu. »

Il leva son verre à la santé de l'ancien maître de l'URSS et but de nouveau.

« Quand le MI5 et Scotland Yard ont commencé à suspecter Cromwell après les transcriptions de nos communications pendant la guerre, j'ai dû m'en débarrasser. Je savais que, tôt ou tard, ils remonteraient jusqu'à moi. Il me fallait une monnaie d'échange pour pouvoir quitter la partie à temps. Ta trahison aura été mon sauf-conduit. »

Il liquida sa vodka d'un air satisfait.

« J'ai toujours trouvé Ivan plus sexy, il était normal que je l'avertisse de tous tes manquements et de tous tes mensonges, et ils sont nombreux, jusqu'à ton propre fils. Je n'aime pas les blonds de toute façon. Et puis Alexeï est tellement prévisible, tellement droit, presque plus allemand qu'Andreas ! »

Natalia le fixa et lui cracha au visage.

« Dernières réminiscences de la dégoulinante et baveuse bruine anglaise », commenta James en essuyant son œil et sa joue avec un mouchoir.

Il se leva.

« Garde ta salive, avec toutes les confessions qui t'attendent, tu vas en avoir besoin. »

Il repartit s'asseoir quelques rangées plus loin.

*

Alexeï était allongé sur la planche en bois encastrée dans le mur de sa cellule. Il ne savait plus depuis combien de jours il était emprisonné ni le nombre d'interrogatoires qu'il avait subis.

La défection de James avait été un séisme qui était remonté jusque dans les couloirs de Buckingham Palace. Qu'un homme de sa condition et de son ascendance ait pu préférer la faucille et le marteau à la Couronne interrogeait sur le degré de pénétration des idées communistes au sein de la société britannique, toutes classes sociales confondues, ainsi que sur l'ampleur des ramifications tissées par le KGB au cœur même des renseignements occidentaux et sur la fragilité de l'idéologie du monde libre pourtant supposée invincible.

Les apparences jouaient fortement contre lui. En effet, comment avait-il pu ignorer le double jeu de James s'il n'avait pas été son complice actif ? N'était-il pas russe et, par conséquent, lui aussi un suppôt bolchevik au service de la Révolution soviétique depuis son entrée dans les services secrets de Sa Majesté, depuis son arrivée sur le sol de Grande-Bretagne, depuis son premier souffle ? Pourquoi avoir monté une prétendue opération secrète, sinon pour exfiltrer Kesabel en URSS ?

Entre les lignes des questions que lui posaient conjointement le MI5, le MI6 et la CIA en les reformulant sans cesse d'une fois sur l'autre pour l'amener à se contredire et à se trahir, Alexeï avait compris à quel point James les avait tous dupés. Il n'avait jamais rien négocié avec les Anglais et les Américains, à aucun moment il ne s'était entretenu avec eux au sujet de Natalia et de son passage à l'Ouest.

Des vitupérations retentirent à l'autre bout du couloir, suivies de pas pressés jusque devant son cachot. Alexeï se redressa. Des clefs cliquetèrent et la porte s'ouvrit.

*

La lumière éblouit Natalia.

« Debout. »

Malgré son corps endolori par les coups, elle obtempéra. Elle priait pour que l'heure de recevoir sa balle dans la nuque fût enfin venue. Elle avait tout reconnu sans lutter, entremêlant ses confessions de critiques acerbes à l'encontre de l'URSS, de ses dirigeants depuis Lénine et de leur idéologie mensongère. Son seul espoir de libération résidait dans cette mort qu'elle espérait la plus imminente possible.

Trois gardes l'escortèrent dans les sous-sols de la Loubianka, l'entraînèrent dans la cour intérieure et la poussèrent sans ménagement dans une voiture. Sans doute l'emmenaient-ils au milieu d'une forêt déserte afin de lui brûler la cervelle et d'abandonner son corps de saboteuse impérialiste aux bons soins des vers et des animaux sauvages.

En traversant les rues de la capitale moscovite, elle contempla une dernière fois cette ville et ce pays pour lesquels elle s'était tant battue, et qui continueraient d'être saignés par une poignée d'apparatchiks prétendant agir pour leur bonheur éternel. Quelle importance désormais ?

Lorsque le véhicule se gara dans l'enceinte de la prison de la Boutyrka, elle sut que le sort qu'on lui avait réservé était bien pire qu'une exécution tchékiste traditionnelle. Après avoir franchi plusieurs grilles de sécurité, elle arriva à l'extrémité d'un corridor où l'attendaient quatre infirmiers en blouse blanche. L'un d'eux tenait à la main une camisole de force.

*

La silhouette d'un garde apparut dans le contre-jour, avant de s'effacer devant une autre plus massive s'appuyant sur une canne.

Alexeï sourit en voyant s'avancer Churchill.

« Si on commence à emprisonner les innocents, nous serons bientôt un satellite de cette maudite Union soviétique ! », dit-il en s'asseyant à côté d'Alexeï.

Il souffla bruyamment et fit signe au planton de disparaître.

« Dès que je ne suis plus Premier ministre, la Grande-Bretagne part à la dérive. »

Il tira une mignonnette de vodka de sa poche.

« Tenez, j'ai pensé que cela vous réconforterait. »

Alexeï prit la petite fiole, la fit tourner entre ses doigts et la rendit à Churchill.

« Pour tout vous avouer, Sir, je crois que je préfère le whisky. »

Churchill le dévisagea avec malice.

« S'il fallait une preuve de votre innocence dans cette sombre affaire, celle-ci suffirait à elle seule. »

Il se leva.

« Venez, je vous emmène quelque part. Mais à une condition. »

Alexeï se leva également et le fixa avec un air interrogateur.

« Que vous cessiez avec vos "Sir" et m'appeliez Winston, nous sommes de vieux compagnons de route et de lutte. »

Alexeï acquiesça, ils rejoignirent le chauffeur de Churchill et se rendirent dans le pub où se retrouvaient les agents des différents services de renseignement du Royaume-Uni.

« Je tiens à ce qu'ils soient tous témoins de la confiance que je vous porte, déclara le *warlord* en entrant dans l'établissement. Et puis, le patron a un excellent whisky écossais qu'il séquestre pour moi dans sa réserve. »

Ils prirent place et on leur apporta la bouteille du précieux nectar. Churchill tira un cigare de sa veste.

« Je vous dois des excuses, cher Alexeï, et pas seulement au nom de la Couronne ou du gouvernement, mais en mon nom propre.

— Vous n'avez rien à vous faire pardonner, Winston, je connaissais James depuis mon enfance et je n'ai rien vu venir.

— Vous ne pouviez rien voir, l'amitié occultait votre jugement. En ce qui me concerne, en revanche, lorsque nous avions évoqué avec James le professeur Heartwood, cela aurait dû éveiller ma vigilance.

— Vous vous remettiez tout juste de votre accident vasculaire.

— Plus on regarde loin dans le passé, plus on voit loin dans le futur. Je n'ai pas regardé assez loin. »

Ils burent en silence.

« À quoi allez-vous occuper le temps qu'il vous reste ? lui demanda Churchill.

— Je ne sais pas encore, répondit Alexeï en prenant une cigarette.

— Votre ami Andreas von Metternich est hors de danger. Oh, simple curiosité, que signifie son nom de code, Voshi... Voksiy...

— "Voshsky", "vodka-schnaps-whisky", un jeu auquel nous jouions autrefois en Russie avec Andreas et James afin de départager pacifiquement nos pays par la cuite.

— Et qui gagnait ?

— Les Anglais, *of course*. »

L'anecdote amusa Churchill.

« Et vous, Winston, l'interrogea Alexeï, qu'allez-vous faire ?

— Quitter la vie publique dans quelques années, j'ai encore un ou deux derniers combats à mener. Ensuite, je me préparerai à rencontrer mon Créateur. Quant à savoir si lui sera prêt à me recevoir, c'est une autre histoire. »

Il les resservit. Lorsqu'ils eurent terminé de boire, Alexeï raccompagna Churchill jusqu'à sa voiture. Il échangea une longue poignée de mains avec cet homme sans illusion qui ne perdait pourtant jamais espoir et ils se séparèrent. Alexeï savait qu'il le voyait pour la dernière fois.

*

Ivan reposa les derniers rapports du jour, alluma une cigarette, se leva et s'immobilisa devant une fenêtre. Avec la dernière conversation téléphonique qu'il avait eue avec Sergueï, il devait trouver un moyen de se débarrasser de la menace que représentait Natalia.

« Mon grand, avait-il commencé, il faut que je te dise quelque chose de très douloureux : ta mère a trahi notre Mère Patrie. Elle a été arrêtée alors qu'elle essayait de passer à l'Ouest en possession de documents compromettants pour notre sécurité. Les psychiatres ont conclu à une schizophrénie torpide qui serait à l'origine de la folie qui s'est lentement emparée d'elle depuis la guerre. »

Sergueï était resté silencieux avant de dire :

« Je voudrais la voir.

— Je comprends, mon grand, quand reviens-tu à Moscou ?

— Dans un peu plus d'un mois.

— Ça me laisse le temps de faire le nécessaire. »

Il devait absolument mettre Natalia hors d'état de nuire avant l'arrivée de son fils. Car Sergueï était son fils. Malgré ce que Natalia ne cessait de crier dans tout l'hôpital entre deux prises de neuroleptiques et deux châtiments corporels pour calmer ses humeurs violentes ainsi que ses propos séditieux au sujet de leur Révolution, du Parti et de leur idéal communiste, Sergueï était son fils. Malgré les éléments transmis par James qui laissaient planer un doute sur la paternité possible d'Alexeï, doute renforcé par les fausses couches que Natalia avait connues avec lui auparavant, Sergueï était son fils. Et même s'il n'était pas son fils biologique, il l'avait choyé, élevé, éduqué, aimé plus que n'importe quel être au monde, alors il était et serait toujours son fils. Jamais il ne laisserait Natalia détruire sa seule source de bonheur sur terre.

Il revint à son bureau et relut le traitement que préconisaient les médecins pour soulager définitivement celle qui avait été sa femme du mal incurable qui la rongeait. Vu le stade d'avancement de sa démence, une intervention en profondeur était fortement recommandée, afin de lui ôter toute faculté cérébrale susceptible de raviver les mécanismes de sa déviance.

Il écrasa sa cigarette et signa l'ordre de pratiquer l'opération.

*

Alexeï vendit ses meubles et sa maison. Il rapatria ses avoirs dans une banque suisse et quitta Londres.

Il séjourna tout d'abord quelques mois à Berlin avec Andreas. Son ami, scandalisé par le mur honteux qui coupait désormais sa ville et séparait des familles entières, avait pris la décision de s'engager en politique pour que, un jour, Berlin et l'Allemagne soient enfin réunifiées.

Alexeï résida ensuite à Paris, passant la plupart de ses journées au Louvre dans le silence réconfortant de la contemplation des chefs-d'œuvre et de la beauté, mais la trop grande communauté de Russes blancs qu'il trouva dans la capitale française lui rappelait sans cesse les combats auxquels lui, son frère et Natalia avaient vainement sacrifié leurs vies, et dont il ne voulait plus entendre parler. Aussi décida-t-il de s'extraire du tumulte du monde et de partir en Italie.

*

Quelques mois après la venue de Sergueï à Moscou, Ivan démissionna de ses fonctions.

« Tu es certain que tu veux la voir dans cet état ? avait-il demandé à son fils.

— Certain. »

Ivan l'avait guidé dans un dédale de couloirs où résonnaient d'étranges grognements jusqu'à une porte. Par l'intermédiaire d'une ouverture vitrée, ils pouvaient regarder à l'intérieur de la pièce. Avec ses cheveux rasés qui commençaient à repousser, les sutures visibles sur son crâne, sa manière incohérente de se mouvoir dans l'espace et, surtout, son regard vidé de toute conscience, Natalia était méconnaissable.

« Les médecins ont tout fait pour la soigner et la sauver, mais sa folie s'est accélérée d'une manière brutale et inattendue. Avant son opération, elle ne me reconnaissait plus et disait que j'étais son frère.

— J'en ai assez vu », avait conclu Sergueï.

Depuis, Ivan coulait une retraite paisible. Il avait renoncé à l'espoir de voir l'avènement de la société sans classes de son vivant. Son fils, lui, contemplerait de ses yeux cette aube tant attendue après le « Grand Soir », et il lui reviendrait la lourde tâche de défendre ce paradis terrestre qu'ils auraient tous deux contribué à bâtir.

Pour continuer d'apporter sa pierre à l'édification du socialisme mondial, il s'occupait d'enfants de familles démunies en leur dispensant gratuitement une aide scolaire afin de contribuer d'une manière différente à cette égalité en laquelle il avait toujours cru et de transmettre les valeurs de leur glorieuse Révolution aux générations futures.

*

Alexeï s'établit en Toscane où il acquit un petit vignoble dans la campagne florentine. Il apprit l'italien et, au rythme ancestral de la culture de sa vigne, saison après saison, il noua des liens avec les cultivateurs voisins. Il ne s'étendait jamais sur son passé, préférant se dissimuler sous l'oisiveté apparente d'un Russe blanc qui avait fui la Révolution bolchevik.

Andreas demeurait le seul lien qui le rattachait à la réalité de son histoire. Ils s'écrivaient et se téléphonaient régulièrement. Chaque année, Andreas venait une semaine avec Olga, la femme qu'il avait rencontrée à la CDU puis épousée. Bien qu'il entretînt des relations avec les services de renseignement ouest-allemands, il respectait le désir de son ami de conserver son ignorance concernant les évolutions souterraines du monde.

Un soir, alors qu'Olga était partie se coucher et qu'ils profitaient de la douceur du printemps, Andreas rompit le pacte de silence auquel il s'astreignait.

« Je sais que tu n'aimes pas parler de ces sujets, mais j'ai appris quelque chose qu'il m'est impossible de ne pas te dire. »

Alexeï lui fit signe qu'il pouvait poursuivre.

« Natalia est morte. Je n'ai aucun détail sur la date ou les circonstances de son décès. Je sais juste qu'elle n'est plus.

— Tu as bien fait de me le dire, commenta Alexeï. À présent je pourrai penser à elle en l'imaginant libre. »

Il avait ouvert une autre bouteille de vin et ils avaient bu jusqu'à tard dans la nuit.

*

Un matin, Ivan fut réveillé par la sonnette du palier. Il se leva, enfila une robe de chambre et ouvrit. Un soldat de l'Armée rouge se mit au garde-à-vous.

« Camarade Narychkine », le salua-t-il en lui tendant un pli cacheté.

Ivan récupéra l'enveloppe, le militaire le salua avec solennité et s'éclipsa. Ivan referma lentement la porte. Il déposa le courrier sans le décacheter sur la table de la cuisine. Il savait qu'il contenait ce qu'il redoutait par-dessus tout. Sergueï était tombé au champ d'honneur en Afghanistan.

À la suite de la disparition de son fils, décédé en territoire ennemi et dont le corps n'avait pu être rapatrié, Ivan quitta Moscou et s'installa dans une isba proche de Kem et des îles Solovki. Il se retrancha dans une vie d'ermite, parlant seul et tenant des propos incohérents où se mélangeaient les noms de Sergueï, Kolya, Lénine, Staline, des concepts de la dialectique marxiste et des invectives tchékistes lancées au ciel – « traîtres ! », « saboteurs ! », « cafards ! », « parasites ! », « tous bons pour la Sibérie, ah ! » – qui le faisaient passer pour un fou auprès des habitants des villages avoisinants, dont certains avaient survécu à l'enfer du Goulag. Boris Bogdanovitch Milioukine, qui lui livrait son bois en hiver, le trouva un matin inanimé, asphyxié par la fumée de son poêle dont le conduit avait été bouché de l'extérieur pendant son sommeil.

*

Alexeï égouttait des pâtes en écoutant un enregistrement de *La Tosca* lorsqu'il entendit crisser les graviers devant son perron. Il sortit et aperçut Lucia, l'infirmière qui venait chaque semaine vérifier son cœur et sa tension, descendre de sa Fiat.

« Signore Narychkine ! C'est incroyable ! cria-t-elle.

— Lucia ? Mais nous sommes jeudi aujourd'hui, pas vendredi.

— Venez, je vous emmène chez Luigi et Paola, il se passe quelque chose d'extraordinaire ! »

Alexeï avait refusé toute intrusion de la télévision dans sa maison afin de laisser le moins possible entrer le monde et ses rumeurs quotidiennes de catastrophe.

« Rien de grave ? avait-il demandé en montant dans sa voiture.

— Il faut que vous voyiez ça pour le croire, surtout vous. »

En arrivant, ils trouvèrent Luigi et Paola hypnotisés devant leur poste. Sur l'écran, une foule armée de marteaux, de piolets et de pioches était en train d'abattre sous des cris de liesse le mur de Berlin. Les barrières des postes-frontières étaient ouvertes et un flot ininterrompu d'hommes et de femmes traversaient la démarcation entre l'Est et l'Ouest, embrassaient en pleurant de joie des personnes qu'ils n'avaient pas revues depuis des décennies. Alexeï s'assit, le souffle coupé par ce spectacle qu'il n'imaginait pas connaître de son vivant.

« Je vous avais bien dit que c'était incroyable », commenta Lucia.

*

Quelques jours plus tard, malgré les récriminations de son médecin, Alexeï embarquait dans un avion et atterrissait à Berlin. Dans le taxi, il pensa à Andreas, décédé deux ans plus tôt sans assister au début de l'accomplissement de son rêve et du combat de sa deuxième partie de vie. Il repensa aussi à la trahison de James, dont Andreas lui avait annoncé la mort en 1979 :

« Cet *Arschloch* suce enfin les pissenlits par la racine. J'espère que son cancer du côlon l'a bien fait souffrir ! », s'était réjoui son ami.

Porte de Brandebourg, Alexeï se dirigea doucement vers cette ligne que Natalia n'avait pu franchir à temps, et il revit la silhouette, sévère et raide, d'Ivan scrutant l'obscurité où il se trouvait. Une euphorie comme il n'en avait jamais connue irradiait les visages et les regards des Berlinois qu'il croisait ; tous semblaient ivres de la liberté qu'ils respiraient dans l'air. Une aube emplie de promesses et de regrets dissipait enfin la nuit de ténèbres que le « Grand Soir » avait étendue sur le siècle.

Alexeï passa entre deux pans démolis du mur et marcha jusqu'à l'endroit où, dans son esprit, se tenait Natalia la dernière fois qu'il l'avait vue. Il ferma les yeux, écarta les bras en grand pour enlacer le souvenir de sa présence et conjurer tout ce que la folie des hommes leur avait volé.

Lorsqu'il les rouvrit, il vit un couple de jeunes amoureux qui l'observaient en riant avec tendresse. Il leur sourit et, gagné par leur allégresse, il rit avec eux.

En se retournant, son attention fut attirée par des enfants qui jouaient à sauter par-dessus une brèche entaillant l'ancien mur de la honte. Et il se revit avec Ivan et Natalia sur un autre mur, lui aussi ébréché, quelques heures seulement avant que le cycle guerrier le plus meurtrier de l'Histoire n'enclenche sa marche infernale, tous les trois insouciants et heureux dans une époque où il n'y avait alors ni Rouge ni Blanc.

Remerciements

Tatiana de Rosnay et Jessica Scott-Nelson, pour leur amitié indéfectible et jamais démentie.

Nathalie Germinal, professeure d'exception, pour m'avoir proposé la résidence dont a bénéficié ce roman – et la passionnante année que j'ai passée avec ses élèves et ceux de Julien Boigné, autre professeur d'exception.

La Région Île-de-France pour la bourse d'aide à la création attribuée à ce roman lors de son écriture dans le cadre d'une résidence d'écrivain au Lycée Jean Monnet de Juvisy-sur-Orge, et tout particulièrement Mesdames Emmanuelle Guichard et Vania Marty pour leur suivi attentif.

Marie et Emmanuel Clerc, pour leur soutien fidèle.

Stéphane Barsacq, pour sa lecture si fine et ses encouragements.

Michel Scott, pour notre conversation estivale sur le crâne de Hitler.

Juan Torreiro et Benoît Rivière, mes amis de toujours et de tous les jours.

Thierry Monier, pour ses compliments lumineux.

Vincent Barbare et Sarah Rigaud, pour leur enthousiasme immédiat.

Toutes les équipes des Escales, pour leur engagement dans la destinée de ce roman.

François Samuelson, Charlotte Noël et Mathis Vaulerin-Lacroutz, pour leur accompagnement minutieux.

Arsène Cobert, mon fils, dont la chambre transformée en bureau pendant une partie de l'écriture de ce livre m'a transmis toute l'inventivité et toute la liberté de son imagination d'enfant.

Peggy Silberling, ma merveilleuse complice de chaque instant, ma première et redoutable lectrice, à l'avis intransigeant et pertinent, grâce à qui l'un de mes personnages a pu poursuivre sa vie jusqu'à la fin de cette histoire.

Dernières parutions

Sarah Alderson
Week-end entre filles

M. J. Arlidge
Quand le chat n'est pas là...

Catherine Bardon
Une femme debout

Frédéric Couderc
Hors d'atteinte

Jonathan Dee
Sugar Street

Laura El Makki
Combien de lunes

Lou Eve
Sous les strates

Honorée Fanonne Jeffers
Les Chants d'amour de Wood Place

Dominique Fouchard
La Foire aux fiancés

David Gibbins
L'Héritage d'Atlantis

Emilia Hart
La Maison aux sortilèges

Elin Hilderbrand
Un dernier été

Victoria Hislop
La Statuette

Charlotte Mendelson
Accrochages

Lydia Millet
De l'espoir et autres créatures ailées

Grégory Nicolas
Mes sœurs, n'aimez pas les marins

Daphne Palasi Andreades
Les Filles comme nous

Roland Perez
Ma mère, Dieu et Litzie

Catherine Steadman
Emily a disparu

Emma Straub
Demain, même heure

Akli Tadjer
De ruines et de gloire

Rosa Ventrella
Les Enfants de Haretz

Alice Winn
Les Ardents

Pour en savoir plus sur l'actualité des Escales,
vous pouvez consulter notre site Internet
www.lesescales.fr
et nous suivre sur les réseaux sociaux

Editions Les Escales

@LesEscales

@LesEscales

#lisez engagé !
www.lisez.com
Pour plus d'information :
Imprimé sur du papier issu de forêts gérées durablement.

Achevé d'imprimer par
Normandie Roto Impression s.a.s.
N° d'impression : 2305118
Imprimé en France